A BARCA DE
Caronte

Impresso no Brasil, setembro de 2012

Título original: *Luntrea lui Caron*
Copyright © Humanitas

Os direitos desta edição pertencem a
É Realizações Editora, Livraria e Distribuidora Ltda.
Caixa Postal: 45321 · 04010 970 · São Paulo SP
Telefax: (5511) 5572 5363
e@erealizacoes.com.br · www.erealizacoes.com.br

Editor | Edson Manoel de Oliveira Filho

Produtor editorial | Marcio Honorio de Godoy

Preparação de texto | Renata Truyts

Revisão | Geisa Mathias de Oliveira

Capa e projeto gráfico | Mauricio Nisi Gonçalves – Estúdio É

Pré-impressão e impressão | Gráfica Vida & Consciência

Reservados todos os direitos desta obra. Proibida toda e qualquer reprodução desta edição por qualquer meio ou forma, seja ela eletrônica ou mecânica, fotocópia, gravação ou qualquer outro meio de reprodução, sem permissão expressa do editor.

A BARCA DE
Caronte

LUCIAN BLAGA

Tradução do original romeno por
Fernando Klabin

Este livro foi publicado com o apoio do
Instituto Cultural Romeno, Bucareste.

 INSTITUTUL
CULTURAL
R O M Â N

CONTENTS

Prefácio a *A Barca de Caronte*, de Lucian Blaga | 7

Nota da Edição Romena | 21

Capítulo I.........................| 23
Capítulo II......................| 61
Capítulo III.....................| 103
Capítulo IV.....................| 135
Capítulo V......................| 167
Capítulo VI.....................| 233
Capítulo VII....................| 245
Capítulo VIII...................| 263
Capítulo IX.....................| 277
Capítulo X......................| 303
Capítulo XI.....................| 341
Capítulo XII....................| 365
Capítulo XIII...................| 375
Capítulo XIV...................| 399
Capítulo XV....................| 415
Capítulo XVI...................| 425
Capítulo XVII..................| 467
Capítulo XVIII.................| 495
Capítulo XIX...................| 539

Anexo............................| 557

PREFÁCIO A *A BARCA DE CARONTE*, DE LUCIAN BLAGA

Dorli Blaga

Estamos em 2011. Para a Romênia, é o ano "Lucian Blaga" anunciado pela Unesco. Dentro de seis meses, terão passado cinquenta anos desde a morte de papai. Há cinquenta anos, Lucian Blaga foi internado na melhor clínica médica de Cluj, com o diagnóstico fatal de neoplasma com metástase. Papai haveria de viver apenas mais alguns meses. Ele ainda era um autor proibido pelo regime. Retirado da vida pública, retirado do ensino universitário, da Academia Romena.

Hoje em dia ele é editado, traduzido e são feitos documentários sobre ele e seu trágico destino durante o período de terror stalinista na Romênia.

Para mim foi uma alegria muito especial saber que uma prestigiosa editora brasileira pretende publicar uma tradução para o português do romance *A Barca de Caronte*, bem como obras filosóficas de Lucian Blaga.

E ainda mais honrada me senti ao me solicitarem esta apresentação ao romance. A história do romance.

Quero deixar claro, desde o início, que não tenho veleidades de crítico nem de historiador literário. Por outro lado, desde março de 1961, assumi a difícil missão de proteger e administrar a obra de uma vida inteira, conforme o desejo expresso por escrito, já nos anos de 1950, numa carta.

Aceitei com certa timidez contar a história do romance. Desde 1951, quando se iniciou a redação do romance, passaram-se sessenta anos. A maioria das pessoas que viviam ao redor de papai desapareceu, assim como os da minha geração. O romance tem diversas "chaves" que devem ser explicadas, e eu sou praticamente a última testemunha direta dos acontecimentos.

Para que este livro seja mais explícito para os leitores brasileiros, permito-me apresentar uma breve biografia de Lucian Blaga.

Quando Lucian Blaga nasceu, a Transilvânia, o Banat e a Bucovina ainda faziam parte do Império Austro-Húngaro. Naqueles territórios, a população predominante, que era romena, convivia muito bem com os saxões, magiares, judeus, sérvios, etc.

Lucian Blaga nasceu no dia de 9 de maio de 1895, no vilarejo de Lancrăm, situado entre as cidades de Alba Iulia e Sebeș, a uma distância de cerca de dois quilometros de Sebeș.

Seu pai foi o padre ortodoxo Isidor Blaga, casado com Ana Moga, esta de uma família arromena que chegou à Transilvânia no século XVIII, vinda da Macedônia.

Isidor Blaga foi um padre brilhante. Frequentou o liceu alemão Brukenthal de Sibiu e, em seguida, estudou teologia. Tinha profundos conhecimentos na área da filosofia. Dizem que tinha o hábito de ler filosofia durante a missa, no altar. Ao mesmo tempo, o padre Isidor Blaga procurou modernizar a vida dos camponeses do vilarejo. Fez um curso de mecânica de máquinas agrícolas e trouxe uma debulhadora para o vilarejo. Publicou também um manual de cultivo de terrenos agrícolas em cooperação e de rotação das culturas. No verão, o padre costumava ir às montanhas, no vale do Sebeș, pois sofria de tuberculose. Lá ele morreu no verão de 1908. Sua viúva, tendo ainda quatro crianças para manter na escola, vendeu a casa de Lancrăm e mudou-se para Sebeș, na casa de sua filha mais velha, Letiția Pavel.

Lucian Blaga frequentou a primeira série do primário na escola de Lancrăm e, mais tarde, frequentou o primário em Sebeș, na escola alemã.

Em 1906, matriculou-se em Brașov, no liceu "Andrei Șaguna". Terminou a escola em 1914, tendo como professor de matemática e física seu irmão mais velho, Tit Liviu Blaga. Durante os estudos, Lucian Blaga obteve notas máximas em todas as disciplinas, exceto ginástica. Enquanto frequentou os cursos no liceu, por ser muito pobre, costumava comer na cantina gratuita da escola. Naquele período, porém, havia também pessoas abastadas, como por exemplo meu avô, Coriolan Brediceanu, advogado em Lugoj, que subsidiou as poucas escolas romenas de prestígio da Transilvânia austro-húngara. Lucian Blaga concluiu as primeiras séries do liceu estudando em casa e fazendo as provas ao fim de cada ano letivo, pelas mesmas razões de pobreza – era mais barato morar em Sebeș com sua mãe e irmã.

Depois de terminar o colégio, todos os jovens já planejavam seus estudos universitários. Mas nesse meio tempo ocorreu o atentado de Sarajevo, quando foi assassinado o filho do imperador da Áustria, o que desencadeou a Primeira Guerra Mundial.

Prefácio

A Romênia, conduzida por um príncipe alemão, o rei Carol I, permaneceu neutra até 1916, quando entrou na guerra ao lado da França, Inglaterra, Rússia e Itália, contra as potências centrais Alemanha e Austro-Hungria.

Tendo em vista não desejarem lutar contra os romenos do outro lado dos Cárpatos, muitos jovens romenos da Transilvânia que deveriam iniciar os estudos se matriculavam no Instituto Teológico, o que os isentava do serviço militar.

Aconselhado por seus irmãos mais velhos, Lucian Blaga também se matriculou no curso de Teologia, apresentando-se todo ano para os exames. Os professores eram muito compreensivos no concernente à frequência e ao nível de conhecimento, devido à situação vigente.

De maneira que só no outono de 1916 Lucian Blaga se matriculou na Faculdade de Filosofia de Viena, frequentando também paralelamente o curso de Biologia.

Entre 1914 e 1916 ele pendulou entre Sebeş e Viena, onde seu irmão mais velho, Lionel, trabalhava. Foi introduzido por outros estudantes romenos nos círculos de vanguarda artística e acompanhava as publicações filosóficas romenas na Biblioteca Universitária.

Na sala de leitura daquela biblioteca, ele conheceu, em 1916, sua futura esposa, Cornelia Brediceanu, estudante do primeiro ano de Medicina em Viena. Lucian Blaga contou a história deles em sua obra autobiográfica *Crônica e cântico das idades*. Cornelia era filha do advogado e político Coriolan Brediceanu, de Lugoj, no Banat. Seu pai era o mais amado político do Banat. Em sua casa imperava um ambiente de intelectuais abastados. Lia-se, falavam-se idiomas estrangeiros, tocava-se música de câmara, sendo a mãe de Cornelia ótima pianista. Os dois irmãos mais velhos, Tiberius e Caius, também fizeram carreira. Caius tornou-se diplomata. Foi o primeiro ministro plenipotenciário da Romênia no Brasil, entre 1926 e 1928. Minha mãe Cornelia terminou o colégio na Suíça, para aprender francês. Em 1916, matriculou-se no curso de Medicina em Viena.

A Romênia entrou na guerra ao lado da Grã-Bretanha, França e Rússia. A Alemanha e seus aliados perderam a guerra. Entre os delegados da Romênia na Conferência de Paz de Paris, em 1919, liderados pelo liberal Brătianu, participou também minha mãe como representante oficial da juventude transilvana.

Lucian Blaga publicou em 1919 seu primeiro livro: *Os Poemas da Luz*, dedicado a Cornelia, e o volume de aforismos *Pedras para o Meu Templo*. Em 1920, defendeu sua tese de doutorado em Filosofia pela Universidade de Viena, intitulada *Cultura e Conhecimento*.

Em dezembro de 1920, casou-se com Cornelia em Cluj, onde ela continuou seus estudos de Medicina na Universidade Rei Ferdinand I.

Lucian Blaga escreveu estudos filosóficos, ensaios, poemas e peças de teatro. Suas obras foram bem recebidas pela imprensa de sua época. Tentou entrar no ensino superior, mas chocou-se com a incompreensão de certos professores, mais velhos e desconfiados de seus textos demasiado modernos.

Em 1926, entrou no serviço diplomático como adido de imprensa em Varsóvia, Praga, Berna e Viena. Durante um ano, em 1938, foi ministro plenipotenciário em Lisboa. Em 1938 criou-se na faculdade de Filosofia da Universidade de Cluj a cátedra de Filosofia da Cultura, tendo Lucian Blaga sido nomeado seu titular. Teve como assistente Zevedei Barbu. Em janeiro de 1939, solicitou ao rei Carol II ser retirado da diplomacia. Retornou definitivamente ao país em abril de 1939. Durante suas atividades diplomáticas, foi muito apreciado por Nicolae Titulescu.[1]

Evento importante na vida de Lucian Blaga foi ter-se tornado membro titular da Academia Romena. A cerimônia de posse foi em junho de 1937, sob os auspícios do rei Carol II, que o apreciava de modo especial. Na ocasião, Blaga proferiu discurso intitulado *Elogio ao Vilarejo Romeno*. O rei proferiu um discurso de felicitações pela sua entrada na Academia, algo incomum; o então Presidente da Academia também tomou a palavra. O evento reverberou na imprensa da época.

Blaga e sua família instalaram-se em Cluj, num apartamento alugado muito bonito e mobiliado com gosto. Parte da mobília havia sido comprada em antiquários de Viena.

Perto da cidade de Bistriţa, meu pai comprou, em cima de uma colina, uma pequena casa camponesa rodeada por um pomar. Lá passamos o verão de 1939 (cabe lembrar que a Segunda Guerra Mundial começou em setembro de 1939 com a invasão da Polônia por parte da Alemanha e Rússia) e o verão de 1940, até 30 de agosto, quando foi pronunciada a Arbitragem de Viena. Desorientados e desesperados,

---

[1] Nicolae Titulescu (1882-1941), renomado diplomata e político romeno, assumiu a função de chanceler da Romênia diversas vezes entre 1928 e 1936, tendo também sido presidente da Liga das Nações em 1930 e 1931. (N. T.)

deixamos tudo em Bistrița e fomos todos para Cluj. Organizaram-se manifestações de protesto popular nas cidades do território cedido à Hungria. A administração romena teve de se mudar, junto com a Universidade de Cluj, para Sibiu. Eu era criança, mas jamais esquecerei as imagens daquele refúgio: numa faixa da estrada, na direção de Sibiu, havia uma fila infindável de automóveis e carroças, enquanto na direção contrária vinham caminhões militares romenos que deveriam evacuar os bens e os arquivos do Estado romeno. Em Sibiu alugamos quartos na casa de uns parentes, aliás mais bonita do que nossa casa de Cluj.

Mas nem toda a população romena saiu da Transilvânia setentrional. Uma série de intelectuais permaneceu, a fim de defender os interesses romenos no território cedido à Hungria. O campesinato não saiu do lugar. Inúmeros jovens camponeses foram enviados para a frente antissoviética, outros foram enviados para trabalhar na Alemanha: a Hungria horthysta (Horthy foi o líder pró-alemão da Hungria) acompanhou a Alemanha nazista até o fim da guerra; não só, como também entregou aos nazistas os judeus da Transilvânia setentrional, que assim foram exterminados em Auschwitz. Alguns judeus escaparam das deportações, tendo sido transportados clandestinamente através da fronteira para a Romênia, auxiliados por grupos de romenos.

Após a cessão da Transilvânia setentrional, o rei Carol II, que desde 1939 instaurara um regime autoritário, foi obrigado a abdicar. Sucedeu-lhe o trono seu filho, Mihai I, que hoje em dia é o único chefe de Estado da época da Segunda Guerra Mundial que ainda está vivo. O Estado, porém, foi governado a partir de setembro de 1940 pelo marechal Ion Antonescu, numa aliança com a principal facção do movimento de extrema direita dos "legionários", liderada por Sima. Em janeiro de 1941, os legionários tentaram aplicar um golpe de Estado, mas foram reprimidos e presos por Antonescu, que continuou governando. Em junho de 1941, a Romênia entrou na guerra ao lado da Alemanha, contra a União Soviética. Depois da batalha de Stalingrado, a guerra de fato estava perdida para a Alemanha. Em todas as frentes, os Aliados avançavam na direção da Alemanha. Nesse contexto, começaram também os bombardeamentos americanos sobre as cidades e as zonas petrolíferas da Romênia.

Durante a guerra, Lucian Blaga dava seus cursos de Filosofia da Cultura em Sibiu. Era muito ativo entre os estudantes, conduzindo ele mesmo os seminários.

Em torno dele gravitou uma geração de brilhantes estudantes, dotados para a filosofia e literatura. Eles não participavam da política oficial, tendo constituído um grupo chamado Círculo literário e editado a *Revista do Círculo Literário*.

Lucian Blaga também se manteve distante da política. Em plena guerra, demitiu-se da Sociedade de Amizade Romeno-Alemã e, por meio de uma carta aberta, da sociedade *Astra*, devido à posição filogermânica dessas sociedades. Em 1943/44, editou sua própria revista independente de filosofia, *Saeculum*, subsidiada por amigos, sobretudo Marin Ciortea. Foi muito apreciada a posição independente da revista. Meu pai selecionava para publicação apenas obras boas e não extremistas.

Com a instauração do opressivo regime comunista em 1948, após a abdicação forçada do rei Mihai I em dezembro de 1947, o Estado foi reorganizado. Lucian Blaga foi removido do ensino superior e da Academia Romena, assim como tantos outros intelectuais. Blaga pôde continuar trabalhando como bibliotecário.

Em 25 de agosto de 1959, Lucian Blaga escreveu, à mão, um testamento editorial relativo a todas as suas obras engavetadas, ou seja, tudo o que havia escrito nos anos depois da guerra e que não pôde publicar. Nesse testamento estão, em primeiro lugar, suas obras de filosofia, a estrutura das "trilogias" que formam o sistema. Segue-se a lista das outras obras: poemas, traduções da lírica inglesa, aforismos, ensaios, conferências. Foi mencionado também o presente romance, sob a forma dissimulada de "autobiografia romanceada". O ano de 1959 foi muito difícil para Blaga. Entre 1950 e 1955 ele terminou a tradução integral e a publicação em versos (doze mil versos) do *Fausto* de Goethe. A tiragem foi grande e o pagamento, muito bom. Foi capaz de resolver alguns problemas financeiros. Mas, no verão de 1959, foi severamente atacado na *Gazeta Literară* pelo presidente da União dos Escritores, Mihai Beniuc. Creio que aquele ataque produziu-lhe um estado de choque, que o determinou a escrever um *Memorando* de protesto, dirigido ao Comitê Central do Partido Comunista Romeno. O testamento foi escrito naquele mesmo verão. Ele ainda esperava que, um dia, sua obra voltasse a ser publicada.

Blaga trabalhava como bibliotecário, mas, após terminar conscienciosamente o seu trabalho, continuava trabalhando na tradução do *Fausto*, de modo que seu pequeno escritório passou a ser chamado pelos colegas de "toca do Fausto".

Muitas mulheres de Cluj rondaram Lucian Blaga, esperando que lhes dedicasse poemas, o que muito as lisonjearia...

Prefácio

Blaga tinha a intenção de um dia escrever um romance. Falava sobre isso com amigos, sobretudo após ter escrito *Crônica e Cântico das Idades*, ou seja, uma autobiografia romanceada – desde o seu nascimento, em 1895, até seu casamento com Cornelia, em 1920.

O acaso fez com que papai começasse um tratamento dentário com a dra. Elena Daniello, que era também dentista minha e de mamãe. Todas as famílias do meio universitário-medical aproximaram-se mais durante o refúgio da universidade de Sibiu.

No presente romance, a personalidade da sra. Daniello surge muito bem descrita na personagem da doutora Ileana Salva. Tinha um modo suave de tratar os pacientes, calma e sorridente, de modo que todos suportavam as intervenções dentárias. Eu tinha 16 anos e passei por um tratamento banal, mas constatei quão importante é a comunicação entre médico e paciente.

A descrição de sua casa, a atmosfera de tranquilidade, bom gosto, cultura e música da casa da família Daniello corresponde perfeitamente à descrição do romance.

Assim, a competição entre as mulheres de Cluj em torno de Blaga foi vencida pela sra. Daniello no verão de 1950. Como estudante adolescente, eu também passeava por Cluj com meus namorados. Um dos lugares prediletos era o cemitério de Cluj, sombreado, com árvores generosas, estendendo-se até a colina com criptas elegantes e envelhecidas de famílias magiares aristocratas dos séculos passados – perfeitas para servirem de banco. Um dia fui passear ali acompanhada. Mas nos detivemos e vimos de longe: entravam no cemitério papai com a sra. Daniello. "Ah, sim", pensei comigo mesma, e escolhemos outro lugar para passear.

Dona Daniello costumava passar parte de suas férias num vilarejo pitoresco, Gura Râului, entre colinas, a poucos quilômetros de Sibiu. Tinha amigos por lá: a família do doutor Manta, uma família local tradicional, que possuía diversas casas ali.

Na dificílima situação material em que se encontrava em 1950, como bibliotecário, papai não costumava sair de férias de Cluj, nem eu, pois não havia dinheiro para isso.

No meio do verão, papai nos anunciou que havia sido convidado para tirar férias com a família Manta, em Gura Râului. Lá haviam lhe colocado à disposição, numa ruela secundária, um casebre camponês com uma varanda coberta por uma videira e dois quartinhos. Tudo rodeado por grandes nogueiras. As refeições ele fazia na casa em que ficava a sra. Daniello.

Àquele belo vilarejo Blaga dedicou num determinado momento um poema intitulado "Bocca del Rio".

Pude observar, junto com mamãe, que após um período pouco efervescente em sua criação poética, papai recomeçara a escrever poesia. Todos sabemos que mamãe foi bastante tolerante com as "musas" de Blaga, que aliás começaram a surgir em sua vida só depois de seu retorno ao país. A primeira foi Domnița Gherghinescu. Quando papai produzia bons poemas (mamãe era a primeira a lê-los ou ouvi-los), ela nunca tinha nada a obstar. No verão de 1945 – ainda estávamos em Sibiu –, veio nos visitar, trazendo uma carta da professora universitária Rosa del Conte, a senhorita Camelia (Coca) Rădulescu, estudante em Bucareste. Mamãe ficou com uma impressão tão boa dela que a convidou para um chá a fim de conhecer também papai. Ele ficou impressionado com sua beleza e distinção. Viram-se ainda durante a estada dela em Sibiu e no inverno seguinte em Bucareste. Acabou morrendo no verão de 1946, de tuberculose. Papai lhe dedicou todo um ciclo de versos.

Quando Elena Daniello surgiu na vida de papai, ele trabalhava na tradução do *Fausto*, embora também traduzisse obras da lírica universal. Suas primeiras traduções foram de Iessienin, nos anos 1920; lá pelo fim da guerra, ele traduziu Hölderlin e outros poetas alemães. Nos anos 1950, proibido de publicar obras próprias, além do *Fausto* ele também traduziu obras da lírica universal. Em 1957, publicou um volume de *Recriações*, depois da publicação do *Fausto*, em 1955.

Depois das férias em Gura Râului, Blaga começou a escrever cada vez mais poemas, dedicados em grande parte à sra. Daniello. Alguns deles possuem um evidente substrato político. Entre 1950 e o fim de 1960, esses poemas foram reagrupados algumas vezes, formando ciclos "definitivos" só em 1959/60. Mamãe os transcreveu à máquina e os mandou encadernar em quatro grandes volumes de formato A4. A paginação dos poemas foi a mesma dos volumes publicados até 1943. Tenho todas as razões para suspeitar que Blaga tenha ocasionalmente contado à sra. Daniello sobre sua intenção de escrever um "romance" que fosse uma continuação da *Crônica*, que é um texto estritamente autobiográfico. No ambiente agradável e propício à criação que ela soube manter em torno de Blaga, depois das férias em Gura Râului, durante dez anos, até seu adoecimento no inverno de 1960/61, creio que ela lhe sugeriu essa empreitada. E é claro que ela se tornou a personagem principal do romance... Qual mulher não teria esperado por isso?! De fato, ela aparece também sob a forma de Ana Rareș, personagem feminino bem construído, que parece também evocar Coca Rădulescu e talvez outras mulheres da vida de Blaga.

O teor do romance é também a história da progressiva instauração do sistema de terror stalinista em nosso país. Por isso, sua redação foi extremamente perigosa. Papai escrevia a lápis, usando folhas de papel mais longas que A4. Na biblioteca da Academia, onde trabalhava, ele traduzia o *Fausto*, mas em paralelo escrevia também o romance. Tinha uma maleta de couro, ainda da época de Lisboa, em que todo dia ele levava para casa as páginas escritas do romance. Jamais deixou uma página sequer na biblioteca. Ademais, muitos anos depois, quando tive acesso ao dossiê de investigação da *Securitate* sobre papai, soube que a escrivaninha e as gavetas da biblioteca haviam sido revistadas. A *Securitate* tinha muito interesse naquilo que Blaga escrevia. Papai punha as páginas escritas em pastas de cartão sem título. A primeira redação foi realizada entre 1951 e 1953. Em 1954/55, ele esteve muito ocupado com a edição do *Fausto*, publicado em agosto de 1955.

A segunda redação foi realizada entre 1956 e 1958/59, com um acréscimo de vários capítulos, alguns escritos à tinta. No final, formaram-se três grandes pastas, sem título. Em 1960, ele me disse que, de fato, o romance não estava pronto, e que ainda pretendia trabalhar nele. O que jamais aconteceu, pois ele em seguida adoeceu.

Em 1958/59, em Cluj, foi preso um grupo de médicos dos quais ele era amigo e com quem costumava fazer refeições numa pensão particular. Eclodiu um estado de grande pânico em Cluj. Eu também estava lá, de férias com meu marido. Embalei os manuscritos do romance e os escondi na casa de um parente do meu marido, numa escrivaninha cheia de papéis. Dois meses depois, levei o pacote de volta para a casa de papai.

O título do romance, *A Barca de Caronte*, foi proposto pelo Instituto G. Călinescu, que procurava publicar fragmentos seus, na primavera de 1989. O manuscrito foi integralmente datilografado na minha casa. Por iniciativa da acadêmica Zoe Dumitrescu Buşulenga, veio à minha casa uma secretária do Instituto, com sua própria máquina de escrever. O regime opressivo de então exigia que as máquinas de escrever fossem controladas anualmente pela autoridade policial. A acadêmica assumiu um risco muito alto. Em seguida, o pesquisador Mircea Vasilescu confrontou o texto com o manuscrito original. A publicação integral, porém, não teria sido possível sem a mudança do regime, em dezembro de 1989. O romance foi publicado em primeira edição em dezembro de 1990 pela editora Humanitas. O ministro da Cultura era Andrei Pleşu e o diretor da editora, Gabriel Liiceanu. O posfácio àquela edição foi escrito por Mircea Vasilescu. Naquela ocasião pude ver a mais longa fila para o lançamento de um livro, que circundou um quarteirão inteiro.

Os personagens do romance são reais. Decifro os seus nomes verdadeiros no anexo deste livro, chamando a atenção do leitor brasileiro sobretudo a um personagem que passou muitos anos de sua vida no Brasil, considerado grande homem de cultura, pensador de esquerda, que legou, no Brasil, uma obra notável.

Ana Rareş é um personagem composto, como já disse, atravessando como um fio condutor, com a graça de uma brisa, todo o romance.

O romance é de fato narrado na primeira pessoa por Axente Creangă, professor da Universidade de Cluj, poeta e dramaturgo, que dedicou alguns anos de sua vida à diplomacia. É de fato Lucian Blaga, poeta e dramaturgo. Pronto.

Leonte Pătraşcu, filósofo, criador de um sistema filosófico próprio, professor universitário em Iaşi, é também Lucian Blaga. Não sabemos o que determinou Lucian Blaga a se dividir em dois personagens, nos terríveis anos da década de 1950. Terá visto sua criação filosófica condenada à morte? Não teria mais nenhuma esperança nesse sentido? É claro que, nas condições daquela época, ele não estava disposto a nenhum tipo de concessão, não estava disposto a renegar sua própria construção filosófica. Pode-se dizer que Blaga foi o único criador de um sistema filosófico na Romênia do século XX. E talvez o último. O mundo muda. Não é o momento nem o lugar para comentar. Isso farão os futuros especialistas.

Ana Rareş constituirá uma ligação sutil entre as duas faces do mesmo criador.

A ação de *A Barca de Caronte* começa nos últimos meses da Segunda Guerra Mundial, nos primeiros dias de abril de 1944. Depois da derrota do exército hitlerista em Stalingrado, as tropas soviéticas se aproximavam da fronteira romena.

Prefácio

Do Ocidente, começaram os bombardeamentos americanos sobre a Romênia, visando zonas petrolíferas e industriais. As sirenes de alarme aéreo soavam diariamente em Sibiu, onde morávamos. A população começou a se dispersar em zonas mais protegidas, como, por exemplo, em pequenos vilarejos, escondidos entre colinas e montanhas. Com nossa partida para a aldeia de Căpâlna, no vale do Rio Sebeș, começa o romance. Nós na verdade ficamos em Lancrăm, na casa em que Blaga nasceu. Depois seguimos o Rio Sebeș a montante. A primeira localidade era Petreşti, onde havia uma fábrica de papel, e em seguida Laz, onde pintavam ícones sob vidro. Em Săsciori ficamos na casa do irmão de papai, Longin, que tinha uma mercearia. De lá até Căpâlna havia uns sete quilômetros, que se percorriam facilmente a pé, o que diversas vezes fizemos. O vale se estreitava e o rio se agitava entre as montanhas. Depois o vale se alargava de novo e chegávamos a Căpâlna. Havia outros refugiados na aldeia. Ficamos instalados na casa do padre, que tinha três filhos.

Mas Ana Rareș/sra. Daniello jamais estiveram ali. No romance, Ana Rareș faz uma breve aparição no quintal do padre, talvez movida por curiosidade.

Dali em diante, o romance é uma mistura de imaginário e fragmentos autobiográficos, sob a forma de histórias de Axente Creangă. Ana Rareș aparece e desaparece, plena de uma feminilidade discreta, misteriosa e intangível. Aparece também junto a Leonte Pătrașcu, no vilarejo Lancrăm (Câmpul Frumoasei). Ignoramos o que determinou Blaga a dar esse nome ao vilarejo – talvez por causa de um vale Frumoasei que existiria no alto das montanhas?

Na construção do romance, Lucian Blaga muda num determinado momento o local da ação, de Cluj para Alba Iulia e os arredores daquela cidade. Igualmente, o vilarejo Gura Râului jamais é mencionado. Os encontros com Ana Rareș foram localizados em Căpâlna. É claro que a fortaleza de Alba Iulia e a biblioteca Bathyaneum constituem um cenário propício aos encontros "casuais" entre Axente Creangă e Ana Rareș. Assim como o lugar onde moravam os balseadores, às margens do Rio Mureș, onde se encontravam Axente e Octavia, outro personagem muito pitoresco.

Em paralelo, Leonte Pătrașcu mora no vilarejo natal, na casa de sua família, sendo visitado por Ana Rareș. Escreve breves ensaios, encontra-se num estado depressivo, não vê mais nenhuma escapatória da situação em que o país se encontra.

É obcecado pela Ravina Vermelha, uma formação geológica próxima de Lancrăm, profunda e avermelhada. Lucian Blaga também ficou obcecado pela Ravina Vermelha poucos anos antes de morrer, tendo escolhido o lugar de sua sepultura no velho cemitério junto à igreja, com visão para a ravina.

Leonte Pătrașcu se atira nessa Ravina. É perturbador o fato de que Blaga, ao descrever o enterro de Leonte, parece antecipar seu próprio sepultamento.

No romance são narrados vários acontecimentos, estranhos destinos de algumas pessoas que não têm ligação direta com o fio condutor da história. Alguns são reais, com pessoas reais.

Extraordinária é a análise da instauração do regime de terror stalinista no país: a eliminação dos partidos políticos do período entreguerras; a estatização da economia nacional por meio de expropriações; a destruição do campesinato, sobretudo a dos camponeses abastados; a criação do "homem novo"; a política cultural; a extinção dos homens de cultura, não alinhados, da vida pública e das estantes das bibliotecas, da imprensa e do ensino; o surgimento de homens de cultura dispostos a compactuar; as denúncias; os dossiês do serviço secreto; as investigações; os encarceramentos.

O medo de cada cidadão de que no momento seguinte viesse a sua vez – muitos tinham uma malinha pronta – a fome e o frio depois da guerra, as habitações em comum. Tudo. Um verdadeiro "processo comunista". Mas escrito nos anos 1950. Um ato de grande coragem do autor naqueles anos. Coragem que hoje talvez não possa ser suficientemente apreciada.

Pergunto-me quanta coragem papai teve, há exatos cinquenta anos, sabendo que, caso os manuscritos fossem descobertos pela *Securitate*, a prisão com certeza o esperava, além do confisco dos manuscritos. Ademais, ao ler anos mais tarde o seu dossiê, constatei que a grande obsessão da *Securitate* era saber o que Blaga estava escrevendo.

A última parte do romance, depois do desaparecimento de Leonte, se desenrola em Căpâlna – de fato, Gura Râului. Axente Creangă, sob o misterioso feitiço de Ana Rareș, escreve poesia. Juntos, tentam decifrar as anotações de Leonte, que Ana conserva para transcrever. Trata-se dos pequenos ensaios *As Mentiras de Deus*.

Prefácio

Lucian Blaga concluiu a segunda redação do romance aproximadamente em 1960. Já estava doente, mas a doença ainda não se manifestava. Os primeiros sinais surgiram no outono de 1960. Visitou-me pela última vez em Bucareste em novembro de 1960. Concluíra o sistema filosófico em 1959 com a obra *Ser Histórico*, quando me disse: "agora posso morrer".

No último diário de mamãe, de 1959/69 (papai já estava aposentado), ela fala das traduções da lírica inglesa que eles realizaram juntos. Como dizia papai, elas eram uma "mônada". As musas pareciam ter desaparecido de seu horizonte.

Papai se encontrava internado no hospital quando, há exatos cinquenta anos, tentei editar um pequeno volume de versos seus para que ele não morresse tão amargurado. Chegou a assinar um contrato com a editora, mas morreu antes da publicação. As peripécias para editar um volume de versos de um autor proibido por um regime totalitário ficam para ser contadas noutra ocasião.

Junto com mamãe, cuidei de uma vasta obra literária e filosófica que evitei fosse destruída ou confiscada. Pouco a pouco consegui editá-la. Por diversas maneiras, enviava as publicações para grandes bibliotecas do Ocidente. Assim considerei salvar a obra de papai.

Toda a minha vida, dos meus 31 anos até hoje, foi marcada por essa atividade. Tenho família, dois filhos, três netos. Tive também, no regime passado, uma profissão que executei conscienciosamente e sem compactuar. Recusei, por exemplo, tornar-me membro de partido.

No inesquecível dia 7 de abril de 1961, foram publicados os primeiros poemas originais de Lucian Blaga na revista *Contemporanul*, depois de dezenove anos de silêncio. Papai os leu no hospital. Morreu depois de um mês.

NOTA DA EDIÇÃO ROMENA

Em diálogo com Octav Şuluţiu,[1] publicado na revista *Vremea* de 15 de setembro de 1935, Lucian Blaga revelou: "Creio que depois dos cinquenta anos vou escrever um romance... na mesma fórmula do meu teatro, naquele *realismo mítico* que me é, creio eu, orgânico".

A primeira redação do romance deu-se entre 1951 e 1953. O manuscrito foi reformulado e sofreu acréscimos entre 1956 e 1958. Mas nem essa última forma foi considerada definitiva pelo autor.[2]

O título da obra foi sugerido pela *Revista de História e Teoria Literária* – que publicou na íntegra os primeiros capítulos nos números 1-2 e 3-4 do ano de 1989 – e considerado adequado.[3]

Fragmentos avulsos haviam sido anteriormente publicados nas revistas *Viaţa Românească, Luceafărul, Gazeta Literară* e *Manuscriptum*.[4]

No texto datilografado de 1988-1989 e na primeira edição foram eliminadas algumas páginas do manuscrito, atendendo ao desejo de Cornelia Blaga.[5] Essas páginas foram reintroduzidas na segunda edição, p. 202-07.

O romance foi publicado pela primeira vez sob forma de livro pela editora Humanitas no ano de 1990, sob a coordenação da sra. Dorli Blaga e do sr. Mircea Vasilescu, que também assinam o posfácio.

A presente edição, respeitando à risca o manuscrito autógrafo que se encontra sob a custódia da Biblioteca Central Universitária de Bucareste, inclui as páginas omissas no texto datilografado que serviu de base à primeira edição. Na transcrição do texto, a ortografia original sofreu algumas modificações, como segue:

---

[1] Citado por Mircea Zaciu em "O Amplă Proiecţie Narativă". *Revista de Istorie şi Teorie Literară*, n. 1-2, 1989. (N. E. Romeno)

[2] Cf. Dorli Blaga, "Notă asupra ediţiei". In: *Luntrea lui Caron*. Bucareste, Humanitas, 1990, p. 513. (N. E. Romeno)

[3] Ibidem, p. 514. V. também idem, "Notă de ediţie". *Revista de Istorie şi Teorie Literară*, n. 1-2, 1989. Cf. infra, p. 247, 249, 258, 357. (N. E. Romeno)

[4] Nos números 1 e 2, 1975, a obra vinha sendo convencionalmente intitulada "O Chamado dos Lobos". (N. E. Romeno)

[5] Viúva do autor. (N. T.)

— as palavras terminadas em "u" mudo, como por exemplo *alaiu, straiu, vechiu,* [eu] *încheiu,* tornaram-se *alai, strai, vechi,* [eu] *închei;*

— as formas verbais do gênero *auzia, creia, priia, închiega, locuește* foram substituídas por *auzea, creia, pria, închega, locuiește;*

— o "s" dos substantivos *basin, ovăs, sbatere, deslegare, desamăgire,* etc. foi sonorizado em "z": *bazin, ovăz, zbatere, dezlegare, dezamăgire;* por outro lado, *epizod, dizident, luzitan* foram registrados como *episod, disident, lusitan;* v. também *sezisare,* transcrito como *sesizare;*

— lexemas como *vuet, greer, muere, voevod* assentaram-se como *vuiet, greier, muiere, voievod;*

— os substantivos *esperiență, escludere, ecstaz, clacson,* etc. foram transcritos como *experiență, excludere, extaz, claxon;*

— neologismos reproduzidos sob forma de *pik-nik, rucksack, jugoslav* foram ortografados *picnic, rucsac, iugoslav;*

— *des de dimineață* tornou-se *dis-de-dimineață,* e *așișderea – așijderea.*

Não se uniformizaram as alternâncias morfológicas do gênero *grijă/grije* ou *epoci/epoce,* utilizadas no período em que foi redigido o romance.

Foram conservados e restabelecidos tanto as formas da língua características do período do entreguerras como o idioleto do autor. A ortografia de nomes próprios, assim como a de palavras/expressões citadas em línguas estrangeiras respeitou as normas editoriais em vigor. Inadvertências de redação e de pontuação foram, de modo tácito, corrigidas.[6]

O romance contém uma série de elementos autobiográficos. Algumas notas de rodapé apresentam sobreposições ocorridas entre a obra do escritor e a do herói-narrador.

A Editora Romena

---

[6] Apesar de as indicações sobre as especificidades ortográficas e morfológicas da língua romena serem direcionadas ao público romeno, decidimos mantê-las, pois o tradutor brasileiro levou-as em conta no que diz respeito à maior aproximação possível das singularidades propostas na escrita de Lucian Blaga. (N. E.)

I

O início da primavera coincidiu com o início de um caos que se alastrava por todos os cantos do país. Para nós, pacíficos cidadãos de uma nação que chegara a uma encruzilhada, a folha do calendário de parede indicava o dia daquele começo de primavera e do caos: 15 de abril de 1944. A estridência das sirenes, ativadas mais ou menos a cada duas horas, dilacerava a alma e os ouvidos. Morávamos em Sibiu,[1] na saída para Dumbravă, um lugar mais afastado em que há anos nos sentíamos de certo modo protegidos das numerosas dificuldades e vicissitudes da época. Na cidade se refugiara, quatro anos antes, a Universidade de Cluj,[2] em consequência de um veredito injusto que havia cortado a Transilvânia em duas.[3] Agora a guerra se apresentava mais palpável, inclusive para nós, que até então não tivéramos a ocasião de senti-la de perto. Os sinais de alarme já haviam se tornado insuportáveis de tão frequentes e insistentes. Ainda alheios a qualquer experiência relacionada ao perigo de bombardeios aéreos, possíveis a qualquer momento, costumávamos procurar refúgio em Dumbravă, sobretudo debaixo de uma ponte ferroviária, até sermos advertidos de que tais esconderijos óbvios eram inúteis e de que Dumbravă, graças à sua densa vegetação de carvalhos seculares, estava predestinada a se tornar alvo dos ataques aéreos. Acabamos sendo dominados por um estado quase ininterrupto de pânico, mantido por boatos incontroláveis, ainda mais depois do bombardeio da capital, em 4 de

---

[1] Importante centro cultural e econômico da Transilvânia meridional. (N. T.)
[2] Importante centro cultural e econômico da Transilvânia. (N. T.)
[3] Em 30 de agosto de 1940, a Segunda Arbitragem de Viena transferiu da Romênia para a Hungria um território de cerca de 43 mil quilômetros quadrados, conhecido como Transilvânia Setentrional. As novas fronteiras eram garantidas pela Alemanha e Itália. (N. T.)

abril, dia inesquecível em que colossos voadores destruíram a *Gara de Nord*.[4] Nomes de amigos ou conhecidos, vítimas do bombardeio, começaram a circular e a alimentar o pânico. Ouvíamos falar de esquinas em Bucareste com casas arruinadas ou partidas ao meio, exibindo tragicomicamente seus aposentos, onde ainda podia ser vista uma cama e objetos de toalete íntimos como cenários teatrais suspensos no nível dos andares superiores.

Certo dia, a universidade fez circular, de maneira perfeitamente inesperada, o conselho – que soava mais a ordem – de concluirmos os cursos e nos dispersarmos, caso não desejássemos ser reduzidos a poeira e fumaça. Isso significava nos mudarmos, com todos os bens que podiam ser salvos, para algum lugar do universo rural que se estendia ao pé das montanhas, ou mesmo nos planaltos lá de cima, onde, muito provavelmente, estaríamos muito menos expostos a eventuais bombardeios que poderiam atingir Sibiu. A decisão de partir foi tomada, alguns dias antes, mais rápido do que pudemos imaginar, durante uma reunião de família em que abordamos a frio, sob todos os aspectos, a questão de nos dispersarmos. Uma de minhas estudantes, de Căpâlna, vilarejo localizado num vale maravilhoso às margens do Rio Sebeș, propôs que nos refugiássemos na casa dos pais dela, suficientemente ampla para servir de abrigo por prazo indeterminado. A estudante nos convidou com um sorriso doce e acanhado, como se quisesse se desculpar pelo atrevimento da oferta que fazia, intercalando uma série de argumentos em favor da paisagem. De tais argumentos, contudo, eu não tinha necessidade. O vilarejo, na verdade um povoado, eu conhecia muito bem, desde a minha época de infância, pois o percorrera inúmeras vezes na companhia dos meus pais quando íamos passar o verão nas "casas dos guardas florestais" perto da nascente do rio. O argumento que mais pesava na balança, a fim de tomar uma decisão, era sem dúvida o da ligação com a infância. Depois de tantos anos de guerra, depois de tantas dificuldades enfrentadas, que nos pareciam ser apenas o prelúdio de um caos que viria a se abater sobre nós, sentia a necessidade de me refugiar com minha família, não só em algum lugar do espaço, como também para trás, distante no tempo. Propunha-se refugiarmo-nos no vale da minha infância. Meu vilarejo natal, chamado Câmpul Frumoasei, estava localizado às margens

---

[4] Principal estação ferroviária de Bucareste. (N. T.)

do mesmo rio, só que mais a jusante, não muito longe de sua desembocadura no Mureș, nas proximidades da fortaleza de Bălgrad.[5]

Empacotamos em sacos e baús tudo o que tínhamos de levar conosco para um refúgio do qual pressentia que não iríamos voltar tão cedo – e sobretudo não nas mesmas condições em que vivêramos até então. A frente oriental se aproximava como um rolo compressor de fogo, que esmagava tudo ao nível do chão. Uma das extremidades daquele rolo compressor chegara perto das fronteiras orientais e setentrionais do país. A julgar por todos os sinais celestiais, por vezes vistos, outras vezes só ouvidos, o firmamento da pátria não era mais "nosso". Os bombardeiros ocidentais circulavam em pleno dia a seu bel-prazer por cima das nossas cabeças e do nosso assombro. Negociei com camponeses umas carroças para transportar baús e sacos contendo alimentos, livros, manuscritos, os mais diversos utensílios, de louça a tinteiros, e tantos outros que deveriam responder às exigências da vida rural que nos aguardava numa casa que oferecia apenas o seu telhado e o mínimo necessário de móveis. Minha família e eu partimos atrás das carroças dentro de um automóvel particular que foi colocado à nossa disposição, para esse fim, pelo reitor da universidade, que fez questão de facilitar, em sinal de amizade, a dispersão da classe universitária.

Era um dia esplêndido, de uma limpidez metálica, quando partimos de Sibiu pela estrada nacional na direção de Sebeș Alba.[6] Os salgueiros começavam a dar brotos, dando a impressão de se cobrirem com um vapor verde, diáfano. Respirei com uma sensação de alívio ao atravessar os muros medievais de Sibiu, pois finalmente saíamos da cidade da qual partíamos justamente em hora crítica, quando as sirenes podiam começar a soar a qualquer momento. Ainda parecia sentir nos ouvidos o zumbido das estridências do dia anterior, riscando a transparência vítrea e glacial do céu. Na estrada nacional, deparávamo-nos com rebanhos de ovelhas e pastores ainda ostentando pesadas peliças de inverno. Os asnos com cabeça grande demais, carregando no lombo enormes alforjes, avançavam devagar, atraindo consigo os rebanhos. Cercadas por cães pastores, as ovelhas dirigiam-se para as montanhas, vindas

---

[5] Outra denominação, esta de origem eslava medieval, da cidade de Alba Iulia, capital da Transilvânia entre 1541 e 1711. (N. T.)

[6] Atualmente conhecida como Sebeș, trata-se de cidade transilvana de grande importância histórica, a quinze quilômetros de Alba Iulia. (N. T.)

das várzeas longínquas do Banat ou da Planície Transilvana. Aqueles dias eram justamente os da subida para o planalto. De qualquer modo, sua marcha vagarosa não tinha nada a ver com o momento histórico da nossa dispersão, ao contrário do que tendia a crer minha filha, que, nascida e crescida no estrangeiro, pela primeira vez testemunhava o fenômeno da transumância. "Não, minha querida", tentei lhe explicar, "os pastores e os rebanhos não estão se refugiando dos bombardeios, assim como imagina; há milhares de anos este caminho é percorrido nestes dias de primavera. No fim do outono, quando as folhas amarelam, os pastores descem de volta para os vales, na planície. Essa é sua eterna peregrinação, entre a planície e o planalto, de acordo com um calendário próprio, muito acima dos acasos e dos acontecimentos históricos que estão nos expulsando agora da cidade." De vez em quando precisávamos parar o automóvel no meio da estrada, a fim de dar uma trégua às ovelhas que se moviam por entre os gritos e os assobios dos pastores e as buzinas dos carros, que as desorientavam com seus ruídos mecânicos, inesperados e incomuns em meio a tanta vegetação campestre. Enquanto me via de repente rodeado pelo mundo pastoril numa estrada asfaltada, pensava nos bombardeiros que podiam surgir por entre as nuvens do céu, felpudas como cordeirinhos. Era visitado pela sensação aguda de que a "história", materializada em bombardeiros imaginários, nos expulsava na direção da "pré-história", uma pré-história multimilenar, simbolizada pelo pastoreio à nossa volta. Deparávamo-nos com pastores, ovelhas, asnos e cães de guarda por toda a parte, o que denotava encontrarmo-nos, de fato, não numa estrada, mas numa rota que ligava a história de volta à pré-história. Deixava meu pensamento se perder em tempos imemoriais, que de certo modo ainda persistiam sob as aparências civilizadas do momento. Cheguei ainda a concluir, na breve pausa de uma parada, que essa rota rumo à pré-história coincidia com um retorno a prazo indeterminado ao vale da minha infância. Tal coincidência me parecia intencional. E, ao distanciar-me da zona crítica da cidade, tranquilizava-me aos poucos, como se entrasse sob a proteção do escudo de uma antiga presença materna. Tal associação de ideias trouxe-me vivo à memória o rosto do meu melhor amigo, do meu mais velho amigo, Leonte Pătrașcu, que, poucos meses antes, desenvolvera com certos acentos líricos (numa revista de filosofia) seu conceito sobre a repetida retirada dos romenos da história para a pré-história. Tinha a impressão de que o rebanho de ovelhas, que se esparramava veloz em torno do automóvel, reforçava o conceito do filósofo com um

Capítulo I

melancólico balido. Há poucas horas ficara sabendo que Leonte, que era professor de filosofia na Universidade de Iași,[7] escondera-se, pelos mesmos motivos fáceis de supor e válidos para todos, em seu vilarejo natal, que coincidia ser o meu vilarejo de origem. Acontecera o seguinte: a universidade moldava refugiara-se na Transilvânia não fazia muito tempo, entre os muros da fortaleza de Alba Iulia. Visto que Alba passava a ser também um centro urbano exposto a bombardeios imprevistos, Leonte chegara à conclusão de que só encontraria refúgio seguro em nosso vilarejo natal. Uma ideia infantil, pensei comigo mesmo, pois o nosso vilarejo, situado em campo aberto, não oferecia nenhuma defesa. Tão logo chegamos a Sebeș Alba, velho burgo saxão[8] concentrado em torno de uma igreja construída séculos atrás em estilo românico e gótico, com uma escola alemã na frente – à qual me ligam tantas lembranças de infância – dei-me conta de que minha vista estava alterada por uma lágrima. Frequentara o curso primário ali, junto com Leonte, naquela escola saxã. Virando um pouco a cabeça, para não ser visto por minha esposa e minha filha, enxuguei com a palma da mão o fruto da alma que brotara na ponta dos cílios. Em seguida, deveríamos continuar rio acima na direção de Căpâlna. "Façamos um breve desvio", disse à minha esposa, "rio abaixo até Câmpul Frumoasei. Soube hoje de manhã que Leonte se refugiou ali. Gostaria de vê-lo. Conversarmos um pouco. Como cruzam-se os caminhos!"

Encontrei Leonte em Câmpul Frumoasei. Estava instalado na casa de seus pais. A casa fora vendida há uns trinta e poucos anos, após a morte de seu pai, que fora o padre do vilarejo. Não nos esperava, mas estava junto à entrada do porão, como se nos esperasse. Fazia décadas que eu não via aquela casa, nem aquele quintal, onde eu brinquei todo dia com Leonte durante a primeira infância. Eis que agora estávamos ambos profundamente emocionados com esse encontro naquelas circunstâncias. Ali havíamos passado juntos todas as fases da infância. Para mim, Leonte era parte integrante daquela paisagem. Seus pais moravam na parte de cima do vilarejo, os meus, na parte de baixo, bem do lado da escola local. Perto da nossa casa ficava o moinho e o "turbilhão", uma cascata que formava um redemoinho em que nos

---

[7] Principal centro cultural, econômico e universitário da Moldávia. (N. T.)
[8] Denominação dos colonos de origem alemã que se estabeleceram na Transilvânia a partir do século XII, vindos de diferentes regiões (Francônia, Flandres, Luxemburgo, etc.). (N. T.)

refrescávamos nos dias mais quentes do verão. Não havia no vilarejo esconderijo que não conhecêssemos, nem mesmo ninho de pardal que não houvéssemos espiado para ver o número de ovos salpicados. Mais ou menos ao mesmo tempo em que Leonte abandonou o vilarejo junto com sua mãe que se tornara viúva, mudando-se para Sebeş Alba, coincidiu de meus pais, camponeses não propriamente pobres, se mudarem para a periferia daquela mesma cidade, a fim de controlar mais de perto a criação e a educação que procuraram me dar. Na companhia de Leonte, terminei o liceu em Braşov[9] e, em seguida, a universidade em Viena. Por sermos irmãos de alma, fomos apelidados de "gêmeos". Assim nos chamavam todos aqueles que acompanharam o nosso desenvolvimento ao longo dos anos. Éramos inseparáveis. Leonte era apaixonado por filosofia. Desde a juventude ganhou fama de pensador, tendo publicado uma série de trabalhos no árido campo da teoria do conhecimento, experiências na área da metafísica, bastante audazes e muito discutidas pelos periódicos da época. Completamente devotado a incursões na área dos mistérios, ele sempre descobria novos filões metafísicos nas profundezas ainda inexploradas da existência. E os mistérios se delineavam em sua imaginação como nos primórdios, quando o homem externava seu pensamento em vocábulos míticos. Em suas visões metafísicas, Leonte Pătraşcu conjugava o vago da poesia à precisão da matemática. Em paralelo, eu lograva construir uma fama de poeta. Em Leonte eu via, desde a adolescência, a minha "consciência"; quanto a mim, ele dizia com frequência que eu era o seu "demônio", esboçando de certa forma com isso uma alusão ao insondável significado positivo e criador do "demonismo", assim como era compreendido esse conceito por alguns filósofos contemporâneos. Nos primeiros anos depois da Primeira Guerra Mundial, Leonte começou a lançar, por meio de comentários sutis, o conceito de "demonismo", de modo que tal pensamento encontrou um grande eco e passou a circular com força no interior do meio ensaístico romeno.

No instante em que entramos no quintal, Leonte nos recebeu com um óbvio palor na face, de emoção. Ao movimento da sua alma respondi-lhe decerto com a mesma emoção, com o mesmo palor. Minha esposa e minha filha foram tomadas por uma espécie de muda admiração por esse homem sobre cujo poder intelec-

---

[9] Uma das maiores cidades da Romênia, Braşov é o principal centro cultural e econômico da Transilvânia meridional. (N. T.)

Capítulo I

tual tanto haviam ouvido falar. Sucedeu até que minha filha, quando era menor, acreditasse que Leonte era meu único "irmão" – tanto se falava dele em casa. Na verdade, eu não tinha nenhum irmão de sangue. Subimos todos os quatro os degraus de pedra para dentro da casa. Ali, as lembranças me atingiram a começar pelo cheiro completamente singular dos cômodos, cheiro que se mantivera o mesmo décadas depois. Com todos os poros invadidos por lembranças, minha voz enfraqueceu, como se eu mesmo houvesse me tornado mais uma sombra por entre tantas sombras do passado. "Vocês estão indo para Căpâlna?", perguntou-nos Leonte, para adicionar em seguida: "Voltei para cá onde estão os fundamentos da minha vida, a terra que pisei pela primeira vez. Se as coisas continuarem implacáveis como parecem ter-se tornado há um ano, seremos encobertos pela Noite."

Quanto à análise sumária da situação geral, encontrávamo-nos na mesma posição. A situação a que havíamos chegado no choque dentre imperialismos na expansão alternante do mundo, naquela hora, era tudo menos favorável. E Leonte, dirigindo-se a nós três ao mesmo tempo, avaliou o momento, de maneira que até uma criança compreenderia: "A moenda da história pode esmagar um povo pequeno. Até há pouco tempo ainda nutríamos uma vaga esperança por um eventual reagrupamento das forças mundiais, um reagrupamento que talvez pudesse nos oferecer a chance de sermos salvos. Não sei se as atuais circunstâncias ainda nos dão direito a qualquer esperança." "Por enquanto", repliquei, "somos obrigados a escolher entre dois males." E, dirigindo-me à minha filha, que acompanhava tensa e preocupada a troca de olhares, perguntei: "E você, querida, podendo escolher apenas entre dois males, qual escolheria?" "O menor", foi a resposta imediata da pequena. Ioana respondeu depois de um instante de ponderação, mas de maneira natural, com um ar como se houvesse descoberto ela essa sabedoria proverbial – o que descontraiu por um instante a testa do filósofo, que a beijou com carinho na cabeça. E o menor dos males dentre os dois que se entreviam em nossa paisagem era a resistência nas montanhas até um eventual reagrupamento de forças.

E se não ocorresse um reagrupamento? Não lembro mais qual dentre nós fez a pergunta, eu ou o filósofo? E também não lembro qual dos dois teria balbuciado a resposta. A resposta, porém, se recobria de um aspecto sombrio. "Então é possível que nos envolva uma escuridão à qual nosso povo não possa mais resistir a não ser retornando realmente à pré-história, até quando uma nova aurora ressurgir."

Foi essa a resposta dada por um de nós. Uma resposta pensada por ambos, mas pronunciada apenas por um no momento em que o outro pensava o mesmo. Lembro-me, porém, de que o filósofo, com sua voz mais profunda, esclareceu a resposta: "Ao longo de quase dois mil anos, para nós, romenos, a pré-história foi por vezes o único escudo contra as tentativas externas de nos impor a história." Era essa a conclusão com que o filósofo e o poeta concordavam em seu diálogo, que era antes um diálogo dos "gêmeos", gêmeos que ainda estavam unidos ombro a ombro.

À despedida, o filósofo disse: "Saibam que em Căpâlna se refugiou também faz poucos dias uma amiga minha muito próxima. Tentem conhecê-la: Ana, esposa do professor Rareş, conhecido naturalista de Iaşi. Uma criatura realmente excepcional e encantadora. Sei que Flavia é compreensiva e, dos dez olhos que tem, consegue fechar nove quando se trata de musas que podem inspirar um poeta." Flavia era um dos nomes de minha esposa, um nome que nem ela nem eu utilizávamos. Só Leonte a chamava assim, provavelmente considerando que esse era o único nome que sublinhava a distinção de estilo clássico de uma aparição feminina. Para todos os nossos conhecidos, e para nós mesmos, minha esposa se chamava Dora. Os seus outros três nomes eram inativos, presentes apenas na certidão de nascimento. A preferência que o filósofo dava ao nome de Flavia traía seu irrefreável costume de ser platônico. Leonte, que levara uma vida solitária por regiões sublimes do pensamento, ainda mantinha, nos seus 43 anos de idade, algo da velha tendência do adolescente de idealizar a mulher, e tal tendência era manifestada sobretudo diante das esposas de seus amigos. Gostava às vezes de provocar Flavia, aludindo sorridente às minhas "paixões". Que Dora fosse compreensiva – isso era realmente verdade, mas que ela soubesse fechar nove de dez olhos, tantos quanto Leonte lhe atribuía, já era um pouco exagerado, sob todos os pontos de vista. Pois Dora jamais se deixou dominar por uma curiosidade tão prescrutadora a ponto de seus olhos se multiplicarem daquela maneira, como afirmava Leonte. Sua compreensão para com as esparsas "paixões" que me envolveram ao longo dos anos, uma após outra e nunca concomitantes, não correspondia a um ciúme que ela devesse sufocar. A "compreensão" demonstrada por Dora era pura e simplesmente uma compreensão sábia, não tanto das minhas "paixões", mas de sua "fecundidade".

Viramos o carro na direção de Sebeş Alba, pequena cidade que ainda mantinha alguns dos seus aspectos do passado, de cidadela medieval. Entre os muros

Capítulo I

dessa cidade passei os anos da escola primária, parte da adolescência e da primeira juventude, ou seja, as férias dos meus anos letivos. Passando pela cidade com seus automóveis apressados, observei uma discrepância entre o que foi e o que ora via. Em muitos lugares, dos quais me lembrava como sendo vazios, surgiram nesse meio tempo verdadeiros arvoredos. O rio, com um leito mais largo que a corrente de água, teve seu curso modificado em alguns pontos. Não reconhecia mais tantas curvas e redemoinhos. O canal do moinho, embora fosse o mesmo e ainda margeado por tufos de sabugueiro, pareceu-me estranhamente estreito. Eis, de novo, a escola saxã, com seu lema inscrito no frontispício: *Bildung ist Freiheit* (Cultura é liberdade).[10] Ali fizemos nosso aprendizado, Leonte e eu, entre cultura e liberdade. "Reduza um pouco a velocidade", disse ao motorista, "e vire depois do muro da cidade na direção de Petreşti. Quero ver o que restou de outrora." Pelas ruas desfilavam figuras conhecidas, mas que carregavam o peso de um quarto de século, como se houvessem envelhecido da noite para o dia, com um passe de mágica. Tão logo reconhecidas, as imagens se transformaram em emoção e lágrimas involuntárias. Eis a rua em que, nos primeiros anos de estudo, encontrava-me, para passear para cima e para baixo, a cada entardecer, com a belíssima filha do arcipreste. Ela também já tinha morrido. Ao ver o portão até o qual costumava acompanhá-la, lembrei-me de repente de seu sorriso sonhador e de seus olhos vivazes.

Deixamos a cidade, contornando a muralha medieval para tomar o caminho que levava rio acima. Chegamos a Petreşti, vilarejo com uma grande fábrica de papel. Na infância, vi ali como se preparava o papel como se fosse a partir de uma massa de panqueca. Aqui comprei, no fim da Primeira Guerra Mundial, o papel que necessitava para publicar meu primeiro volume de versos. Tratou-se de uma "negociata". Papel de impressão só podia ser obtido naquela época com base numa "autorização" do Conselho Diretor, o governo provisório transilvano com sede em Sibiu. Faziam-se muitas negociatas naquele período do Conselho Diretor, que passara a gerir as atividades comunitárias da Transilvânia imediatamente após a Grande União.[11] Espelhando-me no exemplo dos que enriqueciam da noite para o dia com a ajuda das "autorizações", eu também fiz a minha "negociata". Vendi a "autorização"

---

[10] Traduziria antes por "Educação é liberdade". (N. T.)
[11] Referência à união da Transilvânia, Bucovina e Bessarábia à Romênia, com o fim da Primeira Guerra Mundial. (N. T.)

obtida junto à secretaria-geral da indústria a um livreiro saxão de Sebeş Alba por uma soma que me permitiu pagar não só a impressão do meu primeiro volume de versos, como também passar alguns meses no exterior, onde concluí meus estudos universitários. Toda a paisagem por onde passávamos estava impregnada de lembranças, ora doces, ardentes, lacrimosas, ora comoventes, na dramática condição da busca de um refúgio – e de um refúgio a prazo indeterminado.

Da planície em cuja extremidade setentrional deixamos Câmpul Frumoasei entrávamos agora por entre colinas, sempre ao longo do rio e depois em meio às montanhas que se elevavam por uma estrada que serpenteava ao longo do curso da água, cada vez mais límpida e ruidosa. Como as palavras verbalizadas surgiam carregadas de demasiada emoção, decidi reprimi-las. Fazia algum tempo que não falava mais. Por entre as lembranças evocadas, ora por uma curva do caminho, ora por uma casa de fachada azul descorada pelas chuvas, ora por um vulto de alguém vagamente reconhecido num vale, meu coração e meu pensamento voltavam irresistivelmente na direção de Leonte. Já havia passado um quarto de século, na atmosfera suave daqueles meridianos, desde quando ruminávamos juntos nossos planos juvenis de futuro. Depois de tantos anos de elã e esforço, de decepção e fadiga, não compreendia de onde ainda tirávamos, naquela época, a incomensurável confiança com a qual os tecíamos. Apesar de tudo, eu então sabia, graças a uma adivinhação maluca, que estávamos ambos fadados a realizações em cimos espirituais elevados. E é verdade que cada um de nós, a seu modo, se realizou por meio de criações que de alguma forma se assemelham às que foram então espiritualmente antecipadas. Nossas obras despertaram o vivo interesse da intelectualidade, ao menos da mais vanguardista, de todo o país. O pensamento romeno não podia mais ser imaginado sem os conceitos que Leonte, nesse meio tempo, havia desenvolvido em diversas áreas da filosofia. Nem a poesia romena podia mais ser concebida sem a minha poesia. Nossas inovações não haviam sido previstas por ninguém, embora brotassem das imutáveis profundezas da mesma nação. Por meio delas, o espírito romeno sofreu mutações irreversíveis. O mundo espiritual construído nas terras romenas entre as duas guerras mundiais era em boa parte o nosso mundo, de nós dois, ou pelo menos um mundo para cuja formação havíamos plenamente colaborado. Esse "mundo" era um mundo em que se revelava a maturidade histórica de um povo. E agora, na tarde daquele dia, nós dois nos encontrávamos, após uma

Capítulo I

longa separação, justamente no lugar de onde partíramos para a vida. Nosso encontro ocorria nas origens. Refugiávamo-nos do "nosso" mundo na "pré-história", em meio a eternas presenças maternas. Por quanto tempo?

༄

Chegamos a Căpâlna ao anoitecer. Rebanhos de cabras, brancas, negras, ruivas, descem pelas encostas na direção do vilarejo. Essa visão me comunicou uma tranquilidade arcádica que suavizou meu tumulto interior. As carroças que havíamos mandado de Sibiu na manhã do dia anterior chegaram ao seu destino muito antes de nós. A família do padre Bunea, não muito numerosa, nos aguardava no quintal com euforia. Minha filha Ioana deixou-se contaminar com a alegria de todos, sobretudo com a dos filhos do padre Bunea, que eram de sua idade. Assim, apesar do tom sombrio da minha alma, a alegria do momento encontrou lugar dentro de mim, embora apagada, em surdina. Ao menos por um instante, logrei respirar aliviado.

Minha esposa e minha filha se integraram de imediato ao ambiente em que havíamos de permanecer, ambas aparentemente animadas por um novo sentido na vida. Nós três tentávamos suspender qualquer projeto de futuro, de modo que uma aparência de serenidade envolveu nossos rostos.

Após cerca de uma, duas horas à mesa, posta para nós, na sala de jantar do padre, retiramo-nos para os aposentos que nos foram destinados na casa de inverno. Exaustos da agitação dos últimos dias, tentamos nos entregar ao sono. A natureza das novas circunstâncias, entretanto, não era propícia ao descanso. A casa de inverno, que constituía uma das alas do pátio, e que nos fora colocada integralmente à disposição, era alvo de uma incrível invasão de camundongos. Uma verdadeira noite valbúrgica[12] de camundongos se desenrolava pelo sótão, acima dos aposentos por nós ocupados. Um breve chiado ou a corridinha de toda uma ninhada se fazia ouvir também de vez em quando entre os nossos dois quartos. Bem acordados, estávamos atentos a esse turbilhão de roedores que deviam devorar, pela despensa do padre, todas as suas hóstias. Para reproduzir seus sons e ruídos, todas

---

[12] Referência à atmosfera extremamente festiva das celebrações da Noite de Santa Valburga (*Walpurgisnacht*). (N. T.)

as onomatopeias da fala romena provariam ser perfeitamente inúteis. Mas o fato de o sono não querer se instalar tinha ainda um outro bendito motivo: a multidão de pulgas. Depois de horas e horas debatendo-me entre os lençóis, reuni minhas forças em meio ao pesadelo a fim de analisar, extremamente desperto, a situação a frio. Deveria dar trégua às pulgas para que se fartassem? Mas talvez elas fizessem parte do grupo de criaturas capazes de beber ininterruptamente! Remexi-me de uma parte para a outra: oh, quando vão parar de me picar com suas lanças esses pequenos cavaleiros de negras armaduras medievais? Decidi, por fim, deixá-los à vontade para ver a que desgraça iriam me submeter. Contava com paciência os pontos em que se esboçavam, em diferentes gradações, as picadas: dez, vinte, trinta. Em seguida, tive a ideia redentora de saltar de repente da cama junto com todas as pulgas reunidas debaixo do meu pijama. Desvesti-me num piscar de olhos e amarrotei o pijama, com toda aquela multidão de pulgas, para dentro de uma mala que se fechava hermeticamente. Vesti outro pijama e me deitei, já pensando em repetir cuidadosa e sistematicamente a mesma operação estratégica até capturar todas as pulgas. Mas não foi necessária outra ofensiva, pois adormeci como uma pedra até as primeiras horas da manhã.

Despertei de manhã cedo. O sono curto, mas profundo, me refizera. Movido pela impaciência de rever o mais rápido possível a paisagem que haveríamos de habitar por um prazo indefinido, saí para passear no vilarejo. O povoado ficava num vale esplêndido, circundado por magníficos cumes de montanhas. Descendo ao acaso da viela de cima para a viela de baixo, a principal do povoado, segui na direção do rio, mais exatamente rumo a um antiquíssimo moinho de madeira. O frescor da manhã fustigava as maçãs do meu rosto. Uma brisa de geada batera de madrugada. Manchas de orvalho derretiam ao serem atingidas pelo sol. O moinho executava seu trabalho com uma placidez bovina, como se podia perceber já à distância, com suas grandes rodas em movimento. Contornei-o rapidamente pelo salgueiral. Que frescura tinha a água sob os salgueiros que começavam a germinar e sob os amieiros que ainda mantinham sua seiva debaixo da carapaça escamosa! Rodeando o moinho por trás, aproximei-me de sua entrada. Uma porta baixa, que me obrigou a me inclinar um pouco para entrar. Havia um burrinho na entrada. Alforjes pesados, cheios de trigo para a moedura, jaziam ao lado. Aliviado de sua carga, o burrinho mastigava uns cardos que ficaram por ali desde o outono passado.

Capítulo I

Cumprimentei o moleiro e as mulheres que haviam vindo até o moinho. Aqueles dois pares de pedras trabalhavam intensamente. Os eixos giravam mais rápido do que parecia vistos de longe. Por entre as vigas e as tábuas da parede, vislumbrava-se a água esverdeada e cristalina da calha e a luz de fora. Pisei em pedaços de mó que pareciam dentes de mamute. "Perdão, entrei só para ver como se mói o trigo por dentro", expliquei aos presentes, que me receberam com um sorriso nos lábios, agradecendo-me com naturalidade os votos de saúde e prosperidade. A farinha brotava por pequenos sulcos por debaixo das pedras redondas que giravam ruidosas, ouvia-se com dificuldade a voz das pessoas, de modo que adivinhávamos o que estávamos falando mais por gestos e sinais. A farinha brotava e se acumulava abundante em caixotes de madeira que sugeriam a forma de esquifes. Estendi a mão no intuito de pegar no jorro de farinha e cortá-lo em dois. Fazia muito tempo que eu não brincava dessa maneira. A farinha era quente, levemente abrasada, como um corpo vivo, exalando um aroma agradável e arcaico. O moleiro parecia grisalho com a poeira da farinha que se assentara no seu cabelo e sobrancelhas. Deixei-me levar pela sensação que nascia na minha palma. Alguém proferiu dentro de mim, inesperadamente, as seguintes palavras: "Noé foi moleiro."

Durante anos ocupei-me, com interrupções de outros tantos anos, do plano de uma peça de teatro que não queria de jeito algum engendrar-se. O tema era inspirado por uma velha lenda popular, que tinha de ser ricamente ampliada para poder formar o enredo de uma peça. A lenda, como uma árvore, ainda tinha de ganhar uma copa grande e densa com perfume de folha verde. O esqueleto sumário da lenda popular falava do Noé bíblico, convocado a construir uma arca antes do Dilúvio. À diferença do relato da Escritura, a lenda entrelaça a vida e os propósitos de Noé com um plano articulado pelo Diabo, no intuito de frustrar a ação salvadora. O Diabo logra num determinado momento desmontar e destruir a arca que Noé vinha construindo. Mas a vitória, no final das contas, coube a Noé, que, com um "simandro"[13] milagroso, consegue recompor a arca redentora. A lenda servia perfeitamente à criação de uma espécie de "mistério" teatral. A intenção de escrever uma peça de teatro em torno desse tema, com frequência abandonada e várias vezes

---

[13] Em grego σήμαντρον, σημαντήριον ou ξύλον; em romeno toacă; em russo било; em búlgaro клепало, é um instrumento de percussão, feito de madeira, usado nos mosteiros cristãos-ortodoxos para convocar os monges à oração ou para o início de uma procissão. (N. T.)

retomada, não lograra até então ganhar uma forma concreta em minha imaginação. Mas, no instante em que senti no moinho o jorro da farinha por debaixo do minúsculo sulco, algo dentro de mim pronunciou as seguintes palavras: "Noé foi moleiro." Saí do moinho, tomando de novo a direção de uma vereda pelo salgueiral, por onde eu vagueei à vontade e despercebido. "Sim, moleiro, bem aqui neste moinho", disse para mim mesmo. O tema começou de repente a tomar corpo, a crescer. A fabulação se desencadeou, transmitindo-me um estado de feliz embriaguez, uma espécie de liberação da pressão gerada por circunstâncias históricas e geográficas. Inventei episódios, aprofundei os significados. Detalhes despontaram misteriosamente. A lenda se transformou num mito que se localizava, por vezes com traços de um cruel realismo, ali, naquela aldeia. Pressentia que o meu tema, de certo modo cósmico, haveria de absorver em si toda a atmosfera daquele assentamento humano, ou seja, a de um vilarejo romeno cuja existência era mais antiga que a própria história da humanidade e mesmo, em tantos aspectos, de qualquer "história". Um pensamento gerado por eu simplesmente ter entrado num antiquíssimo moinho de madeira, pela sensação quente da farinha brotando, pelo ruído das pedras giratórias, pelo musgo úmido, abundante, que crescia nos eixos das mós, pela imagem de um burrinho, ocasionou a rápida precipitação de certos elementos que, anos antes, não quiseram de maneira alguma reunir-se para produzir um todo, um todo vago e desbordante e em seguida um todo articulado e organizado. Não sei que elã me permeou e me aqueceu com a certeza de que o refúgio em Căpâlna tinha sentido, pelo menos por um tempo determinado. Começaria a escrever a peça tão logo me habituasse às novas circunstâncias. Fora lançada dentro de mim a semente de um mundo, e com essa semente retornei ao vilarejo através do salgueiral.

Na ruela de baixo encontrei-me com o padre Bunea, o que justamente me iluminou o coração, pois tínhamos de começar a organizar nossa vida doméstica comum por todo o período em que haveríamos de permanecer por ali.

Apresentou-se a mim como um paradoxo da situação a seguinte circunstância: embora estivéssemos rodeados por bosques de faias, bétulas e pinheiros, encontrar combustível, ou seja, lenha para fazer fogo, era o maior e mais complicado problema. Montanhas gigantescas de toras interrompiam em alguns pontos o livre fluxo das águas do leito do rio selvagem. Essas toras, porém, eram propriedade de uma grande empresa madeireira de Sebeş Alba, e ninguém podia apanhá-las ao seu bel-

Capítulo I

-prazer e carregá-las para o quintal para as necessidades domésticas. Os vigias do velho Loga descobririam o furto dentro de uma ou de no máximo duas horas.

"Vamos ter de falar com o velho", disse o padre.

"O velho Loga ainda está vivo?", perguntei, admirado. Eu o conheci uma vez, quando passou por aqui, na minha infância, na direção das casas de verão de Bistra e Prigoana.

Tentei, assim, por pura curiosidade, obter notícias da carreira daquele homem que, quarenta anos antes, começara a lançar as bases de seu bem-estar. Loga era uma pessoa de uma simplicidade camponesa clássica. Não tinha mais que quatro anos de escola primária. Seu conhecimento livresco se reduzia não ao escrever, mas ao desenhar cuidadosamente as letras que lhe arrancavam gotas de suor da testa. Ele mantinha porém um certo respeito e, por conseguinte, bom senso. Nenhuma vez a condição humana o tirara do antiquíssimo padrão do nosso camponês. Jamais abandonou o traje camponês, nem mesmo quando, após ficar rico, permitia-se ao luxo de ir a Karlsbad[14] beber da água curativa que brotava das entranhas da terra ao lado do rei dos fósforos dos Estados Unidos. Loga se tornara, graças a seus esforços acompanhados de uma rara habilidade, uma espécie de ditador econômico em todo o Vale do Sebeș. E começara tão modesto! Fora no início um trabalhador jornaleiro, que movimentava as toras com uma alavanca. Fora jornaleiro em meio a centenas de outros que labutavam para pôr em movimento as toras que encalhavam nas rochas que se erguiam por entre os remoinhos do rio. Do trabalho bruto, ele passou rapidamente para funções de organizador. Ele empregou, por sua conta e a seu juízo, no começo só alguns operários, mais tarde um número cada vez maior, dos quais a mais importante empresa madeireira da região tinha necessidade para fazer a madeira flutuar ao longo dos oitenta quilômetros do rio. O negócio provou ser especialmente lucrativo. E tudo isso ainda sob o antigo regime austro-húngaro. Sob o regime romeno, mais tarde, que abria a uma pessoa com tais dotes as portas de todas as possibilidades, ele passou a empresariar negócios de toda espécie e de grandes proporções. Agora, no auge da Segunda Guerra Mundial, ele era um grande industrial, grande fazendeiro e detinha quase

---

[14] Denominação alemã da célebre estação balneária Karlovy Vary, na atual República Tcheca. Naquele momento, fazia parte do Império Austro-Húngaro. (N. T.)

todas as ações do Banco de Sebeș, que constituía a chave da vida econômica de toda a região. E em nenhum momento passara-lhe pela cabeça abandonar sua velha casa camponesa de Căpâlna para se estabelecer noutro lugar, mais confortável, no centro de sua rede de negócios. Estava ligado à vida montanhesa. Assim crescera. Assim permanecera. De pais pastores de ovelhas, ele procurava de certo modo permanecer também ele "pastor", pois nas montanhas, num lugar para além do último planalto, na região de Tărtărău, ele tinha rebanhos de ovelhas e redis onde se fabricava o mais gostoso queijo de odre[15] de todo o país.

"Mas eis o próprio vindo da ruela", chamou minha atenção o padre Bunea, que me revelara em detalhe tudo o que descrevi anteriormente sobre o "dono" da região.

Encontramo-nos. Conversamos. Descobrimos, como num conto de fadas, que somos parentes distantes, tendo muito provavelmente um ancestral comum em algum século passado. O velho manifestou, por meio dos meandros da fala local, seu contentamento com o fato de eu ter chegado àquela aldeia tão bem refugiada entre as montanhas, informando-me ainda que justo naqueles dias encontrara abrigo em sua casa, vinda de Bălgrad, a senhora Ana Rareș, esposa do "famoso" naturalista de Iași. O marido de "dona Ana", elucidou-me o velho com um tom de quem percebeu que estava falando algo inútil, pendulava entre Căpâlna e Alba Iulia, onde, como era sabido, estabelecera-se desde o inverno passado, como se estivesse no exílio, a Universidade de Iași. O velho Loga, ao falar da cidadela às margens do Mureș, alternava as denominações, chamando-a ora de Bălgrad, ora de Alba Iulia. Por meio disso, ele demonstrava habitar em dois planos da vida social: um camponês, local, e outro de natureza intelectual, econômica, política, tão vasto quanto o próprio país.

O padre Bunea desferiu-lhe uma pergunta com relação à lenha de que tínhamos necessidade. O resultado prático do encontro foi que Loga nos permitiu "arranjar" uma pessoa para reunir os restos de toras do rio que não podiam mais ser transformadas em madeira maciça, ou seja, nós, troncos podres, lascas e estilhaços. Despedimo-nos depois de o velho insistir que eu passasse um dia pela sua casa. Loga sumiu ruela acima. Junto com o padre, para apreciarmos a paisagem,

---

[15] *Brânza de burduf*, em romeno, é uma das especialidades da rica tradição culinária. Trata-se de um queijo salgado de leite ovino, mantido condensado em estômago de ovelha, previamente limpo e colocado para secar, ou em recipientes especiais de madeira. (N. T.)

Capítulo I

seguimos ruela abaixo. O caminho haveria de nos levar diante da casa de Loga. Ao seu lado estendia-se um grande jardim quase quadrado, rodeado não por uma cerca, mas por um muro. Parte do jardim estava plantado com videiras. Levantando-se um pouco nas pontas dos pés, era possível espiar por cima do muro. Imaginava ver ali a senhora Ana Rareș, cuja chegada me deixara bastante curioso. No jardim, porém, eu só via cepas de videira por germinar, variedades decerto escolhidas com inteligência e adequadas ao solo. Perto da casa havia também um caramanchão.

Entrementes o céu tornou-se um pouco nublado, de tal maneira que parecia levemente caiado. Ouvimos, então, de uma direção que só vagamente poderia ser localizada, um barulho estranho, como um zumbido produzido por gigantescos zangões, abafado por grandes lonjuras. O zumbido, denso e monótono, acentuou-se em seguida, permitindo ao ouvido retornar a uma busca que me transformava num cata-vento. Era um barulho no início abafado, quase imperceptível, depois claro e metálico, típico dos bombardeiros anglo-americanos. Pela forma das nuvens eu podia supor a direção do voo, embora nada visse. Pela amplitude acústica, deveria ser uma revoada de dezenas de bombardeiros. Qual seria seu alvo? Sibiu, ao que parecia.

Ao voltarmos ao vilarejo, a palidez de nossas faces traía o susto por que passáramos. E não tínhamos sombra de dúvida: naquela hora, Sibiu não deveria passar de um monte de escombros, um campo em ruínas, uma nuvem de poeira. De volta ao quintal do padre Bunea, conversei com minha esposa e minha filha sobre os eventos. Imaginávamos nossa casa perto de Dumbravă destruída até a base, em especial minha biblioteca eu já via arrasada; tinha diante de mim apenas a visão de labaredas passeando como serpentes por entre os livros. Minha filha deu a entender estar agradecida por eu ter insistido, contra a sua vontade, em partirmos de Sibiu – o que havíamos feito no último momento. Na tarde daquele mesmo dia, porém, descobrimos pelo rádio que não Sibiu, mas Brașov fora gravemente bombardeada. Alguns dias depois, fortaleceu-se o boato de que milhares de pessoas haviam morrido no sopé do Tâmpa[16] durante o implacável bombardeio. As vítimas foram aqueles quem, desconhecendo o perigo, procuraram abrigo, como nós em Sibiu, nos bosques da periferia da cidade.

---

[16] Montanha arborizada no meio da cidade de Brașov, alçando-se quatrocentos metros acima dela. (N. T.)

As notícias desse desastre me fizeram não sair mais pelo vilarejo por alguns dias. Fiquei fechado dentro de casa num estado de completa languidez. Muitas coisas me ligavam a Braşov, muitas lembranças da adolescência e outras mais recentes. Tentava adivinhar, à distância, exatamente que partes da cidade haviam sido assoladas. Sozinho me convencia de que, dentro de alguns dias, haveríamos de receber as primeiras notícias de amigos daquela cidade em que, na época do liceu, alimentei os mais belos sonhos de futuro. À mesma cidade medieval com sua Igreja Negra, com suas torres de defesa em ruínas, ligavam-me porém não só velhas lembranças de uma puberdade calorosa e torturante, como também vivências não menos calorosas e torturantes absolutamente recentes. Refreei a memória, pois não queria chegar de uma vez ao seu núcleo. Com um aperto das pálpebras, evitei lembranças ardentes, permitindo-lhes apenas que desviassem ao longe.

Minha última visita a Braşov ocorrera algumas semanas antes. Alguns amigos me haviam convidado para proferir uma conferência. Via de regra eu rejeitava com firmeza tais convites, por vezes até com mau humor. Mas meus amigos de Braşov conheciam de perto uma fraqueza da minha vida madura. Sabiam muito bem que, de uns tempos para cá, eu procurava os mais diversos pretextos e ocasiões para ir a Braşov, não importa onde estivesse. Dessa vez a ocasião foi oferecida por eles mesmos, sob a forma de um convite para proferir uma conferência. A razão – que revelarei – pela qual eu buscava pretextos para me deslocar a qualquer hora e de qualquer lugar até Braşov não é muito difícil de adivinhar.

Entretanto, devo primeiro dizer algumas palavras sobre o "conferencista" que despertou dentro de mim nos últimos anos, no homem que no passado era dominado por uma timidez quase doentia de falar em público. Desde que retornei ao país, após uma longa ausência de quinze anos, consegui, involuntariamente, construir uma certa fama de "conferencista". E aconteceu que, onde quer que eu aceitasse proferir uma conferência, as salas revelavam-se demasiado pequenas para o número de gente interessada em me escutar. O público fazia fila nessas raras conferências, e as pessoas, na falta de assentos, se dispunham a me escutar de pé nos corredores ou sentadas nos degraus. Minhas conferências eram em geral trabalhos escritos para serem lidos. A versatilidade não era uma de minhas qualidades. A improvisação não está ao meu alcance. Não possuía quaisquer virtudes de "orador". Entretanto, eu lograva atingir o coração dos meus ouvintes. Captava sua

Capítulo I

atenção por meio da substância, da palavra cuidadosamente cinzelada, pelo vagar e pela monotonia da dicção, pela ideia ponderada que atrai os curiosos como resultado de um prolongado estudo. Temia a frase retórica, o gesto teatral, a anedota ou a piada. Acompanhei com atenção certa vez, com um sorriso indulgente e uma expressão de inveja no rosto, um dos meus confrades escritores, que justamente se sobressaía graças a tais qualidades de verdadeiro "conferencista". Vi esse confrade, muito simpático, numa determinada circunstância, saltando dos bastidores e surgindo em cena com um grito interpelante como numa peça de teatro de bulevar, de tal modo que não seria surpreendente ouvir ao mesmo tempo o disparo de um revólver. Eu não tinha como concorrer com conferencistas tão espetaculares. E, por repugnar tal gênero, procurava por conta própria acostumar o público a conferências de um tipo diametralmente oposto. Tais coisas e outras semelhantes passavam pela minha cabeça naqueles dias aborrecidos em que as notícias sobre o bombardeio de Brașov tornavam-se cada vez mais precisas. Mas as lembranças, evitadas, transformavam-se em pontadas no coração. Elas constituíam um corpo comum com a vida. E as tentativas de mantê-las debaixo do tapete da consciência eram apenas uma vitória momentânea.

Em Brașov morava, perto da *Livada Poștei*,[17] uma amiga a quem dedicara nos últimos anos muitos de meus versos, como a uma jovem vestal que protegia a chama da poesia. Seu feitiço, sua verve e seu ardor me haviam transformado, durante várias estações do ano, em cântico. E esse cântico era um cântico novo, mesmo se comparado ao meu cantar de até então. Sabia que a criatura que eu chamava de amiga da poesia era a musa inspiradora de numerosos poetas, mais jovens e mais velhos. Até por isso, na minha lembrança, a imagem que tinha dela era sempre acompanhada por um enxame de poetas. Curioso é que esse séquito cultuador do eros, em cujo meio minha amiga ostensivamente se comprazia, não me perturbava, não me transtornava, não me incomodava. Um acontecimento, banal em si, conseguiu porém me transtornar, me incomodar, aliás profundamente. O acontecimento que teve a honra de deteriorar a imagem que eu criara do burgo medieval, com seu ambiente e toda a atmosfera à qual estavam ligadas minhas ideais lembranças adolescentes, ocorrera não fazia muito tempo, ou seja, justa-

---

[17] Ao pé da letra, "Pomar do Correio", colina arborizada no centro de Brașov. (N. T.)

mente durante os dias em que proferira a conferência naquela cidade dos meus amores do tempo de liceu. Sabia que, entre os numerosos nomes que dedicavam versos à vestal, alcançara o posto mais avançado, graças aos seus esforços líricos, um coronel. Retornando num fim de tarde de um passeio aos pés do Tâmpa, montanha que empresta um ar de nobreza histórica à cidadela saxônica, a amiga da poesia me pediu para passarmos um instante pela casa do senhor coronel, que decerto nos aguardava, pois ela se apressara, sem me consultar, a fazer certas promessas naquele sentido. A palavra "certas" não é bem adequada, pois a amiga da poesia fizera promessas "precisas". Com um acanhamento minado por perplexidade, entrei numa casa como muitas outras. A amiga da poesia tocou a campainha. O coronel abriu a porta. Entramos num aposento que era, numa desordem de funções, ao mesmo tempo sala de estar, escritório e dormitório. Sentei-me numa poltrona, ao passo que a amiga da poesia se estendeu num largo sofá, com almofadas maciças, fofas, em que mergulhou com volúpia poética. Antes de se estender, descalçou-se sem se abaixar, ficando só de meias. O gesto era, reconheço ainda hoje, especialmente gracioso e, sem dúvida, bem natural. Fora executado, porém, com uma rapidez surpreendente e com uma habilidade em que não havia o menor traço de hesitação ou embaraço. O gesto era feito com o próprio pé. Ou seja, sem o auxílio do braço e da mão. Observei, com outras palavras, um conjunto de reflexos condicionados a um determinado lugar, como um movimento bem praticado. O gesto não havia sido improvisado para essa ocasião, traindo uma prolongada experiência, repetindo-se sabe-se lá quantas vezes! Naquele instante de revelações involuntárias, esmoreceu diante dos meus olhos a qualidade enfeitiçante daquela que chamara de amiga da poesia, tornando-se sua presença como a de uma hetera que salpicava suas qualidades espirituais com virtudes frívolas, à maneira dos célebres modelos da Antiguidade. A lembrança do gesto ainda persistia no momento em que chegavam notícias sobre a devastação de Braşov. A dor que senti violentamente do lado esquerdo do peito surgira em meio à avalanche de notícias como um ponto final doloroso depois de uma história doce, breve e amarga. Entretanto, junto com essa dor, não me abandonava a seguinte pergunta: Terá escapado do desastre de Braşov a amiga da poesia?

Capítulo I

Os dias seguintes não nos trouxeram quaisquer surpresas. Adentrávamos pouco a pouco no ritmo largo e natural da vida de um vilarejo montês. O sol brilhava por trás de um cume elevado, atingia o zênite da sua órbita e se punha atrás de outro cume. A lua crescia, mudando sua aparição de lugar a cada noite, conforme sua própria lei. Algo da cadência que nada podia estragar, dos sacros acontecimentos cósmicos, penetrava também nos miúdos acontecimentos do dia e da noite, na alternância de vigília e de sono humano do vilarejo, nos costumes do homem e nos da truta do rio. O sangue das mulheres aqui deveria se encontrar plenamente adaptado ao movimentos dos grandes astros.

O padre Bunea, por mim constantemente indagado, mostrava-me sempre detalhes pitorescos, excepcionais por se tratar de um local tão pequeno, relacionados ao vilarejo. Chegava a conhecer, assim, pessoas mais distintas, fora do padrão comunitário, como se fossem produtos de um desvio da lei divina. E esses personagens, completados e arredondados conforme as necessidades da criação poética, passavam a participar naturalmente do drama inventado com base na lenda de Noé. A lenda, com sua luta cortante entre o bem e o mal, deveria ser de origem bogomila. Um dia, justo no momento decisivo da elaboração do drama, tive a possibilidade de conhecer um camponês celibatário de cabelo ruivo, nem jovem nem velho, tendo atrás de si uma existência equívoca, acompanhada de todas as suposições que a imaginação do vilarejo era capaz de engendrar por conta de uma criatura diabólica. Ele estava predestinado a se tornar o modelo para o personagem Nefârtate, aquele que tentava destruir os cálculos incompreendidos do Velho divino. Busquei na geografia do vilarejo lugares com nomes intrincados, pitorescos e por vezes cheios de humor, bem como um espaço adequado onde a *Arca de Noé*[18] poderia ser construída. Em seguida, pus-me a colocar no papel, cena após cena, o drama imaginado. Coagido a viver um período cujo término não se vislumbrava, numa aldeia escondida no fundo de um vale, com montanhas que cobriam o horizonte por todos os lados e que oferecia a certeza de um abrigo em meio à intempérie histórica que se atiçava, logrei alargar indefinidamente o horizonte, pelo menos com a imaginação. E me fiz rodear por significados próprios de um cosmos lendário. Compus o drama sem

---

[18] A peça *A Arca de Noé* foi publicada em 1944. (N. E. Romeno)

nenhuma pressa. Todos os eventos importantes por aqui ocorriam com lentidão. Tudo parecia se desenrolar em seu próprio ritmo. Só eram úteis os ensinamentos do fruto que cresce devagar e que amadurece na hora certa. O meu "mistério" dramático tinha de comungar daquele mesmo ritmo orgânico em que haveriam de cumprir sua meta as peras do quintal do padre Bunea.

Perto da aldeia, numa encosta elevada ao longo do rio, o padre Bunea mantinha um segundo quintal, debaixo de uma borda do bosque, com uma casinha de madeira com varanda nas imediações, habitada raras vezes por alguém, parentes do sacerdote que por vezes vinham de outras partes visitá-lo. Certa vez, durante um passeio, o padre me mostrou o quintal e o casebre. No meio do quintal deliciava-se debaixo do sol uma pereira silvestre que tinha a copa aparada à feição de um guarda-chuva. O guarda-chuva vegetal prometia impermeabilidade à chuva e ao sol. "Que útil seria ter sob a pereira uma mesinha com as pernas enfiadas na terra com um banco de madeira do lado", disse espontaneamente ao padre. "Eu poderia me retirar aqui, e trabalhar sossegado no meu drama." O padre nada comentou; dois dias depois, porém, voltando para casa de algum lugar, ele me disse que na encosta me esperava, debaixo da pereira silvestre, uma mesinha de pinho e um banco. Decidi trabalhar no meu "mistério" exclusivamente lá na encosta. Agarrei-me à imagem da mesa e do banco como a uma esperança de salvação mágica.

Bem cedo pela manhã, passei ao longo do salgueiral do moinho, atravessei o rio e pus-me a subir a trilha por entre as roseiras-bravas até o quintal do padre, enquanto o sol queimava minha testa, cuja palidez invernal haveria de desaparecer. Com um entusiasmo juvenil, tomei conta da mesinha e do lugar de trabalho. Era o sétimo dia do mês de maio. As folhas haviam se desenvolvido em poucas semanas com uma rapidez quase sonora em toda a paisagem. O verde, temperado com a luz forte, apresentava aquela fresca transparência que só dura cerca de duas semanas, constituindo a fase pastel da primavera. Os gafanhotos e insetos de todo tipo ocupavam o céu com sua liturgia oriental, acompanhada pelo canto salmódico dos zangões. Aquela intensa solidariedade contrastava com uma tristeza interior, um amargor e uma preocupação que me esmagavam durante a noite como se me encontrasse às vésperas de acontecimentos dissimulados num apocalipse sempre adiado. Em Căpâlna, eu lograva me concentrar e trabalhar. Todos os acontecimentos, tanto os

Capítulo I

graves, históricos, que ocupavam continentes inteiros e que pareciam aludir a profecias, como também os tranquilizantes, de uma descontração ocasionada por um retorno ao arcaico, sublimavam-se por si mesmos no "mistério" em que eu trabalhava. Chegando à mesinha, punha-me imediatamente a trabalhar, ainda ofegante por causa da subida difícil, para não me dispersar e me perder totalmente na paisagem. Com um esforço de vontade, eu tinha de atravessar o momento crítico da tentação de me fundir ao canto dos gafanhotos. Naquele primeiro dia de labuta poética sobre a encosta, eu avançara muito mais do que pudera imaginar. Trabalhei por umas três horas. Finalmente, fui vencido pela paisagem. O calor salutar do sol, presente em toda a parte, e a luz filtrada apenas pela folhagem densa da pereira silvestre tiveram sobre mim um efeito mágico. Meu ser se dispersava, pensando em nunca mais me concentrar. Das profundezas da encosta ouviam-se as águas murmurantes do vale. Vindos de toda a parte, o zumbido ininterrupto das abelhas, o voo breve dos zangões que mergulhavam nas pulmonárias, um sussurro e um murmúrio tão largo quanto o vale criavam todo um universo sonoro dentro do meu ouvido. Fiquei muito tempo assim, apoiado nos cotovelos sobre a mesinha. E, enquanto estava sentado de pernas cruzadas no banco, absorvido pela paisagem, de súbito senti algo estranho: era como se um cachorrinho houvesse colocado as patas na ponta da minha bota. Mas não entendi muito bem como um cachorro do vilarejo poderia ter se perdido por ali, sem sinalizar previamente sua presença. Perplexo, era-me clara a sensação de que as "patas" imaginárias continuavam em cima da minha bota. Procurando não mover os pés, inclinei devagar a cabeça para olhar debaixo da mesa. Não era um cachorro. Um esquilo ruivo, de cauda comprida e estufada, erguera as patas da frente sobre a ponta da minha bota e se mantinha nessa posição admirativa, olhando em derredor. O esquilo registrou meu movimento e, como uma brasa, desapareceu num salto pelo bosque ao lado. Um dos espíritos mais travessos do bosque acabara de me visitar. Para mim, isso era um sinal e um argumento. Num instante de êxtase, calma e espontaneidade, senti-me unido ao que me rodeava. A alegria daquele acontecimento multiplicou-se em ecos no meu espírito, quando numa determinada hora senti com a sola do pé, transformada em orelha, uma espécie de estrondo distante vindo da terra, surdo, profundo. O estrondo percorreu todo o meu corpo, que vibrou junto com a terra. Era a hora costumeira, já há algum tempo conhecida, dos ataques aéreos à região do ouro negro, momento impiedoso dos bombardeios no Vale do Prahova.[19] As explosões faziam vibrar a massa dos Cárpatos por uma extensão de centenas de quilômetros. A espinha dorsal da Romênia tremia.

Quando voltei ao vilarejo pelo meio-dia, as pessoas saíam dos quintais, agrupando-se como se obedecessem a um sinal. Podia-se distinguir, ao norte, o ruído entediante, embaciado, dos bombardeiros que pareciam seguir, no horizonte, o curso do Rio Mureș a jusante. As pessoas pareciam agitadas, mas refreavam o pânico graças à consciência da distância em que o perigo se encontrava. Podiam-se vislumbrar ao longe, na direção dos Montes Apuseni, cintilando à luz do sol, uns cinquenta bombardeiros americanos, uma revoada de pássaros migradores retornando de alguma proeza destruidora. Aqueles corpos metálicos flutuavam invulneráveis, comunicando aos seus espectadores lá embaixo a sensação de sua segurança celestial. Era a primeira vez que via as famosas fortalezas voadoras. Alguns bombardeiros se aproximaram o suficiente para serem capturados com precisão pela vista. Admirava-os boquiaberto pela sua esplêndida constituição. As fortalezas voadoras semeavam morte por onde passavam, mas os aldeões respiravam aliviados ao segui-las com o olhar, sem deixarem transparecer qualquer sentimento de inimizade. Tiras estreitas e compridas de folha de flandres esvoaçavam caóticas pelo firmamento, como os fios de teia de aranha que flutuam nos dias claros de outono, caindo sobre o vilarejo. Não entendia por que os bombardeiros deixavam atrás de si esses vestígios metálicos. Alguém me explicou, até hoje não sei se com razão, que as tiras de folha de flandres eram lançadas de propósito, no intuito de enganar a mira dos equipamentos antiaéreos que se encontravam no solo.

Dentre os curiosos que acompanhavam a retirada dos bombardeiros estava também a esposa do padre, com uma jovem senhora que pressupus fosse dona Ana Rareș, esposa do naturalista de Iași. Apresentamo-nos. Dona Rareș me honrou com um olhar breve e muito atento, para em seguida continuar acompanhando, com a mão fazendo sombra para os olhos, os bombardeiros prateados que por vezes faiscavam ofuscantes no horizonte. Observei-a de lado. Pareceu-me que seu olhar ia além dos bombardeiros, como se desejasse ver alguma coisa, com a mão fazendo sombra para os olhos, no horizonte do futuro. Veio-me à mente algo que eu já havia

---

[19] A cidade de Ploiești, localizada no Vale do Prahova e a sessenta quilômetros de Bucareste, com seus campos petrolíferos e refinarias que alimentavam a *Wehrmacht*, foi decerto o alvo mais importante dos bombardeios aliados sobre o território romeno. (N. T.)

Capítulo I

observado na vida. Sempre que acabamos de conhecer pessoas cuja amizade nos interessaria, o espaço em derredor se impregna de uma dimensão lírica, transformando-se no tempo. Olhamos para o espaço como se olhássemos para o futuro, desejosos por adivinhar o que nos reserva o dia de amanhã em relação àquelas pessoas. O grupo de curiosos, inclusive a esposa do padre, dissipou-se na distância. Como dona Rareș persistia com seu olhar indeciso entre o horizonte e o futuro, aproximei-me dela. "Será que foi necessário um dia de céu apocalíptico para que nos conhecêssemos?", abordei-a. Dona Rareș respondeu com um sorriso: "Parece que de fato é o início da profecia. As fortalezas voam por cima do nosso país." E logo falamos de Leonte Pătrașcu, que não longe dali, em Câmpul Frumoasei, decerto também acompanhava naquele momento, ainda mais de perto, o voo das fortalezas.

"Considero ser sua melhor amiga", disse-me dona Rareș. "Se o senhor soubesse quantas vezes e quantas coisas ele me falou do senhor!"

"Veja que se passaram três semanas desde que ouvi pela última vez o seu nome pronunciado por ele, e só agora tenho o prazer de encontrá-la. A senhora cercou-se de muralhas. Mesmo enquanto está no jardim." Minhas palavras eram meio sem jeito, porém não encontrara outras mais apropriadas para sublinhar o lamentável atraso que motivara o contínuo adiamento daquilo que deveria ter acontecido há muito tempo.

"Professor, se o senhor se levantasse só um pouquinho na ponta dos pés, tenho certeza de que seria capaz de ver para além das muralhas. Aliás, minha casa é dotada de portão e portas por onde pode-se entrar muito bem." Essas foram as palavras brincalhonas com que dona Rareș me respondeu.

Havia muito sorriso na voz de dona Ana. Nas modulações de sua voz, quase adivinhei uma censura por ter deixado passar semanas sem ter perseguido a ocasião de nos conhecer, e isso apesar do fato, conhecido por ambos, de que o meu melhor amigo e o seu melhor amigo era a mesma pessoa: o filósofo de Câmpul Frumoasei.

No mesmo dia, ao anoitecer, dona Ana Rareș apareceu com um pretexto doméstico no quintal do padre Bunea. Viera perguntar sobre umas coisas para a esposa do padre. Estava eu presente, como também minha esposa e minha filha. Prorrompeu-se um bate-papo na casa menor, de verão, no mesmo quintal onde morávamos nós, na casa de inverno. Dona Rareș era uma criatura de altura aproximadamente média, de uma distinção que a tornava mais alta. Todo o seu ser era um sorriso. Observava-se de imediato que sua beleza não era espetacular. Sua beleza se manifestava de vez em quando de maneira inesperada, ora pela expressão do rosto, ora por um movimento, ora por um complexo de traços neutros. Tinha um passo repleto de graça, que ela mesma parecia ignorar. Seus olhos, muito vívidos, brilhantes de inteligência, revelavam-se num rosto que era mais o de um espírito do que de um corpo. Apesar disso, seu corpo também se encontrava entre nós, expressando, por meio de cada um de seus gestos, um encanto permeado por nuances difíceis de definir. Até o seu nome parecia ser o de uma atmosfera edulcorada. Essa criatura de qualidades abscônsas, que, sob o seu aspecto de feitiço sem nome, podia com certeza ocultar também pequenas crueldades femininas, penetrara em nosso espaço. Queria saber, sem uma meta precisa, de certos assuntos domésticos: onde encontrar coalhada de leite de ovelha, levístico para sopa ou carne de cordeiro e outras miudezas necessárias ao preparo do *drob*.[20] Tratava-se de um questionário barato, para cujos itens ela poderia encontrar as respostas mais detalhadas junto à família Loga, na própria casa em que morava – no mesmo lugar em que, aliás, ela poderia encontrar em abundância tudo o que fingia procurar. Era evidente que viera com outros fins e surpreendia o fato de que nem mesmo se esforçava em inventar pretextos menos transparentes. Sim, viera com a intenção de conhecer minha família. Assim foi interpretada por todos os presentes aquela visita. Minha esposa e filha olhavam, enrubescidas, para aquela criaturinha que tinha um ar tão urbano e ao mesmo tempo tão camponês.

Dona Rareş ficou o tempo que julgou necessário e, após uma conversa mantida com grande desembaraço e muita amizade, começou a se preparar para ir embora com um gesto das mãos e fazendo uso de um determinado tom de voz. Exortei discretamente minha filha a ficar em casa e fui acompanhar só eu a dona Rareş pelas duas veredas laterais até a fachada da casa da ruela principal onde morava. Durante o caminho, dona Ana Rareş me disse sentir muita saudade de conversar com o seu filósofo; não o vira mais desde que chegara a Căpâlna. Propus-lhe imediatamente que fizéssemos um dia, juntos, um passeio a pé até Câmpul Frumoasei. O projeto, recém-esboçado, foi aceito com alegria, e ficamos de estabelecer noutra ocasião o dia em que partiríamos vale abaixo.

☙

---

[20] Comida feita à base de miúdos de cordeiro moídos. (N. T.)

Capítulo I

Nossa situação no mundo rural haveria de sofrer uma reviravolta completamente inesperada. Quem poderia imaginar que seriam possíveis tantas dificuldades! Por vezes até mesmo uma existência aparentemente fundada em grandes diretrizes coordenadas pelo destino chega a se complicar por razões miúdas, imprevistas e mesquinhas. Por motivos surgidos do nada, o nosso refúgio em Căpâlna estava prestes a chegar ao fim – um fim brusco, ruidoso e espetacular.

Alguns dias antes de partirmos de Sibiu, minha esposa contratou uma empregada, uma jovem camponesa, solteira, selecionada dentre muitas que me foram recomendadas, aparentemente disposta a deixar a cidade para ficar alguns meses ou trimestres conosco no interior. Măriuca tinha dezoito anos. Era bonitinha mas, assim como logo observamos, era também surpreendentemente leviana. Dotada de uma curiosidade doentia, ela entrava na casa das pessoas em Căpâlna, investigava acontecimentos e relações e, quando não descobria, inventava com a imaginação de uma incansável mitomaníaca. Era como se houvéssemos trazido um demônio para o vilarejo. Deslindou em poucos dias todos os pequenos romances urdidos entre os jovens da aldeia. Tomada talvez por um fogo contra o qual não tinha força para se opor, a moça fazia questão de enriquecer de uma vez, de uma maneira enorme e torrencial, a crônica de suas aventuras pessoais. Assim, a cada noite ela atraía um rapaz diferente até o quintal da parte de trás da casa em que morávamos. Os filhos do padre Bunea, dois adolescentes que certamente acompanhavam com grande interesse tais aventuras ancilares, chamaram a nossa atenção desde o início sobre as proezas da moça. Esperando poder refrear aquela devassidão, decidi falar com Măriuca. Disse-lhe, com tímidos volteios, o que andavam falando dela no vilarejo. Măriuca me ouviu sem enrubescer. Enquanto lhe falava, ela demonstrava, para a minha surpresa, uma atitude cada vez mais faceira, para finalmente me responder: "O senhor professor acha que na minha idade é possível viver sem um queridinho?" Por um momento, ela logrou me desarmar. Alguns dias depois, a moça viu-se em meio a um terrível conflito entre diversas famílias do vilarejo, por ela atiçadas umas contra as outras. Măriuca conseguira, por meio de intrigas, fofocas e impudicas iniciativas noturnas, criar no vilarejo uma tensão que estava prestes a desabar sobre nós, sob a forma de ressentimento e suspeita. A moça dava a impressão de gozar da nossa proteção, pois desconhecia-se o fato de que nós a contratáramos poucos dias antes de escolher o caminho do exílio. Deu-se em seguida que Măriuca espalhou pela aldeia diversas lendas sobre não sei que "riquezas" e "tesouros" que havíamos trazido de carroça, empacotados em nossos baús, quando chegamos ao vilarejo. Os baús podiam ter sido vistos por qualquer um. Continham objetos de uso pessoal. É verdade que alguns baús continham outra coisa, e justamente isso decerto despertara sua imaginação. Sim, de fato, era ali que estavam os "tesouros". Ocorreu também, naquela época, que alguns viajantes, atravessando a aldeia em direção a lugares mais elevados, nas montanhas, em Oasa, perguntassem a alguns dos moradores locais quem eram aquelas pessoas que haviam se "refugiado" no vilarejo. Um dos nativos pronunciou inclusive o meu nome: Axente Creangă. E o viajante comentou: "Aha, o poeta! Pois fiquem sabendo que é atrás dele que voam os aviões ingleses e americanos!" O comentário, cheio de floreios que a ele foram se adicionando até chegar do outro lado do vilarejo, rapidamente vingou. E sua consequência foi uma grande preocupação coletiva. Em alguns espíritos semearam-se até mesmo o temor e o pânico. Os anciões do vilarejo recomendaram ao padre Bunea, que nos hospedava, que partíssemos para outro lugar. Com uma ingenuidade misturada a uma ansiedade mágica, afirmava-se que nossa presença expunha o vilarejo aos bombardeios ingleses e americanos. O padre Bunea viu-se obrigado a intervir numa de suas prédicas dominicais, lançando mão de toda a sua autoridade no sentido de extinguir tais histórias baseadas em piadas feitas por gente desconhecida e sem juízo. Nesse ambiente, não podíamos mais nos permitir a irritar a aldeia com as façanhas e diabruras de Măriuca. Mandamo-la então de volta para Sibiu e, de lá, para o vilarejo dos seus pais. Com tamanha rapidez e prontidão a despachamos às suas origens que a diáboa rústica perdeu a pose. Evitamos, assim, que o vilarejo se rebelasse contra nós. Após a partida de Măriuca, a agitação se desfez. Persistiu porém em meio à população, meses a fio, a suspeita de que os baús estreitos e compridos que amontoáramos num dos aposentos contivessem grandes tesouros. Os baús realmente eram pesados demais para a sua "insignificante" dimensão, argumento que teimava na imaginação popular. Măriuca, querendo dar-se ares de importante, nos últimos momentos antes de sua expulsão ainda lançou diversas lendas sobre o "ouro" que os Montes Apuseni haviam despejado para dentro dos nossos baús.

☙❧

Capítulo I

O ambiente no vilarejo por enquanto se acalmara, embora a história do "ouro" ainda houvesse de ser relembrada, anos depois, em outras circunstâncias. Fatos e acontecimentos que parecem constituir um simples episódio muitas vezes passam a fazer parte da nossa vida. Mas ainda estávamos no fim do mês de maio de 1944. E ainda há muito o que contar.

Encontrava-me raramente com dona Ana Rareș. Certa vez, quando calhou de nos encontrarmos, lembrei-lhe o nosso plano esboçado, mas que permanecera em suspenso, de surpreender o filósofo de Câmpul Frumoasei com uma visita.

Partimos cedo pela manhã, no dia de Pentecostes, festa do Espírito Santo, que naquele ano caiu bem tarde. O dia prometia ser maravilhoso. No caminho, em nossa conversa buliçosa, haveríamos de abordar as mais diversas questões. Dona Ana, já no início, falou do ambiente desagradável instaurado em torno de nós no vilarejo, para cuja dissipação ela mesma colaborou como conselheira de confiança, respeitada e simpatizada pelos camponeses. Era natural que discorrêssemos também sobre os baús estreitos e compridos em que os Montes Apuseni teriam despejado suas entranhas de ouro.

"Engraçado é que esses baús realmente existem", acrescentei, "e contêm de fato algo precioso ou, para ser mais preciso, algo 'precioso' para *nós*, sobretudo para minha esposa. Os baús, cerca de uma dezena, contêm faiança lusitana dos séculos XVII e XVIII. E agora, dona Rareș, tenho certeza de que desejará ouvir a história da aquisição dessa faiança."

Dona Rareș virou um pouquinho a cabeça na minha direção, o que me permitiu observar quão bela se distinguia naquela manhã de frescor solar e naquela atmosfera que parecia emergir radioativa das águas espetaculares do rio.

"Vale a pena?", perguntou dona Ana, provocando-me de certa maneira.

"Vale", respondi aos risos, e pus-me a contar a história. "Em 1938, quando me encontrava na Lusitânia, num dia de verão insuportavelmente canicular, fui ao escritório da nossa legação. Lá encontrei uma carta recém-chegada. Pelo cabeçalho, o envelope havia sido expedido justamente de Bucareste, pelo ministro do Palácio. Havia duas cartas no envelope, uma delas assinada pelo próprio ministro do Palácio. Li-a. Pedia-me obter informações sobre a situação de um médico lusitano que solicitava a intervenção do rei da Romênia numa questão profissional, cujos detalhes eu haveria de encontrar na segunda carta. A segunda carta estava escrita em francês. A assinatura tinha uma caligrafia quase infantil: dr. Ribeira. Era a assinatura do solicitante, que indicava também seu endereço. O médico lusitano realmente se dirigia ao rei da Romênia. Nas frases introdutórias, ele perguntava, com reverências que se podiam adivinhar a partir do aspecto das palavras, se o soberano ainda se lembrava do médico lusitano que outrora conhecera em Biarritz! O médico apresentou, na carta, a situação precária em que se encontrava... Ao ouvir dizer que na Lusitânia inaugurava-se uma grande empresa petrolífera, uma espécie de filial da *Redevența Romănă*, o médico se atrevia a solicitar a intervenção real no intuito de ser nomeado médico da empresa. Pedi à secretária da legação, uma jovem lusitana de aparência árabe, que procurasse na lista telefônica o nome e o endereço do médico a fim de convidá-lo à legação. A secretária descobriu o nome e o endereço, em seguida levantou o fone do gancho e discou o número. Ouviu-se uma pergunta na língua local, que ainda incomodava meu ouvido com seus inúmeros "ch" e metades de "â" e ditongos difíceis de pronunciar, pois exigiam uma determinada posição dos maxilares como se para uma espécie de latido. Iniciou-se ao telefone uma troca de palavras. A secretária corou e levantou o tom da voz. Repetiu. Insistiu em falar com o médico fulano. Depois, silêncio. Em seguida, outra voz ao telefone. Algumas explicações. Outro tanto de desculpas. O médico enfim fora localizado "e virá imediatamente à legação". A secretária morreu de rir. Atendera o telefone, assim como era de suspeitar, a esposa do médico, que, ao ouvir uma voz feminina, pronunciou algumas palavras em tom de injúria: "Legação da Romênia? Pode deixar que eu sei muito bem que legação o procura!" Tudo se esclarecera, entretanto. Passados apenas alguns minutos, o médico tocou a campainha da entrada. Tivera tempo de arrumar a gravata em frente à porta da legação. Abriu-se-lhe a porta. Foi convidado a entrar no meu escritório. Deteve-se na soleira, sem cumprimentar, dizendo: "Acho que cometi uma grande besteira e uma certa impertinência. Contudo, aqui estou. Senhor Ministro, faça o que quiser de mim. Corte minha cabeça!" O médico lusitano era baixo, feioso, mas simpático. Falava um francês inesperadamente impecável, a julgar por sua aparência.

Eu: "Não se trata de besteira alguma, senhor Ribeira, por favor entre, sente-se. Gostaria de conversarmos um pouco, é por isso que o chamei!"

Ele: "Deixemos de lado a besteira, como o senhor diz, mas não a impertinência que perpetrei. Escrevi uma carta ao rei da Romênia."

Capítulo I

"Sim, eu sei", respondi, sem esclarecer o detalhe de que a carta se encontrava agora dentro da minha gaveta. "É mais ou menos o que o senhor escreveu ao rei? O senhor o conheceu pessoalmente?"

"Solicitei sua ilustre intervenção junto à empresa romena que está sendo criada, assim como soube pelos jornais, aqui mesmo, nesta cidade, para eu ser nomeado médico da empresa... Senhor Ministro, como o senhor sabe, nós, os médicos, passamos grandes dificuldades... Quando estamos em apuros, passam por nossa cabeça as ideias mais extravagantes." Assim falou o senhor Ribeira.

"Recebi de Bucareste indicações no sentido de assumir suas preocupações", respondi. "Devo porém retificar antes de tudo algumas de suas impressões relativas à empresa em questão. Não se trata de uma empresa romena, mas de uma convenção entre o Estado lusitano e uma empresa particular franco-romena. O acordo foi assinado depois de algumas peripécias. Começará a funcionar em breve. Conheço o diretor da empresa, financiada equitativamente pelo Estado lusitano e pela firma *Redevença*. Estou disposto a falar com o diretor. Não posso, porém, prometer-lhe nada por enquanto. E agora falemos de outra coisa. Estou curioso em saber em que circunstâncias o senhor conheceu o rei!"

O médico iniciou uma longa história. "Estava passando férias prolongadas com minha esposa em Biarritz – na época em que o príncipe herdeiro da Romênia se encontrava no exílio. Estava comendo com minha esposa no próprio restaurante do hotel em que estávamos hospedados. Na mesa ao lado almoçava um jovem alto e elegante junto com uma senhora. Conversava em voz bastante alta com minha esposa em língua lusitana, assim como se costuma fazer quando se está no exterior, achando que ninguém ao seu redor é capaz de entender o que fala. Observei que o jovem ao nosso lado tentava ouvir de vez em quando a nossa conversa. Minha impressão se confirmou quando o jovem mandou o garçom nos perguntar que língua falávamos. Respondi: língua lusitana. O senhor estrangeiro e elegante agradeceu com um movimento discreto da cabeça. Mas seu agradecimento tornou-se mais palpável ao nos enviar no mesmo instante, por intermédio do garçom, uma garrafa de champanhe. Também por intermédio do garçom respondi que receberia o presente com toda a minha gratidão só se o casal ao lado aceitasse, após a refeição, um café preto preparado em estilo lusitano. O jovem concordou, transmitindo a mensagem sempre pelo garçom. Depois do almoço, mandei-lhe o café que preparei com um aparelho especial bem na mesa da frente. Após beber a xícara de café, o jovem se levantou e se dirigiu à nossa mesa, o que me obrigou a levantar-me também. Agradeceu-me com muita gentileza o café e me confessou nutrir um especial interesse pela Lusitânia. Perguntei-lhe sua nacionalidade. A resposta foi simples e sóbria: era romeno. Ao ouvir o nome desse povo, reagi incontrolável, dizendo: "Nós, lusitanos, temos uma grande admiração pelo Príncipe Carol!" "Mas como? Por quê?", perguntou o jovem. "Veja só", disse-lhe, "um príncipe que abdica ao trono por uma mulher é algo que exalta todos os lusitanos." E então, um pouco perplexo, o jovem revelou: "Eu sou o Príncipe Carol." Imagine a cena, senhor Ministro. Não sabia que expressão adotar diante do sorriso do príncipe. Tornamo-nos assim bons amigos. Após as refeições, sentávamos ora nós à sua mesa, ora eles à nossa. O café se transformou num ritual oficiado sempre em conjunto. O príncipe se interessava muito pela situação da Lusitânia, onde as coisas pareciam se conduzir numa direção nova e positiva. E eis que agora, ao ler nos jornais sobre a nova empresa, atrevi-me a escrever ao Rei Carol, ao considerar que um rei não tinha como esquecer seu pequeno amigo."

"E eis que não o esqueceu", acrescentei. "No seu caso, porém, o senhor deve se armar com um pouco de paciência."

"Tenho paciência e, no fundo, aquela questão nem me interessa mais ao saber que o rei não me esqueceu." Com essas palavras, o médico foi embora.

Contatei rapidamente o diretor da empresa, o engenheiro petrolista Nălucă, convidando-o a passar pela legação para tratar de um caso urgente.

O acordo para a criação da empresa franco-romeno-lusitana encontrara indescritíveis dificuldades. A companhia petroleira anglo-americana detinha o mercado lusitano sem qualquer concorrência, impondo os seus preços a seu bel-prazer. Os representantes do petróleo anglo-americano esforçavam-se de todos os modos em impedir a criação da empresa "romena", pois tal empresa, à qual se associava o Estado lusitano, eliminaria a companhia anglo-americana do mercado local. Os representantes arrogantes e poderosos daquela companhia tentavam, assim, por meio de intrigas e dos mais diversos boatos caluniosos, comprometer sobretudo o engenheiro Nălucă, petrolista que, em nome da *Redevența*, negociava com o Estado lusitano. Como ministro da Romênia naquele país, desempenhava o simples papel de observador, embora eu tenha intervindo, sempre que

Capítulo I

me haviam solicitado, no andamento das negociações, por vezes até mesmo em momentos decisivos, sobretudo com o fim de dissipar a falta de confiança, que os lusitanos começavam a demonstrar, no representante da companhia petroleira romena, que quase se tornou vítima de terríveis calúnias de má-fé. Sabia, contudo, de outras fontes, que o ditador da Lusitânia tinha a firme intenção de se livrar da tutela do petróleo anglo-americano, desejando, por conseguinte, chegar a um acordo com o engenheiro Nălucă. Assim, minha intervenção ocorria mais para salvar o prestígio pessoal do senhor Nălucă em meio ao redemoinho das fofocas. A convenção franco-romeno-lusitana foi assinada, e a empresa a ser criada haveria de se tornar, conforme todas as previsões, a mais importante empresa industrial da Lusitânia, pois naquela época esse país se encontrava, do ponto de vista industrial, cinquenta anos atrás até mesmo da nossa Romênia.

O diretor Nălucă chegou. Disse-lhe do que se tratava: uma carta do Palácio com o carimbo do rei. Nălucă decidiu sem estar um só segundo a ponderar: "Se este é o desejo do rei, então que o dr. Ribeira se considere médico da empresa." "Espere, espere um pouco", disse-lhe, "vocês ainda nem começaram a funcionar." "Não tem nada a ver. Se quiser, a partir de amanhã o doutor pode vir receber o seu salário. Provavelmente dentro de alguns meses terá também o que fazer." Nălucă era uma pessoa muito expeditiva.

No dia seguinte, apressei-me em chegar mais cedo à legação, a fim de chamar o dr. Ribeira. Estava impaciente por lhe comunicar a boa-nova. Ao chegar, disse-lhe que, a partir daquele momento, ele era o médico da empresa, e o convidei a se dirigir à sede para receber o seu salário na tesouraria. O doutor empalideceu. Por pouco não se pôs a pular de alegria pelo escritório.

Em seguida, recompondo-se, ele começou a oferecer seus serviços com uma retórica típica mediterrânea: "Sabe, senhor Ministro, eu tenho estreitas relações em todos os ministérios. Inclusive no Ministério do Exército. Estou à sua disposição com quaisquer informações que desejar. Sabe... pelo Rei Carol, sou capaz de trair até minha pátria." A frase não fora mal colocada, mas dei um sorriso. E, apontando para o mapa da Europa pendurado na parede do escritório, disse-lhe: "Está vendo, doutor, aqui é a Lusitânia, e lá do outro lado, na parte oposta, fica a Romênia. Não preciso de nenhuma informação secreta sobre o seu país. Somos romenos e somos lusitanos. E tenho a impressão de que o Imperador Trajano, padrinho de nossas línguas, era também lusitano. Não temos nada a dividir. Mas no que diz respeito a mim, vim aqui só para admirar as belezas de seu país e conhecer a glória de um pequeno povo que foi capaz de conquistar metade do globo terrestre."

Durante toda a minha estada na Lusitânia, o dr. Ribeira passava com o seu carrinho todo dia pela legação, sempre à mesma hora, com a exatidão de uma antiga clepsidra. E perguntava se eu não desejava alguma coisa. Carregava sua voz com uma pronúncia e um tom que pareciam querer sublinhar sua consciência de cidadão fiel, embora apenas virtual, de um país em que jamais esteve ou viria a estar. Certa vez, mais tarde, quando calhou de me encontrar mais desimpedido de minhas funções diplomáticas, ao me perguntar como de costume se eu desejava algo, respondi-lhe: "Não desejo nada. Na verdade", reconsiderei, "tenho um desejo sim. Ou melhor, minha esposa teria um desejo. Ela se apaixonou profundamente pela velha faiança lusitana. Possuímos uma única peça de *corda seca*[21] e não sei como poderíamos arranjar outras." "É a coisa mais simples", respondeu o doutor.

Uma semana depois, num crepúsculo que se refletia rubro sobre as telhas dos edifícios, o doutor chegou com umas peças de faiança. Não eram *corda seca*, embora fossem também velhas e bonitas, do século XVII. Outro dia, em torno do meio-dia, ele surgiu com um ar bastante misterioso: "Venha comigo, quero lhe mostrar algo."

Entrei no seu carro. Seguimos por uma grande avenida em cuja extremidade erguia-se a estátua branca de Dom Pedro, rei da Lusitânia e imperador do Brasil. Estacionamos numa ruela lateral. Descemos do carro. Subimos de elevador até o quinto andar de um prédio, da mesma maneira como naquele dia canicular o mercúrio deve ter subido no termômetro. O doutor abriu uma porta com uma chave retirada do bolso com a maior familiaridade. Entramos num corredor em que circulavam pessoas desconhecidas que pareciam tatear em pleno dia. O doutor, sem cumprimentar os presentes, conduziu-me até um aposento vazio. Não entendia onde me encontrava. O quarto estava completamente forrado por azulejos do século XVIII.

"O senhor gosta dessa faiança?", perguntou-me o doutor.

---

[21] Em português no original. Técnica de azulejaria dos séculos XV e XVI. (N. T.)

Capítulo I

"Sim, gosto", respondi, com um movimento perplexo da cabeça.

"Então é toda sua. Vou retirá-la da parede."

"Ah, não", apressei-me, fazendo um gesto no intuito de detê-lo. "Não tenho o que fazer com tanta faiança."

"Então faça uma seleção. Marque com esse lápis, por favor, as peças que preferir. Vou colocá-las em baús sob medida, devidamente embrulhadas e sigiladas. O resto será atirado ao lixo." Assim me exortou, cheio de zelo, o doutor.

Selecionei, de acordo com a inspiração da hora, algumas centenas de azulejos. A faiança retratava, com desenho azul sobre fundo cinza mate, flores, pássaros, fortalezas, caravelas. Após terminar bastante confuso a visita que fizéramos a um prédio estranho demais para o meu gosto, pedi explicações ao doutor: "Onde estivemos? De quem é o apartamento? De quem é o prédio? Quem eram as pessoas que circulavam pelo corredor?"

"Não se preocupe", disse o doutor, "estivemos num instituto de cegos onde trabalho como médico. De maneira que ninguém o viu, assim como ninguém verá amanhã, nem depois de amanhã, que a faiança desapareceu das paredes."

Mal haviam se passado quarenta e oito horas e deparei-me, na legação, com a faiança toda arranjada em cerca de uma dezena de baús sob medida.

Vinte e quatro horas mais tarde, o doutor apareceu de novo, dessa vez um pouco alarmado: "Sabe que o proprietário da casa descobriu que eu retirei a faiança. E agora está a exigir uma indenização."

"Mas como ele descobriu?", perguntei, para ouvir a seguinte resposta: "O proprietário percebeu que havia alguns pedaços jogados junto com o monte de entulho no quintal. A culpa é do senhor, que deveria ter levado tudo. Mas não se preocupe. Vou entrar num acordo com o proprietário do prédio."

Não fui capaz de controlar minha preocupação ao ter-me imiscuido numa contravenção à lei dos monumentos nacionais num país estrangeiro em que representava o soberano do meu país.

Alguns dias depois, o doutor saiu de novo de dentro do seu carrinho e entrou na legação para me dizer: "Entendi-me com o proprietário."

"Mas como?"

"Muito simples. Disse-lhe que havia demolido a faiança porque era velha demais. E prometi-lhe pintar o aposento com uma cor moderna."

"Está vendo, dona Ana, essa é a história dos baús em que os espíritos dos Montes Apuseni despejaram as galinhas dos ovos de ouro. São esses os inestimáveis tesouros que trouxemos nas charretes. Mas ainda não terminei. O conto do doutor lusitano, o médico do instituto de cegos, ainda tem um breve porém interessantíssimo acréscimo. Quase dois anos depois da nomeação feita de maneira tão régia, produziram-se em nosso país, como bem sabe, memoráveis mudanças no governo. O rei do nosso conto foi acuado por momentos difíceis da História. Obrigado a abdicar, ele partiu para o exílio, que preferiu passar na costa ocidental da Península Ibérica. Como a senhora se lembra, dona Ana, ele foi retido e preso num castelo assim que chegou à Espanha. O General Franco não autorizou que o rei atravessasse o país. Meio ano mais tarde, a senhora também certamente deve ter lido nos jornais que o rei evadira da Espanha, e que sua fuga teria sido cuidadosamente preparada por um médico lusitano. A senhora não acha, dona Rareş, que sou levado a suspeitar que aquele médico lusitano era o mesmo doutor que, pelo rei da Romênia, se declarara pronto a trair até mesmo sua própria pátria?"

O resto do passeio até Câmpul Frumoasei, iniciado a pé cedo pela manhã, foi percorrido em boa parte por mim e dona Ana Rareş dentro de um ônibus cheio de excursionistas. O veículo barulhento nos recolhera, reduzindo nosso esforço mas também o nosso incomparável prazer de caminhar a pé, ao longo de um riacho que nos acompanhou sempre durante todo o trajeto.

ༀ

Em Câmpul Frumoasei fomos recebidos, no quintal da casa de seus pais, por Leonte, com uma expressão branda de desvinculação das coisas temporais. Dona Ana começou a contar, desde o primeiro momento, que durante o caminho eu a distraíra com fábulas sobre a história recente do país. O filósofo deu as boas-vindas a dona Ana com a seguinte pergunta: "Como vai, filha de Paracelso?" Dessa maneira descobri que Leonte concedia-lhe tal epíteto como um manto que lhe caía muito bem, tendo em vista o seu jeito e suas preocupações que a localizavam numa outra era, no fim da Idade Média. Guiada pelo princípio paracelsista segundo o qual toda doença encontra na natureza uma cura secreta, dona Rareş se especializara, poucos anos antes, numa universidade alemã, no estudo de plantas

Capítulo I

medicinais. Assim, ela complementava, com uma paixão feminina, as pesquisas mais amplas de seu marido, naturalista.

Leonte nos conduziu para dentro da casa onde nasceu e passou a infância. Após termos descansado no frescor dos aposentos, voltamos ao quintal. Quis ver o barracão. Ao entrar nele, surpreendeu-me, como sempre, o cheiro de trevo seco, de ferramentas, de feno, de piche, de palha, de estrebaria. Sim, exatamente como no passado, muitos anos atrás. Na infância, brincávamos com frequência pela meda de feixes de trigo, ali mantida para secar no meio tempo entre a ceifa e a debulha. "Estamos em 1944, mas esse cheiro é de 1908, quando passei pela última vez pelo umbral desse barracão", observei. Passamos ao jardim. No meio dele, espantou-me uma coroa verde gigantesca, uma nogueira altiva que, com sua sombra, compreendia toda a largura do jardim. O tronco era tão grosso que não podia ser circundado pelos braços de uma só pessoa.

"Espere um pouco, Leonte, vamos pensar um instante. Se bem me lembro, vocês jamais tiveram uma nogueira no jardim!"

"De fato, quando partimos do vilarejo em 1908, essa nogueira não estava aqui", confirmou Leonte... "Cresceu sozinha a partir de uma noz que alguma gralha deixou cair, como diz tia Safta, atual proprietária do jardim."

Não nos fartávamos dessa visão. A nogueira imensa com seu verde denso, com seu aroma levemente amargo, cessava de ser nogueira para se transformar em tempo, tempo palpável, materializado na nossa frente. Todos os três fomos tomados por um mesmo tremor, um tremor metafísico do espírito que se encontrava inesperadamente diante do tempo materializado.

Ao voltarmos, chegamos de novo, passando pelo barracão, ao quintal, onde outrora se erguia, num canto da casa, uma castanheira gigantesca que agora não existia mais. Eis de novo o tempo, palpável – dessa vez por meio de uma ausência.

Procuramos conversar de outras coisas. Falamos daqueles anos de refúgio, da mutilação das fronteiras, do horror das invasões vindas de fora.

"Todo dia, toda noite, nossos corações são triturados pela moenda dos imperialismos", disse eu, "mas tentamos esquecer. Se alguém houvesse me dito antes que todos nós haveríamos de passar por tais dificuldades, eu teria dito que esse sofrimento não poderia ser suportado a nível da consciência desperta. Apesar de tudo, estamos suportando. Entre uma e outra migalha nos visita um sorriso, entre uma e outra aflição, uma alegria. Como é que em circunstâncias como estas, quando deveríamos enfiar nossas cabeças debaixo da terra ou bradar a nossa amargura aos quatro ventos, produz-se contudo, por um instante, o milagre do esquecimento?"

"O milagre do esquecimento", completou Leonte, "produz-se também diante de uma situação mais grave e permanente: diante da morte."

Decidimos passear um pouco pelo vilarejo. Mostramos à dona Ana Rareş os diversos lugares em que os "gêmeos" brincavam. Lá estava o moinho com o turbilhão em que por vezes morreram afogadas, sorvidas pelo redemoinho, crianças da nossa idade. Ali, a escola local. Ao seu lado – minha casa natal, de onde dei meus primeiros passos na direção da luz. Na parte da frente das casas, de um lado e de outro da ruela, dois riachos murmurejavam apressados, produzindo uma brisa agradavelmente fresca que parecia me convidar a abandonar minhas roupas. O cheiro dessas correntes de água que se originavam do rio despertou em mim a lembrança de toda uma época que se foi, se foi.

"Quando, criança, passeando descalço e patinhando na água desses vívidos riachos, não tinha como prever o dia de hoje, especial, em que lhe mostro meu vilarejo natal", disse à dona Ana num momento de pausa, quando Leonte, ao nos deixar sozinhos, entrara na casa do padre do vilarejo para perguntar de um quarto para passar a noite. E continuei: "Se eu tivesse previsto este dia, com certeza teria adormecido no mesmo instante, mergulhando num longo sono de conto de fadas, para acordar agora com os olhos diante da senhora." Pus na minha fala, espontânea, um ritmo de verseto. O lábio superior de dona Ana Rareş ergueu-se um pouco, revelando levemente uma fileira de dentes impecáveis num rosto rosado de feitiço.

Naquela noite dormi num dos quartos de minha casa natal, há muito abandonada por aqueles que outrora chamava de pais e que já estavam debaixo da terra. Dona Ana encontrara pousada na casa do padre. No dia seguinte, à tarde, voltamos de ônibus para Căpâlna. O marido de dona Ana chegara à aldeia já antes do meio-dia para levar a esposa a Alba Iulia. A pendulação semanal entre a cidade às margens do Rio Mureş e o vilarejo montanhês começava a incomodar bastante o professor Rareş.

II

Após a partida para Alba Iulia, inesperada e completamente fora da rigorosa boa educação de dona Ana Rareş, os horizontes do vilarejo em que morava pareceram diminuir, de tal modo que só podia me referir a ele como aldeia. A propósito de rigorosa boa educação, aludo à circunstância em que dona Ana partiu, sem me avisar nem se despedir de mim, mais ou menos uma ou duas horas depois de nossa chegada de Câmpul Frumoasei. O quê? Desapareceu sem deixar uma mensagem? Não teve tempo ao menos de passar pela nossa casa por um instante? Era evidente que a partida se deu por desejo do marido, mas como é possível ela não ter sido mais capaz de inventar um pretexto para uma visita de despedida? Esse modo de sumir dava o que imaginar, e dias a fio meu espírito imergiu numa tristeza. A partir daquele momento, a brisa que atravessava a aldeia depois do crepúsculo, inclinando na mesma direção todas as folhas, haveria de soar a desolação. Estranho era que, algumas semanas antes, a aldeia não me parecera desolada. Mas alguns poucos encontros e a viagem de um dia preenchera a paisagem com o sorriso de dona Ana. Com sua partida, produziu-se um vazio na paisagem, um nada doloroso. Mas não revelei a ninguém meu desassossego. Impus-me o trabalho.

Sobretudo antes do meio-dia, ia todos os dias ao jardim da encosta, em cujo ambiente o esquilo me ajudara a me integrar com uma simplicidade elementar. Minha peça de teatro avançava. Coloquei-me a par das maldades da aldeia, que revelaram basear-se, sem exceção, em padrões ancestrais. Elas não tinham nada a ver com a *Arca de Noé*, mas se polarizavam sozinhas em torno do conflito entre os elementos morais do universo assim como a lenda apresenta. A fabulação se desenvolvia de maneira inesperada, atraindo para sua trama pormenores domésticos, suavemente celestiais ou de um grotesco realismo. Todos esses detalhes haveriam de ser organizados numa visão de conjunto ideal e de significado cósmico. Um ar místico deveria pairar sobre tudo isso. E para que o todo ganhasse uma nota de verossimilhança, a fabulação deveria deixar-se penetrar por um fino humor que alimentasse no espectador que acompanhasse a ação um certo ceticismo relativo à repetida intervenção do elemento milagroso, intervenção que contudo se produz, para a consternação da mente sã, a todo momento. A concepção da peça se baseava num jogo de nuances, exigindo, de uma extremidade à outra, meios simples, primários, mas ao mesmo tempo de um requinte supremo, tanto como aparência quanto como expressão. O elemento fantástico haveria de adquirir virtudes absolutamente naturais, ao passo que o acontecimento baço, quotidiano, deveria coroar-se de uma imponderável aura mágica. Era assim que eu via minha peça, e ela parecia crescer vertiginosamente a partir de uma semente inicial em que antes palpitavam apenas latências. Ocupado com tais pensamentos eu passava as horas na encosta. E de vez em quando meu ouvido distinguia, lá embaixo na água, o salto repentino da truta e, com frequência, quase sempre na mesma hora, o estrondo vago e subterrâneo com que repercutiam debaixo dos meus pés os bombardeios sobre o Vale do Prahova.

Decidido, usei as montanhas como escudo entre mim e a história que vinha sendo feita com tanto derramamento de sangue e fogo por tantos lugares quantos havia sobre a crosta terrestre. Os acontecimentos, pelo menos os mais significativos, conseguiam, entretanto, por diferentes vias, transmitir seus ecos até os meus ouvidos. Não raro era eu, assim, interrompido do drama de Noé e atraído para outro drama, o da vida histórica. O avanço da minha peça exigia por vezes um novo entusiasmo que só podia ser alcançado pelo recolhimento. Então, eu passeava rio acima, até a cidadela. Sobre o cume arredondado de um monte, não longe dali, foram descobertos anos atrás, graças aos golpes diligentes dos enxadões, vestígios de uma antiga cidadela que fazia parte do sistema defensivo central dos nossos ancestrais dácios.[1] Pisando sobre cacos de vasos de barro

---

[1] Povo indo-europeu, aparentado ao povo trácio, que habitou na Antiguidade a área em torno dos Cárpatos e a leste deles, até o Mar Negro. Essa área inclui os territórios das atuais Romênia e Moldávia, bem como partes da Ucrânia ocidental, Sérvia oriental, Bulgária setentrional, Eslováquia e Polônia. (N. T.)

Capítulo II

queimado, escorreguei na imaginação, contra o tempo, em outro drama, um divisor de águas, prestes a começar. Tratava-se do destino da estirpe. Perguntava-me, inquieto, se não estaríamos nos aproximando de uma encruzilhada semelhante àquela cujos rastros agora estavam debaixo dos meus pés. Costumava dizer a mim mesmo que, no passado, as condições eram muito diferentes das de hoje. Nosso povo lograra, no passado, diversas vezes, abrigar-se na pré-história. Havia nas montanhas e florestas bastantes lugares em que o processo de recuo podia se consumir numa indiferença total pelo grande "vaivém" da "história" que se aglomerava nas nossas planícies. Mas hoje? Permitirão as formas de civilização e a técnica moderna a manutenção de tais lugares? E, se não, o que acontecerá? Perguntas desse gênero eram muitas e se amplificavam, gerando no meu espírito um pânico que me obrigava a descer da cidadela quase aos saltos. Perseguia-me uma avalanche de pedras provocada por mim mesmo, caindo de uma rocha em outra. Chegava em casa abatido, ficando horas a fio monossilábico e carrancudo. Essa grande amargura em que misturava preocupações relacionadas à estirpe era acrescida por diversas tristezas pessoais que só o sorriso de dona Ana era capaz de suavizar. Mas provavelmente dona Ana achava ter cumprido sua missão: espalhou seu sorriso pela paisagem e voltou, a desejo do marido, para Alba Iulia.

☙

No dia 7 de junho, recebi um telegrama de Cluj, de dona Octavia Olteanu. Felicitava-me pelo meu aniversário, que passara inobservado pelos que me rodeavam. Mas o meu aniversário era para dona Olteanu, decerto, um bom pretexto para me mandar um sinal de "vida" e, assim, atestar que não fora vítima do bombardeio a que Cluj fora submetida no dia em que eu, de Căpâlna, acompanhava, entre a chuva de tiras de folha de flandres, a retirada maciça dos bombardeiros anglo-americanos. Dona Olteanu era a jovem esposa de um professor de Teologia. O casal permanecera em 1940 em Cluj, decidido a suportar a ocupação magiar que todos pressentiam ser efêmera. No outono de 1943, dona Olteanu atravessou clandestinamente a fronteira, por Vama Cucului, através da floresta, pela colina de Feleac. Queria visitar a mãe numa localidade não distante de Sibiu, e ao mesmo tempo abrandar a saudade meio romântica que nutria pelo universo romeno, naquele então tomada, devido às amputações sofridas pela fronteira, por um recrudescimento do patriotismo apaixonado. Dona Olteanu aventurava-se em versos de uma flexibilidade estilística que a situava entre o "sămănătorism"[2] e a poesia "moderna". Da Cluj sob ocupação ela mandava seus versos para serem publicados em revistas editadas em Sibiu. Não a conhecera enquanto estive em Cluj antes de me refugiar. Seus versos revelavam faíscas de talento. Por ocasião da escapada em que se aventurara clandestinamente até Sibiu, deparei-me com sua visita certo dia, na casa que tinha não longe de Dumbravă. Dona Olteanu sabia se fazer de interessante valendo-se de conversas cujo tom de improvisação ela sabia manter. Havia se formado recentemente em Teologia. Concluíra, com real paixão embora um pouco tardiamente, os estudos em Cluj.

Mulheres com estudos teológicos eram novidade na nossa paisagem, e o caso me interessava pelo que era capaz de ilustrar. Como instigação à réplica, pronunciei uma opinião sobre a relação dentre poesia e teologia: "A educação pela teologia pode ser muito fértil para um poeta, desde que o poeta não permaneça nela." E acrescentei: "A teologia pode ser uma grande fonte de inspiração caso o poeta mantiver diante dela a distância necessária e a liberdade criadora." Minhas opiniões, percebi imediatamente, eram equivalentes, para a dona Olteanu, a uma blasfêmia. O que aliás podia-se denotar também da réplica que me apresentou: "Diante da revelação divina, não temos nenhum direito à liberdade criadora." Com essa réplica, entendi que ela abraçava todo o corpo doutrinário da ortodoxia com uma fé carola. Seu elevado nível intelectual tinha porém algo de "provinciano". Ao sinalizar ela que ia embora, eu lhe disse, persuadido por sua agradável aparência feminina, que tencionava ir embora também, e que gostaria, portanto, de acompanhá-la até a cidade. Aleguei ter o que fazer na Universidade. Dona Olteanu, com movimentos desembaraçados e um frescor fisionômico que a teologia não lograra destruir, mostrou-se extremamente feliz em realizarmos juntos um breve passeio. Acompanhei-a até a casa de uma família de Sibiu que a hospedava graciosamente.

---

[2] Corrente ideológica e literária romena, constituída no início do século XX em torno da revista *Sămănătorul* [O Semeador], publicada em Bucareste de 1901 a 1910. A corrente manifestou especial interesse pela questão social camponesa, prezando os valores nacionais e as tradições histórica e folclórica do país. (N. T.)

Capítulo II

Durante o caminho, confessou-me, passando por cima de inibições e aludindo, com um tom combativo, à nossa discussão anterior, que encontrara muitos elementos teológicos em meus trabalhos poéticos. Tal descoberta transformara-a numa "admiradora" secreta: "Foi exclusivamente essa admiração que me fez atravessar a fronteira, travestida em camponesa. Vim a Sibiu justamente para conhecê-lo e receber orientações poéticas." Ao responder-lhe, esclareci meu ponto de vista: "É realmente verdade que circulam também elementos teológicos pelos meus trabalhos poéticos, que são porém utilizados no espírito da liberdade criadora, e não no espírito dogmático. Na minha aspiração de transpor vivências metafísicas em símbolos, modifico, conforme as necessidades poéticas, todos os elementos teológicos a que por vezes acabo recorrendo." Ao nos despedir, pensei que não tornaríamos mais a nos ver.

No dia seguinte, porém, deparei-me com a visita de dona Olteanu no meu escritório seminarista da Universidade. Após subir os degraus, havia acumulado no rosto não sei que espécie de palidez. Parecia, de qualquer modo, inquieta. Sentou-se numa cadeira à minha frente e pediu perdão por abusar da amizade com a qual a recebera: "Vou ficar só mais alguns dias e não quero perder nenhuma ocasião de poder conversar com o senhor, embora eu permaneça com minha posição dogmática no que toca à teologia." "Minha opinião", respondi-lhe, "permanece também a mesma: só a liberdade apetece à criação."

"Trouxe-lhe alguns versos", prosseguiu, "inspirados nos temas de seu último livro. Escrevi essa noite, depois do encontro de ontem. O senhor me permite escrever-lhe versos? Sei que também dedicou versos a algumas mulheres. Não tenho nenhuma expectativa nesse sentido. Ficaria encantada em ser a primeira mulher a querer *ela* dedicar-lhe versos."

"Esse papel de certo modo me embaraça", respondi-lhe, "e veja só por quê!" Detive-me por um instante, pois não sabia como formular a perplexidade dilemática que sua oferta me criara. "Sabe, até agora eu achava que só as mulheres eram capazes de inspirar poesia. E agora me sinto muito incomodado. É como se o meu sexo houvesse sido trocado, possibilidade raríssima e da ordem dos milagres, na qual até hoje jamais pensara."

Demos ambos gargalhadas, no mesmo ritmo. No instante seguinte, porém, a palidez no rosto de dona Olteanu retornou. Imbuía sua voz de um tom que quase não era mais a expressão de um estado normal de lucidez. Arremedava fragmentos de frases que pareciam desprender-se de um estado de "transe". Que ela se encontrava num estado de transe ou qualquer coisa parecida pôde se comprovar naquele mesmo momento graças a uma coincidência inesperada. Chegou ao meu escritório o meu assistente, Simion Bardă. Meio surpreso com a presença da desconhecida e quase perplexo com a expressão extática da matinal visitante, ele sentou-se à sua escrivaninha, de onde pôde acompanhar toda a cena, fingindo não observar o que se desenrolava. Dona Olteanu praticamente não percebeu a entrada do assistente. Continuou falando em seu murmúrio monótono, com o lirismo de um *de profundis*, em frases interruptas, como se despedaçadas por um sofrimento e por uma nostalgia, sobre a atmosfera opressiva que era constrangida a respirar em Cluj, sobre a libertação espiritual que vinha sentindo desde que atravessara a densa vegetação da fronteira: "Desde ontem, desde o momento em que o conheci, o senhor é tudo para mim, embora eu não tenha a mínima intenção de capitular no que diz respeito à teologia." Nessas condições, era o caso de eu sacudi-la um pouco. E o fiz usando luvas. Pedi-lhe permissão de lhe apresentar o meu assistente. Depois da formalidade de rigor da apresentação, que não foi capaz de despertá-la, ela persistiu falando, como se estivesse sob o efeito do fenômeno de dom de línguas no Pentecostes,[3] sem me perder de vista, seus olhos dominando não sei que tesouro que não podia deixar de ser vigiado. Tentei conduzi-la, com um tom frio, na direção de um assunto suscetível de uma conversa com um mínimo de contradição, mas não consegui. Mudei de estratégia e me esforcei em retirá-la do monólogo, atingindo um ponto sensível de sua vaidade feminina. Nem naquele momento o diálogo se tornou mais frutífero, mas ao menos eu a despertei:

"Olhando para a senhora, dona Octavia, vejo-me obrigado a constatar que sua aparência comporta não sei que tipo de traços taitianos!"

"O senhor acha?", respondeu-me ela, "pois saiba que quase acertou."

---

[3] *Falar em línguas* ou *Dom de línguas* é um fenômeno religioso cristão, que deriva da narrativa contida no livro de Atos dos Apóstolos do Novo Testamento, em que, sob inspiração do Espírito Santo, os primeiros seguidores de Jesus teriam falado em Jerusalém e os estrangeiros ali presentes teriam compreendido as preleções, cada qual em seu idioma. (N. T.)

Capítulo II

"Como assim?", perguntei-lhe admirado, enquanto eu dizia para mim mesmo: ela se tocou.

"Veja bem, do ponto de vista humano, sou fruto de uma estranha mestiçagem. Mamãe é romena da gema. Meu pai, porém, que não tive a sorte de conhecer, era justamente da Oceania, um oficial que passou por aqui com as tropas aliadas no fim da Primeira Guerra Mundial, um neozelandês de sangue genuinamente insular. Foi embora assim como chegara, como o canto langoroso de uma lâmina de metal, trazido pelo vento e levado pelo vento. Mamãe, sozinha, me criou. Mamãe é uma mulher religiosa, que ainda hoje mantém uma assídua correspondência com certos mosteiros atonitas[4] para os quais reúne dinheiro dos devotos dos vilarejos. Minha herança é dupla e repleta de teologia e nostalgias oceânicas. Ontem, em nome de uma de minhas heranças, defendi a teologia diante da sua incompreensão, ao passo que hoje, movida pela outra, vou retornar ao quarto em que moro na casa dos meus amigos de Sibiu. Quando estiver sozinha no quarto, vou-me despir e dançar em frente ao espelho a alegria de tê-lo conhecido. E, amanhã, vou-lhe trazer mais versos." Estendeu-me a mão e partiu. Ao partir, tamanho era o seu autocontrole que estendeu a mão inclusive ao meu assistente.

Nos dias seguintes, dona Olteanu passou várias vezes pelo meu escritório seminarista. Cada vez trazia versos novos. Em sua maioria, eram plágios de meus próprios poemas. Mais que isso, eram uma espécie de "réplicas", hábeis e poéticas, mas sempre "réplicas". Respondia a diversos apelos líricos dirigidos àquela que eu denominava "amiga da poesia". Só era capaz de entender o caso assumindo que dona Octavia Olteanu, vítima de um estado de "transe", teimava em substituir aquela amiga da poesia.

Dona Octavia insistia com fervor que eu lhe devolvesse ao menos uma vez as suas visitas, mais exatamente em sua localidade natal perto de Sibiu, para onde ia de trem toda tarde e de onde retornava a Sibiu com o primeiro trem matutino. Uma curiosidade obscura, mais do que uma atração exótica, impingiu-me até lá numa daquelas tardes. Dona Olteanu me aguardou, como combinado, na estação ferroviária. Na alameda que levava à localidade, folhas secas rumorejavam sob os nossos passos.

---

[4] Relativo ao Monte Atos, entidade teocrática independente em território grego, de suma importância espiritual, intelectual e histórica para o mundo cristão-ortodoxo. (N. T.)

"A senhora é tão jovem, dona Octavia, como pode aceitar uma visita tão outonal?"

"O senhor não tem idade", respondeu-me, "tenho antenas especiais para pessoas que não são atingidas pelo tempo."

"Está me atribuindo, em outras palavras, aspirações de futura estátua, querendo me lisonjear", disse-lhe com uma certa melancolia.

"Isso mesmo!", prorrompeu ela, prendendo-se ao meu braço.

A conversa seguiu depois o caminho dos eventos quotidianos. Entramos num quintal com uma casa em frente e alas compridas construídas em ambos os lados. Não havia ninguém no quintal. Num aposento posterior da casa, fui apresentado por dona Octavia à sua mãe, a velhinha que mantinha uma piosa correspondência com monges desconhecidos de grandes mosteiros suspensos sobre o Mar Egeu, vítima da mania de recolher doações para o Monte Atos.

"É dela que tenho o dom da escrita", fez questão de me explicar dona Octavia, "do papai herdei as nostalgias."

"Aqui também há um espelho diante do qual você dança suas alegrias?", perguntei, passando para um registro de conversa informal, depois que sua mãe nos deixou, alegando ter o que resolver na prefeitura.

"Não preciso de espelho em toda a parte, o principal é eu poder me despir e me sentir à vontade, como as taitianas. Quando me sinto despojada, de imediato começo a dançar, mas também quando sou invadida por uma grande alegria, assim como a alegria deste momento. Até que enfim você deu o braço a torcer!" Octavia arrumou um pouco a peça fina de vestuário que envergava, como uma renda, e pôs-se a dançar diante de mim, eu que estava sentado confortavelmente numa poltrona. Estava bronzeada de sol e, a julgar pela aparência, parecia de fato uma insular, oceânica. Sua dança, porém, se limitava a movimentos sumários que demonstravam mais elasticidade do que graça, e que pouco evocavam a coreografia neozelandesa do povo maori. Acompanhei a dança enquanto me impus uma máscara gélida. Octavia repetia esquematicamente e com uma inaptidão angulosa o pouco que sabia, sem chegar a improvisações tentadoras capazes de me arrancar da "indiferença". Meu descaso com certeza parecia total, embora fosse em grande parte fingido. Depois de uma dança agitada pelo quarto, Octavia, levemente cansada, sentou-se numa cadeira à minha frente.

Capítulo II

"Pergunto-me como é possível caber numa só criatura tanta teologia e tanta nostalgia!", disse-lhe com um sorriso. "Mas fique sabendo que você é muito bonita!"

"E muito devassa, não é?", disse ela, incitando-me à conversa. E as palavras transcorreram de mim para ela e dela para mim. Comunicou-me, pela enésima vez, que em breve voltaria para Cluj. Era aguardada por seu marido, professor de Teologia, um homem estudioso, fanático como um rabino, bruto. Ela o descrevia não com epítetos, mas por meio de fatos:

"É tomado por fúria sempre que me pega escrevendo versos. Está vendo na minha têmpora essa marca de cicatriz? Foi feita por ele, quando atirou uma vez um tinteiro de metal para cima de mim!"

E Octavia entrava de novo no seu transe lírico, murmurando pedaços de frases, versos, refrões, com as mesmas tentativas, investidas, sondagens com vistas a um só objetivo: queria, creio eu, descobrir que tipo de êxito teria oferecendo-se para mim.

"Sabe no que eu pensei esses dias? Vou partir em breve. Queria ficar com algo de você!" (Conseguira finalmente usar o pronome informal).

Exclamei: "Nossa, mas você é uma louca!"

Durante um ou dois meses, Octavia adiou o retorno a Cluj. Tencionava atravessar os bosques de Feleac travestida em camponesa. Adiava a volta com a esperança de "ficar com algo de mim". Não posso dizer que não fosse atraente, mas sempre que a via ardendo de perdição, inibia-me o fato de que todas as iniciativas eróticas vinham dela. Às vezes, passeávamos juntos por Dumbravă Sibiului, enquanto ela recitava os versos que escrevia para mim. Caminhando ao crepúsculo por sendas diversas, ela me assediava com uma avalanche lírica em que eu podia reconhecer, vez ou outra, fragmentos dos meus poemas. Demasiado preocupada em desenvolver e ostentar seus dons poéticos, Octavia infelizmente não cogitava estimular também minha própria poesia. Pelo contrário, ela me dizia com frequência:

"Você não precisa escrever mais nada. Já deu tudo o que podia. Agora é a minha vez de cantar."

Num dia nublado de novembro, porém, deu-se o sinal da partida. De Feleac, Octavia ainda me mandou notícias num cartão postal: "Dentro de uma hora partirei para o vale, atravessando Vama Cucului. Mergulharei na floresta como em águas turvas, ondulantes. Talvez eu seja atingida por uma bala húngara. Eu não teria nada contra que as formigas me devorassem."

❧

Segurando o telegrama de Octavia, percebi com que rapidez se apagara do disco de cera da memória os rastros de sua voz. Não era capaz de reconstituí-la. Era mais fácil para o meu olho interior evocar sua aparência, mesmo assim mergulhada na grande penumbra para onde tudo desliza. O telegrama não teve o dom de me emocionar. Só na palma da minha mão ainda se mantinha uma lembrança, meio veludosa, da epiderme oceânica.

Por associação natural dos pensamentos, despertou-se em mim a lembrança da cabeça loura do meu assistente. O destino de Simion Bardă causou-me indizíveis preocupações nos meses que se seguiram. Dona Octavia Olteanu ainda se encontrava em Sibiu quando Simion Bardă, após uma minuciosa revista efetuada em seu domicílio, foi levado pelos agentes da *Siguranţa*.[5] Sua prisão gerou um grande rumor em toda a cidade, envolvendo inclusive a mim mesmo nos mais desaforados boatos. Dirigi-me ao chefe da *Siguranţa* para descobrir os motivos que poderiam ter levado à sensacional prisão: Simion Bardă estava sendo acusado, nem mais nem menos, de ações subversivas contra a ordem do Estado. Devo reconhecer que, pelas conversas amistosas que de vez em quando tínhamos, era-me de certo modo sabido que Simion Bardă nutria posições ideológicas de extrema esquerda.

Dedicado, com intermitências, à poesia e a algumas questões adjacentes de estética literária, absorvido pelo empenho de escrever, consumido por uma rima que não se deixava formar ou pela cadência de uma frase que se negava a adotar o padrão desejado, naquela época eu vivia mais no interior de minha "torre" imaginária do que no espaço das preocupações quotidianas da população. Problemas de ideologia política e de partido que se resolviam em alternativas brutais e trans-

---

[5] Polícia secreta romena da época. Em 1948, foi substituída pela famigerada *Securitate*. (N. T.)

Capítulo II

parentes produziam em mim mais indiferença do que fervor. O registro das ideias políticas pelo qual eu optava, sem contudo me envolver, era bastante amplo, embora excluísse o extremismo. Não acreditava que o bolchevismo poderia constituir nossa salvação. Pelo contrário, em tal eventual circunstância, eu via simplesmente a nossa morte certa. O procurador militar encenou um processo sensacional contra o meu assistente Simion Bardă. Sem qualquer afinidade com as ideias que ele advogava entre amigos, saí em sua defesa durante o processo, assumindo toda a paixão e o risco de me envolver em ações de que em absoluto não havia participado e que me eram desconhecidas. Assim procedi, não por acreditar na total inocência de Simion Bardă, mas pelo amor fraterno que por ele nutria. Fiz a apologia da inteligência. Elogiei com superlativos o preparo intelectual de um jovem em quem eu reconhecia mais um epígono de Hegel[6] do que um marxista. Falei com entusiasmo sobre o futuro que eu lhe vislumbrava. Apesar da hábil defesa, composta por diversos advogados que adotaram meus argumentos, Simion Bardă foi condenado a oito duros anos de prisão. Tal condenação, entretanto, tinha de ser apreciada como uma vitória da defesa, pois, às vésperas do processo, corriam boatos de pena capital.

Ao receber o telegrama de dona Olteanu (Octavia se tranformara de novo para mim em dona Olteanu), lembrei-me de Simion com preocupação. Conforme a imagem que trazemos há séculos conosco, visualizava Simion algemado e acorrentado, amarrado a um tronco, que por sua vez era fixado por uma mó, que por sua vez estava presa ao chão da masmorra como uma gigantesca obturação num dente cariado. Por enquanto, porém, eu não tinha como iniciar qualquer nova ação que aliviasse a situação incômoda de Simion Bardă. Após esperar cerca de cinco semanas, descobri, através de um boato que corria de boca em boca como um verso popular, que a senhora Marga Mureşanu, afiliada ao Conselho do Patronato,[7] que concebia e executava com habilidade tantas ações beneficentes

---

[6] Georg Wilhelm Friedrich Hegel (1770-1831), filósofo alemão, principal representante do Idealismo na filosofia do século XIX. (N. T.)
[7] O *Consiliu de Patronaj* foi uma instituição de caridade oficial do governo romeno, que funcionou entre 1942 e 1944, primeiro sob o patrocínio da Rainha Mãe Elena e, depois, da esposa do Marechal Antonescu. Em 29 de outubro de 1944, ele passou a se chamar *Liga operelor sociale*, cessando suas atividades devido às mudanças da situação política.

em todo o país, se encontraria por alguns dias em Alba Iulia. Decidi correr até a cidadela às margens do Mureş. Uma intervenção por aquela via, com vistas à revisão do processo de Simion Bardă, realmente não me parecia desprovida de uma possibilidade de êxito. Confesso que, para a decisão tomada às pressas muito contribuiu o desejo que nutria nos esconderijos da minha mente de rever dona Ana Rareş. No dia seguinte, parti rumo a Alba Iulia. Em meados de julho ainda pairava o sorriso que alguém impregnara por toda a parte, no fim de maio, na paisagem de Căpâlna.

Passei também, como era de se esperar, por Câmpul Frumoasei. Meu irmão Leonte, gêmeo fictício em alma, não se encontrava na localidade. Disseram-me que tinha partido em viagem, por estradas vicinais, até Iaşi para resolver umas questões universitárias. Acho que queria trazer uma parte de sua biblioteca particular que ainda ficara por lá. Interpretei sua ausência como um sinal nefasto, como se um gato preto houvesse cruzado meu caminho.

Em Alba Iulia, alcancei minha meta. Dona Marga Mureşanu recebeu-me com a velha amizade de sempre. Quis saber por onde andava Leonte naquela época de dispersão em que se destramavam as conexões que fazem de um determinado número de criaturas uma coletividade humana. Indagou também minha opinião sobre a situação geral. Respondi-lhe dando de ombros, pois, mais próxima das fontes, ela conhecia muito melhor os dados da conjuntura. Introduzi o caso de Simion Bardă. Dona Marga garantiu-me que tentaria iniciar a revisão do processo. Isso lhe estava à mão, além do poder para tal. Pois dona Marga, chefe do Conselho do Patronato, tinha, como expoente de um supraministério, portas abertas e pessoas que a serviam em todos os ministérios. Ela fazia e desfazia ministros. Ela dirigia as finanças e o comércio. Guiava a vida artística, o teatro e a ópera com seus conselhos. Dona Marga era prima de segundo grau com Leonte, com raízes na mesma região que ele. Tinha um carinho quase materno por Leonte. Mas demonstrou interesse também pelos meus problemas. Posso hoje dizer que, a meu pedido, dona Marga Mureşanu interveio em favor do caso excepcionalmente delicado de Simion Bardă, inclusive durante os debates do processo. O fato de a sentença recebida por Simion Bardă não ter sido a pena capital, com que a Corte Marcial o ameaçava, deveu-se certamente em grande parte à intercessão de dona Marga.

Capítulo II

Enquanto conversava com a ilustre senhora do Patronato sobre esse problema, uma estação de rádio anunciou o atentado contra o *Führer* em Munique.[8] A estação tentou atenuar a gravidade do momento, oferecendo amplas informações sobre o "milagre" graças ao qual o *Führer* saíra ileso. Faziam-se alusões consoladoras ao sentido oculto que escudava o líder "providencial". Entretanto, o fato de que um atentado pudera ocorrer, planejado por pessoas do próprio círculo imediato do *Führer*, constituía um flagrante sintoma de que começava a se descompor a nova e "milenar" ordem alemã, bem como a do Terceiro Reich.

Fiquei mais um dia em Alba Iulia, naquela atmosfera de "atenção elevada" que, a cada hora ou duas, se transformava num verdadeiro turbilhão ao lúgubre canto das sirenes de alarme. Dona Marga fez questão de me mostrar como organizara, entre os muros da cidadela, as instituições universitárias e as repúblicas estudantis de Iaşi ali refugiadas. Sua habilidade clarividente, sua força de trabalho, sua destreza, suas iniciativas arrancaram-me novas exclamações de admiração: "Deus ajuda aos diligentes", disse-lhe, expressando meu reconhecimento e minha gratidão em nome da população de todo um país.

Tentei descobrir ao acaso onde se encontravam o professor Rareş e esposa, exprimindo o desejo de vê-los se estivessem na cidadela às margens do Mureş. Dona Marga, revelando um sorriso, como se tivesse pensado em dona Ana, respondeu-me como se consultasse um mapa militar em que as posições estivessem marcadas com bandeirinhas: "Não estão na cidade. Esconderam-se nos Montes Apuseni, num vilarejo não distante de Zlatna, em Feneş." Assim, vi-me obrigado a retornar a Căpâlna com as coisas resolvidas pela metade. A escapada não me refreara o desejo de rever dona Ana. Perguntei-me, muito intrigado dessa vez, por que teriam preferido, ao invés de Căpâlna, uma localidade nos Montes Apuseni, que nem mesmo tinha a vantagem da proximidade. Aborrecia-me imaginar dona Ana aceitando essa troca sem esboçar a mínima resistência. Não encontrava motivo algum naquela decisão.

∽

---

[8] Menção ao famoso atentado de 20 de julho de 1944 contra Adolf Hitler em seu quartel-general perto de Rastenburg, na Prússia Oriental, e não em Munique, que marcou o fracasso de um golpe de Estado para derrubar o governo nazista. (N. T.)

Retornando a Căpâlna, tentei esquecer a desilusão cinzenta de não ter encontrado dona Ana em Alba Iulia. Às vésperas do dilúvio, agarrava-me ao seu sorriso como se me agarrasse à vida. Com os olhos do espírito eu já via, cada vez melhor, a aproximação de um desastre em escala nacional e a nível histórico mundial. As visões da mente, as frentes, os tanques, as explosões eram porém tão alheias à paisagem patriarcal e idílica que eu via ao meu redor com os olhos do corpo que, para a sorte do coração, tudo aquilo se evaporava. Mas as obsessões voltavam para me esganar e sufocar. Frentes, tanques, explosões me cercavam cada vez mais próximos, mais próximos. Perguntava-me: ainda existe escapatória? No subterrâneo – no subterrâneo – no subterrâneo, respondiam surdos os estrondos que repercutiam de sob os montes do Vale do Prahova. Tudo isso, todo dia, na mesma hora! No subterrâneo – no subterrâneo – no subterrâneo! Que convite onomatopaico para ocupar o meu lugar junto aos que não estão mais entre nós!

Eu, porém, estava vivo e não podia decidir por não mais existir. O único contraponto ao pesadelo diurno e noturno era o sorriso de dona Ana, que dissolvia todos os fardos. Mas o sorriso se mudara para os Montes Apuseni. E notícia alguma vinha daquela parte. Nem o esquilo, aquela coisinha insignificante, acontecimento enganoso, momentâneo, que produziu uma descontração inflamada na tensão que me sustinha, apareceu mais na encosta.

A *Arca de Noé*, no entanto, crescia. Trabalhava nela com efervescência. Sentia imponderáveis correspondências entre a situação real e a situação da peça. A *Arca* deveria ficar pronta no momento em que o Dilúvio se desencadeasse.

Após um esforço contínuo de algumas semanas, depois de um trabalho febril de dia e de noite, consegui terminar a *Arca*. Fui dominado por uma calma profunda. E, depois da façanha do dia, veio a noite. E naquela noite, deitei-me mais cedo que de costume.

Depois de adormecer, a passagem para o outro mundo se deu no maior sossego. Dormia já há algumas horas, sereno, sentindo-me acalentado por um feito salvador, quando o estrépito de um punho batendo à porta me despertou. Foi muito difícil desprender-me do estado de sono. Dormira como uma pedra ou, melhor, como uma criança. Dormira com entusiasmo. Às vezes, até o sono se entusiasma com seus feitos. Mas agora eu despertava à força, chacoalhado pelo estrondo na porta. Ainda antes de acordar fui capaz de distinguir a voz do padre Bunea, alegre,

Capítulo II

absolutamente alegre: "Senhor professor, fizeram as pazes! Deram agora no rádio. Foi assinado o Armistício!"

Não me levantei da cama. A notícia me entontecera demais. Em seguida, perfeitamente desperto, permaneci embaixo das cobertas. Esforcei-me por imaginar a situação, baseado naquelas poucas informações. A notícia varou portas e portões, atravessando todas as casas. Antes da meia-noite ela atingira até mesmo os assentamentos pastorais dos cumes de observação em derredor. As pessoas saíram pelas vielas, assobiando e gritando de alegria. Todos os quintais foram tomados pelos passos da *hora*.[9] Uma celebração obstinada portou noite adentro o vilarejo, transformado num grande turbilhão. Sozinho com minha família, permaneci perfeitamente calado entre quatro paredes.

No dia seguinte soubemos dos detalhes, à altura das suspeitas, sobre os acontecimentos. Começava uma nova era. Começava com uma capitulação incondicional e um reagrupamento de forças junto aos novos "aliados". E os novos aliados exigiam nosso sangue, como protetores do nosso suicídio. Pelo menos é assim que eu via a situação naquela época. Meu mais ardente desejo era estar enganado na avaliação de conjunto daquele momento. Queria ter motivos de arrependimento por não ter participado do arroubo de alegria da população romena na noite de 23 de agosto.[10] Um dos nossos políticos mais importantes, o único que soubera, no entreguerras, impôr-se diante da consciência pública com sua arrogância messiânica, que assumia a responsabilidade por todos os acontecimentos, declarou para um jornal que o dia mais feliz de sua vida fora aquele em que enfim pudera assinar a "capitulação". Escutei perplexo a declaração emitida pelo rádio. As condições do armistício equivaliam ao desmembramento virtual de um ser étnico.

A reviravolta naturalmente me arrancou do ritmo que vinha levando, o que esmorecia, quem sabe por quanto tempo, minhas condições criadoras. Considerei uma façanha ter concluído a *Arca*. Senão teria ficado inacabada. Depois

---

[9] Dança popular romena em que os participantes, de mãos dadas, formam um círculo. (N. T.)

[10] O Golpe de Estado de 23 de agosto de 1944, engendrado pelo Rei Mihai I, derrubou o regime pró-nazista do Marechal Ion Antonescu, retirando a Romênia da aliança com o Eixo, celebrando um armistício unilateral com os Aliados (reconhecido apenas em 12 de setembro de 1944) e declarando guerra à Alemanha e Hungria. (N. T.)

dessa reviravolta, eu não teria conseguido mais nem pôr um ponto final depois da conclusão de uma frase. Os rostos que eu encontrava eram de uma serenidade inconsequente. Esse era, aliás, o epíteto mais adequado ao estado de espírito que se abateu sobre o país.

Numa manhã de fim de agosto, encontrei-me na viela principal com o ditador econômico daquelas paragens, o velho Loga, que acabava de voltar do seu redil nas montanhas. Embora todo sorridente, havia nele uma certa inquietude. Ele, que durante toda a vida jogara várias vezes com o imprevisto, mostrava-se agora no mínimo desconcertado. Encorajava-se a si mesmo, opinando que tudo voltaria ao normal, "... agora, com o retorno dos nossos políticos ao poder". Loga, que era "liberal" mas ao mesmo tempo um transilvano da gema, estava encantado em poder finalmente ver Brătianu e Maniu no mesmo arranjo governamental.[11] "Ao poder, o senhor diz?", perguntei-lhe, com dor no coração. "Muito bem, chamemos isso de 'poder'. Pois esse poder deles vai durar uns seis meses, e em seguida virão outros." Naqueles dias, eu estava prestes a criar um tique. Sentia a necessidade, de vez em quando, de olhar para o sol com um só olho, ao feitio de certas aves. Tinha a sensação constante de que adentrávamos um grande eclipse. Analisava minha obra literária sob a perspectiva de um futuro bem distante, um século adiante, até quando ela seria colocada entre parênteses. No que concernia à minha própria pessoa, eu sempre executava, pelo menos dentro da minha cabeça, medidas testamentárias. Algumas preocupações eu chegava a comunicar à minha esposa. As mais pesadas eu guardava só para mim.

Por vezes ainda me passavam pela mente outras ideias. Ainda havia a possibilidade de partir para o Ocidente, mas os anos de guerra, os refúgios, as modificações, as mudanças por vezes aparentadas a um exílio nômade infligiram-me um sentido agudo do efêmero, exaurindo-me. Não possuía mais a decisão e a força necessárias para emigrar, sobretudo porque o próprio estatuto de "emigrante" me abalara extremamente diversas vezes durante minhas estadas no exterior. Conheci emigrantes caucasianos em Varsóvia, emigrantes russos em Paris, emigrantes

---

[11] Após o Golpe de 23 de agosto de 1944, Constantin I. C. Brătianu (1866-1950), do Partido Nacional Liberal, juntamente com o transilvano Iuliu Maniu (1873-1953), do Partido Nacional Camponês, integraram o novo governo democrático convocado pelo Rei Mihai I. (N. T.)

Capítulo II

ucranianos na Suíça e tantos outros em outros lugares, emigrantes judeus na Lusitânia, emigrantes tchecos recém-chegados à França. Os emigrantes não eram pessoas, eram sombras de pessoas. Meu organismo repelia a ideia mesmo confrontado com a morte. Depois de tanta perambulação acumulada na lembrança, senti que era preferível descansar na terra paterna. Não havia outra coisa que eu desejasse mais. Um desespero mudo me dominou, seguido por uma melancolia equivalente à indiferença.

❦

Até a passagem da frente pelo lugar onde nos encontrávamos, achei que era oportuno continuarmos em Căpâlna. Conforme todos os cálculos, com base na experiência dos que haviam servido o exército e que conheciam de perto as condições geográficas, nossa aldeia haveria de ser evitada tanto pelas tropas que se retiravam, como pelas que avançavam. "Um exército arrojado não vai tentar atravessar as montanhas por esta região." A opinião de todos os especialistas era a mesma: seremos evitados.

A ocupação do país, laboriosa, durou algumas semanas. E, nesse meio tempo, chegavam notícias do vale. Inquietantes. Perturbadoras. Ficamos sabendo pelo rádio: a comissão para a assinatura do Armistício, que há muito tempo deveria ter chegado a Moscou, vinha sendo retida em várias localidades. E sempre pelo rádio chegavam ao nosso conhecimento os comunicados de guerra das tropas que ocupavam o país. Tinham todos o mesmo refrão estereotipado: após árduos combates, ocupou-se a cidade tal. Um comunicado lacônico semelhante, não para estar à altura dos fatos, mas por motivos diplomáticos previamente calculados, foi também divulgado logo depois da ocupação de Sibiu, embora as pessoas lá presentes dissessem que não fora disparado um só tiro. A Grande Mentira começava a propagar sua hilária fraseologia, com cujo apoio se preparava, sob o rótulo de "libertação", a redução de um povo à mais cruel e trágica servidão. Pelas tergiversações no mínimo curiosas relacionadas à presença da delegação romena enviada a Moscou para assinar o Armistício, tornava-se evidente que não nos permitiam assinar antes que o país fosse completamente ocupado "após árduas batalhas". Tudo isso para que não se mencionasse que nossas tropas houvessem de alguma maneira contribuído para a "libertação". Contribuição de sangue era-nos exigida em abundância, mas não se deveria falar no assunto.

As tropas alemãs em retirada não foram mais capazes de organizar uma resistência mais séria a não ser na Transilvânia setentrional, ocupada pelos húngaros. A saída da Romênia da frente alemã constituiu para os húngaros uma ocasião meio desesperada, mas benvinda pelo momento, para tentar ocupar também a Transilvânia meridional. E, de fato, tropas magiares desgarradas partiram de Cluj, com base num plano improvisado e sem qualquer tipo de cobertura que pesasse efetivamente na balança, para penetrar por diversos pontos do território da Transilvânia meridional, desnorteada pelos acontecimentos políticos e militares em curso. Corria o boato que em Uioara e depois perto de Aiud teriam-se travado lutas esporádicas entre tropas romenas e magiares. Carroças de refugiados de Țara Moților[12] chegavam a Căpâlna e dali continuavam viagem rio acima pelo vale do Sebeș. Vinham por Alba Iulia, pelos vilarejos por onde passava a maria-fumaça, um trem liliputiano que fazia a ligação com Zlatna. O êxodo se deu sobretudo devido à desorientação.

Conforme as notícias que recebíamos, as tropas russas que haviam conquistado Sibiu se ramificaram em direções diversas, dentre as quais Alba Iulia, pela estrada nacional. A previsão de sermos evitados começava a se delinear, e respirávamos aliviados com essa esperança. Tratava-se agora justamente do momento crítico da passagem da frente. Como seria essa passagem? E onde nos aconselhar para saber como deveríamos nos comportar em tais circunstâncias?

Na manhã do dia 10 de setembro, chegou um pastor às pressas, vindo da parte montanhosa da aldeia. Dele irrompeu a notícia de que duas divisões russas, após terem atravessado o cume das montanhas, se aproximavam de Căpâlna. A vanguarda poderia entrar na aldeia a qualquer instante. Orientando-nos ainda pela opinião dos especialistas em assuntos militares, ponderávamos tudo com desconfiança. Debatemos contudo no quintal o que deveria ser feito. Para tal eventualidade, concebera anteriormente junto com o padre Bunea um plano de mandar as meninas para o pico Blidaru, montanha que se erguia a mil metros de

---

[12] Região etnogeográfica romena nos Montes Apuseni, englobando partes das atuais províncias de Alba, Arad, Bihor, Cluj e Hunedoara. (N. T.)

Capítulo II

altitude junto à aldeia. Tinha em mente uma casa de pastores isolada lá em cima, num pequeno bosque de faias. O refúgio nas alturas estava à mão, mas a salvo de olhos amendoados das estepes que viessem a se aventurar pelas montanhas. Em poucos instantes, minha filha e a estudante, filha do padre Bunea, puseram-se em fuga. Ao chegarem na depressão rio acima, de onde deveriam enveredar pela senda tortuosa até o cume do Blidaru, elas viram, à distância de uma flechada, a primeira carroça com soldados russos. As meninas, surpreendidas, se esconderam, sem entrar em pânico, atrás de uns arbustos de cardo. Os soldados russos, de aparência branda, as observaram e lhes fizeram sinal com a mão, dando risadas parecidas com as risadas da nossa língua. A carroça russa não parou, continuou descendo, até entrar na aldeia depois da curva seguinte. Até chegarem as outras carroças, as meninas se desprenderam do raio de visão dos que estavam abaixo delas, e fugiram saltando como cabritas até a casa lá de cima. Carroças com soldados russos começaram a borbotar pela aldeia, vindas das montanhas, ainda bastante dispersas. Do vale, da direção de Sebeş Alba e Alba Iulia, chegavam no sentido contrário carroças romenas que recuavam diante das tropas magiares, as quais, pelo que se dizia, teriam quase chegado a Aiud. Previa-se uma confusão na aldeia, cujos habitantes se mostravam especialmente preocupados em abater seus porcos em meio aos tufos de azinheira. Aconselhamo-nos com o padre Bunea e outras famílias de intelectuais e decidimos não ficar no meio da previsível torrente. Para onde haveríamos de ir? Para as casas dos pastores, no planalto Blidaru. Era de se esperar que o grosso das divisões russas que desciam das montanhas pelo vale do Sebeş haveriam de passar pela aldeia durante a noite. Não era nada oportuno permanecermos ali. Dentre os refugiados que chegavam de Alba Iulia encontravam-se o professor Rareş e sua esposa. Nossos amigos então voltaram a Căpâlna. Não ficaram na casa do Loga, pois ela havia sido requerida pelo general russo que comandava as divisões que não cessavam de surgir, contrariando todas as nossas previsões. Nosso grupo, decidido em se refugiar no pico Blidaru, já estava preparando a partida. Mandei dizer enfaticamente ao professor Rareş e dona Ana que partissem também eles, sem falta e o mais rápido possível, na direção do mesmo cume. Dei-lhes a entender que não era recomendável permanecer na aldeia.

Ao entardecer, chegamos à nossa meta. Éramos cerca de vinte pessoas, entre elas dona Ana, no cume do Blidaru. A peça de resistência do assentamento pastoril era uma velha casa de troncos de madeira com um pátio interno, fechada por todos os lados. Parecia uma cidadela primitiva de madeira. O dono da casa arrumava alguma coisa junto à lareira construída no meio do pequeno pátio, sob um céu claro. Esse pátio tinha um ar patriarcal, integrando-se ao conjunto, embora debaixo de um céu aberto, como um aposento fechado. Sentamo-nos todos ao redor do fogo que bruxuleava na lareira. Num dos cômodos da casa, o proprietário, previdente, pusera palha no chão como num estábulo. Haveríamos de descansar ali, vestidos como estávamos, apertados uns aos outros, como sardinhas; quem não coubesse poderia ficar de vigia no pátio interno, junto ao fogo da lareira.

Escurecia. E fazia frio. Falava-se sobre os vários acontecimentos daquele dia e cada um contava a crônica de suas próprias peripécias.

Aproximei-me de dona Ana e lhe cochichei: "Não tinha como prever nosso reencontro neste lugar, mas é de qualquer modo emocionante. Mais emocionante do que se poderia sonhar: voltamos à Idade Média, como no tempo das invasões dos tártaros. Provavelmente, numa vida anterior, encontramo-nos nas mesmas circunstâncias. O dono da casa deve ter sido o mesmo. Não lembra? E as chamas também. As mesmas de então." "Os acontecimentos nos deixam com o coração na mão, mas o senhor confere poesia a este momento", respondeu-me dona Ana. "A poesia é tudo o que acalenta", disse eu, "poesia é o que a sua presença confere a esses acontecimentos. Sua ausência, porém, ela sim, ela é capaz de deixar alguém com o coração na mão." Foi essa a minha réplica. O bruxuleio das chamas acobertou nossos murmúrios.

Lá embaixo, no vale, bem sob as encostas do Blidaru, intensificavam-se os berros, os assobios de alegria, os estampidos com silvo prolongado, de fuzil, e os estampidos breves, repetidos, das armas automáticas, e o som de codorniz metálica das metralhadoras. Tudo parecia anuviado por uma espécie de cântico que brotava de milhares de peitos. Ouvia-se um borbulhar como o da água de um dilúvio, dominado por gritos, por brados, pelo trote dos cavalos. Uma azáfama tão primitiva e selvagem preenchia o vale, que nem os ecos reverberavam. Parecia que toda a Ásia havia se amontoado lá embaixo. A barbárie do milênio se alçava lá de baixo até a altura do planalto, como numa eclusa gigantesca, tencionando empurrar e derrubar, só com o seu alarido, as montanhas por sobre as planícies. Horas e horas a fio, toda a madrugada até o raiar do dia, e ainda outras horas durou a monstruosa

Capítulo II

e assustadora passagem daquela imensa torrente sonora. Lá de cima, em meio ao breu do vale, acompanhei a agitação das tropas. Nos últimos setecentos anos, jamais tais ecos haviam penetrado até aqui, no limiar de paragens eternas. Pelo que meu pavilhão auricular captava, pelo alvoroço de berros, gritos, vagidos, estrondos, assobios e bramidos, podia-se dizer que, naquela escuridão, estavam acontecendo massacres, estupros, incêndios. Imaginava mulheres crucificadas no chão, em torno das quais dezenas de soldados vermelhos se enfileiravam para se entregar aos apetites ardentes das vastidões de todo um continente, concentrados naquele vale.

"É o começo de tempos difíceis para os senhores de certa condição social" – com essas palavras, o dono da casa enfim interrompeu o silêncio que ninguém, dentre aqueles sentados ao redor da lareira, ousava quebrar. "Fui prisioneiro na Rússia, durante a outra guerra, e durante muito tempo depois. Só eu sei o que os meus olhos viram. Pois fiquei por lá uns dez anos completos. E mudava de um lugar para outro como um pastor com o rebanho, só que eu me mudava sem rebanho, pois era prisioneiro. E eu vi, embora preferisse não ter visto, o que fizeram com os senhores. E, depois, os senhores perderam seu lar e sua tranquilidade. Eles mesmos, sozinhos, movidos pelo terror, partiam de um lugar para o outro. E ninguém vai me acreditar se eu contar que desastre foi aquele. Não deram trégua um só minuto aos senhores, em parte alguma."

Com um calafrio permeando a alma, finalmente nos levantamos e nos afastamos do fogo. As estrelas cintilavam acima de nós. Toda a galáxia, pesada de tanta poeira luminosa, dependurava-se do firmamento, prestes a atingir nossas cabeças e ombros. A Via Láctea, o Caminho dos Escravos.[13] Essa última denominação me parecia mais sugestiva, pois se ajustava ao nosso pavor.

Entramos no "estábulo" destinado ao repouso. Deitamo-nos vestidos com as roupas que tínhamos, um junto ao outro. E, mal havíamos nos deitado, debaixo de nossas roupas começou o assalto dos pequenos cavaleiros medievais de armaduras negras. Acho que jamais tantas pulgas, num lugar tão pequeno, tiveram a chance de gozar de um banquete de sangue tão rico. Meu corpo doía de cansaço, minhas

---

[13] Outra denominação para Via Láctea na cultura romena. Tal nome se deve à crença de que as estrelas dessa galáxia teriam indicado o caminho de volta aos escravos levados da Dácia até Roma pelo Imperador Trajano. Fui obrigado a traduzir ao pé da letra a expressão, na ausência de correspondente em português, devido à frase seguinte. (N. T.)

pálpebras ardiam depois de uma tarde inteira no meio da fumaça. No breu impenetrável do aposento, senti como pairava o sorriso de dona Ana, que suportava com bravura, pelas coxas de sua graça e decerto também pelo vale dos seios, as lanças dos pequenos cavaleiros. Teria sido talvez um consolo imaginar que as pulgas circulavam sem parar entre nós dois, mas entre mim e ela se reviravam insones mais dez pessoas.

Muito riso produziu entre nós, desde aquela tarde, um médico de Sebeş Alba, que chegara a Căpâlna com sua esposa. A esposa, que ultimamente aparecia e desaparecia da aldeia com intermitência, era uma personagem muito conhecida por suas aventuras e pelo anedotário erótico que as más línguas criaram em torno dela. O médico andava por toda a parte com uma maleta de mão. Agora, usava a maleta como travesseiro. Por causa do cuidado que o médico tinha com essa maleta, deduziu-se estar repleta de cédulas de dinheiro. Dizia-se que a soma total que o médico carregava para lá e para cá, inclusive por lugares mais escondidos onde ele tratava de sua toalete íntima, chegava a alguns milhões. O médico todo o tempo deplorava a perda do automóvel com o qual chegara, e que tivera de esconder num monte de feno no meio do campo. Um soldado russo da vanguarda o descobrira e se apropriara dele sem muita conversa. A preocupação do burguês típico, fixada só em detalhes de conforto material e no dinheiro, era meio hilariante diante das condições existentes no cume Blidaru. Um jovem cômico, que o via sempre irritado, preocupado com a maleta, disse-lhe em tom de piada: "Senhor doutor, seria mais cômodo carregá-la nos cornos!"

A agitação no viveiro de pulgas durou a noite toda. Só o doutor roncava orgiástico, com a volúpia orgânica do cansaço e do sono. Seus roncos começavam tão logo o doutor punha a cabeça sobre a maleta.

Aos primeiros raios de sol, levantei-me e saí para ver como estava lá fora. Diante da casa, logo em seguida, pude observar o vale lá embaixo em meio a uma neblina fina. Sim, mil metros abaixo, exatamente embaixo de onde estávamos, num pomar ao longo do riacho, podiam-se ver numerosas tendas militares e fogueiras fumegantes. Não se vislumbrava o mínimo movimento entre as tendas. Os russos dormiam um sono revigorante antes de partirem de novo na direção de "Berlim", sobre o que perguntavam a cada encruzilhada a caminho do vale do Sebeş na Transilvânia. E mais uma vez eu era invadido pela sensação de já ter visto algo parecido: acho que lembro, foi na época dos tártaros. Permaneci imóvel durante muito tempo, fitando

Capítulo II

profundamente o vale com suas tendas e as fumaças do pomar. Diante da ideia de que um cavaleiro russo seria capaz de subir em poucos minutos até o nosso abrigo e acabar com a minha curiosidade, retirei-me para o bosque. Não longe dali havia um outro casebre pastoril. Aproximei-me. Uma mulher me recebeu.

"A senhora não tem uma cama onde eu possa descansar?", perguntei-lhe. "Não dormi a noite toda e estou morto de cansaço."

"Temos, sim senhor, temos sim!" A mulher me convidou para dentro. Havia um quartinho ao lado da cozinha. O aposento era tacanho, mas justamente por isso muito convidativo, as paredes de madeira, tudo muito limpo, o baú branquinho lavado com soro. A cama, recém-estofada com folhas de milho, aguardava um hóspede.

"Descanse aqui", disse-me ela.

Deitei-me sobre o "colchão" recheado com folhas de milho, que cedeu debaixo do meu peso, moldando-se como um negativo de plástico. Naquele farfalhar macio adormeci rapidamente. Ao me despertar, tudo indicava que era tarde, mas ainda era antes do meio-dia. Vesti-me logo. Abri a porta que dava para a cozinha da mulher que me recebera. Detive-me na soleira: um menino de uns seis ou sete anos brincava ao lado da mulher.

"Mas que cochilo profundo, dona. Deve ser tarde." Meus olhos pousaram sobre o menino, bonito e de olhos inteligentes. Senti os efeitos do descanso como uma alegria orgânica. E, para travar uma conversa com o menino, perguntei-lhe:

"Qual é o seu nome, garoto?"

"Ilie", disse-me ele, dando levemente de ombros, rechonchudos debaixo da camisa bem aberta.

Pedi-lhe uma explicação a mais: "E mais o quê? Você se chama só Ilie?"

Com uma certa timidez, o menino respondeu:

"Só Ilie."

Ilie não sabia que tinha também um sobrenome. Senti-me de novo transposto aos tempos do matriarcado ou ainda mais antigos. Dei alguns leus[14] ao menino que só se chamava Ilie e, com os pensamentos de certo modo descansados, saí, agradecendo à mulher que não se deixou convencer de modo algum em aceitar um dinheiro da minha parte pelo repouso que me propiciou.

---

[14] *Leu* ("leão") é o nome da unidade monetária romena desde 1867. (N. T.)

Numa vereda sobre a extensão do cume Blidaru, a meio caminho das duas casas pastoris, encontrei-me com dona Ana colhendo açaflores, que haviam brotado aos milhares pela grama.

"Passe por favor por aquela casa, lá se pode dormir em folhas frescas de milho num quartinho limpo, todo de madeira. Lá pelo meio-dia ou à tarde, a senhora irá me dizer o que terá sonhado."

"Sim, irei", respondeu-me, "mas veja que fogo interior arde nestes açaflores."

"É admirável como essas criaturas suportam o próprio fogo que lhes devora o coração com tanta força", reforcei as palavras dela com as minhas. "Durma bem, vá logo. Não perca tempo!"

Ela foi embora. Mas provavelmente sentindo que eu acompanhava com o olhar a mais discreta graça que eu tivera a sorte de surpreender pelas veredas da minha vida, ela se virou por um instante para me fazer um sinal com a mão. Era como um gesto do céu azul.

Olhando para o vale em plena luz do dia, percebi que todas as tendas militares haviam desaparecido. A neblina se dissipara. Os instantes eram serenos, de uma serenidade outonal. O bosque começava a mudar de cor. Aqui e ali surgia o vermelho sanguíneo do corniso. Acima, o planalto se estendia. Não longe dali, deleitava-se sob o sol ardente que derretia o ar fresco um carvalhal de copas magníficas, perfeitas para ilustrar manuais de botânica.

Num vale mais recuado nas proximidades acenderam em torno do meio-dia uma grande fogueira, arranjada entre pedras. Preparavam brasa para a comida. Tínhamos trazido até carne de churrasco conosco. A fome enfim nos vencera. Era o organismo exigindo seus direitos naturais diante do desgaste que a agitação e a aflição o submetiam. O conselheiro municipal, um homem esperto, próximo do padre Bunea, chegou no final das contas com notícias do vilarejo sobre os acontecimentos noturnos. Foi uma sorte para todo o vale que o general-comandante decidira repousar na casa do velho Loga, pois, assim, ordenou-se que as tropas escoassem para o campo. Não foi permitido a ninguém se abrigar no vilarejo, para não perturbar o repouso do comandante. De maneira que a frente acabou passando por nós. Os habitantes locais ficaram pasmos ao ver como duas divisões atravessaram intrépidas as montanhas, passando por lugares inexplorados, por onde só os ursos se esgueiram rumo a suas tocas. Agora o grosso das tropas já

Capítulo II

estava longe, na direção de Sebeș Alba, para além do Rio Mureș. Na aldeia, de vez em quando, ainda passava um soldado retardatário, um extraviado ou um pobre diabo que se embebedara. "Esses russos bebem até apagar, como animais", contou o conselheiro. "Em Șușag, um deles bebeu até inseticida de um aparelho de matar moscas. Não provocaram danos ao vilarejo. Nem mesmo entre as moças. Que sorte tivemos com o general; alguns porcos, contudo, foram levados, abatidos e assados às margens do salgueiral, desfrutando deles quem passasse. Os soldados russos ficam admirados com o fato de que, aqui, cada casa é um colcoz."

À fruição do nosso churrasco viera também dona Ana, mais descansada depois das folhas de milho. Não nos aproximamos de modo ostensivo, pois seu marido todo tempo estava a seu lado. O senhor Rareș parecia um homem indefeso, sempre atrás de um escudo junto ao maravilhoso elemento feminino que a sorte lhe destinara.

As conversas do grupo que tomou a direção do bosque mudavam de um instante para outro, pois a pequena sociedade, de tão misturada, era incapaz de chegar a um denominador comum. Nada nos unia fora o interesse diário de nos sabermos protegidos e fora, talvez, o interesse humorístico gerado por uma maleta. Refiro-me à maleta que o médico mudava de lugar, mantendo-a continuamente à vista, como um bêbado com seu garrafão. A maleta se tornara, inclusive para as crianças que nos acompanhavam, alvo de ataque de alusões cruéis e inocentes.

Continuamos nas alturas do Blidaru, movendo-nos conforme batia a luz do sol, até o entardecer. À noitinha descemos até a aldeia usando outro caminho que não o da subida. Esperamos escurecer bem, para que não nos tornássemos objeto de fofoca no vilarejo ao voltarmos para nossas casas pelo quintal dos fundos. Chegamos tão mortos de cansaço, que não queríamos nem mais nos levantar das cadeiras, que pareciam próteses benfazejas. Nessas condições, apaziguados pelo silêncio que se impôs entre nós, preparamo-nos para dormir.

Mal havíamos terminado de jantar, o padre Bunea irrompeu no aposento que usávamos como sala de jantar: "Temos que fugir de novo, dizem que está descendo dos montes mais uma divisão."

Minha esposa e minha filha rebentaram num choro nervoso. Era uma descarga que não podia mais ser evitada. Eu, bastante pálido, lutei comigo mesmo para manter a calma.

"Certo, mas agora, de noite... talvez seja suficiente irmos para o pequeno bosque nos fundos dos quintais", opinei. "Até os fundos dos quintais" significava encarar uma colina. O padre comungou da mesma opinião. Pegamos às pressas colchões e almofadas e partimos na escuridão, dessa vez menos numerosos, quintal acima, como numa escada oblíqua. No breu, a subida era indescritivelmente difícil. Tropeçávamos e caíamos a cada passo. Tínhamos ainda que acalmar com palavras ásperas o choro das mulheres. Assim, justamente quando, enfim, podíamos nutrir a esperança de que todo perigo passara, ficamos sabendo que outro, ainda maior, nos espreitava. Maior, pois, tendo o general-comandante partido do vilarejo durante o dia, era bem possível que a divisão que estava a caminho se instalasse ali, dedicando-se a saques, bebedeiras e orgias. Depois do suplício que nos esfolou os tornozelos, chegamos ao pequeno bosque acima dos quintais. Não ousamos acender um fósforo nem um pedaço de vela, a fim de não atrair a atenção da turba de cuja iminente chegada nos haviam avisado.

Preocupou-me o destino do casal de Iași que dessa vez havia retornado à casa do velho Loga. Tranquilizei-me, porém, imaginando que eles também teriam se escondido como nós, numa encosta junto ao riacho. Passado algum tempo, começou a me parecer estranho não ouvirmos nem assobios, nem a codorniz de metal, nem estalidos de fuzil, nem as canções de dragões asiáticos. Daí minha conclusão de que a divisão deveria estar ainda muito longe. Tínhamos, portanto, tempo para arranjar um leito debaixo das árvores, mais adaptado às nossas necessidades. A visão se acostumou ao escuro, de modo que, forçando um pouquinho, fui capaz de distinguir silhuetas de pessoas e árvores. Fizemos nossas camas em cima de folhas secas. Eu, junto com minha esposa e filha, ficamos dessa vez lado a lado. Pude conversar baixinho com minha filha, sussurrando, pois mantive seu ouvido ao lado dos meus lábios. Um tremor nervoso a sacudia, como uma tempestade dentro de um copo. Ao meu lado ela se acalmou um pouco. Por entre as folhas das árvores podiam-se ver as estrelas. Ao nosso redor ninguém falava. Ao longe, ao norte, ouviam-se, surdos, estrondos de canhão. Pela primeira vez ouvi durante a guerra canhões participando de uma batalha. O conflito decerto ocorria para lá de Aiud, a uns sessenta quilômetros de nós em linha reta. Os estrondos eram esparsos, e sua vibração era sentida mais na terra do que no ar. Cochichei no ouvido da minha filha: "Está ouvindo? Estouros de canhão. Você vai se lembrar mais tarde de ter ouvido o fragor dos canhões durante a grande guerra. E vai se lembrar sempre desses dois dias, quando a frente passou tão suave por nós."

"O quê? Você disse suave?", perguntou-me Ioana.

"Mais suave seria impossível, minha querida!", respondi-lhe, para que aprendesse a relatividade das avaliações.

Consegui dissipar o pânico no coração da criança, que readquiriu nos meus braços a calma completa. Envolvi-a numa manta, pois a madrugada podia nos cobrir de geada. Em seguida ficamos em silêncio e tentamos adormecer. Nossas almas se encontravam devastadas e doentes por causa dos acontecimentos daqueles dias, e o sono nos evitava. Num dado momento, minha filha me cochichou:

"Papai, está vendo aquela estrela entre as folhas?"

"Estou vendo, como poderia deixar de vê-la?", reforcei.

"Tenho vontade de recitar aquela sua poesia com a estrela e o pássaro, que combina agora com essa estrela."

"Recite-a para mim", disse-lhe, "você ainda sabe de cor?"

"Não esqueci. Posso falar?"

"Pode. Estou ouvindo."

E minha filha recitou, em voz baixa e simples:

> No bosque está sem glória
> o grande pássaro doente.
>
> Alto voa sob o céu pequeno
> e nada o cura,
>
> só se bebesse orvalho,
> com cinza, pó de estrela.
>
> Olha sem cessar, doente, para cima,
> para aquela estrela da carvalheira.[15]

"Até de manhãzinha", disse-lhe, "cairá orvalho na nossa boca, e cinza também. E agora vamos pedir ao sono que nos cubra."

---

[15] O poema *No Bosque Está Sem Glória* foi escrito em 1930 e faz parte do ciclo "Na Encruzilhada das Águas". (N. E. Romeno)

Não fomos, porém, capazes de adormecer. O silêncio tomou conta do vale. Por vezes se ouvia um ladrar de cães – e nada mais. Depois de horas de insônia, começou a crescer em nós a suspeita de que a "iminente" chegada de outra divisão deveria ter sido um boato falso. O padre Bunea, saltando do seu ninho debaixo das árvores, desceu pelo quintal a fim de espiar o que ocorria e trazer notícias. Não se ouvia nada além do murmúrio constante das águas e, de novo, mais insistente, o latido de um cachorro provocado por transeuntes. Tarde da noite, o padre Bunea voltou com a notícia de que o boato sobre a chegada próxima de outra divisão russa pertencia, ao que tudo indicava, ao terreno da imaginação superexcitada dos habitantes do vilarejo ou era, mais provavelmente, invenção de alguém que fazia questão de produzir pânico entre os "senhores", pois os "senhores" não deveriam mais ter, de agora em diante, nenhum momento de sossego e nenhum travesseiro em que descansar a cabeça. "Veja só", pensei comigo mesmo, "sob que formas irrompe o ressentimento humano!" Com esse pensamento amargo, desci o quintal íngreme de volta para nossa casa, como se descesse num abismo.

Acordei bem cedo e fui para a casa do velho Loga. Lá fiquei sabendo, pasmo, que o professor de Iași e a senhora Ana haviam partido quinze minutos antes na direção de Sebeș Alba e Câmpul Frumoasei, de onde, não se sabia por que motivo, tencionavam chegar a Alba Iulia, o mais rápido possível e tão logo as circunstâncias o permitissem. Essa segunda partida às pressas do casal de Iași dera-me o que pensar. Será que o naturalista não queria sua esposa perto de mim?

O velho Loga ofereceu-me detalhes pitorescos sobre como hospedara o general russo, cuja estada de uma só noite salvara do saque e do desastre as provisões, as adegas e as mulheres da aldeia. O general não admitiu deitar-se sob as cobertas moles e limpas da cama que lhe fora preparada no quarto que dava para a viela. O comandante dormiu de uniforme em cima de um banco de madeira, enquanto os soldados com metralhadoras automáticas vigiavam todas as portas que poderiam lhe dar acesso. De manhã, a dona da casa preparou um chá para o general comandante; numa bandeja, serviu-lhe queijo, azeitonas e tomate. O general simplificou o desjejum, despejando dentro do chá o queijo, as azeitonas e fatias de tomate. Tal mistura, que conforme certas receitas medievais teria dado origem a cobras e lagartos, foi consumida às pressas. Em seguida, o general partiu com toda a sua escolta.

Capítulo II

Nos dias seguintes haveriam de chegar à nossa aldeia, aos montes, informações e anedotas cada vez mais atualizadas sobre a frente, que avançava a partir de Aiud rumo ao norte de maneira muito mais agitada e espetacular. Sobretudo na zona vitícola, o avanço se recobria de aspectos ora grotescos, ora de fim de século. "Por lá, os russos andam como o mijo do boi", cochichavam os camponeses, utilizando, ao abrigo da palma erguida diante da boca, uma comparação colhida de sua própria experiência rústica para caracterizar o andar zigue zagueante daqueles bêbados fedendo a urina. "É muito difícil reunir os russos para o ataque depois de terem encontrado as adegas dos condes", acrescentavam, "pois é mais doce morrer afogado no vinho que jorra dos barris alvejados nas adegas do que tombar sob a chuva de balas das metralhadoras inimigas."

❧

Às vésperas do equinócio de outono, haveria de aparecer no nosso quintal em Căpâlna – quem? Leonte! Veio de Câmpul Frumoasei, enfrentando os perigos da encruzilhada histórica em que nos encontrávamos. "Devem ser importantes os motivos que o determinaram a fazer uma viagem tão arriscada nas condições atuais", pensei ao ouvir sua voz no quintal. Recebi-o na varanda, não sem um sorriso para cobrir minha tensão. Entramos ambos na sala de jantar, de onde não saímos mais até o anoitecer. Viera de propósito. Deveríamos examinar mais detalhadamente a situação. Meu coração se apertava e minha testa franzia ao suspeitar tudo o que haveria de me comunicar. A frente atravessara Câmpul Frumoasei em ondas que vieram das montanhas e também do Vale do Secaș. Por lá se arrastavam e subiam algumas tropas, mas também maltas isoladas, seguindo pela estrada nacional, de Sibiu para Alba Iulia. "Os russos não deixam de rebuscar um só pedacinho de terra", disse-me ele, contando-me amplamente como se comportou durante os momentos críticos. Não saiu de casa enquanto o rolo compressor rodava por Câmpul Frumoasei. Teve porém uma sorte estranha e inesperada com Alexe Păcurariu, que chegara não fazia muito tempo ao vilarejo, vindo da capital, com a família. A esposa de Alexe calhava de ser justamente russa, de Moscou, ainda por cima. Falando sem embaraço na língua da "frente", ela conseguiu fazer a casa escapar de buscas inoportunas. A língua russa exercia uma influência mágica sobre as tropas e, com a pronúncia e a entonação moscovitas, as palavras tinham o efeito de um ucasse.

Sobre esse Alexe Păcurariu eu já sabia muitas coisas, há tempos, das histórias que seus parentes contavam. Ele tinha mais idade, nós o considerávamos de outra geração. Ainda era criança quando Alexe, adolescente, deixou Câmpul Frumoasei animado para conhecer o mundo. Alexe era filho de um camponês comerciante lá do vilarejo. Tinham uma venda, além de fazerem negócios com vinho. Mas o camponês era também taberneiro; o quarto mais retirado da casa deles era uma espécie de "casinha" da "intelligentsia" de Câmpul Frumoasei... E assim foi muito tempo atrás pelo menos, quando o pai de Leonte, o padre Vasile Pătraşcu, liderava a vida do vilarejo conforme normas mais altivas que não excluíam contudo a taça báquica. Alexe concluiu as quatro séries do ginásio saxão de Sebeş Alba e, em seguida, audacioso e aventureiro, decidiu sozinho ir a pé em *Wanderschaft*[16] até a Alemanha e ainda mais longe. Nas terras teutônicas ele adquiriu, com o zelo de um adolescente calejado por diversas peripécias, o ofício de tipógrafo e de fotógrafo. Depois de alguns anos de trabalho duro naquelas profissões, Alexe, com o diploma alemão na trouxa de couro e com *O Capital* de Marx na cabeça, um belo dia tomou o caminho da Rússia tzarista e só parou de andar ao chegar a Moscou. Com os ofícios aprendidos na Alemanha, em torno de 1900 podia-se trabalhar proveitosamente em Moscou. De vez em quando chegavam a Câmpul Frumoasei cartas do império tzarista. Alexe, muito esperto, se virava entre as necessidades e, com o tempo, criou um ateliê e uma pequena tipografia. Casou-se com uma moscovita. Fez conexões com o movimento trabalhista da velha capital russa. Durante os anos da Primeira Guerra Mundial, não se ouviu mais falar de Alexe. Depois da guerra e depois de a Transilvânia ter-se unido à pátria-mãe, soube por meio de alguns políticos romenos, que durante a guerra vaguearam pela Rússia, que Alexe Păcurariu ainda estava em Moscou. Com a Revolução de Outubro, ele se tornara uma espécie de prefeito de uma circunscrição de Moscou. Nessa função, ele participou com frequência de audiências de trabalho com Lênin. Aqueles políticos romenos, vendo-se obrigados a deixar a Moldávia para se refugiar na Rússia, acabaram entrando em apuros durante a revolução. Mas Alexe Păcurariu os encontrou.

---

[16] Peregrinação, em alemão no original. (N. T.)

Capítulo II

E, bom romeno que era, arranjou-lhes uns passaportes. Só assim eles conseguiram sair da Rússia e entrar na Suécia e, de lá, ir para Paris. Durante a terrível grande fome de 1921, Alexe Păcurariu lembrou-se de seu vilarejo natal, de seus parentes e do vale onde abundam mel e leite. Ele fez que fez e conseguiu levar toda a família de Moscou para Câmpul Frumoasei. Então pude reencontrá-lo. Em Cluj, Alexe era um homem de quarenta anos. Falou-me do novo mundo da Rússia. Pronunciava frases impecavelmente elaboradas, plenas de um entusiasmo sincero pelas conquistas da revolução socialista. Disse-me que voltaria para Moscou, mas que deixaria a família em Câmpul Frumoasei por causa da fome que assolava a Rússia. E partiu. E de novo passou muito tempo sem que eu ouvisse nada dele. Depois de uns cinco, seis anos, logo antes de eu partir para o exterior (começava minha carreira diplomática), calhou de me encontrar por acaso com Alexe em Bucareste. "O que foi? O que aconteceu?", perguntei-lhe. "Pensei que você estava em Moscou." Fomos a um café, onde me contou em detalhes a sua odisseia. As peripécias nefastas haviam começado naquele mesmo ano de 1921. Rumo a Moscou, passando por Bucareste, ele teve a ideia de visitar os políticos romenos que salvara em Moscou na época da revolução. O benfeitor de outrora sentiu vontade de rever as pessoas a quem fizera um bem, pois não só o assassino se sente impelido a voltar ao local do crime. Ao seu retorno a Moscou, as autoridades já haviam sido informadas daquelas visitas. Alexe se tornou suspeito, o bastante para ser preso e permanecer detido, sem julgamento, por cerca de três, quatro anos. Passou por diversas prisões. De uma delas, Alexe conseguiu finalmente fugir; saiu pelo portão da penitenciária na qualidade de "cadáver". Declarado "falecido" por parte dos carcereiros, estes persuadidos por conversas e promessas, ele foi retirado para o "sepultamento". O "morto" passou em seguida, durante meses, por várias regiões e províncias. Bom conhecedor dos costumes locais e da técnica de vigilância, ele fugiu da Rússia para a terra dos seus pais. Ali ele logo se readaptou. Passou a tomar conta de sua casa com a lucidez e a dedicação dos habitantes de Câmpul Frumoasei, mas também com a paixão moscovita com a qual se contaminou por um quarto de século. Um daqueles políticos que ele salvara em Moscou durante a revolução e que, ao retornar ao país, se tornara na primavera de 1926 o ministro do Interior, estendeu-lhe uma mão calorosa. Alexe descobriu os apetites de bom burguês e aproveitou, sem muita opção, das vantagens do "capitalismo" repudiado desde a adolescência. Pôs para funcionar uma empresa, envolvendo-se com tanta seriedade a ponto de obter o privilégio de imprimir os cartazes eleitorais do novo governo. Em poucos anos tornou-se um grande industrial, sem qualquer dano às profissões que ele aprendera na Alemanha e praticara com êxito em Moscou. Por vezes tinha só que suportar algumas sujeiras da *Siguranța* romena. Algum indivíduo "bem-intencionado", corroído de inveja por tanto enriquecimento, haveria de chamar a atenção da *Siguranța* para aquele "agente moscovita". Mas Alexe conseguiu se safar de novo. Nas memórias que escreveu, bem documentadas e com verve, ele demonstrou ter-se comportado sempre e em toda a parte como um "bom romeno", mesmo no país das estepes e das névoas setentrionais. Naquelas mesmas memórias ele ainda demonstrou, coisa que eu ignorava até então, que, nas condições de um mundo que se formava a partir do caos, ele serviu sua pátria, a verdadeira, a do delta do Danúbio e dos Cárpatos, sempre que a ocasião se apresentasse. Ele permaneceu "romeno" assim como o ensinara, por meio do verbo e do exemplo, o padre Vasile Pătrașcu de Câmpul Frumoasei, pai do filósofo Leonte Pătrașcu. O tesouro do Banco Nacional da Romênia fora expedido para Moscou, por uma incrível falta de previsão, durante a Primeira Guerra Mundial, pelo próprio governo romeno, a fim de lá ficar a salvo das vicissitudes de uma muito provável ocupação alemã e austríaca. Em 1917, o tesouro ficou à mercê da grande revolução russa. Alexe, que na qualidade de prefeito de uma circunscrição da velha capital russa tinha acesso a lugares inimagináveis, descobrira um grande estoque de papel especial *Wasserdruck*[17] para cédulas do Banco Nacional da Romênia, depositado num esconderijo em sua circunscrição. Como "bom romeno" que era, ele se dirigiu até lá pessoalmente com um garrafão de querosene e, repetidas vezes, despejou seu conteúdo sobre todo aquele papel para que não pudesse mais ser utilizado na impressão de novas cédulas. Alexe viu-se impelido a executar tal ato pela voz de sua consciência, que ele ouvia junto com a voz do padre Vasile Pătrașcu, já há muito enterrado em seu vilarejo natal. Aquela proeza poupou o Estado romeno de um imenso prejuízo. Tal argumento pesou bastante no prato da balança dos encarregados da investigação do caso, de tal modo que o "agente moscovita" cessou enfim de ser importunado quatro vezes por mês pelos membros da

---

[17] Provavelmente *Wasserzeichen*, marca d'água, em alemão no original. (N. T.)

Capítulo II

Siguranţa. Aproximávamo-nos agora vertiginosamente do fim da Segunda Guerra Mundial. Às vésperas da reviravolta de 23 de agosto, que haveria de posicionar os romenos junto a seus aliados "naturais" de outrora, Alexe se lembrou de seu passado, relatado em memórias que jazem em arquivos secretos, um "passado" que poderia ver de novo a luz do dia, uma luz de cor completamente diferente, caso as coisas mudassem. No início da "reviravolta", Alexe deixou a capital e rumou direto para o vilarejo de suas origens, Câmpul Frumoasei. Ali ele se hospedou na antiga casa dos pais do filósofo Leonte Pătraşcu, espaçosa o suficiente para abrigar mais uma família. É assim que se comporta o pobre ser humano em circunstâncias graves, de encruzilhada, correspondentes a um desastre virtual. A pessoa é capaz de retornar o mais rápido possível para a sua paisagem natal, arrebatada pelo sentimento de que teria sido melhor jamais ter nascido.

Em Câmpul Frumoasei, com o tempo, Alexe passou a fazer companhia a Leonte e, ao longo dos dias que diminuíam de duração rumo ao inverno, eles conversavam sobre a situação de todos os ângulos possíveis. Com base em sua experiência de um quarto de século, Alexe conhecia o espírito russo bem como os métodos de trabalho de alta precisão do regime soviético. Deu um sorriso amargo ao ler nos jornais a promessa, feita pelos russos, de não interferir nos assuntos internos da Romênia. Leonte vinha de Câmpul Frumoasei até Căpâlna para trazer ao meu conhecimento as opiniões e as análises de Alexe.

"O desastre se aproxima, essa é a opinião de Alexe", disse-me Leonte, "não de um dia para o outro, mas aos poucos. Os russos aplicam em toda a parte os métodos já experimentados no país deles, aplicando-os da mesma maneira, sem o mínimo de imaginação, onde quer que estejam. Alegando fazer política científica, não precisam de imaginação. Os russos estão convencidos de deter a Verdade, que deverá ser imposta 'dialeticamente' por meio da força em todos os lugares que invadirem. O quê? Dialeticamente mas por meio da força? Na cabeça deles, uma coisa combina com a outra, pois a dialética deles é o sofisma alçado a grau de princípio universal. Não nos resta senão nos informar sobre o que fizeram lá no país deles, a fim de saber o que farão aqui e em outros lugares. O homem será assimilado completamente a suas coordenadas materiais e reduzido a automatismos desencadeados pelo horror da fome e pelo terror. No início, os russos vão desorganizar o trabalho e a produção. Por meio de 'carências' impostas metódica e propositadamente, eles tentarão nos convencer de que o homem não é nada além de algo que come. Após destruírem todas as exigências de um nível de vida humano, eles vão suprimir todo senso de dignidade, transformando o homem, pouco a pouco, num autômato do trabalho a serviço do Estado. E quem é o Estado? Em primeiro lugar, a nova 'elite', que considera o intelectual de vocação o seu inimigo número um. A assim chamada 'linha' substituirá a liberdade espiritual, as palavras de ordem substituirão a consciência, o partido substituirá Deus." Era mais ou menos esse, em palavras bem escolhidas, o parecer de Alexe com relação às transformações que haveriam de sofrer o estado de espírito nacional por um lado e, por outro, a estrutura social. As opiniões de Alexe não acrescentavam nada novo ao que nós, os "gêmeos", já tínhamos refletido, mas a diferença é que elas se baseavam em vivências autênticas e experiências consumadas. A vivência e a experiência têm o dom de sacudir a consciência de uma maneira que uma simples opinião nunca tem.

"Mas o que é que podemos fazer?", perguntei a Leonte.

"Por enquanto, nada!", disse Leonte, balançando a cabeça.

E voltando a Alexe: "Armemo-nos com essas análises, diz ele, e com essas experiências para enfrentar tudo o que cada dia e cada hora nos trarão."

"Isso também é importante", respondi, "saber com antecedência o que pode acontecer, conhecer o que virá com certeza. Assim podemos evitar reações inúteis e tentar nos salvar no mundo interior, adequando-nos apenas aparentemente às circunstâncias."

Leonte, que era mais "lúcido" e mais "consciente" do que eu, fazia, entre parênteses e com um ar de simples teórico, a apologia do suicídio heroico, que só os estoicos souberam compreender como grande virtude.

Eu partia de uma certa indulgência para com as fraquezas humanas, nem sempre aprovando o entrincheiramento no "absoluto". Não lhe permitindo a ternura um tom mais decidido, ele me apostrofou, censurando-me não pelo tom, mas pelo que me dizia, pesando com muitíssimo cuidado cada palavra: "Em momentos como este, a consciência não pode evitar ser corrompida por certos compromissos a não ser por meio de tais virtudes. O estoicismo antigo tem de ser revivido."

"Mas onde arranjar tanta força?", tentei conduzi-lo pelo vale das contingências e das relatividades. "Nossa instabilidade tem origem orgânica. Pergunto-me por exemplo se uma eventual decisão minha de me suicidar poderia se evaporar diante do grande sorriso que é dona Ana. A propósito, onde ela se enfiou? Que névoas a engoliram sem deixar rastros? Com frequência penso que um sorriso de dona Ana seria capaz de compensar, na balança dos valores, até mesmo o desmoronamento de um continente. Está vendo como o coração inutiliza a consciência?"

"Eu sabia aonde você queria chegar", respondeu Leonte, com aparente condescendência. "Nas conversas que travamos chego sempre em dois ou três saltos a situações que anulam as verdadeiras soluções. Isso por causa do seu jeito de apresentar os problemas. Dona Ana? Sim, dona Ana! É de fato um grande sorriso. O grande sorriso passou agora para o outro lado do Mureş. E tenho certeza de que está pensando em nós neste instante, procurando nos Montes Apuseni, em meio à areia dourada, plantas que possam curar a consciência doente de um filósofo e o coração ferido de um poeta."

Leonte permaneceu conosco em Căpâlna uns dois, três dias. Passamos muitas horas juntos, em que o levei a todos os lugares e por toda a geografia da aldeia. Percorremos o campo assim como se desenrola um plano de engenharia, e mostrei-lhe o lugar onde Noé construiu sua arca. Despertei nele, assim, uma viva curiosidade em ler logo a minha peça. Lenda e realidade se entrelaçavam tão naturalmente diante de mim, que eu era capaz de localizar a ação com todos os seus detalhes e peripécias na vastidão da paisagem que nossos olhos abarcavam.

Leonte desceu em seguida com passo fatal, como um pastor de outrora, na direção de Câmpul Frumoasei. Decidimos esperar. Esperar o quê? Os acontecimentos que, de acordo com Alexe, haveriam de produzir o inexorável colapso da nossa consciência e da nossa existência.

☙

Em fins de setembro, ainda nos encontrávamos em Căpâlna. Certa manhã, deparamo-nos com Simion Bardă. Vinha do seu vilarejo, situado a pouca distância do nosso. Estava com o cabelo cortado à máquina, bem curto. Máquina zero, o que fazia com que visivelmente ainda mantivesse um aspecto de detento. No total, Simion passara oito meses na prisão. Fora posto em liberdade bem na noite em que se leu no rádio a fatídica proclamação real, dirigida ao povo, de capitulação e assinatura do armistício. Simion tinha um ar sereno. Abraçamo-nos e alegrei-me do fundo do coração ao vê-lo solto. Agradeceu-me como uma criança pela defesa que lhe fizera no processo. Revelou-me detalhes da instrução do processo e dos infindáveis interrogatórios, em que o tribunal militar procurou descobrir em que medida o poeta e professor Axente Creangă estava envolvido na ação subversiva dos comunistas de Sibiu.

"Debalde eu lhes repetia que o senhor não tem nenhum envolvimento", revelou-me Simion, "eles, com seu horizonte de militares suspeitosos, insistiam em arrancar algo de mim, na esperança de que viesse à tona um motivo qualquer para prender o senhor também. Aqueles idiotas interpretavam um simples gesto de humanidade e generosidade como cumplicidade."

Agora, que eu podia falar com Simion, disse-lhe quantas noites insones o seu processo me ocasionou. Os fatos apresentados durante a instrução do processo eram-me perfeitamente desconhecidos. A natureza deles me desnorteava. Contudo, por amizade, procurei inventar para ele um "álibi". Seus frequentes encontros com um sapateiro, conhecido comunista, expliquei diante do tribunal como sendo motivados pelo interesse de pesquisador de Simion Bardă. Ele reunia o material documentário e fazia fichas com vistas a um estudo da psicologia dos tipos sociais. O álibi que lhe inventei sem dúvida contribuiu para atenuar a pena que haveria de receber. Mas, fechando esse capítulo de um passado recente revisitado, passamos a conversar sobre o dia de amanhã.

Simion nutria planos audaciosos de futuro. Queria entrar na política, não podia mais ficar de lado "enquanto no país inicia-se o processo de instauração de um regime socialista". Disse que pessoalmente procuraria, na medida do possível, orientar o novo regime numa direção ocidental e intelectual. Soube que, na prisão, Simion chegou a brigar com seus confrades de ideias, trabalhadores, que manifestavam uma descrença total nos intelectuais. Guiado por ideias marxistas, embora compreendidas de maneira muito livre, Simion esperava persuadir a consciência de vários intelectuais a participar da luta que começava.

Por enquanto, Simion pretendia entrar no jornalismo. Informou-me que os jornais, depois de 23 de agosto, se puseram a serviço das novas ideias democráticas, inclinando-se para a esquerda. "Até o *Telégrafo Romeno*", disse-me Simion, "órgão da Igreja Ortodoxa de Sibiu, que até recentemente posava como defensor fervoroso da ditadura fascista, está descobrindo agora, na doutrina cristã, virtudes democratas grandiosas e quase vermelhas".

"Você sabe alguma coisa do metropolita de Sibiu?", perguntei a Simion, lembrando-o do papel infame que o "reverendíssimo" desempenhara durante o processo, tentando envolver também a mim nele.

"Com palavras adocicadas, mandou-me dizer para ir visitá-lo", disse-me Simion. Ele achava graça quando as grandes autoridades religiosas viravam a casaca no último momento.

"Uns desorientados", disse eu, "os mesmos que, durante a guerra, impuseram a censura teológica até nas universidades, tentando controlar a atividade didática dos professores de Filosofia. Agora, de repente, despertou neles uma antiquíssima consciência democrata. Esqueceram que, há menos de um ano, eram eles mesmos que denunciavam a filosofia de Leonte Pătrașcu como grande perigo nacional."

Simion Bardă, porém, não se deixava levar por rancores nem pela inclinação demasiado humana de se vingar das pessoas que o atiraram na prisão. Pelo contrário, ele estava pronto a perdoar qualquer coisa a qualquer um. O cárcere de oito meses não mudou-lhe a fisionomia – física ou moral. Portava nas faces uma saúde rústica e, nos olhos, o brilho de uma inteligência vivaz, de cidadão urbano. Da minha parte, frisei apenas o meu desgosto em vê-lo distanciando-se das eminentes aptidões filosóficas que lhe atribuía para se desperdiçar sabe-se lá por quanto tempo no turbilhão da nova vida.

Durante a conversa, Simion sempre falava, com uma simpatia ingênua e camponesa, das pessoas que lhe haviam feito tanto mal no outono passado. Esse comportamento arrancou-me um sorriso. Era como se Simion expressasse seu agradecimento àquelas pessoas, pois só graças ao que sofreu por causa delas é que ele era agora capaz de olhar com tanto otimismo para o horizonte da carreira política que se lhe desvelava.

Vinha a Căpâlna, como dizia, "trazido pela saudade de me ver", e para expressar sua gratidão pelas inumeráveis intervenções a seu favor que realizara, nos últimos oito meses, junto aos poderosos. Lembrei-o de que, enquanto estava detido, a senhora Marga Mureșanu do Patronato interveio a seu favor, a meu pedido, por um regime menos duro. Observei que Simion não gostava de que fossem recordadas as intervenções graças às quais, num determinado momento, teriam se abrandado os rigores da prisão. Tal situação gerava, entre os seus colegas de sofrimento, a suspeita de que ele fosse um agente da classe dominante.

Simion Bardă disse ainda, por fim, que viera me ver para me agradecer, mas também por causa de certas preocupações com relação à minha situação. Tentou "tranquilizar-me", comunicando que minha atitude no processo de Sibiu despertara simpatia entre os comunistas. Por outro lado, porém, Simion deu-me a entender que o único favor que eu podia doravante esperar era o de ser deixado em paz, "de molho".

"Mas a minha atitude durante o seu processo não foi tomada pensando em conquistar a simpatia de tais círculos", disse a Simion. "A simpatia deles é, portanto, totalmente gratuita."

Simion Bardă, com um ar protetor, continuou me assegurando de toda a sua atenção pessoal, prometendo aclarar e dissipar certos equívocos e certas considerações bastante "estúpidas" concernentes à minha pessoa e à minha atividade literária.

À despedida, abraçamo-nos. Senti um calafrio ao pensar que abraçava alguém que, da posição em que lutava e em nome da bandeira cuja vitória desejava, acabara de me dizer que o único favor que eu podia esperar era o de ser deixado em paz, "de molho".

☙

Depois da visita de Simion Bardă, decidi retornar também à cidade às margens do Cibin.[18] Eu também deveria, finalmente, tomar as medidas que a bruma do outono e o gelo da História impunham, ou seja, transportar para Sibiu minha família, os bens de estrita necessidade que ainda tínhamos e os baús contendo os "tesouros" fictícios.

Minha viagem até Sibiu começava sob auspícios tenebrosos. Haveria de descobrir, com essa ocasião, quão difícil é viajar de trem numa região por onde haviam passado exércitos imensos algumas semanas antes, um afugentando o outro.

---

[18] Rio que atravessa Sibiu. (N. T.)

Capítulo II

Entre Alba Iulia e Sibiu só circulava um trem por dia. Ademais, para percorrer os cerca de cinquenta quilômetros, eram necessárias doze horas. Partia-se quando ainda era escuro, bem antes do raiar do dia. À luz fumegante dos lampiões vermelhos podiam-se ver, no vagão em que consegui embarcar e depois permanecer de pé, soldados estirados no chão entre os bancos, um cadinho racial em que, pelos olhos levemente amendoados, era possível adivinhar todos os tipos humanos de um único continente. Na estrada nacional, paralela à ferrovia, tropas russas avançavam. Era um avanço que, para nós, acostumados com a ordem europeia, parecia caótico. Por vezes era possível observar vagamente, em campo aberto, maltas realizando exercícios. Em outros lugares, sobretudo nos salgueirais dos vilarejos, centenas, milhares de vacas mugiam antes de serem conduzidas para a frente. O exército soviético se abastecia exclusivamente das regiões pelas quais passava. Ao ver sendo tocados tantos rebanhos de vacas e ovelhas, tive a impressão de que um dragão invisível extinguia a vida da paisagem. Quando a luz da manhã atravessou as janelas do vagão, logrei distinguir os rostos de alguns dos viajantes, apertados uns aos outros. Num canto descobri um rosto que me pareceu conhecido. Mas não podia ser. Olhei mais atento. Sim, era a senhora Marga Mureşanu do Patronato. A grande protetora. Aquela que organizara, em Alba Iulia, o grande orfanato para crianças recolhidas em toda a Moldávia. Aquela que... Aquela que... O dia despontava. A senhora Marga, justo naquele momento, tomou de um fuso. Debaixo de um braço, segurava uma forquilha em que se apoiava o novelo de lã. E a grande protetora pôs-se a fiar. Trabalhava um pouco desajeitada, como se desempenhasse pela primeira vez aquele "ofício". Infiltrei-me como pude até chegar a ela. Reconheceu-me de longe. Inclinei-me para ouvi-la melhor. Sussurrou-me que se camuflava daquela maneira. Acreditava estar sendo perseguida e procurada em toda a parte. Os poderosos de turno, dragões do rancor, queriam matá-la. E agora ela viajava sem cessar, na esperança de apagar seus rastros. Aprendera a fiar. Com isso ela acalmava os nervos. Miseravelmente vestida, como uma monja, a cabeça coberta com um trapo espesso de lã preta.

Perguntei-lhe, sussurrando, como se produzira tal reviravolta. Respondeu-me não fazer ideia, pois não se encontrava em Bucareste naquele dia. Desde então ela estava sempre viajando entre Sebeş Alba e Sibiu. E, até agora, ninguém conseguira encontrá-la.

A senhora Marga Mureşanu tivera, pelo que eu sabia, uma vida de grandes ascensões e grandes quedas. Mais baixo que seu atual nadir, porém, ela jamais caíra. A opinião pública estava meio dividida quanto à apreciação de tais aparições femininas de envergadura secular. Era objeto de fofocas cruéis. Eu só a conhecera em seu papel de benfeitora. Na minha vida ela interviera algumas vezes decisivamente, sempre retirando-me de impasses.

Numa encruzilhada, nosso trem foi detido inesperadamente nas redondezas de um vilarejo. Via-se pela janela do vagão como os soldados russos, empunhando os fuzis com o dedo no gatilho, pareciam se preparar para assaltar o trem. Fiquei com o coração na mão. O que haveria de se seguir? No pânico silencioso que se produziu, os viajantes se empederniram à espera do pior. A palidez invadiu as faces da senhora Marga Mureşanu. Olhei para ela. A tensão pela qual vinha passando ininterruptamente nas últimas semanas marcara seu rosto. Um cansaço indizível, que ela porém superava, desprendia-se da sua fala sussurrada e dos seus gestos. Ela, que conservara a juventude até os sessenta anos, envelhecera agora em poucas semanas. Esperávamos ver soldados arremessando-se no vagão para cima de nós. Dona Marga pôs-se a fiar. No seu gesto de fiar havia um modo de ser e de reagir: não queria mais olhar pela janela para o que acontecia em torno do trem parado no meio do campo. Ela "fiava" já fazia algumas semanas, como as camponesas que não querem perder tempo nem quando vão à vizinha. É claro que as mãos de dona Marga Mureşanu tinham que fazer alguma coisa. Agora ela fiava, pois não queria mais ver o que poderia acontecer no próximo instante. Ela haveria de fiar nos dias seguintes, pois isso a descontraía naquele terrível estado de tensão capaz de matar qualquer um.

Alguém interrompeu o silêncio com uma exclamação de alegria: "Os soldados estão só fazendo exercícios!" O trem fora detido, simplesmente, por um capricho dos oficiais subalternos que comandavam as pequenas manobras que víamos realizando-se aqui e ali, em barrancos e canais, ao longo da estrada paralela à ferrovia. Um sorriso cresceu nos rostos destroçados de pavor dos viajantes. Entre nós havia também algumas meninas que, especialmente elas, como se fossem água de bica, passaram para um outro estado de agregação, o de congelamento, após alguém ter semeado entre nós a suspeita de que os soldados assaltariam o trem.

Capítulo II

Sussurrei à senhora Marga Mureşanu que Simion Bardă, solto da prisão, visitara-me em Căpâlna no dia anterior. Agora, estava em Sibiu. Dona Marga me disse que ela também iria a Sibiu por alguns dias para visitar o irmão, pois sentia-se morta de cansaço. Instou-me: "Peça ao Simion que me visite na casa do meu irmão!" Era claro que, em meio ao caos disseminado daquelas semanas ela queria apanhar, dentre os fios de teia de aranha que flutuam no céu durante o outono, um fiozinho de ligação com o novo regime que se delineava. O fio não tinha consistência maior que a da teia de aranha. "Vou falar com o Simion." No meu íntimo, porém, tinha certeza de que Simion não passaria pela dona Marga, pois ele não era o gênero de se expor a uma suspeita de ter ligações "tão estreitas", diretas ou não, com os poderosos de outrora.

III

Em Sibiu, entrei no compasso caótico das transformações que viriam a gerar, segundo algumas mentes utópicas, um mundo melhor. Para alguém plenamente educado, a adaptação à nova conjuntura era demasiado difícil. Surgiam rostos novos pelas ruas. Criaturas esfarrapadas subiam os degraus de diversas instituições e empresas, na pretensão de se transformarem, do dia para a noite, em senhores. Os deserdados da terra procuravam fazer-se presentes por toda a parte. Seus apetites porém eram por enquanto absolutamente similares aos apetites da gente de outrora, que agora procurava se acostumar à ideia de passar para um plano secundário da vida, opondo-se ao lodo e ao fermento que se erguiam com sorrisos e ironias ao invés de resistência moral. Pela cidade e pela periferia fervilhavam, esparsos ou em grupos, soldados "libertadores". Geralmente bêbados. A libertação fedia. A partir do momento em que anoitecia na cidade, e até de manhãzinha, não se podia mais circular na rua, muito menos pelas alamedas de amieiros que crescem em Dumbravă, sem o risco de ser roubado, despido, mutilado ou assassinado. Dumbravă, a bela Dumbravă, secular, pura e idílica, em poucas semanas transformou-se numa gigantesca oficina imunda com cheiro de piche e de latrina, por onde toda a noite zuniam, à luz ofuscante de acetileno e debaixo de copas verdejantes, os motores dos veículos bélicos que precisavam de conserto. Meses a fio ainda haveríamos de ouvir, da nossa residência perto de Dumbravă, o barulho que irrompia intermitente daquelas oficinas improvisadas em que os veículos do exército libertador eram remendados. Uma espécie de pavor primitivo nos envolvia a cada anoitecer. Nosso sono era recheado por pesadelos que só terminavam de manhã, ao vislumbrarmos os primeiros raios de luz por entre as grades das janelas. Pela primeira vez na vida tive a sensação do homem primitivo que tem um medo instintivo da aproximação da noite, percebida como força do universo, como força portadora de espíritos malignos e de perigos imprevistos, mágicos, invasores. Meu sono era interrompido por sustos que assumiam uma forma quase corpórea: uma mão pesada como uma pata de urso que caía sobre o meu peito, sufocando-me, uma roda de tanque que prendia o meu pé, uma bala que me atingia na nuca. Os primeiros raios da manhã eu também sentia à maneira do homem primitivo. Eles significavam a libertação das trevas mitológicas, das trevas primordiais do mundo. O dia mal raiava e a empregada já entrava trazendo notícias colhidas às pressas no portão, relacionadas aos eventos da noite passada, desde a proximidade da nossa casa até as alamedas de amieiros e os bosques de Dumbravă. Todos os eventos tinham uma certa conexão com a escuridão que era por vezes rasgada por estampidos de fuzil e de armas automáticas. Descobríamos, assim, nas primeiras horas da manhã, que um jovem anônimo fora encontrado despido e coberto de sangue, com a têmpora perfurada, atirado num arbusto da alameda. Decerto voltava para casa depois do crepúsculo, quando já não era seguro. Ou ficávamos sabendo de mulheres, também despidas, devastadas como jardins com maçãs de ouro de uma certa fábula, que o horror evocava das profundezas do esquecimento. Assaltos, estupros e assassinatos estavam na ordem do dia. Eu mesmo vi uma vez, à plena luz do dia, como um soldado "libertador" deteve uma moça do campo e como ele a arrastou para o outro lado de um portão coberto por um arco de alvenaria. A vítima, aos gritos, não encontrou proteção em parte alguma, embora fosse dia de feira. As pessoas, os camponeses, os habitantes da cidade continuaram caminhando e, escondidos atrás de uma máscara de preocupações, fingiram nada ver, como se há algum tempo todos tivessem começado a portar viseiras.

Em Sibiu, encontrei Simion Bardă. Escrevia agora artigos de orientações cardinais numa situação confusa, numa gazeta que até recentemente fora órgão da ditadura fascista. O jornal mudara de cor já no dia da capitulação. Simion Bardă era agora "João, o Novo", pseudônimo de um quê vagamente teológico[1] e de estranho agouro que o marxista desenfreado recentemente adotara com desenvoltura.

---

[1] Referência ao Santo Mártir João, o Novo, (século XIV), da Igreja Cristã-Ortodoxa Romena, originário de Trebizonda (na atual Turquia), torturado até a morte em Bilhorod Dnistrovsky (antigo bastião moldavo dos séculos XIV e XV, conhecido como Cetatea Albă em romeno, na atual Ucrânia), e cujas relíquias finalmente se encontram, desde

Capítulo III

"João, o Novo" – esse pseudônimo anunciava-me não só o camponês proletário sonhado por Lênin, mas também outra coisa: um certo aspecto "eclesiástico" do regime que viria a se instaurar nas nossas paragens. O homem novo viria a secularizar vários aspectos da igreja. Sem um certo "ritual", nem mesmo um regime mormente ateísta não pode ser colocado em prática.

Poucos dias depois da minha chegada a Sibiu, fiquei sabendo que João, o Novo, recebera de repente, apesar do entusiasmo propagandístico de seus artigos em favor do marxismo e do homem soviético, um convite para se apresentar na sede do comando russo da cidade, onde foi admoestado com relação a um artigo publicado no já mencionado jornal. Naquele artigo, João, o Novo, aludia claramente aos roubos, às bebedeiras e aos estupros a que se devotavam os libertadores. João, o Novo, tentava desculpar o comportamento do soldado soviético, considerando-o um fenômeno geral de guerra, inerente ao avanço de qualquer exército. A tentativa de João, o Novo, de "desculpar" fora redigida com falta de destreza, transformando-se, involuntariamente, em acusação. O comando, porém, já sabia que João, o Novo, fora solto há pouco tempo da prisão à qual o regime fascista o condenara por ações em favor do regime soviético. Para a sua sorte, João recebeu apenas uma reprimenda, severa no teor, suave na forma. Lembrou-se-lhe que "sobre o exército libertador soviético só se pode escrever de maneira elogiosa, ou então nada" e que de maneira alguma o heroico exército soviético pode ser "desculpado" por horrendos fatos pelos quais aliás nenhures e jamais se revelou culpado, assim como pode comprovar o indescritível entusiasmo com que é recebido em todos os lugares por parte dos povos "em vias de serem libertados".

Simion Bardă, livrando-se de vez em quando do pseudônimo que o obrigava a deformar a realidade de acordo com certas ordens superiores, manteve-me a par da evolução política do país. A seu ver, o partido comunista era o único fator ativo e de iniciativa, embora não reunisse por enquanto mais de alguns milhares de membros. Por um tempo, mais exatamente até que fossem organizados núcleos comunistas suficientes, o "partido" haveria de dividir o poder com os partidos "históricos". Pela primeira vez arranhou-me o ouvido esse epíteto que se deu aos

---

1918, em Suceava (Romênia), após terem sido, ao longo da história, por motivos de segurança, transmutadas para a Polônia e Áustria. (N. T.)

partidos que se alternaram no poder antes da ditadura real[2] e da militar[3] que se estabeleceu durante a guerra. A guerra, opinava Simion, haveria de terminar em alguns meses. "Assistimos às últimas convulsões do fascismo agonizante." O epíteto dado aos grandes partidos de outrora era depreciativo. Eles eram "históricos" – embora ainda estivessem no poder – por pertencerem ao "passado". Estávamos na fase do liberalismo democrático, quando o partido comunista e seus expoentes deveriam também gozar dos prazeres da vida burguesa e se aproveitar da restauração da ordem livre e dos aromas de churrasco do capitalismo recém-entrado em putrefação. O próprio Simion Bardă haveria de ser convidado a participar de diversos conselhos administrativos de algumas empresas e, sobretudo, a aceitar a situação discreta, porém lucrativa, de se tornar membro sem responsabilidades e sem riscos de conselhos de tecelagens saxãs em Cisnădie. Tudo isso enquanto o partido comunista continuasse colaborando com os partidos históricos, ou seja, até o momento em que o partido comunista haveria de se impor, ocupando todas as posições-chave tanto no governo do país, como na liderança política e econômica local das províncias, nas cidades e nos vilarejos. Os pobres partidos "históricos", passivos, desnorteados, viam-se agora na situação cada vez mais crítica de se defenderem, todo dia, a cada posição do sol em sua órbita celestial, do "elã irresistível" do partido comunista. Os partidos históricos estavam desconcertados. Sua defensiva era vítima de todo tipo de pressão por parte dos "libertadores", que, na capital, puscram à disposição do partido comunista tanques em número suficiente para manifestações de rua.

Poucos dias após minha volta do refúgio, soube que dona Marga Mureşanu, que decidira permanecer escondida na casa do irmão por cansar de pendular entre Alba Iulia e Sibiu, fora capturada por membros da *Siguranţa* e transportada para uma prisão em Bucareste. Simion Bardă, a quem eu dissera que lhe fizesse uma visita de cortesia, não tivera tempo de realizar esse desejo. Embora eu houvesse previsto o contrário, Simion se mostrara bastante disposto a realizar o desejo de dona Marga mas, justamente quando decidira fazê-lo, viera a notícia da sua captura. Simion segredou-me que dona Marga não fora atirada às trevas do cárcere pelos

---

[2] Referência ao governo ditatorial do Rei Carol II (1938-1940). (N. T.)
[3] Referência à ditadura pró-nazista do Marechal Ion Antonescu (1940-1944). (N. T.)

Capítulo III

comunistas, mas por membros dos partidos "históricos". Dona Marga fora observada dentro de uma carruagem, indo da estação ferroviária de Sibiu até a casa do irmão. Velhos ressentimentos políticos, provincianos, ridículos e mesquinhos irromperam contra ela. Pois dona Marga era viúva de um ex-presidente de um pequeno partido de outrora que, se ainda existisse, teria sido também etiquetado como "partido histórico". No passado, a luta entre os partidos históricos assumira formas de uma violência incrível. Agora, na fase do liberalismo democrático, os líderes desses partidos, de uma inconsciência total com relação aos perigos reais que pairavam sobre eles, deixavam-se ainda levar por ressentimentos pessoais que tinham de ser consumados. Um desses personagens políticos, expoente local de um poderoso partido histórico, ao ver dona Marga numa carruagem que a levava da estação ferroviária, avisou de imediato a *Siguranţa* local. O celerado exigiu que dona Mureşanu fosse capturada e jogada no xadrez. O anônimo e provinciano senhor, organizador de eleições de cabresto, pessoa de um horizonte intelectual tão vasto quanto o prato que usava para comer, provavelmente se lembrara de polêmicas políticas ocorridas há tempos entre os presidentes dos partidos "históricos". O marido da senhora Marga tinha sido um poeta nacionalista, grande orador e, sobretudo, um temido e talentoso gazeteiro, o que os outros presidentes dos diversos partidos históricos infelizmente não foram. O homem do cabresto achava que chegara enfim a hora de se vingar dos cáusticos epigramas do falecido poeta e gazeteiro contra o presidente do partido histórico de que fazia parte. A vítima de tal ressentimento foi a esposa do poeta gazeteiro, dona Marga Mureşanu, que assim foi detida em um dos momentos mais críticos da nossa História, quando, conforme as cláusulas de armistício, justamente começava, em todo o país, a prisão de criminosos de guerra. Que o homem do cabresto fez o que fez, no final das contas não era de se admirar, embora a vingança ocorresse debaixo dos olhos vigilantes do presidente de um grande partido histórico que, ao se calar, consentia com a prisão. A falta de cavalheirismo na vida política daquela época assumiu tais formas monstruosas.

Uma falta total de cavalheirismo começou aliás a se notar também em outras áreas da nossa vida pública. O ressentimento grassava desenfreado em todo o país. Como já disse, novos jornais inundaram o mercado. Ao abrir certa vez um desses jornais, publicado na capital, descobri um artigo em que se exigia, com toda a seriedade, que o filósofo Leonte Pătraşcu fosse "preso", por ser ele "responsável" pelo assassinato de Nicolae Iorga.[4] O papel de imprensa suportava mais essa enormidade, além de tantas outras. Era sabido que o nosso grande historiógrafo e guia nos grandes momentos da nação, Nicolae Iorga, fora assassinado no outono de 1940 por um bando de criminosos. Tão logo descobertos, os autores foram devidamente punidos pelo seu crime hediondo. O filósofo Leonte Pătraşcu jamais quis se envolver na vida política, tendo horror em optar por algum programa de partido. O filósofo vivia literalmente entre as paredes da sua biblioteca, constituída por obras essenciais da literatura universal; vivia, na verdade, num horizonte cósmico, assim como todo pensador de vocação costuma viver. Num de seus trabalhos, o filósofo Leonte Pătraşcu revelara as mais nobres essências do romenismo num vasto contexto de humanismo espiritual, situando-o num plano de valores universais supremos, desprovido do menor vestígio de nacionalismo com discurso tricolor,[5] mesquinho e etnográfico. O autor daquele artigo inqualificável, que alegava com seriedade que o filósofo Leonte Pătraşcu era responsável pelo assassinato de Nicolae Iorga, recordava decerto uma triste campanha do grande professor de "consciência nacional" contra o nosso filósofo. Nicolae Iorga tinha uma inibição diante da filosofia, ou até mesmo um horror que chegava a ser ostentado em qualquer ocasião – não sem uma certa graça. Ele não era capaz de assimilar um sistema de pensamento. Todo sistema envolve um poder de abstração e de visão que ultrapassavam todas as aptidões do historiógrafo. Como poderia ter ele aceitado as ideias metafísicas de Leonte? Em todo o período do entreguerras, Nicolae Iorga procurou "desvalorizar" diante do povo romeno, por meio de artigos e conferências públicas cheios de uma ironia incompreensiva, a filosofia de Leonte. Leonte Pătraşcu jamais respondeu aos ataques, por vezes completamente pueris, de Nicolae Iorga, por cuja personalidade de dimensões assírias ele nutria, aliás, sincera admiração. Diante de sua própria consciência, o filósofo Leonte Pătraşcu, que

---

[4] Nicolae Iorga (1871-1940), historiador, crítico literário, dramaturgo, poeta, enciclopedista, memorialista, ministro, parlamentar, primeiro-ministro, professor universitário e acadêmico, um dos maiores e mais prolíficos intelectuais romenos de todos os tempos, morreu assassinado em um atentado organizado pela Guarda de Ferro, grupo romeno de extrema-direita. (N. T.)

[5] Referência às três cores da bandeira nacional romena: azul, amarelo e vermelho. (N. T.)

Capítulo III

tantas vezes ouvira falar do comportamento obtuso de Nicolae Iorga, considerava tais desatinos intermitentes do historiógrafo e grande admirador do nacionalismo romeno como lamentáveis sintomas de um ciúme senil, e nada mais. Leonte não lhes atribuía nenhuma importância. Mais que isso, o filósofo, conhecedor de tantos segredos da dialética histórica, dizia vez ou outra que a oposição de Nicolae Iorga era bem-vinda, pois suas ideias filosóficas sobre o romenismo haveriam de atingir triunfantes a opinião pública, derrotando esse grande obstáculo por parte de uma personalidade que, antes da Primeira Guerra Mundial, desempenhara o papel da realeza intelectual. As ideias do filósofo saíam reforçadas do encontro com uma resistência incandescente. O filósofo Leonte Pătrașcu jamais escrevera uma só palavra contra Nicolae Iorga – e eis agora, apresentado como o culpado número um pelo assassinato do ilustre professor. O celerado que escreveu o artigo, ocultando-se atrás de um pseudônimo e de uma inicial, dava vazão a sabe-se lá que espécie de ressentimento pessoal contra uma pessoa que dedicou sua existência exclusivamente aos grandes problemas filosóficos e que, em permanência, perseguiu a nobre ambição de se manter longe da política, embora fosse sempre procurado por todos os partidos que disputavam o primeiro lugar na arena da vida nacional. A esse respeito, o filósofo seguia um princípio: o meio político é a morte do intelectual romeno! E ei-lo agora apontado, em letras maiúsculas, preto no branco, como responsável pelo assassinato de Nicolae Iorga! Tal acusação indicava o grau de decomposição ao qual chegara a atmosfera moral que se alastrava pelo país.

De uma feita, um pouco mais tarde, haveria de ler, perplexo, sempre num jornal da capital, um artigo contra mim, intitulado "Como o Poeta Axente Creangă Traiu a Classe Trabalhadora". Eu traíra a classe trabalhadora? Como? Com a poesia das "transcendências", que distraía a atenção da classe trabalhadora para longe dos problemas ardentes da realidade social imediata. Na perspectiva marxista, eu deveria, em outras palavras, tornar-me bigorna e ser golpeado como uma bigorna, pois não havia escrito nada sobre o malho. Tudo isso aconteceu nas memoráveis semanas do auge da caça aos criminosos de guerra. Na mesma época, um famoso crítico literário afirmou, no novo jornal cuja direção ele assumira, com uma guinada para a extrema-esquerda da noite para o dia, que o poeta Axente Creangă deveria ser preso por causa de sua poesia de sensibilidade "metafísica". Uma grave derribada de valores, um deslocamento de critérios espirituais estava prestes a se produzir, como um deslizamento de camadas geológicas. Eis como "ser metafísico", qualidade na qual eu via a realização suprema da existência humana, tornava-se para os nossos críticos uma culpa equivalente a um crime de guerra. O filósofo Leonte Pătrașcu e eu, o poeta Axente Creangă, dois homens que escaparam, cada um a seu modo, de todas as ciladas do meio político, e que não haviam participado da guerra, nem de sua exaltação por meio de artigos ou versos, deparamo-nos assim, numa nefasta manhã, com a condição de estarmos entre os maiores malfeitores da humanidade. Por meio de tais deformações de perspectiva anunciou-se a revolução dos critérios. Para o meu próprio equilíbrio espiritual, tive a sorte de não perceber, com suficiente lucidez, a gravidade dos sintomas. Considerei as afirmações e os juízos dirigidos contra nós mais como produtos improvisados de uma imaginação jornalística com intenções caricaturais. Virei automaticamente a página, a fim de ver se o nome da gazeta era o de algum conhecido hebdomadário humorístico que ainda se publicava na capital antes do fim do riso e do humor em toda a superfície nacional. Mas não. Eram jornais novos, com pretensões sérias de orientar a opinião pública.

Os remanejamentos do governo, dos quais participavam expoentes temporários e medíocres dos principais partidos históricos, bem como socialistas e comunistas, sucediam-se a cada mês, refletindo a rapidez do processo de desagregação da burguesia e de infiltração de um novo fermento na massa social. Os comunistas ocupavam cada vez mais ministérios e sobretudo subsecretarias decisivas na ação de organização das massas, ação que contudo não tinha sucesso ao apelar apenas à "consciência" delas. Os comunistas faziam questão de ocupar posições-chave, a partir das quais haveriam de procurar afastar a ordem liberal-burguesa. O desencadeamento do caos era perseguido metodicamente como condição passageira rumo ao regime socialista. Em toda a espécie de fábricas e empresas, sob a proteção da bandeira vermelha, a produção era sabotada – isso por meio de reuniões trabalhistas organizadas, aparentemente, com o fim de reivindicar direitos que ninguém mais negava, mas que tinham, na verdade, o objetivo preciso de destramar e comprometer a produção liberal-burguesa. Ou, para permanecer nos limites mais amplos da objetividade, com ambos os objetivos. Com o tempo, observei cada vez mais como todas as medidas tomadas pela direção do partido comunista eram calculadas sob a égide de finalidades múltiplas, no intuito de obter o maior

Capítulo III

número possível de resultados. A meta maior era a dominação. Haja vista a como essa ascensão ao poder era conduzida dos bastidores, via-se muito claramente que tudo acontecia conforme um modelo já experimentado noutro lugar, e não uma só vez. Realizava-se uma espécie de política "pura". "Pura" não no sentido da pureza moral, pelo contrário. A nova política não se incomodava com escrúpulos de natureza moral. A moral, com suas normas conhecidas, era considerada um fenômeno obsoleto, feudal-burguês. A moral haveria de sofrer profundas modificações, e de receber inclusive uma nova definição, exclusivamente em função do apetite de poder do partido. As medidas que vinham sendo tomadas, imbuídas, segundo o partido, de uma natureza acima de tudo "científica", careciam naturalmente de qualquer imaginação. O partido comunista procurava angariar a colaboração dos partidos históricos, mas a colaboração propiciava uma contínua ofensiva dos comunistas contra os burgueses que caíam na armadilha da colaboração. E qualquer tentativa de oposição por parte dos burgueses que colaboravam resultava num novo remanejamento do governo; os acontecimentos insultavam, a cada instante, o senso de dignidade humana dos cidadãos, mas preenchia de orgulho as bestas dirigentes.

Simion Bardă foi convidado a se mudar para Bucareste. Incumbiram-no com diversas tarefas, uma após outra. Pedi-lhe que obtivesse informações sobre o destino de dona Marga Mureșanu. Pouco tempo depois de ter se estabelecido na capital, Simion me aconselhou a ficar sossegado: dona Marga encontrava-se sob proteção de Petru Grosu, um dos figurões do governo, polo fixo no turbilhão de mudanças e remanejamentos. A notícia recebida de Simion gerou-me uma conexão de ideias de que o próprio Simion nem podia desconfiar. Lembrei-me detalhadamente de um estranho acontecimento ocorrido em 1939, ou seja, uns cinco anos antes. Tinha acabado de voltar do estrangeiro e começara o curso de Estética na Universidade de Cluj. Poucos dias depois, fui convidado por dona Marga à comemoração de um ano da morte de seu ilustre marido. Desloquei-me até a localidade interiorana onde ela morava, completamente isolada em sua desconsolação. Dona Marga Mureșanu, que, durante a juventude, ganhara fama de grande cantora, chegando a interpretar, às vésperas da Primeira Guerra Mundial, um dos papéis em *O Ouro do Reno* em Bayreuth, ainda mantinha em seu modo de ser uma leve tendência para o drama wagneriano. Assim, a sua angústia tinha de assumir as dimensões de uma angústia nacional. A cerimônia comemorativa fora por ela imaginada como um grande ritual de recordação do qual deveria participar, por meio de seus representantes mais seletos, o povo inteiro. Ao toque do sino da pequena igreja de madeira, o cortejo dos convidados, que vieram às centenas, deu início à procissão a partir da casa até a cripta subterrânea em que se via o túmulo do ilustre literato e político. E ainda lembro: na frente do cortejo caminhava lenta, com passos de tragédia, a viúva, com os braços apoiados, à direita pelo General Antonescu e à esquerda pelo político Petru Grosu. O general acabara de sair, em sua roupa de simples cidadão, à paisana, de um mosteiro onde estivera preso por ordem do Rei Carol. Agora estava livre. Um ano e alguns meses mais tarde ele haveria de se tornar o "conducător",[6] ou seja, o ditador militar da Romênia. À esquerda da senhora Marga se encontrava, como disse, Petru Grosu, que por enquanto não desempenhava nada além de um papel insignificante de presidente de uma frente camponesa com um programa de extrema-esquerda. Grosu foi, no passado, um partidário entusiasta do falecido escritor, junto ao qual desenvolveu também uma atividade política. Persegue-me sempre a imagem daquele cortejo ritual num dia de primavera, sobre uma colina honrada pela presença, em seu interior, de um grande defunto. Dona Marga encontrara, para a sua angústia de drama greco-romano, dois arrimos. Cinco anos depois, um deles, o general, encontrava-se preso em algum lugar na Crimeia, no aguardo de um processo que com certeza haveria de terminar com sua condenação à morte.[7] O outro, depois de ser mantido preso por algumas semanas, durante a guerra e durante a ditadura do primeiro, por ações subversivas contra a ordem nacional, era agora um dos figurões da hora, preparando-se para tomar o poder como expoente dos movimentos de esquerda contra os partidos históricos que não resistiam mais à corrosão interna, nem às pressões externas dos "libertadores". Do cárcere ao qual chegara durante a ditadura do general, Petru Grosu escapou rapidamente graças à generosa intervenção de dona Marga junto ao ditador. É quase inacreditável como um simples

---

[6] Termo romeno para "líder", à semelhança do *Führer* na Alemanha nazista e do *Duce* na Itália fascista. (N. T.)
[7] Ion Antonescu foi condenado à morte em 17 de maio de 1946 e executado por fuzilamento na Penitenciária de Jilava em 1º de junho de 1946. (N. T.)

Capítulo III

acaso, que aparentemente não haveria de ter nenhum significado, pode adquirir, depois de um tempo, força de símbolo em toda uma história, condensando-se num único momento. A história do país e de tantas pessoas que desempenharam um papel no destino dele – ei-la concentrada, antecipadamente, naquela imagem. Uma comemoração fúnebre. Um cortejo ritual de algumas centenas de pessoas. Dona Marga Mureşanu conduzida, à direita e à esquerda, por aqueles dois: pelo General Antonescu e por Petru Grosu. Tudo parecia tão inverossímil, agora que os destinos se realizaram ou estavam em curso de realização. Apesar de tudo, isso ocorreu. E esse acontecimento, para mim, permanecerá como testemunho do instinto com que uma mulher, de um coração para além do bem e do mal, uma mulher maravilhosamente dotada com inteligência e sensibilidade, que para uns era o diabo e, para outros, uma grande e incomparável benfeitora, sabia atravessar os futuros perigos do século.

Há semanas perseguido pelo pesadelo dos acontecimentos que nos deixavam com o coração na mão, dobrei, com uma sensação de tranquilidade, a carta enviada por Simion. Dona Marga, entretanto, ainda haveria de ficar alguns meses na prisão para se submeter à investigação de praxe, que haveria um dia de terminar com a sua soltura, colocando-a "de molho".

∽

Nas condições realmente excepcionais e de uma instabilidade desconcertante do outono de 1944, a Universidade de Cluj, transferida desde 1940 para Sibiu, só com grande atraso reabriu suas portas. O edifício em que a Universidade encontrara abrigo anos antes foi ocupado por tropas soviéticas imediatamente após a derrocada de Sibiu, "depois de árduas lutas" durante as quais não foi disparada uma só bala. Naquele meio tempo, a frente avançara para o norte até a encosta da Colina Feleac e, para o oeste, descendo o Rio Mureş, na direção de Arad. Às forças soviéticas que avançavam integraram-se também corpos de exército romenos que dessa vez combatiam os alemães. Num determinado momento, as tropas soviéticas que haviam permanecido em Sibiu e na Universidade evacuaram os edifícios e partiram para a frente. Passou-se logo aos preparativos intensos que precedem o início do ano letivo.

Produziram-se algumas mudanças na direção da reitoria e dos decanatos. E em cada sala da Universidade surgiu um espantalho. Instituiu-se uma comissão especial para revisar os professores. Essa comissão eliminou do ensino um punhado de professores que ergueram demais a voz contra o Oriente e aposentou outros tantos, para ao menos manter-lhes a qualidade de "aposentados".

A estudantada se reuniu, pouco a pouco, na cidade de ambiente medieval e com tantos vestígios de um passado glorioso. Os estudantes, uns mais fanhosos, outros orgulhosos de seus dons oratórios por tanto tempo escondidos, comprazeram-se no inédito papel de agitadores, organizando a estudantada como puderam em grupos afiliados aos partidos políticos que continuavam a deter o poder do Estado. Suas reuniões foram mantidas propositadamente nas horas destinadas às aulas, a fim de demonstrar a nós, os professores, que a política é mais importante que o espírito. A estudantada entrou também no remoinho da desorientação geral.

Entrevendo restrições cada vez mais ásperas para publicar, procurei imprimir o mais rápido possível a minha nova peça, *A Arca de Noé*. Uma tipografia local comprometeu-se nessa façanha. É surpreendente eu não ter encarado qualquer dificuldade por parte da censura pela qual, conforme os preceitos do Armistício, deveria passar todo material impresso. A ligação secreta entre a minha peça, que dramatizava uma lenda bogomila disseminada nalgumas regiões do país, e a atualidade com aparência de dilúvio em pleno desenvolvimento não tinham como escapar à atenção dos censores. Minha peça, contudo, logrou sair incólume. A censura estava preocupada com problemas mais ardentes, apresentados pelos jornais políticos, sem portanto perder tempo com símbolos de uma peça de teatro. Os significados escondidos sob imagens lendárias podiam igualmente passar despercebidas. De todo modo, passei mais fácil pela censura do que João, o Novo. Após a publicação do livro, contudo, pela primeira vez em vinte anos, constatei que o meu trabalho poético não surtiu nenhuma reação. A publicação da peça mal foi indicada na rubrica de livros para crianças. Era assim que se desenhava o futuro boicote da crítica literária em relação ao meu nome, tão frequentemente citado no nosso periodismo do entreguerras. O pretenso misticismo e a orientação metafísica da minha poesia tornaram-se cada vez mais pretextos para alusões irônicas ou até mesmo alvo de ataques ostensivos por parte dos novos jornais que surgiram desde a capitulação. O silêncio que se estabelecia ao redor do meu

Capítulo III

nome e o sentido depreciativo dos contextos em que o meu nome às vezes ainda aparecia nas colunas dos jornais e das revistas indicavam-me um novo estado de espírito. Os fatos em si não me preocupavam. Em outras circunstâncias, teriam-me deixado perfeitamente indiferente. Tais fatos eu contudo interpretava como indícios certos de uma atmosfera que se viciava mais a cada dia, como sintomas igualmente certos do início de uma invasão do mau gosto. E, a cada dia, diminuía a olhos vistos o nível da produção poética. A produção se tornara temática, recheando-se com as palavras de ordem em vigor. Além disso, até o jornalismo persistia em reproduzir os modelos de larga circulação no Oriente. A repetição de palavras numa mesma frase não era mais vista como falha, mas como qualidade do novo estilo de feitio impessoal. As frases se tornavam enauseantemente explícitas, impossibilitando qualquer envolvimento do leitor, que não tinha mais o que adivinhar. Os enunciados se articulavam como miriápodes, alongando-se inúteis. O epíteto homérico passou a ser utilizado pelos quotidianos. Sempre que se tratava de uma determinada coisa ou pessoa, repetia-se o epíteto de praxe com uma cômica insistência. O exército soviético era sempre "heroico" e, Stálin, sempre "genial", assim como nas epopeias homéricas Hera é sempre a deusa de "olhos bovinos". O clichê entrou pelo arco de triunfo da escrita romena – fazendo espaço, assim, na poesia e no periodismo, àqueles que, por suas aptidões inatas, sabiam manipular a nova expressão. Ou seja, zés-ninguém de perfeita incapacidade. Iniciou-se uma ação permanente de demolição de todos os "relevos" em todas as áreas do espírito. Podia-se afirmar que fora liquidado o culto à personalidade, tendo sido substituído pelo culto à impersonalidade, caso não houvesse surgido, subsidiário, o fetichismo – sob uma forma absolutamente mágica e primitiva – de uma única "personalidade" que era "genial". Sobretudo esse epíteto, genial, era pronunciado com devoção fanática, que era sempre dissimulada em quaisquer ocasiões. O epíteto era adicionado ao nome de Stálin como um gesto quase teológico, como se se tratasse do único órgão da revelação divina. Tendo em vista, contudo, que todo tipo de teologia era pouco a pouco substituído pela religião do ateísmo, não se podia dizer, naturalmente, que Stálin fosse o único órgão da revelação divina, embora fosse esse o verdadeiro tom e emoção com que se falava dele no interior do movimento que avançava, de punho erguido e cerrado, para açambarcar o poder do Estado. Por detrás das formas ateístas apregoadas, elaborou-se uma nova teologia, uma nova hierarquia eclesiástica, uma mitologia sacrossanta, um ritual em cuja realização a litania monótona e a citação dogmática tinham um lugar bem definido, um calendário com dias vermelhos relacionados à história do partido, quando têm lugar inevitáveis procissões sarapintadas de pendões e ícones dos novos evangelistas. É claro que as procissões geradoras de chuva de maná celestial não se chamavam mais procissões, mas "desfiles". E não esqueçamos que estávamos apenas no início, quando as futuras formas de vida e organização social estavam sendo apenas esboçadas sob os prismas teórico e propagandístico.

Ao longo de seis meses, a luta pelo poder entre o partido comunista e os partidos históricos, liberal-burgueses, consumiu-se, tendo sido resolvida com a ajuda soviética e com o bater de portas dos capangas da tirania moscovita que invadira o palácio, sob os ouvidos do jovem rei. O partido comunista tomara o poder. Obteve inclusive a colaboração de frações dissidentes dos partidos históricos. Os destroços da vida política de outrora tiveram de escolher entre a prisão e aceitar colaborar com o partido comunista que tinha, a partir daquele momento, todas as iniciativas nas mãos. O contraponto e o freio que as frações burguesas representavam no processo da revolução social eram apenas formais. E durariam só até o momento em que o partido comunista haveria de impor, nas condições de um pretenso liberalismo democrático, a reviravolta total da ordem social...

Durante as transformações às quais assistia, não entendi muito bem a técnica e as manobras utilizadas para a obtenção da meta suprema: a tomada do poder no Estado. Fenômenos similares aconteciam nos países vizinhos. Na Hungria, entretanto, por exemplo, o partido recém-criado, de pequenos burgueses, ganhara do partido comunista com uma maioria esmagadora. Em certas consciências preocupadas com o andar da carruagem, surgiam assim esperanças de que o avanço do partido comunista poderia ser impedido. Um ano e meio durou o processo cujo final eu só vislumbrava como um grande ponto de interrogação.

※

Simion Bardă, transferido para Bucareste, trabalhou por algum tempo na Comissão do Armistício. A título de indenizações de guerra, Moscou começou a pôr as mãos sobre os bens do país. Certo dia, sob um pretexto qualquer, Simion Bardă

Capítulo III

procurou escapar das dores de consciência que lhe produziam as inalteráveis intervenções dos soviéticos. Eles terminavam toda discussão com um murro na mesa.

Simon Bardă passou para o Ministério das Minorias, na função de secretário geral. Ali, assistiu perplexo à infiltração dos membros minoritários na estratificação das novas "elites". O aparato do novo partido, bem como o aparato estatal, tinham o objetivo de desmanchar e corroer todas as forças e recursos de resistência do país. Sob um pretexto qualquer, Simion procurou se mudar dali também. Tornou-se conselheiro no Ministério do Exterior, num ambiente um pouco mais suave.

Por ocasião de uma viagem a Sibiu, Simion Bardă revelou suas decepções com relação ao que acontecia. Dentro de sua cabeça loira, ele sonhara, não fazia muito, com uma espécie de socialismo romeno. O processo, porém, tomava outro rumo, que correspondia à supressão de qualquer tipo de romenismo. Simion ponderava que os partidos históricos nada entendiam de toda a situação à qual o país fora atirado por causa das decisões secretas de Ialta. Pressupunha-se vagamente que, na conferência dos três grandes, Churchill, Roosevelt e Stálin, que ocorreu em Ialta em 1945, as potências ocidentais nos haviam abandonado à esfera de influência da União Soviética. Os partidos históricos pareceram não ver com suficiente realismo essa grave situação. Simion veio a minha casa me contar que, naquelas condições, sentia-se cada vez mais a necessidade da criação de um novo partido da pequena burguesia, uma eventualidade contra a qual, naquela época, o partido comunista não se manifestaria de modo decisivo. Simion achava que um partido dos pequenos burgueses poderia ser criado de imediato, as circunstâncias não podendo ser mais propícias. Tal partido, opinava Simion, poderia obter nas próximas eleições parlamentares uma maioria esmagadora, assim como ocorrera na Hungria, onde a situação não podia ser muito diferente da nossa. O programa de um tal partido comportaria também, claro, aspectos socialistas, pois excluiria a princípio tudo o que se parecesse com um programa "capitalista". Eram esses os pensamentos de Simion sobre a nossa política interna. Sua exposição não me pareceu de todo desprovida de argumentos, embora não pudesse captar com exatidão o grau de sinceridade de seu discurso. E Simion haveria de agarrar imediatamente o momento de fraqueza da concessão que eu lhe fizera, propondo-me no instante seguinte aderir à criação de semelhante partido. Quis esquivar-me. Respondi-lhe: "No passado, jamais me envolvi na política interna. Compreendendo ser consequente com essa minha timidez, pretendo continuar de fora." Dessa vez, porém, Simion me interrompeu, atirando sobre os pratos da balança argumentos que me envolviam pessoalmente nos futuros arranjos. Respondeu-me: "Engana-se acreditando que esteve alguma vez de fora! O senhor nunca esteve fora da política, mas permanentemente em plena política burguesa. Nos círculos comunistas, o senhor é visto como um político de orientação reacionária. Isso é resultado tanto de sua poesia de orientação mística e metafísica, como também de sua estética idealista. Se o senhor se decidir em aderir a um partido da pequena burguesia, agarrará a única ocasião de se desprender da política reacionária da qual, sem perceber, tem participado por meio de suas obras." Repliquei: "Não exagere, Simion. Minhas obras literárias não contêm uma só frase de natureza política." Simion interrompeu-me de novo: "É verdade que suas obras não contêm uma só frase de política 'explícita'. Devo lembrá-lo, porém, da existência de uma política implícita cujo adepto um criador pode se tornar sem ter consciência dela. Não é o caso de ficar de molho ou de se deixar levar por situações ainda mais graves só por causa de uma timidez que o senhor sente diante do elemento político. Acho que o senhor tem um dever para consigo mesmo, o de salvar sua existência criadora numa nova era, para cuja modelagem o senhor contribuirá com os talentos com que a natureza o dotou." As palavras de Simion Bardă assumiram um caráter patético. Será que essa observação teria a força de me convencer a aceitar a discussão? Examinamos, juntos e a frio, a situação sob todos os aspectos que podiam nos interessar, de frente, no avesso, no plano de um realismo aberto a concessões, mas também no plano de normas que se debatiam em nossa consciência. Defendi-me da suspeita exprimida por Simion, pois repugnava-me profundamente ser visto como político. Simion, contudo, advogava em favor de suas crenças e sugestões com tanto zelo, que me deixei abater pelo pensamento que me envolvia como um temor de que ele talvez tivesse sérios motivos para insistir em me "salvar", motivos que omitia por alguma espécie de delicadeza e para não tensionar meu espírito. E aceitei pensar na salvação da minha existência criadora. Com uma sensação de amargura, consenti aderir à criação de um partido da pequena burguesia.

Pouco tempo depois desse encontro e dessa conversa, organizou-se na capital uma reunião de pessoas que iniciavam a nova formação política. Não me dei ao

Capítulo III

trabalho de ir até Bucareste. Não participei da reunião. Mas, numa das noites, ao ouvir no rádio as notícias da criação do novo partido, ouvi meu nome junto ao de outros intelectuais, dentre os quais alguns conhecidos adeptos da doutrina marxista. Da maneira como era constituído o comitê central do partido, percebi que a nova formação não era nada daquilo que me fora explicado, ou seja, um partido independente e autônomo dos pequenos burgueses. Eu entrevia uma certa oportunidade e chances para um tal partido livre, da pequena burguesia, nas condições de então. Participar de semelhante formação política, independente e garantida pela reflexão de pessoas que eram sabidamente capazes de refletir, não contradiria minha consciência social. O novo partido criado em Bucareste fez-se denominar, falsificadamente e com uma perfeita perfídia, com o mesmo nome do mais popular de todos os partidos históricos. O novo partido se desmascarava, assim, diante de todos, como um simples ajuntamento de burgueses que abandonaram suas posições para se transformarem numa massa de manobra da qual o partido comunista tinha evidente necessidade para acionar contra os partidos históricos.

Senti como uma onda de sangue me subiu à cabeça.

A notícia do rádio sobre a criação do novo partido chocou-me. Como eu pudera cair numa tal armadilha? Revolvi-me a noite toda, sob os golpes da minha consciência. De manhã, tive a límpida sensação de que o sono, com todos os seus benefícios, tinha me abandonado por um longo período, após ter sido expulso pelo choque do dia anterior. Remexeu-se na minha cabeça toda a conversa que tivera com Simion, que me parecera sincera e inofensiva. Na sua opinião, o partido sobre cuja criação me falava podia se tornar um obstáculo capaz de diminuir o avanço do comunismo. O partido de fato criado revelava ser, aos olhos da população romena, uma simples massa de manobra atrelada ao partido comunista. Senti como uma vontade alheia, de uma força irretorquível, de uma natureza quase física e palpável, se estendia para tomar de mim a condição essencial da vida: a liberdade. Como foi possível aquele momento de ausência do meu espírito? Como deixei de ser vigilante num debate tão crucial? Minha consciência cochilara provavelmente no instante decisivo da conversa. Mas como? Sob a pressão moral que se exerceu sobre mim, por meio de alusões, por parte de Simion. Sem serem nomeados, os argumentos do terror se mobilizaram contra mim. Os argumentos foram formulados de maneira a parecerem simples argumentos, pois a destreza de quem os apresentou consistiu em ocultar o seu aspecto de terror. Decerto também a perspectiva da "salvação" pesara na decisão. Fora citada minha "existência criadora", em favor da qual, a fim de não desperdiçar minhas forças, aceitei ao longo dos anos, mais de uma vez, condições subalternas, muitas vezes até mesmo humilhantes! Para garantir minha existência criadora, dispus-me várias vezes a suportar ofensas e até mesmo injúrias, desde que, é claro, o serviço que eu ocupava me permitisse aquelas poucas horas livres necessárias à criação. Conversando com Simion, porém, o problema da salvação de minha existência criadora não fora apresentado em nenhum instante em termos vergonhosos. Depois da criação do novo partido, que não era partido, mas uma massa de manobra, compreendi os termos: a salvação que me era exibida teria de ser resgatada com a capitulação da consciência! Na verdade, portanto, as condições oferecidas pelo novo partido virtualmente liquidavam minha existência criadora sobre cuja salvação falara Simion. Pois não é possível uma existência criadora com a consciência fora de funcionamento. Acusei-me a mim mesmo pelo modo leviano que adotara na conversa com Simion. Não deveria ter-me deixado arrastar numa semelhante disputa. Fiquei estirado na cama, na posição horizontal de doente, o dia todo, tornando-me monossilábico inclusive na troca de ideias com minha esposa, que me conhecia o bastante para compreender o tormento por qual passava. Mas ela se contaminara também com o meu tormento sem palavras e começou a se desaprovar sozinha por não ter se intrometido na minha conversa com Simion quando, em meio aos argumentos que conduziam invisíveis a conversa, sentira que eu expressava preocupação pela família. Dora lamentou ter-me deixado tomar a funesta decisão que, segundo ela, eu tomara por ela e por Ioana. Refutei decidido tais suspeitas a fim de arrancá-la ao círculo vicioso da autorrecriminação. Assumi por inteiro a responsabilidade dessa grande embrulhada, deslizando cada vez mais fundo na depressão. Dora porém me aprovou, como se fôssemos uma unidade mágica. Dessa vez, ela se identificou comigo com a mesma intensidade e com a mesma perseverança de sempre. Dora vivia para mim e para aquilo que promovesse minha criação. Ela jamais quis constituir um obstáculo nesse caminho. Era assim que ela sentia sua razão de ser. O modo como se identificava, silente, com o meu destino e com a minha obra assumia por vezes formas quase paradoxais. Mais de uma vez, ao longo de vinte anos de convivência, ela se deixou encantar por uma

Capítulo III

ou outra das nossas conhecidas. Com restrições, porém. Tolerava mulheres ao meu redor. Tolerava apenas aquelas que lhe davam a sensação de estimular minha criação. Tolerava-as não por ciúmes, mas por um comportamento superior, por uma razão que ela impunha a si mesma por meio de esforços de vontade. Mesmo quando acontecia de eu desviar da moral conjugal, ela mesma me consolava de certo modo, acariciando sorridente os cabelos que me escasseavam: "A criação precede a moral! Parece que Leonte Pătrașcu diz isso em algum lugar num livro meio diabólico!" E se, por meio de um demonismo insondável da criação, nós constituíamos uma unidade espiritual, era de certo modo natural formarmos uma unidade também naquele caminho da depressão moral.

❧

Era início de janeiro de 1946 quando se manifestou em mim um excesso de vigília, um longo período de insônias. Nesse estado de falta de sono que já durava uma semana, fui chamado de urgência para Cluj. A universidade se transferira já no outono para a capital da Transilvânia, depois que essa província reintegrou, tão logo terminara a guerra, suas partes setentrionais. Por causa das dificuldades de instalação das instituições, da falta de prédios e de moradias para o corpo didático e o pessoal administrativo, a Universidade adiara sua reabertura para o início de 1946. Deixei minha família por enquanto em Sibiu. Em Cluj, vi-me obrigado a me hospedar numa das clínicas, onde por acaso ainda encontrei um quarto livre.

Cheguei em torno do meio-dia, mas me deitei na cama, vestido como estava, para me refazer do cansaço da viagem, do cansaço de uma viagem que parecia ter começado muito antes de eu partir de Sibiu. Mas o sono nem agora quis brotar sob minhas pálpebras. Uma sensação de frio se alastrou por toda a minha pele, debaixo da qual, contudo, meu ser fervia. As conversas com Simion, as que precederam o momento fatídico, tornavam sem parar à minha mente. Era como se minha consciência, que deveria avançar, andasse em círculos. Alguns pensamentos assumiram uma forma obsessiva; ao redor deles, produziam-se turbilhões de lucidez. E depois de horas de uma inquietação plúmbea, num quarto triste de clínica na frente do qual ressoavam passos de enfermeiras e doentes com muletas, lembrei-me, como uma reação diante de mim mesmo, que talvez me fizesse bem uma visita à dona Octavia Olteanu, que devia se encontrar na localidade. Sabia o endereço. Fui vê-la pelas cinco da tarde. Ao entrar, dona Octavia estava justamente pronta para sair. Com seus olhos vívidos, com o rosto de uma brancura que se acentuou no instante do reencontro, Octavia era inevitavelmente bela.

"Quando chegou?", perguntou-me, sem poder mais conter a emoção.

"Em torno do meio-dia", respondi.

"Por que não veio para cá? Eu imaginei que você voltaria para Cluj esses dias e, com a penúria de moradias, preparei-lhe um quarto na nossa casa", procurou ela convencer-me.

"Vou ter de ficar um tempo na clínica, não me sinto muito bem", respondi-lhe e, após um breve silêncio, acrescentei: "Vamos ver depois. Sem dúvida eu estaria muito bem aqui."

E abordei o que mais me preocupava. Contei-lhe em frases intermitentes, pronunciadas ora com voz alta demais, ora baixa demais, com uma voz de sino atravessado pelo vento, o que me acontecera nos últimos dias.

"Sim, eu ouvi", disse ela, "sabe que sua adesão produziu uma das mais dolorosas impressões sobre a nossa opinião pública. O novo partido é, ao que tudo indica, uma formação atrelada ao partido comunista, uma tentativa de iludir o povo romeno."

"Também acho o mesmo. Não temo admitir isso. Caí numa armadilha. Fui enganado com relação à natureza do partido que haveria de ser criado." E calei-me de novo. "Há noites que não durmo. Isso não é bom", acrescentei em seguida, fazendo um gesto que dava a entender que seria melhor falarmos de outra coisa.

Octavia finalmente se sentou, eu já estava sentado numa poltrona desde o momento do reencontro. Aparentemente estava calmo, mas com muito esforço, pois minha inquietude podia irromper a um gesto incontrolado. Tinha decerto uma aparência extremamente cansada. Uma sombra de preocupação cobriu o rosto de Octavia:

"Sabe, tenho um encontro. Mas não vou mais. Quero conversar com você."

Continha-me como podia. Os pensamentos iam sempre para outro lugar. As palmas que seguravam minhas têmporas não eram um freio. Octavia me observava e parecia abraçar-me com o olhar. Em seguida, tentou retomar outro assunto, há muito interrompido:

Capítulo III

"Sofri terrivelmente depois que nos separamos em Sibiu, e sobretudo aqui, sob a ocupação húngara. Não chegava nenhum sinal de vida seu. Recebi só uma carta."

Não me desculpei pelo silêncio. Mas pulei para a ponta de cá do fio que ela queria de novo atar: "E veja em que condições de desmembramento nos reencontramos", disse-lhe num tom como se lhe pedisse que abandonasse quaisquer explicações, pelo menos por enquanto.

"Eu o continuaria amando com a mesma força não importa o que acontecesse, mesmo se você se tornasse comunista", disse ela.

"Não há risco de eu trair minha própria pessoa", respondi, "embora eu me encontre numa terrível embrulhada. Falemos de outra coisa. Você queria sair. Virei noutra ocasião. Amanhã. Não quero que se atrase."

"Tinha um encontro com alguém. Nutre um grande interesse por mim. Conheço-o da época em que lutou contra os alemães nos Montes Tatra, de onde me inundava com cartas e com presentes trazidos por um soldado", explicou-me, depreciando com seu tom o personagem e as circunstâncias sobre as quais falava.

"Entendo. Coronéis e generais são muito influentes hoje em dia", disse-lhe, incentivando-a com meu tom a revelar melhor do que se tratava. Octavia não negou, pelo contrário, confirmou minhas alusões com um sorriso. O sorriso, que nas mulheres é geralmente algo segredoso, era nela um desdobramento de confissões explícitas. Estava, porém, abatido e cansado demais para decifrar um sorriso que, em si e por si, dizia mais do que qualquer palavra. Mas eu quis dar a Octavia a ocasião de falar, guiando-a no sentido de abrir o coração à vontade, sem se preocupar com qualquer suscetibilidade de minha parte. Perguntei-lhe como reagiu e por onde esteve quando a frente passara por ali.

Octavia revelou-me que naquela altura não se encontrava em Cluj, que fugira para Cojocna. A frente parara de avançar por algum tempo, de maneira que ela teve a oportunidade de acompanhar a vida nas trincheiras próximas à casa em que se refugiara. À noite ela se abrigava dentro de casa, mas de dia ela atravessava a soleira da casa direto para a trincheira. Agora sabia o que era a guerra. Aprendera a acompanhar inclusive o voo dos obuses de acordo com o tipo de zumbido. Enquanto me relatava o que acontecera ao seu redor durante a passagem da frente, tive a súbita impressão de que Octavia traía alguns traços de sua personalidade. Pareceu-me que a vida e os acontecimentos vinham ao seu encontro como se a pedido da fada madrinha que, junto ao seu berço, lhe selara a sorte. E mais uma coisa: seu destino com certeza se comprazia em aventura e espetáculo. Os impasses com os quais sempre se confrontava eram involuntariamente exigidos por ela mesma, eles surgiam para cumprir a Escritura. Uma vez num impasse, Octavia não hesitava em recorrer aos meios de sedução que estivessem à mão de uma jovem e bela mulher. Tinha a experiência das fraquezas masculinas. E não se absteve de utilizar sua experiência nem durante as lutas de sorte inconstante ao lado da casa em que se refugiara, no alto de uma colina, em Cojocna. Em meio a sol e chuva, folhas de outono, explosões de granadas e estampidos de metralheiras, ela pendulava entre a lama da trincheira e os aposentos da casa crivada de balas. À mulher com cabelos cheios de pedregulhos e teias de aranha do porão oferecia-se, na pausa de um episódio de algumas horas, uma espécie de salvação, por vez e alternadamente, a depender de quem fosse a vitória, tanto da parte de um jovem oficial alemão, como da parte de um oficial romeno mais velho. Era a vez do romeno. E depois, a vez do alemão. Para que na terceira etapa a vitória permanecesse do lado do coronel romeno. A mesma mulher que costumava procurar semelhantes acontecimentos emocionantes e perigosos, não necessariamente movida por sua vontade, mas exortada pelas fadas madrinhas, encontrava-se agora diante de mim: uma jovem senhora, orgulhosa dos versos patrióticos que escrevera tantos meses atrás, inspirada pela aparição do oficial romeno nela interessado inclusive enquanto lutava nos Montes Tatra e, ao que parecia, até mesmo naquele exato momento, em que ele se encontrava à espera de Octavia em algum lugar. Octavia recitou-me dos seus versos com uma vibração patética, esperando arrancar elogios da minha boca. Recompus-me a partir do vale da minha depressão mas só para lhe dizer que, ao meu ver, o mais difícil gênero de poesia lírica era o patriótico, e que não conhecia sucesso maior nesse gênero a não ser três, dispostos em intervalos de séculos numa extensão de dois milênios e meio: Píndaro, Petrarca e Hölderlin.

"Não se aborreça, minha querida, os versos que você me recita parecem-se com aqueles da época das batalhas dos romenos contra os turcos em Pleven[8] e outros redutos", disse-lhe. Octavia tinha humor suficiente para dar risada também

---

[8] A queda da cidade búlgara de Pleven, após quatro meses de assédio por parte das tropas russas e romenas, teve um papel decisivo nas lutas da Guerra Russo-Turca de 1877, que resultou na independência da Romênia e da Bulgária. (N. T.)

Capítulo III

ela da graça que eu tirava dos seus versos patrióticos. Ela sabia, aliás, que eu não era o tipo de pessoa que deixaria sua consciência poética corromper-se; ela sabia que eu não me deixava corromper nem pelos meus próprios sentimentos patrióticos ao tratar da análise de uma poesia, e muito menos pelo patriotismo de certo modo hormonal de uma mulher que dosava um nobre sentimento com aventuras eróticas circunstanciais.

"Mas, talvez", disse-lhe, "o contexto histórico que atravessamos nos habilite para uma poesia patriótica de outra essência." E dei por encerrada rapidamente a conversa sobre esse tema sagrado. (Mais tarde, haveria de descobrir uma fraqueza quase doentia de Octavia: ela esperava o "reconhecimento" do valor de seus versos por parte de todos. Mais tarde, também, haveria de descobrir, em paralelo, que um "reconhecimento" era capaz de exaltá-la até o abandono de si mesma. Por enquanto eu suspeitava dessa fraqueza vagamente, ignorando-a porém, considerando que todo poeta sofria, mais ou menos, da mesma moléstia. Para mim, a vaidade de Octavia não era um empecilho para vê-la com simpatia. No final das contas, Octavia ainda possuía, além do talento e diversas fraquezas, tantas outras qualidades femininas que podia constituir motivo de interesse e de atração para qualquer homem que ainda não perdera o vigor.) Em conclusão, disse-lhe que essa lírica, dos redutos, me aprazia menos do que seus outros cadernos de poesia. Com isso, aludi à sua nostalgia oceânica que por vezes a incitava a dançar suas alegrias e exaltações diante do espelho.

"É ali que eu vejo a fonte dos seus cânticos. Ali ou além, nos seus elãs religiosos herdados de sua mãe. Ela ainda mantém correspondência com os abades do Monte Atos?"

"Terminou junto com o fim da guerra."

"Pena."

"Não quer vir almoçar conosco amanhã?", perguntou-me Octavia. "Vai conhecer o meu marido, que aliás quer muito que você venha morar conosco, no quarto que dá para a rua. Reservei-o intencionalmente para você e ainda vamos mantê-lo assim por algum tempo, mas decida-se, pois sempre nos fazem ofertas", disse-me Octavia enquanto eu me preparava para ir embora.

"Virei para o almoço", respondi, "caso a vigília e a consciência não me produzam agitações que venham a me esgotar, pois veja, só esse encontro com você já me perturbou um pouco. Fiz piada às custas dos seus versos; não deveria tê-lo feito, pois o seu patriotismo, de certo modo fisiológico, é simples e claro, e você tem a força para encará-lo. Mas algo me aflige. Você talvez imagine do que se trata. E eu não gostaria de participar do almoço como uma simples sombra. No debate e no confronto que tenho tido comigo mesmo, essa noite poderá ser decisiva para a minha vida e para todo o meu futuro."

"De qualquer modo o esperamos", repetiu Octavia, insistente.

E saí no escuro da noite com a sensação de ter chegado a uma encruzilhada em que tudo estava em jogo.

❧

Um nevoeiro denso, vindo do vale do Rio Someş, cobriu a cidade. Uma cerração pesada e plúmbea que me amortecia os movimentos. Avançava devagar, como se eu tivesse de enfrentar uma resistência. O tumulto dos últimos dias de certo modo me distanciara de pessoas que em modo normal estavam presentes na minha vida. O que estaria pensando Leonte do meu gesto? E Ana Rareş? Seriam capazes de imaginar o meu tormento? Ele, que tantas vezes fora a minha própria consciência! Ela, que para mim se transformava cada vez mais, desde a última vez que a vira um ano e meio atrás, numa existência simbólica e na imagem excelsa das minhas aspirações! Eles só conheciam o gesto bruto, que, tomado isoladamente, separado de tudo o que o precedera e de tudo o que parecia suceder a ele, apresentava-se como uma encrenca repugnante. Eles nada presumiam das premissas nem do contexto do meu gesto. Onde estariam agora? Em Iaşi? Em Bucareste? Na turbulência popular por todo o país, gerada pelos acontecimentos e transformações dos últimos tempos, perdera-se o rastro de Leonte e de Ana. E, para a minha alma, quanta necessidade eu tinha dos seus conselhos! Ou se pelo menos pudessem estar do meu lado, calados, como simples testemunhas do contexto!

Retornei para o meu quarto da clínica com os ombros inclinados, como se sob a pressão de um grande fardo. E, embora ainda fosse muito cedo, fui-me deitar na primeira troca de guarda. Não era capaz de me esquentar debaixo das cobertas de uma cama por onde haviam passado infinitas doenças e nem entre paredes vazias e pintadas para que pudessem ser lavadas. A tinta brilhante dava

Capítulo III

uma sensação de frigorífero. Sentia minha epiderme pegando fogo por todo o corpo mas, quando me revirava, sentia arrepios a cada toque do lençol de cânhamo. Agitavam-se sob o holofote da lucidez cortejos de pensamentos. E repetia comigo mesmo pela milésima vez: no fundo, caíra numa armadilha num momento de "ausência". Mal pronunciava para mim mesmo a palavra "ausência", que ela me parecia um desejável eufemismo. Talvez eu devesse chamar de outra maneira aquele estado em que aceitara a conversa com Simion Bardă. O caminho aberto pelo momento fatídico podia decerto significar a salvação de uma existência criadora, mas o que mais eu poderia fazer com ela, se o caminho significava renegação? Poderia realmente salvar minha existência criadora? Ou salvaria só a minha existência? Ausência? Ausência? Não. Foi outra coisa. A situação surgiu-me clara e em toda a sua transparência: eu salvara apenas a minha existência. A simples existência que diversas vezes, desde a adolescência, em tantas encruzilhadas da vida, eu desprezei. Várias vezes ao longo da vida fui levado a revelar minhas preferências, a escolher entre a existência simples, segura, animálica e a existência criadora com todos os seus riscos. E eu não teria optado para sempre pela segunda? Como é possível que, naquele momento fatídico, sob o pretexto de escolher a existência criadora, eu tinha escolhido a simples existência? O que é que tanto me ofuscou para eu não conseguir ver o que se tramava? Será que não era a covardia que me fazia enxergar as coisas por entre os cílios? Esse poderia ser o verdadeiro nome da minha assim chamada "ausência". Sim, foi uma covardia ter-me permitido conversar com Simion Bardă assim como conversei. Um instante de covardia, não de ausência, passou furtivamente pelos nossos debates, fazendo-me acreditar que o caminho que me se abria seria – talvez ou com certeza – o caminho da consciência. Uma gota de covardia, do tamanho de uma lágrima, brincou funestamente comigo, vendando meus olhos para aquela determinada situação. Viria a escapar do impasse ao qual chegara? Seria capaz de sair do marasmo moral ao qual me arremessara o desenrolar dos acontecimentos? Talvez, mas isso só por meio de uma nova decisão que viesse a anular a proeza da covardia que me dominou sob a máscara da ausência. Atingido esse ponto da minha inquietação, um outro cortejo de debates se preparava para me devastar. O impulso de anular a proeza poderia me levar à decisão e até a ação. E depois? Quais seriam as consequências? De uma maneira ou de outra, a minha destruição, o que também significaria a destruição de minha existência criadora. Eu tinha, portanto, de me reconciliar em primeiro lugar com a ideia de que, na linha da existência criadora, eu já tinha deixado minha mensagem. O momento fatídico marcou o seu fim. Estava agora tomado pelo pânico do espírito. Deveria abdicar de tudo o que eu sentia que ainda tinha a dizer? De todas as estruturas que aguardavam erguer-se de mim? Naquele dilaceramento íntimo, consegui me perguntar rapidamente: que estruturas ainda seriam essas? Seriam elas capazes de resgatar a lágrima que me cegara? É claro que, com tais questões, eu seguia o caminho de uma casuística estéril. Senti, enfim, que não haveria de readquirir o sossego e o equilíbrio espiritual se não subisse à altura de uma meta por meio da qual eu pudesse derrotar a ansiedade fundamental do meu ser, ansiedade essa que me manipulara a aceitar como "possível" um caminho que minha consciência considerava "impossível". Reconheci em mim mesmo – pela enésima vez – que a existência criadora em cujo nome eu derrapara na conversa com Simion Bardă era um simples pretexto à cuja sombra agiam instintos e reflexos da minha simples existência que se queria ver salva. Não encontrei nenhuma outra desculpa para a minha fraqueza. Vergonha e pavor se degladiavam ora em mim.

E passou mais uma noite de insônia.

E de manhã me senti doente. Organicamente doente. Uma enxaqueca terrível, com eclosões de suor frio na testa, obrigou-me a sair da cama. Cruzei o quarto em diagonal indo e voltando várias vezes, balançando-me fartamente em toda a amplitude dos dilemas que me corroíam, deitei-me de novo na cama. Intoxicara-me de mim mesmo. Uma única coisa ainda poderia me tirar do marasmo: meu desaparecimento no nada.

Durante a manhã, alguns membros improvisados do novo partido tentaram me contatar. Certamente com vistas à ação de organização do novo partido. Será que procuravam contatar-me orientados pelo centro? Provável que sim: e não seria de admirar que viessem oferecer-me a direção do novo partido numa província inteira. O novo partido de todo modo precisava do meu nome. Por motivo de doença, recusei receber esses membros improvisados do partido improvisado. "Não vou conversar com esses patifes", disse comigo mesmo, movendo em silêncio os lábios secos. "Patifes", era esse o epíteto que lhes dava por um ato que, de uma maneira ou de outra, eu mesmo me fizera culpado.

Capítulo III

Não me levantei mais da cama para ir almoçar, conforme vagamente prometera, com a família Olteanu. Por intermédio de uma enfermeira da clínica, mandei um telegrama para a minha esposa em Sibiu que viesse com urgência a Cluj. Achei que, em meio à crise moral pela qual eu passava, sua presença me faria bem. O contato, porém, mesmo virtual, com alguns intelectuais que desejavam me ver, agravou o meu estado. Senti-me doente e exprimi o desejo de ser deixado em paz. Senti necessidade de me isolar a fim de resolver sozinho meus problemas de consciência. Seguiu-se ainda uma noite de insônia total.

De manhã chegou minha esposa que, ao tentar me acalmar, contaminou-se pouco a pouco ora com a minha agitação, ora com a minha depressão. Com o coração apertado, ela pediu aos médicos que eu fosse examinado. Descobriu-se uma certa presença de ureia no sangue, e nada mais. Tais desbordamentos de sucos inoportunos no sangue eu já tivera ao longo da vida, mas sem sintomas inquietantes. Agora, esse aspecto fisiológico caiu-me bem de certo modo: pude me declarar doente e solicitar longas férias. Longas férias, até a conclusão do ano universitário – ou até mais.

☙

Alguns dias depois parti com minha esposa de novo para Sibiu, com a intenção de cuidarmos de uma só coisa: reconduzir de algum modo o sono às nossas vidas. Haveríamos de tentar atraí-lo com um pó branco dosado com prudência ou mesmo com o exorcismo da autossugestão. Havíamos afugentado o sono por um defeito do nosso modo de raciocinar, eu pela culpa de ter-me deixado vencer, num determinado momento, pela ausência de vigilância sobre mim mesmo, ela pela culpa de se considerar cúmplice da minha culpa. Provavelmente, portanto, desde aquele então não podíamos trazer o sono de volta para a nossa casa a não ser abrindo-lhe caminho por meio de uma reação de natureza também moral. Em Sibiu, fechei-me dentro de casa para consumir minha crise e desemaranhar minha consciência entre quatro paredes. Comprazi-me sob a desculpa da doença, pois com esse pretexto eu podia me isolar.

Na vertigem do meu tormento íntimo repetiam-se os mesmos pensamentos: com que eu errara? Como eu poderia subtrair-me ao remoinho em cujas águas minha lucidez, de uma acuidade excessiva, embora indescritivelmente exausta, girava sem sair do lugar?

Num daqueles dias, Simion Bardă chegou inesperadamente a Sibiu. Haveria de proferir, na sala do teatro local, uma conferência sobre o programa e o sentido do novo partido. Mandei Dora à conferência. Mais para convidar Simion à nossa casa do que para ouvir uma conferência relacionada àquilo que afugentara o sono dentre as nossas paredes.

Simion veio. Soubera, com base em boatos meio vagos e contraditórios, do estado em que me encontrava, de maneira que decidiu visitar Sibiu, não tanto para proferir a conferência, mas para conversar comigo. Simion reconheceu, desde o primeiro momento do nosso encontro, que o novo partido não saíra exatamente à imagem e semelhança daquele sobre o qual me falara e para o qual pedira minha adesão. "Mas", disse ele, "nas circunstâncias atuais, não se podia fazer de outro modo." Percebera isso só durante a assembleia de algumas centenas de "burgueses" que lançaram as bases do novo partido. Do ponto de vista da atitude real que a assembleia tomara, a criação do novo partido tinha o significado de uma capitulação total. O programa estabelecido não era capaz de camuflar nem mesmo essa deplorável realidade: o novo partido que se inaugurou estrepitoso não passava de um local de encontro relativamente cômodo de todos os burgueses que desejavam morrer de morte natural. Essas eram as palavras do próprio Simion, que ainda me sussurrou no tom de um realismo cínico e leviano: "Os burgueses que continuarem no interior dos partidos históricos não morrerão de morte natural na luta de extermínio que se entrevê no horizonte." De fato, justamente naquele período começaram a se organizar, aqui e ali, nas cidades, nos subúrbios, mas também nos vilarejos, assembleias populares com vistas às próximas eleições parlamentares. As assembleias dos velhos partidos eram geralmente dissipadas por operários que se arremessavam com bastões e barras de ferro para cima dos oradores de orientação "histórica". Suas cabeças ensanguentadas simbolizavam uma ideologia ultrapassada que, conforme Simion, não tinha mais nenhum direito à vida.

Comecei suavemente a conversa com Simion, para que depois, de uma maneira calma, eu pudesse lhe apresentar questões mais graves. Disse-lhe: "Sei que você teve as melhores das intenções ao meu respeito. Sou obrigado a reconhecer que você tentou me 'salvar', porém não consigo harmonizar com a minha

Capítulo III

consciência a decisão de aderir ao novo partido. Há mais de um mês tenho me afligido, tomado por um remoinho obsessivo e por um estado de insônia sem fim. Não posso de maneira alguma fazer minha consciência assimilar os eventos ocorridos. E sinto que não conseguirei sair desse turbilhão sem demitir-me do novo partido de cuja constituição programática e de cuja organização, aliás, com nada participei."

Simion pareceu abalado com o que ouviu. E isso eu percebi pela inquietação que o tomou. Tentou, por meio de novas explicações, desviar-me do que eu tencionava fazer. Desculpou-se de certo modo, reconhecendo que o partido nascera fora de suas previsões, embora me apresentasse ao mesmo tempo os riscos de uma eventual demissão.

"Sua demissão, durante a fase de organização do partido, constituiria um golpe catastrófico para aqueles que criaram o partido. Seu gesto poderia ser considerado uma declaração de insolidariedade com o movimento que se encontra na vanguarda da revolução que está prestes a instituir um novo regime." Assim disse Simion. Na réplica, mostrei-lhe haver ponderado tudo isso de todos os lados, haver vencido dentro de mim o que tinha de vencer, haver enxugado a lágrima que me cegara, haver-me reconciliado com tudo o que haveria de se seguir e pedi-lhe que anunciasse à presidência do novo partido a minha demissão. Estendi a Simion a carta que eu escrevera algumas horas antes, logo depois de tomar conhecimento de sua promessa de vir me visitar: "Por não poder reprová-lo por ter anunciado minha adesão ao novo partido, que acabou saindo completamente diferente dos planos que havíamos imaginado, permito-me justificar minha demissão com a doença que me torna impossível qualquer participação na vida política. A carta inclui isso também. Pessoalmente, você pode também explicar o verdadeiro motivo: não consigo fazer minha consciência assimilar o ocorrido!"

Simion Bardă saiu de casa com lágrimas nos olhos e com a promessa de proceder conforme o meu desejo. Foi a última vez que o vi. Pois, no decorrer dos meses seguintes, ele haveria de ser mandado ao exterior na qualidade de conselheiro de uma importante legação de nosso país no Ocidente.

Deu-se que, naquela noite, consegui dormir algumas horas. Acordei, pela primeira vez depois de tantas semanas, sem dores no tórax, sem a dor que invariavelmente me acordava sempre que eu conseguia cair no sono. E, de repente, vi-me capaz de pensar, descontraído, nos numerosos motivos que, até o dia anterior, tiveram o dom de apressar o palpitar do meu coração. Imaginei todo tipo de ameaça e medidas de terror físico, das quais poderia ser vítima, por parte daqueles que, pela minha poesia mística e metafísica, me assimilavam aos criminais de guerra ou aos traidores da classe trabalhadora. Tudo isso, sem distinção, me deixava indiferente e apático. No que se referia à minha nova decisão de afastar qualquer equívoco que ainda poderia pairar em torno do meu gesto "político", era um capítulo encerrado. Resolvi com um golpe certeiro os problemas de ética íntima que me corroíam. Nem mesmo a simples "existência" mais me interessava desde que eu lograra despedir-me da "existência criadora". E dela eu abdicara, conforme minha opinião de então, de qualquer forma. De uma existência criadora eu não esperava mais desfrutar de jeito algum, nem como membro de partido, nem como homem fora de um partido. Nas chamas da problemática íntima ou de senso geral, minha alma endureceu-se, tornando-se estéril como um terreno calcinado.

&

O sono teria retornado aos poucos e, com ele, a tranquilidade, caso a vida não temperasse seus grandes dramas com eventos miúdos, alguns deles bastante mesquinhos, triviais, quotidianos, caseiros, momentâneos. De fato, acontecimentos perfeitamente "domésticos" intervinham há algum tempo de maneira enervante o bastante para interromper meu descanso noturno. A proprietária da casa onde morávamos, professora de zoologia num liceu de moças, decidira assegurar um galo para as suas galinhas, e isso bem debaixo das minhas janelas, no térreo. A horas fixas, o galo me acordava com um canto que penetrava no meu coração como o fio de uma faca. Pelas duas da madrugada terminava o meu sono – e, meu Deus, quão benfazejo teria sido o louvável sono nos meses de recuperação anímica! Protestei de todas as maneiras, por meio de cartas brincalhonas em versos ou comunicados trágicos enviados à proprietária no andar de cima: exigia a eliminação do galo. Meus trâmites, contudo, revelavam-se inúteis! A proprietária quis nos obrigar, dessa maneira, a nos mudar. "Por que não íamos para Cluj atrás da Universidade?", perguntou-nos ela por intermédio da empregada. Embora soubesse ela muito bem que eu me encontrava de férias, insistia em manter o galo

Capítulo III

no quintal, explicando como uma caipira que, conforme a ciência popular, sem galo as galinhas não põem ovos. Acrescentou ainda o testemunho e as opiniões do sábio soviético Pavlov com relação ao papel do córtex cerebral no reflexo condicionado. Por mim, eu lhe garanti que, pelos meus modestos conhecimentos de fisiologia animal, as galinhas põem ovos mesmo na ausência de um galo. Não sei como ela reinterpretara minhas palavras, mas fato é que, alguns dias depois, ouvi na rua que a senhora professora se queixara em determinados círculos que eu a ofensara, comparando-a a uma galinha. Lançado com muita boa vontade pela mesma fonte, passara a circular pela cidade o boato conforme o qual a doença que me acometera seria uma grave "psicose". E o boato se difundia nas versões mais atrevidas, assumindo proporções cada vez mais espetaculares por todo o território nacional. Confrades literários inventavam outras histórias em Bucareste: que eu estava exigindo, de visitantes ocasionais, que fizessem o sinal da cruz, considerando-me a verdadeira personificação do Espírito Santo! Eu, que há meses não aceitava mais a visita de ninguém! Boatos de que, após ter queimado todos os meus manuscritos, teria me suicidado circulavam de boca em boca na cidade, logo em todo o país. Parentes mais próximos ou mais distantes vinham de outras localidades ver como eu estava. Em tais condições, nem sempre desprovidas de humor, consegui contudo refazer as fundações do meu sono, preparando, com base num material colhido muito antes, cursos universitários que não tinha mais certeza se ainda viria a ministrar. Com intermitência eu ainda tomava conhecimento de outras notícias da cidade concernentes ao interesse popular pela minha pessoa. Deu-se assim que, certa vez, disseram-me que uns padres, professores de teologia, celebraram em segredo, espontaneamente, uma liturgia pelo meu restabelecimento. Murmurei comigo mesmo que tal liturgia não podia fazer mal a ninguém, nem a mim, nem aos que a celebraram. De outra feita, bateu na nossa porta o agente de uma firma de pompas fúnebres oferecendo seus serviços. Corria de novo o boato de que eu teria morrido.

Chegou enfim o dia em que desmenti, pela minha mera aparição nas ruas de Sibiu, todas aquelas histórias. Num dia de início de primavera, de um calor intempestivo, decidi sair do isolamento que me impusera. Ao me apresentar no liceu frequentado pela minha filha a fim de pedir algumas informações relativas à sua situação escolar, percebi, nos gabinetes do liceu, uma movimentação, cochichos, espanto, olhares curiosos, mas também sorrisos contentes por verem ressuscitado um homem morto. A uma professora conhecida, que se aproximou de mim com alegria para me dar as boas-vindas, disse: "Veja, é mais ou menos esse o aspecto de uma personificação do Espírito Santo, em casaco de primavera e sem sobretudo. Altura – 1,83 m, peso – 76 kg". A professora tomou minha mão entre as suas. Aceitou minha brincadeira com um suspiro de alívio, fitou-me demoradamente e pareceu não acreditar que estava me vendo.

IV

No início de março, quando o sol começou a iluminar mais alto, decidi terminar com a hibernação. O inverno mais aflitivo, mais caótico, inverno dos pensamentos macerados, das preocupações e dos sustos, inverno dos pesadelos em vigília, finalmente derretia, gorgolejando forte pelas calhas dos telhados. Pardais tagarelas, com seu chilro proletário, tentavam banhar-se na areia debaixo da qual o gelo ainda persistia. A rigidez hibernal da natureza contudo cedia e, com ela, a rigidez exagerada da consciência que se comprazera demais em seu conflito de princípios. A luz aumentava em detrimento das trevas.

Íamos agora toda manhã para Dumbravă, em passeios demorados até os lagos, onde permanecíamos horas inteiras entre os carvalhos seculares. Acompanhávamos os hábitos do javali azulado em seu redil florestal, bem como os do cervo que, numa outra área cercada, ficava em seu refúgio de tábuas de madeira. No pequeno jardim zoológico perto dos lagos havia ursos e lobos, águias, faisões, diversos tipos de coelhos, corças de olhos alongados como amêndoas. Gostava sobretudo de acompanhar o crescimento dos chifres do cervo: despontavam como talos debaixo da pele nova. No início, os chifres pareciam um simples inchaço, depois, um calombo, para em seguida parecerem duas hastes revestidas de veludo. O verdadeiro espetáculo começava com a sua ramificação. O cervo é o animal da floresta por excelência, procurando imitar sozinho, com o que acontece no seu cocuruto, o brotar dos galhos, o desabrochar dos rebentos, o rumor das seivas.

Ouvia-se tudo isso se desenvolvendo oculto no meio das coisas, como uma tempestade orgânica. A chegada impetuosa da primavera me comovia desmesuradamente. Aquele imenso turbilhão me contaminava. Dentro de uma, duas, três semanas, tudo verdejaria em abundância.

De uma trilha estreita e deserta, pude ver certa vez a dança das serpentes. Em meio a umas folhagens, numa pequena clareira em Dumbravă, um rumorejo monótono, crepitante, chamou-me a atenção. Eram cobras-d'água que, erguidas quase somente em suas caudas, moviam-se rítmicas, formando um feixe à luz intensa do sol. Esses répteis desmentiam seu modo de vida horizontal. Seu êxtase erótico assumia a forma de chamas moreno-esverdeadas bruxuleando numa lareira. Detive-me na trilha. Observei longamente. Senti, diante das serpentes, um medo ancestral, mas a imagem me paralisara. Decerto avançara demais pela vegetação. Por ali, as serpentes provavelmente jamais haviam sido incomodadas por transeuntes. Minha presença, a poucos passos de distância, não haveria de perturbar seu êxtase. Eu era para elas mais um tronco de árvore em meio a tantos outros. Ali permaneci e observei. Os répteis também tinham danças rituais? Era esplêndido. De muitos pontos de vista, fez-me lembrar dos traços e do ritmo de danças de misteriosos templos indianos.

Ao voltar para casa, levei comigo a dança das serpentes. Foi um acaso auspicioso, pois em casa me aguardava meu velho amigo Marius Borza. Estava a caminho de Bucareste, vindo de carro de uma fazenda que tinha em Mediaș. Parou para me ver. Os boatos relativos ao meu estado haviam alarmado a ele também. Após resistir teimoso ao assalto das notícias, ele quase se rendeu. Esperava-me já fazia duas horas e se preparava para partir quando apareci à porta de entrada do nosso apartamento. Naquele meio tempo, Dora tomara o cuidado de afastar dele quaisquer pensamentos sombrios. O encontro, com o calor da surpresa, foi como uma festa que só vinha consagrar a chegada tumultuosa da primavera do lado de fora. Marius fitou-me com atenção para se convencer sozinho do meu estado, que não era diferente daquele que conhecia desde sempre. Enquanto ele de certa forma me passava em revista, observei como as sombras da preocupação desapareciam de seu semblante. À medida que as sombras sumiam, o olhar de Marius pareceu começar a me censurar pelas lúgubres histórias que, nos últimos meses, circularam às minhas custas.

"Esse seu olhar de censura é inútil", disse-lhe com um riso, "ou serei eu o culpado por aquilo que os nossos semelhantes inventam sobre alguém?"

"Estive em Mediaș", disse-me Marius, "na fazenda, onde preparei tudo para realizar determinados convites que tenciono fazer. Dentro de alguns dias vou-me

Capítulo IV

mudar de Bucareste com toda a família para a fazenda. Quero que você venha também, pois, sobretudo para o seu interesse, quero que nos encontremos. Virão Leonte de Iași, o pintor Vlahu de Bucareste, e também de lá o casal Marioara e Aron Stănculescu. Quero que você cure a sua mente. Seria pena não aproveitarmos das vantagens que nos oferece a primavera no campo. Ademais, você não deve dar mais importância ao que aconteceu, já que conseguiu se desligar da trama de Simion Bardă. O seu gesto está sendo muito discutido nos círculos de intelectuais da capital. E, depois de uma fase de perplexidade, o seu desenrolar dramático calou fundo."

A notícia de que eu poderia me encontrar com Leonte, com quem não me vi mais desde Căpâlna e de quem poucas notícias tinha por tanto tempo, determinou-me a aceitar o amistoso convite com um prazeroso embora impronunciado agradecimento. Depois da alegria instantânea de rever Marius, minha alma deixou-se envolver de novo, por alguns momentos, pelas sombras. As preocupações e a tristeza que me tomavam, porém, não eram mais minhas mas, de certo modo, de todos aqueles que nos sentíamos parentes espirituais e amigos. O que Marius me contou sobre Leonte Pătrașcu ensombreceu meu horizonte. Marius se encontrara com Leonte pouco tempo atrás, em Bucareste. No Ministério começara a funcionar uma comissão de "depuração" do corpo didático universitário. Leonte esperava ser depurado, ou seja, removido da Cátedra de História da Filosofia que ocupava na Universidade de Iași. A universidade havia retornado à sua sede, ao menos parcialmente, desde o tempo do refúgio em Alba Iulia. Compunha-se um dossiê sobre Leonte, a cujo espessamento contribuíam diversos informadores recrutados em parte entre seus próprios colegas de faculdade. Sublinhava-se em seus relatórios sobretudo a incompatibilidade da filosofia de Leonte com a filosofia única e sem fissuras que se preparava para invadir maciçamente as universidades. A informação que Marius me deu era de certo modo reveladora, pois *ultrapassava* o curso dos acontecimentos. A qualidade das pessoas não haveria mais de ser julgada por critérios espirituais, mas pelas necessidades e critérios da vida de partido. De Partido, com letra maiúscula.

Marius disse ainda: "Leonte, aliás, vê em seu eventual afastamento da Cátedra uma conclusão lógica da situação. Convidei-o à fazenda. Se for depurado, poderá permanecer lá quanto quiser, até encontrar uma ocupação. Se você aceitar, pode ficar lá também quanto tempo desejar e enquanto se sentir bem. Em todo o caso, espero que lá você recondicione o sono, ao som do canto dos rouxinóis." E Marius repetiu, insistente e com especial simpatia o convite para que eu fosse à fazenda.

Comunicamos, na avalanche de pensamentos da nossa conversa, coisas sobre nós mesmos e sobre outras pessoas que há muito deveríamos saber, mas que não sabíamos por um só motivo: a correspondência entre amigos cessara um pouco desde a capitulação. A correspondência em geral se interrompera. Devido à censura postal que fora imposta, as cartas eram incineradas no meio do caminho, provavelmente pela saudade que encerravam nos envelopes, enquanto um cartão postal precisava de cerca de três meses para chegar de Sibiu a Bucareste.

Marcamos com Marius de nos vermos todos na fazenda de Mediaş, num dia e hora pelo fim do mês de abril. O plano foi estabelecido, de modo que aqueles poucos dias que nos separavam de sua execução se transformaram para mim num prazeroso prelúdio. Marius continuou viagem a Bucareste a fim de concluir os preparativos necessários à grande reunião que deveria coincidir com o impulso verde e pleno da primavera que compensava, pelo menos em parte, a depressão moral e espiritual da estação.

۞

Marius era alguns anos mais jovem que eu e Leonte. Na época em que frequentávamos as últimas séries do liceu Şaguna de Braşov, Marius subia os primeiros degraus da mesma escola. Conhecíamo-nos portanto já faz algum tempo, mas só mais tarde e durante a Segunda Guerra Mundial nos tornamos verdadeiramente amigos. Marius Borza era um engenheiro e intelectual de uma bela cultura e largos horizontes. Seus interesses atingiam as mais diversas áreas. Adepto absoluto da filosofia de Leonte, ele transformou sua admiração quase em fetichismo. Nas conversas com intelectuais de sua idade, ele costumava concluir seus argumentos com *Leonte dixit*. De uma inteligência de nível excepcional e indescritivelmente empreendedor, Marius logrou erguer, por várias vias, todas honestas, uma situação material invejável. Vivia com paixão, identificando-se com tudo o que empreendia. Como engenheiro, trabalhou anos a fio na organização técnica da exploração de gás metano do Vale Târnavelor, gerenciando toda

Capítulo IV

a obra a partir de seu escritório em Mediaș. Sob sua direção, os condutos de gás estenderam-se de Copșa a Sibiu, Făgăraș, Brașov, até Bucareste. A rede assumiu proporções que, na época, pareciam-me fantasistas e dotadas de uma aura utópica. Perguntei certa vez a Marius se ele não haveria de expandir a canalização até o inferno, que com certeza poderia se aquecer com maior economia utilizando gás ao invés de petróleo. A situação de funcionário de empresa, porém, não satisfazia Marius. De maneira que, sem abandonar o serviço de Mediaș, ele passou a realizar todo tipo de negócios por conta própria, dentre os quais um em especial me chamou a atenção por sua originalidade; aquele foi, aliás, sua primeira tentativa. Marius criou, na região de Dumbrăveni, uma empresa de grandes proporções de cultura de cogumelos. Em Dumbrăveni, a natureza oferecia condições perfeitas para possibilitar semelhante iniciativa. Numa vasta extensão da cidade, erguiam-se quartéis de cavalaria que forneciam estrume. Dois especialistas na cultura de cogumelos, ambos húngaros, marido e mulher, treinados profissionalmente na França, persuadiram Marius a aceitar os seus serviços com vistas ao empreendimento. Marius alugou uma série de porões na cidade. Os dois húngaros foram contratados. O marido era cultivador de cogumelos, a esposa, médica de doenças de cogumelos. O estrume dos quartéis, centenas de carroças, foi transportado e colocado em grossas camadas nos porões preparados para esse fim. Em pouco tempo, a cultura dos cogumelos registrou um incrível progresso. Marius descrevia com entusiasmo as camadas de cogumelos dos porões de Dumbrăveni; os cogumelos eram de todas as dimensões, do tamanho de uma pérola até o de uma cabeça branca de criança. Marius organizou também a parte comercial, o transporte e a distribuição. A capital do país haveria de ser invadida pelos belos e saudáveis cogumelos de Dumbrăveni. A engenharia se tornou para Marius, em poucos meses, uma corveia. Tentou escapar do macacão do trabalho técnico, mas a Sociedade de Gás Metano não podia abdicar de seus serviços, dispondo-se inclusive a lhe oferecer mais do que o lucro que pudesse ter com os cogumelos. A eclosão da Segunda Guerra Mundial, entretanto, vitimou o negócio dos cogumelos: Budapeste, de onde os dois especialistas húngaros traziam os esporos, cessou o fornecimento. De qualquer forma, tornara-se já imperioso que o negócio declarasse falimento, pois a população de Dumbrăveni, não podendo mais suportar o cheiro penetrante de estrume de cavalo e de cogumelo exalado por dezenas de porões, exigiu com insistência junto ao serviço sanitário que a original iniciativa de Marius Borza fosse abolida de algum modo. Tendo uma vez enveredado pelo caminho dos negócios, Marius "se corrompeu", isto é, se viciou. Com sua fantasia prática e exata, ele haveria de conceber negócios em série, de todos os tipos, sempre diferentes. E à ascensão seguia-se uma sorte paradoxal. Digo paradoxal, pois todos os seus negócios fracassavam um depois do outro, levando-o a um novo negócio ainda maior. Com minha imaginação de poeta, eu era incapaz de compreender esse sobe e desce, até ser esclarecido pelo casal Stănculescu. Deles soube que nenhum dos numerosos negócios de Marius era realmente sério, à exceção de um só, que pertencia à sua sogra. Dali ele obtinha lucros enormes. Esses lucros, contudo, num jogo arbitrário de contabilidade, ele depositava nas contas de suas outras empresas, gabando-se assim de ser grande empresário. Sua sogra financiava todos os esplins de sua fantasia prática, mas só até certo ponto. E Marius passava a gerir sempre novos negócios de volumes cada vez mais imponentes, embora todos fracassassem, um após outro.

A inteligência e a cultura de que Marius desfrutava como de talentos inatos, mais a simpatia que inspirava a todas as pessoas com quem se relacionava, o cavalheirismo e a honestidade nos negócios criaram em torno dele um ar de conquistador. Tinha tempo para tudo. Durante a guerra, foi promovido ao cargo de mais importante conselheiro da Gás Metano e tornou-se, no final das contas, coproprietário de uma famosa empresa da grande siderurgia. Construía agora na fazenda de Mediaş uma fábrica de litargo,[1] onde queria pôr à prova as virtudes de uma nova invenção para a pulverização do litargo – invenção de um pequeno e engenhoso técnico local. Como dizia, Marius encontrava tempo para tudo. Assim, uma de suas grandes paixões era a caça. Marius era um dos mestres caçadores reais. Malgrado tantas atividades que o dispersavam, Marius sofria de uma melancolia mais íntima e mais essencial. Seu sonho contínuo era o de encontrar a própria salvação no ato criador da arte. Queria ser pintor. Aos quarenta anos, Marius aprendeu o ofício de segurar a paleta na mão. Sua consciência artística, porém, baseada numa sensibilidade inata, mas também na sua cultura, era incomparavelmente mais desenvolvida do que podia ser sua técnica artística, que se

---

[1] Óxido de chumbo cristalizado. (N. E. Romeno)

Capítulo IV

esforçava em adquirir com tanto atraso. Esse desacordo entre a aspiração e a possibilidade mantinha-o numa espécie de permanente diminuição diante de si mesmo. O mesmo desacordo fazia-o problematizar tudo. Marius estava sempre aflito. Realizara-se como pessoa da maneira mais admirável possível. Alcançara sucesso na vida material. Pois, apesar de tantos negócios arruinados, Marius era agora um dos mais importantes industriais do país. Uma sorte paradoxal o conduzira de uma vitória a outra. Tinha dois filhos bem talentosos, desembaraçados, uma esposa compreensiva, ela também muito simpática e de uma dedicação inigualável. Marius, porém, empresário, homem de sociedade, querido pelas mulheres, hábil caçador, homem de cultura, apaixonado, brilhante, caloroso amigo, sentia-se um irrealizado. Tentava realizar-se na arte, na pintura.

୧୬

Pelo fim de abril, parti para Mediaş. No mesmo dia, chegaram também os outros convidados de todas as partes. Encontrei Leonte e o pintor Vlahu já na fazenda. Marius veio com o casal Stănculescu. Aron Stănculescu era engenheiro e professor na Politécnica, sua esposa Marioara era médica. Já havia chegado com antecedência a Mediaş a esposa de Marius com os dois filhos e, com eles, duas crianças alemãs, uma menina de cerca de dez anos e um garotinho de seis. As duas crianças eram os vestígios liberais de uma família alemã. O chefe da família, um escultor alemão extraviado na Transilvânia, fora levado, com a deportação dos saxões da Transilvânia, para a Rússia no decorrer do inverno pós-capitulação. A esposa do alemão e os filhos foram internados num campo de prisioneiros romeno. Marius os descobrira. Obteve autorização para retirar as crianças do campo sem a mãe e levá-los para sua fazenda, para que se recuperassem. As crianças, ainda bastante transparentes e pálidas, haveriam de se refazer rapidamente nas condições de abundância alimentar da fazenda. As duas crianças alemãs que haviam perdido o cuidado dos pais tornaram-se objeto de nossa atenção, de cada membro dessa coletividade humana que se reunira por algum tempo na fazenda, em especial por parte da doutora Stănculescu. Marioara, mulher de uma beleza impressionante e de uma inteligência ainda mais impressionante, cheia de temperamento, mantinha as crianças sob sua proteção. Sua afeição se manifestava às vezes sob a forma de vitupérios que tinham a intenção de mimar: "Que Deus os castigue, seus alemães! Que diabos é que vocês vieram fazer por aqui?!"

A nossa chegada e instalação na fazenda haveríamos de chamar de "apeamento".[2] Mais ou menos três dias depois do apeamento, ao anoitecer, antes do jantar, Marius nos ofereceu uma apresentação musical. Discos com música de Bach. Estávamos todos reunidos em torno da lareira, em que o fogo tremeluzia. Embora nos aproximássemos do mês de maio, ao anoitecer vinha um frio do Vale Târnavelor. Só os dois alemãezinhos faltavam. Estavam ocupados com seus brinquedos no quarto ao lado. Ficamos diante das chamas e escutamos. Escutávamos, num perfeito silêncio de catedral, uma cantata, quando a porta que dava para o quarto das crianças, no salão espaçoso onde nos encontrávamos, se abriu. Os dois, a menina e o garoto, surgiram, de mãos dadas, como duas criaturas lunáticas. A menina murmurou: "Bach! Bach!" E o garoto, acompanhando a irmãzinha: "Bach! Bach!"

Decerto permaneceu na memória de todos essa aparição das crianças que reconheceram, do quarto onde estavam, a música e, como se movidas por um chamado irresistível, passaram para o outro aposento. As criaturinhas, crianças extraviadas e de certo modo sem pais, entravam na música de Bach como se entrassem em sua própria pátria. Nenhum dos presentes foi capaz de evitar ao menos uma lágrima. A manifestação tão espontânea e natural do sentimento de identidade, manifestação que assumira a forma de encantamento, tanto nos comoveu que Marioara soltou mais um vitupério, enxugando os olhos de uma lágrima que lhe brotara: "Que Deus os castigue, bestas extáticas!" Era a sua maneira de exprimir tanto a sua resistência afetiva ao expansionismo teutônico, sentimento que vinha se extinguindo dentro dela, quanto a sua admiração irrefreada pelo povo alemão, sentimento que vinha se intensificando desde a sua queda, que ofereceu à humanidade o espetáculo de um crepúsculo dos deuses.

Alguns dias depois, também ao anoitecer, calhei de me encontrar sozinho no mesmo salão. O alemãozinho também apareceu, saindo sorrateiro do quarto das crianças, em silêncio, pois me viu absorto na leitura de um livro e não quis

---

[2] Em romeno, o termo é igualmente utilizado, sobretudo por cronistas historiadores, para designar a chegada de um povo a uma zona desabitada e a consequente fundação de um país. (N. T.)

Capítulo IV

me incomodar. Dirigiu-se devagar, bem devagar, até o piano de armário do canto do salão e pôs-se a bater no teclado com seus dedinhos frágeis. Aglutinou-se realmente uma melodia de uma simplicidade extrema, mas não infantil. Uma canção que parecia uma súplica, provavelmente ensinada pela mãe. Deixei-o terminar e, depois, fechei o livro e lhe perguntei, mais para submetê-lo a uma prova: "*Ist das Bach?*"[3] O garotinho me olhou perplexo, sem saber o que responder. Sabia ele muito bem que não era Bach, mas pareceu não querer me decepcionar. Perguntei-lhe então de outra maneira, para lhe oferecer uma saída ao impasse: "*Ist das Bach oder nur ein Bächlein?*" O garotinho entendeu o jogo de palavras brincalhão que a pergunta continha e respondeu com uma timidez sorridente: "*Das ist nur ein Bächlein*".[4]

❦

Nós, os hóspedes, estávamos divididos, na medida do possível, em quartos. Cada um tinha o seu quarto. E cada um viera à fazenda com a ideia de terminar um determinado trabalho. Eu me trancava, sobretudo antes do meio-dia, no meu quarto. Fazia traduções da lírica universal. Planejara uma pequena antologia, tanto pelo prazer de recriar no nosso idioma alguns dos mais belos poemas do mundo, como também para provocar o som do meu espírito que definhava na esterilidade. Marius e Vlahu trabalhavam no salão, pintando e desenhando. Leonte, por sua vez, costumava caminhar até uma antiga ponte, coberta por um telhado de madeira como uma casa; às vezes eu o acompanhava.

Das conversas a quatro olhos que eu tinha com Leonte emanava sempre o mesmo estoicismo diante do destino. Seu comportamento e a expressão do rosto tinham-se contudo modificado, mais crispados do que de hábito. A preocupação mútua que tínhamos com reciprocidade fraterna nos fazia exprimir os pensamentos que nos afligiram durante os quase dois anos em que não nos víramos, período

---

[3] "É Bach?", em alemão no original. (N. T.)
[4] O jogo de palavras consiste no fato de que Bach, além de ser o sobrenome do ilustre compositor alemão Johann Sebastian, significa "ribeiro" em alemão, de maneira que o diálogo travado poderia soar da seguinte maneira: " – É um ribeiro ou só uma ribeirinha? – É só uma ribeirinha." (N. T.)

de tantos acontecimentos históricos. Em todo reencontro, reconhecíamos ser os gêmeos de sempre. Leonte me disse que, num cantinho de seu coração, ele mantivera a esperança surda, até o dia da capitulação alemã, de que ainda seria possível um reagrupamento das forças que lutavam pela salvação do planeta. O dia 9 de maio, dia de uma vitória que selava o nosso destino, chegou não da maneira que ele desejara. Passara já quase um ano desde então.

"Imagine que coincidência", disse-me Leonte, "9 de maio! Justamente naquele dia eu completei quarenta e cinco anos![5] A data do meu aniversário se apresentou em condições equívocas, de vitória e de queda. Ouviam-se as detonações de praxe dos canhões e a alegria de circunstância das multidões que comemoravam a grande vitória! Sabe o que me aconteceu naquele dia? De manhã, quando saí do banheiro, absorvido pelos estrondos dos canhões, bati com a testa num prego de um cabide aplicado à porta. Justo naquela hora, pois então! Acho que saí daquele banheiro milhares de vezes, e jamais bati com a testa no cabide. O acidente porém ocorreu justamente naquele instante, no dia da 'vitória', que coincidia com o meu aniversário. O acidente resultou num calombo ensanguentado bem no meio da testa. A tais acidentes geralmente ninguém procura uma explicação. Esse acontecimento, banal, se quiser, não me deixa em paz. Lancemos um olhar nas profundezas para ver como foi possível ocorrer uma tal trivialidade? O destino inscrito na anatomia e na fisiologia do meu ser haviam-me provavelmente reservado, naquele dia, uma tentativa de suicídio. No dia da vitória – vitória de quem? – eu deveria, provavelmente, conforme o meu destino, disparar uma bala de revólver na minha testa. Circunstâncias secretas misteriosas, mas com certeza fortes, malograram tal gesto. E então, o ato do suicídio ocorreu sob forma simbólica: choquei-me, entrando involuntariamente com a testa num prego de cabide, o que produziu, no lugar onde o padre unge com os santos óleos, uma marca ensanguentada, como a de um tiro. A cicatriz ainda é visível. Se o meu destino não houvesse sido perturbado por sabe-se lá quais circunstâncias banais ou excepcionais, ele deveria ter-se cumprido justo naquele momento. Minha vida acabou, acabou *naquele então*. Desde então ainda vivo de certa forma, mas de algum modo *sem destino*!"

---

[5] Lucian Blaga "emprestou" a data do seu aniversário ao personagem com quem se identificou em qualidade de filósofo – o "irmão gêmeo" do herói-narrador. (N. E. Romeno)

Capítulo IV

"São perturbadoras essas profundezas que você me apresenta", respondi-lhe. "É possível viver sem destino?"

"Sou um exemplo vivo e concreto desse modo de vida", completou Leonte, "posso me separar a qualquer momento desta vida. Tudo o que ocorre comigo e dentro de mim, como também todos os acontecimentos que se formam debaixo dos meus olhos e ouvidos são-me de certo modo exteriores. Nada mais chega a mim vindo do destino, nem mesmo os sofrimentos. Eis porque eles nem têm mais a intensidade que deveriam ter!"

❦

Nove de maio. Dia do aniversário de Leonte. Decidimos todos não fazer nenhuma menção à data, e deixar que ela passasse "despercebida". Mas decidimos dar àquele dia um ambiente de alegria.

Fiquei no meu quarto até as dez horas, trabalhando nas traduções. Marius entrou, com a paleta em punho, chamando-me para o salão. Lá estava o cavalete diante do qual tanto trabalhara nos últimos dias. Marius esboçara um retrato de Marioara e queria minha opinião. De questões artísticas eu provavelmente entendia melhor do que todos os outros hóspedes da casa. O retrato esboçado não carecia de qualidades e, para um diletante como Marius, revelava até certa habilidade.

"Trata-se apenas de um esboço. Como esboço, o trabalho é perfeito", disse a Marius, "porém, meu caro Marius, pois sempre há um 'porém', o trabalho tem que ser concluído. O segredo da arte é terminar um trabalho, mantendo a perfeição do esboço. Seu esboço é realmente notável. Pergunto-me se isso se deve à sua habilidade ou a alguma outra razão."

"Essa da razão é boa", interveio o pintor Vlahu. "Alguém pôs uma 'razão' debaixo do seu travesseiro, Marius!"

Começou-se a fazer então, no debate recém-iniciado, alusão, de uma parte e de outra, a uma "razão". E a razão podia ser circunscrita mais ou menos assim: Marius se apaixonara terrivelmente por Marioara nos últimos tempos.

"O que é", disse eu em voz alta, como se eu continuasse uma linha de raciocínio, "o fundamento mais seguro para qualquer criação artística." O início da minha frase não se relacionava explicitamente a nada. "O que é" era um sujeito suspenso, não no vazio, mas oculto por detrás de frases pensadas que permaneceram não ditas. Mas podia-se entender que eu aludia ao motivo essencial do interesse que Marius demonstrava pela pintura. De Vlahu, pintor apreciado e mestre consumado, Marius recebia determinados segredos técnicos da arte. O que mantinha em Marius a força de trabalho e o que o fazia levar um quadro até a fase de esboço exitoso era contudo um "feitiço" do qual ele caíra vítima.

Dona Marioara Stănculescu era uma criatura muito desembaraçada no trato com os amigos. Como muitas outras médicas, ela dava nomes aos bois e tinha uma visão fisiológica do mundo. De extrema lucidez, ela sabia tudo e sabia também, embora isso não parecesse preocupá-la de maneira especial, que influência tinha sobre os homens. Nela reuniam-se todas as qualidades que uma mulher podia ter. Nela, todas essas qualidades eram contudo levemente acentuadas no sentido masculino. Nas discussões, ela se mostrava invencível. Aron, seu marido, professor e engenheiro, que se dedicara intensamente à questão física dos relâmpagos e com quem por isso brincávamos, qualificando-o como o mais célebre "especialista em raios", era uma pessoa de uma mansidão e de uma delicadeza quase femininas. Como professor, era um excelente cientista e, como engenheiro, detinha sobretudo experiência na área da eletricidade. Seus dedos pareciam antenas com que media as cargas elétricas das pessoas. Aron nunca perdia o equilíbrio no contato com seus semelhantes. Adorava, e com razão, sua esposa. E, também com razão, tinha nela uma ilimitada confiança. Aliás, era impossível que uma mulher como Marioara não estivesse sempre rodeada por admiradores. Aron observava tranquilo e tolerante os assaltos à sua esposa. Marioara era tão irresistível por suas visíveis qualidades temperamentais de inteligência e de beleza, que nenhum de nós se espantava mais com a diversidade de apreciadores que vinham como um enxame ao seu redor. Era uma situação de certo modo natural. Por outro lado, Aron jamais corria o risco de se arrepender da tolerância que demonstrava, pois Marioara, mulher de vontade masculina, sabia se impor diante de admiradores demasiado insistentes ou agressivos.

Certa noite, depois que as crianças se retiraram para os seus quartos, Marioara nos contou o que lhe aconteceu uma vez, em Bucareste, com um "dentre os presentes", ou seja, com um de nós. A historieta assim iniciada aumentou nossa concentração e tensão. Marioara, que sabia preencher suas histórias com reviravoltas

Capítulo IV

palpitantes, não nos revelou desde o início sobre quem se trataria, de modo que a suspeita podia recair sobre qualquer um: sobre Leonte, sobre Marius, sobre Vlahu e, por que não?, também sobre mim. Só Aron sorria com discreta satisfação, como se já conhecesse a história que Marioara haveria de narrar. Por mim, não me sentia visado. E, desde o início, devo confessar que minha suspeita recaía sobre Marius. Leonte eu considerava evidentemente fora do jogo, pois, sublime como era, não podia ser envolvido numa história que, pelo tom de Marioara, prometia ser bem picante. Quanto ao pintor Vlahu, eu sabia que sua única paixão era o garrafão.

"Vai, Marioara, continua", encorajei-a, "não nos faça esperar, depois de ter provocado tanto a nossa imaginação." Todos os presentes insistiram, mas Marioara suspendeu a narração por um instante, fitando-nos, diabólica:

"Devo contar?"

"Conte", instigou-a Vlahu. (Vlahu está fora do jogo, pensava eu.)

"Se é assim que você quer, vou contar!" E Marioara estendeu com candor um braço atrás da cabeça de Vlahu, sentado ao seu lado: "Saibam portanto que se trata de um dos nossos pintores!"

"Quer dizer, um dos dois aqui presentes?", tentei precisar enquanto todos os olhares, exceto o de Vlahu, se dirigiram para Marius.

"Sim, claro, e vocês vão descobrir imediatamente qual dos dois foi", pôs-se Marioara a contar. "Certa manhã veio ver-me o pintor, numa hora em que sabia que Aron não estava em casa. Não sei o que dera nele, que ele queria fazer o meu retrato. Pelo menos foi com esse pretexto que ele veio. 'Está bem', disse-lhe eu, escondendo minha perplexidade. Tranquilamente, o pintor montou o cavalete e abriu a caixinha de tintas. E depois de eu me sentar no sofá, como modelo, ele se pôs tranquilamente a trabalhar. Tanta tranquilidade gerou-me suspeitas. Depois de algum tempo, pareceu-me que o pintor estava mais preocupado com a minha presença do que com o retrato. Jogamos conversa fora por uma meia hora, quando de súbito o pintor abandonou a paleta e o pincel e veio se sentar ao meu lado. E, sem uma palavra sequer, o homem, imaginem, tomou iniciativas com toda a força. Quando a situação se tornou meio crítica, opus-me. Não costumo perder tão facilmente a moderação. E, mulher corajosa que sou, distraí-o com palavras e doçura: 'Mas, Vlahu querido, assim tão rústico? Sem o mínimo de preparo? Onde foram parar a sua mente e o seu espírito? Não acha que você deveria primeiro cortejar-me um pouco, mandar-me flores, dar-me tempo, encantar-me, esperar-me na esquina e eu atrasar, você se entristecer e eu enfim chegar, para a sua alegria? Não acha?' E, imaginem, Vlahu, derrotado, sossegou."

Como Marioara contava tudo isso justo na presença de Vlahu, soltamos todos gargalhadas. Vlahu ainda tentou se desculpar, balbuciando: "Estava bêbado, pois não." Aron dava suaves risadas, achando engraçado o modo com que Marioara narrou o acontecido. Quanto a mim, não entendia como um especialista em raios podia ver as coisas com tanta calma. O homem com tanta experiência em eletricidade tinha uma substância nervosa plácida. Sorria com indulgência, mesmo ao ver a própria esposa sendo beijada por cada um dos homens da coletividade que se reunira na fazenda.

Depois de Marioara revelar tudo o que guardava no coração, interveio por fim Marius, com uma pequena maldade, amistosa, dirigida a Vlahu. Mas é necessário esclarecer a intervenção de Marius. O pintor Vlahu, talento multilateral, no passado pusera também seus dotes à prova na prosa literária, tendo publicado um romance autobiográfico intitulado *Parti do vilarejo*.[6] Marius não pôde se conter em não servir Vlahu com uma ironia fina no momento propício e concluir a noite salpicada de piadas: "Vlahu meu caro, quando é que você vai publicar uma nova edição do seu romance?" "Sei lá, mas por que a pergunta?", embaraçou-se Vlahu. "Olhe só", respondeu Marius. "Estive pensando que talvez fosse uma boa coisa você chamar uma nova edição assim: *Parti do vilarejo, mas não cheguei longe*." A ironia de Marius o atingiu em cheio, mas Vlahu recebeu a pancada à maneira de um camponês. Levantou-se da mesa dando risada, sem indicar qualquer aborrecimento com o gracejo que se fazia às custas de suas rústicas audácias. Vlahu pegou seu garrafão de vinho, que trouxera do quarto até a mesa. Sua desculpa de que estivesse bêbado na ocasião descrita por Marioara não ficava de pé. Vlahu jamais se embebedava, pois bebia incessantemente. Costumava beber sem interrupção. Dia e noite. À noite ele mantinha o garrafão de vinho ao lado da cama. De manhã, quando ia trabalhar no salão, carregava consigo o garrafão e o colocava ao lado do cavalete e, quando íamos

---

[6] O romance *Am plecat din sat*, de autoria do escultor, pintor e escritor romeno Ion Vlasiu (1908-1997), foi publicado em 1939 e distinto com Prêmio da Academia Romena. É o primeiro volume de um ciclo autobiográfico em que o autor relata os meandros de sua formação pessoal e artística. (N. T.)

Capítulo IV

todos almoçar, levava o garrafão para a mesa. Vlahu era um camponês vestido à moda "senhoril", um talento originalíssimo, de um vigor rústico impressionante, cheio de surpresas, sempre desenvolvendo ideias novas, um autodidata que se norteava de maneira surpreendentemente correta por questões de arte e que só dava mancadas quando por vezes acontecia de confundir eros com fisiologia. Partira do vilarejo uns vinte anos atrás e trouxera com ele, das próprias origens, o gesto priápico que hesitava readaptar às condições urbanas ou de metrópole.

✧

Os dias passavam, acrescentando sempre algo de novo à vida do "coletivo"[7] da fazenda. Adotei agora, mais em tom de zombaria, essa denominação para o nosso grupo, pois o termo conquistava espaço sobretudo na imprensa e nas brochuras que surgiam aos montes, predispondo as grandes transformações da opinião pública. O termo "coletivo" adequava-se aliás melhor aos nossos momentos de repouso e às refeições para as quais o sonoro gongo da casa nos reunia. O trabalho sério continuava, individualmente, em cada quarto. Esperava concluir, ao fim daquelas poucas semanas, minha antologia da lírica universal, sumária mas de elevadas pretensões. Os poemas que eu transpunha em nossa língua se adaptavam por si sós, sem querer, ao molde da minha poesia. Adquiriam por vezes uma marca tão pessoal, que pareciam saídos da minha oficina. Durante as tardes chuvosas, eu organizava às vezes pequenos saraus, em que lia para o coletivo as versões que considerava suficientemente bem-acabadas para serem comunicadas. Leonte me repreendia toda vez por tratar os originais quase só como um pretexto. O problema que ele levantava era se esses poemas, tão transformados à imagem e semelhança da minha própria poesia, ainda podiam ser chamados de versões. A propósito de muitos deles, Leonte afirmava serem

---

[7] Durante o regime comunista, o substantivo "coletivo" foi sobejamente utilizado, indicando desde um grupo de camponeses até uma equipe de profissionais acadêmicos. A título de ilustração, vejamos como o dicionário romeno de neologismos, de 1986, definia o verbete "coletivo": "grupo de pessoas que trabalham no mesmo local de produção, possuindo interesses e concepções comuns, responsabilizando-se cada um pelo seu próprio trabalho, submetendo-se a uma disciplina livremente consentida e aceitando uma liderança única". (N. T.)

criações pessoais que se integrariam à minha obra poética e que eu podia assinar com o mesmo direito com que Eminescu assinara o soneto *Veneza*.[8] Essa questão não me interessava nem um pouco. Minha intenção era a de criar uma poesia que não parecesse tradução, mas que fosse poesia. Sentia uma imensa satisfação ao poder conscientizar que assimilara à nossa língua mais uma ou outra dentre as obras-primas da lírica universal. Experimentava uma orgulhosíssima sensação "imperialista", de conquistador que alarga as fronteiras do país ao ver como a poesia de outros povos tombava subjugada, integrando-se ao nosso idioma. Essa sensação contrastava com o sentimento de humilhação diante das verdadeiras condições históricas em que vivíamos. Essa era uma maneira de poder viver, ou melhor, de "sobreviver" numa pátria que capitulara e que esboçava, no plano da cultura e da civilização, no plano político e econômico, a sua desaparição do mapa-múndi. Quanto à situação real, era ainda sorte que ela nem sempre chegava ao centro da consciência, detendo-se geralmente nas suas margens. Quando, porém, a consciência era capaz de compreender, sob os raios da lucidez, a situação assim como se apresentava, a aflição tomava conta fisicamente de mim, por todas as articulações. Sentia-me então acabado e tinha de sair de dentro de casa. Andava em marcha forçada por todos os caminhos possíveis, a fim de arrancar essa derrocada anímica do meu interior. Só retornava ao lar tarde da noite.

A atividade era efervescente no nosso coletivo, como se prevíssemos que se tratava da última oportunidade que nos era oferecida. Depois de muitas horas de labuta, por vezes saíamos juntos para esquadrinhar todos os cantos e esconderijos da fazenda. Passávamos preferivelmente pelo colmeal, para ouvir o zumbido zeloso das abelhas que trabalhavam sem cessar, reunindo o mel da paisagem nos favos secretos das casinhas de madeira, construídas conforme todas as regras da apicultura e espalhadas sob as acácias dobradas ao peso das flores. Aqui e ali, macieiras camuflavam cestos de vime, vestígios da apicultura arcaica, cobertos por uma fina camada de uma matéria plástica obtida a partir de uma mistura de argila com estrume. Muitos dentre nós logo nos manifestamos em favor do arcaico, o que sintetizava uma determinada atitude diante da vida. Preferíamos os cestos de vime

---

[8] O soneto *Veneția*, do poeta nacional romeno Mihai Eminescu (1850-1889), tem sido objeto de controvérsias entre críticos literários, haja vista sua gritante semelhança com o poema alemão *Venedig*, de autoria do obscuro poeta Cajetan Cerri (1826-1899). (N. T.)

Capítulo IV

de um formato orgânico às casinhas de madeira construídas com exatidão. Isso apesar do fato de que tais cestos, para o especialista, revelam-se menos práticos e apesar do fato de que, no caso deles, a colheita do mel envolve procedimentos de inqualificável crueldade: o assassinato de toda a colmeia utilizando vapor de enxofre. Do colmeal, íamos para o estábulo. Pela porta escapava o cheiro de estrume dos cavalos, que excita as narinas urbanas, dilatando-as até assumirem formas circulares. Os cavalos punham-se a relinchar tão logo sentiam nossa aproximação. Os fortes aromas rústicos nos transpunham completamente para uma existência atemporal. No estábulo crescia, naquele então, o potro, que se apresentava como o mais belo animal na face da terra. Não possuía asas, nem mesmo sob a forma incipiente de uma intumescência, o que porém não me impedia de nele ver um filhote de Pégaso. E a sedutora sensação de veludo, que a nada podia se comparar, que eu tinha ao encostar a palma da mão no focinho do potro me fazia entrar por um momento no estábulo sempre que eu passava pelo pátio.

Num outro canto da fazenda, há meses se construía a pequena fábrica de litargo. Essa fábrica era o motivo da preocupação e atenção de Marius naquela primavera. Conforme o plano de Marius, todo o maquinário deveria ter começado a funcionar no dia seguinte à nossa chegada à fazenda. Entretanto, adiava-se continuamente a inauguração festiva na presença de pessoas tão ilustres a quem Marius fazia questão de oferecer uma demonstração. O motor haveria de ser colocado em funcionamento dentro de "pouco" tempo, tempo esse que sempre se alongava. Mantinha-se intacta a esperança de que nenhuma surpresa desagradável interviria no bom funcionamento da invenção para a pulverização do litargo. Para mim, embora "litargo" não passasse de uma palavra que lembrava "letargia", começava a me irrigar a curiosidade e a imaginação, pois Marius orgulhosamente nutria grandes esperanças em relação ao novo empreendimento industrial. Seu otimismo técnico, prático e comercial ainda não sofrera derrotas que não pudessem ter sido compensadas por lucros e auxílios recebidos por parte da sogra compreensiva. Mas, acuado pelos eventos de 23 de agosto até aquele momento, Marius por vezes ainda estremecia. Pressentia também ele que a história em pleno desenrolar haveria de impor um prazo ao espírito capitalista e burguês de livre empreendimento. Marius porém acreditava que a fase de liberalismo duraria, no nosso país, ainda ao menos uma ou duas décadas. Tal otimismo incentivou-o a se lançar na construção da fábrica de litargo, cujo produto era muito procurado em diversos ramos industriais. Na realização da fábrica de litargo surgiam novas dificuldades a todo passo. Desde o fim da guerra, tornou-se muito difícil adquirir peças de maquinário, mesmo as mais simples. Como a inauguração solene da fábrica era continuamente adiada e como, certa vez, vi Marius saindo dela irritado, lancei casualmente, sobre o equilíbrio da sua calma aparente, uma consideração que não passava de um jogo de palavras: "Acho que o litargo entrou em letargia!" "Também acho", respondeu Marius, oferecendo-me amplas explicações sobre a invenção projetada que, agora, posta mais seriamente à prova, se revelava impraticável. O técnico, boa pessoa, muito consciencioso em tudo o que fazia, foi vítima de um erro de cálculo.

"Ele ainda está tentando encontrar uma solução para as dificuldades que surgiram", revelou-me Marius, "mas eu, como engenheiro, já percebi que as dificuldades não têm como ser superadas. A falha é estrutural. E você pode bem imaginar que não posso ficar indiferente a essa situação, depois dos grandes investimentos materiais que fiz no prédio e no maquinário."

As falhas surgidas no âmago da fábrica produziram uma nova preocupação, com gosto de cinza, à vida quotidiana do coletivo. O técnico autodidata que propusera a invenção era um espírito criativo. Todo o tempo o técnico provara ser uma pessoa séria, em cujas ideias podia-se confiar. Daquela vez, o erro de suas especulações técnicas tornou-se evidente para todos. E todos consideramos que aquele erro era irremediável. Dias a fio, entretanto, desde cedo de manhã até tarde da noite, o técnico realizou novas tentativas. De tal maneira se torturava, que em pouco tempo virou um magricela. Marius não tinha escolha, deixou-o tentar, tentar novamente, tentar mais uma vez, mais uma, e mais uma.

Para a situação material de Marius como grande industrial, a demolição da fábrica de litargo decerto representaria um prejuízo, mas não tão grave a ponto de balançar de algum modo o conjunto de suas empresas. Depois de alguns dias de irritação, Marius se acostumou, por bem ou por mal, ao fracasso, enquanto o nosso coletivo retomava sua costumeira atividade pelos quartos, os passeios pelo colmeal e as visitas ao estábulo do potro alado.

Não consegui descobrir o que Leonte elaborava em seu quarto. Sem que lhe perguntassem, ele não costumava falar sobre suas atividades. E agora, eu não saberia dizer por que, evitávamos todos interrogá-lo. Sabíamos que incubava grandes

Capítulo IV

projetos de aperfeiçoamento do seu sistema metafísico, mas agora não era nisso que trabalhava, o que se podia deduzir pelo fato de que não escrevia. Não tinha nos dedos a costumeira mancha de tinta de quem escreve. Certo dia, interrogamo-lo todos. E ele nos respondeu: "Não estou trabalhando. Estou lendo." Trouxera de Iași, no aguardo da depuração na área do ensino, uma série de "brochuras". "Já terminei quase todas. Estou lendo – imaginem – brochuras no intuito de me iniciar na doutrina marxisto-leninisto-stalinista. Não para me convencer de algo, mas para ver o que nos aguarda. A revelação e a divindade desapareceram, mas permaneceu o órgão da Verdade. E o órgão da Verdade é o Comitê Central do Partido Comunista da União Soviética – ou melhor, seu expoente: o gênio. É o bastante ler as brochuras do movimento para compreender o sentido do dia de amanhã, onde quer que o movimento tome as rédeas do poder. Em vão damos risada dessas brochuras impressas em papel feito de farinha. Elas contêm a nova profecia!" Foram esses os esclarecimentos que Leonte nos deu com relação a suas leituras. Todos os presentes sentimos um arrepio na raiz de cada fio de cabelo que ainda não fora queimado pelo sol. Achamos melhor não insistir que Leonte nos comunicasse algo no sentido dos acontecimentos e das transformações por ele previstas, com a força de concludência própria a um silogismo perfeito, baseado na profecia escrita em papel de farinha.

Teria sido demais de uma vez só.

༒

Um telegrama de Bucareste, expedido dois dias antes, nos anunciou a chegada à fazenda da pintora Alina Stere, amiga mais velha de dona Marioara Stănculescu e conhecida por muitos do coletivo. Só eu não tivera ainda a ocasião de conhecê-la. Como o telegrama chegara atrasado, a nova hóspede deveria chegar a qualquer instante. Marius inclusive foi até a estação ferroviária receber Alina, nós havendo decidido esperá-la na fazenda.

Poucos minutos mais tarde, Alina chegou à casa. Encontrou a maioria dentre nós no salão, pois era o momento de pausa, ao anoitecer. Alina era de uma beleza levemente expirada, uma aparição estranha, que parecia enfrentar sozinha uma timidez que preferia esconder. Ouvira muitas coisas bizarras sobre essa pintora, sem dúvida excepcionalmente talentosa, que trabalhava movida pelos caprichos de uma inspiração indomável. Desigual em sua obra, sempre interessante, ela podia considerar suas façanhas realmente geniais. Marioara falava com frequência de Alina, de modo que, até nos surpreender com sua visita à fazenda, eu já fizera uma imagem bastante vívida dela. Há pouco tempo, Alina pensou em se mudar para o estrangeiro. Isso num dos contextos menos propícios. Partidas para o estrangeiro agora só ocorriam sob forma de fugas, que envolviam os mais graves riscos. Com passaportes em ordem só partiam os privilegiados do destino. Alina nutria um intenso desejo de partir, o que aliás todo intelectual romeno queria fazer. Eis então que ela endereçou ao comando soviético da capital uma solicitação de visto de saída. Alina foi chamada várias vezes ao comando, onde a submeteram a um amplo interrogatório sobre o objetivo da viagem, sobre sua profissão, sobre o seu passado e origem social. Com inesperada habilidade, ela passou pelas centenas de perguntas dos formulários a serem preenchidos. Saiu do comando soviético com a impressão de ter ganhado a simpatia daqueles que vigiavam a cortina de ferro que se impunha entre o Oriente e o Ocidente. Alina nutriu as mais vivas esperanças de que obteria o visto desejado – o que para os pobres mortais era uma quimera absoluta. Nem Marioara acreditava que Alina o obteria. Mas o telegrama e a chegada quase concomitante de Alina levantaram suspeitas em Marioara: "Acho que Alina está com o visto de saída. Senão ela não viria à fazenda. Quer-nos ver antes de ir embora. Provavelmente tem um prazo curto para sair." Essa foi a conclusão a que chegara Marioara, que era, repito, velha amiga de Alina e, ao mesmo tempo, sua médica e confidente.

Alina Stere queria ir embora, pois há algum tempo se convencera de que, nas novas condições, não havia espaço para ela no país, nem para ela, nem para a sua arte, que se baseava numa estilização muito ousada e aspirava a uma visão de certo modo surrealista das coisas. Alina se sentia na plenitude de sua força plástica. O que mais poderia fazer num país que começava a reagir oficialmente contra todo tipo de elemento de estilo na arte por ser "formalismo"? E onde todo "formalismo" era condenado como o mais evidente sintoma da putrefação em que entrara a sociedade burguesa.

Alina, ao entrar com Marius no salão, anunciou-nos com breves palavras que tinha na mão um passaporte com visto de saída. Aquela incrível notícia nos

Capítulo IV

emudeceu por alguns instantes, pois cada um de nós pôs-se a imaginar como seria o passaporte salvador, capaz de fazer pessoas vivas atravessarem ilesas fronteiras mais difíceis de atravessar do que as fronteiras do purgatório, que só os mortos conseguem atravessar. Ninguém, sobretudo os que haviam logrado fazer um nome na sociedade burguesa do passado, podia nem mesmo sonhar com um êxodo deste país que entrara na esfera de influência do Oriente e que se encontrava rodeado por arame farpado e cheio de terrenos minados. Os que tentavam fugir clandestinamente eram, em número cada vez maior, alvejados pelas costas ou no mínimo presos, julgados e condenados a anos de trabalho forçado.

Alina obteve um passaporte válido, com visto de saída da escuridão para a luz. Era realmente inacreditável. Nunca soube que meios utilizara essa estranha criatura para obter o visto salvador. Alina era claramente um ser que fugia à "norma" das pessoas do quotidiano. Talvez seja nesse contexto que a explicação do seu êxito deva ser buscado. Também na vida quotidiana ela se apresentava como um caso completamente à parte, atraindo os olhares do transeuntes, que em seguida a censuravam com um balançar da cabeça. Até sua roupa parecia propositadamente chamar a atenção dos outros. Ela chegou à fazenda justamente com uma daquelas roupas, que lembrava o uniforme de um czar de outrora. Portava um chapéu de cossaco com uma pluma inclinada para um lado. Botas. Fitei-a longamente: de fato, um tipo de roupa que só poderia ser considerada um uniforme de imperador. Os habitantes de Bucareste a consideravam maluca, e só. Alina, porém, era tão maluca quanto genial, ou seja, excepcionalmente devotada ao dom criativo. Não é impossível que os membros do comando soviético, embora respeitassem a norma, tivessem se mostrado conciliadores no seu caso, como se se tratasse de uma pessoa fora da "norma". Diversas vezes no passado as autoridades soviéticas foram indulgentes com os loucos. É sabido que os soviéticos evacuaram, e não só uma vez, hospícios inteiros, deixando os doentes atravessar a fronteira. Tal acontecimento assombroso ocorreu, até onde alcança minha memória, depois que a Bessarábia foi cedida à União Soviética.[9] Naquele então, os russos propuseram ao nosso país

---

[9] No contexto da Segunda Guerra Mundial e do Pacto Molotov-Ribbentrop de 1939, a União Soviética lançou à Romênia, em 28 de junho de 1940, um ultimato para evacuar a Bessarábia e a Bucovina Setentrional em 48 horas, caso contrário a URSS declararia

uma troca de prisioneiros políticos. Nós lhes oferecemos chefes comunistas que estavam encarcerados, ao passo que eles generosamente nos ofereceram todos os loucos evacuados dos sanatórios da província romena que passara sob dominação soviética. Algo semelhante provavelmente ocorrera no caso de Alina. Na opinião do comando soviético, cedia-se ao Ocidente uma "descerebrada". Alina chegou à fazenda orgulhosíssima de seu êxito, achando que os membros do comando haviam-lhe prestado esse favor como gesto de reconhecimento admirativo por sua genialidade.

"O mais tardar em duas semanas estarei na Cidade-Luz", anunciou ela, "e vim para me despedir de vocês." Alina haveria de permanecer dois dias na fazenda.

No dia seguinte, pela manhã, reunimo-nos todos no salão, onde tratamos do assunto. Alina estava em ótima disposição, com a perspectiva da partida diante de si. Nós nos sentíamos levemente intimidados, como perante uma criatura privilegiada. Observei, durante a conversa, a atenção especial que Alina me concedeu, seguindo com o olhar todos os meus gestos. Explicou-me seu interesse pelo fato de ter sido, até o dia anterior, um desconhecido. Num certo momento, Alina, desprendendo-se da conversa, tomou o pincel e a paleta da mão de Marius. Em duas horas, ela fez o meu retrato na tela em que Marius começara a esboçar uma natureza morta. Alina realizou uma demonstração de grande arte. Cobriu o esboço de Marius com uma tinta escura indiferente e, com uma singular força de síntese e de visão, materializou na tela a minha parte de espiritualidade, que minha fisionomia revelava imprecisamente e só em alguns momentos da existência. Alina trabalhava com a firmeza de uma sonâmbula. Na tela fixada ao cavalete surgia não uma pessoa, mas um espírito. Seria realmente eu aquela criatura? De certo modo sim, e talvez até mais do que eu mesmo e minha estrutura de carne e osso. A arte de retratar tem sem dúvida um estranho acesso ao essencial, obrigando-nos por vezes a reconhecer em nós mesmos uma identidade mais profunda e mais oculta. Os presentes ficaram perplexos com a obra-prima realizada em tão pouco tempo diante de seus olhos.

---

guerra ao país. O governo romeno aquiesceu e as tropas soviéticas invadiram – 40 horas depois, ou seja, antes do término do prazo dado pelo ultimato – o território exigido, produzindo terror junto à população romena que ainda não havia cruzado a (nova) fronteira com a Romênia. (N. T.)

Capítulo IV

"O que você vai fazer em Paris, Alina, sem os ciganos de Bucareste?", perguntou Marioara. A pergunta não era de todo sem fundamento, pois o pincel e as tintas de Alina tinham um tema favorito: as ciganas. Mas as ciganas de Alina pareciam rainhas egípcias ou princesas de fábulas indianas. Alina passou muitos anos de sua vida pelos casebres ciganos dos subúrbios bucarestinos. Ali, na vida de casebre ou de tenda, no mundo dos grilos, das fogueiras a céu aberto, dos caldeirões e da pronúncia levemente cantada e tremulante baseada em antiquíssimos modelos sânscritos, Alina de fato se tornava aquilo que seu uniforme hilário inspirava: uma imperatriz. Naquele ambiente, Alina florescia. Naquele universo que a rodeava com amor e admiração, Alina conseguia escapar da sua timidez de certo modo doentia, como vim a saber, depois de sua partida, por meio de Marioara, médica com tanta experiência nas anomalias de alma especificamente femininas.

Alina não tinha como partir para Paris sem antes conversar com Marioara, de tal modo se afeiçoara a ela. Não esqueçamos afinal que, naqueles anos, que tentavam prolongar-se indefinidamente, partir para o estrangeiro não significava "morrer um pouco", mas "morrer de vez". Naquela época, era realmente assim: uma sensação de morte se instalava entre os que se despediam. A partida de Alina, dentro de 24 horas, haveria de assumir o aspecto dilacerante de uma ruptura, de um abismo que se abriria e por cima do qual nenhuma ponte jamais haveria de se construir.

Após a partida de Alina, que deveria salvar, do lado de lá da fronteira, algo das virtudes da nossa arte, dias a fio não falamos mais de outra coisa a não ser de suas esquisitices. Marioara nos revelou fragmentos da vida de sua amiga – não que fosse movida por uma condenável indiscrição, mas para mostrar a nós, intelectuais de raça, o que frequentemente se esconde por trás de rostos de certas criaturas com visíveis talentos excepcionais. Muitos daqueles detalhes sobre a vida de Alina eram sabidos por vários dentre nós, naturalmente sempre por intermédio das amistosas indiscrições de Marioara, ela mesma desconcertada diante do caso. O menos iniciado na vida e nos estranhos defeitos da alma de Alina era eu.

Quem poderia imaginar que Alina se permitia, ou melhor, impunha a si mesma diversas extravagâncias chocantes, só por causa de uma sensação de timidez que lhe era inata?

Alina foi no passado uma moça bonita, mas sempre de um acanhamento doentio. Na idade em que Alina, pela beleza da puberdade que amadurecia, começou a atrair olhares nas ruas, ela, que nem mesmo antes suportava bem ser o alvo de olhares, decidiu enfrentar. Enfrentar o quê? Os olhares daqueles que passavam ao seu lado e que, com o tempo, tornavam-se cada vez mais insistentes. O acanhamento, defeito da alma, condenava-a ao sofrimento. Alina buscou então maneiras de se impor. Decidiu vestir-se do modo mais extravagante possível, e isso de propósito, com o fim de atrair o maior número possível de olhares que deveriam ser encarados. A timidez provocada pelos olhos dos transeuntes Alina já havia dominado desde os seus anos de infância, quando suas formas começaram a se revelar conforme o vaticínio de generosas fadas madrinhas. Desde então ela desenvolveu a tendência de se vestir da maneira mais chamativa possível. Agora, aos quarenta e cinco anos, ela continuava se vestindo tão extravagante quanto aos quinze, quando vencera a vergonha de seu próprio corpo já maduro. Depois de passar por diversas fases de vestuário, ela enfim chegou à imagem de "imperatriz". Em sua vida, porém, Alina sofreu ainda de muitas outras anomalias, agora registradas na crônica oral confiada a Marioara. Reunindo o coletivo da fazenda ao seu redor, Marioara nos lia com frequência dessa crônica imaginária.

 Uma vida espiritual, espiritual e física, das mais incomuns, apresentou-se aos nossos ouvidos. Marioara tinha o dom de contar com verve e muitas cores. Ela dava aos acontecimentos narrados um relevo digno tanto de sua imaginação plástica, como de seu talento quase teatral de exprimir certas situações por meio de gestos. Fatos e circunstâncias, atitudes e reações se materializavam a partir de páginas invisíveis com uma objetividade superior, sem qualquer traço de fabulação maldosa. O personagem principal da crônica era, muito pelo contrário, acompanhado por uma simpatia que só um escritor poderia conceder às figuras mais interessantes de sua imaginação. Descobrimos, assim, que Alina já morara no passado, mais exatamente em sua primeira juventude, em Paris, a cidade-luz onde ela justamente deveria estar desembarcando enquanto Marioara fazia a "leitura" de sua crônica. Alina partira naquela altura, na primeira juventude, para Paris a fim de aprender o ofício de sua arte e formar sua própria visão. Trabalhou em diversos ateliês, sobretudo às margens do Sena, no jogo de luzes das águas em que velhos pescadores atiravam seus anzóis para fisgar um peixe murcho depois de horas inteiras de espera e paciência. Lá pelos dezoito anos, Alina conheceu um pintor alemão que, debaixo de um pseudônimo romântico, criara uma fama

Capítulo IV

invejável entre os pintores modernos da França. Esse pintor, um dos mais importantes da época, foi quem orientou Alina. Sob o controle do mestre, que prometia um desenvolvimento livre, a menina encontrou a si mesma sem muita procura. Em seguida, aconteceu o que seria bastante natural que acontecesse. Num belo dia, o pintor haveria de se declarar, incendiado por uma paixão ardente, diante de sua belíssima e excepcionalmente devotada aluna. Em seguida, não muito tempo depois, ele a pediu em casamento, o que a jovem pintora não pôde nem teve como recusar, levando-se em conta que, a uma única palavra do mestre, as comissões mais exigentes das exposições parisienses começaram a solicitar seus trabalhos. Sentindo-se obrigada pela projeção, ela se tornou esposa do pintor. Entretanto, depois da celebração do casamento com o famoso pintor, ao longo de oito anos Alina persistiu em recusar-se a ele como mulher. Não era uma persistência que pudesse ser explicada por uma aversão. No início da entrega, ela era sempre tomada por um pânico que se desencadeava automaticamente. Tal pânico se devia, não tanto à sua costumeira timidez, mas sobretudo a um acontecimento singular que Alina vivenciou aos doze anos de idade. A mocinha que começava a desabrochar foi vítima de uma tentativa de estupro por parte de um desconhecido. A tentativa do passado, motivo de palpitações tantos anos depois, embora não houvesse ultrapassado os limites e o significado de uma tentativa, provocou na menina um choque nervoso cuja reverberação ainda se fez sentir por muito tempo. Seu comportamento diante de pessoas que tivessem personalidade do gênero dono do mundo foi desviada do padrão natural. De maneira que o matrimônio com o pintor alemão não se consumava. Alina perseverou inflexível diante da paixão desenfreada do marido. Daí surgiu uma série de aborrecimentos. Ocorre que o pintor alemão, oculto sob um pseudônimo românico, era também de um ciúme mais românico do que germânico. Com frequência, o pintor tinha de ficar meses fora de casa para trabalhar para as exposições das quais fazia questão de participar. Em tais circunstâncias, o pintor via-se obrigado a tomar medidas preventivas e, exatamente como na época medieval do Sacro Império Romano-Germânico, achava que deveria aplicar à sua esposa, que por anos não se entregava a ele como mulher, um cinto de castidade. A chave ele levava consigo. Alina, que já estava insatisfeita consigo mesma, suportava resignada o tratamento – que tinha aliás as suas vantagens, pois, assim, ela ao menos escapava durante algum tempo das repetidas insistências que o marido lançava, várias vezes por dia, derretendo-se loucamente entre pânico e desejo, entre sede e recusa. Ao retorno do marido, após meses de separação, Alina era de novo submetida ao suplício de uma paixão insatisfeita. Diante da insistência, a recusa se desencadeava automaticamente, com uma força que nem o hábito conseguia amainar. Depois de oito anos girando nesse círculo vicioso de uma castidade imposta por automatismos secretos da vida, o matrimônio se desfez. Alina voltou para a Romênia, decidida a se devotar exclusivamente à pintura. Algumas exposições anuais foram capazes de propulsá-la e de lhe propiciar uma reputação dentre as melhores: ela se tornou a pintora-prodígio. Desigual, pois pintava às pressas e demais; genial graças a alguns êxitos que indiscutivelmente se impunham, autora de um estilo que era seu e só seu. De uma sensibilidade primitiva e ao mesmo tempo refinada. Cheia de espontaneidade. Visionária. Por vezes talvez demasiado decorativa. Essa era a sua arte. Mas e a sua vida? O problema da relação entre os sexos a preocupava até em sonho. E, depois do matrimônio desmanchado, esse problema passou a preocupá-la ainda mais. Tinha consciência de seu poder de sedução, mas também estava lúcida com relação ao seu estado erótico, difuso, o qual, ao toque de um homem, resolvia-se num pânico irresistível, num desfecho deplorável. Mas não logrou ela, na puberdade, vencer uma timidez de natureza igualmente doentia graças a simples esforços volitivos e à decisão de enfrentá-la? Aos trinta anos, Alina atingia a plenitude de sua beleza física e sua arte só conhecia triunfos sucessivos. Na mesma idade, o problema da relação entre os gêneros haveria de obcecá-la. E ela tomou mais uma vez a decisão, como na puberdade, de "enfrentar". Reuniu toda a sua vontade na decisão de se entregar a um homem. Escolheu um desconhecido na rua e o levou para o seu ateliê, que ela havia previamente arrumado com muito instinto feminino para os imaginários momentos de exultação que sempre se adiavam. O desconhecido, meio admirado com o novo ambiente em que entrou, concentrou-se em meio a tantas impressões visuais e olfativas, preparando-se com pequenas agressividades e com o jogo de praxe para a grande celebração, mas, no momento de entrar em função ritual, viu-se esbofeteado, debaixo de uma chuva de socos na cabeça e nas costas. Alina não conseguiu manter-se acima dos turbilhões tumultuosos que, erguendo-se das profundezas, desencadeavam de novo seus mais íntimos automatismos. De novo, ela foi vítima do pânico. O desconhecido,

Capítulo IV

desnorteado, não teve como prever o perigo da situação para a qual se deixara atrair. Via-se agora espancado por uma mulher que pouco antes o convidara até sua casa. O convite fora feito, sem dúvida, com um objetivo preciso que podia-se adivinhar pela expressão da sua face e por todo o seu comportamento. O desconhecido, intimidado como um facínora, suportou em silêncio os golpes e viu-se colocado para fora da casa para, finalmente, com um último esforço da parte dela, ser empurrado escada abaixo. Ele ainda pôde ouvir a porta batendo atrás de si e a chave girando por dentro da fechadura. Assim, Alina enveredou numa nova profissão, naturalmente grátis. Pois, desde então, diariamente, ela repetiu a mesma história pelo menos duas vezes com outros desconhecidos, escolhidos na rua, no parque, no cinema ou no restaurante. E a história se repetiu de maneira estereotípica. O desconhecido, trazido ao ateliê, preparava-se para o momento – com exuberância ou timidez, a depender da sua personalidade – mas, aos primeiros sinais de agressividade com intenções sexuais, Alina replicava: o desconhecido era surpreendido por socos nas costelas, por uma surra por tudo quanto é lado e por um empurrão escada abaixo. O ruidoso bater da porta marcava toda vez o ponto final depois de uma tempestade que durava quinze minutos. Por dez anos Alina ofereceu essas condições intoleráveis e desumanas aos seus visitantes. A pintora ainda era bonita, mas acabou desenvolvendo nos braços, graças àqueles exercícios diários de autodefesa, músculos realmente atléticos. Permanecia firme a estaca psíquica à qual estava amarrado o novelo do pânico. Lá pelos quarenta anos, Alina conheceu, num restaurante, um desconhecido que provou ser mais romeno e mais esperto que as centenas ou milhares de homens que haviam caído anteriormente na sua armadilha ao longo de uma década. O desconhecido levou consigo duas garrafas de vinho envelhecido do próprio restaurante em que foi "colhido". Ao chegarem ao ateliê, o desconhecido embebedou a esfinge até perder a consciência. O resto se deu em seguida sem dificuldades e sem as costumeiras surras rituais. Assim, Alina foi desencantada. Pôde começar uma vida normal, com a paixão de uma mulher que por vinte e oito anos fora escrava de desejos aniquilados por um automatismo psíquico que, num certo momento do passado, se instalou contra a beleza do seu ser, desfigurando uma existência e um destino.

Os dias passados na fazenda nada tiveram da monotonia rústica do ambiente. A passagem de Alina foi como uma tempestade de estranhezas. Da sua passagem obtive uma prova concreta: meu retrato, um triunfo artístico que não tinha mais como se repetir. Mas, além disso, Alina desarranjou nossas almas. Ela era o pássaro mágico[10] que escapou de uma gaiola do tamanho do nosso país, e que voou para o outro lado da fronteira. Nós permanecemos atrás das grades, olhando ansiosos para o horizonte.

Quase esqueci; ao se despedir, Alina deixou com Marius um pedaço de cartão, um desenho a bico de pena feito às pressas. Era uma imagem de nus femininos de uma devassidão desavergonhada e com detalhes de um realismo lúbrico e grotesco. Um desenho que caricaturizava a imaginação valbúrgica de Marius, que podia ser, porém, a de qualquer outro homem. "Sei muito bem que os seus sonhos andam por esses caminhos", disse-lhe ela com uma seriedade que contrastava timidamente com a imagem com que o presenteava. Marius pendurou o desenho – que parecia um apocalipse do sexo – num prego da parede.

※

Numa determinada hora da manhã, calhei de ficar sozinho no salão com Leonte. Acabara de receber uma carta que viera com a correspondência matinal. Leonte, ao verificar primeiro a letra grafada no envelope, fez um gesto de agradável surpresa, como se estivesse diante de uma paisagem caligráfica. Leu a carta, mantendo um brando sorriso até o fim da leitura. Aguardei que terminasse, enquanto tentei decifrar os movimentos de seu pensamento a partir da expressão do seu rosto.

Ao terminar de ler, Leonte me disse: "É uma carta de Ana Rareş. No final quer saber de você, com um interesse todo especial. Onde está! O que está fazendo!" Ao ouvir o nome de dona Ana Rareş tão inesperadamente, não pude mais dominar a emoção. Há tanto tempo que não sabia mais nada dela. Com certeza eu poderia ter descoberto pelo Leonte muitas coisas sobre o casal Rareş desde nossa chegada à fazenda. Mas sempre que tentava perguntar dela, eu era tomado por uma insegurança que me fazia abandonar tal ousadia. Já fazia quase dois anos que não a via. A última vez foi quando a vislumbrei descendo a encosta dos jardins de

---

[10] Menção à *pasăre măiastră*, a rainha dos pássaros, mensageira das fadas, conforme a mitologia romena. (N. T.)

Capítulo IV

Căpâlna. Em todos os sofrimentos, depressões, insônias e tormentos dos últimos dois anos, Ana Rareş foi sempre para mim uma saudação celestial. O seu ser se transformou para mim numa espécie de subtom do meu próprio ser, identificando-se com a mais profunda e a mais íntima de minhas aspirações. Pensar nela era uma dimensão da minha existência. Não me atrevia a perguntar a Leonte justamente para não descobrir que ela eventualmente já não estivesse mais no país, que tivesse cruzado a fronteira – o que interromperia minha respiração e faria parar o sangue nas minhas veias. Nutria a esperança de que um dia ela apareceria diante de mim inesperadamente.

"Ela lhe escreveu de onde?", perguntei finalmente a Leonte. Pelo carimbo do envelope, percebi que a carta vinha de algum lugar da Romênia, de maneira que não havia ameaça de desesperança ao descobrir onde se encontrava.

"De Iaşi. Ainda de Iaşi, pois provavelmente não vai permanecer muito tempo lá", respondeu-me Leonte, provocando-me porém a mesma pontada no coração que me dava a ideia de que ela realmente poderia sair do país, não com um passaporte em ordem como o de Alina, mas clandestina e com todos os riscos inerentes à fuga. Leonte compreendeu, pela onda de palor que me dominou a face, que tocava numa região muito sensível do meu ser ao falar de Ana Rareş.

"Nossas feridas são mais sensíveis que os nossos sentidos, não é mesmo?", disse-me Leonte, como se adivinhasse os mais ocultos segredos dos meus sentimentos. "Acalme-se, Ana não vai partir para o estrangeiro. Sente que precisamos dela aqui."

"Mas por que deixaria Iaşi?", perguntei, hesitante.

"Pelo mesmo motivo que vai obrigar a mim também partir, por causa do deslocamento subterrâneo das camadas geológicas. O espírito se desloca. É provável que nem você escape desses deslizamentos de terra."

"Ana perguntou de mim?", ousei interrogar Leonte, não desejando outra coisa senão que repetisse o que já dissera.

"Pergunta se você se lembra do pequeno incêndio secreto no interior dos açaflores de outono no alto do Blidaru!"

"Em outras palavras... me perdoou", disse eu, tranquilizando-me.

"O que você quer dizer? Perdoou-o? Ela tinha de o perdoar por alguma coisa?", perguntou-me Leonte, firme embora suave.

"Por tudo o que fiz e que me aconteceu nos últimos meses. Pelo susto e pela lágrima que me cegou." As palavras saíram trêmulas da minha garganta.

"Oh, meu Deus!", respondeu Leonte, "como se nós não houvéssemos sido as suas testemunhas! Como se não soubéssemos tantos detalhes! Você foi corajoso, Axente." Leonte se levantou e me abraçou. Não dissemos mais nada, pois "gêmeos" se entendem mesmo sem palavras.

Encontrei o momento mais adequado para falar com Leonte sobre Ana. Não poderia falar dela diante de outras pessoas, sobretudo na presença de outras mulheres. O fato de que fui capaz de falar dela com Leonte foi o prêmio alcançado por minha alma ao fim daquelas semanas passadas ao canto dos rouxinóis.

❧

É raro que se encontrem, na mesma unidade de espaço e tempo, e, de certo modo, na mesma unidade de ação, pessoas tão diferentes e estranhas como éramos aqueles reunidos na fazenda de Marius. Aquelas poucas semanas passadas na casa da fazenda, ao lado do colmeal e do estábulo, foram o epílogo de um mundo que desmoronava. Entre nós estava inclusive o homem que profetizava a partir dos sinais da ruína: Leonte Pătrașcu, o homem que, um ano antes, involuntariamente e sem se dar conta, executou o seu próprio fim simbólico e que, desde então, sentia-se como uma sombra vivendo sem destino.

Na última tarde antes do nosso dispersar pelos lugares de onde tínhamos vindo, reunimo-nos de novo no salão, para festejar. Só faltava Aron Stănculescu, que saíra para passear, já há bastante tempo, pelo jardim das colmeias. Marius e Vlahu esforçavam-se por concluir, cada um, um dos numerosos retratos de Marioara. Leonte, também ele fora de seu quarto, estava sentado no sofá ao lado de Marioara. Sentia-se estimulado a sair de seu costumeiro silêncio. Com rodeios e usando ao seu modo palavras de uma calma antiga, ele mostrou o que inevitavelmente haveria de se seguir. Enquanto falava, colocou o braço atrás da cabeça de Marioara. Pôs-se a descrever uma espécie de apocalipse da nossa burguesia, cuja iminência entrevia: "Nossa pobre burguesia, degradada antes da hora, ergueu-se em poucas décadas, nem teve tempo de ao menos chegar à consciência de si. Agora ela desmorona sem ter-se livrado da escória pecaminosa a partir da qual se

Capítulo IV

ergueu. Não é por isso que lamento", continuou o filósofo, "lamento a agonia do espírito. Não é o seu litargo que entrou em letargia, Marius, em letargia vai entrar amanhã o espírito. Nesta parte do mundo, ele será substituído por um espírito condicionado, isso é, pelo antiespírito."

Leonte deteve-se no meio do discurso. Em seguida, aproximou a cabeça de Marioara da sua têmpora: "Que mulher maravilhosa você é, Marioara. Se eu não fosse o homem sem destino que vocês conhecem, eu a amaria nestes dias de exuberância primaveril, concorrendo com Marius. E eu a beijaria diferente do modo como a beijo às vezes." O filósofo se inclinou de lado sobre a senhora Stănculescu, segurou-lhe o rosto com ambas as mãos e a beijou, breve e repetidamente, quase insaciável, na boca. "Que lábios tenros você tem, Marioara, como pétalas de rosa, dignos de serem beijados por homens que ainda têm um destino."

Enquanto Leonte declarava dessa maneira, como uma sombra do Hades com ar de semiexistência, o afeto que tinha por Marioara, seu marido, o brando "especialista em raios", meteu a cabeça, sem dizer uma palavra, pela janela detrás dos dois. Com um sorriso compreensivo, ele viu como Leonte beijava breve e repetidamente Marioara na boca. Marius, Vlahu e eu acompanhamos intrigados a cena que se desenrolava como se num contexto de transcendência casta. Finalmente, Aron anunciou que as abelhas de uma colmeia saíram de um dos cestos de vime e que seria recomendável apanhar o enxame que pousara entre os galhos de uma macieira próxima, antes que ele fosse dispersado pelos transeuntes. Marioara pôs-se a dar risada, em tons de muitos subentendidos, da cena em ação e lançou, fingindo estar contrariada, as seguintes palavras ao seu marido: "Vai, querido, apanhe o enxame; deixe o Leonte me beijar como um homem que não tem mais destino. Você não percebeu que está incomodando?."

O filósofo também pôs-se a rir: "Essa é boa, meu caro Aron, quem é que mandou você aparecer justo agora no parapeito da janela?" Demos todos risada. Era um riso irreal, puro e redentor. No fim contaminou-se também pelo riso Aron, que, olhando do jardim para o salão, persistia com os cotovelos na janela. O riso cresceu e diminuiu em ondas, como o murmúrio de um redemoinho; misturaram-se ao murmúrio a pureza espiritual do filósofo – cujo ser era completamente marcado pelo estigma de uma castidade quase sacerdotal – e o nosso divertimento diante da cena que, para espíritos dotados de humor, se prestava a todo tipo de interpretação. Cada um de nós dava uma gargalhada diferente, de prata, de cobre, cacos de argila e voz de melro, compondo em conjunto uma verdadeira sinfonia do riso. A nossa balbúrdia libertadora atraiu até as crianças da casa, que irromperam dos seus quartos, vendo-se gargalhando sem saber por quê.

Nos dias seguintes, o coletivo se destramou. Cada um de nós partiu e foi cuidar de sua vida. Por enquanto, cada um voltava para seus velhos afazeres, mas não por muito tempo.

V

Um mês antes da conclusão do ano universitário, prorroguei por mais alguns meses meu afastamento por motivo de "doença". Solicitei a prorrogação sob o pretexto de doença. De fato, porém, o motivo era outro. Em sendo a situação do ensino absolutamente obscura, não sabia se valia a pena retomar ou não a atividade didática.

No outono do ano de 1946, tive contudo de me decidir a aceitar a disciplina universitária. A partida de Sibiu para Cluj foi acompanhada de uma sensação muito desagradável de transitoriedade. Era de se prever que o ensino universitário haveria de sofrer transformações "saudáveis", como diziam os funcionários do Ministério.

Ao chegar à capital da Transilvânia, senti-me tentado a ver dona Octavia Olteanu, que nunca mais vi e de quem nada mais soube desde aqueles dias e aquelas noites em que fora acometido pela crise existencial provocada pela manobra política em que me envolvera Simion Bardă sem que eu percebesse. Ao chegar ao endereço onde sabia que morava a família Olteanu, qual não foi minha decepção ao não encontrá-los. Os novos locatários me cochicharam que o professor Olteanu não estava mais em Cluj. O professor de Teologia devia ter sido "depurado". Tornando-se indesejável na cidade, deve ter voltado para o meio rural com a esposa e a filha e que "estaria em algum lugar perto de Alba Iulia".

Pressenti que não haveria de ficar muito tempo em Cluj. Uma voz me sussurrava que eu sofreria aproximadamente o mesmo que aconteceu ao professor de Teologia Olteanu ou – para não sair de um contexto de semelhanças mais óbvias do destino – o que aconteceu a Leonte Pătraşcu.

No fim de agosto de 1946, o dossiê de Leonte começou a gerar consequências. Os pecados de Leonte eram os seguintes: pensava como "idealista", portanto era "reacionário". A acusação de ser responsável pelo assassinato de Nicolae Iorga foi consignada no dossiê (conforme artigo publicado certa vez num jornal da capital, pouco tempo depois da reviravolta de 23 de agosto). Essa acusação, contudo, estava registrada no dossiê sob o título de "suspeita" que pairaria em torno de Leonte Pătrașcu. O fato de que tal acusação, de uma gratuidade monstruosa, pudesse estar registrada no dossiê provocava no céu da boca de Leonte um gosto de cinza de defunto, amargo e ardente. Pois basta lembrar que não Nicolae Iorga foi, por vinte anos, alvo de ataques insensatos por parte de Leonte Pătrașcu, mas pelo contrário, Leonte Pătrașcu foi atacado, ao menos uma vez por mês, na imprensa e no periodismo da época, por parte de Nicolae Iorga. Leonte não respondeu sequer uma vez às injúrias que o grande professor de consciência nacional lhe dirigiu com intermitência. Foi ainda adicionada ao dossiê de Leonte a acusação de manter relações amistosas com um conhecido poeta, igualmente "idealista" e "reacionário". Esse seria eu mesmo. Leonte Pătrașcu era ainda acusado de ter ligações com meios da grande indústria, ou seja, com Marius Borza e Alexe Păcurariu, "conhecido inimigo do povo", que fez dois anos de prisão por causa de sua atitude "chauvinista" e "traidora". (Os memorandos dirigidos muitos anos antes à *Siguranța* romena, em que Alexe Păcurariu revelava tudo o que fizera ele pela Rússia em prol do "povo romeno", caíram nas mãos da nova *Securitate*. Os pecados de Alexe Păcurariu repercutiram também sobre Leonte, pois o pai de Leonte Pătrașcu dera ao "jovem" Alexe Păcurariu aquela infame educação nacionalista "graças à qual ele traiu os interesses da classe trabalhadora".) A comissão de depuração do corpo didático da Universidade de Iași opinou (com base em tal dossiê) pelo afastamento de Leonte Pătrașcu do ensino. Em consideração por sua inteligência e preparo, a comissão propôs que o "depurado" se tornasse responsável por pesquisas científicas "na área da história do pensamento filosófico do nosso país". A nova responsabilidade oferecida a Leonte era uma ofensa evidente. Encaminharam Leonte para tratar do pensamento medíocre dos outros, para não ter mais tempo de pensar por conta própria.

O ensino universitário estava sendo, naquela época, cada vez mais abertamente liderado por pessoas conhecidas sobretudo como mediocridades patentes.

Capítulo V

Elas ganhavam terreno, por quaisquer meios e dando cotoveladas, como dignos expoentes do partido comunista. Esses indivíduos, cheios de autossuficiência, controlavam dos bastidores a vida universitária. Os cursos dados pelos professores eram acompanhados, a cada aula, por jovens de olhares vigilantes e desagradáveis. Os cursos eram controlados por estudantes recrutados de propósito para esse fim. Realizavam anotações durante o curso, não pelo interesse que a matéria poderia surtir, mas simplesmente para relatar ao ex-"assistente", que agora assumira as funções de uma espécie de reitor secreto da universidade e orientador infalível do ensino em todas as áreas. O apelido que se deu ao ex-"assistente", que não lograva se impor diante da atenção popular por meio de sua inteligência ou preparo, nem mesmo por meio de um trabalho de compilação, foi o de "Dalai-lama". O apelido não era de todo inadequado, pois aquele indivíduo duro, seco e limitado se comportava com rigidez e dogmatismo, considerando-se predestinado a modificar fundamentalmente tanto o ensino universitário, como também o aparelho do corpo didático.

Ainda durante a fase incipiente do controle dos bastidores, quando ainda não haviam sido tomadas as medidas de reforma das ideias e quando a liberdade universitária ainda não havia sido oficialmente limitada, fui certa vez convidado à casa do Dalai-lama, que, baseando-se nos relatórios recebidos por parte de estudantes que eram empregados e pagos para espionar os mestres, fez questão de chamar minha atenção ao fato de que, em várias das minhas aulas, eu teria feito a apologia da metafísica. Fui advertido de que tal atitude "retrógrada" fora muito malvista no "partido". O Dalai-lama me aconselhou a adaptar o curso à situação e a adotar uma atitude "progressista" o mais rápido possível, a fim de que a "saudável" reforma que estava sendo preparada me encontrasse "harmonizado" de todos os pontos de vista. Aconselhou-me ainda, afável e sem rodeios, que eu me mantivesse atualizado com relação às novas ideias que vinham sendo popularizadas por meio das "brochuras" no nível de compreensão das massas. As vitrinas das livrarias, naquela altura, estavam sendo realmente inundadas por um dilúvio de brochuras. A nova cultura encontrava-se na fase dos folhetos de propaganda, e as ideias por assim dizer revolucionárias, embora de uma assustadora superficialidade, eram defendidas com uma pretensão assombrosa.

Num hebdomadário cultural, li um artigo em que um crítico literário, temperado no fogo do vocabulário soviético, esforçava-se, esmagado por dificuldades terminológicas, por demonstrar o que é "o belo" segundo a concepção marxista-leninista. Como o autor do artigo se colocava contra a estética em vigor até há pouco tempo, achei que seria o caso de levar as ideias contidas no artigo ao conhecimento do seminário que eu conduzia. O resultado foi um estupor geral. Não comentei nem combati as ideias. Apenas propus uma conclusão, ao final, à guisa de exegese. Disse num tom grave: "Conforme essa concepção de 'belo', a mais bela mulher da Europa deve ser Dolores Barulhada-Pasionaria[1] e, na Romênia – Ana Pauker.[2] Esses exemplos femininos ilustram no plano sensível, por meio de imagem, duas das mais importantes mensageiras da ideologia partidária e, como tais, realizam uma junção perfeita do conteúdo com a forma e da forma com o conteúdo." As conclusões foram por mim pronunciadas a frio, com uma objetividade e uma seriedade que não tinham como causar suspeitas. O estudante que comunicava ao Dalai-lama o que ocorria no seminário de estética ficou pasmo com a minha "harmonização". E relatou: o professor Axente Creangă parece ter adequado sua estética às exigências da nossa doutrina. Na alma dos demais participantes do seminário, porém, minhas conclusões provocaram a hilariância desejada. Era esse o ambiente sufocante de chumbo e enxofre em que a vida universitária agonizava poucos meses antes de entrarem em vigor as graves medidas de "alinhamento" do ensino superior.

Ao mesmo tempo, realizavam-se preparativos alarmantes em todas as áreas da vida nacional com vistas à futura luta de classe. Em algum lugar por entre os esconderijos das secretarias de partido, cada membro do corpo didático tinha, como tinham, aliás, todos os cidadãos, um "dossiê". Nele se registravam todas as

---

[1] Com esse trocadilho, o autor se refere a Dolores Ibárruri (1895-1989), naquela altura secretária-geral do Partido Comunista Espanhol, conhecida como *La Pasionaria*. (N. E. Romeno)

[2] Ana Pauker (1893-1960), nascida Hanna Rabinsohn, neta de um rabino moldavo, foi uma ativa militante comunista romena. Liderou o Partido Comunista Romeno desde o fim da Segunda Guerra até 1952 e exerceu a função de Ministra dos Negócios Estrangeiros e Vice-Primeira-Ministra nos primeiros anos da República Popular Romena. Por causa de seu estilo autoritário, foi apelidada pelos romenos de "Stálin de saias". (N. T.)

Capítulo V

informações que podiam ser obtidas, por quaisquer meios e de quem quer que fosse, relacionadas ao passado político e à situação material do titular do dossiê. As pessoas eram analisadas sob a óptica exclusiva dos interesses de partido, sem que seus méritos pessoais fossem levados em consideração.

Graças à indiscrição de certos funcionários que tinham acesso aos dossiês, vim a saber que eu pessoalmente tinha, entre as minhas capas, numerosas "páginas". Eu era acusado, assim como Leonte Pătrașcu, de ser "idealista" e "reacionário", de haver recusado colaborar com a classe trabalhadora, o que gerava, assim, a prova cabal de que eu estava me opondo, com resistência consciente e ostensiva, às ofertas de integração à nova vida nacional. Informações para os dossiês eram colhidas por toda a parte. De Căpâlna, da aldeia no alto das montanhas onde me exilei durante os bombardeios, chegou ao meu dossiê, graças à generosidade de sabe-se lá que linguarudo local que se tornou agente da *Securitate*, a "informação" de que eu teria me refugiado por ali em 1944 com inúmeras carroças cheias de baús repletos de "ouro". Relatores explodindo de inveja anotaram no dossiê que a "informação" seria verídica, solicitando que se investigasse como eu fizera aquela "fabulosa" fortuna. Deturparam-se estranha e perigosamente, depois de tantos anos, as histórias dos baús em que eu guardava a faiança lusitana, baús que mantenho ainda hoje nalgum lugar do sótão de casa, fechadas com cintas de chapa. Depois de tanto transporte por tanta estrada, a faiança com certeza ainda devia existir, mas quase toda despedaçada.

Da mesma fonte soube que havia uma feroz insistência no sentido de se obter informações relativas a determinados períodos da minha vida junto a pessoas que, por diversos motivos, decidiram tornar-se inimigos meus. O informador mais querido do meu passado "político" era um ex-diplomata que foi surpreendido em território romeno durante os acontecimentos de 23 de agosto de 1944, não tendo tido mais a ocasião de atravessar a fronteira. As informações assim obtidas sobre mim constituíam um feixe de dezenas de páginas agregado ao dossiê. As informações do diplomata sobre mim foram arranjadas de propósito com a clara intenção de me criar dificuldades na nova situação.

Quem era a pessoa que estava fornecendo informações que tinham o intuito de me retirar da vida pública ou até mesmo da "vida", simplesmente?

A questão deve ser analisada desde a sua origem. Na primavera do ano de 1938, fui enviado, como já devo ter dito, se não me falha a memória, como ministro plenipotenciário na Lusitânia, país europeu de finisterra oceânico. Na capital da Lusitânia, onde haveria de representar meu país, encontrei um secretário de legação que durante alguns anos exercera a função de "encarregado de negócios". A tal situação, excepcional para o seu grau na hierarquia diplomática, o secretário naturalmente se agarrava com unhas e dentes. A posição de "encarregado de negócios" produz verdadeiros estragos na psicologia dos secretários de legação em geral, pois tal posição significa uma prefiguração da de ministro plenipotenciário, à qual os jovens diplomatas aspiram desde o momento em que logram, com a ajuda das tias, que são geralmente damas de honra da Corte, passar o exame de "adidos de legação". Ademais, o "encarregado de negócios" goza, em meio à alta sociedade de todos os países, de certo modo, de todas as honras ou pelo menos de um simulacro de honras das quais gozam o ministro plenipotenciário. O encarregado de negócios representa seu país na ausência do ministro ou enquanto o cargo permanece vago na legação. Ao assinar a folha de pagamento, o encarregado de negócios recebe também a verba de representação, que por vezes equivale a um múltiplo do seu salário. É fácil imaginar o quanto se enfurece um encarregado de negócios quando chega-lhe a notícia da nomeação de um novo ministro plenipotenciário para o cargo que estava vago, o que interrompe sua situação de encarregado de negócios e o faz voltar a ser aquilo que é: secretário de legação. Ao deixar o país na primavera do ano de 1938 para assumir a função de ministro plenipotenciário na Lusitânia, fui alertado de que lá eu seria assistido nas minhas atividades por um secretário inútil e incapaz. Pelos gabinetes do Ministério ele era chamado de "Bezerro". Alertaram-me ainda que o Bezerro com auréola de diplomata seria parente próximo do então ministro do Exterior e que teria estreitos laços com o Palácio. Ao chegar à Lusitânia, país de duas primaveras e sem outono, encontrei o secretário no posto. Assumi a chefia da legação. Já no primeiro instante de nossa colaboração, o secretário começou a lamentar que a legação estava justamente passando por um momento de crise. Pedi-lhe explicações. Que crise? A crise, muito desagradável para ele, consistia no fato de que a datilógrafa da legação, uma jovem lusitana, acabara de deixar

Capítulo V

o cargo para se casar. "E daí?", interrompi-o, "encontraremos outra datilógrafa!" "Mas veja só, senhor ministro", esclareceu-me o secretário, "a datilógrafa que nos abandonou tomava conta também da contabilidade da legação, ofício extremamente complicado. Não encontraremos em toda a cidade outra datilógrafa que entenda também de contabilidade." A legação se encontrava, portanto, privada da eficiência de uma funcionária que até então gerira todas as atividades burocráticas da legação. O secretário continuou se lamentando de que não entendia de "aritmética" e que não via, por enquanto, nenhuma saída para o impasse. Pedi-lhe que me mostrasse os registros a fim de me iniciar um pouco nas questões da contabilidade, com que eu entrava em contato pela primeira vez na vida. Foi impossível obter qualquer explicação por parte do senhor secretário que assinara, ao longo de quatro anos, entretanto, na qualidade de encarregado de negócios, todos os relatórios de contabilidade encaminhados para o Ministério do Exterior em Bucareste. Logo observei que o secretário se comportava diante dos registros, que compreendiam sobretudo cálculos consulares, realmente como um bezerro. Pus à prova seu apelido e o considerei adequado. E compreendi que não podia esperar dele nenhuma iniciação às operações contábeis. A contabilidade da legação não trabalhava com grandes somas, embora abrangesse, o que é natural, todas as complicações de rubricas de um ministério. Em minha nova qualidade, considerei que não podia meter a legação a ridículo diante do Ministério do Exterior, atolando-me em semelhantes ninharias. Visto que até a apresentação das minhas cartas credenciais no país lusitano eu não tinha muito o que fazer, decidi tentar iniciar-me sozinho na contabilidade da legação. Estudando os registros e os relatórios que a datilógrafa que se casara mantivera em perfeita ordem, consegui, com um pouquinho de esforço, entender a coisa, e isso depois de um par de dias. A questão era impenetrável só mesmo para um palerma que mal conhecia as operações aritméticas básicas e quando essas produziam-lhe vantagens. No final das contas encontrei uma nova datilógrafa, mas que eu mesmo fui obrigado a iniciar nas questões da contabilidade. A legação se encontrava de novo, portanto, com a equipe completa: eu, o secretário, a datilógrafa, que era lusitana, e o empregado, também lusitano. O empregado se chamava João, nome que, na língua do país, pronuncia-se *Ju-au*. A segunda sílaba é pronunciada pelo nariz, acentuada, e se ouve como um monossílabo latido por um cão. João, que deveria ter também uns trinta anos, era uma pessoa honesta e muito prestativo.

O primeiro dia do mês numa legação é um dia especial e muito aguardado. É o dia em que chega o cheque, em libras esterlinas, com a soma total dos salários. Em 1 de junho, o senhor secretário veio mais cedo ao escritório. Mostrava-se extremamente atarefado. Passou pela minha sala. Queria que eu deixasse aos seus cuidados a distribuição dos salários e a operação de câmbio das libras na moeda local, a ser realizada no banco, pois tinha a experiência e os contatos necessários para que a operação não sofresse nenhum atraso. Consenti. Algumas horas depois, recebi meu salário; os outros funcionários, também. Para me convencer de que a operação estava em ordem, abri um jornal local para ver qual era a taxa de câmbio da libra. Através de um simples cálculo feito de cabeça, fui capaz de verificar que o secretário me dera o salário até o último centavo.

Encontrávamo-nos portanto já na rotina do trabalho e dos hábitos diplomáticos. Mais ou menos dois meses depois de eu ter assumido a chefia do posto, tive uma conversa com a datilógrafa sobre várias questões burocráticas. Então ela me disse, com um acanhamento que revestia de uma graça especial a sua beleza de tipo árabe, que o empregado João teria expressado certa insatisfação com relação ao salário que recebe.

"Como assim? Qual é o salário do João?", perguntei a Maria Luiza, a datilógrafa.

"Não sei exatamente. De qualquer modo – o senhor pode ver – ele não recebe a soma pela qual assina na folha de pagamento", respondeu-me a datilógrafa, "aliás, nem a mim chegou inteira a soma a qual assinei ter recebido."

Muito surpreendido pela novidade, perguntei-lhe:

"Quanto você recebeu?"

"Aproximadamente metade da soma indicada na folha."

"Mas como?", disse eu, admirado. "E o João?"

"Ele recebe um terço da soma que lhe cabe."

Compreendi imediatamente a situação, porém me contive e não deixei transparecer as suspeitas que me franziam a testa. Respondi à datilógrafa que o secretário haveria de chegar logo e que eu lhe exigiria esclarecimentos, pois fora ele quem fizera a distribuição dos salários. Precisei, contudo, que a mim ele dera a soma exata pela qual eu assinara, motivo pelo qual não passara pela minha cabeça que a operação toda necessitasse de um controle.

Capítulo V

A datilógrafa foi para o escritório dela. Alguns minutos depois chegou o secretário. Convidei-o à minha sala. Com um tom neutro, quase suave, perguntei-lhe: "Você entende de aritmética?"

"Há dois meses atrás eu já lhe disse que não. Mas por que pergunta, senhor ministro?", perguntou o secretário, desconcertado.

"Veja só, acho que você cometeu alguns erros de cálculo ao repartir os salários, pois tanto a datilógrafa como o empregado estão insatisfeitos com os salários que recebem", disse ao secretário.

"Sim", respondeu ele, "justamente sobre esse assunto eu queria também falar-lhe."

"Quanto eles recebem?", perguntei.

"Eles recebem exatamente os salários com que foram contratados."

"Mas os salários não correspondem com as somas pelas quais eles assinam na folha."

"Não. Mas não têm nenhum motivo para se queixar, pois eles concordaram em ser contratados exatamente pela soma que recebem."

"Restou uma diferença. O que foi feito dela?"

"Justamente sobre isso eu queria falar-lhe. A diferença é sua e eu justamente queria entregá-la." No que o secretário fez um gesto com a mão a fim de tirar sua carteira do bolso.

"Não se apresse", disse-lhe, "pois ainda não considero a situação completamente esclarecida."

O secretário, readquirindo a calma após manifestar uma agitação muito desagradável que revelava sua burrice e torpeza, continuou:

"Veja, senhor ministro, no fundo, aqui na legação o senhor é soberano. O senhor contrata empregados dessa categoria por meio de um acordo. A diferença é sua. Garanto-lhe que terá grande necessidade dessa diferença, pois a vida diplomática exige grandes gastos. Como é que o senhor cobre as necessidades impostas pela representação?"

"Com a verba que me é enviada para esse fim", respondi-lhe.

"Pouco demais", replicou o secretário, instantâneo.

"Talvez, mas vou-me restringir à soma que é colocada à minha disposição. Não posso 'representar' às custas da datilógrafa e do empregado", precisei eu sem sair nenhum pouco do tom uniforme que me autoimpusera.

"O senhor ministro vai se arrepender. E, aliás, tanto o empregado como a datilógrafa aceitaram eles mesmos, sem qualquer coerção, os salários líquidos que recebem. Eles não podem fazer nenhuma exigência com relação à diferença."

"Tem razão de certo modo", respondi, "mas nesse caso a diferença deve ser restituída ao Ministério do Exterior, que pôs à nossa disposição somas em cujos limites podemos contratar tais funcionários."

O secretário teve o rosto tomado por uma forte palidez, mas logo se recuperou de novo:

"Seria um grande erro, senhor ministro, e veja por quê. Se restituirmos a diferença, correremos o risco de ficar sem pessoal. O Ministério, uma vez informado, alocaria na folha para os nossos funcionários apenas as somas que eles realmente recebem agora. O que acontecerá se esses funcionários, descontentes com seus salários, forem embora? O senhor acha que vamos encontrar tão fácil outros dispostos a serem contratados nas mesmas condições? Dificilmente! Conheço bem os hábitos do Ministério, o modo de pensar da Direção de Contabilidade. Imaginemos porém encontrarmos outras pessoas dispostas a trabalhar, mas por salários maiores. Qual seria a consequência? Nas condições presumidas, seríamos obrigados a pedir ao Ministério um acréscimo de verbas para essas funções. O Ministério nos responderia imediatamente que os salários não podem ser modificados durante o ano orçamentário, de modo que, provavelmente, passariam anos até obtermos o acréscimo e, nesse meio tempo, a legação correria o risco de não encontrar empregado, nem datilógrafa." Os argumentos do secretário não eram necessariamente os de um "bezerro". Dei-me conta sobretudo de que ele meditara longamente sobre a situação precária e delicada da administração dos ministérios.

Por um instante hesitei.

"Tem razão em certos aspectos", disse ao secretário, "não seria prudente restituirmos a diferença ao Ministério. Mas, nesse caso, só vejo uma solução: pagaremos integralmente os funcionários com as somas pelas quais assinam."

"O senhor ministro vai se arrepender, a vida diplomática é muito cara", tentou ele de novo demover-me da minha decisão.

"Olhe aqui, amigo", disse-lhe, "você enxerga as coisas de uma maneira, e eu, de outra. Não me interessa como você resolveu esse problema durante a sua encarregatura, mas eu entendo que, a partir do momento em que assumi o posto, os funcionários em questão devem receber os salários pelos quais assinam na folha." E, depois de um instante de silêncio, perguntei ao senhor secretário: "Você me permite arranjar a situação com eles pelo tempo em que você foi encarregado de negócios?"

"Como?", ergueu-se o secretário, assustado.

"Como? Muito simples. No sentido da sua opinião de que o chefe da legação é 'soberano' na legação, você foi 'soberano' e resolveu as coisas a seu modo. Agora eu sou 'soberano' e resolverei as coisas a meu modo."

"De acordo", apressou-se em responder o secretário, de certo modo aliviado, "mas com o tempo o senhor vai ver que eu resolvi melhor as coisas."

Estendi a mão ao secretário, para que atravessasse mais fácil a humilhação que tivera de sofrer diante do próprio raciocínio, pedindo-lhe, com um sorriso, que me deixasse sozinho com os dois funcionários insurgentes.

Depois de alguns instantes o secretário foi embora, levando sua correspondência pessoal que chegara naquela tarde e que segurava com volúpia na mão. Aliás, já fazia algum tempo que ele só costumava vir ao escritório para pegar a volumosa e variada correspondência que mantinha com vampes ou mulherzinhas selvagens de todo o planeta. Dispensei-o com prazer de outras tarefas ao observar que, em qualquer atividade que tentasse realizar no escritório, ele só conseguia atrapalhar as coisas. O bezerro só possuía aptidões para a vida mundana, em cujo contexto a inteligência e a capacidade de uma pessoa não são postas absolutamente à prova.

Depois de o secretário ter ido embora, chamei até minha sala a datilógrafa e o empregado. Pedi à datilógrafa, com quem eu me entendia numa mistura franco-lusitana, que fosse a intérprete entre mim e o empregado, que não falava outra língua senão a de seu país. A datilógrafa traduziu do francês o que eu tinha a dizer ao empregado e me interpretou, em sentido inverso, as respostas do João.

"João, a senhorita datilógrafa me disse que você está insatisfeito com o salário que recebe na legação. É verdade?"

João deu timidamente de ombros. Por fim, abriu a boca.

"Veja, senhor ministro, tenho família e é difícil eu aguentar com trezentos escudos. Fui obrigado a arranjar mais um emprego. Nas horas livres eu saio correndo distribuindo cartas, para ganhar outros duzentos. Mas é difícil encarar dois empregos. Minha saúde está se arruinando. Tendo em vista que na folha eu costumo assinar por uma quantia maior, pensei em chamar a atenção de vossa excelência..."

"João, pode me dizer com que salário você foi contratado pelo senhor secretário?", perguntei.

"Com trezentos."

"Então por que está insatisfeito? Você não recebeu esses trezentos regularmente?"

"Sim", respondeu João, "recebi-os regularmente." Temeroso, ele pareceu querer bater em retirada. "Não poderia dizer que estou insatisfeito", continuou João, "mas tenho família, esposa, três crianças pequenas. Fui obrigado a procurar mais um emprego, o que me impede de estar o dia todo à disposição da legação... De maneira que pensei em lhe pedir..."

"Olhe, João, estou bastante surpreso com o que você me contou sobre o segundo emprego. Não sabia disso. Saiba que eu não posso mais tolerar semelhante situação. Um assalariado da legação não pode servir noutra parte. Mas olhemos para as coisas mais de perto. No final das contas, trezentos escudos não é uma soma desprezível aqui no seu país. E ainda mais: você reconhece ter sido contratado pelo senhor secretário por trezentos mas, por outro lado, dá uma olhada no que está escrito na folha! Isso não é bonito. O senhor secretário diz que o chefe da legação é soberano e emprega os funcionários por meio de acordo pessoal. Você concordou? Concordou. Então, por que a insatisfação?"

"Concordei", respondeu João, "e estou disposto a continuar servindo. O senhor, porém, é soberano, tem toda a razão o senhor secretário. Por isso mesmo me atrevi a lhe falar das minhas dificuldades financeiras. Esperava que o senhor tivesse a bondade..."

"Sim, João, eu entendo, e eis que eu quero corrigir a situação. Vou-lhe oferecer outras condições. Que tal quinhentos por mês, mas com a renúncia ao segundo emprego? Para que você fique permanentemente à nossa disposição..."

João esboçou um gesto de inclinação dos ombros, no sentido de que a proposta não o desagradava. Suas dificuldades diminuíam pela metade. Poderia ganhar no futuro, com um só emprego, o quanto ganhava agora com dois.

"Então estamos entendidos, João, a partir de agora você receberá seiscentos escudos por mês. Mas deve desistir do emprego de carteiro."

"Seiscentos?", interrompeu-me João. "Mas antes o senhor falava de quinhentos!"

"Equivoquei-me, João, acho que dessa maneira você estará plenamente satisfeito. Com um só emprego, poderá ganhar mais do que os dois juntos até agora."

Capítulo V

"Com seiscentos, senhor ministro, estou bastante satisfeito. Agradeço-lhe do fundo do meu coração e em nome das minhas três crianças." João se iluminou.

"João, fico feliz em saber que estamos de acordo. Continue com o seu trabalho dedicado. O senhor secretário me contou que você desempenha o serviço com muito zelo. Espero que possa servir a mim da mesma maneira. Faça isso, João. Sei apreciar todo trabalho honesto. Quero que você se sinta bem e satisfeito a serviço da nossa legação. Que não passe necessidades. No dia primeiro do mês você então vai receber seu novo salário. Quanto foi que eu disse? Setecentos escudos!"

"Seiscentos, senhor ministro!"

"O quê? Quanto foi que eu disse?"

"O senhor errou agora no fim, disse setecentos em vez de seiscentos", João fez questão de retificar.

"Como assim seiscentos? Errei nos cálculos, João! Setecentos você vai receber de hoje em diante. Setecentos! Entendeu? Nenhum tostão a menos."

João começou a se sentir alçado em outras esferas.

"Com setecentos serei digno de respeito e não terei mais preocupações! Vou-me empenhar o triplo. Serei seu servo fiel, excelência! Como posso agradecer?"

"Você trabalhou, João, até agora o quanto pôde. Estou satisfeito com o seu modo de executar o serviço. Meu desejo era livrá-lo do segundo emprego, que não é compatível com a situação de assalariado de uma legação. Então estamos de acordo. Mas não me venha com queixas de novo no mês seguinte! Ponderado como o conheço, espero que lhe bastem oitocentos escudos mensais, que é quanto você receberá a partir de hoje!"

"Oitocentos? O senhor ministro errou. Perdão, excelência, mas o senhor realmente errou. Tratava-se de setecentos", apressou-se João, de novo, a retificar.

"Que setecentos, João? Por que você sempre me atrapalha com seus cálculos? Quero lhe fazer um bem e você, em sinal de agradecimento, fica me retificando? Não sabe se comportar com um 'soberano'? Que maneiras são essas? O que eu digo está dito. Entendeu, João? Não me interrompa mais! No primeiro dia de cada mês você receberá, assim como já lhe repeti inúmeras vezes, novecentos escudos! Se estiver contente, ótimo, caso contrário, pode ir embora!"

"Novecentos escudos! É de enlouquecer, senhor ministro!" E, com tais palavras, bradadas com um gemido selvagem, João saiu correndo pela porta. A soma que enlouqueceu João não era outra senão exatamente aquela pela qual ele assinava na folha de pagamento.

Permaneci com a datilógrafa. Maria Luiza emudeceu ao ouvir o gemido de alegria de seu compatriota.

"As conclusões dessa cena são válidas para você também", disse-lhe eu, "que passará a receber a soma pela qual costuma assinar na folha de pagamento."

E, assim, concluí o espetáculo improvisado a meu bel-prazer. A partir dessa cena, gratuita em si, começou a inimizade que haveria por mim nutrir o senhor secretário. Seria ele capaz de engolir a humilhação diante de seu próprio raciocínio? Muito difícil! As inúmeras trapalhadas que ele ainda haveria de me fazer na legação, de propósito ou por incompetência, poderiam compor toda uma crônica. A todo passo eu fui levado a desembaraçar o que ele obstinadamente enrolava. Fui obrigado a suportar suas embrulhadas, sua imbecilidade, sua arrogância e sua incapacidade. Não podia nem pensar em pedir a substituição de um funcionário que era parente próximo do ministro do Exterior e que tinha conexões amistosas no Palácio. Só do salário da datilógrafa anterior, aquela que se casara nos primeiros dias da minha chegada à Lusitânia, o secretário retivera, ao longo de quatro anos, um pequeno patrimônio. Eu não haveria de implicar, nem então, nem mais tarde, com a torpeza de um semelhante cavalheiro. Contentei-me com o espetáculo, mais humorístico do que judicial, que dirigi no palco íntimo entre as quatro paredes do meu escritório na legação, espetáculo por meio do qual ofereci reparações ao empregado e à nova datilógrafa. Dez anos depois, o secretário-diplomata, já de volta à Romênia antes da eclosão da guerra, haveria de se vingar à altura da sua baixeza, e com consequências suficientemente graves para o resto da minha vida.

❧

O terror policial multiforme acentuava-se de um dia para o outro. Nas novas circunstâncias nacionais encontrávamo-nos, junto a inúmeros outros intelectuais, ofendidos a cada instante em nossa consciência de homens livres, totalmente à mercê de monstros com aparência humana que conheciam apenas aspectos sumários do passado deste povo, mesmo assim eles também falsificados de acordo com

Capítulo V

os interesses do partido e com a vontade de dominação de uma corja estrangeira que se sobrepunha à vida estatal.

Umas das mais perigosas "informações" que se encontravam no meu dossiê vinham de pessoas escolhidas, não se sabe como, entre os meus próximos que, pelos mais variados motivos, transformaram-se em adversários das minhas metas e dos meus caminhos. Eles eram orientados a escrever usando veneno no lugar de tinta e a revelar aos interessados os mais imaginários "fatos", matéria-prima para uma eventual base de acusação. Descobri, repito, que o mais terrível informante colocado no meio do meu caminho foi o ex-secretário de legação que, incapaz de resistir a uma confrontação com o seu próprio pensamento, muito menos resistiria a uma confrontação com a lei que pairava sobre nós todos. O "Bezerro" foi convidado a dar referências sobre a minha atividade "diplomática" do período em que eu fora ministro plenipotenciário na Lusitânia. Minha atividade diplomática se resumia, em conjunto, ao seguinte: Axente Creangă preparou sistematicamente o terreno para o refúgio do Rei Carol II na Lusitânia, tendo contribuído na sua fuga para a Espanha, onde, como se sabe, o rei foi retido e preso numa cidadela por alguns meses. Eis como o benevolente informante, que gozara, por cerca de quinze anos, de todos os privilégios da casta diplomática só graças às suas relações de amizade mantidas no Palácio, apresentou um detalhe insignificante e inofensivo da minha atividade diplomática de outrora. Em que medida podia-se suspeitar da minha cumplicidade na fuga do rei e na preparação do seu "exílio" torna-se bastante claro a partir do que foi contado neste livro. Por desejo do rei, intervim no passado para que o médico lusitano Ribeira pudesse remendar as falhas de sua profissão. Por minha influência, arranjei-lhe um cargo numa famosa empresa petrolífera que estava justamente sendo inaugurada na Lusitânia. De toda a acusação que se fazia agora contra mim, é verdade apenas que o médico lusitano haveria de realmente ajudar o Rei Carol, dois ou três anos mais tarde, a fugir para a Espanha, mas como é que eu poderia ter adivinhado tais acontecimentos com tanta antecipação? O "Bezerro", porém, apresentou toda a minha atividade diplomática como "preparação sistemática" de fatos que não existiram nem mesmo em estado embrionário durante o período em que me encontrei na Lusitânia. Fui considerado "responsável" pelo fato de o Rei Carol ter fugido da Espanha e por ter "preparado sistematicamente" o terreno para um eventual exílio do rei. A acusação era absolutamente infame. E nem conseguia entender muito bem como pôde ter sido inventada por um diplomata com auréola de "bezerro". O patife secretário de outrora se vingou com uma perfídia sem igual, com uma perfídia da qual, levando-se em conta sua inteligência reduzida, eu não acreditava que fosse capaz. Tal circunstância me fez suspeitar que a acusação feita pelo Bezerro em seus relatórios fora-lhe sugerida por parte daqueles que estavam incumbidos de constituir o meu dossiê e que precisavam de tal acusação na luta de extermínio que haveria de se desencadear contra mim.

Inesperados e estranhos significados podem assumir os fatos e os acontecimentos da nossa vida na perversa perspectiva da "luta de classe". O Bezerro vinha preparando a vingança fazia tempo. Essa foi a tempestade tardia que eu tive de colher depois do vento semeado dez anos antes. A cena com João e do seu gemido de alegria quase que haviam desaparecido da minha memória, até as indiscrições de um conhecido em cujas mãos caíra por um instante o meu dossiê a despertarem com a acuidade de todos os detalhes. Essa foi a vingança do Bezerro por eu ter interrompido, nos anos de devassidão e corrupção do liberalismo, a possibilidade de espoliar os subalternos. E essa vingança se deu em conformidade com uma existência por assim dizer mais correta, com uma ordem socialista que pretensamente aspirava por afastar qualquer exploração do homem pelo homem.

Justo nesse período de espessamento dos dossiês, ocorreram mais algumas coisas que acrescentaram novas páginas ao meu, dificultando indizivelmente a minha situação, que já era bastante precária. Num belo dia, a estação de rádio de Londres anunciou que Simion Bardă, conselheiro da nossa legação na Inglaterra, demitiu-se de suas funções e solicitou asilo político ao governo britânico. Um boato atravessou a nossa cidade. Pois é! Simion Bardă, ex-assistente do professor Axente Creangă! Demitiu-se por não concordar mais em servir um regime que considera contrário aos interesses do povo romeno! E mais um boato cruzou a urbe: será que não foi Axente Creangă que lhe sugeriu assim proceder? Foi suficiente que tal suspeita passasse pela cabeça vigilante de um chefe de partido para que se adicionasse uma imperdoável acusação contra Axente Creangă. Poucos dias depois, deparei-me com uma busca domiciliar. Investigaram com um zelo ingênuo, primitivo e furibundo, minha correspondência, meus manuscritos, meus livros. Desarrumaram minha biblioteca. Não foram encontradas em meu poder

Capítulo V

as supostas provas que demonstrariam qualquer cumplicidade na decisão espetacular tomada por Simion Bardă de se demitir ou na sua declaração, cheia de volteios retóricos, de desaprovar e condenar o regime que se instalara em nosso país. A suspeita, contudo, continuou pairando sobre mim.

Os indivíduos que realizaram a busca em minha casa descobriram numa parede do meu escritório, que se tornara, naqueles dois anos, sala de jantar e dormitório, o retrato que me fizera Alina Stere. Pegaram meu retrato: "Aha! Eis a prova de suas conexões com os emigrantes romenos, com os traidores da pátria!" Descobri naquela altura que Alina Stere renunciara há pouco tempo ao passaporte romeno, tornando-se cidadã francesa. Por ocasião da mesma busca, fui interrogado com relação aos baús "repletos de ouro" que eu estaria mantendo escondidos: "Onde está o ouro que você deveria ter entregado ao Banco do Estado por ocasião da reforma monetária?" Mostrei àqueles que esburacavam minhas paredes e levantavam as tábuas do meu assoalho os baús contendo azulejos lusitanos: "Estes são os baús que espalharam, em Căpâlna, a história do ouro dos Montes Apuseni." Ao abrir os baús, constatei que a maior parte dos azulejos estava quebrada. O que me entristeceu profundamente, fazendo-me relembrar por um instante todas as viagens, todas as paisagens por onde carregamos conosco esses baús. Restou-me ficar com cacos e com a calúnia das histórias. A inocência que eu procurei provar apontando para o monte de cacos lusitanos não foi capaz de anular a suspeita, que continuou me perseguindo por toda a parte.

Eu era tido como inimigo do povo!

❦

No fim de 1948, correu entre os estudantes o boato de que, até a retomada das aulas no ano seguinte, período em que se definiria a reforma do ensino superior, eu haveria de ser "depurado" por "ter sido um expoente" da intelectualidade "reacionária", por "ter sido um expoente" da realeza e da burguesia e por muitas outras culpas consignadas num dossiê secreto. Ter sido um expoente da burguesia se transformou numa qualidade indescritivelmente pecaminosa, capaz de fazer submergir qualquer um com o seu peso, não importando quão bem soubesse boiar. Ser um "expoente" da burguesia tornou-se, na perspectiva da doutrina marxista-leninista, o equivalente ao "pecado original" da velha teologia. Desse pecado não havia como escapar, a não ser talvez por meio de uma espécie de um novo "batismo", graças ao qual a pessoa se tornava membro da nova igreja. Os estudantes, desnorteados, divididos em pequenos grupos, amedrontados, não reagiram de maneira alguma diante da minha iminente depuração. Protestos virtuais emudeceram no longo caminho, cheio de obstáculos, que vai do coração ao céu da boca.

Durante o calor do verão, os professores universitários, entre os quais alguns membros da Academia Romena, fomos submetidos, como um rebanho, a uma iniciação à doutrina marxista-leninista que, embora relativamente jovem, envelhecia antes da hora, transformando-se, exatamente como na velha teologia, numa escolástica complicada, cheia de pseudoproblemas visíveis e irritantes. Os conferencistas "oficiavam" suas aulas, que tinham o perfeito caráter de uma catequização. No lugar de argumentos, só ouvia "citações" dos clássicos marxistas. Procedia-se exatamente como nos seminários teológicos, em que, igualmente, ao invés de argumentos, ouvem-se citações dos Santos Padres. O método de ensino era igual àquele praticado pelos catequistas. Mas o nível desses cursos marxistas era de escola primária.

Mais ou menos na mesma época começou uma forte propaganda para eliminar o analfabetismo no país. E, sem dúvida, dedicaram-se esforços intensos naquela direção. Professores e professoras, acadêmicos e mestras foram orientados no sentido de visitar bairros em que a ignorância era endêmica e, também, todos os cidadãos de todas as idades que jamais haviam frequentado uma escola na vida. Realizou-se, aparentemente, um trabalho útil. Mas, em paralelo com a alfabetização, desenrolou-se também outro processo: a analfabetização da intelectualidade. Os intelectuais foram coagidos, por todos os meios e sobretudo sob a ameaça de serem depurados de seus serviços, a absorver os elementos da doutrina absoluta. A intenção do sistema era a de imbecilizar a intelectualidade do país, que não deveria mais pensar, mas apenas repetir de cor o catecismo da matéria. Uma repugnância insuperável, uma repugnância profunda e mortal me invadiu. Jamais fora, em toda a minha vida, dominado por um cansaço tão devastador como depois daqueles dez dias de catequização e de iniciação, sem possibilidade de discussão, à sagrada e infalível doutrina. Fui mais uma vez visitado, ao mesmo tempo, pelo pressentimento de que tudo era vão.

Capítulo V

Meu passado, com fatos diurnos e acontecimentos noturnos, com luzes e sombras que me ajudaram a florescer, voltava-se agora contra mim, deturpado pela imaginação perversa de tantas pessoas que, apesar de tudo, pareciam ser meus semelhantes. O passado se despejou sobre mim. Em breve haveria de me tornar indesejável naquela cidade. Haveria de ser provavelmente mandado para alguma cidadezinha provinciana. Eu nutria uma única esperança nas trevas do desolamento. Talvez, ao longo da minha caminhada por essa terra, ainda houvesse de me encontrar em algum lugar com dona Ana Rareş, a saudação do céu azul.

❧

De uma semana para outra, de um dia para outro, a vida nacional era chacoalhada por acontecimentos tão previsíveis quanto imprevisíveis. Tomavam-se medidas em cima de medidas, num ambiente de grave tensão, todas no intuito de dissolver a burguesia, a frágil e embrionária burguesia que os romenos da Transilvânia lograram formar, mal ou bem, nas duas décadas de vida livre dentre as duas guerras mundiais. O outono de 1947 parecia o prelúdio de um período sísmico. Terremotos sociais, com maciços deslocamentos de terra, eram calamidades que preocupavam nosso quotidiano e nossos corações. As catástrofes sucediam-se conforme o ritmo imposto pelas circunstâncias. O ouro, equivalente à consciência burguesa, os "tesouros", absolutamente irrisórios se comparados ao capital amealhado ao longo de séculos pelas mãos, tão largas quanto um oceano, dos capitalistas ocidentais, foram liquidados no nosso país com a rapidez de um curto-circuito. Foi suficiente uma inflação de proporções astronômicas, provocada por necessidade mas também de propósito e em seguida uma "estabilização" da moeda em condições de banditismo de Estado, para que os bens da burguesia e a economia dos camponeses se pulverizassem da noite para o dia. Não era mais segredo para ninguém que o Estado romeno, que dessa maneira despojava os cidadãos de todo o capital disponível, tornava-se apenas formalmente o novo proprietário do patrimônio que se exprimia numa moeda dentada amarela. O verdadeiro senhor era, de uma maneira ou de outra, o grande vizinho do Leste. O Banco Nacional da Romênia se transformou num mero canal pelo qual o elemento nobre, o sangue solidificado da nossa economia, escorria para o Oriente. Como consequência psicológica da maneira como esvaziavam nossos bolsos e nossos esconderijos de "galinhos",[3] fomos dominados pela sensação de que tudo acabaria escorrendo para lá e que, num belo dia, haveriam de roubar até mesmo as nascentes de água dos bosques e a lua do nosso céu.

Na nova situação econômica pós-estabilização, criada artificialmente e só aparentemente normalizada, os assalariados podiam viver com mais conforto com as novas remunerações. Com certeza podiam, se o meio rural continuasse mandando, como antes, em alforjes e potes, suas mercadorias para o meio urbano. Os camponeses, porém, uma vez enganados, ficaram desconfiados. Eles não se alegraram nem um pouco ao se verem despojados, em nome da estabilização, do seu dinheiro, mesmo se degradando por causa da inflação. Assim, eles perderam a confiança no novo papel-moeda emitido, aliás, por uma tipografia que não tinha nada a ver com os critérios do nosso gosto. O novo papel-moeda arranhava nossos olhos com seus arabescos e suas molduras visivelmente improvisadas por uma mão estrangeira. Os preços começaram de novo a subir graças a uma inércia que comandava os fenômenos mecânicos. Em menos de um ou dois meses, as dificuldades da época da inflação fizeram-se sentir novamente, de um modo mais suave, porém. Os assalariados viram-se de novo obrigados a completar seus ordenados com o que conseguiam vender no mercado de pulgas. As pessoas decerto já não tinham mais "galinhos" disponíveis para serem transformados, conforme a necessidade, em cédulas novas. Os galinhos que não foram entregues ao tesouro nacional foram escondidos embaixo da terra, esperando, como os mortos, ressuscitarem no dia do Juízo Final. Funcionários com ordenados fixos passaram a vender seus pertences: almofadas furadas, cobertores roídos, tapetes destramados, velhos armários cambaleantes, louça lascada, faqueiros de prata enegrecida pelo tempo, lotes de quintal invadido por ervas daninhas – para enfrentar a onda cada vez mais evidente de aumentos. A nova moeda, que, ao começar a entrar em circulação, tinha um apreciável poder de compra, aliás muito teórica, manteve suas virtudes só enquanto não se encontrava nada para comprar. Quando os camponeses, obrigados pelas circunstâncias, puseram-se a levar para as feiras os legumes

---

[3] Expressão popular utilizada para designar antigamente, na Romênia, moeda francesa de ouro, no valor de vinte francos, com o desenho de um galo. (N. T.)

Capítulo V

de outono, até mesmo um punhado de cebola congelada era capaz de destruir o mito da nova moeda.

Encontrávamo-nos às vésperas de grandes transformações. Modificações a nível político eram planejadas em segredo. A burguesia desnorteada, compactuada com o partido dos trabalhadores, as alas oportunistas dos partidos que já haviam sido há tanto tempo retirados do cenário político, e as frações que colaboraram na emissão da certidão de óbito da burguesia começaram a pedir as contas. Era de se esperar que, dentro em pouco, esses grupos tolerados pelo governo viessem a ser defenestrados. As corujas profetizavam, arrulhando, uma transformação "mais rápida do que se imaginava" da realeza. O jovem rei deveria ser mandado para o estrangeiro para procurar uma esposa. E, uma vez no Ocidente, com certeza não voltaria mais. De qualquer modo, em todas as esquinas se falava, aos cochichos mas com insistência, de uma iminente proclamação da república. O grande Stálin, aliás, pouco tempo depois do fim da guerra, ofereceu ao nosso rei um presente deveras simbólico: um avião.

Em tais condições, como era possível me concentrar em trabalhos literários? Quando tinha inspiração, não tinha tempo. Quando tinha tempo, não tinha inspiração. Na verdade, extinguira-se em mim qualquer entusiasmo, e as horas produtivas desapareceram completamente do meu alcance. Preocupado quase que exclusivamente com a administração dos recursos vitais, com a atenção dirigida aos acontecimentos que me cortavam a respiração, não conseguia mais implantar, no meu íntimo, a solidão necessária à criação. A cada dia, a incapacidade de me concentrar nos meus próprios pensamentos era acobertada por um estado de vigília apreensivo, dirigido para fora. Tinha de fazer algo, porém, para não neurastenizar de vez. Com o que começaria?

Os cursos na Universidade, suspensos várias vezes por semana, as aulas anuladas por parte dos decanatos e da reitoria, para tornar possível uma "importante" reunião estudantil, não tinham como preencher minha existência. Ou pelo menos não na medida de gerar alguma satisfação. Minha atividade didática foi também minada pela percepção cada vez mais clara de que tudo o que dizia no curso era comunicado ao censor marxista da Universidade. Pressenti, aliás, que minha atividade estava ameaçada por um prazo. O fato de eu não ter sido eliminado do ensino no início do novo ano universitário deveu-se a um golpe de sorte que com certeza não haveria de se repetir. Numa reunião mantida no Ministério da Educação, o próprio ministro, referindo-se a mim, teria dito: "Por enquanto ainda precisamos dele! Por enquanto..."

A cada manhã eu despertava com a mesma pergunta nos lábios que temiam pronunciá-la: com o que começarei? A atmosfera plúmbea da minha alma se refletia na cerração pesada que, vinda do Vale do Someş, cobria a cidade, invadindo ruas e jardins. Nessa atmosfera, comecei a sentir de repente viver isolado demais dos meus próximos. Que tal seria retomar o contato com eles? O quê? Sim, que tal lhes fazer visitas? Ou passear pelo campo com algum velho amigo? Será que eu tinha amigos naquela cidade? Sim, tinha, embora os tivesse meio esquecidos.

Pôr-me a frequentar as casas dos intelectuais da cidade! E assim descobrir mais alguma coisa que o destino pretendesse nos trazer! Conversar sobre as questões do dia! Ao menos preencher meu tempo com alguma coisa! Se eu começasse a sangrar pelos problemas alheios, e não só pelos meus, talvez a situação se tornasse mais fácil de suportar! Mas a vida social foi para mim sempre o aspecto mais desagradável da existência terrestre. Durante alguns anos da minha vida, era incapaz de me decidir a visitar alguém semanas ou mesmo meses a fio. Só na carreira diplomática, que agora me parecia perfeitamente alheia ao meu ser, fui obrigado, pela natureza da missão que eu realizava, a assumir esse indescritível fardo das "visitas", das visitas que sempre me deixavam com um gosto de cinza na boca. Mas também naquela altura, no perigo ou no exílio dourado da diplomacia, procurei reduzir tudo a um mínimo estritamente necessário. De certo modo eu cumpria com o meu dever de diplomata, para que ninguém dentre os que zelavam pelos interesses nacionais pudesse me censurar por eu não ter mantido contato com os meios em que devia desenvolver minha missão temporária. Jamais encontrei contudo um mínimo grão de afinidade entre a minha natureza e aquela carreira que eu havia abraçado por um capricho do destino. A vida diplomática de outrora, com suas dificuldades, revelou-me o mais agudo problema das minhas deficiências de sociabilidade. Ao invés de me acostumar, com o passar do tempo, assim como realmente desejava que acontecesse, e respirar mais à vontade naquele vácuo intelectual, eu reagia diante das exigências da vida mundana com uma timidez cada vez maior, com hesitações cada vez mais embaraçosas. A minha incapacidade inata de socialização não podia ser curada com doses pequenas, nem com doses

Capítulo V

grandes de vida mundana. Minha insociabilidade era simplesmente uma doença incurável. Ao invés de se atenuar com o passar do tempo, ela assumiu a forma de uma alergia. Não me parece nada engraçado relembrar hoje a resistência psíquica que eu mobilizava diante do mais inocente convite para um chá ou almoço. Um detalhe desagradável pode ilustrar o meu estado de então. Naqueles anos eu sofria de uma urticária que irrompia com intermitências. Não entendia muito bem a causa dos surtos de urticária. Atribuí o problema ao copo de vinho ou de frutas exóticas, ou sobretudo aos morangos cultivados que eram-nos oferecidos durante os chás ou almoços diplomáticos. Foi o que achei durante algum tempo. Mas minha suspeita foi desmentida pelo fato de os surtos por vezes virem também quando eu me abstinha rigorosamente de vinho ou morangos. Hoje, tanto tempo *post festum*, tendo a crer que os ataques de alergia surgiam em primeiro lugar por causas psíquicas. Eu não suportava "espiritualmente" os chás diplomáticos! Eles ocorriam numa atmosfera de deplorável mesquinhez, reduzindo-se a encontros com as mesmas pessoas conhecidíssimas e vazias por dentro. A arrogância daquelas pessoas revestia pobres almas construídas por algumas frases estereotipadas. Esse espetáculo formal do encontro com as mesmas pessoas costumava ocorrer algumas vezes por dia. Pois pelo menos quatro ou cinco ministras de legações e embaixadas estrangeiras de uma capital concorriam para estabelecer chás diplomáticos para a mesma tarde. Era essa a forma que assumia a rivalidade entre as nações no período do entreguerras. Ao longo dos anos em que se estendeu, por meio da diplomacia, o meu *exílio*, o destino não me reservou nem mesmo uma conversa interessante com uma das "feras" dos salões. Todas as feras eram de papelão. As conversas entre os diplomatas pareciam ser emitidas a partir de discos que crepitavam por trás de suas testas estreitas e inexpressivas. A internacional diplomática era formada por palermas que, na idade de vinte e um anos, começavam a dar sinais de decrepitude e, aos cinquenta, já estavam completamente mumificados. O gênero diplomático se reduz ao gesto, à segurança do passo no assoalho, ao vazio domesticado e submetido a formas. Com semelhantes tentações, é claro que a vida mundana não foi capaz de me atrair ou de me prender de alguma maneira. Quanto à minha sociabilidade, é significativa a piada que se fez às minhas custas numa determinada circunstância, quando uma simpática senhorita, que acabara de conhecer e que já tinha ouvido algo sobre minhas preocupações literárias, perguntou-me com certa timidez se eu era "mundano". "Não, senhorita", respondi-lhe dando risada, "sou apenas semimundano!" Minhas palavras perfeitamente inocentes e que continham implicações alusivas sem qualquer intenção, pelas quais as mulheres mundanas eram comparadas às semimundanas, circularam por algum tempo naquela sociedade diplomática como uma resposta espirituosa que me criou, entretanto, uma lenda exagerada de casmurro.

Agora também minhas duvidosas aptidões de pessoa sociável eram colocadas de novo à prova. Mas em condições completamente diferentes. Em condições de certo modo diametralmente opostas. Em condições das mais precárias, em que o espaço permitido à vida social se estreitava mais a cada dia. Todos os aspectos da vida burguesa cujo corolário fora até então a vida mundana sofriam compressões e supressões. Fui eliminado aos poucos do espaço espiritual que adorava com todo o meu ser. Fui retirado vagarosamente da literatura e do teatro. Fui submetido a graves coerções no que toca à redação de cursos universitários em cujo contexto assumi, apesar de tudo, alguns riscos ao elogiar de maneira superlativa a poesia de sensibilidade metafísica. Tudo isso, bem como as advertências que me foram transmitidas por parte do censor ideológico da Universidade, fez com que eu me sentisse cada vez mais reprimido. A atmosfera moral da cidade se tornara viciada e irrespirável. Já havia quase três anos que eu não punha no papel um verso sequer. Nenhum ato criativo me desafiava. Quase comecei a invejar os jovens que escandiam com incrível virtuosismo as sílabas de poemas que escorriam de suas penas junto com a lágrima de tinta. Por vezes, tomado pelo pesar dos dias irremediavelmente passados, fitava minhas plaquetes e volumes publicados anos antes, enfileirados em pé na tábua polida da minha mesa. Parecia-me inverossímil eu ter escrito poesia alguma vez na vida. E essa sensação revestia-se de uma acuidade absolutamente dolorosa. Só os meus livros constituíam testemunho dos meus anos de impetuosa fertilidade. Era realmente eu o pai daqueles livros? Meu estado civil de autor parecia ter sido invalidado pelo remoinho dos anos. A poesia foi o meu país. Enveredei num determinado momento, num êxodo apavorante, por um caminho sem saída. Um êxodo só é suportável quando existe um outro país em vista. Sem tal promessa, qualquer êxodo mata aos poucos ou de uma vez. Essa esterilidade constituiria meu estado crônico? Esse era agora o meu maior temor.

Capítulo V

Uma revolução em marcha é capaz de inspirar alguém? Aparentemente, sim. Eis quantos jovens, prontos para se engajar a qualquer momento sem envolvimento e sem complicações. Mas esperemos um pouco e ponderemos. Na verdade, o que faziam os poetas engajados? Os assim chamados poemas que eram publicados eram de fato artigos versificados. O partido, orientado em geral por critérios puramente quantitativos, os encomendava com dimensões muito precisas: dez centímetros, um metro. Tais jovens não eram invejáveis. A política da criação tornara-se uma política de extermínio das musas e, enquanto as casas de prostituição eram desmanteladas, a prostituição do verbo florescia como nunca.

Ainda haveria de reencontrar o caminho para a poesia?

Não tinha mais esperança alguma. Essa sensação de vazio sufocante era especialmente intensa ao entardecer, quando descia os degraus da Universidade, depois do curso. Era uma descida da vida para a morte. Mas a morte é preferível à esterilidade.

❦

O tempo que me restava livre, para além dos preparativos e dos horários do curso que eu dava na Universidade, era bloqueado por preocupações aniquilantes. Não me faltava tempo, mas tempo que não fosse bloqueado por preocupações. Não poderia dizer que a vida em família dispensasse minha presença. Dora não dava sinais de que poderia se adaptar às condições de vida que mal esboçavam sua futura gravidade. Ioana completara pouco antes doze anos. Indubitavelmente bem educada. Por vezes tinha pena dela, vendo-a se submetendo, com tanta compreensão, a uma disciplina ou a um conselho. Mas ela também foi acostumada, desde pequena, a outro modo de vida. Por vezes ela se lembrava vagamente, como uma espécie de reação, de alguns acontecimentos no estrangeiro, quando tinha uns quatro, cinco anos. Lembrava-se com dor no coração do Hotel Aviz de Bonalisa,[4] de um saguão enorme em estilo mourisco, como uma gruta elevada, de corredores suspensos em derredor e decorado como no Oriente Médio, com interiores

---

[4] No romance, o autor utiliza para Portugal a denominação antiga dada ao oeste da Península Ibérica – Lusitânia; Bonalisa, localidade de residência da legação, é um anagrama do nome real da capital do país – Lisboa (N. E. Romeno). *Lisabona* em romeno. (N. T.)

inspirados em *As Mil e Uma Noites*. "Estivemos lá alguma vez?", perguntava-me às vezes Ioana, com insistência, "essas lembranças vêm-me decerto de algum sonho. Parece não haver nada de real nelas! Os quartos do Aviz, com paredes de azulejo, com camas macias, com lençóis de holanda, banheiro com banheira de mármore da cor de pétalas de rosa. Ficávamos nalgum lugar bem alto, no último andar, só os eucaliptos do jardim chegavam, com seus galhos e folhas, até a nossa janela. Às vezes eu rompia uma folha, que exalava um aroma bom e uma seiva levemente resinosa. As pontas cortantes como estilete das palmeiras do jardim do hotel não chegavam à altura da janela. Era preciso olhar para baixo para vê-las! E ainda me lembro por vezes, muito vagamente, de um barulho de assobio que vinha da rua. Alguém tocava breves e tristes fragmentos de melodia árabe. Compassos de uma velha lamentação, que terminava bruscamente. E só!" Essas vagas lembranças de Ioana eram para mim indescritivelmente dilacerantes. Tão dilacerantes, que eu tinha de sair de casa para não trair involuntariamente a fraqueza do meu coração.

Para compensar suas efêmeras tristezas, Ioana às vezes pedia para ver os álbuns com as fotografias que fizemos na Lusitânia. Eram álbuns com imagens fascinantes dos passeios que fazíamos sobretudo aos domingos, de Bonalisa para o interior, ora para o norte, ora para o sul. Assim, fixamos, para levar conosco como lembrança, paisagens, jardins com figueiras, videiras, bosques de pinheiros, moinhos de vento, cidades medievais, catedrais e inúmeros vestígios grandiosos de um passado imperial de um pequeno país que, no passado, dominou metade do globo terrestre. Alegravam-nos sobretudo as imagens capturadas no ambiente de um castelo maravilhoso, de aparência exótica, com cúpulas que pareciam fazer referência aos universos árabe e indiano. O castelo fora, em torno de 1500, residência de Albuquerque, o primeiro vice-rei lusitano da Índia. Foi construído num estilo renascentista contaminado por elementos mouros e indianos. Ao longo dos séculos, o castelo se arruinou, mas agora estava prestes a readquirir todo o esplendor de outrora. Uma americana rica comprou o castelo no período de entreguerras. Lá por 1938-1939, a americana trabalhava intensamente em sua restauração, orientando-se conscienciosa com base em fontes retiradas dos tijolos da própria ruína. Visitamos esse castelo algumas vezes, parcialmente refeito naquela altura, com um gosto de uma justeza perfeita. No álbum de fotografias que eu guardava numa gaveta, todas da primavera do ano de 1939, podíamos ver

Capítulo V

nossa filha passeando no dorso de um burrinho manso pelo jardim de videiras ao lado do castelo de Albuquerque. Com grande frequência, ao voltar para casa, eu encontrava agora Ioana folheando as páginas do álbum, completamente absorvida pelas miragens de outrora. Que terraços de sonho, que cúpulas parecendo metades fatiadas de laranja, que piscinas de mármore por jardins cheios de videiras, que moinhos de vento pelas colinas em derredor! Dessas fotografias ainda ecoava o zumbido das abelhas que se reuniam nos agaves floridos!

Ioana insistia em esboçar uma tentativa de refúgio no passado. De modo que, certa noite, proibi brutalmente minha esposa de continuar mostrando o álbum para Ioana. "Não gosto desse retorno ao passado numa menina da idade dela. Feche os álbuns! Ioana tem que se acostumar a enfrentar circunstâncias e realidades que não têm mais nada a ver com seus primeiros anos de infância. É doloroso cortarmos o prazer da lembrança, mas não quero que ela comece tão cedo a se refugiar tão longe no passado. O que é que você quer? Que ela fique doente?"

❧

Numa noite de início de outubro comecei a sofrer de umas dores convulsantes no canino direito. Era como se diabinhos munidos de martelos e bigornas houvessem resolvido habitar o meu dente. Os reflexos cranianos impossibilitavam a localização precisa, além de amplificarem o sofrimento. Anos a fio eu fora poupado de tais atrocidades. Percebi, pela dor que se espalhava até os olhos, que daquela vez eu teria de me submeter a um longo e difícil tratamento caso quisesse salvar o meu canino tantas vezes obturado. No dia seguinte, fui ao consultório dentário da dra. Salva, com o coração na mão. Será que um dente literalmente enlouquecido ainda poderia ser refreado? Completamente intimidado pela perspectiva de uma operação dentária, ocupei direitinho uma cadeira na sala de espera do consultório onde outros cinco desgraçados aguardavam. À partida de um paciente, a dra. Ileana Salva, ao observar minha presença na sala, mandou-me uma mensagem por intermédio da empregada. Fui convidado a deixar a sala de espera, entrar na casa pelo pátio e aguardar um pouco no salão. Será que, assim, meu suplício se reduziria? Submeti-me ao convite tão discretamente, que de nada suspeitaram os clientes que ainda aguardavam e que de qualquer modo haviam chegado antes de mim. Eu mal havia entrado no salão da família Salva, grande e com mobília moderna, quando uma porta se abriu. A dra. Salva surgiu sorridente de dentro do seu consultório: "Como posso ajudá-lo, senhor professor?"

"Um grande sofrimento me acomete, doutora! O canino direito me enlouquece. Não gostaria de perdê-lo. Acho que hoje em dia não é muito oportuno extrair os caninos!"

"Esperemos que não seja nada grave!", disse a doutora com uma voz tranquilizante, convidando-me a entrar no consultório.

Já fazia tempo que aquele consultório, todo branco, me fora recomendado, com aparelhagem muito moderna e limpa, mesmo a um exame microscópico. Consultório branco como a doutora.

Com um gesto calmo e muito reservado, surpreendente numa criatura de aparência tão vívida como a doutora, fui convidado a me sentar na cadeira dentária. Após alguns movimentos inesperados do mecanismo interior da cadeira, senti-me a subir como num elevador. Minha cabeça se aproximou do olhar perscrutador da doutora.

"Abra a boca!"

"Ou seja, devo abrir minha caverna?", tentei maquiar meu sofrimento com uma piada.

A doutora sorriu compreensiva:

"Sim, o senhor tem uma boca grande, mas calada, pelo que se diz!"

"Doutora, nem a senhora pode se queixar de não ter uma boca... moderna. Parece que essa é a moda hoje!"

A doutora deu risada, abrindo toda a boca, com seus belos dentes que serviriam de reclame para o consultório. Em seguida me examinou com a pinça, com batidas metálicas no esmalte deteriorado do dente, que respondeu com milhares de ecos.

"Tem um apocalipse lá dentro, doutora!"

A doutora exibiu o mesmo sorriso tranquilizador. Trabalhava com calma, poupando-me dentro do possível de qualquer toque supérfluo que pudesse agravar a dor.

"O foco está na raiz. Teremos de abrir o dente. Talvez seja necessário extraí-lo, mas antes quero experimentar um tratamento. Talvez ainda possamos salvar esse canino", disse a doutora, tentando me acalmar. "O senhor terá a paciência de

Capítulo V

suportar um longo tratamento? Acho que podemos fazer algo. O dente está gravemente comprometido, mas, se conseguirmos curar a raiz, pode-se colocar um dente postiço. Tudo demanda tempo!"

"Tenho tempo e terei a paciência necessária, desde que a senhora não perca a sua!"

O marido da doutora era um ilustre professor na Faculdade de Medicina. O mais apreciado especialista, no país, em doenças pulmonares. Entre as duas guerras, o professor participou de uma série de congressos internacionais, fazendo aumentar o prestígio da ciência romena graças a suas palestras. Tendo em vista que seu sobrenome era um nome de batismo muitíssimo comum que o incomodava um pouco devido à aparente familiaridade que impunha entre si e seus semelhantes, o professor o trocou já estudante, adotando o nome de seu vilarejo natal: Salva. O professor era filho de um ex-oficial imperial-real[5] do outrora famoso regimento de fronteira de Năsăud. O professor dr. Sorin Salva levava, em sua identidade romena, a marca de uma educação no mais tradicional espírito josefino.[6] Há tempos que eu o conhecia pessoalmente, nutrindo-lhe um profundo respeito tanto por sua prodigiosa atividade científica, como pela sua maciça humanidade. O professor Salva era uma criatura aparentemente reservada, porém calorosa. Até aquele momento eu não travara relações de amizade com a família Salva, relações que haveriam de assumir formas afetivas das mais raras. O professor era um romeno e ocidental, um transilvano e iluminista.

Ao longo do tratamento odontológico ao qual fui obrigado a me submeter, pude conhecer mais de perto o casal, pois, no salão de prazerosa atmosfera, onde aguardava ser chamado pela doutora por meio de uma revogação da lei da ordem de chegada dos clientes, com frequência me encontrava também com o professor. A cada vez, travava com o dr. Sorin Salva longas e interessantíssimas conversas. Trocávamos opiniões, ora mais luminosas, ora mais desoladas, sobre a evolução da situação em nosso país. Nasceu, assim, uma amizade nova e muito afetuosa. Permitira-me, já nas primeiras visitas, dar uma olhada na biblioteca particular do professor: nas estantes, só obras essenciais das mais diversas áreas. Surpreendeu-me desde o início, enchendo-me de satisfação, o espírito seletivo

---

[5] Que serviu no Império Austro-Húngaro. (N. E. Romeno)
[6] Assim chamado por se referir a Francisco José, Imperador da Áustria (1848-1916) e Rei da Hungria (1867-1916). (N. E. Romeno)

dominante que constituía aquela biblioteca. Não era a biblioteca de um médico especialista (os livros de especialidade eram mantidos na clínica de tisiologia por ele gerida). Tratava-se da biblioteca de um homem de cultura dotado de um horizonte espiritual absolutamente largo. O ensaísmo, bem representado, demonstrava o interesse do professor pela filosofia e pela arte. Pelas estantes era ainda possível adivinhar algumas fraquezas do professor, como por exemplo poesia chinesa, presente por intermédio de diversas traduções para o alemão e francês; Li Bai, com sua autoconfiança mística e seus cânticos ao vinho era, se não me engano, seu poeta favorito. Que diferença, pensei com meus botões, entre o professor dr. Sorin Salva e todos os outros professores da Faculdade de Medicina, com interesses intelectuais rigorosamente reduzidos aos da profissão. Surgira na Transilvânia, entre as duas guerras, um tipo de intelectual pior do que um que já seria considerado vetusto antes da primeira guerra. O intelectual romeno da Transilvânia, formado no padrão do especialista, era mais um artesão do que um intelectual. Uma conversa com esses especialistas, que se situavam bem no meio entre artesãos e eruditos, se desenrolava sempre com dificuldade, pois, na primeira palavra que saía dos trilhos, revelavam-se lacunas de proporções realmente cósmicas. Antológico para esse tipo de pessoas que dominavam sua especialidade mas que a ela se limitavam era um célebre professor, médico internista, que despertava a admiração de todos com seu conhecimento sobre a estase duodenal. Estremeceria quem entrasse em sua casa e visse pendurados nas paredes os quadros destinados a apresentar aos visitantes os critérios que conduziam o professor internista pelos domínios da arte. O espetáculo era estúpido e hilário. Os quadros eram, em geral, "presentes" dos clientes, atendendo apenas à função de preencher um vazio. Era surpreendente ver como, numa mesma pessoa, era possível caber tanto conhecimento e tanta falta de gosto. Contrastando com o que se podia ver nas casas de tais "especialistas", no lar do casal Salva era admirável, desde o primeiro momento, a rara qualidade dos quadros que adornavam as paredes. Via-se um Grigorescu,[7] um Luchian,[8] alguns Pătraşcu,[9] um

---

[7] Nicolae Grigorescu (1838-1907), célebre pintor romeno, principal fundador da pintura romena moderna. (N. T.)

[8] Ştefan Luchian (1868-1916), célebre pintor romeno. (N. T.)

[9] Gheorghe Petraşcu (1872-1949), célebre pintor romeno. (N. T.)

Capítulo V

Tonitza;[10] não eram muitos, mas escolhidos com cuidado e com uma meticulosidade de quase peritos. "Presentes" inoportunos, que instauraria uma degradação do gosto, oferecidos aos montes por seus clientes tanto ao professor Salva como à doutora, troféus caipiras, tomavam o caminho sem volta do subsolo ou mesmo do porão, onde eram engolidos por teias de aranha.

O tratamento do canino, que com o passar dos dias revelou ser um canino cada vez mais problemático e expirado, durou algumas semanas. A doutora porém o salvou, em louvor ao seu sobrenome. Fiquei muito contente. Nesse meio tempo, a relação de amizade se fundava, se fortalecia e se ampliava de uma visita para outra, de maneira que continuei frequentando o casal Salva mesmo depois da exitosa conclusão do tratamento. Passava naturalmente por sua casa sempre que a ocasião me fazia passar pela sua rua. Para mim, aquelas visitas se transformaram numa necessidade espiritual. Encontrava na casa dos Salva uma atmosfera de descontração em que as inquietudes quotidianas se dissolviam:

"Aqui em sua casa ainda encontro um pedaço de pátria e de Europa."

Quando ia visitar o casal Salva, sabia que me esperava um momento de meditação. Provavelmente também eles procuravam esquecer por uma ou duas horas as preocupações e as obrigações do quotidiano. Por vezes sentia que o nível e a tranquilidade das conversas eram porém mantidos por um esforço da vontade. Isso certamente ocorria quando cada um de nós tinha preocupações com as quais evitava importunar o outro. De qualquer modo, minha capacidade de socializar, reduzida ao mínimo com o passar dos anos, florescia.

Entre os variados e sutis interesses da doutora, descobri o da poesia. Ela lia poesia. Seus semelhantes não abririam um só volume de versos mesmo que fossem pagos por hora para realizar a leitura. Mas dona Salva lia. Deleitava-se por vezes recitando para si mesma poemas aprendidos de cor.

Certo dia, descobri que dona Salva possuía uma discoteca com obras musicais, sobretudo "clássicas", de Bach a Beethoven. De maneira que de vez em quando escutava, junto com o casal Salva, um ou outro concerto. Por vezes, o mesmo concerto regido por diferentes maestros de renome mundial, e tentávamos, cada um como podia, comparar as suas capacidades. Dona Salva escutava

---

[10] Nicolae Tonitza (1886-1940), célebre pintor e gravurista romeno. (N. T.)

com o ouvido e com o coração, cantarolando às vezes fragmentos mais conhecidos. O professor Salva escutava de corpo e alma, mas sem comentar. Eu escutava no sentido figurado, transpondo tudo em poesia. Para provocar um pouco a dona Salva, bastante atenta às diferenças de interpretação de um regente para o outro, eu de propósito banalizava os maestros da batuta, chamando-os de "regidos de orquestra". Achava que esses artistas eram exageradamente levados em consideração. Não defendia minha opinião com seriedade, mas queria apenas demonstrar que o público nunca dera tanta importância ao próprio Beethoven como dava a certos "regidos de orquestra" que interpretavam sua obra: "Mas fazer o quê, o público, sobretudo o feminino, gosta de espetáculo."

Às vezes, recitava também poesia na casa dos Salva.

A doutora me convidava a recitar, inclusive poemas dos meus próprios livros. Ela gostou, no início, sobretudo dos poemas do meu primeiro volume. Com o tempo, dona Ileana acabou se acostumando também com meus últimos volumes. Tinha dificuldades em recitar meus próprios poemas, pois meu estado de graça poética eu considerava já pertencente de todo ao passado. Por vezes eu até considerava essa graça perfeitamente alheia a mim. De vez em quando, completamente desorientado pela diferença entre tempo psicológico e tempo físico, eu dizia, melancólico:

"Terei escrito eu estes poemas? Não sou eu o autor. Se for, então é no sentido de que encerro dentro de mim um poeta morto. Sou o seu próprio sarcófago. A identidade de consciência se perdeu."

☙

A cada dia, dona Salva, ou Ileana, como agora a chamava, parecia mais preocupada com sua situação. Pois, além das horas que passava trabalhando em seu consultório, tinha que se dedicar também ao "campo de trabalho". "Campo de trabalho", era assim que começava a se chamar todo trabalho de assalariado do Estado. O termo circunscrevia uma ansiedade coletiva que parecia se apoderar das pessoas. Estar no campo de trabalho significava ter um horário preciso, sentir o rigor de assinar a lista de presença e de trabalhar conforme uma norma fixada por decreto, que não levava em consideração as forças de cada

Capítulo V

um. O trabalho normatizado era de fato um método de extermínio do desejo de viver. Em poucas semanas, a situação de todos os cidadãos modificou-se fundamentalmente. Já não visitava com frequência o casal Salva, pois os dois começaram a aparentar extenuação. Toda vez precisávamos de muito tempo até conseguirmos tecer uma conversa para além das contingências plúmbeas do quotidiano. As transformações na estrutura socioeconômica e no modo de viver das pessoas se sucediam num ritmo que me parecia um turbilhão e um zumbido no ouvido. E, apesar de tudo, as pessoas não queriam acreditar no crepúsculo do seu próprio mundo.

Esse crepúsculo desceu sobre os ombros de todos. Esse crepúsculo era uma presença tão implacável, que ninguém acreditava em sua realidade. O peso do céu fazia-se sentir. As aulas de Física na escola não conseguiram nos fazer acreditar que o céu é um imenso fardo. A História, com suas transformações, lograva nos demonstrar essa verdade física.

De vez em quando dizia a Ileana:

"No final das contas, não entendo por que você faz tanta questão de permanecer no campo de trabalho. O consultório particular lhe traz ganhos suficientes."

Os olhos de Ileana brilharam como dois grilos. Jamais lhe disse isso, mas sempre esperei que, de um momento para outro, eu os ouviria cantar. Sua voz, porém, cantava em outro registro: "Como você está alheio ao que está se preparando em nosso país! Consultórios particulares? Que ingenuidade. Você ainda não ouviu que tudo o que é particular está condenado a desaparecer? No futuro, só poderemos existir na função de serviço que hoje temos no campo de trabalho. Daqui a pouco será até mesmo difícil obter uma autorização para morar na cidade! Só os escravos, só os que se encontram no campo de trabalho poderão obtê-la."

Mais tarde eu haveria de me lembrar com frequência das palavras de Ileana. Ela via a realidade com a perspicácia de uma criatura dotada com a clarividência direta dos fatos. Era como se houvesse vivido num outro país, em que as transformações sociais, econômicas e espirituais já fossem processo consumado. Ileana falava num tom que parecia a de uma cafeomante: "Não vê como todos os caminhos estão se fechando?"

Nas empresas e nas instituições, o processo de transformação do homem em escravo se iniciou a toda força a partir do momento em que, no ano de 1948, surgiram os decretos de nacionalização. Em menos de um ano, tudo mudou no país. O rolo compressor passou por cima de tudo, nivelando tudo. Feliz daquele que conseguisse permanecer no campo de trabalho, embora permanecer no campo de trabalho significasse domicílio forçado ou sofrer na escravidão. Por todo o país passaram a vaguear sem rumor, calados como cadáveres, fazendeiros sem terra, industriais sem fábricas, professores comprimidos, advogados depurados e ex-autoridades consideradas indignas de continuar servindo ao aparato estatal. Em paralelo a essa dissolução da ordem social e das classes "privilegiadas" até então, deu-se uma inimaginável trituração da consciência de ser homem.

O "homem novo" ganhou lugar na gerência das empresas nacionalizadas ou na gerência de instituições já existentes e mantidas ou de outras recém-criadas. O homem novo era aquele que até então só trabalhara com suas próprias mãos. Assim, o marceneiro de maxilares pré-históricos da Biblioteca da Universidade de Cluj se tornou diretor da instituição, uma das maiores do país, com nível de professor universitário. Seu primeiro gesto de liderança e autoridade foi a seleção, sem qualquer critério, de obras literárias: a depuração das estantes por atacado. Os livros publicados entre as duas guerras foram "detidos" e atirados aos porões em baús trancados e selados de maneira a jamais serem abertos. Muitas das obras literárias contemporâneas, dentre elas algumas minhas, foram levadas para o triturador. Isso não porque desconfiassem que meus poemas contivessem elementos políticos subversivos – não! Simplesmente porque o novo diretor da Biblioteca lera, numa nota de rodapé desgraçada de um jornal da capital, que a poesia de Axente Creangă era "metafísica". Os diretores de biblioteca, assim como os novos críticos e censores da literatura, equiparavam metafísica a crime de guerra.

༄

Os "homens novos" eram também homens velhos, traidores da sociedade burguesa que, da noite para o dia, se transformaram em instrumentos dóceis da nova ordem. A unidade de trabalho em que a doutora Salva se extenuava por um salário irrisório pago pelo Estado era o Instituto de Odontologia. Na

Capítulo V

direção desse instituto fora há pouco introduzida uma doutora chamada Malva Mogor. Mulher forte. Um tanque de mulher, que andava a passos pesados, com intermitências de elasticidade inesperada para a sua idade, como se se movesse sobre trilhos. O motor íntimo desse tanque era uma ambição feroz, a ambição de desempenhar um papel de primeiro plano na nova ordem. Entre as duas guerras, a dra. Malva Mogor participara de todas as reuniões políticas locais de todos os partidos da situação, proferindo discursos, com uma audácia desenfreada, em que adulava os poderosos. Malva jorrava uma quantidade ilimitada de futilidades. O princípio que orientava sua vida era manter conexões com as autoridades mais importantes dos partidos históricos. Na falta de uma graça feminina que a teria impulsionado mais rapidamente, Malva operava com meios mais vigorosos que lhe estavam à mão. E sempre tinha êxito, nas mais importantes encruzilhadas da vida. Com insistência, com intriga, com chantagem, com uma paciência inacreditável, Malva demolia obstáculos e desarmava resistências. Seu marido era uma figura hilária, apelidado de Príncipe Encantado do buraco. Graças às incansáveis intervenções da esposa – ei-lo professor de Ginecologia na Faculdade de Medicina, escolhido entre candidatos com mérito de primeira ordem.

Era impossível negar à dra. Malva Mogor certas qualidades que, no mundo da fábula, lhe teriam possibilitado desempenhar perfeitamente o papel da vaca que se considera uma meiga flor. Incapaz de trazer o marido no cabresto curto assim como desejaria, ela se vingava na coletividade. Ela meteu na cabeça que deveria assumir proporções de "personalidade" em qualquer circunstância, não só em festinhas entre amigos, como também na vida intelectual de Cluj. Malva não deixava de estar presente em nenhuma reunião local sem participar com um discurso em que as mais puídas palavras de ordem do ano encontravam seu último refúgio. É claro que, para compensar o esforço deposto nas reuniões beneficentes que ocorriam nos subúrbios, Malva não se contentava em colher só aplausos. Ela esperava também reunir, à força, clientes para o seu consultório dentário e para o consultório ginecológico do marido. Suas manifestações públicas revestiam-se sempre desse substrato aproveitador de reclame pessoal e familiar. Malva, aliás, viu-se de fato obrigada a se manter no centro da atenção pública por meio do "reclame" político e filantrópico, pois a pouca clientela que com dificuldade reunia rapidamente se dissipava por causa da brutalidade com que a dentista entrava com brocas e boticões na boca dos pacientes. Ao longo de trinta anos, dona Mogor conseguiu apenas manter uma clientela vaga e flutuante. Quando a doutora começou a envelhecer e a desenvolver um traseiro do tamanho de um carrinho de trigêmeos, era normal que as pessoas a evitassem. Ninguém mais cabia onde ela se encontrasse, pois a doutora ocupava sempre o espaço todo, no sentido próprio e no figurado. De modo que ela inventou outros métodos para se manter no "primeiro plano" do interesse público.

Para não ser excluída da memória urbana, Malva tornou-se presença obrigatória em todas as estreias do teatro municipal e batizou todos os recém-nascidos de alguns bairros periféricos da cidade. Esse serviço sacramental de madrinha local não a impediu de se devotar também a outros servicinhos mais infames. Por meio de informadores pagos com palavras melífluas, ela acompanhava os eventos amorosos da elite da sociedade, mantendo em sua casa, após o falecimento do marido, um clube de solteiros. Por intermédio desses solteiros, ela derramava sobre a cidade a miséria das fofocas.

Sem ter tido filhos, Malva trouxe para casa umas sobrinhas, para cuja diversão ela convidava, para tomar um chá sem graça, uns três ou quatro fragateiros dentre os mais conhecidos da cidade. Entre eles incluía-se um oficial apelidado de "soldado conhecido", em contraste ao "soldado desconhecido" cujo túmulo ficava ali perto, entre outros heróis. Antes de servir o chá, Malva costumava falar com cada um dos fragateiros em separado, advertindo-os: "Prestem atenção, essas meninas não são para vocês! Não se atrevam... Para vocês estou *eu* aqui!"

Malva catequizava na rua, em memória ao seu falecido marido, todo marido que ela suspeitava que pulasse a cerca; ela mesma, porém, quando ocorria de ser convidada para algum banquete, costumava soltar os mais lúbricos vocábulos do dicionário não escrito da língua romena. Malva fazia muitíssima questão de aparentar ser uma devota, sofrendo porém de uma verdadeira incontinência pornográfica. Ela ia à igreja, com maior ímpeto quando um interesse agudo a incitava, e se atirava espetaculosamente diante do altar, implorando o auxílio de Nossa Senhora para os seus planos diabólicos. Ela declaradamente só se interessava pelo bem-estar, dinheiro e – de modo enrustido – sexo. Seu mais forte instinto era o de estar "funcionando", o de "dominar".

Capítulo V

Seria surpreendente que ela, detentora de aptidões e qualidades que durante décadas não puderam se impor num regime de livre concorrência, não tivesse mais sorte sob um regime de rigor coletivista. Dra. Malva Mogor tinha as antenas necessárias aos novos tempos. Ela adivinhou muitíssimo bem, depois de 23 de agosto de 1944, para onde as coisas se dirigiam em nosso país. A dialética histórica também a ajudou a desenvolver seus instintos à vontade. Malva Mogor rapidamente chegou à frente do Instituto de Odontologia. Nos primeiros meses de 1945, ela adquiriu as brochuras de iniciação à grande doutrina. Os segredos da prática ela absorveu do ar, mimeticamente. Para finalmente chegar a dominar um instituto médico, ela assimilou a ênfase das palavras de ordem e se transformou, com sistemática perfídia, num instrumento de precisão da ordem que se instaurava. A partir de 1948, empunhando um açoite de fogo e serpentes, obrigou seus subordinados a realizar à risca a escritura stalinista relativa aos povos escravizados. Pelas salas e corredores do instituto, Malva gritava, berrava, provocava, fazia escândalo, acusando todos de não trabalharem com consciência suficiente. Solicitava, a cada seis meses, aumento da carga horária. Convinha-lhe, pois ela não "trabalhava", ela apenas "militava". Ao longo dos anos, sua alma devastada por ambições indignas passou a nutrir uma verdadeira fobia pelas mulheres, sobretudo pelas mulheres do instituto. Em toda presença feminina ela suspeitava uma possível e provável concorrência futura. Denunciava aos foros superiores todo atraso das doutoras de serviço, mas não o dos médicos. Não se mantinha mais atualizada com relação aos progressos de sua especialidade. Ultrapassada no que toca aos segredos do ofício, ela logo acusava as colegas, que inesperadamente se orgulhavam de bons resultados, projetando sobre elas sua própria incapacidade. Tão logo se via em conflito com uma subordinada, Malva não descansava até não levar o caso ao conhecimento do "partido". Em troca, ela se supunha totalmente à autoridade do momento. No instituto, ela costumava ficar à espreita na janela que dava para a rua e, logo que via alguém entrando, fosse da *Securitate* ou do partido, ela corria para dar as boas-vindas, com ar de santa. Ela manipulava pessoalmente quem viesse do partido ou da *Securitate*. Infelizmente para ela, Malva Mogor era tão famosa por sua maneira brutal, que todos a evitavam, procurando ser tratados por outros médicos. Mas quando Malva conseguia pôr a mão num membro marcante do partido ou num agente da *Securitate* – pronto! A vítima era fixada na cadeira dentária como se estivesse numa cadeira elétrica. E assim Malva demonstrava que o instituto não podia se abster dela.

Às vezes, a dra. Malva Mogor e eu nos cruzávamos na rua. Na minha frente ela xingava o partido e toda a nova ordem, sussurrando-me no ouvido notícias "instigantes" que ela teria escutado em estações de rádio estrangeiras: "Truman[11] em breve..." Evitava com cuidado ouvi-la, pois tinha a sensação de que daquela esquina ela seria capaz de ir correndo até o partido ou algum agente da *Securitate* para me denunciar. E eu me sentia culpado por ao menos não tê-la denunciado por propagação de "boatos".

Eram desse gênero os traidores.

Diversas vezes, na primavera de 1948, Ileana Salva queixou-se das injustiças desumanas que tinha de suportar por causa das maquinações de sua chefe, a dra. Mogor. As pálpebras de Ileana piscavam como borboletas levadas por uma tempestade de neve. Ileana não tinha o costume de se lamentar. "Deixe a Malva por minha conta", disse-lhe. "Por favor, não lhe faça nenhum tipo de repreensão!", instou Ileana.

Ao me encontrar na rua com dona Mogor no dia de equinócio, eis que não pude me conter e a detive para lhe dizer o que merecia ouvir.

"Senhora, uma palavrinha! Não gosto de me meter na vida dos outros. Nem costumo aconselhar meus concidadãos sobre como deveriam se comportar nos tempos de hoje. Permito a cada um que resolva suas próprias dificuldades de existência assim como julga melhor. Estou sempre pronto a consentir muitas coisas. Mas não posso me calar quando vejo a besta humana em ação. Ouvi dizer que a senhora pretende construir o socialismo com todo o ardor de que é capaz. Não tenho nada contra se a senhora o erguer com seu próprio esforço. Porém, parece que a senhora quer construí-lo às custas da labuta dos outros, da dos escravos que persegue com um chicote. Dizem ainda que a senhora adotou o costume de minar seus subordinados com denúncias mentirosas. Nas circunstâncias que o destino nos reservou para estes anos e para sempre, será esse um modo de 'construir'? Ou a senhora insiste em ser culpada da mais grave das patifarias humanas? A senhora não percebe? A denúncia é um crime abominável, mesmo que se baseie na verdade. A denúncia mentirosa é o reflexo de uma consciência perfeitamente

---

[11] Harry S. Truman, presidente dos Estados Unidos entre 1945 e 1953. (N. T.)

Capítulo V

desnaturada, um capítulo da mais baixa criminalidade. Não me diga que é obrigada a executar tais atos. Não me diga que é pressionada. Não há circunstância atenuante para essa desventura. E caso esteja sendo pressionada a matar os outros por meio da mentira, a senhora deveria preferir o suicídio!"

Dona Mogor empalideceu. Não esperava ouvir, de uma pessoa calma como eu, um discurso entrecortado de raiva. Sem dúvida, minhas palavras eram uma advertência.

"Foi a dona Salva que lhe mandou dizer isso...", respondeu ela, com a prontidão de quem constrói a vida baseada na sem-vergonhice.

"Não importa. O que importa é a triste realidade." Quase involuntariamente, vi-me censurando uma pessoa, com a voz estremecida pela raiva. Em seguida acrescentei, pronunciando as palavras devagar e enérgico: "Seria bom a senhora às vezes passear pela praça da catedral, onde fica a estátua equestre de Matias Corvino.[12] Pare e dê uma olhada! Um dia muitos pecadores amanhecerão pendurados no rabo do cavalo, sobretudo os denunciantes mentirosos!"

Não era do meu feitio falar assim. Mas não pude me controlar.

Sociedade burguesa! Não que eu morresse de amores por ela. Mas agora eu lamentava a degringolada daquela sociedade, pois, com o seu desaparecimento, eu também via o desaparecimento de certas liberdades: individual, de consciência e de movimento, de trabalho e de criação, as quais eu defendia como premissa e condição suprema da vida e do espírito. O processo de dissolução moral ao qual assistia me fazia por vezes cerrar os punhos e exprobrar, não tanto a inconsciência, mas a crescente e vertiginosa patifaria das pessoas entre as quais vivia.

❦

Foi na época do solstício de verão de 1948 quando, numa tarde de canícula precoce, eu me encontrava no escritório seminarista da cátedra de estética do prédio da Universidade. Por morar muito longe, às margens da cidade, numa casa de onde podia ver, numa colina próxima, o mosteiro Alverna, havia já há algum tempo decidido almoçar na cantina, para evitar o trabalho de fazer todo dia

---

[12] Um dos mais importantes reis da Hungria, nascido em 1443 em Cluj. (N. T.)

duas vezes o caminho para a cidade. Da cantina eu voltava sossegado para o meu escritório seminarista onde, num sofá improvisado, descansava uma meia hora antes de mergulhar no trabalho. Estava ocupado, mas sem qualquer ânimo, com a redação do último fragmento do meu curso de Estética, fragmento que deveria ser litografiado para uso dos estudantes que pretendiam se apresentar no exame. Trabalhava nessa detalhada redação do curso num estado de depressão anímica. Naquele dia, chegaram aos meus ouvidos, pela enésima vez, boatos, daquela vez menos incertos, sobre uma reforma radical e "saudável" do ensino superior e sobre a intenção sombria que haveria de suprimir a cátedra de Estética. Vivia sob o signo da melancolia. E me perguntava, contrariado: "Será que realmente a nova ordem não precisa mais de estética?"

O que ocorria ao meu redor já há muito tempo discordava de qualquer estética! Isso não de ontem, mas já há alguns anos. Os acontecimentos da história haviam precedido de todas as formas a anunciada supressão.

Tranquei-me por dentro no escritório. Estava decidido a não abrir, não importa quem batesse. Queria dormir, ou ao menos consumir minha angústia sozinho. Deitei-me no sofá e, apesar dos boatos que deveriam me manter desperto, logo caí num torpor. Aparentemente adormeci.

Ou foi só impressão minha? Uma sensação de náusea pareceu invadir a parte central do meu peito. Algo monstruoso parecia flutuar no aposento, como uma injúria contra a natureza. Mas acho que adormecera.

Batidas na porta? Estremeci. Batidas? Sim, claro. Batidas tímidas. Um desconhecido batia à porta. O som denotava timidez. Erguer-me? Abrir? Quando tomados por duras angústias, sempre esperamos notícias, não importa de onde, mas que sejam notícias! Seria alguém que quisesse me consolar? Ou seria uma notícia que neutralizaria o motivo da angústia em que adormecera? Dirigi-me sem pressa até a porta. Abri.

Diante de mim, uma figura conhecida: Olga Baba. Ela mesmo? Olhei melhor, com a desorientação de quem acabava de acordar. Sim, era ela, a escritora que, antes da guerra, publicou um livro escrito com tutano e independência – anotações de viagem pela Espanha. O livro se intitulava: *Nos rastros de Dom Quixote*. Olga Baba! Conheci-a no tempo da guerra, em Sibiu, em frente ao prédio em que se instalou nossa Universidade durante o refúgio.

Capítulo V

À distância de alguns passos, no corredor, outra figura me pareceu conhecida. Uma ex-estudante minha, de Făgăraș. Sim, lembrava-me dela! Dos seminários, não é mesmo? Já se foram quatro anos!

"Desculpe, senhor professor", disse-me a escritora Olga Baba, que agora deveria ter uns quarenta anos, "estamos de passagem por Cluj, e viemos vê-lo".

"É um prazer", respondi, sorridente. Estendi-lhe a mão. Essa mulher, de perfil levemente equino e olhar inteligente, apertou minha mão de uma maneira pouco feminina. Seu aperto de mão deixou-me na palma uma sensação estranha que tentei recusar, sem saber muito bem como. A sensação provavelmente se ligava a algo perdido na memória. Lembrei-me de um boato que circulava sobre ela. Diziam que teria tendências lésbicas.

"Conhece...?", perguntou-me Olga Baba, insinuante. Apontou, com um gesto largo, para minha ex-estudante, cujo nome finalmente veio-me à cabeça: Erica Rarău. A estudante estava vestida com um terno masculino.

"Conheço, claro, como não a conheceria?", respondi com palavras mais largas que o seu gesto. As palavras tinham a intenção de acobertar a sensação desagradável de ter tido meu repouso inoportunamente interrompido.

"Meu marido", precisou Olga Baba.

Ouvi bem. Não me enganei. Mas o que ouvi me pareceu tão inverossímil, que por um momento achei ter sido vítima de uma ilusão acústica.

"Entrem por favor, entrem!", disse-lhes com cortesia, fechando a porta atrás de mim. Caminhamos na direção do escritório. Sentei-me no sofá. Pedi-lhes que se sentassem nas duas cadeiras à minha frente.

"Então, o que diz sobre o nosso caso, senhor professor?", perguntou-me Olga, desenvolta e com movimentos meio desarticulados.

"Que caso?", perguntei.

"O nosso caso! Sabe, Erica não é mais Erica, é Eric. Eric Rarău. E é o meu marido."

Fiquei boquiaberto. Começara uma cena inacreditável que meus olhos e ouvidos recusavam-se a aceitar.

"Surpreso?", continuou Olga. "Sim, sem brincadeira. Sabe, trata-se de um caso de falso hermafroditismo. Em Bucareste, Erica passou por uma operação num instituto de endocrinologia. E agora é Eric! E enfim estamos casados!"

O mal-estar moral que sentira no meio do peito adquiriu de repente um acento físico. Mas dominei a sensação de repulsa que subia do meu estômago até a goela.

"Ei, deixem de piadas!", disse-lhes.

"Mas não é piada, senhor professor! É pura verdade. Pobre Eric, por causa de um erro dos pais, foi criado desde pequeno como menina. Seu estado civil foi mantido pelo poder da inércia. Mas como foi difícil para ele, na puberdade, quando seus instintos despertaram. Que difícil, sobretudo no tempo da faculdade. Dormia na residência estudantil com mais quatro garotas no quarto. Imagine o suplício do rapaz! Assistir toda noite às meninas que se desvestiam. Que suplício para o rapaz ver aquelas beldades se movendo entre as camas! Mas eis que o salvei, repondo-o no bom trilho. O que diz, senhor professor?!"

Olga provavelmente esperava elogios por sua façanha, que eu a exaltasse com um hino composto na hora, assim como faziam os poetas da Antiguidade quando um templo abria vagas para prostitutas sagradas. Olga viveu a vida inteira em extravagância. Quando era estudante em Paris, envolveu-se com um negro, um garçom e um poeta. De volta ao país, casou-se várias vezes, respectivamente com um poeta, um pintor e um ator. Seus matrimônios findavam rápido, pois Olga, ela mesma de aspecto masculino, envolvia-se sempre com diversas mulheres que exploravam suas fraquezas ambivalentes.

Procurei me refazer após ter-me dispersado por essa absolutamente inesperada, surpreendente e inacreditável revelação anatomofisiológica. Mas não conseguia, pois o mal-estar do meio do peito se agravava, espalhando pelo meu ser um nojo por todo o gênero humano, embora "teoricamente" eu de fato compreendesse o caso. Erica ou seu derivado, Eric, com uma expressão que variava entre embaraço adolescentino e timidez de menina grande, mantinha-se calado diante de mim, acompanhando com interesse cada um dos meus movimentos fisionômicos. Eu punha a mão na nuca, apalpava o ombro, a testa, alisava o cabelo e tocava no joelho a fim de readquirir os argumentos do meu contato com a realidade, contato que me parecia irremediavelmente comprometido.

"Sabe, senhor professor, o caso foi esclarecido inclusive do ponto de vista legal. Não estamos mais na clandestinidade. Em Făgăraș, onde somos professoras

Capítulo V

no mesmo liceu, as pessoas já tinham meio que percebido. Tinham inclusive começado a espalhar a besteira de que éramos lésbicas. Então eu disse ao Eric: 'Querido, vá à polícia e ao cartório e anuncie que você é homem, mulher apenas nas roupas e na eduçacão'. O grande escândalo eclodiu justamente quando restabelecemos os direitos da natureza. Agora, Erica é o que é: Eric! Mas a cidade toda aponta o dedo para nós. Nunca se pode satisfazer a cidade. Não era bom antes, nem agora é bom. No final das contas, a questão foi parar no Ministério e Eric perdeu o emprego!"

Não refletia com palavras diante dessa confissão e pleito ao mesmo tempo. Esforcei-me por levar a conversa para outra direção. Perguntei a Olga o que andava escrevendo.

"Versos", respondeu Olga, "versos de amor, pois o senhor não pode imaginar o quanto amo esse idiota do Eric!"

Eric interveio na conversa com uma nova confissão sensacional: "Senhor professor, eu também escrevo. Faço crítica literária. Escrevi um estudo sobre a sua poesia!"

O mal-estar do meio do peito produziu um soluço. Embaracei-me com a reação. Não pude prevê-la, embora a houvesse pressentido.

"Não é interessante o nosso caso?", insistiu Olga. "Qual sua opinião, senhor professor, diga-nos alguma coisa."

"O que dizer... A surpresa é realmente grande... em geral estou acostumado a ver as coisas de uma perspectiva mais ou menos filosófica. Já li alguns livros de medicina, artigos de endocrinologia. Que nome bonito – endocrinologia! Parece que tem a ver com crinos... Mas agora eu precisaria de um certo tempo para refletir sobre o caso. Pois teoria é teoria, e casos concretos são casos concretos."

Após esse atolamento em abstrato, a conversa rodou em círculos por algum tempo. Olga tentava trazer-me de volta à terra equívoca da interferência dos gêneros. Claro, ela esperava obter de mim, no caminho sinuoso de uma extravagância para outra, um elogio humano poético e filosófico pela sua façanha.

Meu encontro com aquelas amazonas ambígenas suburbanas concluiu-se com uma fuga na direção do problema. Tentaram elas desembaraçar os padrões que a natureza por vezes tão sabiamente confunde? Com certeza, Olga e Erica tentaram fazê-lo. E vieram a mim para solicitar uma validação prestigiosa de sua proeza.

Estranho, estranho, estranho!

E que coincidência! O caso foi-me apresentado justamente no dia em que soubera que a nova ordem não precisava mais de nenhum tipo de estética!

☙

Em meados de agosto, organizou-se um novo curso de doutrinação para todo o corpo didático dos graus secundário e superior. Durante onze dias, todos os professores, conferencistas e assistentes, fomos obrigados a ouvir, doze horas por dia, conferências sobre o materialismo dialético e histórico, sobre a nova constituição, sobre as reformas econômicas e sociais, sobre a história do partido bolchevique. Fomos forçados a participar também de intermináveis reuniões seminaristas em que se discutiam as mais variadas questões – da pedagogia soviética até questões agrárias dos diversos países que ora pertenciam à zona de influência da União Soviética. Nessas reuniões, das quais saíamos com o espírito e o céu da boca ressequidos, falava-se por vezes do Judas-Tito, o ditador iugoslavo.[13] A grande fenda na frente socialista acabara de acontecer. Visto que Judas-Tito não queria se submeter a todos os decretos stalinistas, visto que seu exemplo poderia gerar igualmente um certo estado de espírito nos países de democracia popular (que tautologia cacofônica!), fomos catequizados com uma exasperante meticulosidade escolástica em todas as questões que distanciaram Tito de Stálin. Sobre Judas-Tito podíamos pronunciar qualquer veredito, por mais grave e ofensivo que fosse.

Livrei-me do curso de doutrinação completamente exaurido. Um sono, como numa convalescência, me perseguiu por algumas semanas. Sentia-me como se houvesse acabado de sair de uma doença. Dei-me conta afinal de que os professores deveriam suspender sua própria atividade cerebral e tentar o impossível: pensar com o cérebro dos "clássicos marxistas". Essa mudança de registro devia-se no fundo a uma operação de enxerto. Tínhamos de cortar a matéria cinzenta da meninge assim como se corta o cabelo no barbeiro. E aceitarmos como enxerto o cérebro clássico.

---

[13] O marechal Josip Broz Tito (1892-1980), revolucionário e estadista iugoslavo, liderou seu país de 1945 até sua morte, tendo sido também um dos principais fundadores e promotores do movimento dos países não alinhados. (N. T.)

Capítulo V

Murmurou-se no início de setembro que o novo ano universitário tardaria a começar. Pois estava sendo preparada a grandiosa e salutar reforma do ensino. Pressenti que, depois daquela "recuperação", minha cátedra de estética viria a "sucumbir".

A cada semana que passava, fomos mantidos sob tensão: amanhã a reforma será anunciada. No dia seguinte nos diziam: amanhã! Dois dias depois: amanhã! E assim por diante. De maneira que todo o mês de setembro passou sem que se desencadeasse a catástrofe. No início do mês de outubro, correu o boato de que a reforma ainda estaria muito longe de sua redação definitiva. A situação de intermezzo, cheia de incertezas e desesperos, durou até o Natal.

Nessa tensão crônica, não havia mais nada a fazer. Esperar era o equivalente psíquico de um processo de erosão da substância nervosa. O moinho da alma girava sem cereais, triturando só pedra.

೧೨

Num esplêndido dia de início de outubro, num dia de céu claro em que as abelhas zumbiam, dilacerantemente sereno, e que por tantos motivos não nos permitia nenhuma espécie de alegria, encontrei-me com o arqueólogo da universidade, o professor Daicu. Levemente agitado como de costume, ocultava seus pensamentos e preocupações debaixo de uma máscara brincalhona. Acabava de chegar de Grădiștea, onde começara novas escavações. Descobrira um terraço do outro lado da cidadela. Fez algumas sondagens naquela área. E tudo indicava que o terraço prometia revelar vestígios dácios[14] de máxima importância. "Um templo estranho, redondo, foi parcialmente descoberto", disse-me Daicu. A fim de suavizar um pouco a sensação de orgulho legítimo, ele se inclinou para tirar uns espinhos da barra da calça.

"Ora, espinhos de Zamolxe",[15] observei eu, brincando, "grudaram em você enquanto descia o monte com o bastão."

---

[14] Os dácios e getas, maior e mais poderosa ramificação dos trácios, eram um único povo que ocupava um território compreendido entre os Montes Bálcãs e os montes da Eslováquia, do litoral ocidental do Mar Negro até a Bacia Panônica. Sua civilização atingiu o apogeu entre o séculos I a.C. e I d.C. (N. T.)

[15] Zalmoxis, conforme a versão preferida por Mircea Eliade, era a única ou principal divindade do panteão geto-dácio. Os especialistas não conseguiram até hoje chegar a um consenso quanto ao monoteísmo, henoteísmo ou politeísmo dos geto-dácios. (N. T.)

"Grudaram em mim como se eu fosse uma ovelha", interrompeu-me Daicu, dando risada.

Após um instante, dirigi a conversa no sentido da curiosidade que despertara dentro de mim:

"Saiba que a história do terraço me interessa muito."

"Eu sei, como não saberia!", replicou Daicu, "lá, embaixo do humo e do cascalho do terraço, jaz enterrada a mitologia dos dácios. Em poucos anos, se eu receber o apoio necessário, espero trazê-la à tona. Então poderemos chegar a conclusões mais precisas no que toca à controvérsia sobre o monoteísmo ou politeísmo dos dácios."

"Com relação ao que os dácios foram – por mim não tenho dúvida alguma. E antecipo! Vou chamar desde já aquele terraço de 'Terraço dos Magos'. Estou convencido de que daquela terra sairão argumentos decisivos contra Heródoto[16] e Pârvan!"[17]

Aludi à controvérsia que tive com alguns teólogos de Bucareste, durante a guerra, com relação à religião dos dácios.

Daicu reforçou minha convicção:

"Nem eu duvido de que os dácios tenham sido politeístas – assim como todos os indo-europeus."

E Daicu de repente passou para outra questão:

"Ouça, Axente, você não gostaria de dar um pulo um dia desses até Grădiştea? O Instituto de Arqueologia está organizando um passeio. Arranjamos um ônibus com o qual iremos de Cluj até Costeşti. De lá subiremos a montanha com um trenzinho até Grădiştea." O convite feito por Daicu, de uma insistência calorosa e amiga, tinha um tom irresistível:

---

[16] O historiador grego Heródoto (484 a.C. – 425 a.C.) é autor do mais antigo registro histórico até hoje conhecido sobre os getas. Ao relatar a campanha de 514-512 a.C. do rei persa Dario I contra os citas no norte do Mar Negro, menciona que "antes de chegar ao Danúbio, derrotou os getas que se acreditavam imortais". Mais adiante, afirma que os getas "eram os mais valentes e os mais destemidos dentre os trácios". O mesmo Heródoto deixou relato sobre aspectos religiosos dos geto-dácios, relato este que alimentou a teoria do seu caráter monoteísta. (N. T.)

[17] Vasile Pârvan (1882-1927), eminente historiador e arqueólogo romeno, defendeu a ideia do monoteísmo entre os dácios. (N. T.)

Capítulo V

"Venho, claro que venho! Posso convidar também alguns amigos?"

"Tem lugar. Pode convidar até dez pessoas – se não forem personalidades!"

Os dias continuaram bonitos como um colar de pérolas.

Para o passeio pelo território dos deuses dácios convidei primeiro o casal Salva. Ileana, em especial, recebeu o convite com grande entusiasmo. Mulher culta e de coração aventureiro, ela logo percebeu a especial importância das descobertas arqueológicas de Grădiștea.

Como eu fazia questão de levar ao passeio minha esposa e minha filha, a fim de tirá-las um pouco do horizonte dos temores e das preocupações quotidianas, calculei que ainda haveria lugar para seis pessoas, "se não forem personalidades". Até que a lista se completasse, é claro que ainda haveriam de surgir pequenas confusões. Não sei como, um convite foi feito ao decano da Academia de Agricultura e esposa. A esposa do decano, porém, exigiu que do grupo participasse também o Gică Fanariote, que aliás não manifestava o mínimo interesse pela arqueologia de seus antepassados.

"Sem o Gică não vou ao passeio e basta!", disse a esposa do decano pelo telefone à dona Salva, que não sabia como resolver a saia justa. "Por favor, querido, dê um jeito para que ele também seja convidado pelo senhor Daicu!"

O desejo da esposa do decano, para quem a ausência do Gică no passeio estava fora de questão, foi-me comunicado pela dona Salva.

"Não entendo o que faria em Grădiștea o Gică Fanariote, que aliás não tem nada a ver com o Fanar[18] e que, como é de se esperar, vai só deixar suas marcas imundas pelos templos!", respondi a Ileana, que comungava da mesma opinião.

Graças à minha oposição, o passeio foi poupado da presença do Gică Fanariote que, num período de vergonhosa degradação de todos os valores, costumava apresentar em qualquer circunstância, tanto por meio de seu vocabulário como de seu comportamento, uma falta ostensiva de qualquer respeito pelo passado ou pelo presente de um povo que sempre almejou o bem, mas que fora colocado junto ao portão de todos os males.

---

[18] Fanar (Φανάριον em grego) é o nome de um bairro histórico em Istambul. Após a Queda de Constantinopla em 1453, os aristocratas gregos se estabeleceram nesse bairro. Como "fanariotes" ficaram conhecidos membros de um círculo restrito de aristocratas de origem bizantina com grande influência política no Império Otomano dos séculos XVII e XVIII. (N. T.)

De última hora apareceu outra saia justa, que de fato eu já esperava, conhecendo a psicologia das pessoas temerosas da fúria do Juízo Final. Dra. Malva Mogor, ao saber do passeio planejado e seus participantes, falou diretamente ao telefone com Daicu: "Convide-me também, senhor professor!"

Após o acontecido, a mulher-tanque ainda quis participar do passeio em minha companhia! Daicu não teve o que fazer. Não pôde recusar. Porém, ao saber de mim que, nesse caso, eu e minha família não poderíamos participar do passeio, nem meus amigos, o casal Salva, o professor Daicu telefonou à dra. Malva Mogor e disse que um imprevisto anulara o passeio.

Na manhãzinha de 7 de outubro, partimos, cerca de trinta pessoas, rumo à Colina Feleac. Embora bastante heterogêneo, o grupo estava unido pelo interesse coletivo, bem romeno, atribuído à arqueologia dácia. Partimos com grande entusiasmo num ônibus na direção do Terraço dos Magos. O céu claro e o orvalho que cobria a grama de ambos os lados da estrada anunciavam um belo dia.

Ao passarmos por Alba Iulia, despertei um pouco da sonolência que me dominara. Olhei atento pela janela do ônibus (esfregando o vidro embaçado com a manga), na esperança de reconhecer alguém na calçada, diante de alguma vitrine, ao longo da rua. Minha cuidadosa atenção não era alheia a uma certa emoção. Sabia que Ana Rareş morava ali fazia algum tempo. Junto com seu marido, ela chegara ali depois do processo de compressão e depuração do corpo didático universitário de Iaşi. Ana Rareş! Há quatro anos não a via! A rua me interessava, pois sentia claramente uma contiguidade. Com certeza, Ana Rareş passava todo dia por ali! Mas não naquele momento. O orvalho ainda era visível na calçada, assim como as pegadas dos transeuntes. Não haveria também pegadas de Ana entre elas?

Pelas nove da manhã chegamos a Costeşti, um vilarejo no Vale de Orăştie, com casas sólidas, perdidas sob uma vegetação densa no sopé das montanhas. Nosso passeio deveria durar dois dias e meio. Ao chegarmos ao vilarejo, fomos imediatamente alojados em diversas casas cujos proprietários, camponeses, já estavam acostumados aos viajantes. Depois de um breve repouso, pusemo-nos a caminhar, em grupo, na direção da cidadela invisível no cume de uma pequena montanha sob cujo sopé o vale e o riacho de repente se estreitavam. O sol de outono batia forte. Queimava sobretudo aqueles que não haviam aproveitado o verão. Depois de uma subida de uma hora, não especialmente difícil, chegamos, por

Capítulo V

cima de um vale lateral, a uma casa campestre com pomar: ali morava o vigia da cidadela. Desenrolamos as cobertas debaixo das árvores e nos deitamos para descansar. Nas árvores, que já haviam perdido quase todas as folhas, dependuravam-se ainda algumas maçãs vermelhas e amareladas. Resolvemos livrá-las daquele fardo. Em seguida, abrimos nossas trouxas e mochilas, estendemos em cima da grama e das cobertas nossos lanches e bebidas e comemos magnificamente numa atmosfera agradável de brincadeiras e alegria.

O professor Daicu, naquela manhã, encontrava-se incontestavelmente em sua melhor forma, aliás como sempre quando se via rodeado por tantas moças bonitas. De Cluj até Costeşti ele nos manteve em gargalhadas ininterruptas. Tinha ele sua tática para manter uma atmosfera de graça e boa disposição. Mal tínhamos tempo de rir até o fim de uma piada, que ele já contava outra. Sempre tinha uma palavra animadora e uma anedota sobre qualquer lugar. O tempo passava, mas nada nos apressava para subir e estarmos em meio à natureza.

Ao meio-dia, Daicu fez questão de proferir uma aula de História e Arqueologia sobre o território dácio. Com vistas a oferecer um apoio intuitivo à aula, um assistente abriu diante de nós um mapa enorme, que pendurou nos galhos de uma árvore. Numa exposição sucinta e vívida, Daicu nos explicou, com seu bastão pastoril, todo o sistema cartográfico das cidadelas dácias. Compreendemos assim, graças a todas as explicações recebidas, que naquele momento nos encontrávamos bem no centro do sistema que só um olho de águia dácia como o de Burebista[19] poderia ter sido capaz de conceber em tamanha harmonia com a paisagem. Todos os picos em derredor, evidentes graças à sua forma cônica, abrigaram um dia cidadelas e torres defensivas.

"Perto daqui, na cidadela de Costeşti, aonde logo subiremos, ficava a residência de Decebal.[20] As tropas romanas do Imperador Trajano penetraram por aqui e por lá. Mas uma parte das legiões romanas surpreenderam os dácios por trás, atravessando as montanhas, vindo da Oltênia. Até hoje podemos ver os vestígios do seu *castrum*, entre o Pico Pătru e o Pico Şurian. Essa cidadela de Costeşti, residência de Decebal, junto com todas as outras em derredor de cuja existência

---

[19] Considerado fundador do Estado dácio, Burebista reinou entre 82 e 44 a.C. (N. T.)
[20] Rei dácio entre 87 e 106 d.C., derrotado pelo imperador romano Trajano. Cometeu suicídio logo após a derrota dos dácios. (N. T.)

suspeitamos, defendia a entrada pelo vale estreito cujo riacho acabamos de atravessar. Vinte e cinco quilômetros a montante, no cume das montanhas, encontra-se Grădiştea, que, segundo nossos cálculos, deve ter sido a última cidadela dácia que resistiu, na tentativa de defender os santuários. Lá em Grădiştea deve ter sido o centro religioso do mundo dácio."

Após um descanso de duas horas, estávamos suficientemente refeitos para tomarmos a montanha de assalto. Num quarto de hora chegamos lá em cima, em meio aos muros escavados da cidadela. Uma visão espetacular, como um anfiteatro, ondulava-se debaixo dos nossos olhos. Daicu nos explicou a técnica de construção dos dácios. Vimos terraços que mantinham a mesma forma que lhes fora dada dois mil anos atrás. Blocos de pedra, muros com preenchimento interior. Cacos de vasos. Tijolos. Lápides. Subimos por degraus de pedra que conduziam para o interior da cidadela, rodeado por torres. Ao meu lado Ioana, minha filha, e dona Ileana Salva, curiosa por me ouvir. Bati com o pé na pedra da escada:

"Detenham-se por um momento e imaginem: por esses degraus passou Decebal tantas vezes! O altivo senhor ouviu o seu próprio passo por aqui, assim como nós ouvimos os nossos agora. Talvez o nosso passo não esteja fazendo outra coisa senão despertar o som do passo de Decebal, que dorme na pedra. Talvez o som do nosso passo não passe do eco do passo régio de outrora!"

Para ver todos os terraços da cidadela, com os vestígios escavados nos últimos anos, era necessário um passo cuidadoso e bastante tempo. Num dos terraços, grandes pedras redondas nos convidaram para descansar um pouco. Ocasião perfeita para escutar de novo Daicu:

"Estas pedras redondas são bases de colunas. Estamos, é claro, no meio de um templo. Ao escavá-lo em 1946, achei melhor não dizer o que era, para não irritar Marx. Encobri a verdade histórica, dizendo aos estudantes que aqui teria sido um celeiro de trigo."

Foi uma explicação sincera do professor Daicu, que pronunciou com clareza cada palavra. Agora, ele tinha certeza de que o marxismo não impediria nenhum arqueólogo de anunciar a descoberta de um "templo":

"Pois é, éramos uns idiotas naquela época!", acrescentou o professor Daicu, brincando, "achávamos que estaria de acordo com o espírito científico e marxista transformarmos os dácios em homens sem Deus!"

Capítulo V

Daicu nos ensinou que os romanos, ao ocupar o país, demoliram praticamente todas as cidadelas dácias. Do pico em que nos encontrávamos, o arqueólogo apontou para um vale lá embaixo:

"Olhem para baixo, onde o vale fica mais estreito. Ali encontrei um pequeno assentamento romano. Uns muros e a fundação de um pequeno prédio. Era um posto de vigilância, um refúgio para os soldados romanos que patrulhavam e vigiavam a região, para que nenhum dácio montasse uma rebelião nas montanhas. Na verdade, os romanos mandavam seus homens para cá para 'esclarecer' os dácios, que, primitivos e incultos como eram – assim como vocês mesmos puderam observar pelos vestígios das grandiosas construções – não entendiam muito bem o que significava 'libertação' de sob o jugo de Decebal! Os romanos tanto lhes repetiram 'Nós os libertamos!', até que, no final das contas, os dácios acreditaram neles. Pois é, assim se faz a História!"

Daicu disse tudo isso fingindo seriedade. Todos nós mantivemos um ar sério, segurando o riso.

Do outro lado do templo, gritei:

"Ei, Daicu, essa da libertação do jugo de Decebal foi boa!"

"Hein?", respondeu Daicu, fingindo não ter ouvido, embora não lhe houvesse escapado uma única palavra.

Ao anoitecer, descemos devagar até o vilarejo. Uma mesa comprida foi posta tomando dois aposentos, largos de acordo com a medida local. Ninguém do grupo conseguiu mais do que meio assento à mesa. Cada um sentou de atravessado, com o cotovelo nas costelas do vizinho. Daicu estava de novo com a corda toda. Agora falava de teologia. Num certo momento, pôs-se a explicar umas expressões absconsas do Credo Niceno. Filho de cantor de igreja, ele foi criado perto dela e por isso gostava de cantar hinos e recitar textos litúrgicos. Daicu contou que, entre as duas grandes guerras, ele conheceu um padre que foi deputado no parlamento e grande empresário, com automóvel em frente de casa.

"O padre era de Zlatna, mas tinha uma amante em Cluj, a quem mandou uma vez um vagão cheio de flores. Encontrei-me uma vez com esse padre num restaurante em Bucareste e fui tirar satisfações dele com relação à uma frase do Credo: 'as carroças para nós homens'... Veja bem, seu padre, disse-lhe eu, o texto é claríssimo... Para nós homens, estão destinadas as carroças, não os automóveis!"

E Daicu continuou:

"Para o mesmo padre, que costumava fazer mais reverências na antecâmara do ministro da Indústria e Comércio do que diante do altar, expliquei noutra ocasião um outro texto obscuro do Credo Niceno. Tratava-se da frase 'nascido, e não feito'!"

"Veja bem, seu padre, você não está vendo que esse texto não tem sentido algum? Nessa parte do Credo com certeza escapou uma gralha. Deveria estar escrito: 'nascido, fez-se inverno'!"[21] Deste modo, o Credo se torna bem claro: Cristo nasceu no Natal! Desde então, na igreja do padreco o Credo passou a ser proferido só assim: 'nascido, fez-se inverno'!"

Passando por uma série de outras piadas, Daicu nos contou com muita graça em que circunstâncias incorporou a expressão interrogativa rudimentar "Hem?" Tudo ocorrera justamente no quintal daquela casa em que o arqueólogo ficava alojado na época das escavações:

"Vocês viram o Gheorghiţă? O menino não tem mais que cinco anos. Um dia, vi o Gheorghiţă no quintal. Perguntei-lhe onde estava sua mãe. Gheorghiţă respondeu: 'O quê?'. Então eu expliquei cuidadosamente para ele: 'Ó Gheorghiţă, não se diz 'o quê?', se diz 'hem?'! Os pais da criança me ouviram falar pela janela, do lado de dentro da casa. E ficaram muito contentes ao ver que eu ensinava seu filho a falar bonito. Desde então, todos nesta casa respondem sempre às minhas perguntas com 'hem?'. E se acham muitíssimo bem-educados!"

"Sei, por isso é que você me respondeu daquele jeito lá em cima no templo!", disse-lhe, entrando na sua conversa.

E para que a graça e a boa disposição continuassem imperando, Daicu gritou na minha direção:

"Hem?"

❧

Queimados por dentro pelo ozônio do dia, cansados de tanta paisagem, extenuados de subidas e diversão, deitamo-nos tarde embora tivéssemos de nos levantar bem cedo.

---

[21] É necessário notar a extrema semelhança sonora das duas frases em romeno: "*născut, iar nu făcut*" e "*născut, iarna făcut*", difícil de transpor na tradução para o português. (N. T.)

Capítulo V

Antes de o sol raiar.

Estávamos vestidos como se fosse inverno, em casacos e sobretudos. Tínhamos de tomar, às cinco da manhã, o trenzinho para Grădiştea.

Conseguimos tomá-lo a tempo.

Nosso grupo de viajantes ocupou algumas plataformas vazias de vagões, que até o anoitecer haveriam de ser carregados com madeira de faia do sopé da pequena montanha de Grădiştea. O trenzinho nos levava para cima, arfando, seguindo o caminho da água. O cristal fluido do leito do rio revelava trutas assustadas com o mundo exterior. A locomotiva soltava de vez em quando um espirro grosso de fumaça, escória e centelhas. Flocos finos de fuligem se instalavam na pele empoada das senhoras e das estudantes. A fineza dos flocos parecia buscar justo a fineza daqueles rostos.

Ao chegarmos às nove horas ao sopé da montanha, saltamos ágeis das plataformas. A grama envolta por um orvalho denso como um cobertor amorteceu nossos passos. Analisamos por um instante a inclinação do monte que deveríamos escalar. Preparamo-nos de corpo e alma para enfrentá-lo. E partimos ao seu encontro. O início foi especialmente difícil. A subida parecia um assalto. Depois de quinze minutos, chegamos a um cume. Passamos ao longo de troncos altos e retos de faias, parecendo colunas num imenso templo pagão. A cada passo, Daicu dava uma explicação. Em toda aquela encosta era possível encontrar, debaixo das árvores e framboeseiras, restos de pedra talhada, cacos e tijolos. Ali se erguia a velha Sarmisegetuză[22] dos dácios? Bem ali.

Seguiram-se mais duas horas de uma subida menos difícil. E chegamos às muralhas da cidadela. Musgo, fentos e blocos de pedra formavam um todo. O tempo não conseguiu enterrar tudo. Em alguns pontos, as muralhas emergiam um metro ou mais da superfície. O bosque, ao longo dos séculos com suas raízes, carcomeu o calcário e o basalto. As raízes demoliram e desfizeram a pedra. As fundações das muralhas, porém, resistiram junto com a voz do vento, para constituir testemunho de uma grandeza do passado. Por meio de sondagens no espaço entre as muralhas, foi possível reconstituir aproximadamente o plano da cidadela. Na outra encosta, mais abrupta, encontrava-se o Terraço dos Magos. Chegamos também até lá, pois aquele terraço era nosso objetivo final. Ali, as faias pareciam

---

[22] Nome do centro político e espiritual dos dácios. (N. T.)

ser mais altas. As copas ainda poupadas pela estação se divertiam em tonalidades de ferrugem. Outros tipos de árvores, cujos nomes não sei mais, apresentavam-se em amarelo e vermelho sanguíneo. Sob os raios ardentes do sol, contemplamos o céu límpido e frio por entre as folhas. No Terraço dos Magos, vimos aqui e ali escavações investigativas. Parte de um templo redondo, cuja forma e construção lembravam estupas indianas, havia sido desenterrada. Encontrávamo-nos no lugar dos fabulosos santuários sobre os quais a historiografia da Antiguidade nos deixara alguns registros que, para os pósteros, pareciam ser apenas o eco de uma lenda. Sua existência inacreditável se confirmava dois mil anos mais tarde. Ali, embaixo da terra, devia estar cheio de templos mortos. Sem seus modelos subterrâneos, as faias com casca marmórea não teriam sido capazes de construir seus templos vivos. Um arrepio numênico,[23] de sacralidade pagã, nos envolveu naquelas alturas. O outono solar emprestava à paisagem a sua mais bela aparência. Por ali, num passado longínquo, produziram-se ritos insondáveis, entoaram-se cantos litúrgicos em louvor de deuses celestiais e telúricos dos nossos antepassados. O que haveria de vir à tona de sob todas aquelas raízes do tempo e das faias?

Naquele terreno altíssimo, até mesmo as piadas de Daicu emudeceram. Gotas de orvalho derretido ao sol caíam nos nossos ombros e nas nossas faces. Orvalho santo, puro como as lágrimas não vertidas da nossa estirpe.

"O que desenterraremos aqui", nos disse Daicu, "ultrapassará qualquer imaginação e todas as hipóteses. Estamos numa encruzilhada da arqueologia nacional. Esperamos lançar as bases, no decorrer dos próximos anos, de uma nova *Gética*."[24]

"Quem são os getas?", perguntou, tímida, minha filha Ioana.

"Os getas? É um outro nome para os dácios!", explicou-lhe o professor Daicu, com um sorriso simpático.

Depois de algumas horas de profunda meditação nas alturas, começamos a descer. Devagar e temendo escorregar, em meio a tufos, pedrarias, por sendas e ladeiras. Ao anoitecer, chegamos de novo ao vale, onde ficava a estação do trenzinho. Os vagões estavam agora carregados de madeira de faia; o que na vinda tinha

---

[23] Relativo a número (gr. *noumenon* = coisa pensada); no contexto: abordagem racional do sacro. (N. E. Romeno)
[24] Título da principal obra de Vâsile Pârvan, escrita em 1926, que constitui uma síntese histórico-arqueológica sobre o papel político e cultural dos geto-dácios. (N. T.)

Capítulo V

sido uma plataforma, agora era uma torre. As árvores de Zamolxe se transformavam em combustível e eram transportadas conforme a piada que passava de boca em boca: "Nada se perde, tudo se transporta."[25] Uma versão romena da dialética.

Ocupei meu lugar na dobradiça de um vagão. Os outros se colocaram no alto, por cima da madeira. Coloquei-me na extremidade de um tronco de faia, com o rosto de frente para a direção do movimento. Ao meu lado, gelada com a perspectiva de uma viagem cheia de perigos, Ileana. Acompanhamos a paisagem que escurecia. O trenzinho e sua carga nos comunicavam uma sensação de insegurança. E se descarrilasse? As curvas agora pareciam mais frequentes do que na vinda!

O retorno até Costeşti no trenzinho haveria de durar três horas. À nossa direita, ouvíamos o rio espumoso. No breu não víamos mais nada além do que revelavam os faróis da locomotiva ao longo do caminho ora mais largo, ora mais estreito.

As montanhas iluminadas, aqui e ali, pelas luzes da locomotiva, os bosques e os penhascos constituíam uma paisagem estranha que jamais vira até então. Nas curvas surgia diante de nós, em plena escuridão da noite, o monstro da locomotiva, que iluminava em fachos para cima, para baixo e para os lados. Sentíamos como borbulhava o rio lá embaixo, com um uivo que recobria qualquer outro som, misturando-se ao rangido estridente e metálico das rodas. Sob aquelas luzes que laceravam as trevas, tínhamos a impressão de que o riacho corria para cima, em ondas espumegantes. Isso tudo sem que nos abandonasse a sensação de que, atrás de nós, a qualquer momento, todos os vagões poderiam tombar um em cima do outro, despencando em cima de nós.

"Olhe", disse a Ileana, "o rio parece subir a montanha! É como se os elementos da natureza traíssem a lei eterna. A água remoinha e sobe, corre para cima, para cima! Enquanto este trem preto desce! A escuridão é completa do outro lado! Parece que estamos descendo no Hades!"

Após dois dias de descontração na terra dos ancestrais e dos deuses, voltamos, em meio a fumaça e escória, para a planície, para retomar nosso lugar na nova ordem.

☙

---

[25] Alusão à expressão filosófica da Lei de Lavoisier: "Na natureza nada se cria, nada se perde, tudo se transforma". (N. T.)

1949. Num dos primeiros dias de primavera, passeei devagar de Alba Iulia, pela estrada nacional, até aquela curva enérgica, quase em ângulo reto, que endireitava o caminho na direção de Câmpul Frumoasei. Por meio de um mensageiro, marquei um encontro com Leonte, que, coagido pelas circunstâncias, há muito tinha se retirado no vilarejo natal, em seu vilarejo, em meu vilarejo. Leonte, naquele momento, igualmente a pé, estava na mesma estrada, mas no sentido oposto, vindo de Câmpul Frumoasei para Oarda, vilarejo cujo nome asiático despertava em minha alma, desde a infância, não sei que reminiscências mongóis. A ressonância asiática desse nome estranho, reforçada naquele momento por minha viagem, me fez refletir nas inúmeras transformações de estrutura, de teor e de forma que ocorriam debaixo dos nossos narizes conforme um padrão que, até pouco tempo, eu imaginava efetivamente válido apenas para regiões longínquas, vizinhas ao deserto de Gobi. O encontro com Leonte foi planejado num lugar previamente estabelecido, entre Oarda e Câmpul Frumoasei. O lugar para o qual nos dirigíamos, ele vindo do seu vilarejo, eu indo de Alba, certamente ainda tinha o mesmo nome do tempo da nossa infância: Șirini. Aquele lugar de pasto com grama meio seca, com fios duros como o pelo da crina do cavalo, pasto onde outrora pastava a manada de cavalos de Câmpul Frumoasei e, nas semanas de estiagem, os bois brancos, era um lugar muito familiar para nós, um entrelaçamento importante dos nossos caminhos oníricos. Na infância, costumávamos ir até lá para ver os animais confiados pela comunidade ao pastor, remunerado para cuidar delas.

Chegamos ao local do encontro no mesmo momento, vindos de direções opostas, pela mesma estrada, eu e Leonte, como se houvéssemos previamente medido as distâncias por percorrer. Os dois anos em que não nos havíamos visto deixaram marcas no rosto de Leonte. Talvez também no meu. Logo sentamo-nos à sombra dos troncos de uns velhos salgueiros, únicos restos vegetais do passado distante. Já nas primeiras palavras trocadas, lembramo-nos de um acontecimento ocorrido diante dos nossos olhos em Șirini, num verão que não nos parecia mais real. "Você ainda se lembra, Leonte?" E o acontecido se desenrolou de novo na paisagem que manteve quase o mesmo desenho de outrora. "Você lembra? Algumas crianças de Câmpul Frumoasei brincavam bem ali entre os cavalos e os bois. Um menino encontrou no chão um objeto metálico que parecia

Capítulo V

uma ferradura e o atirou na direção de um de seus amigos, gritando: 'Olhem o que encontrei!' Chocando-se, na queda, com algumas pedras, a 'ferradura' perdeu, num canto, a casca de barro que a recobria, revelando um brilho dourado. Admiradas, as crianças se puseram a verificar a ferradura, que passou de mão em mão até retornar às mãos daquele que a encontrara. A ferradura desgraçada foi lavada na água amarelada e barrenta da fonte cheia de mosquitos de pernas compridas, revelando um brilho cintilante. O menino a levou para casa sem saber o que era. Seu pai pôs-se a cortar a ferradura em pedacinhos. O camponês sabia que tinha nas mãos ouro puro. Quis escondê-lo, mas, quando em Sebeş ficaram sabendo do tesouro, o camponês foi obrigado a ceder os pedaços da ferradura ao preço de alguns milhares de coroas. O 'negócio' não foi bem ao gosto do camponês, mas ao menos ele conseguiu escapar temporariamente da pobreza." Esse acontecimento, do qual participáramos na infância como observadores e colegas de brincadeiras, veio-nos então à mente, ao nos sentarmos à sombra do salgueiro. Estávamos ali, nas redondezas da antiga Apulum, a mais importante localidade romana na Dácia conquistada pelas legiões de Trajano. O ferro do arado sulcando a terra e o enxadão cavando os fossos exigidos pela construção da nova estrada nacional revelaram inúmeros objetos de interesse arqueológico: urnas, camafeus, gemas, anéis, braceletes, presilhas, pedras funerárias, lápides, mosaicos, pedras de altar, testemunhos palpáveis de que a região outrora fez parte de um grande império. A sensação melancólica de perda que gera uma tal visão arqueológica naquele momento se compensava com a sensação de decomposição de um mundo.

Só agora encontrava tempo para a minha escapada de um dia para me encontrar com Leonte. Acontecera algo comigo. Acontecera aquilo que era natural acontecer. Poucas semanas antes, fora transferido de Cluj para Alba Iulia. Havia me tornado indesejável na capital da Transilvânia. E fora empurrado com tudo o que era meu: família, casa, livros, móveis, na direção da província de terceira categoria. Quero dizer que, junto com a reforma radical do ensino superior, minha eliminação do corpo didático tornou-se inevitável. A nova direção, contudo, teve o cuidado de encontrar para mim um serviço que era de certo modo considerado mais adequado à minha capacidade. O serviço que me impuseram, sem que me perguntassem nada, foi o de bibliotecário na velha Biblioteca

Batyaneum[26] de Alba Iulia. Essa biblioteca magiar, episcopal em sua origem, criada por um príncipe da Igreja Católica e grande erudito do século XVIII, acabara de ser transferida para o patrimônio do Estado romeno, que há pouco se transformara de monarquia em república "popular".[27] A biblioteca conta com itens raríssimos de grande importância, além de gozar de uma merecida fama europeia sobretudo graças ao *Codex Aureus*,[28] um evangeliário do século IX, admiravelmente ilustrado e escrito inteiramente com letras de ouro. Deveria agora, portanto, assimilar habilidades e sutilezas de um novo ofício. Fui perseguido ao longo de minha existência durante um quarto de século pelo destino de trocar sempre de atividade profissional. Intervindo com intermitência na minha vida, o fado teve o cuidado de não permitir que eu me ancilosasse em nenhuma das atividades que pude desenvolver. Sem atribuir importância às profissões abraçadas e sem delas esperar nada além da sobrevivência, vi a nova mudança com indiferença. Não fui invadido nem mesmo pela sensação de humilhação ou de ofensa que perturba os outros até o ponto da desmoralização quando se veem em tal situação. Quero dizer que não me senti absolutamente devastado ou moralmente destruído por ter sido cuidadosamente retirado do meio das atividades de alto nível intelectual, como eram as universitárias, para os degraus da simples

---

[26] A Biblioteca Batthyaneum, atualmente filial da Biblioteca Nacional da Romênia, foi criada em 31 de julho de 1798 em Alba Iulia, por iniciativa do bispo romano-católico da Transilvânia Ignác Batthyány. Sua base, na origem, foi a coleção particular do bispo, formada por 18 mil volumes. (N. T.)

[27] Em 30 de dezembro de 1947 proclamou-se a República Popular Romena, no contexto da ocupação da Romênia pelo exército soviético e da abdicação forçada do Rei Mihai I. (N. T.)

[28] O *Codex Aureus*, conhecido também como *Evangeliário de Lorsch* ou *Codex Aureus Laurensius*, é um Evangelho com iluminuras escrito com letras de ouro sobre pergaminho entre os anos de 778 e 820, a pedido do Imperador Carlos Magno. Tendo sido pela primeira vez inventariado em 830 no mosteiro alemão de Lorsch, sob a menção *Evangelium scriptum cum auro pictum habens tabulas eburneas*, supõe-se que ali tenha sido também escrito. Devido a diversas vicissitudes da História, o manuscrito foi desmembrado ao longo dos séculos. A primeira metade encontra-se na biblioteca romena *Batthyaneum* de Alba Iulia; a segunda metade, junto com a capa, na biblioteca do Vaticano; a contracapa, no museu londrino *Victoria and Albert*. A encadernação em couro do fragmento que se encontra na Romênia foi realizada no fim do século XVIII, logo depois de o bispo da Transilvânia ter comprado parte da biblioteca do cardeal de Viena, Christoph von Migazzi, que incluía a obra. (N. T.)

Capítulo V

técnica intelectual e, de certo modo, de "trabalho inferior". Trabalho "inferior" era chamado, já fazia algum tempo, qualquer trabalho que constituísse, conforme a doutrina oficial do Estado, a base de todo trabalho superior, de "superestrutura". Diante do nível do meu trabalho intelectual até então, é claro que eu só podia considerar a atividade bibliotecária como um trabalho "inferior". Noutra perspectiva, aquele trabalho poderia ser contudo apreciado como sendo de nível elevado, pois situações como aquela a que eu chegara promoviam-se agora, na hierarquia trabalhista, em outras bibliotecas públicas do país, antigos barbeiros ou tipógrafos.

Logo depois de ter sido "depurado" da Universidade de Iași, Leonte Pătrașcu se estabeleceu, assim como já disse, em nosso vilarejo de origem. Leonte foi, em momentos cruciais de sua vida, com frequência assaltado pelo instinto do "retorno". Seu último retorno poderia ter diversos significados. Poderia ser um retorno da história para a pré-história ainda viva do meio rural, assim como também poderia ser um retorno ao não ser anterior ao nascimento. Na saudade do retorno pode-se por vezes decifrar a saudade de não mais existir. Já há algum tempo, Leonte via-se vítima daquela saudade do retorno em que se pode adivinhar a saudade de não mais existir. Leonte realmente confessou para mim, assim como para outros camaradas, que se sentia uma criatura com destino interrupto. Disse-nos Leonte uma vez que a sensação da existência teria nele sofrido uma espécie de redução. Ele não se sentia exatamente como uma sombra no Hades, mas algo muito parecido daquilo.

À sombra dos troncos do salgueiro, informamos um ao outro quanto às novas condições de trabalho que haveríamos de ter pela frente. Ainda antes soubera que Leonte havia sido mandado como "colaborador" para trabalhar em um novo instituto de filosofia em Bucareste. Definiram-lhe as áreas de pesquisa e os temas. Tudo se referia a séculos distantes. De modo que também em suas pesquisas Leonte foi orientado na direção de um "retorno", um retorno ao passado histórico que, para ele, podia ser um ambiente indizivelmente mais agradável que o presente. É claro que aquele que retornava ao passado não era mais Leonte, mas apenas uma sombra que trabalhava como "colaborador". Pediram-lhe que escrevesse uma história do pensamento romeno nos primeiros séculos da nossa literatura. Assim, foi necessário retirar de sua latência o pensamento filosófico de nossos cronistas. Leonte teve de acompanhar o pensamento romeno na época da Reforma, processo que envolveu as iniciativas tipográficas e de tradução de Coresi.[29] Em seguida, Leonte foi solicitado a revelar, de uma época a outra até as vésperas da Primeira Guerra Mundial, a filosofia implícita nos documentos literários ou nas ações políticas, uma questão que exige muita atenção e discernimento. Leonte me confessou que as épocas pesquisadas eram indubitavelmente interessantíssimas. Os ensaios que lhe haviam sido encomendados, porém, deveriam ser escritos numa perspectiva imposta de fora. É claro que, mesmo com uma perspectiva imposta, podem-se revelar algumas facetas da nossa História. Toda pesquisa, porém, realizada sob tal perspectiva, destitui o fenômeno histórico de sua complexidade genuína. Aspectos históricos, por mais que sejam revelados de maneira verídica, parecem, numa pesquisa unilateral – assim como é a do materialismo histórico – simplesmente esquematizadas. A partir de qualquer coisa, tal apresentação não esboça mais do que uma caricatura do fenômeno histórico.

"Estudei de perto a doutrina oficial do materialismo histórico", disse-me Leonte, "conheço sua proposta e sua técnica. Conheço também suas fraquezas, seus pontos de menor resistência. Não acho que um dia ainda hei de fazer uma análise crítica do materialismo histórico. Mas bem que gostaria. Pois a filosofia ocidental ainda não se deu ao trabalho de submetê-lo a uma crítica rigorosa. Nessas condições, devemos encontrar um dos motivos que tornam o materialismo histórico tão sedutor até mesmo para boas inteligências. Cheguei à convicção de que, por meio da mera banalização, é impossível derrubar tal conceito. Algumas opiniões minhas vão-lhe parecer surpreendentes, meu caro Axente, mas veja bem... O materialismo histórico, a meu ver, não tem nada a ver com materialismo. Entre o materialismo dialético e o assim chamado materialismo histórico há uma ruptura. O materialismo histórico é um conceito cuja base é formada por elementos sobretudo psicológicos, e não materialistas. O materialismo histórico indubitavelmente representa uma doutrina sobre a História. No fundo, essa doutrina parece-me ser a primeira psicanálise de amplitude sistemática. Parece-lhe estranho, mas é assim.

---

[29] Coresi foi um diácono, tradutor e tipógrafo originário de Târgoviște, estabelecido em Brașov em torno do ano de 1559, onde imprimiu os primeiros livros em língua romena. Sua atividade acabou facilitando a unidade linguística do povo romeno e o surgimento da língua romena literária. (N. T.)

Capítulo V

Os elementos básicos e essenciais da psicanálise surgem pela primeira vez naturalmente com outra denominação no conceito do assim chamado materialismo histórico. Ao descobrir isso, disse comigo mesmo: a atual psicanálise, com seus andaimes de elementos constitutivos, não é uma doutrina única assim como eu tendia a acreditar, mas multiforme. Imagine, Axente, a possibilidade de uma série indefinida de 'psicanálises'. Todas as psicanálises possíveis teriam os mesmos andaimes de elementos essenciais. É sabido que a atual psicanálise foi constituída em torno do instinto sexual. Ela nos fala do predomínio desse instinto e do modo como ele determina, a partir das profundezas inconscientes, toda a nossa vida psíquica.

Ouvimos falar por exemplo dos 'sonhos' como expressão desse instinto. Ouvimos falar de 'criações de cultura' como expressões de 'sublimação' do mesmo instinto. E quantas vezes não nos chamaram a atenção para as 'máscaras' que esse instinto sexual porta. Tantos gestos e comportamentos nossos se 'desmascaram', numa análise mais detalhada, como derivações secretas do instinto sexual. Temos de reconhecer, porém, que a psicanálise da sexualidade não é a única psicanálise. Você decerto conhece o caso daqueles psicanalistas que tentam manter os andaimes de elementos da psicanálise, e sua mecânica como tal, mas que substituem o instinto sexual pelo da dominação, da gana de poder. Até agora ninguém observou que o 'materialismo histórico' construiu, décadas antes da psicanálise moderna, um sistema de psicanálise de outro instinto: o da fome, o da conservação. Se observarmos melhor, descobriremos que o materialismo histórico é, em última instância, a psicanálise desse instinto. Os elementos teóricos fundamentais do materialismo histórico são, em última instância, os mesmos da psicanálise atual, mas os termos utilizados são outros. O materialismo histórico é a psicanálise da fome. O materialismo histórico nos fala sobre a 'base' de todo fenômeno histórico como relação de produção. Mas nas assim chamadas relações de produção, exprime-se de fato o tipo de organização social da satisfação do instinto da fome. Veja agora os outros aspectos. O que os modernos chamam de produto de 'sublimação' surge no materialismo histórico muito antes sob a denominação de 'superestrutura'. Nas criações de cultura exprimem-se, conforme a concepção do materialismo histórico, indiretamente e quase sempre camufladas, as relações de produção da sociedade numa determinada fase de desenvolvimento. As relações de produção representam a forma sob a qual a sociedade se organiza com vistas à satisfação do instinto fundamental da 'fome'. O esquema teórico é o mesmo tanto na psicanálise moderna como no materialismo histórico. O materialismo histórico não passa de uma psicanálise dos instintos fundamentais do homem."

Uma observação sempre repetida por Leonte era a de que a psicanálise não era una, mas múltipla. São possíveis tantas psicanálises quantos são os instintos fundamentais que se encontram na base da vida. As explicações do materialismo histórico sobre os acontecimentos históricos dão com frequência a impressão de serem caricaturais; mas o mesmo ocorre no caso das explicações que a atual psicanálise dá a tantos acontecimentos psicológicos e históricos. A impressão de "caricatura" não constitui porém um motivo suficiente para banalizar tais "explicações". Simplesmente repudiando tais "teorias", não chegaremos a lugar algum.

E Leonte continuou: "Como primeira forma sistemática de psicanálise, o materialismo histórico deve ser examinado com absoluta seriedade. A menor das verdades compreende todas as psicanálises possíveis. O materialismo histórico dá-se conta de suas falhas apenas ao impor exigências de exclusividade, tornando-se dogmático. Os doutrinários intolerantes e de mente estreita, que transformam perspectivas e hipóteses de trabalho relativamente válidas em armas de luta social, cometem sempre esse pecado, gerando um grande impasse para uma ideia sobre a qual, até determinado ponto, é possível discutir. Devemos nos manter despertos. E termos sempre presente que a História se baseia não em um só instinto, mas em todos os instintos humanos. Devemos ainda estar atentos a um aspecto mais fundamental que o da História. Os instintos humanos jamais fazem história sem a cumplicidade de diversos fatores de natureza espiritual. Toda psicanálise que se aplique a determinados acontecimentos históricos está condenada a permanecer unilateral. O materialismo histórico, portanto, não pode ser visto como explicação de conjunto dos fenômenos históricos."

Após uma breve interrupção, Leonte concluiu: "O materialismo histórico não pode servir como fundamento para a criação de um programa de movimento social. Fica a cargo de cada pessoa preferir ou não essa doutrina, mas isso é uma questão de opção subjetiva. Um movimento social que se baseia no materialismo histórico não está ancorado no 'absoluto' mais do que eventuais movimentos que partissem da preferência por outra psicanálise."

A exposição de Leonte à sombra dos troncos de salgueiro teve o dom de me esclarecer uma série de dúvidas. Não que eu houvesse alguma vez tido a tendência,

Capítulo V

mesmo que passageira, de atribuir importância ao materialismo histórico. Eram demasiadas minhas reservas afetivas por essa doutrina para que eu pudesse escorregar na sua direção. Meu interesse pela atual doutrina não chegou a se parecer nem de longe com o interesse que estava disposto a dedicar, no contexto de um relativismo de princípio, a qualquer teoria ou filosofia. As explicações de Leonte me esclareceram definitivamente. Argumentos capazes de sacudir o materialismo histórico, cujas consequências práticas começavam a nos transformar em escravos; até aquele momento não ouvira argumentos tão convincentes.

"Agora você tem que se esforçar por vir com mais frequência até Câmpul Frumoasei", disse-me Leonte, "estou feliz que o tenham mandado para Alba. Pelo menos assim vamos ficar mais próximos um do outro. É como se voltássemos aos bons tempos da nossa infância e adolescência. Sabe quem vem com frequência de Alba Iulia até Câmpul Frumoasei para me ver?"

"Suspeito que seja dona Ana Rareș!"

"Você a viu em Alba?"

"Sim, uma vez, por acaso, numa ruela perto do centro. A passagem do tempo não conseguiu mudá-la em nada, pequeno prodígio de Căpâlna."

"Ana me visita assiduamente. O prodígio toma o ônibus em Alba, chega de manhã e volta ao anoitecer", explicou-me Leonte. "Conversamos muito inclusive aos domingos. Ana tem, como nenhuma outra criatura, o dom de fazer seu interlocutor se superar. Por vezes tenho a sensação de que essa profunda amizade pode restituir o destino que me foi roubado."

Olhei rapidamente para a testa de Leonte. Um relevo quase imperceptível de pele e osso, como uma cabeça de prego, persistia no meio da testa. "E lá vai permanecer no final das contas", disse para mim mesmo. "Então talvez a ferida se abra de novo para atender seu destino." Que dona Ana fosse para Leonte o que era – não me surpreendia. Quanto a mim, Ana era uma criatura que infundia uma timidez quase mágica, impedindo-me de falar sobre ela com quem quer que fosse. Há anos que eu por ela nutria lembranças apaixonadas. Sua imagem sempre surgia na minha alma, como uma melodia obsessiva. Várias circunstâncias da vida e problemas quotidianos sempre se intercalaram entre nós, mantendo-nos longe um do outro. Assim, a imagem de dona Ana se transformou pouco a pouco num símbolo do inacessível. Sua imagem teria se destramado no esquecimento caso não fosse continuamente reavivada por seu próprio feitiço. Da imagem de Ana eu me aproximava com ternura, quando desaparecia do horizonte do pensamento, ou com nostalgia, quando se sublimava em símbolo para além da vida. Mas na maior parte das vezes sua imagem era de fato uma melodia que me atormentava, como uma canção que eu não me atrevia a ouvir demasiado, deixando que me permeasse como um sopro e um doce veneno.

Nos meus anos no estrangeiro, tendo em vista minhas profundas interiorização e solidão, uma terrível saudade do país se acumulou dentro de mim. Naturalmente, o país era para mim a paisagem e as lembranças, a língua e o passado, o sangue e o espírito de uma nação formada por homens de uma mesma origem durante milênios. Só Leonte, que sempre descia nas profundezas de quem quer que fosse, soube fazer a análise espectral da minha saudade. Só ele soube intuir a capacidade afetiva que fervilhava dentro de mim. Até que um dia, alguns anos atrás, ele me disse, em presença de dona Ana, que à minha saudade pelo país do tempo das minhas peregrinações como diplomata e por terras estrangeiras se misturava a saudade pelas mais frágeis criaturas do nosso país, pelas "desconhecidas" que, com seu amor, poderiam ter feito florescer em mim o cântico supremo. Nunca me atrevi a confessar-lhe quanta razão ele tinha. Não me atrevi, pois deveria lhe dizer que o período fértil já passara. Não me atrevi, pois deveria lhe dizer que a única aparição feminina que eu suspeitava pudesse responder, como a prata, às minhas vibrações poéticas, tornara-se para mim, devido às circunstâncias da vida e aos problemas quotidianos, o símbolo do inacessível. Tais eram os pensamentos e as angústias que me envolveram naqueles instantes à sombra dos troncos de salgueiro, mas nada disso deixei escapar a Leonte. Para desviar sozinho meus pensamentos noutra parte, recordei a Leonte algumas cenas ocorridas naquele mesmo lugar, no pasto de Şirini, na época da nossa infância.

"Você se lembra de uma coisa que eu lhe perguntei aqui, há muito tempo? Nós dois, travessos, havíamos sido mandados pelos nossos pais para cuidar dos bois que pastavam. Os salgueiros tinham brotos amarelados com folhas amargas. Não eram simples troncos como agora. Estávamos na sombra. Olhávamos com atenção para os caracóis que tínhamos nas palmas da mão, que mexiam seus corninhos para dentro e para fora, até aparecerem os olhos. Então eu lhe perguntei: 'Por que é que os bois não têm os olhos na extremidade dos cornos assim como os caracóis?';

Capítulo V

surpreso, você deu risada da minha pergunta infantil. Quantas coisas não aconteceram desde então, ultrapassando nossa imaginação! Não conseguimos mais nos surpreender. Desilusionamo-nos. Duas guerras mundiais, com seus sofrimentos e suas miragens, passaram, trazendo consigo transformações inimagináveis. E, agora, este momento que derruba toda ordem. Como pode caber tanto tempo numa só vida? E as lembranças não seriam demasiadas para um só coração? Oh, como são numerosas e pesadas! O que ainda há de vir? Olhe só, por essa estrada nós passamos no início de setembro de 1940, quando a Transilvânia foi partida em dois e nós, de Cluj, fomos obrigados a nos refugiar em Sibiu. Passamos por aqui na cabine de um caminhão que levava toda a nossa casa e badulaques! Naquela altura eu também evoquei, neste pedaço do caminho, cenas da infância. É possível nos separarmos do futuro por meio de uma parede tão opaca? Se na minha infância alguém houvesse me mostrado tudo o que haveria de acontecer por aqui..."

"Se alguém lhe houvesse mostrado tudo o que haveria de acontecer, você não teria mais vivido. De fato, o mais misterioso dos mistérios é essa parede opaca, posta entre nós e os possíveis acontecimentos do futuro, no mesmo lugar. Eis o espaço, o espaço pleno de acontecimentos e de coisas que podemos perceber com os olhos. Por que não podemos perceber da mesma maneira o tempo? É impossível pensar nisso sem estremecer." O olhar de Leonte se perdeu de novo nas profundezas, profundezas cujas dimensões eu não era capaz de medir. Conhecia esse olhar. Já na infância ele às vezes olhava, perdido, para precipícios desconhecidos. Agora olhava para Câmpul Frumoasei, na direção da Ravina Vermelha, que entrecorta a Coastă Mare. "Enquanto nos permitirmos envolver pelo arrepio do tempo, mantemo-nos crianças", acrescentou Leonte.

"As experiências metafísicas nos mantêm crianças. Só as 'realidades' nos envelhecem", disse-lhe eu, tentando direcionar o olhar de Leonte para outro lado e salvá-lo dos "precipícios".

Conversamos por mais uma ou duas horas. Em seguida, despedimo-nos com um abraço fraterno, nós, os "gêmeos" de espírito. E pusemo-nos a caminhar pelo mesmo caminho, em direções opostas. Não nos despedimos antes de concordar em nos rever com mais frequência, ainda mais agora que entre as duas localidades que demarcavam nossa existência, Alba e Câmpul Frumoasei, ou seja, entre nós dois, não havia mais de doze quilômetros de distância.

VI

Só com muita dificuldade acabei me acostumando ao ambiente e às pessoas da pequena e velha cidade. Na margem da cidade, por onde passava o Rio Mureş, por onde ruelas de aparência bastante provinciana terminavam em campo aberto, encontramos numa casa térrea um apartamento formado por alguns pequenos aposentos. Ali, minha esposa, economizando espaço ao máximo, enfiou a mobília, uma série de raridades de museu e vasos, tapetes e utensílios domésticos. Sobre toda aquela bugiganga parecia pairar uma maldição de mudanças, das quais não escapávamos mais e que nos levavam incessantes de um lugar para outro. A mobília antiga de autêntico estilo barroco e biedermeier, que reuníramos com paixão e cuidado no estrangeiro, teve de caber naqueles poucos aposentos, tão pequenos e com pé-direito tão baixo, que quase não se podia respirar. Objetos domésticos, baús com livros, sofás, estantes de biblioteca e armários estavam todos amontoados. Os móveis que eu adorava desde o momento de sua aquisição, cômodas do século XVII, uma cristaleira estilo Maria Teresa, cadeiras antigas de carvalho, altas como de igreja, com incrustações heráldicas, não tinham mais o mínimo espaço necessário para produzir ao seu redor a atmosfera que lhes era própria. Amontoadas e sem qualquer relação entre si, as peças de mobília pararam de "viver". Apenas vegetavam, sufocadas umas pelas outras. Nem os tapetes de parede eram mais uma visão tranquilizadora para os olhos, pois a maioria se escondia atrás dos armários. E as poucas peças de *corda seca*, faiança lusitana que adquirira outrora na antiga cidade de Coimbra, bem na catedral em que Santo Antônio pregara quando jovem diácono, desapareceram encobertas por potes banais na cristaleira estilo Maria Teresa. Os melhores livros, encadernados em couro, mantive-os nos cantos do sótão, embalados em baús, perseguidos pelo mofo. Acho que até os camundongos começaram a se multiplicar entre eles. A cada passo, olhava e descobria, contrariado e amargurado, a terrível inadequação entre o interior e a casa, de uma aparência completamente desolante do lado de fora. Era uma casa situada na direção do campo, numa ruela marginal, em que, nas primeiras chuvas, engendrava-se uma lama copiosa sobre a qual podia-se trafegar apenas com pernas de pau. A casa em si, desprovida de qualquer forma, levemente torta por causa do terreno escorregadio, era, por todos os seus aspectos, um convite feito a seus locatários: atenção! Abandonem este lugar! O prédio era obra lamentável de um pedreiro simplório com conhecimentos de classe primária. Ao que tudo indicava, a casa fora construída com um material reunido ao acaso, ou melhor, roubado, tijolo por tijolo, viga por viga, parapeito por parapeito, de diversos canteiros de construção. Os elementos do prédio foram juntados com uma falta de gosto que me dava uma incontrolável sensação de vergonha. Em outras circunstâncias, eu não teria entrado ali nem mesmo para me refugiar de uma tempestade de primavera. Agora estávamos contentes por ter um teto por cima das nossas cabeças. Para nós, que tivéramos outrora a sorte de morar, por longos períodos fabulosos, em prédios de *As Mil e Uma Noites*, habitávamos agora na lama. Lama até o pescoço.

Minha esposa se dedicava cada vez mais às tarefas domésticas. Ioana, minha filha, frequentava o liceu. Estava numa das séries inferiores. Trocando de escola nos últimos meses do ano letivo, ela encontrou dificuldades de adaptação ao método de novos professores. Com certo esforço, tinha certeza de que ela superaria as exigências escolares.

Eu, com horário fixo e lista de presença por assinar, tentei me acostumar ao meu novo trabalho no Batyaneum. Ocupei-me intimamente da organização da biblioteca, que acabara de passar para o patrimônio do Estado. Essa era a "linha morta" para a qual eu fora empurrado, como um veículo mecânico, imperdoavelmente culpado por ser o poeta da burguesia em putrefação. Poeta da burguesia em putrefação! Esse era o epíteto menos grave com o qual me acusavam na imprensa e nos periódicos da época. A crítica literária insistia em não encontrar nenhuma circunstância atenuante. Embora o epíteto não fosse especialmente insultuoso, ele me indignava. Pois em todo o período dentre as duas guerras eu tive de lutar com a incompreensão maciça da "burguesia", que procurava me apresentar como um poeta incompreensível. Tornei-me involuntariamente, e meio que da noite para o

Capítulo VI

dia, o expoente lírico mais autorizado e mais difamado de uma classe destinada a desmoronar. A burguesia realmente estalava, com todas as suas articulações, diante dos meus olhos: por mais que eu tentasse, não conseguia ver que ligação podia haver entre a minha lírica e um punhado de pessoas que não a compreendiam. Pergunto-me, porém: teria sido eu colocado de molho por causa da minha poesia, qualificada como "decadente", e por causa da minha estética "idealista"? Fato é que o regime, o Estado tomava medidas de defesa contra o perigo mortal que podia vir da minha poesia, que não continha uma única palavra de natureza política! Na justificação das medidas por uma pretensa "decadência" ou por criminalidade "idealista" eu não acreditava. Decisivos para o destino criado para mim foram em primeiro lugar os motivos reunidos no dossiê que portava meu nome e que cada vez mais haveria de substituir o "cidadão". Meu dossiê abundava de invenções infames do Bezerro diplomático. O antigo secretário de legação foi a principal fonte de informações da trama existente para quebrar o meu pescoço. Foi ele a "testemunha" da flecha envenenada. Ele escreveu a grande mentira de que, no último ano da minha carreira diplomática, eu teria preparado para o rei Carol as condições para uma eventual fuga e para um futuro exílio. Como se antes da eclosão da Segunda Guerra Mundial alguém pudesse ter previsto que o Chefe do país abandonaria num determinado momento o próprio país, o que de fato aconteceu. Era essa, além da "decadência" e do "idealismo", a principal mancha negra do meu dossiê. A mentira deslavada saiu em totalidade da imaginação do Bezerro diplomático, que fez questão de se vingar tardiamente da humilhação sofrida por causa de suas fraudes na legação. Mas o meu dossiê ainda continha outras coisas. O fato de, imediatamente após o fim da guerra, eu não ter cedido a pressões morais para me inscrever num novo partido que desde o início se autodesmascarou como simples massa de manobra à disposição do partido comunista, pesou muito contra mim na balança. Caíram igualmente na balança o ouro obtido nos Montes Apuseni e as pretensas conexões com emigrantes "traidores". Não fossem essas manchas negras no dossiê, provavelmente não teria sido colocado tão rápido de molho, por mais decadente que parecesse ser minha poesia e por mais idealista a minha estética literária. Eram essas algumas facetas da situação. Havia porém outros aspectos que, realmente, com uma voz muito fraca, falavam em meu favor. Entre as duas guerras eu logrei obter um renome inclusive no estrangeiro, não como diplomata, mas simplesmente como poeta. Meus versos foram traduzidos em quase todas as línguas europeias, inclusive em turco e hebraico. Peças de teatro minhas foram representadas em palcos de outros países. As autoridades de turno não se deixaram impressionar nem um pouco por tal glória; entretanto, em todas as medidas tomadas em relação a mim, intervinha sempre um freio, por mais retinto que eu fosse com fuligem idealista, por mais que eu fedesse a burguês. Por assim dizer, eu havia sido cuidadosamente colocado de molho, sem ainda sofrer na prisão junto aos "criminosos de guerra". Com relação a isso – um pequeno parêntese. No passado, os diplomatas da nossa galáxia esforçaram-se, na defunta Liga das Nações,[1] em dar uma definição de "agressor". O esforço atolou em abstrações platônicas. As dificuldades inerentes à definição de agressor foram solucionadas apenas mais tarde, e de maneira prática: no início de uma guerra nunca se pode estabelecer quem é o agressor, mas, no final, o agressor é sempre aquele que perde a guerra. Do mesmo modo, a questão do crime de guerra foi solucionada. Após a Segunda Guerra Mundial, os "criminosos de guerra" foram os que perderam a guerra. Categoria nova do direito penal, o crime de guerra se tornou, depois da capitulação de agosto de 1944, motivo e pretexto em nome do qual foram condenados à prisão perpétua milhares de pessoas cujos nomes, em geral notórios, vinham à tona como uma loteria da qual todo o país participava. A nova categoria do direito penal, contudo, tornou-se, conforme as circunstâncias, pretexto para atirar às masmorras, sem qualquer tipo de processo, tantos inocentes ou meros indesejados que, por seus delitos, não eram dignos nem mesmo do "purgatório". Cada vez mais pessoas, sobretudo antigos "nacionalistas" de certo nível intelectual, bem como pessoas que desempenharam papéis insignificantes na vida política do país, eram numa só noite reunidas nos vilarejos em deportações maciças e arremessadas às prisões ou ao "trabalho forçado" – tudo isso com base em meras e sumárias decisões administrativas. Ninguém mais se preocupava nem mesmo em salvar a aparência jurídica. À maioria desses indivíduos, arrastados à desgraça,

---

[1] A Liga ou Sociedade das Nações foi uma organização internacional, criada em 1919, no intuito de assegurar a paz no mundo. Com o desencadeamento da Segunda Guerra Mundial, a Liga, tendo claramente fracassado em seu papel, foi dissolvida por volta de 1942. Por ocasião de sua extinção, em 1946, a Liga passou suas responsabilidades à recém-criada Organização das Nações Unidas. (N. T.)

Capítulo VI

era absolutamente vetado saber por que razão haviam sido destituídos de seus direitos humanos. Quase todos aqueles que de certo modo outrora representaram a "burguesia" ou o "latifúndio" foram mandados fazer um "estágio" nas mais horrendas condições de detenção ou de trabalho forçado. Em celas subterrâneas, os detidos foram obrigados a ingerir seus próprios excrementos e a beber, no lugar de água, a urina dos carcereiros. Após o cumprimento do estágio, alguns escapavam e retornavam ao quotidiano, com espírito e vigor esgotados ao máximo. O espaço exterior, contudo, era também um túmulo. Era difícil saber daqueles que haviam escapado, e que haviam aderido ao mutismo, algo sobre a repressão, a fome, as surras, as torturas, as doenças, os suplícios e as humilhações sofridas por nenhum motivo ou por motivos às vezes mais fictícios do que o teológico pecado capital.

Já no dia seguinte à minha posse do novo cargo na Biblioteca Batyaneum, surgiu no meu escritório um médico que terminara seu estágio. Quis me conhecer. Confessou-me que, durante quatro anos, passou por purgatórios de diversos graus. Escapou com vida graças a seus ossos fortes, que resistiram a todos os instrumentos de tortura. O médico queria retomar sua atividade naquela pequena cidade de passado tão grandioso, embora em geral desconhecido, mas ainda não obtivera permissão. O médico frequentava a biblioteca por um interesse de certo modo gratuito. Pesquisava in-fólios mofados relacionados à história da Medicina. No Batyaneum, esse tipo de material documentário podia-se encontrar em abundância. Víamo-nos diariamente, uma espécie de amizade começou a crescer entre nós. O médico Lae Niculae, assim se chamava ele, era alto e ossudo, com um espírito aguçadíssimo. Alguém me dissera que ele gozara, antes de ir para as prisões cujo rigor era de seu nível, do prestígio de um profissional hábil e consciencioso. Suas ambições pareciam visar mais longe – ambições, se é que no seu caso podia-se falar de ambições no sentido comum da palavra. Ele se interessava por questões relacionadas à Medicina, que ele afirmava ter descoberto na Sagrada Escritura. Doutor Lae Niculae afirmava que, na Bíblia, tanto no Velho como no Novo Testamento, encontravam-se, entre outras, as últimas novidades da Medicina moderna. Durante uma hora de discussão no meu escritório no Batyaneum, o médico ainda bastante jovem (não tinha mais que trinta e cinco anos) garantiu-me, como se fizesse perorações a partir de um púlpito, que, nas páginas "escriturais", como gostava de dizer, teria descoberto até mesmo a psicanálise. A afirmação não me surpreendeu, pois sabia que aquele homem acreditava em "revelações". Em nossas conversas, o doutor valia-se de um vigor e de uma lógica de excepcional urgência, mas justamente por isso um pouco suspeita. Lae Niculae tinha também uma espécie de filosofia própria. Lera muito antes de passar pelos rigores das "pousadas"; durante o cativeiro não leu mais, mas passava as noites refletindo, com o olhar cravado no teto. Sua concepção de mundo e de vida era estritamente cristã e teológica. Ao longo de nossas discussões, que toda vez arriscavam não terminar mais, ele sempre me surpreendia com a imperturbável consequência de seu pensamento. O médico problematizava tudo radicalmente, tendo uma única certeza celestial, a dos Santos Padres da Igreja e a dos sínodos ecumênicos. Ele se angustiava com as questões do espírito, embora, curiosamente, tivesse a aparência de um mulherengo bucarestino. Vivia como um asceta e lutava contra os demônios da sexualidade. Lae Niculae confessou-me muitas de suas aflições, algumas exageradas, ao meu ver. Era de fato um individualista orgulhoso, e não um espírito verdadeiramente humilde. Uma vez eu lhe disse, meio cansado de nossas conversas, que o seu lugar não era entre nós, mas no Monte Atos, no fundo de um penhasco ou no pico de uma rocha, aonde se possa chegar, mas de onde não se possa mais descer. "Sim", respondeu-me Lae Niculae, "mas ainda não tenho a força suficiente para isso. Dentro de mim ainda luto com os demônios."

"Compreendo seu dilema, mas se não tomar o rumo de Atos, você de algum modo terá de se reconciliar com os demônios", disse para Lae Niculae. "Resistir até o fim não é alternativa. Tal aflição, prolongada indefinidamente, é infértil. Se você se mantiver numa linha teológica consequente, chegará aos êxtases atonitas. Mas, sem a força necessária para tal consequência, você se verá obrigado a se reconciliar, no final das contas, com eros. O que aliás não deveria assustá-lo, pois eros também pode redimir ao tomar o caminho da criação. Nessa encruzilhada eterna que apresenta, você vai terminar na esterilidade."

"Você disse 'criação'? A criação não é um caminho para nós, mortais. A criação terminou no sexto dia." A réplica de Lae Niculae foi tão pronta, que não pude acreditar que houvesse sido formulada naquele momento. Ele pesara já antes as tentações do problema. Lae Niculae e sua teologia chegavam só até aquele ponto. Com isso, ele me deu mais uma prova da consequência do seu pensamento. E, para terminar, Lae Niculae me disse que via em mim um endemoniado por ter-me decidido por uma existência criadora.

Capítulo VI

"Talvez", respondi-lhe, "só que esta existência não emana, ao que eu saiba, de alguma decisão. Ela me é orgânica."

Descobri, depois de muito rodeio e em boa parte por meio de conhecidos dele, como Lae Niculae, elegante, esbelto e ossudo, chegou a ser repreendido a socos e tapas que o atiravam ao chão pelas prisões. O pai do médico foi padre ortodoxo num vilarejo da Transilvânia setentrional. Quando aquela região foi cedida à Hungria com base na Arbitragem de Viena, o pai de Lae Niculae foi assassinado por húngaros da localidade, assassinado violentamente pelo simples fato de ser padre romeno; isso aconteceu nos primeiros dias após a ocupação do território por parte do exército de Horthy.[2] No fim da Segunda Guerra Mundial, a Transilvânia foi reintegrada aos confins da nossa pátria. Lae Niculae, de volta do refúgio em Cluj, dirigiu-se um dia até o vilarejo natal. Quis localizar os assassinos de seu pai. Cinco anos após o crime, Lae Niculae quis levar ao tribunal os assassinos que ainda viviam livres, embora conhecidos. Lae Niculae quis lembrar aos assassinos que todo crime tem de ser expiado. Não sei o que fizeram, mas o homem que não queria deixar os assassinos de seu pai livres e impunes acabou vendo-se ele próprio detido pelas autoridades locais. As novas autoridades, embora novas, continuavam sendo húngaras. Eram contudo comunistas, conforme o padrão da época que se inaugurava. Lae Niculae foi preso sob a mera acusação de ter solicitado investigações para a identificação dos assassinos que, aliás, todos os camponeses locais, sobretudo os romenos, conheciam. O médico não se sentia movido por vingança, mas apenas pela consciência da lei e da justiça. Acreditava que a mais elementar ética social exigia a identificação dos assassinos – ainda mais naquela circunstância, em que toda a população local e dos vilarejos vizinhos os conhecia; o assassinato de 1940, cuja vítima fora um padre, famoso por sua devoção em toda a Transilvânia, foi cometido à luz do dia e diante de numerosas testemunhas que ainda estavam vivas. Como um sintoma da inversão dos critérios e da desmoralização que devastava o país desde a sua "capitulação", cabe lembrar, com relação ao caso de Lae Niculae, um detalhe inacreditável. As autoridades locais, comunistas, prenderam os assassinos, bem como Lae Niculae, o romeno que queria levar os assassinos magiares de seu pai ao

---

[2] Miklós Horthy (1868-1957) foi o chefe de Estado húngaro entre 1920 e 1944. (N. T.)

tribunal. O detalhe inacreditável a que me refiro, porém, não é esse, mas outro. O médico, uma vez preso, tentou, como era natural, descobrir o motivo pelo qual fora preso. O resultado de seus esforços foi ver-se diante de uma descoberta arrasadora para sua alma. Lae Niculae descobriu, num determinado momento, que haveria de dividir sua cela sombria, durante todo um ano, com os assassinos de seu pai. Era assim portanto que se apresentava a justiça conforme a nova lei! Os assassinos eram camponeses húngaros. O filho do assassinado era romeno. Aqueles eram culpados de um assassinato que tinha em suas raízes um impulso chauvinista; o último, também, era igualmente "culpado" de um crime: o mesmo impulso chauvinista. Conforme as novas autoridades, não a consciência moral nem o amor filial conduziam Lae Niculae em sua busca da identificação dos assassinos, mas o ódio. O ódio entre povos, o ódio que não devia jamais existir na face da terra. Tanto os assassinos como o nosso homem que buscava a justiça eram culpados pela mesma atitude criminosa, a de chauvinismo; mereciam, por conseguinte, a mesma pena e ao mesmo tempo a mais dura delas: conviver alguns meses na mesma cela, a fim de alisar aos poucos e reciprocamente suas asperezas anímicas. Qualquer um pode imaginar o suplício moral do médico obrigado a suportar, sem qualquer culpa, a detenção na companhia dos assassinos de seu pai. Assim foi posta à prova, como nunca antes, a consciência cristã de Lae Niculae. A inqualificável medida das novas autoridades poderia ainda ser interpretada da seguinte maneira: ou seja, na linha da divina providência. Lae Niculae viu-se ainda por cima obrigado, já no início da detenção, a conceder auxílio médico aos assassinos de seu pai. Eles ficavam doentes um depois do outro, como se fosse de propósito, para que a pobre consciência cristã de Lae Niculae fosse melhor colocada à prova. Sim, foi assim que tudo isso se deu. Não era pois de se admirar que, no íntimo de Lae Niculae, aninhara-se a suspeita de que ele houvesse sido eleito pelo Deus de todos os cristãos para sofrer tamanha tortura moral. Ele crescera num ambiente religioso dentro de casa. Mas religioso ele só se tornou naquelas circunstâncias inacreditáveis. O espírito de Lae Niculae não teve mais que duas opções: a loucura ou a religião. Ele escolheu a religião. Não tão exclusivamente a religião com seus valores imponderáveis, mas quase. Quase: pois às vezes, raramente, suas ideias pareciam levemente contaminadas pela fúria. Para observar como em seu espírito intervinha, como uma careta, a inflexão que levava à fúria,

Capítulo VI

era necessário surpreender Lae Niculae no momento em que seu autocontrole cedia. Lembro-me de um tal impressionante momento.

A consequência com que Lae Niculae perseguia uma ideia e sua lógica impecável demonstravam suas capacidades de cientista. Ele poderia ter-se tornado um excelente pesquisador em qualquer uma das especialidades mais práticas da Medicina. Certo dia, Lae Niculae me contou, enquanto estávamos em pé numa esquina, como, durante a guerra, enquanto trabalhava no hospital de Sibiu, ele chegou a uma importante descoberta médica. Para uma doença qualquer, ele propusera um novo tratamento baseado no extrato de uma determinada glândula misturado com alguma outra coisa. Sua fórmula – lançada já na época da guerra – era a de um remédio que alguns anos mais tarde foi considerado uma das grandes proezas da medicina americana. O medicamento americano, sob o nome de "cortisona", foi ampla e sensacionalmente utilizado em todos os países, enquanto Lae Niculae se debatia na prisão pela culpa de ter solicitado a investigação dos assassinos de seu pai. Da grande conquista da ciência médica americana Lae Niculae só agora soube, ao se atualizar quanto aos progressos da ciência. Na questão da cortisona, porém, o nosso homem se defendia com toda convicção de uma pretensa prioridade. "Veja", sussurrou-me ele segredosamente, mostrando um caderninho que ele realmente mandara imprimir em Sibiu durante a guerra e no qual se fala sobre o tal extrato. Dei uma olhada na fórmula e consenti com um gesto da cabeça: "Sim, é bem possível que assim seja. Vá atrás de seus direitos." "Estou decidido", replicou Lae Niculae, "a intentar uma ação. Vão ter de reconhecer minha prioridade nessa descoberta científica. Apelarei até ao foro internacional de Amsterdã que arbitra semelhantes questões. Há só uma dificuldade. As autoridades de Amsterdã vão-se perguntar, desconfiados, por que me interesso tão tarde pela minha descoberta." "Ora, isso não terá tanta importância", tentei consolá-lo. "Terá sim", respondeu Lae Niculae, "pois de que maneira poderei explicar no estrangeiro o meu atraso? Posso dizer a alguém que fiquei preso durante quatro anos? Não posso. Quero exigir meus direitos por via oficial, pois de outra maneira, através da Cortina de Ferro, não é possível. No memorando que vou dirigir ao Ministério da Saúde, não posso mencionar aqueles quatro anos de silêncio. Se eu fizer a mínima alusão a uma coisa dessas, o Ministério não transmitirá meu memorando para fora do país."

Toda essa cena, com todo o seu significado, demonstrava sobejamente em que condições de isolamento do mundo começáramos a viver naqueles anos de obturação dos horizontes intelectuais. Entre nós e o Ocidente caíra a já mais do que famosa Cortina pela qual nenhuma notícia podia mais passar sem ser censurada, Cortina que de um lado fazia ricochetear pânico diante da verdade e, do outro lado, luz.

O nosso personagem, ao estabelecer uma distância filosófica entre si mesmo e sua própria agitação, mostrou-se visivelmente preocupado com as dificuldades que poderiam surgir no processo de reconhecimento internacional dos direitos que ele me provava com uma brochura palpável e com uma fórmula impressa preto no branco. Naquele momento, produziu-se no espírito de Lae Niculae um daqueles momentos de inflexão que jamais quis testemunhar de novo. Vi-me diante de uma careta, diante dos mais secretos automatismos psíquicos, diante da fúria. Terá o doutor se sentido até então acompanhado com demasiado interesse da minha parte? Realmente me surpreendeu a paixão depositada em seu patético pleito em favor de seus direitos. Assim, talvez para dar um tom menos pessoal à paixão ou para encobrir o orgulho (que em todas as nossas conversas ele considerava um grande pecado), ele caiu num estado de menor vigilância, de um relaxamento do autocontrole. Por tais frestas a fúria o invadia. "Isso não é para mim, senhor professor", resignou-se diante de mim de uma maneira absolutamente inesperada, "não tenho mais nenhuma ambição. Quero porém que seja reconhecida a primazia de Nossa Senhora nessa questão da ciência médica, pois foi ela quem me sugeriu aquela feliz ideia enquanto era assistente no hospital." "Meu caro", interrompi-o com brandura, "não sei por que você envolve a Nossa Senhora nessa belíssima e interessante questão científica! Espero que não tenha mencionado o nome dela no memorando que está compondo para o Ministério nem naquele que será enviado a Amsterdã!" "Não, isso é só para você que estou dizendo", respondeu-me Lae Niculae, tentando tornar a pôr os pés no chão, ou seja, na rua meio grosseira e meio impraticável de Alba.

Lae Niculae mostrou-se meio embaraçado por ter revelado na minha frente uma obsessão. De minha parte, fiquei constrangido com o seu constrangimento. A verdade é que a associação de ideias da qual ele se tornara vítima por um momento produziu um sorriso em meus lábios. De repente senti-me propenso a apreciar o que dissera Lae Niculae dentro do contexto da consequência de seu

Capítulo VI

pensamento, a fim de ajudá-lo a sair da embrulhada espiritual a que chegara. Mas no momento seguinte pensei: eis aonde chega uma consequência demasiado disciplinada do espírito! Circunscrevia assim, com um eufemismo permissivo, uma fraqueza. Preferia ver meu jovem amigo poupado de tais quedas em automatismos psíquicos. Preferia vê-lo no mesmo nível de energia espiritual como naquele momento em que me disse, provocador, as seguintes palavras: "A criação terminou no sexto dia!"

Lae Niculae afiou sua mente ao máximo naqueles quatro anos de "pousada". Desenvolveu igualmente sua identidade étnica. As prisões deram-lhe condições propícias para tal desenvolvimento. No início ele conviveu, como já disse, por um bom tempo com os assassinos do seu pai, junto aos quais desempenhou o papel de bom samaritano. Mais tarde, porém, teve a honra de travar novas camaradagens. Fiquei sabendo por ele de muitas coisas sobre aquelas camaradagens que favoreceram sua dialética. A vertigem do cárcere não se deteve nem diante dos espíritos mais ágeis e cultivados do país. Inúmeros foram os intelectuais que, pelos mais variados motivos, passaram por um estágio nas minas, nos campos de trabalho, nos canais de águas sombrias, em poças cheias de sanguessugas e nuvens de mosquitos dos arrozais improvisados nas férteis planícies do Danúbio. Por toda a parte, nos muitos ou parcos momentos de pausa, os intelectuais formavam pequenas reuniões secretas para conversar aos sussurros. Cada detento, cada escravo mobilizava tudo o que sabia a partir das profundezas de sua memória. A força da memória por vezes se intensificava, até chegar ao nível da consciência que desconhece o esquecimento. Cada detido organizava seu pensamento. O espírito, assim, se tornava mais ágil, concentrando-se no essencial. Que poderiam fazer aquelas pessoas, em seus momentos de pausa, para não sucumbir? Conversavam. Ex-generais viam-se repreendidos e forçados a realizar exercícios físicos dos mais inúteis e bestiais por parte de guardiães que haviam sido também, outrora, repreendidos em seus anos de exército. Ex-professores universitários eram mantidos desnudos no cárcere gelado por se recusarem a consumir a gororoba que lhes era oferecida depois de os carcereiros terem cuspido ou assoado o nariz na gamela. Estudantes retirados no meio da aula dos bancos das universidades viam-se atirados à prisão por não terem denunciado um complô inexistente sobre o qual lhes falavam aos sussurros diversos agentes provocadores. A comida oferecida era sempre acompanhada por injúrias, embora o carcereiro jamais se esquecesse de fazer propaganda em prol do regime: "Tá vendo, você quis dar uma rasteira na república, mas a república te dá esse belo rango!" Que poderiam fazer aquelas pessoas, em seus momentos de pausa, para não sucumbir? Conversavam. E refugiavam-se na teologia, único sistema capaz de oferecer uma justificativa a tanto sofrimento absurdo. "Sofremos aqui para termos direito à felicidade no Além!"

Diante de tais suplícios, aos quais eram submetidos de acordo com métodos inventados pelos mais sádicos técnicos do sofrimento, eu me sentia mimado pelo destino. O que significava, diante de todo aquele sofrimento, a contrariação moral de ter sido colocado de molho, o que significava ser obrigado a uma espécie de trabalho inferior no plano intelectual ou o fato de não dispor mais das condições de criação livre?

VII

Início de maio. A vegetação eclodia a todo vigor, reunindo forças verdes do céu e da terra. Encorajado pela atmosfera e pela melancolia primaveril, fiquei com saudades de passear no campo. Pensei em ir até o Rio Mureș, pela parte onde parecia haver um pequeno povoado. Sempre fiquei tentado de ir até lá, mas sempre adiava. Soube por acaso, por certos conhecidos, de que lá havia se estabelecido, desde 1946, vindo de Cluj, Vasile Olteanu, antigo professor e padre, junto com Octavia, sua esposa. Na primavera daquele mesmo ano, o professor, por motivos políticos, foi afastado tanto de seu serviço religioso como de sua função teológica. Seguindo o exemplo de tantos intelectuais que, eliminados pelas mais diversas razões dos seus serviços na cidade, voltavam para sua cidade natal, Vasile Olteanu enveredou também ele pelo caminho de suas raízes. Não encontrou um púlpito novo para suas prédicas com cheiro de manjericão.[1] Abriu-se-lhe, porém, o caminho na direção de atividades camponesas dignas de inveja. De acordo com alguns conhecidos, ali, às margens do Mureș, perto de Alba, para sua surpresa, Vasile Olteanu encontrou muito o que fazer. O padre possuía ali alguns hectares de terreno, herança de família. Seu terreno era extremamente útil sobretudo devido ao fato de ser partido ao meio pelo Rio Mureș, que trazia de tudo: umidade para as verduras cultivadas na horta, lama propícia para certos legumes búlgaros, cardumes de peixes, caranguejos e rãs e água subterrânea para os amieiros e salgueiros que defendiam a terra com o escudo de suas copas. Absolutamente pitoresco tornava-se o lugar graças à velha balsa que fazia uma conexão móvel entre as duas

---

[1] No ritual ortodoxo romeno, o padre abençoa os fiéis aspergindo-os por meio de um maço de manjericão mergulhado na água-benta. (N. T.)

margens do Mureş. A balsa fazia parte da herança de Vasile Olteanu. Ela também era lucrativa. Era possível manter uma família patriarcal com os ganhos gerados por ela. A balsa era utilizada pelos habitantes das redondezas, que assim podiam evitar uma volta incômoda para chegar até Alba, atravessando a ponte de Partoş. Pessoas de uma série de vilarejos como Ciugudul, Limba, Daia, Şeuşa, Ghirbomul, Heningul, Hăpria, sem ter à mão uma ponte sobre o Mureş, utilizavam a plataforma flutuante da família Olteanu para chegar sem tanto desvio à cidadela de Alba. A volta por Partoş levava tempo, prolongando o caminho daqueles camponeses em cerca de oito quilômetros. Houve um período, imediatamente depois da guerra, em que a balsa não deu conta do fluxo de viajantes. Isso foi na época em que a grande ponte de Partoş, detonada pelos alemães em retirada, ficou um ano inteiro com a cabeceira desmoronada nas águas turvas do Mureş. Agora, a grande ponte já estava funcionando há vários anos, porém inúmeras pessoas de alguns vilarejos mais distantes haviam se acostumado, depois da guerra, a utilizar a balsa – tendo permanecido com o mesmo costume até então. Para quem saía daquelas localidades e ia diariamente à feira de Alba levando cebola, cenoura, aipo, salsa, berinjela, tomate, trigo, centeio, ovo e leite, utilizar a plataforma flutuante significava ganhar tempo. A balsa gerava um ganho suficiente para o ex-professor e ex-padre desempregado, que o arredondava com os frutos dos hectares de terra. Apesar de tudo, não era a pobreza o que aborrecia o padre Vasile. Moralmente penoso para ele era antes abandonar um serviço intelectual e retornar às atividades arcaicas. Uma hierarquia de qualidade das ocupações humanas não existia mais naquele momento, de modo que Vasile Olteanu não era o único a se ver obrigado a retornar a atividades às quais seus ancestrais se dedicavam, passando-as muitas vezes de pai para filho, com devoção e orgulho.

 Atravessar um rio sobre uma balsa sempre me impressionou, desde a infância. A imagem do balseador que trabalha com um remo que parece uma pá, conduzindo com zelo a embarcação ao longo de um arame esticado de uma margem à outra, transformou-se na minha alma, com o passar dos anos, numa imagem repleta de significados. Tento analisar esses significados, sem conseguir compreendê-los bem. De qualquer modo, a balsa é para mim, desde a infância, um meio de cruzar o rio mais arcaico do que a ponte. O elemento arcaico tem o dom de estimular minha imaginação com outra força do que as coisas da civilização atual.

Capítulo VII

Ademais, a balsa é para mim uma alusão à barca de Caronte, em que as sombras passam da margem da vida para o império da morte. Tendo em vista que, agora, o barqueiro era um antigo professor de Teologia, a semelhança com a barca e com a figura de Caronte tornava-se ainda mais categórica para a minha imaginação e o meu sentir. A balsa tem, para mim, um halo de vago significado mitológico. Nos anos passados no estrangeiro, quase me esqueci daquela imagem. Bombardeado por elementos da civilização moderna, fui incapaz de imaginar que uma balsa de madeira dura, talhada a machado, ainda pudesse estar sendo utilizada em algum lugar, mesmo no nosso próprio universo camponês.

☙

Num daqueles dias de começo de maio, encontrei-me por acaso, em frente ao liceu de moças de Alba Iulia, com Lelia, filha de Octavia. Deveria ter uns doze anos. Arregalou os olhos ao me ver. Quando a conhecera? Sim, em Cluj, na casa de uns parentes seus, no outono de 1946, depois que os seus pais, tornados indesejáveis na cidade, tiveram de se mudar para Alba. Conversamos um pouco. Deu-me algumas informações sobre a vida que há alguns anos levava na companhia de seus pais.

"Você vai para o liceu?"

"Sim."

"Como vai o papai?"

"Trabalha como balseador", respondeu ela, um pouco embaraçada, mas sem perder a serenidade.

"E a mamãe?"

"Escreve poesia."

Fiquei um pouco meditabundo. E retomei a conversa: "A poesia é também uma espécie de balsa. Seu pai transporta pessoas de uma margem para a outra, algo muito humano e útil, enquanto sua mãe quer nos transportar de um mundo para outro, algo menos útil, mas quase celestial. A balsa de vocês está longe?"

"Não está longe. A pé daqui deve dar uma hora e pouco."

"E onde é que fica mais ou menos?", perguntei, embora conhecesse aproximadamente o lugar.

A menina deu-me explicações, mostrando-me a direção, concluindo com as corriqueiras orientações que hoje em dia não se ouvem mais: "Esquerda, direita, outra ruela, esquerda, direita, até chegar ao campo. Em seguida, sempre em frente até o Mureş. Lá fica a nossa casa. E a balsa também."

A saúde jovem da menina despertou na minha mão o desejo de envolver o seu queixo como numa taça: "Diga à mamãe que a sua filha é muito bonita. Espere um pouco. Quando foi a última vez que nos vimos?"

"Em 1946. Em Cluj."

"Veja só, como crescem as garotinhas! Um novo mundo que brota!"

Ao nos despedirmos, pus-me a pensar: um dia irei até a balsa.

Um dia? O que é isso! Por que adiar para amanhã o que se pode fazer hoje? Fui para casa. A menina tinha na voz um quê do tom e da pronúncia de sua mãe. Lembrando-a nos traços do rosto e no modo de andar, era como se Octavia estivesse me transmitindo uma mensagem. Depois de tanto silêncio entre nós, fui tomado por um verdadeiro desejo de revê-la. Olhei para o céu, passei em revista as nuvens em forma de cordeirinhos. O sol batia agradável na pele, assim como ocorre no início de maio, conforme o centenário calendário camponês. Para as horas seguintes nenhuma surpresa estava prevista, além dos acontecimentos quotidianos. Pus-me a calcular: uma hora de ida, uma hora de volta, com duas horas lá, fazem quatro. Se partisse às três da tarde, às oito da noite poderia estar de volta em casa.

Durante o almoço, debati comigo mesmo sobre a eventualidade de uma escapada até a balsa. Vi-me de súbito muito impaciente por ir até lá sem avisar. Achei que a menina, com quem me encontrara de manhã em frente ao liceu, não tinha como avisar tão rápido os pais que tinha me visto. Poderia portanto fazer uma visita surpresa à balsa. Contei à minha esposa e minha filha sobre o meu encontro com Lelia, filha da dona Olteanu. Ioana se admirou de não ter tido ocasião de conhecê-la no liceu. Não frequentavam a mesma série.

"A família Olteanu se estabeleceu não muito longe daqui, às margens do Mureş. Mais ou menos uma hora daqui a pé", expliquei. Dora e Ioana me incentivaram a partir o mais rápido possível, ainda mais com aquele dia tão bonito!

"Mas o que é que eles fazem às margens do Mureş?", perguntou Ioana.

"Têm uma balsa", respondi sem pensar.

Capítulo VII

"Uma balsa?"

Expliquei. Uma balsa. Rio. Barca. Balsa. Padre Vasile. Caronte.

Descansei um pouco. Em seguida saí de casa, passando de ruela em ruela, à esquerda, à direita. Antes de chegar ao campo aberto, verifiquei qual era a saída para o Mureș. Estava no caminho certo, agora só precisava seguir em frente. Ao longe, no leito do Mureș, indicado por uma coluna de amieiros e salgueiros como se fossem sinais simbólicos, entrevi uma espécie de fazenda formada por diversos prédios, todos de madeira, ocultos sob a vegetação de um arvoredo.

Na senda no meio do campo aberto que conduzia até a balsa, vieram à tona no meu espírito, entre as plantações verdes, inúmeras lembranças. Especialmente estranha pareceu-me a agudeza do meu desejo de rever Octavia. Durante meses e anos, sua imagem quase que não me atraiu o interesse. A distância física pouco a pouco se transformara numa distância anímica. Em que plano existencial vivia Octavia para mim? Para mim, Octavia provavelmente era uma existência corpórea, fisiológica, palpável, num horizonte concreto. Tudo se baseava em coordenadas físicas bem definidas. De outra maneira completamente diferente eu nutria a imagem de dona Ana Rareș, que poucos dias antes eu também não vira havia ainda mais tempo! Ana para mim era como uma melodia obsessiva. Pensando nela, era como se o meu anseio não tivesse cura. Ana era para mim saudade, saudade. Mas agora, mesmo sabendo-a na mesma cidade, sua presença ainda se recusava a assumir formas palpáveis. Ana permanecia para mim puro feitiço imponderável, feminilidade que alimenta a fome e a sede por alturas. A saudade com a qual eu a mantinha no coração era uma nostalgia doce e amarga por algo muito distante e inacessível. Por enquanto, parecia que minha aspiração se chocava com a proximidade dela. Certo dia revi Ana na cidadela, mas olhei para ela como algo além do horizonte. Se alguma vez aquele aroma e aquela melodia se materializassem, minha aspiração se transformaria em idolatria.

Ao me aproximar da casa dos balseadores, meu olhar flagrou o momento em que a balsa pôs-se a se mover na direção da outra margem. Levava uma carroça cheia de feno, puxada por bois. A balsa avançava pelo meio do rio. O padre Caronte não transportava almas: transportava carroças de feno. Sorri involuntariamente ao notar como os significados decaíam às margens do Mureș. A balsa já percorrera mais da metade do caminho. Quem segurava o remo com a mão era decerto Vasile Olteanu, ex-professor na escola de altos estudos teológicos de Cluj, atualmente "balseador". Alguns minutos antes, no momento em que a balsa se pusera em movimento, o padre tentou adivinhar quem podia ser o estrangeiro que se aproximava lentamente de sua propriedade. Estava ainda longe demais para poder ser identificado. Ao chegar mais perto, a balsa acabara de ancorar na outra margem. Até descarregar e retornar com outra carga, haveria de passar bastante tempo. Decidi não esperar. Entrei na casa.

No cômodo em que entrei, uma senhora de roupão estava ajoelhada no assoalho, junto à extremidade de um sofá. Escrevia alguma coisa a lápis. Como ali não havia nenhuma mesa, o sofá lhe servia de escrivaninha. Era Octavia. Entrei, mas ela, ajoelhada e de costas para mim, não me viu. Estava tão absorvida pelo que escrevia, que nem ergueu a cabeça para ver quem entrara. Decerto imaginou que chegara alguém para atravessar o rio de balsa. Octavia não julgou importante virar-se. Continuou escrevendo. Sem dizer uma palavra, aproximei-me. Pus-me ao seu lado, sem que ela percebesse. De uma certa distância, pude olhar por cima do seu ombro: escrevia versos. Permiti-me despertá-la do transe:

"Com certeza você está escrevendo uma oração em versos, caso contrário não suportaria essa posição tão incômoda."

Ela deu um pulo com um leve grito: "Axente!" Olhou-me por um momento, tentando despertar da surpresa. Abraçou-me com os dois braços por trás do pescoço: "Finalmente! Você veio!"

Octavia respirou profundamente para esconder a emoção e engolir todo o ar de que o seu coração necessitava: "Sim, acabei de escrever uma oração em versos, uma oração para que você viesse ou fosse trazido de alguma maneira, para nos vermos um ao outro. Meu Deus, como foi difícil todo esse tempo!"

"Estamos em Alba faz algumas semanas. Hoje me encontrei com Lelia em frente ao liceu. Falou-me de vocês. Fazia anos que não recebia mais notícias. Então eis-me aqui. Vim vê-la, vim vê-los. Mas vamos mais para a luz, para nos vermos melhor!" Peguei-a pela mão, levei-a até a janela e a fitei: "Não mudou quase nada. Embora tenham-se passado alguns anos!"

Ao invés de responder qualquer coisa, ela me envolveu de novo com seus braços. Toda a sua alma se aglutinou na garganta, impedindo-a de falar. Precisei usar de força para me desprender.

CAPÍTULO VII

"Chega", disse-lhe em tom de brincadeira, "que o Vasile virá e vai nos pegar assim, abraçados na clandestinidade."

"Abraçados na clandestinidade! Isso mesmo! Fique porém sabendo que aprendi a medir o tempo de que Vasile precisa para atravessar o Mureș. Tão rápido assim ele não vem. A balsa desliza lenta como um caracol. Além disso, ele não diria nada ao surpreender este encontro depois de tantos anos! Vasile é realmente às vezes muito ciumento. Fica nervoso mas depois passa. Desta vez ele nem ficaria nervoso, pois tem outras preocupações!"

"Tem outras preocupações! Como todos nós aliás, desde a instalação do paraíso na terra!"

Passaram-se ainda mais alguns minutos até ouvirmos os passos do padre Olteanu subindo os degraus da varanda. Tomada por uma alegria infantil, Octavia pediu para que eu me escondesse atrás de um armário para brincar com Vasile. Para fazê-lo adivinhar. Atendi seu desejo. Escondi-me atrás do armário.

O padre Vasile entrou: "Parece que temos um hóspede", disse ele, meio interrogativo, com um sorriso largo no rosto, que pude adivinhar pelo tom de sua voz.

"Você fala como o dragão do conto de fadas que, ao chegar em casa, olha para todos os lados e diz: Estou sentindo cheiro de gente!" Octavia deu risada: "Sim, temos um hóspede, mas você tem que adivinhar quem é!"

O padre Vasile tentou adivinhar. Pronunciou uma série de nomes, um atrás do outro, provavelmente de conhecidos dos vilarejos da vizinhança, de Ciugud, Șeușa, Limba, Daia. De propósito ele se lembrou dos nomes mais engraçados de toda a região. E sobretudo apelidos impossíves, tais como Professor Coelho! Padre Vaca! Diácono Feijão! Simeão Cocoricó!

"Frio! Frio!", gritou Octavia como na brincadeira de esconde-esconde, quando a pessoa está longe de adivinhar. O padre Vasile quis concluir com um palavrão, mas se conteve.

"Saia detrás do armário, Axente!", ordenou Octavia aos risos, "que o padre está de pileque!"

Saí detrás do armário. O padre Vasile não estava bêbado, mas essa provavelmente costumava ser a atmosfera ali junto à balsa.

Conheci o padre Vasile nos anos da guerra, numa ocasião em que viera também ele a Sibiu para resolver algumas questões junto ao arcebispado. Trouxera-me então uma carta de Octavia, o que para ele parecia algo perfeitamente natural. O padre Vasile pouco mudou desde então. Antes, entretanto, ele se cuidava bastante, sempre numa batina escura, limpa. Agora ele estava meio asselvajado. Tendo em vista que Octavia e eu utilizávamos entre nós o pronome de tratamento informal, procurei queimar algumas etapas da boa educação e pus-me de uma vez a me dirigir ao padre Vasile pelo prenome. Sendo mais velho que ele, era algo que podia me permitir.

"Vim ouvi-lo recitar os salmos, Vasile! Dizem que você o faz muito bem. Estou precisando, pois estou numa grande embrulhada nestes tempos atuais!", disse ao padre, a fim de passar mais rápido pela surpresa com uma brincadeira.

"Se quiser, adivinho o seu futuro", respondeu o padre, sufocando os ecos de sua risada. "Adivinho o seu futuro, embora eu não tenha muito sucesso com intelectuais. A adivinhação funciona melhor com gente simples. Em Cluj, enquanto vivíamos sob ocupação húngara, procuravam-me cidadãos, homens e mulheres, sobretudo calvinistas, para que eu lhes adivinhasse com base nos salmos, e também para diversos rituais. Sabe, os calvinistas, racionalistas como são, costumam procurar para tais coisas, proibidas em sua religião, em especial padres romenos, orientais, que imaginam serem dotados com o dom do mistério. Completamente sem rituais, sem magia e sem livro de orações nem eles podem viver. Jamais recusei-me a atender a vontade das pessoas. Adivinhava-lhes com base nos salmos e realizava rituais conforme seus desejos, em quaisquer ocasiões. Acabei criando um verdadeiro movimento comercial, pois, como dizia São Paulo, é do altar que o padre tem que viver."

Padre Vasile era um autêntico técnico dos ritos, impregnado da verdade de sua fé. Ele contudo procurava também, num espírito de consequência econômica, imbuir a sua verdade de uma função verdadeiramente lucrativa. Sem que eu lhe houvesse perguntado, eis que me contava sobre os seus ganhos do altar no passado. Sem dúvida que aquele movimento comercial dos rituais gerava-lhe incomparavelmente muito mais renda do que o movimento da balsa. A comparação, que revelou a desvantagem de sua atual profissão, perturbava-lhe a consciência. Estava incomodado por não viver mais do altar, assim como o delegara São Paulo. Entretanto, não parecia demasiado aflito.

"Mas essa atividade de balseador, quando você aprendeu, que parece realizá-la como um mestre?", perguntei-lhe mais para iniciar conversa do que para obter uma resposta.

Capítulo VII

"Isso eu sei fazer desde criança, quando ajudava meu pai que era balseador aqui neste mesmo lugar. É possível viver disso também!"

"Nos últimos anos, quase todos os intelectuais romenos viram-se forçados a mudar de ocupação. A maioria dos que não se viram obrigados a isso são na verdade uns vendidos. E, como estou conversando com um padre, devo precisar: 'vendidos ao diabo'. Vários intelectuais enveredaram pelo caminho do trabalho braçal. Mas o que isso tem a ver? Acho que não devemos mais nos deixar afetar pela consciência, pelo orgulho ou pela ideia de que existam profissões indignas de nós. Os valores mudam de uma época para outra. Sabe, padre Vasile, na aldeia onde viveu e morreu Avram Iancu[2] encontra-se, no registro da igreja, uma página notável que nos mostra como os valores se modificam. Trata-se do *Livro dos Mortos* de Vidra de Sus. Ao folhear suas páginas, podemos encontrar a página em que o padre do vilarejo registrou, em 1874, o óbito de Avram Iancu. O documento apresenta, em letra de forma, as costumeiras rubricas: prenome e sobrenome da pessoa, ano de nascimento, profissão, data da morte." O padre preencheu conscienciosamente todos os dados do formulário de Avram Iancu. Ao chegar à rubrica 'profissão', o padre, decerto após uma breve hesitação, escreveu: herói do povo romeno. E não tinha ele razão? Acho que sim, pois Avram Iancu realmente exerceu a profissão de herói. No passado, o heroísmo podia ser uma profissão. Hoje em dia, a situação é um pouco diferente. Hoje em dia, há uma dose de heroísmo em todas as profissões que os nossos intelectuais são obrigados a adotar, quaisquer que sejam elas, seja a de pedreiro, a de varredor de parques públicos ou a de balseador." Com essas palavras, tentei afastar do espírito do padre Vasile o sentimento de vergonha que cobria seu rosto – quando uma campainha começou a chiar em cima da porta. Os viajantes que naquele meio tempo haviam se acumulado em ambas as margens do rio o estavam chamando de volta ao dever.

Padre Vasile abrigava em si várias facetas. Conforme o que eu já sabia faz tempo da própria Octavia, ele abrigava em si pelo menos umas três ou quatro facetas: a de "camponês", a de "monge", a de "fauno" e a de "brutamontes" – simplesmente. De acordo com a necessidade do momento, o padre equilibrava a

---

[2] Avram Iancu (1824-1872) foi um advogado e revolucionário romeno que desempenhou importante papel na Revolução de 1848 na Transilvânia, liderando o exército dos romenos transilvanos. (N. T.)

dose dessas facetas com mais habilidade e profissionalismo do que um ator. Todas elas disputavam a hegemonia dentro de seu ser. A dose de cada uma era aplicada conforme o caso. Em certas circunstâncias, permitia que uma única faceta se apresentasse em forma pura. Por vezes, o padre Vasile impunha a si mesmo um estilo de vida monástico de jejum e de oração, longe de toda a rede de tentações mundanas. Essa sua faceta, porém, era a mais fraca e menos resistente. Em sua fisionomia, que não era desagradável mas um pouco asselvajada, só o azul dos olhos respondia àquela faceta. A barba ruiva, os lábios carnudos, as sobrancelhas fartas, os dentes saudáveis que ele mantinha limpos apenas mordendo a polpa de frutas pertenciam com certeza a um fauno. Assim se apresentavam o monge e o fauno. O camponês vinha mais à tona em seu modo de ver a vida quotidiana. Todas as suas atividades eram realizadas no sentido de se obter algum proveito. Amava incondicionalmente a esposa. Mas seu amor dependia das mais caprichosas flutuações e dos lucros que a mulher produzia na economia doméstica. Estava sempre de olho nela. Vigiava-a, é claro, mas só até certos limites. Quando percebia que podia obter vantagens em sua carreira, o padre sempre se dispunha a fazer vista grossa. Padre Vasile foi sempre bastante compreensivo no que se refere ao comportamento da esposa – sobretudo em troca dos "presentes" trazidos para casa sob o pretexto de serem presentes para o altar. Às vezes acontecia de Octavia ultrapassar, de uma maneira ou de outra, os limites da decência. Então aflorava nele a quarta faceta: o brutamontes. Por exemplo, ele não suportava o fato de Octavia escrever versos. Seus versos eram geralmente declarativos e demasiado literais. Por vezes, porém, seus poemas saíam à altura da paixão que ebulia dentro de sua autora. Nesses casos, o reflexo do padre Vasile era deixar-se acometer por acessos de fúria. Padre Vasile se perguntava para "quem" Octavia escrevia. Sem dúvida que ela, criatura apaixonada pela vida concreta, sempre escrevia versos dirigidos a "alguém", mas para Vasile ela dizia que os compunha assim, abstratamente. A primeira reação do ex-professor de Teologia, quando lhe ocorria encontrar um poema num bolsinho de avental ou debaixo de uma blusa de Octavia, era a de um brutamontes tão incontrolável, que seria capaz de matar alguém. Octavia ainda ostentava na têmpora uma cicatriz muito antiga. No início do casamento, ela lhe recitara alguns versos de amor. Mas o padre de alguma forma intuiu que o poema não havia sido escrito em abstrato, adivinhando sobretudo

Capítulo VII

que não era ele o objeto platônico. Foi o bastante para que o brutamontes pegasse um tinteiro metálico e o atirasse com toda a força para cima de Octavia. Depois de tantos anos, ainda se podia ver o sinal da ferida. Com que facilidade o padre poderia ter-se transformado em criminoso por causa de um punhado de versos! Mas teve sorte o homem das quatro facetas! Quando o charme da esposa podia ser utilizado com vistas a uma promoção ou a um mero ganho material, o padre Vasile geralmente se mostrava bastante permissivo. Em tais circunstâncias, o próprio padre orientava a esposa em direções duvidosas e comprometedoras. Por exemplo, durante a guerra, Octavia, tendo aceitado com alegria as sugestões do marido, passou a visitar diariamente um hierarca de cuja boa vontade dependia uma nova promoção. Boatos que chegavam aos próprios ouvidos do padre Vasile ressoavam por toda a cidade; ele, porém, só queria saber da promoção. No fundo, o fauno hipócrita calculava da seguinte maneira: sua esposa se comportava diante dele como uma mocinha ignorante – de onde provinha sua sólida crença de que Octavia fosse constitucionalmente "frígida". Mas Octavia era "frígida" diante dele por causa de uma espécie de repulsão física; na verdade, ela era de uma sensualidade frenética diante dos homens que lhe estimulavam o dom da poesia. O padre, enquanto aceitava a premissa consoladora da frigidez, era capaz de suportar sem qualquer vestígio de ciúmes o mais dissoluto comportamento da esposa, incluindo até mesmo a ideia de que ela por vezes pulasse a cerca. E quando um interesse pessoal ou uma situação precária intervinha no jogo dos acasos, o padre era capaz de arranjar as coisas no sentido de fazer a esposa chegar ao leito de uma autoridade. Em tais casos, ele se comprazia com a ideia de que Octavia fosse frígida, interpretando os fatos com a mesma indiferença com que veria uma consulta dela no ginecologista. O principal era que tudo gerasse lucro. A preocupação de sua esposa pela poesia, porém, perturbava-o terrivelmente, pois suspeitava nessa preocupação uma paixão impetuosa e verdadeira que – de certo modo às escondidas – desmentia sua presumida frigidez. Então, o fauno com veleidades de monge era acometido, sob um ou outro pretexto, por acessos de fúria que o faziam arremessar-se para cima da vítima.

Tudo isso passou num instante pela minha cabeça no momento em que fiquei de novo sozinho com a bela Octavia, que enrubescia diante da ideia de podermos ter a ocasião de conversarmos a sós.

"Como é que o Vasile anda com todas as suas facetas?", perguntei-lhe assim só para iniciar conversa.

"O brutamontes tem vindo à tona com frequência cada vez maior", respondeu ela, ocultando sob a blusa, nos seios, assim como as camponesas escondem maçãs, a página com os versos que escrevia no momento da minha chegada. Seu gesto era muito sedutor, uma tentação para ajudá-la a ocultar melhor os versos em seu esconderijo. "Para escrever, aproveito sempre o tempo em que Vasile está ocupado com a balsa", continuou Octavia. "Ele me dá uma surra sempre que me flagra escrevendo."

"Mas você não quer me mostrar o que estava escrevendo quando cheguei?", perguntei-lhe, sem insistência.

"Talvez, mas não agora. Fiquei com medo do seu olhar. Ainda tenho que me acostumar à crítica. Você tem uma consciência incorruptível. Nem que eu esteja sentada nos seus joelhos você não é capaz de apreciar um verso que lhe pareça piegas."

Octavia, cuja principal paixão era realmente a poesia, não suportava muito bem observações críticas. Pelo contrário, teimava com exibições de orgulho. Pelo menos essa era sua reação imediata. Porém, quando ficava sozinha, não fazia outra coisa senão refletir sobre a crítica; sua alma se moldava toda a fim de colher seus ensinamentos. Na lide poética eu já tinha uma experiência consumada. Por maior que fosse a boa vontade que me permitisse, eu não podia olhar para os versos dela com outros olhos a não ser os mesmos com que eu olhava para os meus. Queria orientá-la. Cultivar-lhe o gosto. Desenvolver sua autocrítica. Sobretudo por reconhecer belas e reais possibilidades em sua poesia. Octavia por vezes lograva escrever versos muito bonitos. Mas com demasiada frequência caía num falatório que não se distinguia muito das improvisações dos seus memoráveis "transes" líricos. Tentava freá-la. Tentava ensiná-la a controlar a frio uma poesia no papel. Pedia-lhe sempre que pesasse a substância, que rompesse os rebentos excedentes da videira, que cortasse as linhas que brotavam de uma espécie de perda de si em sons e palavras sem lastro. Naquela época de fim de guerra, o país passava por um processo de inflação monetária. Então eu lhe disse uma vez, devastando seus versos com um lápis, apagando em abundância: "Isso é uma inflação de palavras." Octavia riu como uma criança rancorosa, mas aceitou as rasuras. Aceitou-as porém com sofrimento, quase aos berros, como se fossem cortes na carne. Quando certa vez

Capítulo VII

identifiquei em seus versos uma leve reminiscência dos meus poemas, franzi o cenho, revestindo-me de uma aspereza incomum. Agora, ao recordar as palavras que lhe dissera com tanta veemência, pus-me a rir da minha severidade pedagógica de outrora. Por se recusar a reconhecer os ecos de divagação esparramados pela sua poesia, tratei-a com rudeza: "Escute, minha querida, eu quero que você se torne uma personalidade poética, não um macaco!" No mesmo momento em que essas lembranças passaram pela minha mente, ela comprovou seu poder de ressonância com os meus mais íntimos pensamentos:

"Você ainda se lembra, em Sibiu, quando você me acusou de ser um macaco?"

"Não lembro", respondi, "de tê-la injuriado de tal modo! Não costumo usar esse tipo de epítetos!"

"Você disse sim, e desde então fiquei com medo de lhe mostrar meus versos."

"Veja só como você interpretou às avessas minha tentativa de protegê-la de certos escorregões. Quis que você evitasse o caminho cômodo da imitação."

"Foi um pouco doloroso, mas reconheço que alguma coisa aprendi. Fique sabendo que, agora, escrevo versos melhores que os seus."

"É justamente o que eu esperava quando expressei o desejo de que você se tornasse uma personalidade poética, e não um macaco. Está vendo que, em seu verdadeiro contexto, minhas palavras tinham outro significado do que aquele evocado pela lembrança e pelo orgulho? Estamos entendidos?"

"Você sempre muito saliente! Afiando os dentes do espírito! Já ouvi essa história antes!", disse-me ela, escorregando levemente para um transe, mas recuperando-se.

"Não passa de impressão sua. Faz anos que me sinto meio como uma moeda de ouro sem efígie. A efígie está tão gasta que não se pode reconhecê-la."

"Essa é boa!", admirou-se. "Você... sem efígie?"

Meu olhar a acompanhou indo à janela que dava para o rio. Deu uma espiada para fora e voltou, dirigindo-se até mim com aquela nostalgia oceânica de sempre. E sentou-se nos meus joelhos. Com os mesmos movimentos sedutores de outrora. Disse-lhe:

"Sabe que faz anos que não escrevi uma só linha! Encontro-me numa fase de esterilidade e de redução da qual não sei mais como vou sair!"

"E você faz tanta questão de sair dela?"

"Que pergunta!"

"Parece estranha? Mas não. É bastante natural. É assim que o vejo. Durante um quarto de século você produziu uma obra que permanecerá. Sua produção, sólida, entrou definitivamente para o patrimônio poético da nossa nação. Você se tornou uma personalidade plena. Tem direito à esterilidade. Ainda tem alguns anos de... digamos, juventude sem idade!"

"De rapagão outonal!", interrompi-a, brincando.

"Sim, você ainda tem alguns anos de juventude, que chega durante o outono entre as árvores. Esses anos têm de ser desfrutados! Será que você não se dedicou demais a esse suplício indescritível, a esse elã fatigante que é a criação? Não precisa fazer mais nada. O mal assola a terra e persiste sobre ela. Aproveite daquilo que a vida lhe oferece nas atuais circunstâncias tristes e quase aniquiladoras! A crônica das suas façanhas já se encerrou. Deixe um pouco de espaço para os outros. E para mim também. Deixe-me escrever e me esforçar sozinha com a beleza e o canto. Posso escrever também por você. Quero em todos os sentidos me exaurir por você. Meu amor por você chega até o desejo, até a vontade de substituí-lo, de poupá-lo de todo trabalho..." Octavia deteve-se um instante, como se despertasse: "Disse-lhe uma besteira, não é?"

Não respondi. Apenas registrei, com muita atenção, as estranhíssimas coisas que me dizia aquela criatura, tão volúvel quanto suas aspirações. Registrei com a intenção de pensar mais tarde naquilo que me dizia. Encontrava-me de novo diante de um dos seus costumeiros "transes líricos", ou viriam suas palavras dessa vez das profundezas de uma lucidez incidental? Não estava disposto a seguir pela senda por ela indicada, ou seja, de analisar integralmente os aspectos da questão da existência criadora. Naquele meio tempo de descontração, que durava o mesmo que a travessia da balsa de Caronte de uma margem à outra, deixei-me envolver pelo calor suave daquela criatura nos meus joelhos. Aquela ocasião de felicidade não era outonal, mas era primaveril e misturada a uma esplêndida tentação, a uma sensação de fusão e ao espaço de tempo oferecido pela ausência de meia hora daquele homem que era camponês, monge, fauno e brutamontes. O calor do corpo daquela mulher penetrava de novo em mim tantos anos após ter saído da esfera dos meus sentidos. Cedendo à tentação, acariciei-a por cima da roupa. Pelas coxas. Pelo peito. E pronto. Pois já se ouviam passos do lado de fora.

Capítulo VII

Octavia saiu do lugar e começou a mexer no armário, absorvendo no íntimo do seu ser o leve rubor que surgira na habitual brancura de seu rosto.

O balseador voltou com a testa transpirada. Sentamo-nos os três para conversar, em torno de uma mesinha, escondida num canto escuro por onde se tinha acesso a um quarto, que o padre arrastou para o meio da sala. Senti que devia explicar qual era minha nova situação. O que eu estava fazendo na cidade ali perto? Apresentei os fatos assim como vieram. Após ter sido depurado do corpo didático superior, mandaram-me ser bibliotecário. Um indivíduo qualquer, ocupando posição-chave na nova política cultural, concluíra que eu, por ter publicado tantos livros insalubres, agora proibidos, mas sempre "livros", com certeza entendia de bibliotecas e que um tal serviço seria perfeito para mim. A fim de que minhas desastrosas ideias literárias cessassem de influenciar a juventude, encontraram para mim uma vaga de bibliotecário numa localidade sem universidade. Apresentei também aos meus amigos balseadores o peso que oprimia meu passado, segundo o dossiê feito contra mim. Por minha vez, descobri um pouco também sobre o dossiê feito contra o casal Olteanu, poucos anos atrás, antes de começar a se ocupar da balsa. Em Cluj eles se tornaram indesejáveis por razões políticas bem claras. Mas o ponto mais sombrio do seu dossiê devia-se a um pecado que Octavia cometia com frequência. Ela tinha o dom da palavra e não conseguia segurar a língua, motivo pelo qual o padre Vasile a interpelava de cinco em cinco minutos com o seguinte refrão: "Cale a boca!" Anos a fio Octavia anunciava, a torto e a direito, junto a velhos ou novos conhecidos, a iminência de uma mudança violenta: "Os americanos chegarão em três meses!"

"Sabe", tentou elucidar o padre Vasile, "minha querida esposa tem apenas dois defeitos compensados por muitas grandes qualidades. Seu primeiro defeito: entusiasma-se rápido por qualquer desconhecido que entre em casa, desde que já tenha passado da puberdade, e em cada um ela tenta adivinhar uma gota de santidade, de heroísmo ou de gênio. Com a mesma rapidez que se entusiasma ela também se entedia, para no final das contas defenestrar um por um! Seu segundo defeito: Octavia acredita com grande ingenuidade em todas as pessoas que conhece, em tal medida que lhes confidencia tudo o que lhe passa pela cabeça – sobretudo segredos íntimos. Ela ficaria doente caso fosse obrigada a manter um segredo só para si."

"Não acredite em nada do que diz Vasile! Ele endoidou desde que começou a trabalhar com a balsa e a frequentar os bares!", levantou a voz Octavia, meio enervada e descontrolada.

Acalmei Octavia com um sorriso cavalheiresco, assegurando-lhe que, até prova contrária, eu não haveria de acreditar em nada do que dissera sobre ela o padre Vasile: "Mas está vendo, é assim que marido e mulher fofocam... Entre seis olhos." Ademais, com a mesma desconfiança, refutei a acusação do padre Vasile com relação ao comportamento de Octavia diante de desconhecidos passados da puberdade: "Conheço Octavia já faz seis anos e constato que até hoje ela não me defenestrou."

"Ainda está em tempo!", reagiu o padre. Suas palavras soaram como uma moral da história.

"Sabem o quê? Vamos falar de outra coisa! Ou, melhor ainda, mostrem-me", instei, "o lugar. Vamos sair e passear ao longo do rio. Ainda tenho uma meia hora."

Saímos de dentro da casa até a margem do rio. Perto da casa havia umas construções de uso doméstico que pareciam umas barracas, um barracão grande de madeira e uma pequena cocheira, igualmente de madeira. Quis passar pelo menos pela cocheira, pelo prazer de lá ver um bezerro ou um potro. Mas Octavia acabou com minhas ilusões: "Ainda não temos nenhuma besta." Para um potro, criatura preferida da minha imaginação, chamá-lo de "besta" pareceu-me demasiado forte.

"Ainda não conseguimos nos organizar como doravante tencionamos", esclareceu o padre. "Temos colheitas fartas e feno suficiente para alimentar um certo número de vacas, mas ainda não podemos mantê-las. Talvez você não esperasse encontrar tanta pobreza. Mas quiçá alguém nos faça uma doação!"

"Cale a boca, seu mendigo", interveio Octavia, para em seguida nos exortar: "Vamos até o redemoinho onde você instalou a rede para peixe. Quem sabe encontramos lá algum siluro!"

Octavia partiu na frente por uma vereda ao longo do Mureş. Nós, atrás dela. Tinha uma saia meio curta e estreita que teimava sempre em subir acima da altura das rótulas, revelando pernas generosas e o vale sensual da parte de trás dos joelhos. Em meias negras, transparentes, as coxas pareciam siluros. A linha dos quadris brincava atraente debaixo da roupa. Como ela caminhava na frente, meus

Capítulo VII

olhos acariciavam involuntários suas formas. Passamos por debaixo de amieiros e salgueiros que se estendiam na água: vermelhas como sangue eram as raízes dos amieiros, ramificadas finas em fiozinhos como patinhas de centopeias; as raízes dos salgueiros eram amareladas como cera. Minha testa ardia, queimada pelo sol na minha caminhada até ali. Havia um cheiro de broto fresco e de água lodosa de rio. O fim da primavera ebuliente parecia se acalmar enquanto o sol se inclinava para o ocaso.

"E se alguém precisar atravessar com a balsa?", perguntei desconcertado, só para dizer alguma coisa.

"A essa hora já não vem mais ninguém e, se vier... que espere", respondeu o padre. Minha preocupação era apenas formal. Quis dizer algo só para encobrir o interesse ocular com que acompanhava o andar de Octavia e as solas dos seus pés que levemente afundavam no barro arenoso da vereda.

"Nem nos distanciamos tanto, aliás. Veja que daqui ainda se pode ver o redemoinho onde pus a rede." Com essas palavras, o padre Vasile nos ultrapassou com um salto e passou a nos liderar. Assim, pelo menos por alguns instantes pude acompanhar, livre da vigilância do padre, o andar de Octavia, que parecia não sentir o toque do olhar da pessoa que andava atrás dela.

A água do Rio Mureş era como a minha alma: relativamente limpa por cima, mas com muito lodo no fundo. Ah, sim! A água do Mureş nunca está limpa por completo, nem mesmo em dias serenos, pois o seu leito é lamacento, e o céu sempre se mistura, no espelho d'água, com o barro trazido à tona pelos redemoinhos.

Chegamos ao redemoinho onde a água, barrada por uma estrutura de peças de madeira em forma de ferradura e por um pequeno dique de pedra, fazia meia-volta como uma cobra que morde a própria cauda. Esses diques eram feitos para evitar que as lavouras fossem destruídas.

"Os siluros costumam ficar no fundo da água, são peixes de lodo, os porcos do Mureş, que comem de tudo", disse o padre, preparando-se para retirar a rede do fundo do rio. Ele ergueu a rede até o espelho d'água, para em seguida arrancá-la bruscamente do meio do redemoinho. Havia ali realmente um siluro bem grande, debatendo-se na rede agora no chão, colocada pelo padre com a abertura para baixo. O padre o apanhou e, com um canivete, cortou-o e retirou-lhe as vísceras. Operação realizada com a habilidade de um pescador experimentado.

Voltamos. Na vereda, Octavia, após umedecer as narinas com um pouco de água do rio, colheu urtigas ao longo do caminho.

"Você vai levar para casa uma posta de siluro embrulhada em urtigas", disse-me ela. Sobreveio-me uma lembrança de infância: umedecer as narinas na água é necessário para evitar a urticária. De volta à "hospedaria", Octavia colocou o siluro na borda do forno e o cortou com um facão em pedaços maciços. A carne tinha nuances cor-de-rosa. A dona de casa-poetisa embrulhou o pedaço mais bonito em urtigas e o enfiou numa trouxa.

"Carne de rosas", comentei, "faz anos que não comi mais siluro. Que bela surpresa terão Dora e Ioana!"

"Surpresa que pode fazer com mais assiduidade, se calhar por aqui com mais frequência", disse-me Octavia, enunciando o convite com um tom que em nada traía seu desejo de rever-me o mais breve possível.

"O que é isso!", respondi. "Se calhar por aqui... Virei várias vezes! Ao menos pelos siluros!"

"Ah sim, claro", brincou ela, "pelos siluros!"

Octavia não tinha como saber em que eu pensava ao sublinhar as palavras "ao menos pelos siluros". Com certeza ela sentiu que eu fazia alusão a alguma coisa, sem porém decifrar o sentido. Por estar também presente o padre Vasile, não tive como ser mais explícito. Minha alusão às suas pernas permaneceu suspensa no ar.

VIII

No desejo de evitar a desmoralização que ameaçava meu íntimo, depus esforços diários no sentido de organizar, sob todos os aspectos, minha vida em Alba, pequena cidade que, em sua periferia, misturava-se ao universo rural. Exigiu-se de mim uma adaptação às condições locais e da época, a que eu resistia. Aquela cidade sempre me foi conhecida, jamais porém teria imaginado que o destino poderia me arremessar, mesmo temporariamente, àquele buraco provinciano. Aos poucos vi-me obrigado a adotar uma série de hábitos exteriores que de certa forma protegiam minha vida pessoal. Desde a adolescência, provei para mim mesmo ser capaz de me salvar, adaptando-me a circunstâncias precárias. Ao longo do tempo, não vi e nem agora vejo, na automatização da minha vida exterior, uma ameaça irresistível à minha liberdade íntima. Pelo contrário, dentro de certos limites, considero os padrões externos em que desenrolo minha existência como uma carapaça que protege o núcleo do meu ser. Na vida quotidiana, jamais tendi a improvisações que pudessem consumir inoportuna e inutilmente meu potencial de espontaneidade. Um dia a dia planejado e aparentemente legiferado pode muito bem constituir um escudo para a espontaneidade e a liberdade interiores.

No passado, tive várias vezes de trocar de cidade, de ambiente, de serviço, de sociedade. A cada vez logrei, em poucas semanas apenas, adaptar-me perfeitamente, no sentido de salvar o meu ser. Será que desta vez conseguirei o mesmo? A resposta a essa pergunta torna-se, hoje, absolutamente difícil. Pois a fórmula imposta pelas novas condições políticas e sociais ameaça devastar qualquer existência. Ano após ano, a alma e o espírito têm suportado reduções cada vez mais graves. Seremos, no final das contas, reduzidos às funções fisiológicas e ao instinto primário da fome e sua satisfação? É claro que o regime busca intencionalmente alcançar tal apocalipse. A doutrina oficial do Estado afirma categórica que o homem é totalmente redutível a esse instinto. Essa doutrina aos poucos se transformará em realidade, pois o regime faz questão de demonstrar na prática suas "verdades". Em épocas de segurança e prosperidade material, as funções fisiológicas e o instinto da fome não parecem tão "primordiais" como são. Agora, todas as circunstâncias convergem para nos demonstrar a primordialidade da fome. Na nova situação intencionalmente criada, intervém na vida de cada cidadão uma série de deveres exaustivos que o transforma em não homem. Ficar na fila na entrada de uma "loja alimentar" durante três horas por um punhado de manteiga e durante outras duas horas por um bocado de pão não é atividade que possa ser automatizada em benefício da alma. Deveres igualmente degradantes ocuparão cada vez mais espaço na consciência humana, absorvendo-a finalmente por completo. O enquadramento fatalista numa tal ordem não é nem um pouco redentora, pois, no momento em que conseguimos nos acostumar até mesmo com tão terríveis dificuldades, o regime inventa para os filhos de Tântalo[1] sempre novas dificuldades, para não permitir a ninguém um só instante de benéfica descontração. Cumprem-se, em todas as maneiras imagináveis e em todo o seu horror, as palavras que certa vez nos disse o pastor do Monte Blidaru em Căpâlna: "De agora em diante os senhores não encontrarão tranquilidade – nunca mais e em lugar nenhum!"

A situação mais invejável que um cidadão podia ter na hierarquia dos serviços da nova ordem social era a de acumular salários – única que possibilitava a satisfação dos apetites instintivos pelos quais fora dominado o momento histórico. Infelizmente, encontrava-me entre os cidadãos que tinham de se virar com um único salário. Para cobrir as necessidades estritamente fisiológicas de minha unidade familiar, meu salário no Batyaneum representaria um *quantum satis* apenas se, por meio de uma operação mágica, ele fosse multiplicado por sete. Nem assim viveria em abundância, mas ao menos a fisiologia cessaria de se fazer observada sob o aspecto de sua importância primordial. Ao longo desses anos de salários irrisórios e minados pela inflação, todos os pobres se transformaram em milionários, mas seus milhões não bastam para comprar um pão. O cidadão assiste, incapaz e de braços

---

[1] Alusão ao "suplício de Tântalo", sofrimento daquele que deseja algo aparentemente próximo, porém inalcançável. (N. T.)

cruzados, ao desabamento desorientador de todos os valores. A inflação tinha como resultado certo um único: verdadeiros valores eram só aqueles assimiláveis pelo estômago. Sob o império da inflação, seguindo o exemplo da maioria dos cidadãos, vendi aos poucos quase tudo o que lograra juntar durante um decênio de serviço diplomático: faqueiros de prata, braceletes de ouro, castiçais, quadros, peças antigas de mobília, etc. Pertencia também ao passado recente a maior venda que consegui realizar – em condições muito delicadas e eludindo as leis em vigor. Em Cisnădioara, perto de Sibiu, possuía alguns hectares de jardim, pomar e uma cabana de verão, única realidade imóvel diante da qual experimentava uma legítima sensação de propriedade: algumas centenas de macieiras, de jonathan[2] e batullen,[3] algumas cerejeiras que produziam tanto quanto ameixeiras e uma série de nogueiras velhas cuja produção podia concorrer com as nozes de Grenoble, no sul da França – grandes, oleosas e de uma casca fina como papel. Com dor no coração tive de me separar desse bem onde, durante a guerra, nos recolhíamos com frequência durante o verão. Conforme as disposições legais ora em vigor, tais bens não podiam mais ser vendidos. Um camponês da região acabou comprando sem contrato e sem autorização do Ministério, assumindo todos os riscos de direito do nosso acordo. Não tive opção. O passar dos anos transformou-nos também em gente destituída de alma, ridícula e vergonhosamente reduzida à fisiologia.

    A mais grave das preocupações que nos afligiam naquela época era a do abastecimento alimentar, que permanecia deficiente, por mais que sacrificássemos todo dia, eu, minha esposa e minha filha, várias horas na fila. Para satisfazer necessidades corriqueiras de verduras e ovos, de leite e laticínios, meus amigos "balseadores" fizeram-me uma proposta. O acordo surgiu meio que por si mesmo. Da minha parte, prometi visitar meus amigos umas três vezes por semana. Eu iria até mesmo diariamente até as águas do Mureș, caso a distância, que só podia ser percorrida a pé, não fosse demasiado grande para um simples passeio. Em marcha forçada, eu precisava de cinco quartos de hora até a balsa. Por mais que eu me acostumasse a

---

    [2] Jonathan é um tipo de maçã surgida de um enxerto com a espécie estadunidense Esopus Spitzenburg, descrita pela primeira vez por especialistas em 1826. (N. T.)
    [3] Pătul (em romeno) ou Batullenapfel (em alemão) é um tipo de maçã originário da Transilvânia, colhida no início de outubro, descrita por especialistas desde o fim do século XIX. (N. T.)

uma caminhada tão prazerosa, não podia me permitir, a cada vinte e quatro horas, percorrer a distância até os redemoinhos dos siluros. Nem mesmo apesar do fato de os "siluros" terem se transformado numa expressão simbólica que eu por fim desvendei a Octavia. Ela compreendeu o significado com um sorriso e fez-me um sinal discreto para não repetir demais a palavra na presença do padre, para que ele não acabasse decifrando seu sentido pleno, quente e sensual.

Ao saberem das dificuldades que vinha enfrentando com o abastecimento, padre Vasile me apresentou um dia um projeto destinado a nos tirar do sufoco. O plano deveria, por um lado, poupar-nos da maior parte das preocupações quotidianas e ajudá-los, por outro, a administrar com maior eficácia a sua terra. O padre sabia da minha intenção de investir parte do dinheiro obtido com a venda ilícita do pomar de Cisnădioara. Esboçava-se aliás, hesitante, mais uma onda de inflação, embora não houvesse passado tanto tempo desde a primeira estabilização. Seria portanto imprudente guardar o dinheiro e desperdiçá-lo no processo de desvalorização que a moeda de novo haveria de sofrer. Investir em alguns bens menores que pudessem ser mais tarde vendidos de novo caso necessário parecia aceitável. O padre Vasile me sugeriu ajudá-lo com dinheiro para obter uma série de ferramentas agrícolas e alguns animais de estrebaria. Tal empréstimo o capacitaria a se desenvolver com ímpeto maior. O empréstimo seria devolvido pouco a pouco, *in natura*: em leite, ovos, manteiga e verduras de todo tipo que brotassem a partir do barro do Mureş, como as colheitas do Antigo Egito, do barro do Nilo. Seu preço deveria permanecer o do dia do nosso entendimento, fixado num nível decente, além das flutuações do mercado. Todos os produtos haveriam de ser trazidos até nossa casa. Escutei com prudência a utopia do padre Vasile e, como eu já estava determinado a fazer um negócio, achei graça, duvidando de que sua faceta de camponês soubesse o que estava dizendo. Quando o padre saiu por meia hora para fazer atravessar um grupo de pessoas de Ciugud com a balsa, Octavia me disse: "Não acredite muito no Vasile; em questão de dinheiro ele não é muito honesto. Perde a cabeça quando sente a serrilha das moedas na mão." "Cédulas não têm serrilhas", respondi, "e, por outro lado, não tenho nada a perder. A desvalorização da moeda recomeçou e não poderá ser detida." Concluindo, não tinha nenhum grave motivo para recusar a proposta do padre. Ademais, o acordo prometia evitar muita perda de tempo. O fornecimento a domicílio dos produtos

Capítulo VIII

de que necessitávamos poderia ser facilmente feito por intermédio de um dos habitantes locais que todo dia atravessavam o Mureș de balsa, trazendo-me a mercadoria rural até Alba. Em troca do valor de duas travessias de balsa com uma carroça puxada a cavalo, ida e volta, qualquer camponês ficaria contente em parar um momento diante do nosso portão para deixar a encomenda.

Em menos de duas semanas, notei um aumento de dinamismo na casa dos balseadores. O estábulo não estava mais vazio. A manteiga escorria da centrífuga. A enxada e o arado se moviam. Dona Octavia já podia contar com o auxílio de uma empregada, pelo menos durante o dia. A casa da família Creangă haveria de receber todo dia o que precisava. Os cenhos se desfranziam como uma roupa passada, tanto na casa dos balseadores, como na nossa. Só que, infelizmente, junto com essa maravilhosa improvisação, a casa às margens do Mureș foi visitada pelo espectro de um problema sombrio que nenhum de nós poderia ter imaginado, exceto talvez o próprio padre Vasile. O padre começou a visitar Alba com mais frequência. Sempre que sentia o bolso mais cheio, ele se dirigia apressado à cidade, tropeçando de leve na batina irreal que ele nunca mais vestiu desde que perdeu o altar. Seu caminho era o do vício. E o vício o dominava sobretudo ao anoitecer, quando já não havia gente para transportar com a balsa. Em Alba ele costumava engolir, como uma criança descontrolada, metade de uma confeitaria. E toda vez ele passava também pelo bar, a fim de "molhar os secos" que engolia em grande quantidade na confeitaria ao lado. Nesse papel de comilão e beberrão, padre Vasile revelou mais uma das inúmeras facetas que se misturavam sem se fundirem em seu ser – para utilizarmos a linguagem da época dos sínodos ecumênicos. Dessa vez, ele era um verdadeiro monstro. Por causa dos desvios demasiado frequentes "até Bălgrad", o padre, que "mijava seu lucro pelas cercas", sofria cada vez mais com a falta de dinheiro, embora a renda doméstica realmente crescesse nos meses de colheita e os dias mais longos do ano demandassem mais travessias de balsa. Pouco a pouco, e junto com as virtudes de monstro do padre, surgiu às margens do Mureș mais um fardo. Os balseadores eram especialmente "generosos" e ficavam contentes em receber visitas. Não havia santo dia no período em que o sol se põe tarde sem que os balseadores não tivessem à mesa um padre, uma mulher de padre ou professora dentre os que retornavam de Alba para suas aldeias. Os hóspedes geralmente eram de dona Octavia. Todos esses hóspedes ficaram sabendo que, da dona Octavia, era possível obter qualquer coisa em troca de opiniões lisonjeiras ou de um elogio convencional. Sempre que um rapaz bonito, quite com o serviço militar, pulasse de uma carroça diante da casa da balsa para dizer a Octavia, em versos improvisados, o quanto era bonita, o mesmo era imediatamente retido para uma refeição em sinal de agradecimento. É claro que se podia obter ainda mais caso se sussurrasse ao ouvido de Octavia uma palavra de louvor pelos versos que ela publicara alguns anos atrás em diversas revistas. Assim, todos os que atravessavam o rio de balsa podiam ganhar um copo de vinho ou mesmo a entusiasmada amizade de dona Octavia. A situação era de certo modo lamentável pois, embora os versos de Octavia merecessem plenamente tais elogios, aqueles que os traziam nada entendiam de sua beleza. Aproveitando-se da vaidade e do candor ingênuo de dona Octavia Olteanu, eles estavam interessados numa única meta: comida e vinho.

A propriedade dos balseadores tornou-se, assim, pouco a pouco, uma verdadeira hospedaria. O barracão de madeira ficou repleto de feno depois da primeira ceifa. E o feno espalhou seu perfume em derredor como um chamado. Aquele barracão oferecia a alguns dos visitantes, caso necessário, um lugar para passar a noite. Por ocasião das minhas visitas, de dois em dois ou de três em três dias, na hospedaria dos balseadores, ao longo das semanas de verão, com frequência eu encontrava Octavia conversando com seus hóspedes de uma tarde ou de uma noite. Era natural que eu fosse apresentado a eles, sobretudo por às vezes parecerem reservados de propósito; Octavia lhes oferecia a ocasião de me ver e de me conhecer "em pessoa". Se a minha "celebridade" não penetrara até a base da pirâmide, ela pelo menos, de certo modo, tinha chegado até à tênue intelectualidade do meio rural. Minha celebridade não era porém mais do que nominal. Não se conheciam meus atos nem minha obra, mas o meu nome. Meus livros foram publicados, entre as duas guerras, em tiragens mínimas destinadas à demanda, avaliada estatisticamente em cinco por cento em todo o país, dos amadores e bibliófilos. A verdade é que, antes de 23 de agosto de 1944, escreveu-se muito sobre mim em revistas e jornais – e, geralmente, de maneira elogiosa e absconsa. Minhas obras não constituíam, porém, leitura à mão da grande massa alfabetizada. Dentre os amadores que me liam, a maioria infelizmente interrompia a leitura, desconcertados antes de captar o sentido. Outros leitores, nutrindo excelente opinião sobre seu próprio poder de compreensão, decepcionavam-se e muitas vezes acusavam a

CAPÍTULO VIII

mim pela incapacidade deles de me compreenderem. Dentre os colegas da universidade onde trabalhara não fazia muito tempo, havia alguns que me diziam, de maneira direta, que eu era ininteligível. Costumava retorquir-lhes que havia pelo menos um argumento a meu favor: a partir do momento que existem, em nosso país, leitores que me compreendem, não será minha a culpa de que me acusam. Tal argumento se mantém válido mesmo se houver na face da terra um único leitor que me compreenda. Os colegas que se orgulhavam de não me entender não se inteiravam nem desse argumento. Sorte deles, senão teriam percebido que os considero não só destituídos de inteligência, como também de sensibilidade.

Minha "celebridade" nominal atraía contudo a curiosidade das pessoas, sobretudo a dos jovens. Por toda a parte era obrigado a suportar interrogatórios. É claro que os curiosos não passavam raramente pela hospedaria dos balseadores. Octavia, com o entusiasmo e o amor que por mim nutria, deixava-se sempre vencer pela fraqueza de satisfazer a curiosidade dos visitantes. Repreendia-a por não me resguardar e mostrava-lhe o quanto me esforçava para controlar meu nervosismo quando, ao entrar na hospedaria depois de uma caminhada fatigante, via-me diante de um hóspede que me fitava de olhos arregalados.

"De onde você junta toda essa gente?", perguntava a Octavia depois de eles irem embora, "você acha que me derreto de prazer em alargar ao infinito o meu círculo de conhecidos? Fique sabendo que não acho a mínima graça. E não é para isso que percorro toda a distância até aqui!"

"O quê? Não para isso? Então para quê?", quase sempre assim reagia ela.

Essa pergunta parecia inquietá-la profundamente. Sentia a inquietude pela vibração de sua voz. Octavia às vezes pronunciava essa pergunta com suavidade, numa espera louca. Esperava da minha parte – o quê? Dizer-lhe a palavra. A palavra que substitui todas as línguas do universo. Octavia ainda caía em transe lírico, mas só quando podíamos ficar a sós, longe da ameaça do surgimento de uma terceira pessoa. E esperava da minha parte – o quê? Uma palavra. A palavra mais comum que duas pessoas dizem uma à outra quando estão a sós. Para além da afeição real que eu por ela nutria, faltava-lhe contudo "algo", absolutamente insignificante, a ser revestido pelo vocábulo ígneo pelo qual ela ansiava, mas esse "algo", absolutamente insignificante, pertencia ao terreno das essências. Faltava na minha afeição a nota de aspiração. Gostaria de sentir que Octavia era-me inacessível. Só uma tal afeição poderia me deslocar da existência quotidiana para a existência criadora.

Naqueles momentos de irrealização da minha afeição, que eu sentia como se estivesse suspenso no vazio, Octavia vinha com suas seduções. Ela, que tinha tantos dons espirituais incontestáveis, lançava mão de dons carnais. Assim, em poucas semanas, Octavia logrou prender meus instintos, que pareciam amarrados e presos a uma estaca. Eu girava no mesmo lugar como um animal acorrentado. A brincadeira, porém, não era equitativa. Pois ela se realizava, enquanto eu permanecia em estado de carência. Ela desempenhava desmesuradamente sua embriaguez lírica que, em mim, ela proibia por completo. Eu só podia irromper diante das tentações por ela apresentadas. Eu não deveria criar mais nada, eu já estava realizado. Do ponto de vista do seu amor, eu deveria entender como uma dádiva que me era feita a minha realização perfeita e sem horizonte, na qual eu haveria de continuar indefinidamente. Não compreendia como ela era capaz de me manter numa gruta de volúpias passivas e, ao mesmo tempo, esperar de mim uma palavra que, de maneira forte e sublime, exprimisse amor.

༺༻

O alto verão se aproximava. Minhas visitas à hospedaria haviam se tornado um hábito contra o qual não tentava mais lutar. A palavra esperada por Octavia, porém, não surgia entre nós. Por vezes Octavia se utilizava de uma manobra diversionista a fim de extrair de mim a palavra. O diversionismo ao qual recorria era o de me "enciumar", demonstrando ou simulando desprendimento. Habituara-se a sentar-se nos meus joelhos, mantendo-se propositadamente fria e distante. Contava-me às vezes aventuras reais ou imaginadas do seu passado recente. Até hoje não consigo distinguir o que havia acontecido de verdade e o que era apenas imaginação em suas histórias. De qualquer forma, uma fabulação gratuita se misturava a relatos de acontecimentos controláveis. Minha mente acompanhava tudo o que ouvia, ora intrigado, ora indiferente. Às vezes ela me contava de maneira verídica um "romance" inteiro, para, depois de sentir que havia provocado bastante meus ciúmes, revelar-me que nada daquilo era verdade, que tudo o que eu escutara não passava de uma invenção do começo ao fim. Após ouvir tais histórias, eu nem

Capítulo VIII

podia acreditar nela que tudo houvesse sido invenção. À sua épica improvisada integravam-se eventos por mim conhecidos. Em sua épica mista, imaginada e ao mesmo tempo autobiográfica, intervinham personagens de um certo estado civil ou que podiam ser identificados mesmo ocultos sob nomes fictícios.

Aquilo que Octavia me contou, num dia quentíssimo no início de julho, pareceu-me de um caráter exclusivamente autobiográfico.

"Sabe que nos meses de primavera, março, abril, eu traí você. Já não tinha mais esperança alguma de que voltaria a revê-lo. Traí para me vingar, pois você não tentou de nenhum modo mandar alguma notícia sua. Sentia-me abandonada aqui junto à balsa, sozinha com o murmúrio do Mureș. Até que um dia entrou um santo em casa..."

"Assim como diz Vasile: santos, heróis e gênios...", interrompi-a, "provavelmente um monge atonita..."

"Não era monge. Tenha paciência e escute", cortou-me ela o discurso.

"Então conte", encorajei-a, salpicando minhas palavras com certa aspereza, como se lhe pedisse que não me poupasse, pois sentia merecer por inteiro o castigo que ela preparava.

"O santo se apresentou sob a forma de um comerciante de cera. Entrou em casa perguntando por favos de colmeias. Ficara sabendo dos cestos de vime[4] que tínhamos atrás do barracão e concluiu que deveríamos ter também favos que haveriam sobrado do outono, após a eliminação das colmeias. Pela aparência, seria mais um intelectual do que um negociante. Disse-nos que comprava favos vazios para velas de cera, e que trabalhava para um grande mosteiro na Moldávia, sem ganhar nada com isso. Era alto, ossudo, mas delicado, macilento como um asceta, transparente como a cera que arrecadava. Sobretudo as mãos eram de um amarelado translúcido. Mais tarde ele se refez. Mas, como lhe disse, ele não era negociante. Dei-lhe todos os favos vazios de graça, pois simpatizei com sua atividade. E ele continuou a conversa. Enquanto Vasile estava ocupado com a balsa e os viajantes, o comerciante de cera me disse que tinha feito na prisão uma promessa para Nossa Senhora. Ele passara alguns anos no cárcere. Não tinha o que expiar, simplesmente tinha sido preso assim como estão hoje

---

[4] No meio rural romeno, um determinado tipo de colmeia, primitivo, é feito de palha ou vime trançado em forma de cesto. (N. T.)

presas tantas pessoas íntegras deste país, cujas articulações se impregnam da umidade dos subsolos. Conseguiu escapar vivo da prisão. E como não tinha nada para fazer, pôs-se a procurar favos para velas de cera, a fim de cumprir a promessa."

Comecei a adivinhar o personagem pela sua vaga descrição, mas ainda não revelara a Octavia a minha suspeita. Aguardei descobrir mais elementos que poderiam lançar um pouco mais de luz sobre o passado.

"E o que houve em seguida?", perguntei a Octavia, "parece que você tinha falado de traição!"

"De certo modo, mas veja só... O negociante era um santo. A prisão fez dele um santo." Convicta, Octavia sublinhou as palavras com emoção.

"E você se deixou mais uma vez tomar pela tentação!", continuei, tencionando extrair mais palavras dela.

"Sem querer, tudo aconteceu por si só", respondeu Octavia, com o mesmo olhar vago.

"Como poderia ser diferente? Nada estimula mais a sua imaginação do que a santidade de alguém na flor da idade!"

"Sim, justamente."

"E depois?"

"Durante um ou dois meses ele veio aqui quase todo dia para apresentar sua cultura teológica. Apaixonou-se por mim."

"Era de se esperar", interrompi-a, "e a conclusão?"

"Ele me propôs separar-me de Vasile e nos casarmos, pois ele só via o amor como vitória da vida sob forma eclesial. Fazíamos com frequência entre nós juras ardentes. Mas, no momento em que deveríamos nos abraçar, ele caía como se lhe cortassem as pernas e começava a rezar: 'Virgem Maria, proteja-nos de toda tentação!' Sabia de cor todo o breviário. Obrigava-me a rezar também, para afastar da nossa proximidade os diabos da tentação. Por insistência dele, concordei enfim em me separar de Vasile, até mesmo conversei sobre a questão com um advogado em Alba. Só com o próprio Vasile eu ainda não chegara a falar. Os dias passavam e nós nos amávamos. Nos amávamos – isso é modo de dizer. Fazíamos juras sem fim, assim como as chamas de uma lareira. Quando tentava conduzi-lo até o abraço, ele caía de joelhos e punha-se a rezar. Um belo dia despertei e compreendi: o santo era um maníaco!"

CAPÍTULO VIII

"Posso dizer quem é?", perguntei a Octavia.

"Você conhece?"

"Mas só faltava você apontá-lo com o dedo. Mas continue, vamos! Com quem mais você me traiu esses anos todos?"

"Com uns dois ou três", respondeu Octavia, contábil. Estava pronta para abrir a crônica da hospedaria. Mas a interrompi.

"Chega por hoje! O maníaco continua vindo aqui?"

"Raramente. Cada vez menos. Tudo acabou quando percebi que era um fracassado."

"Como diz o Vasile: você começou a defenestrá-los!"

"Mais ou menos isso; não só simbolicamente, mas quase literalmente. Disse-lhe que não pertence a este mundo."

Tinha certeza de que Octavia não injetara nada de imaginário naquela história do comerciante de cera. E franzi um pouco o cenho, perdido em meus próprios pensamentos. Perguntei-me por que Octavia se dispunha a esse tipo de exibicionismo de lembranças. Por um apetite selvagem feminino para provocar meus ciúmes? Ou apenas pela fraqueza de não conseguir manter um segredo? Será que se envenenaria com seu próprio segredo caso não o colocasse para fora? Ainda havia outra possibilidade: suas histórias talvez fossem um terreno de espionagem. Ela talvez tentasse me puxar pela língua e descobrir o que fiz durante aquele tempo, se não haveria também em minha crônica íntima registro de eventos por ela desconhecidos ou acontecimentos que tivessem chegado a ela apenas sob forma de vagos boatos. Uma curiosidade maciça e um orgulho ferido se escondiam atrás de um exibicionismo palavreador. Ela queria esclarecer sobretudo certos boatos, envolvendo minha pessoa, que circularam no passado.

"Está vendo, eu me abro para você, conto-lhe de tudo, mas você não deixa escapar uma só palavra sobre si mesmo!", censurou-me, levantando-se dos meus joelhos.

"Sobre mim mesmo?", perguntei-lhe, atordoado. E meu pensamento se dirigiu muito jovial na direção de Ana Rareș. Ela era a única criatura em torno da qual minha imaginação pairava há anos – com carícias oníricas e seduções obsessivas. Mas para a minha existência concreta entre contingências concretas, Ana se tornara um símbolo do inacessível. Ou seja, uma verdadeira doença. E ninguém, nem a própria Ana, suspeitava dessa moléstia, música de fundo permanente e plena de anseio da minha existência quotidiana. Minha doença era um elã em brasa debaixo das cinzas: doença, mas ao mesmo tempo único elemento vital que me possibilitava ultrapassar as condições subumanas da minha pobre sobrevivência de um dia para outro. Símbolo do inacessível, doença, elã ardendo sob cinzas. Sentia-me um grande mutilado da existência, complementado em surdina por uma moléstia que mantinha minha respiração. Teria Octavia adivinhado algo da melodia silenciosa e doentia que se debatia dentro de mim, que era ao mesmo tempo encanto e sofrimento? Teria ela pressentido a canção que tentava se completar mas que não podia se expressar? Octavia não tinha como perceber esse meu estado de agitação celular absolutamente silencioso.

Por outro lado, Octavia me censurou em relação a boatos de anos atrás, segundo os quais eu teria me "entusiasmado" com uma certa estudante cujo nome eu esquecera, mas que ela ainda guardava no núcleo de seu ciúme tardio.

"Os boatos sobre mim geralmente assumem uma máscara completamente fantasiosa. Você se lembra da primavera de 1946? Lembra que aparência horrenda passaram a apresentar minhas insônias na imaginação de boateiros irresponsáveis? Você, Octavia, foi uma das poucas pessoas capazes de perceber quão monstruosamente pode-se por vezes desencadear a fabulação popular. E agora o que você quer? Que eu desminta o que por si só se desmente?" Enquanto lhe mostrava quão absurdos são os caminhos pelos quais por vezes anda a imaginação do povo e dos idiotas, Octavia retraiu-se com o cenho franzido no canto do aposento, numa poltrona de molas gastas. Ouvira passos lá fora, ela que sempre estava veladamente de ouvido à espreita. Alguém se aproximava, e não podíamos permitir que nos surpreendessem em situação tão íntima.

Quem entrou foi justamente o padre Vasile. Terminara, por aquele dia, com a atividade da balsa.

"O que veem meus olhos?", disse ele, "vocês parecem que brigaram! Mas por quê?"

Não respondemos, nem eu nem Octavia, à pergunta que, embora calhasse de refletir uma observação exata, comportava também uma leve provocação. Uma contração de criança birrenta se instalou na mímica dócil e sempre disponível de Octavia. O padre se aproximou dela, acarinhando-a com gestos que traíam um

Capítulo VIII

violento apetite carnal de fauno. Octavia, com sensação de repugnância, bateu em suas mãos peludas que se estendiam sobre ela com uma insistência desavergonhada.

"Ei, Axente, você viu como é frígida? O que dizer de uma mulher que não aguenta nem mesmo esse tipo de toque?", perguntou o padre, reunindo com a língua restos de comida enfiados entre a gengiva e uma ponte metálica.

"Num dia tão quente como hoje, o toque de uma geleira pode ser prazeroso!", respondi num tom completamente alheio à cena de alcova de poucos instantes atrás, fazendo assim ao padre a concessão hipócrita de aceitar sua opinião quanto à frieza de Octavia.

O que é que, no fundo, o padre Vasile pensava das minhas frequentes visitas à sua hospedaria? Isso não pode ser descrito em poucas palavras, e o que vou tentar dizer se baseia apenas em suposições e conjecturas. No meio de tudo isso, uma coisa é certa: ele nutria a profunda convicção de que sua esposa não tinha a adequação necessária a uma vida erótica normal e orgânica. A seu ver, ela era uma intelectual, uma religiosa, uma exaltada. E minhas visitas, nossas longas conversas que adquiriam ardor enquanto o padre estava ocupado com a balsa não tinham outro significado diante dele senão o de uma amizade intelectual. Quando ela, por um capricho revestido de um pretexto qualquer, de falsa teologia – por ser sexta-feira da Paixão, ou por ser dia de Santa Eudóxia – recusava realizar seus apetites de alcova, o que ocorria, segundo ele, com frequência cada vez maior, o padre se mostrava totalmente irascível. Explodia de repente, com uma fúria impulsionada pelo álcool. Certo dia, quando cheguei à hospedaria e subi os degraus da varanda, ouvi já do lado de fora muitos gritos e golpes. Encontrei o padre fora de si. Ao entrar no salão, vi-o com um tufo de cabelos na mão, arrancados da cabeça de Octavia durante a briga. Graças à minha entrada em cena, ela escapara de coisas piores. Mas o padre Vasile teve de me ouvir.

"Vê-se que você não refinou em nada suas maneiras pelas escolas por onde andou", disse-lhe eu, "você continua um caipira idiota!"

Conforme pude notar, noutras ocasiões ele se deixava torturar pelo ciúme. Sem dúvida tinha ele suas suspeitas, porém as dominava e fazia de tudo para evitar confirmá-las. Evitava estar à espreita. E ainda mais. Tive a oportunidade de observar várias vezes que ele nunca entrava na sala onde Octavia e eu conversávamos sem dar sinais de aproximação mesmo antes de chegar ao primeiro degrau da varanda.

O padre ou soltava um palavrão para o cachorro que vigiava a casa, ou falava mais alto do que precisava com alguém, calhando haver alguém por perto. Por vezes fingia chamar alguém, ou lançava um grito desnecessário para um viajante recém-chegado à balsa. Com mais frequência, porém, costumava tossir ruidosamente e sem motivo. Fazia tudo isso, e outras coisas mais, para não nos surpreender numa situação que pudesse reforçar suas suspeitas. É evidente que ele não queria ver. Certa vez, provavelmente apressado, o padre se esqueceu de tomar as medidas preventivas. Mas ao se lembrar delas no último momento, bateu na porta antes de entrar e, em seguida, sem entrar, fingiu ainda ter algo para consertar na varanda. Entrou só depois de uma pausa. Por ter sublinhado daquela vez com demasiada insistência o seu hábito, decidi sossegá-lo ou mesmo extinguir suas suspeitas. Recebi-o com um sorriso, embora minha face ainda estivesse rubra do fogo daquela mulher. E lhe disse o seguinte, em tom de brincadeira: "Você não tem igual, Vasile! Percebi como faz questão, a todo custo, de não nos surpreender numa situação delicada! E fica nos dando toda uma série de sinais ao se aproximar. Fique sabendo que sua preocupação é inútil. Como é que pode você desconfiar de nós desse jeito?"

Meu discurso pegou o padre desprevenido. Consegui expressar minha censura num tom tão natural e brincalhão, que todos os três começamos a dar risada. Octavia gostava muito da descontração que eu imprimia ao ambiente da casa, geralmente com uma piada que ninguém esperava da parte de uma pessoa tão pouco faladora como eu.

Naquele dia, a atmosfera estava muito carregada, na iminência de uma tempestade que nunca chegava. Tinha sido um dos dias mais quentes do ano. O padre, coberto de suor, trabalhara o dia todo debaixo de um sol abrasador. Toda a incandescência do verão se acumulara na sala onde estávamos com Octavia.

"Vasile, o que acha de tomarmos um banho nas águas do Mureș?!", perguntei-lhe. "A esta hora não vai aparecer mais ninguém querendo atravessar de balsa. Não estou com maiô de banho mas provavelmente nem vocês têm. Mas podemos dar uma de adeptos do nudismo. Vamos para um canto, longe da estrada, perto do canavial. Octavia tem de prometer que não vai olhar pela janela na nossa direção. Nossa nudez – nem a minha, nem a sua! – não é tão encantadora para os olhos de uma mulher. Aliás, como ela é frígida, com certeza vai recusar de bom grado o problemático prazer de nos ver entrando pelados nas águas do Mureș."

IX

O mês de julho ainda não chegara à metade. As horas da manhã profetizavam, com sua luz forte, a canícula do meio-dia. Encontrava-me pontualmente no meu serviço, no frescor agradável do antigo edifício de cultura Batyaneum. Prédio de antiga igreja e parcialmente da cidadela, com porões em que se guardava vinho velho em barris gigantescos. Os porões foram, no passado, a cripta de grandes hierarcas. Desde o início, instalei meu escritório no cômodo estreito, como se fosse de uma torre, onde se encontrava a coleção de manuscritos antigos e raros. Pela janela podia-se ver, como num quadro emoldurado, uma parte dos Montes Apuseni. Ficava num andar elevado; acima de mim, só o observatório astronômico, com seus instrumentos que eram verdadeiras peças de museu do século XVIII.

Era ainda muito cedo pela manhã, quando a porta metálica do escritório se abriu, fazendo ranger as dobradiças enferrujadas. Uma visita, decerto. Virei-me. Dona Ana Rareş. Hesitou entrar. Tive a impressão de que vinha de um espaço irreal, de um passado longínquo. Será que entraria mesmo? Fui obrigado a me perguntar, pois ela poderia muito bem voltar atrás tão logo me visse. Vinha me ver? Pouco provável. Há meses que visivelmente me evitava. Percebi isso não só uma vez. Percebi isso, com amargor, repetidas vezes, quer dizer, tantas vezes quantas tivemos a ocasião de nos cruzar na rua. Ana conseguia fazer com que o encontro não se produzisse; ela sempre acabava entrando num pátio interno ou numa loja. Por vezes conseguia desaparecer com um talento perfeito. O que terá ocorrido para, dessa vez, subir os inúmeros e fatigantes degraus em caracol para chegar à porta do meu escritório no Batyaneum? Estaria me procurando? Ela de fato entrou e, para minha surpresa, aproximou-se da escrivaninha de onde não logrei levantar-me a tempo para recebê-la em pé, assim como deveria. Ana portanto procurava a mim, não a outrem. Não entrara por equívoco. Aliás, um equívoco nem seria possível naquele edifício quase deserto. Ana entrou ostentando um sorriso, aquele sorriso inesquecível com o qual exprimia o segredo de seu ser. Seu sorriso, segredo e revelação ao mesmo tempo, teve o dom de eliminar a distância que, por decisão sua, se colocara entre nós. Que pecado teria eu cometido que a levara a impor aquela distância em que caberiam constelações inteiras?

No início da primavera, encontramo-nos pela primeira vez na cidade onde haveríamos de morar por tempo indeterminado. Ana não transpirou uma única palavra que pudesse significar um convite para visitá-la em sua casa. Havia algo de misterioso em seu comportamento. Uma ruga vertical em sua testa me dizia: não quero vê-lo. Mas agora estava sorridente, assim como a guardava há anos em minha lembrança.

"Como tem passado, senhor professor?", estendeu-me a mão, "ouvi dizer que aqui no Batyaneum posso encontrar velhos manuscritos persas ilustrados. Gostaria de vê-los – se é que realmente existem. Sei precisamente, porém, que neste cômodo com porta fechada a cadeado encontra-se o célebre *Codex Aureus* do século IX. Ao passar diante do prédio e por ser um dia tão quente, pensei comigo mesma: vamos entrar! Atraiu-me o frescor que eu imaginava haver por dentro destas paredes. Que bom que existem velhos manuscritos persas na antiga cidadela de Bălgrad... e um *Código de Ouro*! Não é mesmo?"

"Eu diria: que bom que neste oceano de melancolia e de tristeza ainda existe a cidadela de Bălgrad! Cidadela branca[1] ainda não totalmente sufocada pelas vicissitudes, terreno que ainda recebe náufragos! Cidadela branca de Simion Ştefan, do *Novo Testamento*,[2] dos sarcófagos subterrâneos,[3] da vida que não pensa em se extinguir!"

---

[1] "Cidadela branca" é a tradução da denominação *Bălgrad*, que por sua vez é a tradução, encontrada em documentos medievais redigidos em eslavônio, da denominação latina da cidade, *Alba Iulia*, nome utilizado atualmente. (N. T.)

[2] Referência ao sábio romeno e tradutor Simion Ştefan, nascido em Alba Iulia, eleito arcebispo da Transilvânia em 1643 e falecido em 1656. Em 1648 imprimiu, em Alba Iulia, sob o patrocínio do príncipe Rákóczi, o *Novo Testamento* em língua romena. (N. T.)

[3] Referência ao rico passado da cidade e possivelmente aos vestígios romanos e medievais encontrados por ocasião da construção da catedral ortodoxa romena em 1921, erguida especialmente para a coroação dos reis romenos Ferdinand e Maria como reis da Grande

Capítulo IX

"Um início de ode?"

"Por onde quer que você ande, Ana, ouve-se sempre uma ode. Entoada por antigas divindades debaixo da terra, entoada pelas águas à luz do dia!"

Pronunciava simplesmente palavras sem nexo, de tal maneira meu ser feito de cinzas se desfazia ao contato com o ar. Minhas palavras, que pareciam fragmentos de uma ode, comportavam também, porém, entrelinhas de repreensão que, traduzida em palavras, soaria mais ou menos assim: comecei a me consolar diante do inacessível! Por que agora esta visita inesperada, tardia, doida?

Tirei de um escrínio trancado o manuscrito persa guardado debaixo de sete chaves. Postei mais uma cadeira diante da minha escrivaninha. Ana sentou-se ao meu lado. Abri o manuscrito debaixo dos seus olhos, encadernado em couro vermelho. Pusemo-nos a folheá-lo. Nossas mãos colaboravam, misturando-se. Era o manuscrito de uma epopeia persa: *O Livro dos Reis*.[4] Trabalho técnico de um mestre calígrafo. Não podia, naturalmente, decifrar nada daquela escritura. Para o olhar ávido pelo belo, cada página era um prado de seda. Senti-me, porém, embaraçado pelos sinais. Só enxergava linhas, volutas, ganchos, espirais começadas que me pareciam elementos de uma estenografia celeste. O escrito era todo sarapintado por pontos, colocados tanto debaixo como acima dos sinais gráficos. Ele poderia muito bem constituir um estenograma, pois apresentava uma estrutura de versos com três ou quatro centímetros. O texto havia sido caligrafado com maestria, isso até mesmo um olho que jamais vira tais palavras era capaz de perceber. As páginas, escritas em ambos os lados, eram volta e meia interrompidas por uma ilustração maravilhosa. Nas ilustrações representando cenas descritas no poema, adivinhamos coisas em geral humanas: seres, objetos, um ou outro gesto, nunca porém o significado completo da cena. O estilo dessa arte orienta o olhar sobretudo para o detalhe, realizado com indescritível minúcia. Para acompanhar as linhas que perfeitamente representam os dedos de uma

---

Romênia. Cabe lembrar que, com a conquista da Dácia pelo Império Romano, no início do século II, a antiga localidade dácia *Apoulon* passou a se chamar *Apulum* e a constituir uma das quatro principais cidades da nova província romana. Na Idade Média, a denominação *Alba Iulia* começou a entrar em circulação. (N. T.)

[4] *O Livro dos Reis* ou *Épica dos Reis*, *Shahnameh* ou *Shah-nama*, é um longo poema épico do século X escrito pelo poeta persa Ferdowsi, de extrema importância cultural para o mundo iraniano. (N. T.)

mão, fomos tentados a recorrer a uma lupa. A mesma lupa foi necessária para distinguirmos os arabescos e as decorações florais de um tapete, os bordados do tecido de uma tenda real, os enfeites de ouro e prata nos arreios de um alazão e de uma mula. Era um encanto para o olhar aquela harmonia integrada de cores fortes. As nuances causavam admiração pelo frescor mantido ao longo dos séculos. Como aqueles mestres preparavam as tintas? A partir de que plantas? De que pedras? De que espécie de argila? E de que tipo de seiva? Não tive como esclarecer Ana. Meu regozijo se exprimia apenas em exclamações; reconheço minha ignorância. Embora sendo funcionário daquela biblioteca, não tinha a mínima habilidade de guia. Mas será que uma informação mais ampla, será que detalhes eruditos seriam capazes de aumentar o encanto vibrante gerado pelo que simplesmente se via? Consolei-me com essa dúvida, transformando a falha em virtude. Diante de nós se desenrolavam maravilhas colorísticas do Oriente. Acompanhamos também as figuras: delimitadas com precisão, como se cortadas a bisturi. Era possível contemplar a decoração floral de uma espada, com largura de um milímetro. Figuras humanas, rigorosamente estilizadas, ainda respeitavam o desejo do espectador de lhes reconhecer a origem. Havia ali rostos indubitavelmente persas e tártaros. O olhar não tinha como insistir demais sobre o conjunto de uma ilustração. Ele logo era obrigado a se restringir a uma determinada área ou a desvendar a beleza pouco a pouco. Em que história baseavam-se as cenas? Difícil de saber sem o contexto poético. Viam-se ataques com lanças em batalha e embates temerários de escudos. Noutro lugar, mulheres olham pela janela para um homem de turbante. Nas paredes do prédio, era possível admirar os intrincados ornamentos do azulejo. (Parecia-se com o azulejo português sobre o qual já lhe contei, Ana Rareş, enquanto caminhávamos ao longo do Rio Sebeş, voltando de Căpâlna para Câmpul Frumoasei! Ainda se lembra do dia em que você colocou o sol dentro da minha alma?) Noutra página, um rei meditabundo segura a cabeça com a mão, enquanto diante dele um cortesão e uma mulher com vestido cor de rubi jogam xadrez. Na ilustração seguinte, um cavaleiro que caiu do cavalo, dois homens ajoelhados e desvestidos até a cintura parecem esperar serem decapitados. Em seguida, por fim, uma ilustração da qual se poderia quase depreender um significado: duas tropas inimigas face a face; no espaço entre elas, um cavaleiro mata outro, enquanto seus escudeiros

Capítulo IX

põem seus cavalos de lado; as tropas assistem à luta, assustando-se reciprocamente com os sons de trombetas douradas.

A janela que dava para os Montes Apuseni permitia que uma luz uniforme, filtrada pela largura de quase dois metros das paredes, caísse sobre o rosto de dona Ana. Sobre o rosto e as mãos. Nossas almas passeavam longe, para além de qualquer horizonte. O manuscrito persa continha a epopeia em versos de um grande poeta. Tratava-se, nessa epopeia, de vários eventos controlados pela história. As ilustrações, porém, nos comunicavam uma atmosfera de conto de fadas. A mão de Ana, de uma delicadeza admirável, adequava-se entre as ilustrações assim como seu ser se adequaria a um conto de fadas. Sorvíamos juntos, com uma volúpia mística, as cores e os traços por meio dos quais o mestre anônimo representara aqueles grandes acontecimentos. Nossa imaginação mergulhou no mais perfeito devaneio naquela espiritualidade calorosa do Oriente. Mas onde é o Oriente? Em todo lugar onde o amor entre homem e mulher pode conter intensidades e nuances místicas; em todo lugar onde o divino se revela carnal e múltiplo, revestido de fogo e sedas. O calor do mês de julho e a luminosidade dos Montes Apuseni que invadia a janela completavam as sensações e os significados do Levante.

"Sim, é maravilhoso", disse finalmente Ana, atordoada. Seu lábio superior curvou-se levemente, permitindo entrever seus dentes perolados. Aquele era o sinal quando se encontrava envolvida por um estado de feitiço, folheando, ora com uma, ora com outra mão, os contos de fadas e os acontecimentos do *Livro dos Reis*.

"O conto de fadas", continuou, "é a expressão de uma suprema liberdade espiritual. Não sei se na opressão cada vez mais sombria que suportamos a cada dia ainda temos o direito de passear por tais territórios!"

"Algumas raras pessoas dentre nós estão tentando criar uma atmosfera de liberdade, opondo-se a essa opressão. Este é um momento de felicidade para mim também, de liberdade, por menor que seja esta sala." Minha impaciência de conduzir a conversa na direção dos motivos da minha felicidade poderia de certo modo extinguir o estado de feitiço de Ana. Seu lábio superior voltou ao lugar, cobrindo os dentes.

"O manuscrito persa, contudo, é só um pretexto para a minha visita", disse Ana, desfazendo o silêncio, num instante em que nenhum de nós sabia o que dizer. Ana de qualquer modo percebeu a insistência com que eu olhava para o ponto em que nascia seu indecifrável sorriso.

"Não gostaria de deixar o *Código de Ouro* para uma outra vez?", perguntei-lhe, "ele seria capaz de nos levar para um outro mundo. Seria pena destruirmos o universo do conto de fadas."

Mas Ana me deixou completamente confuso.

"De certo modo, na verdade eu vim para ver o *Código de Ouro*. Subi até aqui para conversarmos sobre Leonte – que é meu amigo, seu amigo e o único *codex aureus* do país!"

"Agora sim", respondi, contente com a reviravolta. "Você o viu recentemente? Encontrei-me com ele no início da primavera, em campo aberto, entre Oarda e Câmpul Frumoasei. Contou-me que você o vê com frequência, sugerindo-me inclusive acompanhá-la numa de suas visitas."

"Este é o motivo da minha vinda. Leonte expressou também a mim o mesmo desejo. Parto de ônibus amanhã de manhã. Estaria disposto a me acompanhar?"

"Claro que sim, com todo o entusiasmo!"

"Leonte está passando por uma terrível depressão. Sem dúvida será bom para ele que vocês tenham uma conversa."

Combinamos na hora. No dia seguinte, de manhãzinha, às cinco horas, haveríamos de nos encontrar no ônibus, na praça da cidade. Ana, estendendo-me a mão num gesto de despedida, atentou-me mais uma vez ao fato de que aquele ônibus em geral não atrasava. Prometi ajustar meu relógio às batidas do tempo oficial.

Ao permanecer sozinho em meu escritório no Batyaneum, procurei me concentrar na papelada que exigia providências. Estava, entretanto, tão disperso de alegria, que no fim das contas até esqueci de assinar a lista de presença. A visita totalmente inesperada de dona Ana Rareş me arremessou a um tal estado de euforia, que me tornou imune aos sofrimentos inerentes à existência quotidiana. Sofrimentos coletivos com os quais me defrontei tão logo saí na rua, que ricochetearam e de certo modo se chocaram com a superfície imaterial e solar do meu ser.

Na tarde daquele dia permaneci em casa. É verdade que tencionava dar um pulo até a hospedaria dos balseadores, mas pela primeira vez venci aquele impulso que se degenerara em hábito. Disse para mim mesmo que aquele passeio

Capítulo IX

automático não era compatível com a dignidade de uma consciência. E, naquele dia, prolonguei um cochilo regenerador até mais tarde. Meu sono pareceu balançar entre um sono e outro,[5] mas sem se interromper. É capaz de ter o sono humano uma tal profundidade? Sim, é capaz. Ao despertar, o sol se punha. Onde? Atrás da colina ou no meu coração? Ao despertar, fui invadido, junto com uma pontada no coração, pelo pensamento: Ana me falou da terrível depressão de Leonte. Quando? Hoje ou anos atrás? Ana! Ana! Ela veio apesar de tudo. Por que veio? O que a trouxe? Qual o motivo! O pretexto! Tudo estava confuso. E mais uma vez me balancei entre um sono e outro.

❧

Na manhã seguinte, às cinco horas, parti para Câmpul Frumoasei. Havia poucos passageiros, o que me deu uma sensação de velhos bons tempos. Fazia com Ana um passeio pela minha paisagem natal. Meu retorno ao meio rural realizava-se contudo em condições que, alguns anos antes, teriam me parecido totalmente impossíveis e absurdas. Só podia conversar com Ana dentro do ônibus de maneira que os outros pudessem também ouvir. Preferimos portanto nos calar. Era tão prazeroso estar do seu lado; sua presença discreta e silenciosa me comunicava, em meio a tanta insegurança, uma suave certeza.

Mas o meu pensamento era raptado por Leonte, e o que me aconteceu dessa vez foi o que geralmente me acontece quando penso nele. Toda a história dos anos se apresentou diante de mim sob formas e conjuntos de um contorno abstrato, como numa matemática dos conjuntos. Contrastando com o desmancho que eu sofria, crescia em mim a consciência. E eis que eu sabia mais uma vez que nós dois, os dois "gêmeos", representávamos algo. Tinha certeza disso, não a partir de uma perspectiva local e momentânea, mas de uma perspectiva que envolvia todo um país e a história de seu povo. É verdade que, por causa das circunstâncias repressoras, nós, os "gêmeos", sofremos uma grande redução: éramos existências plenamente caracterizadas por uma carteirinha sindical. Mas Leonte, meu caro

---

[5] Provável jogo de palavras do autor, evocando, talvez, a lembrança das pernas de Octavia que ele comparou a siluros, pois o vocábulo romeno *somn*, além de designar "sono", significa também "siluro". (N. T.)

Leonte, por que essa terrível depressão? Leonte, não precisava! Você que sempre se isolou, você que, como um asceta, sempre impôs a si mesmo formas de existência superior de uma pureza espiritual abstrata! Por quê? Aonde foram parar seus pensamentos, Leonte? Você não foi sempre um grande solitário ao seu modo?

Aproximei-me um pouco de Ana e perguntei:

"No que estava pensando há pouco, minha senhora?"

"Exatamente naquilo que o senhor também pensava! Na pureza espiritual de Leonte!"

A coincidência dos pensamentos me espantou por um segundo, mas era perfeitamente explicável: estávamos indo juntos até Leonte.

Ana olhava pelas janelas do ônibus, ora à esquerda, ora à direita. Pela estrada nacional, chegamos à ponte sobre o Mureș, atravessando-a com velocidade reduzida. A travessia da ponte me fez pensar por alguns instantes na hospedaria dos balseadores, que imaginava não muito longe dali, atrás das copas de um bosque de amieiros e salgueiros, mas que não se via. Pensei com meus botões que, naquela tarde, seria aguardado lá. Uma certa inquietude, se não agitação, haveria decerto de invadir o espírito dos balseadores ao perceberem, na hora em que haveria de se produzir minha visita, primeiro o meu atraso e, em seguida, minha ausência. Dona Ana, sentada à minha frente, olhando pela janela na direção da longínqua hospedaria, provavelmente adivinhava os pensamentos que passavam pela minha cabeça com relação aos balseadores. E nem poderia ser de outro modo. Minhas frequentíssimas visitas à "hospedaria" alimentavam a imaginação de todos os decorosos cidadãos e sobretudo das decorosas cidadãs de Alba. Fazia anos que não havia mais jornais de tipo "burguês", com suas colunas sociais e fatos sensacionalistas que provocavam todo dia a fantasia dos provincianos, em cuja terra nunca acontecia nada. As fofocas, os sussurros, os boatos e as especulações substituíam agora o "jornal". Não podia imaginar que o ouvido, sobretudo por ser de mulher, de dona Ana não houvesse captado também o vento desgovernado da província, mas ela era de uma total discrição. Prestei atenção a todas as associações de ideias expressas por sua voz, mas Ana não traía seus pensamentos nem mesmo por associações involuntárias. (Só muito mais tarde Ana confessou que, de fato, ao termos então atravessado de ônibus a ponte sobre o Rio Mureș, ela pensou por um instante na hospedaria dos balseadores, sobre a qual se diziam cobras e lagartos na velha cidadela de Bălgrad, "onde foi impresso o primeiro Novo Testamento". Com esse detalhe histórico, sua frase sublinhou o contexto em que ocorreram suas efêmeras associações de ideias.) Por conseguinte, naquele momento, atravessando a ponte, dona Ana embelezou os mexericos e dotou de profundidade histórica os boatos destinados a banalizar os sentimentos, a afeição e as fraquezas humanas de um "poeta".

Após passarmos por Oarda, o vilarejo de nome mongol, cuja mera ressonância despertava em mim a visão da ocupação asiática sob a qual labutamos, chegamos à curva fechada que leva a Câmpul Frumoasei.

"Chegaremos meio cedo na casa de Leonte", disse eu preocupado, "será que não vamos despertá-lo antes da hora?"

"Vamos encontrá-lo acordado e pronto para nos receber", replicou dona Ana, "pois ele foi avisado. Aliás, estou feliz por chegarmos tão cedo. Talvez ainda tenhamos tempo de assistir ao espetáculo do porqueiro da aldeia que, soprando um corno, reúne pelos quintais a vara de suínos. Há uma magia especial e arcaica nesse espetáculo."

"Também adoro esse espetáculo, pois evoca a minha infância. Infância em que começo a entrar, veja, justamente agora, ao divisar a Ravina Vermelha. Ali do lado esquerdo, veja, ao longo de Coastă. Vê-se a ravina de um lado. É o fenômeno geológico mais interessante de toda a paisagem!"

"Sim, conheço", respondeu dona Ana. "Um verdadeiro fenômeno geológico. Sobretudo a Ravina Grande, do outro lado de Câmpul Frumoasei, na direção de Sebeș."

"Desde a infância não fui mais à ravina. Mas, naquela época, só tive coragem de ir até lá uma vez. Nossos pais nos proibiam de andar por ladeiras e desfiladeiros para não cairmos nos precipícios."

"Talvez tenhamos tempo hoje de ir até lá", disse Ana, exprimindo um real anseio, "faz tempo que sempre quis fazer isso, desde quando Leonte me disse que a visão que se tem de lá é impressionante; quando criança, o pai dele o impedia de ir até lá assustando-o, dizendo que no fundo do precipício morava um bicho-papão!"

"Justo. O bicho-papão! Lembro também. Imaginava-o com um só olho na testa, um monstro com cabeça de cachorro e um único olho na testa. De fato, boa ideia, façamos um passeio até esse lugar mitológico da nossa infância!" Fortaleci, assim, o desejo de Ana.

"Com certeza!", disse ela, "pois a intenção era, mesmo assim, de irmos até a vinha de Coastă e acendermos uma fogueira. Vamos fazer um grelhado. Vamos colher damascos maduros. Já que tocou no assunto, devo trair esse projeto secreto sobre o qual você deveria ficar sabendo só à nossa chegada. Em Câmpul Frumoasei está também à nossa espera o advogado Gruia, que está a cargo de todos os preparativos. Ele é perito em grelhados."

"O Gruia está em Câmpul Frumoasei?", perguntei contente. Gruia, também originário de Câmpul Frumoasei, era agora advogado em Alba. Com ele frequentemente conversava sobre as complicadíssimas questões jurídicas de tantas situações disparatadas em que se encontravam as pessoas, desnorteadas pelas medidas de um regime que inventa leis que põem tudo no avesso.

"Sim, está na casa dos pais dele, junto com Rodica, a menina travessa", detalhou Ana.

Um sorriso me permeou ao ouvir que Rodica, a "menina travessa", apelido dado por mim mesmo, também estava em Câmpul Frumoasei. A garota devia ter agora uns doze anos. De uma vivacidade gaiata absolutamente fora dos padrões da sua idade. Rodica era surpreendente sobretudo por suas réplicas de uma inverossímil espontaneidade. Sua mãe era parente próxima de Leonte. Os avós da garota tinham um vinhedo em Coastă, que se estendia no horizonte, do lado esquerdo da estrada. É lá que haveríamos de ir durante o dia.

O ônibus parou em Câmpul Frumoasei em frente à igreja. Descemos e começamos o trajeto a pé pelo cemitério. A visão, comparada àquilo que eu guardava na memória, foi uma decepção. O cemitério estava rodeado por um muro e uma grade de ferro. Do lado de dentro repousavam os familiares de sempre, os antigos e os mais recentes. Decepção não porque faltassem as cruzes de pedra, mas porque faltavam os álamos. Quinze anos atrás ainda se erguiam, alinhados em frente à igreja, uns sete álamos gigantescos que marcavam o centro do vilarejo. Eram maravilhosos, com ninhos de gavião, sobretudo no fim do outono, quando suas folhas amareladas caíam como a cera de velas acesas. Nada mais restou daqueles álamos em que a substância dos nossos ancestrais ascendia. Senti-me como uma sombra em meio às cruzes de pedra, oblíquas, caídas, com

Capítulo IX

inscrições cirílicas.[6] O cemitério estava duplamente morto: primeiro porque continha mortos, segundo porque não era mais utilizado para sepultamentos. Há décadas os defuntos novos vinham sendo enterrados no cemitério do fim do vilarejo. Lá eu não tinha parentes. Todos os meus mortos estavam ali, ao lado da igreja, no cemitério antigo, o único que me era sagrado. Pergunto-me se minha emotividade não seria mórbida, pois as lembranças se acumularam como uma dor física na garganta. As lembranças pareciam tentar me sufocar! Ai, lembranças! Querem tirar minha respiração, querem me matar? As lembranças são inimigas da vida? Todas as lembranças são um presente da morte.

Apertei o passo sem dizer mais nada a dona Ana. Ela sentiu o tremor que me dominava. Apertei o passo para chegarmos o mais rápido possível até a ruela que levava à casa de Leonte. Mas cada esquina, cada casa que durante um quarto de século quase não se modificara me transmitia a mesma perturbação. Minha garganta só relaxou quando demos com a vara de porcos que saíam dos quintais e tomavam de assalto as ruelas ao som do corno de vaca do porqueiro – que embora não fosse mais o mesmo de outrora, parecia ser constituído pela mesma substância teimosa e adoidada. Enfim pudemos sorrir, Ana e eu. Conseguimos assistir ao espetáculo com que desejávamos ser recebidos. O som do corno virado para baixo como o grunhido dos porcos, o som breve e monótono do porqueiro vinha de algum lugar muito profundo, do sono da infância do qual a vida me despertara faz tempo. Aquele som se misturava à infância vivida orgânica e indissoluvelmente. Senti como o meu ser era do tamanho de um punhado de argila, mas ainda levo dentro de mim, como uma torrente enorme e eterna, as profundezas das quais emerge o som do corno.

Chegamos à casa de portão flanqueado, dos dois lados, por grandes pilares de alvenaria. Era a mesma de sempre. Leonte estava à nossa espera no quintal. Abraçamo-nos com o sólido amor de outrora. Leonte nos pegou pela mão e nos levou, pelos degraus de pedra da entrada, para o cômodo da frente da casa, onde funcionava seu escritório. O quarto estava literalmente recheado por livros, montes que se alçavam cobrindo as paredes. Em torno da escrivaninha –

---

[6] O alfabeto latino foi adotado oficialmente na Romênia só em 1860. Até então, utilizava-se o alfabeto cirílico para se escrever em romeno. (N. T.)

livros, revistas desalinhadas, torres de livros que balançavam à nossa passagem, prestes a desmoronar com a vibração gerada pelos passos no assoalho. Livros! Foi tudo o que Leonte conseguiu salvar da tragédia de Iași. Milhares de livros usados como barricada. Ele se esforçava em fazer sua força física acompanhar a força do espírito. Leonte parecia tranquilo, embora lágrimas escorressem pelas duas calhas profundas escavadas em torno da boca. Não era "choro", era apenas um escorrer de lágrimas.

"Eis como escorre esse vergonhoso orvalho dos olhos", disse ele, limpando os cílios com a manga, "orvalho que os filósofos pré-socráticos jamais quiseram incluir entre os quatro elementos da natureza, embora talvez o mundo, no início, tenha sido uma lágrima."

Interrompi-o: "Talvez fosse melhor por vezes não só verter lágrimas, mas chorar de verdade!" Provocando-o assim, esperei arrancá-lo daquela crispação interior. Leonte sentou-se numa poltrona, mesmo antes de nos convidar a sentar. Carregava ele, portanto, um fardo que o obrigava a se sentar. Aquele fardo íntimo produzia o cansaço que às vezes tentava esconder com uma agilidade artificial que lhe custava muito esforço. Ana aproximou-se dele e lhe acariciou a cabeça com a mão, mal tocando-o: "Está vendo, Leonte, cumpri a promessa de trazê-lo!"

O "trazido" era eu. Considerando a situação pelas coordenadas do momento, censurei-me sozinho por não ter vindo antes para ver Leonte. Mas sempre achei que, dentre os dois, Leonte fosse o mais "forte", o que não precisava de ninguém. Agora ficou evidente que as coisas eram um pouco diferentes daquilo que imaginava. Estava claro que o sofrimento o minara por dentro. Teria deixado impregnar toda a sua fisionomia por um elemento que ele, ao longo de décadas, afastou de perto dele? Vertia lágrimas sem chorar! O que aconteceu?

"Vejam só", tentou ele analisar a si mesmo, "passo por ridículo diante de vocês!"

O que aconteceu?

Leonte se levantou da poltrona.

"Sabe do plano de passeio que fizemos para hoje?", perguntou-me Leonte, para conter a fonte que despejava orvalho pelas calhas escavadas como parênteses em torno da boca. Dessa maneira, Leonte se desligou dos instantes anteriores. "É um dia lindo. Vai fazer calor, talvez demasiado. Vamos com o advogado Gruia até o vinhedo deles, em Coastă. Ele está com tudo preparado."

Capítulo IX

"Esplêndido!", disse eu, "mas antes de subirmos queria passar pela parte baixa do vilarejo, pela nossa casa – que não é mais nossa. Quero mostrá-la à dona Ana."

"E você acha que em todas as vezes que vim até Câmpul Frumoasei jamais fiz o esforço de passar por lá? Quem você acha que sou? Realmente acha que não tive a mínima curiosidade de ver o quintal onde o poeta brincava na areia? Aliás, o querido amigo parece esquecer-se do passeio que fizemos juntos na memorável primavera de 1944 pela parte baixa do vilarejo." Ana me ironizava de brincadeira por aquilo que eu aparentemente pensava dela. Seu cenho franzido não nos impediu de irmos até a parte baixa do vilarejo. Ademais, ao expressar o desejo de passar pela nossa antiga casa, não visava outra coisa senão lembrar Ana da visita que fizéramos em 1944 e, ao mesmo tempo, deixar-me consolar um pouco pelo passado.

Assim que avistei ao longe, entre tantos telhados de palha, o telhado de telha cor de fogo de barro queimado, o passado acumulou-se imediata e dolorosamente na minha garganta. O cheiro do riacho que corria aos sussurros no leito defronte à casa de outrora trazia consigo um passado que ainda hoje sorvo. O vilarejo ainda flutuava no calor da canícula do dia anterior. O orvalho da madrugada não conseguira amenizá-lo. Senti um desejo, que não pude realizar, de me deitar nu na água do riacho, repetindo o gesto da idade em que era guardador do bando de gansos. Atrás de nós veio o advogado Gruia com Rodica e mais uma menina, Ileana, prima de Rodica. Gruia nos viu da casa de seus pais e saiu rápido para nos alcançar, achando que estávamos partindo para o vinhedo de Coastă.

"Meus caros", disse à família Gruia, depois de nos cumprimentar, "estamos indo por enquanto até a parte baixa do vilarejo. Isso vale por uma oração antes de iniciar a viagem! Entendem?"

O advogado Gruia, Rodica e Ileana pediram permissão de nos acompanhar. Após a devida e breve visita à antiga casa de minha família, voltamos todos para buscar Leonte e partir para Coastă.

Cada um de nós levou uma pequena carga no ombro ou na mão, fosse um alforje, uma grelha, uma sacola com carvão vegetal ou um cantil. Só o Gruia saiu de casa já carregando uma mochila, provavelmente cheia de lanches e garrafas de vinho cor de rubi. Ana, Leonte e Gruia ainda se mexiam pela casa, atrás de outros utensílios. Eu saí na frente com as duas meninas, Rodica e Ileana (que devia ter uns nove anos, apesar da expressão madura). Caminhamos na direção do moinho do vilarejo; ali, atravessamos o rio e nos dirigimos para o vinhedo de Coastă. Conseguiriam os outros nos alcançar? Eles nem tinham saído do quintal.

    Caminhava de braços dados com as meninas – uma à esquerda, outra à direita. Podia-se ler nos seus rostos o orgulho infantil que lhe dava a ocasião de certo modo festiva de passearem pelo vilarejo a mim atadas. Estavam porém decepcionadas por ninguém as ver numa hora tão matinal. Andando devagar, contei-lhes coisas do arco-da-velha sobre as travessuras das crianças do passado. Arranquei da minha memória acontecimentos relacionados em especial ao redemoinho cheio de perigos do moinho: "Muitas crianças se afogaram aqui, chegando debaixo do sulco das rodas!" Chegamos à ponte sobre o açude. As duas meninas olharam para a água assassina e colaram-se mais a mim, buscando proteção. Em seguida conversamos sobre suas férias. Sobre suas alegrias. Sobre suas preocupações. Não queriam soltar de jeito nenhum o meu braço. Cada uma parecia se segurar num gancho. Rodica depois atirou uma frase, dentre as inúmeras que populavam sua cabecinha demasiado selvagem, querendo demonstrar sensibilidade: "Que pena, tio Axente, que o senhor não é mais jovem!" "É mesmo!", entrou Ileana na conversa. "Que pena, meninas!", concordei com elas, sério, "se eu fosse mais jovem, iríamos de braços dados até o fim do mundo!" Achei engraçadas a desenvoltura de Rodica e a réplica substanciosa da pequena Ileana. Não traí, porém, nem mesmo com um sorriso ou com um mover de sobrancelhas, a serenidade que me envolvia. Rodica falou com uma alegria aparentemente séria. Em sua impetuosa espontaneidade, Rodica nada temia. Ela, uma criança, permitiu-se expressar, com um ar de perfeita inocência, um pensamento e um desejo de mulher. Teria ela a consciência de que não falava coisas tão inocentes como parecia? Incluíra de qualquer modo em suas palavras um toque de "provocação", que só meninas maiores costumavam utilizar. O tom de seriedade com que Ileana disse "é mesmo!", recorrendo a uma expressão comum naquela região, ecoou incessante na minha mente. Com aquela expressão, Ileana realizou na imaginação um sonho atrevidamente sugerido por Rodica, mas que ela teria gostado de imitar. Bastavam aquele tom e aquelas duas palavras para construir sua figura interior. Tudo me encorajava a entrar na disputa ou a prolongar a singela conversa com aquelas duas jovens criaturas que me apertavam os braços com medo da água que tínhamos visto.

Capítulo IX

"Sim, seria extraordinário", comecei a falar, "ser mais jovem!" Virei-me um pouco para Rodica. "E qual seria o seu desejo, Rodica, que idade gostaria que eu tivesse?"

"Ah, não sei... Vamos dizer... uns vinte e cinco anos! Mas sabe... que sua obra já tenha sido toda escrita!"

Ileana concordou com a mesma perspectiva fabulosa e reforçou a ideia balançando a cabeça, sem mais expressar com palavras a sua opinião.

Para continuar na linha do sonho fabuloso, dei também minha opinião: "Vou tentar! Talvez consiga!" As meninas arregalaram os olhos, parecendo quase acreditar que um poeta seria capaz de tais transformações miraculosas. De qualquer forma, diante daquela perspectiva, a transformação imaginada despertou nelas um arrepio de fábula.

Chegando a um riacho em cujas águas barrentas eu costumava apanhar, na idade em que frequentava o primário, dezenas de caranguejos sempre que tinha vontade, detive-me: "Nesse riacho havia, outrora, uma quantidade imensa de caranguejos. Uma vez enfiei o braço por baixo das raízes dos amieiros para poder chegar com a boca no riacho para beber água. Então um caranguejo gigantesco me cortou o dedo, até hoje tenho as marcas." E mostrei às meninas o sinal de tesoura que ficou impresso na pele do meu indicador. Em seguida lhes disse: "Vão na frente, que preciso falar com os que ficaram para trás." As meninas se desprenderam dos meus braços e saíram correndo pelo prado verde e largo que se estendia à nossa frente. Elástica e desembaraçada, Rodica fazia estrelas. Suas pernas nuas se revelavam por baixo da saiazinha levantada, como pistilos do cálice de uma flor. Ileana se arremessava na grama e acarinhava os pés descalços pelas sempre-noivas.

Ana, Leonte e Gruia me alcançaram. Logo lhes contei, sorrindo, a cena e a conversa que acabara de ter com as meninas. Os detalhes da cena provocaram um sorriso também no rosto de Leonte, que acrescentou: "Rodica é realmente uma garota travessa. Tem uma mente incansável. Um dia, falando da sua esperada visita, ela me disse: 'Tio Leonte, sabe, gosto muito de que o tio Axente seja poeta, mas não gosto nada de que você seja filósofo'. 'Filósofo', repetiu ela, perdendo-se na ressonância do termo ainda desconhecido para o seu tímpano, 'filósofo – parece coisa de judeu!'"

Rebentamos em gargalhadas. As meninas brincalhonas ouviram nossas risadas de longe e nos responderam com ecos de risos. Não tinham como adivinhar o motivo do nosso riso. Como poderiam saber que haviam desencadeado nossa alegria com a sua extravagância?!

Avançamos pelo orvalho da manhã que nos umedecia os tornozelos. Na altura da grama, o sol por vezes produzia pequenos arco-íris.

Precisamos de mais de uma hora até chegar ao vinhedo. Fazia tempo que não andava tanto tempo debaixo do sol como durante aquela subida difícil até Coastă. Passamos por tufos de roseira-brava com o fruto ainda verde, ostentando os restos enegrecidos de corolas queimadas por um fogo biológico invisível. Passamos por tufos de milho e de junco-dos-prados. O sol nos atingia bem no rosto. A subida árdua bombeava ritmicamente o peito. Àquela hora, ainda não nos derretíamos de calor. Dos arvoredos com poças de água cheias de lemnáceas de um verde irreal e com uma infinidade de passarinhos coloridos, mas sem nome preciso na pobre ornitologia da nossa imaginação, soprava aqui e ali um agradável frescor que acalmou o suor da nossa testa. A paisagem, renovada a cada ano em todos os seus detalhes vegetais, permitia que a identificasse com a imagem que persistia há décadas na minha memória. Adentramos enfim em meio às videiras. O vinhedo era circundado por uma cerca viva e espessa que, com espinhos do tamanho de pregos, protegia-o do gado que pastava em grupos em Coastă. O vinhedo da família do advogado Gruia encontrava-se no lugar mais propício: àquela hora da manhã estava levemente debaixo da sombra, mas logo viria a ser tomado pelo sol, para permanecer debaixo de sua luz até a hora do crepúsculo. Ao chegarmos à extremidade inferior do vinhedo, pusemos nossa carga debaixo do marmelo de folhas grossas e cheio de frutos, embora ainda pequenos e cobertos por uma penugem branca e grossa. Debaixo de uma velha nogueira – vestígios de fogo e cinzas. Seria ali que à tarde se acenderia também a nossa fogueira. Por enquanto descansávamos um pouco, deitados de lado ou sentados na grama. Na subida, Leonte arquejou mais do que eu. Agora sua respiração se tranquilizara. Ana subiu com uma agilidade insuspeitada em campo aberto. O cansaço físico parecia emprestar-lhe uma espécie de euforia, ela sendo a única incapaz de relaxar.

E só Ana, além de Rodica e Ileana, parecia indiferente à sensação que abrangia os três homens. Tratava-se, claro, mais uma vez, da sensação da passagem do

Capítulo IX

tempo. Decifrei a grande passagem sobretudo a partir de uma árvore próxima, que abria no céu a sua copa luxuriante. Na minha memória, aquela árvore não existia nem mesmo sob forma de broto. Olhei para a testa cada vez maior de Leonte, graças ao cabelo que recuava na direção da nuca. Passei a mão pelo meu cabelo, que me parecia indestrutível, mas que, sabia muito bem, começava a agrisalhar pelas têmporas. Leonte olhou para mim também. Parecia desenhar em sua mente meu rosto de outrora.

"Mas o mais insondável de todos os mistérios deste mundo continua sendo o tempo e sua passagem!", disse Leonte.

"Meditação inspirada pelas minhas têmporas grisalhas?", perguntei, num tom de melancolia outonal.

"Meditação inspirada pelas têmporas grisalhas dos deuses, meu caro Axente! Pois o tempo não seria o que é se não cobrisse também de branco as sobrancelhas deles", respondeu ele, tranquilo.

"Não falemos de outono no meio do verão", interveio Ana, "aliás, vi uma vez umas fotografias de sua primeira juventude. Comparei-as com os seus rostos de hoje, com o seu, Leonte, e com o do... Axente (acho que podemos usar de agora em diante o tratamento informal). Considero mais fascinantes os rostos da maturidade. É uma alegria ver como vêm à tona as essências de uma fisionomia. Ademais, vocês dois, Leonte e Axente, não têm o direito de falar com melancolia sobre a passagem do tempo; até hoje, o mais insondável dos mistérios deste mundo só lhes ofereceu fecundidade."

"Está enganada, Ana", apressei-me em responder, "a cabeça que hoje você vê reduzida a traços essenciais (falava da minha cabeça) é atualmente a cabeça mais estéril de toda a bacia danubiana!"

É verdade que os presentes se surpreenderam com a localização geográfica da minha cabeça, em coordenadas continentais tão precisas.

"Não só a sua cabeça", respondeu Gruia, "foi atingida pela esterilidade. Toda a bacia danubiana foi invadida pela esterilidade. E estéril vai continuar sabe-se lá por quanto tempo! Povos inteiros de um grande passado de glórias foram vendidos, traídos na ignóbil negociação entre as grandes potências, ocorrida no fim da guerra." Foi assim que Gruia opinou sobre a situação internacional. O brilhante jurista estava convicto de que os tratados que selaram nossa sorte incluíam vergonhosas cláusulas secretas: "Fomos vendidos! Sem consciência pesada e sem uma gota de piedade!"

"Acho que é isso mesmo", interrompeu-o Leonte. "Eis o que ultimamente tem me abatido... Nada mais terrível, nada mais lamentável do que fazer parte de uma pequena nação, permanecendo sempre objeto da história." Triste e lúgubre, Leonte continuou: "Somos os vasos de argila partidos por quem faz história. Se houvesse ao menos uma gota de esperança de sair em tempo desta situação, acho que Masaryk[7] não teria se atirado pela janela!"

Leonte lembrou o trágico acontecimento do ministro tcheco Masaryk. Evocou um fantasma. Masaryk filho, que tinha diante de si a perspectiva de se transformar num mero objeto da História, preferiu morrer saltando da altura em que vivera seu pai, fundador de um Estado. Desde então, Leonte vinha se preocupando com aquele gesto sublime para o qual não encontrava qualificativos suficientemente dignos. O gesto de Masaryk era para Leonte o mais significativo ato de protesto contra a história que as grandes potências impuseram, sem qualquer hesitação, a tantos povos. Leonte frequentemente soltava comentários de filosofia estoica sobre o gesto de Masaryk. Leonte aludia sempre àquele ato de protesto e se expressava às vezes em palavras herméticas como as do sombrio Heráclito. Havia nas palavras de Leonte uma espécie de murmúrio aquerôntico.[8] E eis que agora ele se perdia num refrão: "Masaryk! A janela da qual ele pulou ficou aberta!"

Ana nos pediu, com seu olhar de corça assustada, que parássemos de falar de coisas tão soturnas: "Não é pena criarmos sombra debaixo de tanto sol?"

E eis que interrompemos por enquanto as conversas e os sussurros que lembravam um murmúrio aquerôntico. Tínhamos realmente vindo até o vinhedo com outros objetivos, não para ouvir aquele murmúrio. Tínhamos vindo para esquecer, por algumas horas, as sombras cada vez mais espessas com que a história cobria toda a bacia danubiana.

---

[7] Jan Masaryk (1886-1948) – filho de Tomáš Masaryk (1850-1937), primeiro presidente da Tchecoslováquia – foi chanceler da Tchecoslováquia entre 1940 e 1948. Em 10 de março de 1948, foi encontrado morto, de pijama, no pátio do Ministério dos Negócios Estrangeiros, abaixo da janela do seu banheiro. Até hoje há controvérsias se foi suicídio, acidente ou assassinato. (N. T.)

[8] Subterrâneo. (N. E. Romeno)

Capítulo IX

O advogado Gruia se levantou. Chamou as duas meninas e saíram à cata de galhos secos para acender a fogueira; o lugar para isso já estava preparado debaixo da nogueira. Nós ainda ficamos um pouco à sombra dos marmelos. Leonte nos avisou de que mais adiante, do outro lado do vinhedo, havia uns damasqueiros com frutos maduros como as maçãs de ouro do conto de fadas:[9] "Vão e colham antes que os pássaros comam o conto de fadas."

Ana deu um salto com agilidade. Eu também me levantei. Leonte pediu desculpas, preferindo ficar imóvel à sombra dos marmelos. Pus-me a subir com Ana por entre as parreiras alinhadas. As folhas das videiras e as estacas haviam sido recentemente borrifadas com pedra-lipes.[10] O azul da pedra-lipes sobre as folhas verdes e robustas deleitou-me a visão de tal maneira que não pude mais conter uma exclamação de encanto: "São cores para olhos de um pintor. Ana, olhe para a parte de cima do vinhedo! Esse azul borrifado na vinha e o vermelho da terra! Maravilhoso!" Colhi com Ana os damascos maduros, excepcionalmente grandes, que ainda estavam no pé. E os mordemos. "São bons?", perguntei-lhe. Teria sentido ela, pelo tom da minha pergunta, uma leve alusão a não sei que aspecto do pecado original? De qualquer forma, ela me respondeu de boca cheia, com uma volúpia paradisíaca desconhecida, contemporânea à criação do universo, como se houvesse compreendido minha alusão: "São bons, muito bons!" Um damasco especialmente grande dependurava-se num galho demasiado elevado para que o pudéssemos alcançar com as mãos. Alto demais para alcançar? O que estava dizendo? O damasco de tal modo imperava lá em cima, que só um desejo vigoroso de apanhá-lo iludiu-nos por um instante que poderíamos chegar até ele de alguma maneira. Olhamos aturdidos como poderíamos chegar até ele, como poderíamos crescer ou encompridar nossos braços. Não havia jeito. Derrubá-lo com um pau? Não gostamos da ideia; o damasco se espatifaria e perderia seu suco, sua polpa se encheria de terra e não teria mais nenhuma utilidade. Seria melhor deixar que os pássaros e as vespas se servissem dele. "Se você me ajudar um pouquinho, eu subo no damasqueiro", disse Ana, apresentando uma agitação nas pernas que fazia vibrar seus delgados tornozelos. "Dou-lhe qualquer ajuda",

---

[9] Provável referência ao conto de fadas romeno *Prâslea cel voinic și merele de aur* [O Corajoso Prâslea e as Maçãs de Ouro]. (N. T.)

[10] Sulfato de cobre. Misturado com cal, é utilizado na agricultura como fungicida. (N. T.)

respondi, sem desconfiar do seu ardil. "Então, por favor, fique de cócoras. Vou subir nos seus ombros, aí você me levanta enquanto me seguro no tronco e nos galhos" — era esse o ardil de Ana. Tirou as sandálias. Ficou descalça. Abaixei-me. Ela subiu com os pés descalços sobre os meus ombros. Ergui-me devagarzinho. No momento em que me pus de novo em pé e senti seus tornozelos tocando-me as orelhas, não pude deixar de dizer: "É isso que você chama subir no damasqueiro?" Sem responder, Ana conseguiu apanhar o damasco com uma exclamação de alegria. Abaixei-me de novo, devagarzinho, para que Ana pudesse saltar de cima dos meus ombros. Achei que dividiríamos o damasco, exemplar de dimensões raríssimas, em partes iguais, como recompensa pelo esforço comum, mas ela disse: "Vou levar para o Leonte!"

Perto do meio-dia, Gruia voltou com as meninas. Ana, Leonte e eu os aguardávamos já há algum tempo debaixo dos marmelos. Gruia despejou os galhos secos perto da nogueira. Em seguida, pôs as ramagens e os galhos quebrados em cima dos joelhos, conforme as regras de um ritual ancestral. Acendeu o fogo. Preparou a grelha. Em menos de uma hora, as videiras, os marmelos e a nogueira foram cobertos pela fumaceira da carne cuja gordura pingava nas brasas. Melhor seria termos usado um pedaço de pão cada um para que o miolo branco se embebesse daquela gordura. Mas assim também estava bem, pois as gotas não estavam sendo desperdiçadas. Víamos como um sacrifício oferecido ao fogo. As fatias de carne fritavam-se na grelha, a chama por vezes alcançando-as e dando-lhes um agradável sabor de carvão. Uma brisa formada bem ali no vinhedo nos encheu os olhos com a fumaça dos gravetos, presenteando nossas narinas e pulmões com uma singular euforia. Gruia trouxe as garrafas de vinho que, à chegada, deixara nas águas frias de uma nascente próxima dali. Entre pedaços de frases inacabadas, entre palavras que pareciam mais exclamações de prazer do que expressões bem articuladas, matamos a fome e a sede. Gruia expressou a opinião de que em nenhum outro lugar o vinho não adquire virtude a não ser em seu lugar natal. O vinho deveria até mesmo ser bebido ao pé do vinhedo em que crescem e amadurecem as uvas do qual é feito. O vinho tem de ser bebido na origem, num dia de verão como aquele. Só assim é possível beber, junto com o vinho, o sol e as mais raras essências da terra. Vi como Leonte sentia na boca o aroma do vinho, inspirando profundamente. Os aromas se produzem debaixo de abóbadas. Debaixo da

Capítulo IX

abóbada do céu da boca. Debaixo da abóbada celeste. Após o último gole, Leonte disse: "Obrigado a todos, a você, Ana, a você, Axente, a você, Gruia e minhas queridas sobrinhas; obrigado pela ocasião de sair do vale do amargor. Se não tivessem resolvido vir, eu ainda estaria lá embaixo, no meu quarto escuro. Desfruto junto com vocês deste momento, deste sol, desta fogueira e destes aromas. Tudo isso hoje tem um sentido espiritual."

"Quero que também desfrute de um damasco que colhi especialmente para você, como uma dádiva. É grande como um conto de fadas", interrompeu-o Ana, estendendo-lhe o fruto capturado em circunstâncias que ainda formigavam pelos meus braços e ombros. Leonte pegou o damasco para admirá-lo, virando-o de todos os lados: "Com tal tentação, a natureza quer me seduzir a voltar aos seus domínios. Talvez, segurando esta tentação de ouro, eu deixe para trás o nadir da minha depressão. Nas últimas semanas, fui invadido pela ideia de partir. Hoje, sobretudo agora, considero que partir seja um gesto doentio. Não se parte angustiado para uma longa viagem! Não quero que o gesto tenha uma aparência doentia, o gesto que deve e pode ser um ato de heroísmo."

Compreendi exatamente a que Leonte muito intrincadamente aludia, e o contradisse: "Meu caro, *data venia*, considero que jamais o suicídio seja um ato de heroísmo." "O suicídio jamais é, você quer dizer, um ato moral", precisou Leonte, "o suicídio é decerto, na maioria dos casos, um ato doentio e irresponsável. Por vezes o suicídio pode ser, porém, um ato heroico supremo. Reconheço que o suicídio não é jamais um ato moral, pois não se pode desejar que tal ato se torne modelo de comportamento popular. A moralidade é a norma. O heroísmo jamais poderá ser considerado moral pois ultrapassa qualquer norma. Assim, o suicídio pode de fato ser, às vezes, um ato de heroísmo. Alguém que, perfeitamente lúcido, acabe com uma existência que não merece mais esse nome, uma existência em si mesma irremediavelmente degradada por circunstâncias impostas e por força maior... Compreendo que vocês temam as depressões que têm me dominado há algum tempo. Seu temor é inútil. Posso ser culpado de muitos erros, de muitas derrapagens e de muitas loucuras. Provas de irresponsabilidade, porém, acredito jamais ter dado!"

Ana interveio no discurso de Leonte. Embora o filósofo falasse apenas conosco, ele adotou um tom, uma pronúncia e um cuidado na formulação das frases que mais parecia dirigir-se a um grande público. Sua voz, contudo, era baixa, e não podia ser ouvida fora do nosso círculo. Ana interveio, claro, a fim de desviar as preocupações noutra direção. De repente, ela exprimiu um desejo: "Faz tanto tempo que quero ver de perto a Ravina Vermelha! Que tal, na volta, darmos uma subidinha até lá? Seria um desvio, mas..." Leonte reagiu quase como uma criança: "Não, lá eu não vou! Para mim ainda está em vigor a proibição que, na infância, papai me deu: Crianças, jamais vão à Ravina Vermelha; no fundo do precipício mora um bicho-papão com um olho na testa. O bicho-papão atrai com seu olhar qualquer um que, de cima, olhe para o precipício lá embaixo!" "Ouça, Leonte", disse Ana com uma voz melíflua, "você não quer nos dar o prazer de um passeio de uma hora? Faz anos que vivo nesta paisagem e, sempre que olho para a Ravina Vermelha, sinto um elã que parece me puxar na sua direção!" "Eu também conheço a misteriosa volúpia do retorno à geologia", procurou Leonte nos dissuadir, "mas satisfação pode-se ter também apenas contemplando daqui todo este vale. Não é necessário nos esforçarmos a ir a todo custo até a Ravina Vermelha. Olhem para baixo e ao longe! Encontramo-nos em plena geologia por toda a parte! Quão imóvel é a paisagem! Do seu ponto de vista, ela não mudou quase nada nos quarenta anos desde que saímos da infância como se retirados das águas do moinho! Você lembra, Axente, quando andávamos por aqui, crianças, atrás de ovos de pássaros dentro dos ninhos? Tínhamos cada um de nós em casa toda uma coleção. Gostávamos dos ovinhos coloridos, que analisávamos ainda no ninho com o instinto de animais de rapina, três, quatro, cinco ou mesmo mais, ovos verdes, sarapintados, róseos, alguns com uma casca fininha como bolhas de sabão. Mas o que eu queria dizer? Vejam que me perdi. Às vezes de tal modo me perco pelas lembranças, que não consigo mais achar o caminho de volta. É verdade, quase nada mudou desde então! No horizonte, os mesmo Montes Apuseni, imóveis, lá onde sempre estiveram, com suas formas arredondadas e seu perfil em zigue-zague, aparentemente eternos. Também o Rio Mureş, que corre na direção de Câmpul Pânii e, do outro lado, à esquerda, os Montes Azuis montando guarda junto a Câmpul Frumoasei. Só a vegetação e os homens mudaram, uma sorveira secou, árvores morreram e cresceram, um marmelo e alguns cornisos. Em quarenta anos! Mas o que significam quarenta anos? Muito para a célula viva, pouco para a paisagem. Para que o perfil do horizonte se modifique, são necessárias dezenas

Capítulo IX

de milhares de anos. Só se voltássemos milhões de anos poderíamos contemplar uma outra paisagem. Pois lá embaixo, na encosta desta colina, correu no passado o Rio Olt, que não muito longe daqui desemboca no Mureș." Rodica deu um pulo após afiar o ouvido: "Conversa fiada, titio, conversa fiada!" Demos todos risada da desconfiança das meninas. Leonte continuou: "Sim, meninas, isso foi há muito tempo, quando o leito do Rio Olt ainda não atravessara as rochas de Turnu Roșu. Ouçam bem, meninas, e não se surpreendam, pois foi assim no passado. O Rio Olt desembocava no Rio Mureș mais ou menos onde hoje se encontra a aldeia de Oarda, que podemos ver daqui. Gosto de voltar profundamente na geologia, quando o homem não passava de uma possibilidade da natureza, uma latência em seres de outras formas. Em momentos graves quando, em nome de ideias 'generosas', o homem de rosto largo, que hoje domina os territórios danubianos e carpatinos e transforma, impune e sem escrúpulos, tantos povos em rebanhos de escravos, o retorno à geologia é um refúgio e um consolo. A perspectiva geológica significa, nas atuais condições de vida, um verdadeiro estímulo: uma vez tudo foi diferente, uma vez tudo será diferente!"

Leonte conseguiu, com sua concepção, nos comunicar o forte sentido da mutabilidade das coisas. Com tais visões, ele tentou reforçar dentro de si o sentido e a virtude da paciência, como se dissesse: tudo passa e muda, até mesmo as situações que parecem ter vindo para sempre. Essa visão demolia a estática da natureza. Ela também envolvia, porém, tempos que ultrapassavam demais a nossa esfera de percepção. A perspectiva geológica da mutabilidade de todas as coisas foi consoladora por um instante, sem deixar de ser apenas a expressão de um desespero que, num dado momento, não encontrava outra voz.

Rodica e Ileana tinham conhecimento bastante da geografia local para imaginarem, cartograficamente, o Rio Olt desembocando no Mureș. Como continuavam a se admirar descrentes, repetiu-se-lhes que aquilo de que se falava não pertencia ao domínio da fantasia. As meninas não se deixaram convencer, perguntando incessantes por detalhes que pudessem satisfazer sua enorme curiosidade. O que no fundo provocava a imaginação delas era o "conto de fadas" que se entrevia em toda geologia.

Assim que Leonte terminou com sua evocação que nos transpôs para outras eras, procurei lutar contra sua resistência ao plano improvisado de fazer um desvio um pouco tortuoso, ao voltarmos ao vilarejo, até a Ravina Vermelha. "Você nos descreveu uma paisagem geológica, não sei por que agora quer acabar com o nosso desejo de dar uma olhada na Ravina Vermelha", comentou Ana que, depois de uma pausa em que perdeu o olhar pelo panorama, acrescentou: "De longe, a Ravina com seus precipícios parece uma ferida da terra!"

"Ferida da terra! Que belas e sugestivas palavras para designar a Ravina!", replicou Leonte. "Em honra a sua metáfora, vou passar por cima da proibição. Mas antes de partirmos, seria bom repousarmos um pouco. Crianças, vão brincar noutra parte para não ouvirmos seu gorjeio, queremos descansar!"

"Mas para onde vamos, tio?", perguntou Rodica. "Vão até o vale e procurem o antigo leito do Rio Olt!", respondeu Leonte com um sorriso.

"É como se nos mandassem ir atrás da água que o arco-íris bebe!", disse Rodica, dando de ombros.

"Rodica, você fala da água que o arco-íris bebe como se não existisse. Sua descrente! Mas vou-lhe dizer que nenhuma menina fica bonita se não beber da água do arco-íris!", disse-lhe Ana.

"A senhora bebeu?", perguntou-lhe Rodica, faceira.

"Eu não sou bonita!", fez questão de responder dona Ana Rareş, sem ignorar o elogio que tentava insinuar-lhe a pequena beldade futura.

Ana realmente vivia com a convicção de não ser bonita. Naquele momento, contudo, à luz substancial quase palpável do verão, uma evidência desmentia sua falta de confiança em si mesma. Em sua disposição anímica, altaneira como a colina do vinhedo de Câmpul Frumoasei, dona Ana constituía uma aparição maravilhosa. Com as maçãs do rosto levemente enrubescidas pelos raios de sol que batiam como urtigas, Ana revelava, com discrição, sua beleza absolutamente inigualável, que nada tinha a ver com os padrões femininos comuns. O elogio sutil de Rodica me surpreendeu, pois as crianças nem sempre têm o dom de observar uma beleza tão oculta e condicionada como a de dona Ana. Sim, beleza condicionada! Pela primeira vez senti com maior clareza que a beleza de dona Ana Rareş era condicionada por um espírito universal que flutuava em derredor, vibrando em tudo o que víamos.

"Olhem para dona Ana", disse eu, "e me digam se ela não bebeu da água do arco-íris. Por mais que negue, duvido que não tenha encontrado aquela água em algum lugar e tenha bebido dela em grandes quantidades e com muita sede!" Dona Ana protegeu-se com as mãos de nossos olhares.

"Bebeu! Bebeu!", puseram-se a gritar as duas meninas, a plenos pulmões.

"Bebeu!", reforçou Leonte, com uma voz séria e branda, como se houvesse sido testemunha inquestionável daquele notável acontecimento constante da crônica da vida terrestre.

Incomodada com sua beleza, que naquele momento materializava uma inefável harmonia interior, Ana deu-nos as costas e enfiou o rosto na grama: "Vamos descansar! Vamos dormir!"

Adormecemos todos depois de as duas meninas terem se afastado ao longe, na colina lá em cima, gorjeando por entre as videiras no lugar dos pássaros que, àquela hora do calendário de verão, esqueceram-se de cantar. Havia porém um canto por toda a parte, pois o canto estava dentro de nós, os três homens na presença de dona Ana. Com certeza cada um de nós levou para seu próprio sono a beleza que se revelara mais uma vez diante de nós, mais viva e mais evidente do que nunca. Depois de uma ou duas horas, de volta dos barrancos e clareiras, as meninas nos tiraram do sono. Despertei espirrando, pois Ileana me fazia cócegas no rosto, na nuca e nas narinas com um fio de grama. Rodica realizava a mesma operação, de joelhos, ao lado de seu pai.

Empacotamos o que restou do banquete, pusemos nas trouxas e no alforje as garrafas vazias, a grelha, a machadinha e as facas e partimos por uma trilha que conectava o vinhedo à parte de cima de Coastă, na direção da Ravina Vermelha. Por onde passávamos, às vezes escorregando nas encostas, a nesga de Coastă se apresentava árida, habitada apenas por conchinhas vazias de caramujos, mais leves que avelãs e nozes podres. Debaixo do sol que batia nas nossas costas, a subida não era fácil nem muito agradável. Vespas e moscardos esvoaçavam perto de nós, faiscando como estilhaços de ouro esverdeado. Lagartixas extremamente grandes, de um verde venenoso, com o papo palpitando de pânico, surgiam entre as raízes dos tufos de roseira-brava. Ao longo de toda a subida, Leonte murmurava. Expressava sem parar seu descontentamento por nos esforçarmos tanto debaixo de tanto calor. Sem qualquer motivo fisiológico, ele se cansava mais do que nós, mas talvez isso fosse normal, pois a cada passo ele tinha de vencer a proibição outrora incutida em seu consciente e sobretudo no seu subconsciente. Embora tivesse feito uma concessão ao desejo expresso por dona Ana, lutava por dentro com uma interdição fixada desde a infância em sua alma. Ele, com seu potencial de consciência, mal conseguia vencer a proibição de conto de fadas imposta por seu pai, falecido quarenta anos antes. O suor escorria da sua testa direto para o chão.

Paramos bem em cima da Ravina Vermelha para contemplarmos os profundos precipícios abaixo de nós. Paisagem de argila vermelha. Olhei bem no fundo do precipício para distinguir o bicho-papão. Não o encontrei. Mas ele com certeza nos olhava, de baixo para cima, com o seu único olho no meio da testa.

X

Nas semanas que se seguiram à visita a Câmpul Frumoasei, o dia a dia não saiu do padrão que parecia ter adotado para sempre. Nada novo acontecia na cidade às margens do Mureş. Pelo menos aparentemente. Nada novo acontecia no horizonte da região, nem na hospedaria dos balseadores, nem em Câmpul Frumoasei. Mas o que ocorria nos três pontos de interesse imediato da minha vida quotidiana parecia-se com três caminhos que convergiam – sem porém, o que seria normal, influenciarem-se reciprocamente. Recebia agora notícias mais frequentes da evolução anímica de Leonte por intermédio de Ana, que continuava indo de ônibus, uma vez por semana, a Câmpul Frumoasei. Essa viagem semanal era determinada por uma grande e forte afeição fraternal. Por ocasião de encontros absolutamente casuais que ela agora não mais evitava, Ana me contava de Leonte, cuja crise interior tanto preocupava a ela e a mim.

O passeio de verão até Câmpul Frumoasei que relatei já no dia seguinte a Octavia gerou na hospedaria dos balseadores uma reação inesperada. Por duas semanas, Octavia, movida por uma violenta onda de ciúmes, não quis mais falar comigo. Virava-me as costas sempre que eu chegava à hospedaria, retirando-se ostensivamente para o quarto da filha, que agora também se encontrava em casa, aproveitando o tempo livre das férias de verão. O quarto de Lelia ficava ao lado do grande cômodo em que os balseadores moravam: daquele grande aposento chegava-se ao quartinho da menina através de um pequeno corredor escuro e sem janela em forma de beco. Nesse prolongamento do aposento principal, guardavam-se sacos de farinha e cereais.

Longe de mim pensar em interromper minhas visitas à hospedaria dos balseadores por causa do aborrecimento, que eu considerava passageiro, de Octavia.

Na cadência dos dias da semana, continuei fazendo as costumeiras visitas à hospedaria. Octavia respondia-me com frieza ao cumprimento amistoso com que eu chegava, correndo amuada para o quartinho de Lelia. Deixava-me sozinho, fingindo uma indiferença que por vezes tanto me enervava que eu acabava reagindo sem pensar, arremessando-lhe qualificativos quase injuriosos. Sem ir atrás dela no quartinho de Lelia, eu me dirigia até a balsa para conversar com o padre Vasile. Dizia-lhe abertamente que Octavia estava com uma ciumeira de todo desarrazoada. E comentava: como assim? Octavia recebe visitas, convida conhecidos e desconhecidos para comer, deixando-se entusiasmar por qualquer um que lhe diga uma lisonja, mas não suporta que eu tenha, por meu lado, ligações de amizade com outras pessoas! Quer que nenhuma outra criatura no universo me interesse além dela! Enquanto ela socializa com desenvoltura! No fundo, reconheci dentro de mim que aquele ciúme de Octavia não me desagradava. No final das contas, consegui interpretar o seu "sofrimento", pois tratava-se de um sofrimento, uma prova da afeição que a dominava.

Por duas semanas, Octavia me recebeu como se fosse um desconhecido. Tive a paciência de esperar que ela se convencesse sozinha de que minhas visitas regulares realmente continham um substrato anímico. Voltava à hospedaria apesar da acolhida indiferente que recebia. Observando que por causa disso eu não tencionava interromper minhas visitas, certo dia Octavia mudou, tornando-se de novo calorosa e sonhadora, afetuosa como antes, como se nossa relação jamais houvesse sido perturbada por qualquer tipo de sombra. Minha paciência recolocou-a, sem muitas explicações, no bom caminho, depois que o próprio monstro interviera com boa vontade, dizendo-lhe que aquele ambiente tensionado, digno de adolescentes, tinha de terminar entre pessoas maduras como nós.

Minhas visitas então voltaram a ser como sempre foram. Octavia pareceu também ter aprendido uma lição – pelo menos por algum tempo – com o ocorrido. Entendeu que devia refrear suas fraquezas, que por vezes me enervavam mais do que provocavam meu ciúme. Começou a mandar embora com mais firmeza os aproveitadores que ela mesma, movida por uma imprudente generosidade, convidava para comer, bem como os admiradores ocasionais que a entusiasmavam como se sofresse de um grave complexo de inferioridade. Octavia enfim passou a cuidar para que, na hora da minha chegada, não houvesse mais ninguém pela

Capítulo X

casa. Entretanto, não pudemos mais nos isolar como antes, pois no quartinho ao lado, debruçada sobre romances sensacionais que devorava insaciável, ficava Lelia. A filha de Octavia não era mais uma garotinha. Lelia começava a desenvolver as formas de donzela que lhe foram predestinadas. Tinha agora uns doze anos. E era muito bem desenvolvida para sua idade. Lelia costumava se fechar no frescor do quartinho onde, em vestidos sumários, passava o dia todinho mergulhada em leituras que estimulavam seu amadurecimento. Às vezes, sabendo que estávamos no aposento ao lado, movida por um impulso desconhecido, a mocinha aparecia na porta. Talvez quisesse nos surpreender em situações delicadas como as que lia nos romances? Octavia porém não quis de modo algum abdicar, mesmo naquelas condições de férias de verão, do hábito de desfrutar da nossa solidão dual, sentando-se nos meus joelhos como se fossem uma cadeira. Ao ouvir o menor, o mais imperceptível rumor no quarto da menina, Octavia pulava e se ajoelhava no chão, fingindo procurar sapatos embaixo da cama. Assim, ela podia esconder o rosto enrubescido e a emoção da surpresa. A mocinha não deixou de registrar também esse aspecto. Depois de apenas dois dias em que tais manifestações de impasse repetiram-se em circunstâncias semelhantes, Lelia pronunciou-se, sorridente, sobre o que ocorria diante dela. Apesar das entrelinhas, suas palavras eram ingênuas e desprovidas de maldade! "Não entendo como é possível que, sempre que eu venho do meu quarto até aqui, vejo a mamãe procurando sapatos debaixo da cama!" A menina traiu, não por suas palavras, mas pelo seu tom, a suspeita de que o que acontecia talvez fosse um conjunto de gestos que de certa forma camuflavam uma situação delicada.

"Mas veja só o que a garota percebeu!", disse eu, por falar. Octavia pôs-se a rir, encobrindo com um ar de inocência bem interpretada a suspeita da filha. Para o meu estranhamento, ela ria, porém, com uma aura de subentendidos, como se dissesse: "Já é hora de entender, menina, pois você é bem grandinha!"

Depois, por ocasião de mais uma visita minha à hospedaria, aconteceu algo realmente incomum. O momento poderia ter caído muito mal na vida familiar dos balseadores, caso Octavia e eu não houvéssemos dominado o fato com a naturalidade de um sangue frio inimaginável. Conversava com Octavia sobre a expectativa de certos eventos internacionais. De um mês para outro, Octavia insistia na esperança de uma reviravolta total da situação. Coisa que eu por enquanto não podia mais esperar, depois de o Ocidente ter tantas vezes comprovado seu verdadeiro talento de perder chances. Contava a Octavia sobre as novas armas, de um poder destrutivo absolutamente incrível, que os americanos teriam inventado. Tais notícias, que lhe davam um prazer todo especial, Octavia só podia ouvir sentada num dos meus joelhos. Ela estava decerto tão interessada na novidade que lhe comunicava, que não ouviu o rumor característico que Lelia fazia sempre que saía do seu quartinho para nos flagrar. Ou naquele caso, talvez, a mocinha tenha conseguido de propósito fazer seus passos inaudíveis: seja como for, deparamo-nos com Lelia na nossa frente. Olhou-nos com um grande sorriso estampado no rosto. A mamãe não precisava mais pular e se abaixar de joelhos, fingindo procurar sapatos embaixo da cama. Mas sua mãe lhe disse com uma calma admirável: "Sente-se, querida, no outro joelho, pois Axente está contando piadas que acabou de trazer da cidade!" Sem precisar ser convidada de novo, a mocinha sentou-se no meu outro joelho. A situação, assim, se modificava de modo brusco e imprevisível. Tivemos de atravessar um momento delicadíssimo. Só me restou permitir à imaginação que começasse a fabular, só me restou inventar uma piada que desfranzisse os cenhos...

"Tinha justamente começado a contar para a mamãe um acontecimento muito engraçado em Alba. Como vocês sabem, na cidadela do Príncipe Mihai, o Valente,[1] e do *Novo Testamento* de Simion Ştefan, na cidadela que por tanto tempo foi capital do Principado da Transilvânia, tornou-se prefeito, não faz muito tempo, um cigano. Era normal e conforme a ordem da dialética natural que em Bălgrad se tornasse prefeito alguém da cor dos grilos.[2] Certo dia, o novo prefeito recebeu na estação ferroviária uma comitiva do Ministério da Saúde,

---

[1] Mihai, o Valente (1558-1601), príncipe da Valáquia, é um dos principais personagens históricos nacionais romenos, não só por ter combatido os otomanos e ter sido considerado "libertador da cristandade balcânica", mas sobretudo por ter unido pela primeira vez, sob sua própria autoridade e por um breve período do ano de 1600, as três grandes entidades políticas medievais romenas, formadoras da Romênia atual: Valáquia, Transilvânia e Moldávia. Com o consentimento de Rodolfo II, imperador do Sacro Império Romano-Germânico, para pôr em prática seu plano de união, Mihai derrotou no campo de batalha o príncipe da Transilvânia, entrando triunfalmente, no dia 1º de novembro de 1599, em Alba Iulia, que se transformou na primeira capital das três províncias romenas reunidas. (N. T.)

[2] Alusão à cor em geral escura da pele dos ciganos. (N. T.)

Capítulo X

que viera examinar *in loco* o estado sanitário do distrito. O novo prefeito recebeu a comitiva na estação de trem com o discurso de praxe. O cigano se confundiu ao falar, com orgulho, da cidadela da 'coroação'.[3] Todos os camaradas do ministério puseram-se a rir, pois o prefeito 'de origem tão apreciável'[4] parecia ainda não ter descoberto que a forma de estado em que vivemos não era mais monárquica.[5] Em seu discurso, o prefeito cigano falou muito sobre muitas coisas, em especial sobre as epidemias e os piolhos exantemáticos da região e, desejando à comitiva bom trabalho, concluiu: 'Em duas palavras, camaradas delegados, o estado sanitário do distrito tem de ser liquidado o mais breve possível!'" O fato ocorrera fazia pouco tempo numa outra região do país, mas – naquelas circunstâncias – eu o transpus anedoticamente para nossa cidade. O evento com ar de piada divertiu a mãe, mas nem tanto a mocinha. Lelia precisou de alguns minutos até entender a graça. E depois deu risadas atrasadas, sozinha. Acariciei o cabelo de Lelia. Enquanto isso ouviram-se, do lado de fora, os passos do padre Vasile. O padre chegou à varanda, deu a costumeira tossida ruidosa para nos alertar e, antes de entrar, esperou mais um pouco atrás da porta. Tanto Octavia como Lelia quiseram se levantar a fim de restabelecer a decência na hospedaria, mas segurei-as com força, obrigando-as a continuar sentadas, cada uma num dos meus joelhos. Com tal espetáculo foi recebido o padre Vasile. E com uma enxurrada de risos e alegria. O padre entrou, sossegando-se: "Ah, agora sim, depois do amuamento dos últimos dias!"

---

[3] Com a expansão territorial da Romênia que sobreveio à Primeira Guerra Mundial, os reis Ferdinand I e Maria foram coroados em 1922, em Alba Iulia, como reis da assim chamada Grande Romênia, momento que consagrou a importância histórica da cidade. (N. T.)

[4] Referência à origem social modesta do prefeito e à preferência do então regime comunista em promover, para a ocupação de cargos diretivos, pessoas de baixo nível educacional. Povo de origem indiana, há quem diga que os ciganos teriam chegado ao território da atual Romênia em torno do século XI. Alforriados definitivamente em 1864 da escravidão a que foram submetidos nos principados da Valáquia e Moldávia, os ciganos romenos passaram a constituir, em geral, classe social de baixo poder aquisitivo e com baixo nível de educação. (N. T.)

[5] O Reino da Romênia, proclamado em 14 de março de 1881, perdurou até 30 de dezembro de 1947, quando o Rei Mihai I foi obrigado a abdicar por forças controladas por Moscou. Criou-se, então, a República Popular Romena, estado comunista. (N. T.)

Padre Vasile compreendeu, assim, que até mesmo um espetáculo indecente poderia se desenrolar num ambiente de bons costumes. Ele se alegrou ao ver que, enfim, a tensão se dissolvera em reconciliação. E a mocinha repetiu ao pai a anedota que lhes acabara de contar.

Provavelmente insuflado por aquele momento de descontração e brincadeira que nos contaminou nos dias seguintes, o padre Vasile me confiou certas preocupações e problemas domésticos. Alguns desses problemas eu já conhecia por intermédio de Octavia. Ela já havia me advertido a não realizar mais "empréstimos" ao padre Vasile, pois ele gastava demasiado e irrefletidamente. Octavia, meio alarmante, me deixou de sobreaviso: "Esse monstro um dia vai ter um *delirium tremens*, perfeito para ilustrar um capítulo especial de um tratado de patologia interna!" Octavia tinha horror à desgraça que poderia cair sobre si: "Saiba que o Vasile não economiza nem mesmo dinheiro que não é dele. Até o dinheiro da igreja ele atacava antes de deixar a batina!" Recusei-me a acreditar naquilo. "Você está exagerando", disse a Octavia, "veja por exemplo a confusão que você faz: Vasile não deixou a batina, ele ficou sem emprego de padre, mas ninguém o desconsagrou para que se possa dizer que deixou a batina."

"Ele mesmo se desconsagrou, bebendo!", levantou a voz Octavia.

Mas o padre Vasile, como dizia, servindo-se da descontração produzida entre nós dentro de casa, especialmente depois da cena com Lelia, contou-me um dia o apuro em que se via. Começou com rodeios, coçando a nuca e me dizendo que, por causa das dificuldades financeiras, foi recentemente obrigado a vender duas vacas de raça para comprar, em troca, duas mestiças. "Com a diferença entre a quantia recebida e o preço das mestiças, fui capaz de tapar alguns buracos", revelou-me o padre. Pediu que eu não me irritasse. Aquela queda de nível da produção dos balseadores, quem eu havia apoiado com um empréstimo substancial, com certeza me exasperava, mas só como queda de nível de um negócio que eu preferia ver prosperando, e não por assistir ao desmantelamento progressivo da possibilidade deles de me restituir, no futuro, o "empréstimo". Jamais considerei como empréstimo, no sentido literal da palavra, a ajuda oferecida aos balseadores. Esperava que pudessem me restituir uma parte ao longo do tempo, na medida de suas possibilidades. Preferi dissipar meu dinheiro num ato de beneficência do qual esperava obter retorno não sem alguns problemas, a desperdi-

Capítulo X

çar meu pequeno capital com uma nova inflação que batia à porta. Padre Vasile me garantiu, com promessas ardentes, arrancadas do fundo de suas vísceras, que continuaria fiel ao pacto assumido comigo assim que aquela crise temporária passasse. Respondi-lhe não gostar de abordar esses assuntos entre nós: "Sabe, Vasile, meu caro, sinto-me constrangido. É como se você desconfiasse que, de uma maneira ou de outra, tais questões me preocupam." E acrescentei: "Confio plenamente na sua habilidade e experiência nos negócios!" Essas declarações de confiança exerceram, conforme observei, uma influência tonificante sobre o seu moral. Essas declarações circunstanciais não me impediam, porém, de ver a situação com clareza. A habilidade do padre Vasile nos negócios deixava muito a desejar, pois as mestiças que comprara no lugar dos exemplares de raça com árvore genealógica mais sólida do que a da velha nobreza transilvana haveriam de revelar sua decadência biológica ao não oferecer mais uma gota de leite. Octavia me disse que as vacas não dariam leite pelo menos até o ano seguinte. Isso, claro, apenas caso se desmentisse, ao longo do inverno, a suspeita de que se tratassem de mestiças completamente estéreis.

A hospedaria dos balseadores estava sendo ademais acossada, nos últimos tempos, por vários outros problemas. Um deles era bastante oprimente. Falava-se cada vez mais na nacionalização[6] da balsa. A questão era definir se a balsa pertencia à categoria das empresas que utilizam um bem comum: a água. O padre Vasile, para fortalecer seu otimismo, buscou argumentos contra essa classificação: "A balsa não utiliza a água assim como o moinho, por exemplo, a utiliza. Um moinho é feito para utilizar a água. A balsa é feita como uma ponte, apesar da água." "Tem razão, padre", disse-lhe, "mas não acredito que o regime é capaz de tais distinções. De qualquer modo, essa distinção é digna de uma mente teológica! Redentora, porém, não é!" A nacionalização significaria uma catástrofe; a mais importante fonte de renda do padre seria eliminada. Restaria ainda a terra. Aqueles oito hectares cobririam, ao menos em parte, a eventual perda da balsa, caso o

---

[6] Com base na Lei n. 119, de 11 de junho de 1948, o Estado romeno nacionalizou todos os recursos do solo e do subsolo que não se encontravam em sua propriedade na data em que passou a vigorar a constituição da República Popular Romena, bem como empresas individuais, sociedades de todo tipo, associações privadas industriais, bancárias, de seguros, mineiras, de transportes e telecomunicações, etc. (N. T.)

Estado não anunciasse "cotas"[7] cada vez mais extenuantes. Para a hospedaria dos balseadores, as perspectivas portanto se tornavam, pouco a pouco, cada vez mais sombrias. Mas o monstro não fazia daquelas perspectivas uma tragédia, nem sua esposa. Acreditavam com firmeza numa mudança iminente das condições de vida. Tinham ouvidos crédulos, abertos para qualquer boato fantasioso, para qualquer notícia que alimentasse esperança. Especialmente Octavia se arremessava com um abandono total nos braços de um boato. Com sua imaginação incontrolável, ela não deixava de impulsionar qualquer notícia, como se atirasse uma bola numa área de recreação do tamanho do mundo. Octavia veiculava os boatos capturados no éter sobretudo com a ajuda dos aproveitadores que ela retinha para participar de refeições improvisadas às pressas, de uma duvidosa qualidade rústica. Se alguém espiasse no barracão, encontraria, dormindo num canto, à vista ou escondidos no feno, vários vagabundos que não tinham o que fazer da vida. Entre eles havia heróis, santos e poetas lamentáveis e fracassados que ainda mantinham, em suas almas de cabelo rebelde, o fogo sagrado de uma ideia. Mas será que entre tantas pessoas que iam e vinham, entre tantos que portavam máscaras de herói, santo ou poeta, não haveria um agente provocador? Octavia caía todo o tempo em armadilhas, incapaz que era de um discernimento psicológico e fisionômico. Sua ingenuidade, seu orgulho, sua imaginação e seu entusiasmo, sempre prontos a se desencadear, impediam-na de fazer qualquer distinção entre rosto e máscara. Uma sentença belamente articulada, um elogio lisonjeiro como que por acaso solto em frases vazias, mas de uma forma ideal, faziam suas defesas adormecerem. Qualquer um poderia se aproximar dela para espioná-la. Octavia era tão interessada pela poesia e pelo doce pecado da paixão que a dominava, de tal maneira

---

[7] Para compensar a falta de alimento nas cidades e a necessidade de pagar indenizações de guerra à União Soviética, mas também para arruinar os camponeses ricos, o regime comunista criou o sistema de cotas. De acordo com esse sistema, o campesinato foi obrigado a entregar ao Estado parte significativa de sua própria produção. O tamanho desse imposto *in natura* variava. Muitas vezes, os camponeses só ficavam com o suficiente para a semeadura do ano seguinte, ou nem isso. Por causa desse sistema, muitas fazendas foram à falência, o que atirou na pobreza as localidades rurais romenas como um todo – inclusive os camponeses pobres, declarativamente apoiados pelos comunistas. Fonte: *Relatório Tismăneanu*, da Comissão Presidencial de Análise da Ditadura Comunista Romena, 2006. (N. T.)

Capítulo X

governada por um entusiasmo disponível pelo belo em geral, que nem concebia possível a existência de um espião em torno dela. Octavia acreditava que toda a população romena estava alinhada conforme um único interesse e pensamento. Por meu lado, eu frequentemente a exortava para ser mais prudente. Não raro a ironizava por suas indiscrições; mais de uma vez lhe disse: "Acho que você ficaria doente se fosse obrigada a guardar um segredo." Em tais ocasiões, jamais ficava sem resposta, pois ela me interpelava, censurando-me nervosa: "Você é covarde e medroso!" A cada duas semanas, garantia-me que o prazo da mudança não estava longe. Barricadava-se atrás de um otimismo político indestrutível. Para ela, o futuro era um desejo realizado a prazos curtos e precisos. Nenhuma decepção conseguia fazê-la rever suas esperanças. Em geral fingi aceitar suas profecias, pois queria evitar o cansaço das discussões. Como agradecimento à minha tolerância, fui por vezes convidado à mesa. E por vezes aconteceu de eu não recusar.

Octavia sabia cozinhar muito bem. Improvisava. Com tão pouco à disposição, cozinhava deliciosos pratos camponeses. A comida trazida ainda fervendo à mesa, na própria panela em que havia sido preparada, combinava com todo o ambiente de hospedaria junto ao vau do rio. A comida também combinava com o modo de se vestir de Octavia. Em casa, quase que se vestia com trapos. Ela, contudo, ficava muito bem em traje sumário, que sublinhava aquilo que não se via: a pele, as formas abundantes, as linhas, o andar. Certa vez, ainda me lembro, esperava junto com o padre Vasile sermos "servidos".

"Faz comida assim como faz versos!", disse o padre, "improvisa, pondera. Cada vez de maneira diferente!"

Mal terminou o padre o elogio, Octavia surgiu, numa mão, com uma panela em que fervia a comida e, noutra mão, com uma tábua de madeira com polenta quente. A mistura dos aromas prefigurava as delícias do paladar. Interrompi uma conversa séria, paramos no meio dela, embora Octavia tentasse ouvir o que estávamos falando. Intercalei uma frase: "Octavia deve ser extraordinária na cama! Pelo menos é isso que se diz das mulheres que sabem cozinhar!" "Deixe isso para lá, ela é frígida!", replicou o padre Vasile, contente com o meu tom reservado e ao mesmo tempo familiar. Vasile decerto concluiu com seus botões que eu – polemizando um determinado comportamento de Octavia – não tinha tido nenhuma experiência pessoal naquele sentido. Seu costume era o de provocá-la. No mesmo instante, sua pata de fauno apanhou-lhe todo um hemisfério do posterior cujas formas, em sua vibrante resistência, adivinhavam-se pela saia como uma dupla bola de borracha. Minha olhadela curiosa – surpreendida pelo padre Vasile – logo se concentrou sobre a comida colocada na mesa.

"Veja só, poeta", disse o padre, "com uma mulher tão bonita, estou condenado a levar uma vida de monge. Diga-me se isso não é uma tortura do inferno!"

"Não o mantenha tanto tempo na grelha, senão um dia vamos encontrar só tição e cinzas sopradas pelo vento!", procurei convencer Octavia, para não ser suspeito de alguma culpa pela máscara de frigidez que ela portava.

☙

No último dia de agosto, recebi a visita inesperada de um gazetista da capital. Aguardava-me como uma sombra no escuro, diante do portão, na rua. Era tarde, eu estava voltando para casa. Passara muito tempo com o advogado Gruia. Uma conversa que se prolongara demasiado, sobre a situação cada vez mais difícil enfrentada por todos os intelectuais por causa da "luta de classe", fora o motivo do meu atraso. O gazetista me abordou na escuridão, perguntando-me se eu era o professor Axente Creangă. Kili, nosso gatinho, que me reconheceu de longe, começou a me rodear cheio de afeição, como se quisesse criar um círculo mágico em torno de mim, e me isolar.

"Sim, sou eu. Com quem tenho a honra?"

O gazetista murmurou seu nome, como se quisesse abafá-lo de propósito, dispersá-lo na escuridão. Foi-me impossível guardar seu nome. Prestei muita atenção, porém, em tudo o que me disse. Tinha vindo de Alba Iulia, mandado pelo jornal oficial *Scânteia*[8] ou, melhor dizendo, pelo chefe de um dos departamentos, político marcante, membro do Comitê Central do Partido Trabalhista.

Não era o caso de convidar para dentro de casa aquele mensageiro de intenções desconhecidas. Preferi escutá-lo no escuro, diante do portão. Mal pude distinguir os traços do seu rosto à luz muito débil de uma lâmpada elétrica na rua.

---

[8] O jornal *Scânteia* [A Faísca] foi o órgão oficial de imprensa do Partido Comunista Romeno, de setembro de 1944 até o fim do regime comunista no país, em dezembro de 1989. (N. T.)

Capítulo X

"Faz algumas horas que estou à sua espera. Estou feliz de ter conseguido encontrá-lo. Por favor me desculpe. Deixe-me dizer do que se trata. O jornal *Scânteia* solicita uma carta sua. O senhor provavelmente ficou sabendo pela imprensa que o governo da Holanda dissolveu o partido comunista. O *Scânteia* pretende publicar uma série de protestos, por parte de intelectuais romenos, contra esse ato abusivo do governo holandês. Fui enviado para lhe pedir que nos forneça uma tal carta." O gazetista falava devagar, escrutando no escuro minha reação fisionômica. Parecia hesitar na construção das frases. Pegou-me de surpresa. Senti uma pontada no coração. Aquela situação de me ver obrigado a decidir no ato era completamente inesperada. Não havia tempo nem para uma breve deliberação. O desejo insólito do gazetista me perturbou. Fui tomado por uma indignação e uma fúria exaltadas. Era como se um desconhecido me apontasse um revólver no peito, pedindo-me para saltar num precipício.

Minha réplica, pelo menos no início, foi à altura da fúria que fez minha voz tremer: "Mas o que é que eu tenho a ver com os comunistas da Holanda? Lamento muito, mas não vejo que ligação eu poderia ter com esse problema!" Detive-me por um instante. Senti que seria oportuno conter-me e acalmar-me. Ponderar minhas palavras. Calei-me por um momento, enquanto meu interlocutor me aguardou continuar. E continuei num tom de voz bastante baixo e aparentemente menos nervoso, que provou a mim mesmo que seria capaz de me refrear: "Veja bem, camarada, conversemos com a devida tranquilidade. Não entendo muito bem por que sou chamado a intervir com um texto nessa questão! Considero ser o que sou: um cidadão leal a este país. Todo mundo sabe, porém, que não sou marxista. Querem de mim uma carta de protesto? Como seria possível? O senhor está me falando, ao que parece, de uma questão política, de partido. Por que justo eu, que nunca fiz política, deveria intervir com protestos e declarações numa questão que interessa exclusivamente ao 'partido'? Sou chamado – em qualidade de quê? Sou chamado como 'personalidade'? Mas, Santo Deus, faz anos que não sou mais uma 'personalidade'. Faz anos que sou um simples número sindical. Fui colocado para fora da literatura. Com um cuidado metódico e ininterrupto. Várias medidas foram tomadas, no que diz respeito a mim, na Censura, nos jornais, nas revistas. Meu nome não pode mais ser evocado na imprensa sem ser acompanhado de injúrias. Meu nome foi extirpado da lista dos membros da Academia Romena. Muito jovem me tornei 'imortal', mas minha 'imortalidade' tinha prazo. Por causa das minhas peças, consideradas místicas, fui excluído do teatro. Fui colocado para fora da Universidade por ser um expoente da estética 'idealista'. Da minha 'personalidade' não sobrou mais nada. Hoje em dia sou um número sindical obscuro e medíocre. No espírito de minha lealdade de cidadão anônimo, estou disposto a assinar declarações coletivas, de sindicato, se eu receber uma ordem nesse sentido. Não posso, entretanto, fazer declarações numa qualidade que não detenho mais, em qualidade de pretensa 'personalidade'. Analise a situação também o senhor. Os elementos são bastante claros. Se nos mantivermos minimamente num nível de dignidade humana, deveremos juntos reconhecer que há coisas que posso fazer e coisas que não posso fazer. Como assim, transformar-me, de um momento para outro, em 'personalidade', quando o regime precisa do meu nome em questões e ações de propaganda internacional? Permita-me não compreender o tratamento caprichoso a que sou submetido..."

"Comungo inteiramente da mesma opinião, senhor professor", replicou o gazetista, "minha tarefa acabou. Não fiz outra coisa senão transmitir um desejo do jornal em que trabalho. Reconheço que tem razão. A questão da carta de protesto é mesmo de natureza estritamente política. O senhor me permite comunicar ao meu chefe do Comitê Central tudo o que disse?"

"Se o senhor não comunicar nada além daquilo que realmente lhe disse – pois não!"

No final das contas, a conversa se desenrolou num tom contido e suave, uma reviravolta quase acadêmica. E assim nos despedimos. Peguei Kili no colo, que não cessava de se esfregar nos meus tornozelos, e entrei em casa. Como se nada tivesse acontecido. Dora de imediato percebeu, pela minha palidez, a agitação íntima que camuflei atrás de um sorriso.

"Um gazetista de Bucareste o procurou", disse-me ela, "o que ele queria?"

"O que ele queria? Declarações de entusiasmo. Nada mais, nada menos. Os escravos do país das trevas, que transpiram trabalhando nas pirâmides, são levados a Mênfis[9] para desfilar e aplaudir aos berros seu amor pela escravidão. Está vendo, isso não aconteceu na época dos faraós, mas está acontecendo no nosso século..."

---

[9] Capital do Egito durante o Reino Antigo. (N. T.)

Capítulo X

"E você lhe deu alguma coisa?", perguntou minha mulher, com o coração na mão.

"Não lhe dei nada. Só uma explicação, *fortiter in re*,[10] *suave na forma*!"

Contei em detalhe a cena para minha esposa, reproduzindo toda a conversa.

"O gazetista com certeza comunicará ao Comitê Central tudo o que eu disse. Desconheço as consequências."

Durante um mês, minha vida continuou decorrendo pelo leito dos hábitos que adotei desde que nos mudamos para Alba Iulia. De um dia para outro, esperava ser mandado para um trabalho mais inferior do que o da Biblioteca *Batyaneum*.

Mas as coisas haveriam de ser um pouco diferentes daquilo que eu podia prever no fim de agosto.

Lá pelo fim do mês de setembro, durante o horário de trabalho no *Batyaneum*, telefonaram-me da cidade. Era extremamente raro que eu recebesse semelhantes telefonemas. Eram umas nove horas da manhã. Telefonaram-me da sede do partido. Estava sendo convidado a me apresentar às doze horas no secretariado local.

Hora marcada para acabar com aquele resto de liberdade que eu ainda tinha? Era a primeira vez que me convidavam a ir até o partido. Nem sabia onde era a sede. Informei-me junto ao diretor da biblioteca. Uma suspeita me carcomia. Estaria sendo chamado por causa das explicações fornecidas ao gazetista do *Scânteia* um mês antes? Talvez. Mas podia haver também inúmeros outros motivos para aquele convite em pleno dia. Tinha sorte por não ter sido chamado no meio da madrugada!

Depois da inquietação que me enrijeceu os maxilares ao receber o telefonema, comecei a me tranquilizar, embora ao mesmo tempo refletisse. Pensei em tudo. Em tudo o que seria capaz de acontecer! Zanzei pelo escritório, medindo com meus passos a largura e o comprimento da sala, como aqueles vermes que se chamam "geômetras".[11] Quinze minutos antes do meio-dia saí do escritório e desci a escada em caracol até a rua. Em seguida, dirigi-me à sede do partido. A sede ficava perto do tribunal, na parte baixa da cidade, na rua principal, que era um

---

[10] *Fortiter in re, suaviter in modo* ("resoluto na execução, suave na forma"). Expressão latina cunhada pelo padre jesuíta Claudio Acquaviva (1543-1615). (N. T.)

[11] Designação da lagarta de mariposa, chamada também de lagarta-mede-palmos, cuja locomoção dá a impressão de estar medindo a superfície. (N. T.)

trecho da estrada nacional que vinha de Aiud e ia para Câmpul Frumoasei. Minha tensão íntima atingiu o paroxismo. Cheguei à sede. Entrei com certo embaraço produzido pelo temor de não ter sido visto ali por gente decente. Através de um ramal interno, o porteiro anunciou minha chegada ao secretariado. Subi a escada até o segundo andar. Na sala de espera do secretariado, fui convidado a me sentar com suave cortesia. Fato que interpretei como auspicioso. Não havia nenhum olhar hostil por parte dos "ativistas" que circulavam pelo gabinete. Pelo contrário, recebi de cada um deles um cumprimento polido e reservado. O secretário de gabinete explicou-me que tinha sido chamado pelo camarada Constant Mironescu, que "desde ontem" se encontrava na cidade e desejava falar-me. Constant Mironescu! Um dos mais importantes membros do politburo do Comitê Central. "Está em reunião, mas vai recebê-lo imediatamente."

Sem tê-lo jamais encontrado, conhecia Constant Mironescu de nome há muito tempo; era um ilustre intelectual, com certeza o mais ilustre na direção do partido. Ao tomar conhecimento disso, meu coração se acalmou no peito. Só a ideia de me encontrar com um "intelectual" preencheu-me de uma calma inesperada. Não haveria de esperar muito. Em dez minutos, fui convidado a entrar na sala principal daquela sede de partido. Era aguardado a uma mesa comprida de reuniões por três desconhecidos. Só pude reconhecer Constant Mironescu, pelas fotografias que saíam nos jornais. Com a experiência diplomática acumulada no exterior, compreendi que, diante de Constant Mironescu que dominava o espaço com sua robustez, os outros dois desempenhavam um papel secundário. Durante as apresentações feitas em conformidade com todas as regras da boa educação, soube que os três eram membros do politburo do Comitê Central. Constant Mironescu, que à minha entrada ergueu-se da cabeceira da mesa e me estendeu a mão, pediu que me sentasse. Constant Mironescu voltou a se sentar em sua cadeira na cabeceira da mesa, à minha esquerda. Os outros dois se sentaram à minha frente. Os três pareciam ainda preocupados com questões abordadas na reunião anterior, embora ao mesmo tempo me olhassem com certa curiosidade indefinida. Enquanto isso, deixei-me invadir por uma tranquilidade quase improvável com vistas à iminente conversa.

"Senhor Creangă, estamos de passagem por Alba Iulia. Permitimo-nos chamá-lo ao partido para conversarmos um pouco." Com essas palavras Constant

Capítulo X

Mironescu dirigiu-se a mim, com um sorriso amistoso que de certo modo contrastava com o vigor estampado em seu rosto. O timbre de sua voz harmonizava-se perfeitamente com a expressão inteligente de seu olhar. Os outros dois, a julgar pela aparência e pelo nome, deviam ser de nacionalidade magiar.

"Desde quando o senhor está em Alba Iulia?", perguntou-me Constant Mironescu.

"Desde a primavera."

"E como se ambientou? Como se sente na urbe de Simion Ştefan?"

"Se nas circunstâncias atuais tudo se reduzir à ambientação, diria estar contente; aqui, aliás, voltei à atmosfera da minha infância. Sou originário de um vilarejo das proximidades." Misturei de propósito esse elemento autobiográfico na minha resposta, a fim de inspirar uma conversa suave como os ares da região.

"Eu sei. O senhor é de Câmpul Frumoasei", interveio Constant Mironescu que, com esse detalhe conservado na memória, provavelmente quis me lisonjear. E continuou: "Nas circunstâncias atuais, como diz, gostaríamos que nos falasse de suas insatisfações. O senhor se queixou de certas injustiças, se não me engano, junto ao ministro Gurgui, numa carta... É por isso que o chamamos!"

"Desculpe. Não sei de que carta se trata, pois não escrevi carta alguma ao ministro Gurgui...", respondi num tom de embaraço.

"Ah, sim, não o senhor, mas algo assim... parece que o senhor conversou com um gazetista que comunicou ao ministro Gurgui as suas insatisfações..."

"É verdade, há cerca de um mês conversei com um gazetista que, entre outras coisas... Sim, sim, foi isso. Um gazetista passou por aqui, vindo de Bucareste para me pedir uma carta de protesto... E com relação a isso, falei sobre situações obscuras em que eu vinha sendo colocado nos últimos anos..."

"Pois justamente por isso viemos incomodá-lo. Não quisemos deixar a cidade em que mora antes de esclarecermos a situação. O senhor gostaria de nos falar?"

Hesitei por um instante, para em seguida perguntar, sorridente:

"Posso falar abertamente, com sinceridade, sem reticências?"

"Mas justamente por isso o chamamos. Este encontro não terá sentido algum se o senhor não falar abertamente!"

"Bem, vou tentar... Mas não sei por onde começar."

"Sim, claro, de algum lugar precisamos começar. Talvez seja conveniente o senhor reproduzir a conversa travada com o gazetista. Aos poucos poderemos colher temas de interesse sobre os quais nos debruçaremos..."

"Sim", respondi, "reproduzirei os fatos assim como ocorreram e as palavras assim como foram expressas... Se não me engano, foi no fim do mês de agosto, ou seja, há um mês. Numa noite, ao chegar em casa, abordou-me em frente ao portão um gazetista... Não recordo o nome dele... Mas acho que isso não tem importância, já que o senhor o conhece..."

Eis que me pus a descrever de memória o encontro com o gazetista. Não modifiquei uma única vírgula de toda a conversa. A tensão nervosa permeou as lembranças de uma acuidade especial, como numa ata. Os três na minha frente escutavam. Reproduzi num tom baixo de voz o início da minha conversa com o gazetista, sem porém ocultar nada do que disse. Escondi apenas a fúria manifestada nas primeiras palavras...

Concluí o que tinha a dizer com relação ao gazetista. Constant Mironescu dirigiu o olhar aos seus dois camaradas: "Sim, foi assim que nos foi comunicada a conversa." Os três, portanto, haviam pedido que eu reproduzisse a conversa para que pudessem confrontar duas versões.

Em seguida, dirigiu-se a mim:

"Detenhamo-nos agora sobre suas insatisfações. Talvez encontremos uma maneira de nos comunicar. Gostaríamos de conduzir as coisas para a sua satisfação. Por exemplo, posso dizer-lhe desde já que o partido o aprecia como uma grande força poética do nosso povo. Temos, porém, algumas reservas em relação aos seus escritos. Ainda falaremos disso. Mas o que podemos adiantar em favor dos seus escritos? Da apologia que o senhor mesmo seria capaz de fazer, poderíamos depreender uma só coisa: seus versos jamais foram políticos! E não há nenhum elemento chauvinista em sua poesia, nem em seu teatro."

Os dois camaradas de nacionalidade magiar reforçaram, com um movimento da cabeça, as palavras de Constant Mironescu concernentes à ausência de caráter "chauvinista" em minha obra poética.

"São de outra natureza as reservas que temos diante de sua literatura", continuou Constant Mironescu.

Permiti-me interrompê-lo:

Capítulo X

"Eu sei. Conheço essas reservas. Dizem que minha poesia seria mística, metafísica..."

"Exato", respondeu Mironescu.

"Não tenho a mínima intenção de defender minha poesia. Acho que nem seria o momento para isso. Minha poesia é, além de qualquer intenção, assim como é. Isso porque, em geral, não concebo outro tipo de poesia. Minha poesia não poderia ser diferente do que é, mas o comportamento do partido diante da poesia poderia ser diferente do que é. Nesse sentido, tenho a meu favor um forte argumento. Faz pouco tempo recebi na biblioteca em que trabalho os poemas de Rabindranath Tagore[12] numa recentíssima tradução russa. O que significa que, no comportamento soviético diante da poesia, produziu-se uma mudança. Acho que minha poesia não é mais metafísica, nem mais mística, do que a de Tagore. Ademais, sou da opinião de que seria impossível existir uma poesia desprovida de certos elementos metafísicos e místicos."

"Sim, tem razão até certo ponto. Sua poesia, contudo, contém muitas vezes temas religiosos, quase eclesiásticos – em todo caso, demasiados elementos míticos que uma consciência mais avançada não tem como aceitar." Nesse ponto, Constant Mironescu recitou-me um poema, *O Caminho do Santo*.[13] Recitou-o de uma maneira que demonstrou o quanto gostava dele. Mironescu o recitou até o fim. Em seguida, evocou dois versos sobre o "velho espírito que canta pela têmpora de São Jorge".

"Está vendo, esse tema do 'espírito' é realmente muito antigo, medieval. A consciência moderna não aceita mais esse tipo de tema."

"É verdade", disse-lhe, "que na minha poesia os temas míticos, até mesmo teológicos, sejam também muito frequentes. Mas me utilizo desses elementos da maneira mais livre, como meio de expressão poética. Os temas não são tratados de maneira 'dogmática'. Utilizo-os sempre no sentido criador, livre; modifico-os e amplifico-os conforme a necessidade. Invento motivos míticos

---

[12] Rabindranath Tagore (1861-1941), célebre escritor e filósofo indiano, foi ganhador do Prêmio Nobel de Literatura de 1913. A convite do rei Ferdinand I, Tagore visitou a Romênia de 20 a 22 de novembro de 1926, sob grande ovação. (N. T.)

[13] O poema foi publicado em 1925 sob o título *Balada do Santo Amaldiçoado*; faz parte do ciclo "Louvor ao Sono". (N. E. do Romeno)

todo o tempo, pois, sem pensamento mítico, feliz ou infelizmente, não se pode criar poesia. Nem mesmo poesia socialista. Nem poesia engajada pode existir sem elementos míticos. Certo dia li um hino dedicado a Stálin, um hino em que dois versos se entrelaçam: 'Stálin vai ao campo, e a grama cresce debaixo de seus pés!'. Isso é mitologia!"

"É bem verdade", interveio, enérgico, um dos dois camaradas magiares, "mas veja, tudo depende de como os temas mitológicos são utilizados."

Não respondi à intervenção que veio como uma lâmina de foice de sílex numa semeadura diáfana – mas, por estarmos tratando de poesia engajada, de conteúdo socialista, permiti-me uma observação:

"Permitam-me dizer que, em meus volumes e plaquetas, não se encontram apenas poemas mitológicos, místicos, metafísicos e teológicos. Quando ainda estava em Cluj, alguém me disse, um crítico literário, que, ao folhear minha obra, teria descoberto um poema engajado em meio a tantos poemas místicos. O crítico se referia a um poema intitulado *O Trabalhador*.[14] Expliquei-lhe que aquele poema fora escrito em 1923, sem qualquer intenção 'engajada'."

"Interessante. Não me lembro desse poema", disse Constant Mironescu.

"Apesar de tudo, ele existe", indiquei-lhe, "e compõe a edição definitiva da Fundação,[15] publicada em 1942, durante a guerra. O poema, pelo menos segundo alguns 'progressistas', seria bonito. É possível. Estou convencido, porém, de que esse poema, escrito há vinte e seis anos, teve sucesso justamente porque ninguém pediu que o escrevesse. Ele não me foi imposto do ponto de vista temático. Ele brotou de uma consciência poética. Era assim que eu via, em 1923, as aspirações do 'trabalhador'."

"Em outras palavras, o senhor é contra a literatura temática?", perguntou-me Constant Mironescu.

"Sim e não. Sou de todo modo a favor da literatura da consciência. Desde que os 'temas' façam realmente parte da consciência, acho que se pode escrever também de maneira temática. Nada do que foi ultimamente escrito na Romênia baseado em temas do realismo socialista, porém, parece-me ter algum valor poético.

---

[14] O poema foi publicado em 1924; faz parte do ciclo "Na Grande Passagem". (N. E. do Romeno)

[15] Referência à editora da Fundação Real para Arte e Literatura. (N. T.)

Capítulo X

Quero dizer que se escreveu sem que os temas pertencessem à consciência. Essas obras são caducas por causa das próprias condições em que foram criadas. Obras de nível artístico elevado poderiam ser concebidas caso os escritores tivessem a liberdade de escrever assim como dita sua própria consciência. A única ditadura propícia à literatura e à criação em geral é a da consciência."

"O que o senhor acha do realismo socialista nas outras artes?"

"Teoricamente, ninguém sabe ao certo o que é esse realismo socialista. Na prática, assistimos à sua realização. Tomemos o exemplo da pintura. Nós, romenos, até pouco tempo atrás podíamos nos orgulhar de uma pintura de primeira grandeza na Europa. Para falarmos agora da fotografia colorida. O que praticamente está sendo feito em nome do realismo socialista não é arte pictórica, mas fotografia colorida. A situação é lamentável de todos os pontos de vista. Num ambiente estimulado por tais critérios, a falta de talento ocupa espaço, acotovelando-se e destruindo qualquer outra aspiração mais nobre. Acho estranho que, em nenhuma outra república de democracia popular, a pintura não tenha evoluído nessa direção. Estranho, pois nossa pintura era superior à polonesa, à magiar, à tcheca, à iugoslava. Ouvi dizer, por exemplo, que na Polônia os pintores se recusam a pintar de acordo com os mesmos critérios que foram impostos aos pintores romenos."

"O senhor tocou em questões sobre as quais poderíamos polemizar. Trata-se de uma fase necessária à evolução do socialismo", respondeu Constant Mironescu, "mas garanto-lhe que ninguém pediria a vossa senhoria que compusesse hinos e marchas – nem mesmo versos sobre tratores. Escreva e publique. Integre-se às aspirações atuais. Não imporemos temas. Só queremos que o senhor se torne, se não camarada de ideologia, ao menos um camarada de caminhada. A propósito! Conhece o marxismo?"

"Filosoficamente, creio que sim."

"Permito-me perguntar-lhe isso, pois estou convencido de que o marxismo seja um sistema aberto, em que gerações inteiras de economistas, teóricos do conhecimento e estetas ainda terão muito o que fazer..."

"Sem dúvida, o marxismo é um sistema aberto, mas ninguém se atreve a pensar mais longe, para além daquilo que já foi pensado pelos 'clássicos'. Acho que se comete um grande erro na apresentação do sistema..."

"Por favor dê mais detalhes..."

"Ao meu ver, esse sistema é apresentado de maneira demasiado teológica, demasiado dogmática. Várias vezes tenho a impressão de estar vivendo na época dos Santos Padres. Lá onde uma discussão seria necessária, citações substituem argumentos."

"Certo, mas esse erro não foi cometido por Marx."

"Não afirmei que o erro tenha sido cometido por Marx."

"Esse erro é cometido por nós, representantes do sistema."

"Bom, isso é o senhor quem diz... no final das contas, faço de novo questão de sublinhar: não sou militante das minhas opiniões. São opiniões de um homem qualquer. Fui convidado até aqui como se diante de um foro acadêmico, o que me obrigou a exprimir com sinceridade minhas opiniões. Foi o que fiz. Mas ao sair desta sala, vou calar-me como um cisne. Acredito, porém, que se prestaria um grande favor à literatura, à poesia e à arte com um alargamento de horizontes, com uma concessão de liberdade pelo menos à criação neutra do ponto de vista político, com uma flexibilização de critérios!"

Constant Mironescu recuou um pouco do debate travado. Pôs-se a mover-se maciço e vigoroso em sua cadeira. A cadeira rangia – ou estaria gemendo de consciência "partidária"? Num tom mais incisivo, Mironescu me disse:

"Não importa o que esteja acontecendo com os nossos vizinhos; nós, que temos o dever de orientar a vida espiritual em todos os seus setores, estamos convictos de ter escolhido o caminho justo. É possível que mais tarde, depois de o nosso socialismo haver conquistado as posições desejadas, venhamos a alargar os horizontes e a flexibilizar os critérios. Por enquanto apelamos ao seu patriotismo para colaborar como puder, nos limites de sua consciência, à construção do socialismo!"

"Se me concederem a liberdade de me mover nos limites da minha consciência, posso dizer desde já que há coisas que posso fazer e coisas que não posso fazer. Sinto que ainda posso escrever poesia, mas não entrevejo outra orientação na minha criação. Essa poesia, latente ainda, será provavelmente semelhante à que publiquei até o fim da guerra, talvez mais aprofundada, talvez mais emotiva. O ambiente atual me parece especialmente propício para o lirismo. Sinto que ainda posso escrever. Se terminassem certas insatisfações, se desaparecesse essa sensação de coação que me sufoca..."

Capítulo X

Não sei como essas minhas palavras discretamente patéticas foram interpretadas, mas Constant Mironescu julgou adequado inquirir sobre a situação material em que vivia, sobre as dificuldades que enfrentava. E a conversa, que toda hora encalhava, durou mais duas horas. Entre os problemas espirituais e de interesse comum passados em revista misturou-se, com intermitência, um vívido interesse de verificar minha situação concreta.

"Qual o seu serviço atualmente?"

"Sou bibliotecário no *Batyaneum*."

"O salário cobre suas necessidades?"

"De fome ainda não vou morrer. Devo dizer, entretanto, que fui acostumado, ao longo das décadas, desde que saí das carteiras da escola, a um nível de vida elevado. Meu salário não cobre nem o mínimo necessário. Achei e ainda acho que tenho o direito de usufruir dos resultados do meu trabalho. Minhas obras, porém, por motivos que tenho dificuldade em compreender, não têm sido mais editadas. As que foram publicadas no passado foram agora retiradas das bibliotecas, para que as novas gerações não possam lê-las. Cheguei à situação de eliminar, com minhas próprias mãos, livros de minha autoria das estantes da biblioteca pública onde trabalho. Isso porque há ordens nesse sentido. Tranquei os livros no porão dos livros proibidos – apesar de não conterem nenhuma frase política, assim como o senhor mesmo teve a gentileza de reconhecer no início desta conversa..."

"Mestre, a situação poderá ser corrigida. Já pensou numa quantia complementar ao salário, uma quantia que o satisfizesse?"

"Vejam como sou inábil com as coisas práticas. Realmente não pensei nisso. Tenho pensado sempre só num direito meu. No direito de trabalhar na minha profissão de escritor. Numa atividade que eu possa realizar nos limites da minha consciência e em prol da nossa literatura. Pergunto-me se a Editora de Estado não poderia me encomendar alguma tradução dos grandes clássicos. Preferiria verso."

Constant Mironescu ficou um pouco pensativo, meio contrariado por eu não ter "entendido" a alusão feita com relação à "quantia que me satisfizesse" e por eu, ao invés de aceitar uma negociação de contingências concretas, ter gerado uma reviravolta de princípio nas questões abordadas. Contudo, Constant Mironescu quis chegar a uma conclusão:

"O que o senhor está nos pedindo é uma ninharia. É claro que a Editora de Estado atenderá o seu desejo. Já pensou numa determinada obra que esteja disposto a traduzir?"

"Até agora não refleti sobre essa possibilidade. Mas posso pensar agora. Seria para mim uma grande alegria traduzir o *Fausto*."

"Está à sua altura!" Com essas palavras, Constant Mironescu se levantou. Levantei-me também.

Com uma voz que visava garantir que nada de ruim, nem mesmo desagradável, haveria de me acontecer em razão do meu comportamento "rebarbativo" ao longo da nossa conversa, ele me estendeu a mão:

"Pode começar o trabalho. Agradecemos a franqueza das suas palavras. Quando vier a Bucareste, não se esqueça de me visitar. Para continuarmos conversando."

Despedi-me dos três marcantes membros do Comitê Central do Partido com um sorriso que não pertencia a este mundo, numa atmosfera de descontração. Agradeci-os calorosamente pela promessa de me oferecer uma encomenda literária que prenunciava satisfações raríssimas e que eu podia harmonizar sem reticências com a minha consciência.

Eram três horas da tarde quando saí da sede local do partido. Meu estado mental era inquieto. Uma vertigem de satisfação me envolveu. Sentia orgulho de ter falado como falei. Circunstâncias excepcionais haviam-me dado a ocasião de abrir o coração "a alto nível". Não teria me humilhado ao solicitar uma tradução? Acho que não. Não pedira nada mais que o favor de um trabalho para um técnico da língua e do verso. Já sabia, porém, que haveria de trabalhar na tradução do *Fausto* como um escravo.[16]

Tive a sensação de estar andando com pernas de pau na rua. Reconheço: um subtom de preocupação persistia dentro de mim. Tinha sido franco com homens por completo guiados pela moral "partidária". Percebi ter-me permitido ousadias que poderiam provocar reações imediatas e incalculáveis. Senti meu sangue correr pelas veias.

---

[16] Lucian Blaga começou a traduzir o poema dramático *Fausto* em 1951. Alguns fragmentos foram publicados em 1953 e 1954 em revistas literárias. A versão romena integral foi publicada em 1955. (N. E. Romeno)

Capítulo X

Caminhei devagar, com certa rigidez, até minha casa. Minha esposa e minha filha não tinham como imaginar a razão do meu atraso. Caminhei em diagonal pelo parque do centro da cidade, sem tomar conhecimento das pessoas que passavam do meu lado. Não sentia o chão debaixo dos meus pés. Meu olhar apreendia tangencialmente a curvatura da terra. Ainda tomado pelos ecos da conversa de alta tensão, cheguei em casa. À mesa há muito posta, contei detalhadamente o ocorrido. Minha esposa manteve uma calma aparente. Li sua verdadeira agitação na expressão do seu olhar. E concluí:

"Toda essa história pode acabar mal, ou pode acabar bem."

Por alguns dias preocupou-me violentamente tudo o que discutira com Constant Mironescu. Numa tarde, corri até os balseadores. Relatei-lhes o ocorrido. Octavia ficou boquiaberta:

"Sim, pode acabar mal, ou pode acabar bem!"

☙

Mais ou menos uma semana depois do meu encontro com os representantes do partido, numa bela manhã de outubro, numa hora em que os telhados ainda mantinham a brancura da primeira bruma, subi o amplo caminho em serpentina que conduzia até a cidadela. Perto do Portão de Horea,[17] encontrei-me com... quem? Ana. Andava devagar, descendo da cidadela. Pelo seu passo em cadência de passeio podia-se inferir que não tencionava descer até a cidade. Esperava alguém? De qualquer modo, àquela hora não podia estar voltando do trabalho – eram nove da manhã. Ana me viu e se apressou na minha direção. Será que estava me esperando? A julgar pelo modo como se aproximava, dir-se-ia que sim. Todo o seu

---

[17] Terceiro portão da cidadela, assim chamado em homenagem a Vasile Ursu Nicola (1731-1785), conhecido como Horea, um dos três líderes da revolta camponesa de 1784 na Transilvânia. Capturado pelo exército austríaco, Horea foi executado em 1785 em Alba Iulia. A cidadela Alba Carolina, amplamente reforçada e alargada pelo imperador Carlos VI do Sacro Império Romano-Germânico, é uma fortaleza em forma de estrela, em estilo Vauban, com sete bastiões, construída entre 1716 e 1735, conforme o projeto do arquiteto italiano Giovanni Morando Visconti, constituindo a mais impressionante construção desse tipo do Sudeste europeu, sobretudo graças aos portões triunfais que garantem o acesso a ela, originalmente totalizando seis. (N. T.)

ser deixou-se envolver por um único grande sorriso. Seus gestos eram sorriso, sua roupa era sorriso, seus olhos e sua boca eram sorriso.

"Estava esperando por você, Axente, pois tenho uma novidade com a qual nem sonha", disse-me ela, estendendo-me uma mão que era também a materialização do seu sorriso.

"Mas do que se trata?"

"Apoie-se no meu braço, por favor, para não cair! Não ouviu nada ainda? Mas como é possível? Ontem à noite escutei por acaso a emissora de rádio de Zurique. Leram comentários do correspondente de Estocolmo. O correspondente falou sobre os candidatos ao Prêmio Nobel de literatura para este ano. E, num certo momento, disse que, nos círculos da Academia de Estocolmo, fala-se com muita seriedade na chance de um poeta romeno: Axente Creangă!"[18]

"Ana, o que significa toda essa farsa?", perguntei-lhe.

"Cale-se e ouça", continuou Ana. "O correspondente ainda informou que você teria um grande apoio dos países latinos. Entre os candidatos, lembrou uns outros quatro. Não guardei os nomes deles. Um espanhol. Dois franceses. O correspondente disse ainda que haveria também um escritor russo no páreo, Sholokhov,[19] mas que no fim ele não será submetido ao voto por causa de sua literatura de implicações políticas demasiado evidentes. Hem, que tal? Você sabia de alguma coisa? Desconfio que seja uma iniciativa do estrangeiro, e não daqui. Pois, do modo como é tratado aqui, não acho que Bucareste o tenha sugerido para a mais alta distinção internacional!" Ana segurou meu braço. E me sacudiu um pouco da estupefação que me invadira.

"É uma brincadeira?", perguntei-lhe a frio.

"Mas como, não sabia de nada? Ninguém lhe falou nada?"

"Não me encontrei com ninguém no caminho. E, ademais, quem é que escuta Zurique em Alba Iulia? Mas me diga sem rodeios, o que você quer com essa piada?"

---

[18] Lucian Blaga foi indicado para o Prêmio Nobel em 1956. Por não ter o apoio do regime de Bucareste, a distinção foi concedida a Juan Ramón Jiménez (1881-1958) – cf. infra, p. 329. (N. E. Romeno)

[19] Mihail Sholokhov (1905-1984), romancista russo, acabou ganhando o Prêmio Nobel de Literatura em 1965. (N. T.)

Capítulo X

"Não é piada nenhuma! Juro! Ouvi a notícia com meus próprios ouvidos!", Ana me asseverou, quase empalidecendo.

Passamos por baixo do Portão de Horea. Ana me acompanhou pelo parque, em diagonal, até o *Batyaneum*.

"Axente, ouça-me, não importa o que saia no final das contas de toda essa história, acho que você é o primeiro escritor romeno sugerido, e ainda por cima por iniciativa estrangeira, à mais alta distinção! Com isso, atrai-se a atenção do mundo sobre você e sobre nós!"

Fui tomado por uma intensa sensação onírica ao ouvir o que Ana me contava. Parava de vez em quando, de certo modo esperando despertar a qualquer momento daquele sonho sonhado num sono real. Parecia-se demais com um sonho toda aquela história contada por Ana, ela que aliás parecia não passar de uma personagem de sonho.

"Se você diz que seus ouvidos não a enganaram, então vamos esperar! Dentro de alguns dias provavelmente receberemos mais notícias. De qualquer forma, foi extremamente simpático da sua parte me esperar. E é absolutamente maravilhoso que justo você me traga essa novidade que, em si, é capaz de me retirar dessa minha terrível dispersão. Agora, neste dia tão bonito, sinto que não suportaria entrar no prédio da biblioteca. Teria mais prazer em passear com você pelo campo e deixarmos nossas pegadas no orvalho!"

"Eu também adoraria, mas preciso voltar urgente ao laboratório."

"Estão preparando algum elixir?"

"Quem sabe... De qualquer modo, temos bastante trabalho. Meu chefe está me esperando, ele também ouviu ontem à noite a notícia. Você tinha que vê-lo! Ficou alegre como uma criança. Uma tal distinção, disse ele, é capaz de tirar do marasmo todo um povo!"

Despedimo-nos na esquina. Não entrei de imediato na biblioteca. Meu olhar acompanhou longamente os passos de Ana.

Mas não tive paciência de permanecer no escritório. Inventei um pretexto e saí sozinho. De onde haveria partido a iniciativa?! E quem a tomara? Fazia sete anos que eu não me correspondia mais com o estrangeiro. Não recebera mais nenhuma carta de fora. Nenhum sinal meu passara para o lado de lá.

Retornei ao *Batyaneum*.

"O senhor está hoje com um ar de intensa preocupação, embora esteja também sereno!", disse-me um colega da sala ao lado.

"Mais ou menos. Ouvi dizer qualquer coisa mas ainda não se sabe ao certo o que seja!" Com essa frase enigmática, entrei na sala blindada dos manuscritos, meu escritório. Por uma das janelas, afundada na parede grossa como um nicho que corresponderia do outro lado, avistei, sob a claridade celeste, as florestas dos Montes Apuseni queimando em todas as chamas do outono. Um elã me tentava. Um elã levemente passivo, claro, pois me senti levado pelo céu, por cima das florestas, por uma força maior, alheia ao poder das minhas sensações. Que circunstâncias tiveram o dom de me alçar? A primeira delas se chamava Ana, aquela que me esperou junto ao Portão de Horea. A segunda era a notícia. A terceira circunstância era o passo de Ana, levemente requebrado, à nossa despedida. E as florestas!

O estado de vertigem tornou inútil qualquer tentativa de me concentrar sobre a papelada. Para restabelecer o equilíbrio pus-me a zanzar pelo escritório, detendo-me de vez em quando em frente à janela, diante da qual se estendiam, ao longe, a paisagem vermelha e, na parte de cima, a paisagem azul.

À tarde, perdi a paciência dentro do meu claustro luminoso. Decidi ir para casa duas horas mais cedo que de costume. Queria também comunicar à minha esposa e à minha filha a notícia que se alastrava no mundo pela estação de rádio de Zurique. A caminho de casa, fiz de repente uma ligação entre o encontro que havia tido com os representantes do partido e a notícia da minha "candidatura", sem qualquer intervenção de minha parte, ao Prêmio Nobel. Minha suspeita logo se transformou numa espécie de certeza. O nosso governo, pensei comigo mesmo, deve ter descoberto por vias diplomáticas o que estava acontecendo na Academia de Estocolmo. Pareceu-me de repente muitíssimo provável que a direção do partido, ao descobrir o que circulava na Academia que há décadas confere prêmios, considerados a maior distinção que pode ser concedida a um homem do espírito, apressou-se em me contatar para que minha eventual coroação com os louros setentrionais não me encontrasse totalmente mergulhado no anonimato artificial em que era mantido há tantos anos pelo novo regime. Para a direção do partido, aquele encontro talvez tenha sido a ocasião de sondar a possibilidade de uma transação. Afinal, não me havia sido feita uma alusão nesse sentido? Num ambiente

Capítulo X

de terror geral, eu fora retirado, ao longo dos anos, da literatura, do teatro, da Academia Romena e da Universidade, para ser mandado ao trabalho intelectual "inferior". Agora, como consequência dos boatos que vinham do norte, a direção do partido julgou que seria o caso de me estender uma mão. "Sim, as coisas parecem se relacionar", disse com meus botões.

Ao chegar à rua principal da cidade, encontrei-me com meu amigo Bazil Gruia, o advogado. Ele se apressou na minha direção: "Fiquei sabendo! Fiquei sabendo! Meus calorosos parabéns!"

Bazil me disse que a notícia do sucesso já ressoava pela cidade. Infelizmente, alguns ouvintes clandestinos das estações de rádio estrangeiras haviam interpretado mal a notícia, no sentido de que o Prêmio Nobel ter-me-ia sido concedido.

"Não, meu caro, veja como exageram as coisas! Como se os contos de fadas se realizassem! Não espero outro sucesso além daquele realmente anunciado. Estou entre os quatro ou cinco propostos ao prêmio deste ano. A proposta em si já é uma enorme satisfação. O resto fica a cargo dos deuses!"

Em casa, Dora e Ioana já haviam tomado conhecimento da grande notícia. Receberam-me com um sorriso e ao mesmo tempo com a mesma pergunta: "Quem terá tomado a iniciativa no estrangeiro?"

Durante uma semana ressoou por todo o país o boato que se catapultava das cidades para se perder nas aldeias montanhesas. Recebi cartas e telegramas de felicitações de amigos e desconhecidos.

Numa noite, a estação de rádio de Paris anunciou que o Prêmio Nobel de literatura foi concedido a um poeta espanhol exilado na América do Sul.[20] Anunciou-se também que outros quatro candidatos haviam sido submetidos à votação na Academia de Estocolmo. Os nomes dos escritores foram apresentados em ordem, conforme o número de votos recebidos. Eu era o segundo, imediatamente após o espanhol laureado. Estava indescritivelmente feliz com o sucesso moral atingido, eu que me encontrava de todo perdido num buraco provinciano da Transilvânia.

A intelectualidade romena, sob escravidão espiritual, na impossibilidade de se manifestar, ficou porém menos feliz que eu. "O que teria significado ganhar

---

[20] O poeta Juan Ramón Jiménez encontrava-se desde 1950 exilado em Porto Rico, ali vindo a falecer em 1958, dois anos após ganhar o Prêmio Nobel. (N. T.)

o prêmio!", escreveu-me alguém numa carta vinda da capital. "A academia escandinava premiou um espanhol, um dentre vinte milhões! Se você houvesse sido galardoado, um país inteiro se levantaria. E nossa história deixaria o ponto morto do nosso nadir!"

☙

Ana ia com grande frequência e, há algum tempo, até mesmo todo domingo visitar Leonte em Câmpul Frumoasei. Ela com certeza lhe comunicara o evento ocorrido no exterior ao redor do meu nome. E eis que, no primeiro domingo posterior ao escrutínio de Estocolmo, deparei-me com uma visita de Leonte a Alba Iulia. O rumor que atravessara todo o país estimulou-o a vir pessoalmente à nossa cidade. Leonte havia decidido, num determinado momento, jamais abandonar os limites de seu vilarejo natal onde se recolhera – isso em sinal de protesto silencioso contra a "situação". A visita que ora fazia era uma infração à lei imposta por ele mesmo.

Veio acompanhado por Ana.

Quando Ana e Leonte entraram no salão-escritório, eu me encontrava em frente à biblioteca. Olhava admirado para um livro antigo com lombada de couro, que eu esquecera ter na estante. Não realizara nenhum gesto para retirá-lo da estante, estava apenas surpreso por desconhecer minha própria biblioteca. Ademais, meus braços já estavam ocupados. Estava segurando o gatinho. Gatinho? Sim, aquele que esperava por mim a cada fim de tarde no portão. Arranjamos aquele bicho de uma senhora da vizinhança, já no dia seguinte à mudança para a nossa casa em Alba Iulia. O nome que lhe havíamos dado era exótico: Kili. Foi Dora quem inventou o nome, de certa forma inspirando-se em sons imaginários da selva. Precisávamos de um gato em primeiro lugar para caçar os camundongos que, vindos do campo, se acumulavam pelos cômodos. Kili era uma criatura muito querida e brincalhona. Idade? Não tinha mais que um ano. Aspecto? Bastante banal. Branco com grandes manchas cinzentas. Kili desde o primeiro momento apegou-se a nós, mais até do que costumam se apegar os felinos, sobre os quais as más línguas dizem que se apegam mais à casa do que às pessoas. O gatinho se habituou a me esperar no portão da cerca da

Capítulo X

rua a cada fim de tarde, quando eu voltava para casa. Provavelmente aparecia no portão, vindo de seus esconderijos, tão logo ouvia meus passos na ruela. Kili era capaz de trair os mais prazerosos idílios para me receber. Reconhecia de longe o eco e a cadência do meu passo. E me aguardava sentado, com a cauda graciosamente posta em torno das patas dianteiras, como uma pequena divindade hierática egípcia. Sempre da mesma maneira, estendia minha mão para ele. Naquele momento, ele erguia um pouco o traseiro com um gesto reflexo e me beijava a mão como a um bispo. Deixava-me uma mancha de frescor puro nas costas da mão. Em seguida, erguia-o até a altura do rosto. Gostava de sentir com o rosto o seu pelo suave. E entrava com ele em casa. Kili começava imediatamente a ronronar com um entusiasmo sonoro e orgânico. Ele era o queridinho inigualável da casa.

"Que simpático", disse Ana, estendendo-lhe a mão. Nos meus braços, Kili ergueu a cabeça, esperando um carinho.

"Sim, é muito simpático", constatou também Leonte. Kili parou de ronronar tão logo os hóspedes entraram na sala. Bocejou, como se entediado com os elogios que tantas vezes tinha de ouvir. Pois não havia quem viesse e não dissesse: Que simpático. "As pessoas não sabem dizer outra coisa?" Há pouco ele olhava para Ana com muito interesse, pois era a primeira vez que a via: é desconhecida ou não é desconhecida? E quando Ana repetiu: "Que simpático!", Kili fechou por um instante a pálpebra de um só olho, como se piscasse para uma mulher: "Não é mesmo?" O que provocou muita risada entre nós. Naquele meio tempo entraram no escritório, vindas do outro lado da casa, Dora e Ioana. Uma superava a outra em manifestações de afeto dirigidas ao animalzinho que tentava encontrar a posição mais cômoda no ninho dos meus braços. Leonte chamou Dora pelo seu segundo nome: Flavia! Ele era a única pessoa que a chamava assim. E Dora ficou feliz em ouvir seu nome de festa!

"Mas Kili é um ingrato e pilantra. Imagine, Dora, ainda nem lhe contei... Ontem, procurando-o no galinheiro, ouvi-o conversando com seus semelhantes sobre nós. Sabe que epítetos ele utiliza ao falar de nós no mundo dos gatos? Eu ouvi. É simplesmente escandaloso. É claro que se referia a nós: 'Os velhos', é assim que nos chamava Kili. Foi a primeira vez na vida que ouvi alguém se referindo a nós dessa maneira. De agora em diante teremos de nos acostumar também com isso. Hoje é *ele* que nos chama desse jeito, amanhã será Ioana e, depois de amanhã, toda a juventude utemista!"[21]

Olhei para Ana com o rabo do olho.

Ana sorriu: "Kili não merece uma história tão simpática!" No mesmo instante, Ana pegou Kili dos meus braços. O animalzinho, sentindo as quentes formas femininas, começou a ronronar ruidosamente, pedindo afago.

Ana e Leonte passaram o dia inteiro conosco, incitados pela vigorosa simpatia da minha família. Graças à nossa insistência, conseguimos segurar Ana para comer conosco, cuja suave presença foi melancolicamente sublinhada pelas cores do outono refugiadas na parreira da casa vizinha que víamos pela janela.

Durante a refeição, falamos de novo sobre os acontecimentos das últimas semanas. Ao ser mencionada minha reunião no "partido", reproduzi sumariamente a conversa que tivera. Leonte também achou que os representantes do poder haviam preparado aquela reunião por causa da honraria que o país setentrional estava prestes a me conceder. Leonte exprimiu seu contentamento:

"No momento atual, em que os escritores romenos capitularam do modo mais lamentável no 'engajamento', você salvou a dignidade de toda a corporação. Sua atitude corresponde exatamente à substância espiritual secular com que Câmpul Frumoasei o alimenta. Nela está, de certo modo, o nosso vilarejo. Não imagine que você seja outra coisa além do nosso vilarejo. Você é um vilarejo. Um vilarejo alçado ao nível dos céus. Vim de Câmpul Frumoasei para lhe dizer isto. É a única vez que infrinjo minha decisão de nunca mais ultrapassar os limites do vilarejo."

Abraçamo-nos com o elã de antigamente, do tempo da nossa infância. E junto com cada um dos presentes, deixamos escapar uma lágrima entre as pálpebras.

☙

---

[21] Referência à União da Juventude Trabalhista, cuja sigla, em romeno, é U.T.M., de onde o adjetivo "utemista". Trata-se da organização dos jovens do Partido Comunista Romeno de então. Com a adoção de uma nova constituição em 1965, e a substituição da República Popular Romena pela República Socialista Romena, a organização passou a se chamar União da Juventude Comunista (U.T.C. em romeno). (N. T.)

Capítulo X

Em Alba, agora me encontrava com grande frequência com dona Ana Rareş no caminho em serpentina que conectava a cidade à antiga fortaleza. Finalmente descobri algo que há muito tempo poderia ter facilmente descoberto, se um certo temor não houvesse me impedido de perguntar ou pesquisar. Lá em cima na cidadela, ao lado da antiga e maravilhosa catedral católica[22] em que se encontram os túmulos da família Hunyadi[23] e o sarcófago da rainha Izabela,[24] ergue-se um edifício secular, belíssimo também ele, repleto de lembranças históricas: a residência episcopal. Esse edifício foi, séculos atrás, a residência dos príncipes transilvanos. Ali morou o Príncipe Mihai, o Valente, por um tempo, depois de assumir o governo do grão-principado da Transilvânia. Nos últimos dois séculos, têm morado ali os bispos católicos. O que haveria enfim de descobrir? Algo muito simples e encantador: o laboratório em que trabalhava Ana se encontrava também naquele edifício antigo, principesco e eclesiástico. O laboratório de pesquisas de plantas medicinais ocupava uma ala inteira da residência episcopal, mais exatamente a ala que dava para o portão.

Ana trabalhava naquele laboratório sob a direção de seu marido. O ilustre professor Rareş fora transferido por decreto para trabalhar ali como "técnico" já há alguns anos, ao ser "depurado" da Universidade de Iaşi. O laboratório pertencia a uma grande firma estatal que procurava promover a exploração de plantas medicinais e que, portanto, necessitava de um departamento de pesquisas científicas.

Por acaso descobri que Ana ia ao laboratório um pouco mais tarde que a maioria dos assalariados em geral e, portanto, mais tarde também que o horário em que eu tinha de me apresentar como funcionário da Biblioteca *Batyaneum*. A biblioteca também ficava lá em cima na fortaleza, pouco distante do laboratório de pesquisas de plantas medicinais. À hora em que Ana se punha lentamente da cidade rumo à fortaleza, eu podia me permitir fugir do *Batyaneum* por cerca de meia hora. Podia resolver algumas questões na cidadela e ir de encontro a ela,

---

[22] A catedral romano-católica de São Miguel é o mais valioso monumento de arquitetura do alto românico transilvano. Foi construída entre 1247 e 1291, a partir de um basílica do século IX parcialmente destruída pelos tártaros na invasão de 1241. (N. T.)
[23] Antiga família da nobreza transilvana, cujos domínios feudais se localizavam em Hunedoara. (N. T.)
[24] Izabela Jagiellonka (1519-1559) foi a rainha consorte do Reino Húngaro Oriental como esposa de János I Zápolya (1487-1540), voivoda da Transilvânia e rei da Hungria. (N. T.)

numa viela próxima à catedral católica, no parque diante do quartel, ou mais embaixo, no caminho em serpentina. Assim, passamos a nos encontrar, parávamos um instante, trocávamos algumas palavras. Nunca a acompanhei. Vinha sempre com o pretexto de ter tarefas que exigiam meu retorno rápido à biblioteca. Às vezes Ana me comunicava novidades sobre Leonte. Habituei-me a cumprimentá-la sempre com um nome de planta curativa, um nome diferente a cada encontro. Como vai, Valeriana? Novidades azuis, Anêmona? Que notícias traz hoje, Prímula? Para que lado você tende, Fúcsia? Está impedindo minha passagem, Açucena? Está procurando por alguém, Eufrásia? E, para manter o ambiente e o vocabulário do seu laboratório, chamava-a dos mais diversos nomes, a meu bel-prazer: Lúcia-lima, Malva-branca, Apocinácea, Íris, Betônica... Ela aceitava todos os apelidos com um sorriso.

Depois da visita que havíamos planejado e executado juntos até Câmpul Frumoasei, a relação entre mim e Ana começou, enfim, a ganhar outro aspecto. Meus ombros já não haviam sido apresentados aos seus pés descalços no vinhedo de Gruia, diante do damasqueiro? Mais tarde, com os encontros na cidadela, nasceu entre nós, devagar e ao longo de poucas semanas, uma espécie de intimidade azul que procurava expressar-se de maneira densa e lapidar. Não deixávamos que nenhum dos poucos momentos destinados àqueles encontros sempre "casuais" passasse em vão. Ana não me evitava mais nem na cidade. Havia chegado ao fim a esquivez. Se aqueles encontros fossem-lhe minimamente desagradáveis ou indesejados, Ana poderia se dirigir ao laboratório por outras ruelas ou noutro horário. Passadas algumas semanas, tínhamos chegado a uma espécie de acordo tácito conforme o qual, todo dia, ou quase, haveríamos de nos encontrar daquele mesmo jeito. Os encontros, infelizmente, não duravam nem quanto durava uma canção popular de saudade. A propósito daqueles breves momentos, um dia disse a Ana: "Acho que vou começar a escrever de novo poemas como há muito não mais escrevi. Eles, porém, não serão mais compridos que estes encontros que duram tanto quanto um suspiro!" "Serão epigramáticos", respondeu Ana, "e eu não gosto de epigramas!" "Nem eu", disse-lhe eu, "mas como poderíamos remediar a imperfeição destes instantâneos que não permitem nenhum desenvolvimento lírico? Talvez estes nossos encontros devam ser tão longos quanto as baladas, como as canções agudas da cotovia, histórias sem conclusão precisa, geradoras de outras histórias..."

Capítulo X

"Não é mesmo?", disse ela, tentando ir embora, mas sua mão ficara presa à minha um instante a mais do que de hábito. Ana se perdeu numa longa canção que acabava de começar.

Outro dia, quando a cumprimentei com o nome de Eufrásia, Ana deu-me uma réplica que me pareceu quase uma provocação.

"Estou curiosa para ver quando você vai me chamar de Jusquiame!?" [25]

"Talvez não demore muito até você ouvir esse apelido. Mas precisa esperar. Você ainda não o merece."

Com o tempo, observei como Ana sempre se encontrava em excelente disposição de espírito no dia seguinte ao seu retorno, domingo ao anoitecer, de Câmpul Frumoasei. A cada semana me trazia notícias cada vez mais entusiasmantes com relação ao estado de espírito de Leonte. Assim, fiquei sabendo que, naquele período, caracterizado pela queda de todos os níveis, Leonte se recuperava. Leonte se recuperava. Mas de uma maneira bastante estranha. Quase paradoxal. Leonte continuava falando, em tons cada vez mais sérios, sobre a época atual que, se há pouco tempo lhe parecia insegura e desmoralizante, agora lhe parecia absolutamente infernal. O meu "gêmeo" parecia, por outro lado, estar-se recuperando pouco a pouco. Ana partilhava comigo fragmentos daquilo que ele lhe dizia. Fragmentos que eram variações sobre o mesmo tema, virado do lado direito e do avesso. Análises inclementes sobre a época atual. A matéria estende o seu poder. Há muitos séculos, nosso povo ainda tinha uma salvação em momentos de encruzilhada: retraía-se na pré-história. Nas condições de hoje, nem mesmo essa retirada para a floresta, para as cabanas dos planaltos ou para a pederneira é possível. Tudo se destrói, tudo desaba. Estamos sendo simplesmente transformados em massas de escravos, à disposição de um novo Gêngis que tem à mão a mais avançada técnica de destruição. Nós, como povo, respiramos duas décadas de liberdade e mal começamos a demonstrar do que éramos capazes. Agora, planeja-se a destruição sistemática do espírito que se materializara entre nós. Planeja-se a extinção da memória. Decepa-se brutalmente, a serrote, todos os valores, para que nossos descendentes não encontrem mais nenhum apoio espiritual e nenhuma razão de orgulho em nada e em nenhum

---

[25] Em romeno, o nome dessa planta – *nebunariță* – pode ser interpretado como "louquinha". (N. T.)

lugar. Amanhã, tudo será uno com a terra, ou eliminado como se nunca houvesse existido. Trituram-se as consciências. Compram-se os pensamentos. E Leonte não via, em nenhum lugar, o mais pálido sinal de que em algum momento tudo viesse a ser diferente. Parece que o mundo ocidental é um mundo crepuscular, de uma prosperidade tomada por uma nostalgia de morte, de um ocaso que não tem mais vontade de fazer história. Malgrado tais opiniões sobre a época, Leonte progredia por dentro. Do ponto de vista espiritual, ele estava mais robusto do que nunca. Não se sentia mais doente, nem perdido. Para ele, sair vitorioso significava poder suportar tudo com estoicismo, controlar-se, poder tomar, caso necessário, decisões a frio. Não ser mais atingido por nenhuma circunstância, qualquer que fosse. Agora que a matéria enlouquecera, tentando dominar tudo o que existe, Leonte queria provar que a matéria não o havia derrotado.

☙

 Os balseadores continuavam com uma espécie de revolta instintiva diante da situação. Repugnava-lhes decerto qualquer adaptação ao mundo, assim dito novo, que se formava e que alterava em padrões contrários todos os setores da vida. Mas os balseadores se comportavam como se não tivessem cérebro. Sua revolta se exauria de maneira rapsódica em reações orgânicas e irrefletidas.

 Octavia continuou transformando sua casa num lar para viajantes quase sempre desconhecidos e preferivelmente para aqueles que, graças a um ou outro aspecto de seu ser, conseguiam fugir à norma. No início do outono, ela me surpreendeu com uma nova conhecida. Uma mulher morena e bonita estabelecera-se na hospedaria não se sabia por quanto tempo. "Mais uma forasteira", falei com meus botões, resignado. A estranha não me inspirava confiança alguma, mas aceitei, querendo ou não, a nova amizade de Octavia. Aquela mulher, ainda bastante jovem, parecia inteligente, tinha olhos vivos e negros, traços que poderiam ser mesmo da "italiana" que dizia ser. Vinha de Arad,[26] onde, conforme contava, durante a Segunda Guerra Mundial, fundara uma grande tecelagem com dezenas de teares. A empresa

---

[26] Importante cidade no extremo oeste da Romênia, a poucos quilômetros da fronteira com a Hungria. (N. T.)

Capítulo X

teria sido há pouco tempo nacionalizada. Agora, ela vadiava de um lugar para outro, em busca da sobrevivência. Encontrara refúgio na hospedaria dos balseadores. Tinha uma graça de cigana. Afirmava em alto e bom tom que era a última herdeira de uma família italiana que, durante a Primeira Guerra Mundial, teria se fixado num vilarejo perto de Arad. Seu pai teria sido pedreiro. Os pais teriam morrido de gripe espanhola durante uma memorável epidemia com as mesmas características da peste. Permanecendo sozinha e indefesa, teria sido criada, desde criança, por um padre romeno sem filhos, mas desejoso por tê-los. Ela ainda dizia ter sido casada, que seu marido teria morrido em circunstâncias tristes um ano antes da eclosão da Segunda Guerra Mundial. Embora viúva, teria conseguido criar e fazer prosperar, com a ajuda do padre (seu pai adotivo), a grande tecelagem. Do modo como relatava certas passagens de sua vida, era evidente que aquela mulher se referia a fatos e acontecimentos que, se fossem reais, transformariam seu passado num romance de aventuras. A italiana tinha um poder tão vívido de fabulação, um senso tão autêntico do pitoresco, uma tal inclinação para o detalhe e a confissão, de maneira que tudo o que dizia parecia autêntico, nada parecia inventado, apesar de que, como eu haveria de descobrir mais tarde, tudo havia sido inventado e nada daquilo havia ocorrido de verdade. Ela conseguiu angariar a simpatia, a amizade e mesmo a afeição dos balseadores. Na hospedaria, ela ousou se meter com naturalidade em tudo, participando das tarefas como se estivesse em casa, arranjando as coisas mais do que necessário e ajudando sempre com ágil prontidão.

Para atrair a confiança e o coração dos balseadores, a "italiana" inventou uma história a mais, destinada a conquistar "definitivamente" o padre Vasile, mas sobretudo Octavia. A intrometida acabou lhe segredando, aos sussurros, que ela era "a" misteriosa, a lendária mulher que surge, ora num lugar, ora noutro, para manter aceso o fogo romeno. "Aquela" mulher, ou seja, a viúva de um famoso e heroico líder do movimento legionário,[27] esposa de um dos nicadores[28] mortos

---

[27] O Movimento Legionário, também conhecido como Guarda de Ferro, foi um grupo romeno de direita nacionalista criado em 1927 por Corneliu Zelea Codreanu (1899-1938). (N. T.)

[28] *Nicador* é um acrônimo formado por três nomes: Nicolae Constantinescu, Doru Belimace e Ion Caranica. Assim ficaram conhecidos esses três legionários, que assassinaram, em 29 de dezembro de 1933, o Primeiro-Ministro da Romênia, Ion Gheorghe Duca. Foram condenados em 1934 a trabalho forçado perpétuo e, na noite de 29 para 30 de

tragicamente no outono de 1938, em condições por todos conhecidas. Esses detalhes os balseadores ocultaram de mim, pois, na sua opinião, a "notícia" seria capaz de fazer com que eu não aparecesse mais por lá. Octavia, assim, haveria de guardar um "segredo", e isso sem conseguir adoecer. Certo dia, a "italiana" desapareceu furtivamente da hospedaria, enquanto Octavia estava em Alba, aonde havia sido chamada de emergência ao lar dos alunos do liceu (Lelia estava doente). A impostora levou consigo, além de outras miudezas, açúcar, banha, cebola e um casaco de peles – pertencente a Octavia. A pretensa viúva de um nicador não passava de uma ladra ordinária. Não teria sido nada, porém, se houvesse sido só aquilo.

Num dia de fim de outubro com bruma, apareceu no meu escritório, no *Batyaneum*, um desconhecido que me pediu, quase implorando, que o escutasse, pois teria muitas coisas importantes a me contar. O desconhecido pediu que eu não lhe perguntasse o nome. Confiou-me sem rodeios e desde o início que era uma pessoa inculta, com só dois anos de liceu e que, nas novas circunstâncias "tão adversas para toda a nação", ele fora obrigado há alguns anos a entrar a serviço da *Securitate*. Conhecia-me "de nome", assim como dizia, "como grande poeta". Apesar de sua atividade abjeta, ele não teria cessado de ser um bom romeno. Quase perdeu a respiração ao me declarar ter aparecido no meu escritório a fim de me prevenir de um perigo: "É perigosíssimo que o senhor continue fazendo visitas ao vau da balsa! Tudo o que acontece e se conversa na hospedaria chega, sob forma de notas informativas, à *Securitate*. Pois, entre os forasteiros que lá encontraram e ainda encontram refúgio, há também agentes da *Securitate*. As mais graves informações foram fornecidas por uma ex-italiana, meia cigana, fantasiada de grande senhora que, para seduzir os balseadores, apresentou-se como viúva de um dos mais conhecidos 'heróis da nação'."

Com um leve tremor na voz, agradeci o desconhecido pelo que acabara de me comunicar e pelo interesse nutrido por mim. Expliquei-lhe, porém, que, por ser exclusivamente de amizade a minha relação com os balseadores, não via muito por que motivo minhas visitas constituiriam um perigo também para mim. O desconhecido surpreendeu com uma réplica inesperada: "Ninguém mais tem

---

novembro de 1938, junto com seu líder Corneliu Zelea Codreanu e outro membro legionário, foram estrangulados pelas autoridades romenas numa aparente encenação criminosa. (N. T.)

Capítulo X

vida particular! Toda existência e toda relação interessa de perto à nova ordem, que estendeu seus tentáculos como uma rede sobre o país."

"Eu sei, eu sei, eu sei", respondi, "tudo, a vida e os amigos, os dias e as noites, o trabalho e o descanso e sobretudo a atividade de cada um interessa de perto à nova ordem, mas não posso admitir de jeito algum o controle do Estado sobre os corações!"

"Pela estima que lhe nutro, fiz questão de vir preveni-lo." Com essas palavras, o desconhecido partiu.

Ainda na tarde daquele dia, apressei-me à hospedaria dos balseadores. Repeti-lhes às pressas a conversa mantida com o agente. Assim, eu poderia verificar de certo modo suas boas intenções, confrontando suas revelações com os segredos de Octavia.

"É verdade que a assim chamada 'italiana' se diz viúva de um conhecido herói legionário?"

Octavia baixou a cabeça.

"É verdade. Quando desapareceu um dia desses, percebi já demasiado tarde que se tratava de uma impostora. E ladra ordinária."

"Impostora? Ladra? Não só isso. A cigana era também espiã!", intervim para resumir a situação. "É lamentável que vocês nunca levem em consideração bons conselhos. Vocês deviam conceder à amizade um ambiente de tranquilidade e prudência. Detesto ostentação inútil e irrefletida."

Naquele momento, fiquei profundamente furioso com as imprudências de Octavia, com sua tendência levemente conspiratória. Por temperamento, por falta de senso de realidade, ela andava no mundo da lua, cometendo por vezes gafes. Com a revelação, Octavia ficou tão perturbada, que senti ainda mais pena dela. Depois que o padre Vasile saiu, chamado à balsa por alguns passageiros, disse a Octavia, num tom tranquilizador: "Continuarei vindo aqui. Pois não posso admitir que gente de fora se envolva nessas coisas." E depois de um instante de silêncio: "Continuarei vindo, sua criatura exaltada e ingênua! Enfim pode entender os riscos que você cria às pessoas que ama!"

XI

O mês de dezembro chegou com um frio seco e penetrante que endureceu as águas, enfim límpidas, do Rio Mureş. Na altura dos redemoinhos, a margem estava coberta por uma bainha branca de gelo. As águas aumentaram, transportando blocos de gelo maciços, mas sobretudo uns amontoados de gelo áspero que produziam um som de fricção agradável ao ouvido. Aqui e ali, por onde a corrente era mais sossegada, a bainha de gelo da margem se estendia, como se tentasse cobrir o máximo possível do espelho d'água. Em nenhum lugar, porém, o Mureş congelara para possibilitar a travessia como se numa ponte de pedra. A "crosta" (assim chamam naquela região aos amontoados de gelo áspero, de forma instável, que se produzem nos rios por ocasião do primeiro congelamento mais forte) dificultava de todo modo a travessia do Mureş com a balsa. A travessia, entretanto, não era impossível, apenas mais difícil. Ela agora exigia mais esforço e mais transpiração por parte do padre Vasile. O padre ultimamente parecia, aliás, mais cansado também por outros motivos. Estava inquieto e preocupado. O outono estragara todos os seus cálculos, como um favo que não conseguiu preencher todos os seus alvéolos. O outono não produzira uma colheita que se pudesse notar no barracão, no celeiro ou nos sacos que outrora eram empilhados no beco que fazia a ligação entre o quarto grande e o quartinho de Lelia. O monstro, por outro lado, gastara nos meses anteriores, para saciar seus apetites, mais do que permitiam a renda previsível da balsa e a renda perfeitamente incalculável do campo. A cota paga ao Estado reduziu ao mínimo a economia para a qual a terra havia colocado mais esforço que o seu proprietário. O padre Vasile se utilizava de um conhecimento duvidoso no cultivo de seus campos, o que me surpreendia, pois o fato de ele ser filho de camponeses me dava o direito de presumir que tivesse alguma experiência.

Vasile era, contudo, um administrador fantasioso: ele não harmonizava as sementes com o tipo de solo, não tinha o cuidado de adubar o campo, não se preocupava com a periodicidade do rendimento agrícola e, no que tocava à possibilidade de aumentar o nível de produção, ele parecia carecer de conhecimentos até mesmo elementares. A hibernação dos balseadores apresentava-se portanto de maneira sombria, embora não desesperadora.

Depois da peripécia com a "italiana" e depois do que lhe comuniquei por ocasião da visita que recebi do "desconhecido" da *Securitate*, Octavia pareceu impor um comportamento mais circunspecto. Não segurava mais nenhum desconhecido na hospedaria e, mesmo com conhecidos, tornou-se mais distante e mais prudente. Repetia-lhe sempre que não confiasse em ninguém, nem mesmo em mim. Exigi-lhe que se dedicasse a um silêncio e a um isolamento de ermitão, partindo da premissa principal segundo a qual todo ser vivo, homem ou animal, poderia ser suspeito, naquelas condições, de se encontrar a serviço da *Securitate*. Octavia concentrou seu interesse nos livros. Lia e escrevia. De sua leitura passei a cuidar com uma atenção quase professoral, trazendo-lhe do *Batyaneum* livros que ela procurava e outros por mim recomendados. A velha biblioteca continha também livros mais recentes. Até a eclosão da Segunda Guerra Mundial, a biblioteca, da qual era funcionário subalterno, adquirira livros em diversas línguas e até mesmo uma série de obras importantes da literatura contemporânea. Octavia tinha uma paixão pelo exótico. Responsável por essa tendência era o elã de seu sangue oceânico. Escrevia. Já há algum tempo não me mostrava quase nada de suas criações literárias, justificando sua discrição com o temor da minha crítica exagerada. Minha lucidez desorganizava seu transe lírico. Ela realmente escrevia numa espécie de transe, embora não murmurasse mais como as antigas pitonisas na trípode, como costumava fazer alguns anos antes. Ademais, como era de se esperar de um estado de transe, o seu transe era altamente sugestionável por elementos oriundos da leitura de seus autores prediletos. Sua lírica tinha sempre de ser mantida sob controle e livrada de "parasitas". Era assim que eu denominava, utilizando uma metáfora da técnica radiofônica, os tons e os elementos estrangeiros que alteravam o som pessoal de sua criação poética. Há algum tempo, os transes líricos fizeram-na negligenciar um pouco os afazeres domésticos, o que insatisfazia profundamente Vasile, o "camponês" em que se materializavam tantos apetites insondáveis.

Capítulo XI

Não fazia muito tempo, por ocasião de uma visita, ao aproximar-me do território da hospedaria, ouvi ainda a certa distância gritos e berros que atravessavam as paredes forradas de feltro. Ao entrar, deparei-me com Vasile segurando um tufo de cabelo arrancado da cabeça de Octavia. Assisti mais uma vez ao epílogo, já no fim, de uma briga. A explicação mais plausível de tais fúrias que acometiam o padre Vasile deu-me uma vez a própria Octavia. Vasile mantinha-se sempre numa ascese involuntária. As explosões hormonais do padre-fauno, submetido a um regime monacal, manifestavam-se por vezes em arroubos tremendos de fúria e ciúmes sem objeto preciso. Em tais momentos, o padre amaldiçoava sua própria vida com citações do Velho e do Novo Testamento e desonrava sem limites a mulher "frígida" que o destino lhe reservara até a morte. A opinião de que sua mulher fosse "frígida" não era, porém, uma convicção que se enraizasse no coração do monstro; sua convicção era minada por violentas suspeitas em cuja esfera entrava, naturalmente, minha relação com Octavia.

༒

Na véspera do dia de São Nicolau, saí de casa mais tarde que de costume rumo à hospedaria dos balseadores. O frio que chegara cedo demais e que durara uma semana se dissipou. A atmosfera desde manhã estava mais branda. O céu estava coberto de nuvens informes, felpudas, plúmbeas como o horizonte. Nevava com flocos generosos, inicialmente gigantescos, para que a neve em seguida caísse macia e agradável. O firmamento recheou-se de um silêncio denso, pois os flocos pareciam cair justo para abafar qualquer barulho, voando para lá e para cá como se quisessem absorver, em sua substância mole, todo boato. A dispersão cristalina da neve parecia uma corrida atrás de sons que tinham de ser extintos a todo custo. Preparava-se um grande silêncio. Mas para quê? Naquele dia eu não tinha intenção de ir à hospedaria. Mas a tranquilidade do céu e a neve macia que caía me convidaram ao passeio. A neve fresca se acumulava e se solidificava, pois a terra ainda estava seca do frio dos dois dias anteriores. Desde que começou a nevar, até aquela hora da tarde, a neve no chão já tinha a grossura de um palmo; era porosa e cobria tudo. As nuvens tinham descido à terra, perto das copas das árvores. Os flocos se desprendiam delas como faíscas brancas.

Havia quase escurecido quando cheguei à hospedaria. Nenhum movimento junto à balsa. Passei por um instante para ver a água do Mureș. Uma mistura abundante de crosta e de neve se mexia e girava em turbilhões. A jusante, uma camada bem grossa de gelo cobria o rio, de maneira que a neve se assentou por lá também. Não se formara, porém, nenhuma passagem de gelo; grandes correntes de água passavam por entre os blocos de gelo no leito largo do Mureș. O rio estava mais cheio e em alguns pontos extravasava, alagando os amieiros. A balsa ainda podia funcionar sem problemas; aguardava passageiros, encalhada na margem. Olhei em derredor, não havia vivalma. E o mundo tinha cheiro de neve fresca. Uma brisa vinda do campo passou pelas minhas narinas como um espírito de animal selvagem.

Entrei na hospedaria. Os balseadores exprimiram sua alegria com um leve grito de surpresa.

"Tem cheiro de lobo lá fora!" – foram as palavras com as quais sacudi a neve do meu casaco na soleira da porta. Ao entrar, dilatei as narinas para marcar o prazer sentido um pouco antes ao detetar o cheiro de feras às margens do Mureș: "É meio tarde para chegar, já escureceu bastante. Não sei como vou voltar esta noite por esse deserto de neve! Os lobos estão por aí e não tenho a mínima vontade de ser dilacerado!"

"Ora, você não vai voltar para casa. Durma aqui esta noite. O quartinho da nossa filha está livre. Lelia ficou em Alba de São Nicolau, como era de se esperar. Provavelmente assustou-se com os montes de neve!" Padre Vasile me convidou, portanto, a passar a noite na hospedaria.

"Vamos improvisar um jantar", acrescentou Octavia, que mal pôde conter a alegria com minha chegada tão inesperada.

A lareira estava pelando. No aposento flutuava um ar quente de campo. Cheiro de fumaça de ramos secos. Não se economizava com aquecimento na hospedaria dos balseadores, pois em cada dia de feira atravessavam de balsa na direção de Alba inúmeras carroças carregadas de madeira de carvalho das florestas de Daia, Limba e Ciugud; e o padre Vasile cobrava *in natura*.

Quando entrei, Octavia estava deitada num sofá-cama, com um livro ao lado. Tinha um rosto levemente congestionado por causa de sua labuta poética. Padre Vasile mexia numa corrente de que provavelmente precisava na balsa. Naquele ambiente patriarcal, lamentei estar trazendo apenas notícias desencorajadoras.

Capítulo XI

Octavia, com sua imaginação, nutria a esperança de que, de uma maneira ou de outra, numa bela manhã, os americanos haveriam de descer dos céus. Circulava uma esperança exaltada de que isso viria a acontecer por meio de uma nova guerra mundial que duraria apenas algumas horas, pois disporiam os americanos de um gás inofensivo que adormeceria todo o mundo por um determinado número de dias, suficientes para que pudessem ocupar territórios sem qualquer resistência. Diante desses contos de fadas, expliquei a Octavia e ao padre Vasile que o Ocidente não estava preparado do ponto de vista político, militar ou diplomático. O Oriente apostava na vantagem da ousadia e da mentira. Os entendimentos internacionais para os quais tendiam os ocidentais, sempre na defensiva, infelizmente indicavam uma evolução de longa duração. Achando-me de qualquer modo mais entendido dos assuntos diplomáticos, percebia as entrelinhas, muitas vezes mercantis e muito complexas, da atividade política internacional melhor do que uma poetisa de imaginação exuberante, em cujos transes líricos exprimia todos os seus desejos. Entre nós dois ou no máximo nós três, meu realismo era condenado na hospedaria como deserção. Nem poderia esperar outra coisa da parte dos balseadores, para quem a fé em milagres era condição de existência. Expus aos balseadores a leviandade com que as grandes potências trataram, no fim da guerra, questões vitais de tantos povos que tanto haviam contribuído ao patrimônio de valores espirituais da humanidade. Apresentei-lhes com clareza a imensa e inqualificável patifaria das negociações que os mais fortes haviam feito e que ainda haveriam de fazer às custas dos povos da bacia danubiana, vítimas constantes da história. Criaram-se situações inexoráveis, tão fortes quanto as leis físicas, que estavam prestes a aniquilar nossa substância étnica. Aqueles que nos sacrificaram inescrupulosamente iriam se apresentar, mais tarde, como nossos juízes. Seríamos desprezados e condenados por não "resistirmos" a determinadas leis físicas. Seríamos expostos ao opróbrio da opinião pública mundial como uns "atrasados" que nem mereceriam outro destino senão o que nos foi reservado. Minha conclusão, porém, terminava sempre com um amém. Apesar de tudo, vamos escapar um dia! Quando? Eis algo impossível de se prever!

Os balseadores vinham com seus próprios argumentos: fatos incomuns estavam ocorrendo! O rosto da Virgem Maria estava aparecendo na janela de uma certa igreja de um certo vilarejo. E os camponeses caminhavam centenas de quilômetros, em peregrinação, para vê-la. O rosto foi "visto" "com os olhos" até mesmo por alguns conhecidos que frequentavam a hospedaria dos balseadores. Após esgotarmos os argumentos de ambas as partes, constatamos nós três, com satisfação, que, a favor da esperança, podíamos reunir mais argumentos do que a favor da deserção. E assim passamos para questões mais concretas.

"Você disse quando entrou que lá fora cheirava a lobo!", disse o padre, como se me pedisse para reforçar minhas palavras. "Eu também senti cheiro de fera selvagem. Tenho que preparar minha pistola, caso entre uma matilha no quintal. No inverno passado, andaram rondando a hospedaria."

"Foi a impressão que eu tive... que seria cheiro de lobo", confirmei. Ao terminar de consertar um elo da corrente da qual precisava na balsa, o padre pegou de dentro de um armário uma pistola, carregando-a imediatamente na nossa frente sem nenhuma hesitação. Demonstrou uma tal agilidade técnica, que parecia ter mexido a vida inteira com pistolas.

"Veja só como o padre manuseia as armas!", disse-lhe um pouco admirado, "parece um heiduque!"[1]

A campainha defeituosa acima da porta do aposento em que estávamos zuniu intermitente: alguém queria atravessar o rio de balsa. O padre enfiou a pistola no bolso rasgado do casaco. Acendeu a lanterna com a qual costumava executar de noite o ofício de balseador. Como se podia ver pela janela, escurecera rápido do lado de fora. Seria imprudente atravessar de balsa na escuridão. O padre saiu. Permaneci com Octavia, que continuou deitada, vestida em roupa doméstica, no sofá-cama. Convidou-me a sentar-me um pouco a seu lado, pois queria me dizer uma coisa.

"Sabe, o Vasile está de novo sem um tostão. Tem pagamentos por quitar, de fim de ano. Impostos e diversas contas. Pediu que eu conversasse com você. Disse a ele que não posso mais solicitar nenhum empréstimo. Ficou furioso. Provavelmente pedirá ele a você. Fique prevenido. E por favor não lhe dê mais dinheiro. Ele só sabe manipular como bêbado e desonesto o dinheiro que cai na mão!"

---

[1] Denominação dada a uma espécie de bandoleiro, ativo na Romênia e em outros países dos Bálcás desde a Baixa Idade Média até o fim da Idade Moderna. Por atacarem sobretudo a nobreza local e os opressores otomanos, os heiduques se tornaram célebres e populares, chegando a ser romantizados em lendas como anti-heróis comparáveis a Robin Hood. (N. T.)

Capítulo XI

Ergui-me um pouco enervado: "Sabe de uma coisa? Seria melhor você não se meter mais nas questões financeiras entre mim e Vasile!" Foi o que eu lhe disse. "Sei muito bem como devo proceder. Não se meta!"

O aposento estava iluminado por uma lâmpada a querosene cujo vidro estava cheio de fuligem. Ao chegar, a lâmpada já estava acesa. O sofá-cama ficava na penumbra, atingido apenas por uma luz refletida pela parede. Bruxuleavam por cima do sofá e do corpo de Octavia reflexos do fogo da lareira de ferro fundido, cujo calor era quase abafante. Uma parte do ferro fundido já apresentava manchas incandescentes.

Sentei-me de novo ao lado de Octavia. Minha mão se estendeu quase automaticamente na direção do seu corpo, chegando até a coxa. Seu corpo vibrava. E sua voz repercutia a emoção causada pelo contexto.

"O que o padre Vasile acha de nós dois?", perguntei-lhe.

"Difícil de adivinhar. Parece evitar 'enxergar' de propósito, parece comprazer-se na incerteza. O monstro explora a situação em vantagem dele mesmo. Mas se um dia, inesperadamente, ele começar a enxergar, Vasile reagirá de maneira cruel e absolutamente instintiva", disse-me Octavia, com um tom de voz bem calmo, "ele se desencadearia como uma força da natureza ferida em seus direitos. Ele é terrível quando ataca. Tão terrível, que sou tomada por um pânico que me descontrola. Se ele não me segurasse debaixo das suas pancadas, eu sairia correndo e me atiraria às águas do Mureș, mesmo que seu leito fosse de fogo!"

Fiquei reflexivo diante de semelhantes confissões. Não sabia que as surras eram tão violentas e frequentes na hospedaria. Durante quinze minutos refleti angustiado comigo mesmo. Minha alma não se harmonizava mais com o corpo. Calei-me. Nem Octavia falava mais. Ela apenas estimulava minhas carícias, parecendo desejar que viessem do fundo do meu coração. Em seguida, ouvimos os passos do padre no quintal. Tossiu. Era o sinal de aproximação. Ouviram-se passos na varanda. Depois, uma pausa prolongada. A pausa que nos dava para evitar ver. Ao entrar, o padre Vasile me encontrou, como se naquele meio tempo eu não houvesse saído do lugar, instalado na poltrona ao lado da mesa, a uns dois ou três metros de distância do sofá-cama em que Octavia também extinguia o prazer das carícias de há pouco.

"Quem foi?", perguntou Octavia.

"O atrasado de sempre: o professor Ilie, aquele que sabe de cor as suas poesias do tempo quando os moscovitas estavam nos libertando! As suas poesias daquela época parecem hoje a autoironia de um povo!" Era o hábito do padre: quando queria corpo de mulher, ofendia primeiro a alma dela.

E, como era de se esperar, o padre partiu para cima da esposa e pôs-se a acariciá-la. Os mimos eram iguais aos de um urso infantilizado. Era um fauno tornado monge, um monstro sem vocação. Com carinhos meio brutais, ele fez a esposa rolar para a parede, como se quisesse fazer espaço para si e deitar-se ao lado dela. Mas ele só se sentou ao seu lado e, de súbito, debaixo dos meus olhos, levantou sua saia até acima dos joelhos. E me perguntou, com uma expressão de desenfreada alegria estampada na cara:

"Que tal, Axente, não são bonitas as pernas da minha esposa?"

Ao ser revirada, sua perna revelou o ângulo de trás do joelho, branco, suave, tentador. Agora, que o padre a descobria ainda mais, Octavia tentou cobrir de novo sua perna. Mas o padre não permitiu, e repetiu a pergunta, alegre dessa vez, sacudido pela visão como se por um feitiço, como se visse pela primeira vez a perna desnuda de Octavia.

"É", respondi, por assim dizer, "pena que seja tão inibida. Por nada nesse mundo ela seria capaz de exibir sua beleza. Parece que tem vergonha. Como se a beleza fosse pecado!"

O padre pareceu satisfazer-se com minha opinião, que teve o dom de extinguir quaisquer suspeitas. Num tom de alegria, de brincadeira, ele procurou me provocar, como se tivesse nas mãos um grande negócio: "Quanto me dá por uma olhadela? E quanto daria se eu lhe mostrar mais?" Vasile levantou ainda mais, com sua pata de fauno, a saia da mulher, bem acima do joelho alvo em que transparecia o azul das veias. As linhas suaves da sua perna eram conhecidas não só dos meus olhos, como também das lembranças da minha mão. A mulher acariciada se transforma em memória da epiderme. Continuei assistindo com uma tensão crescente, porém distante, ao espetáculo que se esboçava.

"Quanto daria? Meu caro, diversão e surpresa não têm como ser avaliadas em dinheiro, mas abro meu bolso conforme as possibilidades. Levante mais um pouco que eu dou cem leus!", propus ao padre, aos risos. É claro que o padre, em apuros, ficaria feliz com um pequeno ganho ou um lucro insignificante advindo

Capítulo XI

de um mero espetáculo inofensivo oferecido a alguém que se contentasse em ver algo bonito.

"E se você levantar a roupa para exibir a perna inteira... dou duzentos leus!", autoestimulei-me para persuadi-lo também.

"Aha-ha!", exclamou o padre, que ato contínuo virou-se para Octavia: "Vamos, sua sem-vergonha!"

Octavia me fitou tensa. Um pensamento estranho passou pela minha cabeça. Primeiro uma hesitação, depois uma certeza. Aquele olhar não era mais dela. Fingia ser uma vítima de brincadeira de uma transação patrocinada pelo marido. E então o padre Vasile descobriu sua perna toda, até o fim. Nesse momento, porém, Octavia interferiu no espetáculo com um tom valente:

"Mas quanto você daria para me ver totalmente nua?"

"O quê? Toda nua, dos pés à cabeça?", perguntei. "Quanto daria? Olhe, ponho mil leus na mesa!"

"Vasile, estou de acordo!", decidiu Octavia, impregnando em sua voz um subtom de quem estivesse sondando, como se perguntasse: "O que acha?"

"Vai, querida!", exortou-a o padre aos risos, com um certo arrepio ao imaginar a cena. Sua exortação era convicta até um determinado ponto. Sua voz estava sendo incitada pelas esporas de uma avidez impertinente. É como se dissesse: "Mil leus não são de desprezar," Ele não verbalizou essas palavras, manteve-as para si, expressando porém algumas ideias encorajadoras e adotando uma cômoda perspectiva relativista: "No final das contas, você também não tira a roupa diante do médico? E na praia do lago salgado de Ocna Sibiului você também não apareceu uma vez, lá pelo fim da guerra, quase pelada?"

"Vasile, estou de acordo!", repetiu Octavia para ganhar coragem. É claro que a ideia de ostentar sua nudez diante de mim e na presença do marido a incitava.

A cena que eu pressentia fustigava meu sangue com pequenas chicotadas de fogo. Haveria de ver Octavia pela primeira vez em toda a sua plasticidade. Mantinha faz tempo as suas formas na lembrança, mas apenas fragmentárias. A imaginação não é capaz de construir um todo sem o auxílio da visão. Meu olhar aguardava capturar a imagem completa. Aquela ocasião encerrava em si virtualidades até então inimagináveis: Octavia haveria de se exibir na presença do marido! Mergulhei na poltrona de molas parcialmente estragadas como se me preparasse para contemplar um quadro. A fim de facilitar as coisas para Octavia, impus-me uma calma pertinente ao domínio da estética pura.

"Mas antes detalhemos as condições, Octavia", acrescentei, "você deverá se despir na nossa frente tirando toda a roupa que a cobre. Em seguida, sem gestos inoportunos que substituam a folha de parreira e deixando de lado todo pudor, você vai caminhar na minha direção. Uma vez na minha frente, deverá se virar. Quero vê-la também de trás. Depois vai andar bem devagar, sem pressa, de volta ao ponto onde você agora vai começar a se despir!"

"Vasile, Vasile, Vasile, estou de acordo!", disse ela pela terceira vez.

"Vai, querida", exortou-a com um gesto que poderia significar: que importância tem isso tudo! O que importa é o dinheiro! A impaciência por ver mil leus em cima da mesa fez sua voz tremer. Em sua risada contida, porém, vibrava uma certa hesitação.

As circunstâncias estavam completamente fora do padrão normal. Aquela cena era fruto de uma improvisação inesperada, sem que qualquer um de nós houvesse pensado alguma vez que fosse possível. Octavia se levantou quase num salto do sofá. Um tremor nervoso permeou-lhe todo o corpo ao pensar no que estava prestes a executar. Tirou o roupão. Em seguida, uma depois da outra, a blusa e a saia, ficando numa combinação bem curta; sem se abaixar, tirou os chinelos, descalçando-se com o auxílio dos próprios pés. Tirou a calcinha, que em seguida dobrou e pôs em cima do sofá. A calcinha parecia a muda de pele de uma cobra. Desprendeu as meias da cinta-liga, abriu debaixo da combinação o cinto que deixou cair no chão, ergueu uma perna para tirar uma meia, e depois a outra. Ato contínuo, tirou a combinação por cima, despindo-se de alto a baixo. O ritual foi acompanhado pelas gargalhadas do padre, que parecia surpreender-se com cada gesto da esposa. Com tanta lucidez e embriaguez ele jamais assistira a uma tal sequência impudica de gestos. Nudezas que eu vira e apalpara anteriormente em condições secretas, e só aos poucos reveladas por partes, reuniam-se para formar na minha frente uma unidade bela e completa, dádiva do espaço. A harmonia das partes era surpreendente. E especialmente surpreendente era a forma de romã dos seios situados inabitualmente para cima. Octavia pôs-se a se distanciar do sofá e a vir na minha direção, olhando-me com tensão, com o cenho levemente franzido e com os lábios entreabertos: "Nem pense em estender a mão!", disse-me ela, recordando as condições de honra aceitas para o espetáculo, embora não me lembrasse de termos estabelecido algum acordo nesse sentido. Não quis lhe responder para não perder nenhum aspecto do desdobramento de sua beleza.

De certo modo, o padre também participou do espetáculo. Tomado por uma exaltação que nele brotava, vinda da pré-história da vida tribal, ele começou a saltar em torno do nu feminino em movimento. Alçado por um elã animalesco, o padre pulava, ora à esquerda, ora à direita da mulher nua que caminhava. A altura dos saltos era ultrapassada apenas pela das gargalhadas. Com sua barba ruiva, o padre parecia um bode provido de um riso e de um urro de primata. O nu deteve-se por um instante na minha frente. Permaneci sentado, imóvel, na poltrona ao lado da mesa, encobrindo a tempestade quente do meu sangue com um sorriso calmo. Em seguida, ela se virou de costas para mim. Exibiu suas linhas de cuja beleza não sei se tinha consciência. Naquele instante, cedi à tentação. Bati levemente com a mão nas nádegas firmes. O padre viu o gesto e, ao escutar o som excitante do corpo feminino golpeado com ternura, deu um salto enorme, suas gargalhadas transformando-se num rugido prolongado: o padre agora realmente parecia um fauno gigantesco, prestes a sucumbir à exuberância animal. O nu avançou num ritmo balouçante, natural e sem ostentação até o sofá. Octavia aceitou a ternura do golpe sem manifestar irritação por eu ter escorregado na frivolidade. Pôs-se a se vestir de novo. Acompanhei as fases técnicas do processo, pois isso me oferecia mais uma formosa visão. Octavia, no final, foi derrotada pelo pudor. Vestiu-se de costas para mim.

Tirei do bolso mil leus e pus a quantia em cima da mesa. O padre apressou-se em apanhá-la. Enquanto calçava as meias, a mulher protestou: "Contenha-se, querido, que esse ganho é meu! Tire a mão daí!" O protesto de Octavia foi antes formal; ela quis com isso sublinhar o seu mérito pessoal naquele ganho. Um lucro tão inesperado significava muito para o padre. Octavia falou num tom carregado justamente para que o padre Vasile sentisse e apreciasse a sua proeza. Enquanto enfiava a cédula dobrada num bolso secreto, o padre procurou se assegurar com clareza e precisão quanto à qualidade daquele ganho obtido com suor e sem esforço.

"Espero que não considere esse dinheiro... um empréstimo?!"

"Não, padre! Esse ganho é de Octavia. Taxa de espetáculo!"

Octavia continuou se vestindo a gestos lentos. Parecia querer prolongar o regozijo dos meus olhos. Ao sentar-se na beirada do sofá, ela se demorou em vestir a combinação, permitindo-me mergulhar, com sentimentos equívocos, naquela visão de devaneio. O padre observou seus movimentos vagarosos, bem como a insistência do meu olhar. "Ei, vamos, acabe de uma vez!", ordenou-lhe, como se a censurasse: "sua sem-vergonha, até isso você chegou a fazer? Ganhar dinheiro com a nudez do corpo?" Parecia ter esquecido que *ele* fora quem enfiara a cédula no bolso.

Já se aproximava a hora do jantar. No ambiente de descontração que se seguiu à cena dirigida pelas forças do inverno, ainda conversamos sobre variados assuntos. Recordei aos balseadores que tinha realmente a intenção de pernoitar na hospedaria: "Vou dormir no quartinho da menina, mas talvez fosse o caso de esquentar o cômodo, para não adoentar meus ossos com o frio que emana das paredes."

O padre Vasile foi ao quarto ao lado para acender o fogo na lareira. Até acomodar os gravetos e estabilizar o fogo, passou bastante tempo. Octavia, mulher de tanta nostalgia, improvisou um jantar no fogão a lenha do aposento em que nos encontrávamos e onde havia cantos para todos os setores da vida doméstica. Recordei-lhe, enquanto estivemos a sós, quão antigo era meu desejo de vê-la dançando diante do espelho as suas nostalgias oceânicas: "Meu desejo acabou de se realizar."

Durante o jantar, demos mais atenção à conversa. Evoquei tudo o que passou pela minha cabeça. O padre bebeu sozinho e impaciente, taça após taça, um vinho forte de Şard. Também experimentei. Octavia também. Mas a sede do padre me assustou. Disse-lhe: "Bom é o vinho doce com mulher amarga!" "Como o vinho amargo como mulher doce", respondeu o padre, olhando fixamente para Octavia. Os ecos da cena anterior ainda retumbavam dentro de mim. Mas abordamos também temas sombrios, pois tínhamos que conversar também sobre isso. Tratava-se de alguns boatos que corriam de novo de boca em boca: que mais pessoas haveriam de ser presas, numa operação massiva, e levadas ao trabalho "voluntário" no Canal Danúbio-Mar Negro.[2] Eram terríveis as notícias que vinham de lá, junto com o aquilão.

---

[2] O Canal Danúbio-Mar Negro, após vários planos abandonados desde 1878, começou a ser construído em 1949, muitos dentre os operários sendo presos políticos das prisões comunistas e membros das minorias étnicas e religiosas da Romênia. Trabalhando em condições inumanas comparáveis às de um *gulag*, inúmeros deles morreram. As obras

Capítulo XI

"Vocês sabem o que é o Canal Danúbio-Mar Negro?", perguntei-lhes. "O túmulo da nossa burguesia e da nossa intelectualidade! Ah, quem sabe! Talvez nós também constemos da lista das prisões a serem feitas!"

"Parem com isso!", interveio, visivelmente apavorada, Octavia, cuja mente decerto evocava todas as imprudências que cometera. Não falara ela a torto e a direito com todas as criaturas que bastassem parecer humanas, concedendo-lhes uma confiança doentia? Quantos dos forasteiros desconhecidos que ela alimentou, ingênua e crédula, eram agentes da *Securitate*?

Ficamos conversando quase até meia-noite. De vez em quando o padre ia ao quartinho para pôr mais lenha na lareira. Retomamos a conversa, e o padre começou a terceira taça de vinho. Pensei em ir para o quartinho preparado para o meu repouso. Mas ouvimos passos no quintal. Em seguida, na varanda. Calamo-nos de susto. Pois quem é que haveria de vir até a balsa tão tarde da noite? Aqueles poucos instantes pareceram sem fim. De quem eram os passos na varanda? Seriam daqueles que juntavam "voluntários" da lista para o Canal Danúbio-Mar Negro? Nossos corações palpitavam com força. Ouviram-se batidas na porta.

Eis que entrou um pastor simplório, um pastor como tantos outros. Seu casaco de peliça estava repleto de neve. "Boas! Perdoem-me por incomodar a esta hora! Deve ser muito tarde, quase meia-noite, mas não tive escolha. Estou com um rebanho lá fora. Duas mil ovelhas, e preciso atravessá-las do outro lado do Mureș!" O pastor tinha algo de humilde e ao mesmo tempo provocador na voz, além de uma estranha aparência. Esquálido. Seus olhos brilhavam. Pelo menos de onde eu estava sentado, vi seus olhos cintilando. Eram fosforescentes, como os das feras e outros animais. Padre Vasile pareceu muito desagradavelmente surpreso com aquela visita noturna.

"Pois então! Duas mil ovelhas? Atravessá-las de balsa com o suor da minha testa? Só para eu não esquecer que o trabalho é uma maldição! Vai ser uma noite inteira de labuta! Mas por que você não tentou, em Alba, atravessar pela ponte grande de Partoș?"

---

foram sistadas em 1955 e retomadas em 1975. O Canal, componente importante da via fluvial europeia que conecta o porto holandês de Roterdã ao porto romeno de Constança, foi inaugurado em 26 de maio de 1984. (N. T.)

"Como se eu não tivesse tentado! À noitinha as águas levaram a ponte de Partoș. Está uma confusão enorme por lá. Foi até por isso que me atrasei!", respondeu o pastor.

"É mesmo? Como? Tanto assim cresceu o nível do Mureș que arrastou a ponte? Que notícia assombrosa. Então ainda virão outras pessoas para atravessar de balsa. O que farão os que estão de automóvel? Ficaram todos atolados na neve em Alba? O primeiro a chegar é você. Um pastor. Com duas mil ovelhas?! Que estranho. Nunca transportei duas mil ovelhas na balsa!" Assim disse o padre. Parecia fazer um cálculo às pressas na sua mente, um cálculo em que entravam a superfície da balsa e o tamanho de uma ovelha. "Temos trabalho até o sol raiar. Mas como é que você tem duas mil ovelhas e não se ouve nenhum balido? Onde é que elas estão?"

"Lá fora está com cheiro de lobo. Com cheiro de lobo, todas as ovelhas ficam caladas. Estão todas aqui, no campo, perto do vau." O pastor enfiou a mão no cinto,[3] onde tilintavam cêntimos e outras moedas de metal. Tirou a mão e jogou dois grandes ducados em cima da mesa. Com aquele movimento, tornou-se-me evidente: os olhos do pastor brilhavam, fosforescentes.

Meio admirado com a grande generosidade do pastor e com sua modalidade de pagamento, intervim: "Mas como? Você está pagando em ducados? Faz tempo que eles deveriam ter sido entregues ao Banco de Estado, desde a reforma monetária de 1947. Você vai parar na prisão, pegureiro, se alguém o pegar com ouro no cinto."

"Não senhor, não tem problema nenhum! Os ducados podem ser trocados sem multa no próprio Banco de Estado. Estenderam o prazo de troca. Eu desde o início nunca quis trocar, porque não gosto de papel. Com as intempéries, o papel acaba apodrecendo dentro do cinto." Assim disse o pastor de dentro do seu casaco de peliça, imóvel na nossa frente.

"Você é sagaz e parece saber de tudo, como se vivesse na cidade e não com os espinhos do campo!", disse-lhe ainda.

O ouro cintilava em cima da mesa, como se houvesse acabado de ser fundido. As serrilhas dos ducados estavam intactas. O padre os pôs na mão, analisando

---

[3] Em romeno, *chimir*: trata-se de um cinto largo e tradicional de couro, usado pelos camponeses romenos, em geral ornamentado e provido de bolsos. (N. T.)

seu som, que não era seco. O padre atirou um ducado para cima, deixando-o cair na sua palma: "São leves, titio, parecem nozes podres! São de verdade, amigo?" O padre lançou sem motivos a frase de suspeita, mais por falar do que para inquirir.

"Considere-me seu inimigo se forem falsos!" Com essa frase, o pastor esfregou a ponta do nariz com o dorso da mão.

O padre continuou fazendo seus cálculos, mas pensando em outra coisa. A travessia do rebanho na balsa estaria sendo paga decuplicada caso os ducados pudessem ser trocados no câmbio negro. Não haveria quem não os trocasse à altura. O ouro cobriria seis meses de imposto e ainda sobraria. Que lucro inesperado!

"Estou ponderando se devo concordar ou não!", disse o padre com astúcia, para esticar a negociação. "Não quer tentar passar por outro vau? A montante daqui você pode atravessar em Şeuşa de barco ou em Drâmbar pela ponte. De balsa, vou ter de trabalhar a noite toda e não quero me matar, amigo. A verdade é que Şeuşa dista alguns quilômetros daqui, não vai ser brincadeira, e o passo das ovelhas demora cinco vezes mais que o ritmo humano."

"Em Şeuşa? Atravessar minhas ovelhas num barco do tamanho de uma colherzinha de madeira? Não posso esperar. Por Drâmbar o desvio seria ainda maior, e amanhã antes do meio-dia preciso chegar a Câmpul Frumoasei e de lá continuar a passo apertado até Poiana Sibiului", explicou o pastor. Estava um pouco rouco e parecia misturar entre as palavras assobios que saíam em surdina do seu peito.

"Isso é um grande estorvo para mim, titio! Veja bem, justo esta noite, em que as águas do rio estão repletas de crosta", disse o padre, teimando em não concordar.

Não estava entendendo as intenções do padre. Não se sentia capaz de conduzir a balsa até a outra margem depois de umas taças de vinho? Não conseguia ficar de pé?

O pastor pôs-se a refletir. Seus olhos fosforescentes moveram-se debaixo das pálpebras semiabertas. Eis que enfiou de novo a mão no cinto. Pegou mais alguns ducados de ouro e os atirou, à distância, em cima da mesa. Seria obra do demônio? As moedas caíram direitinho uma em cima da outra, como um cilindro.

Olhamo-nos assombrados uns aos outros. O pastor me fitou. O que ele queria? Medi-o com o olhar. Que aparição bizarra. E absolutamente magro.

Sua carne devia ser dura como hóstia seca. Seu casaco, de velo comprido, estava meio sujo. Como se houvesse sido arrastado pelas cinzas de todas as lareiras, de Sălaj até Bălgrad. Ostentava na cabeça um gorro de pele, do tamanho de um barril. A neve do seu casaco derretia e pingava ao seu redor, formando um círculo de água no assoalho.

"Você é de Poiana Sibiului?", perguntou-lhe o padre.

"Não sou de lá!", respondeu o pastor, evitando dizer de onde era, como se aquilo nos interessasse.

"Ei, então, está de acordo, padre, ou não? Estou bastante apressado!" Com um gesto da mão, o pastor limpou a neve derretida do rosto.

Ficamos perplexos e intrigados com aquele pastor que se permitia um tal gasto! Olhos de lobo na madrugada impunham sua vontade.

"Ah, os ducados voaram tão bem para cima da mesa que não posso resistir ao seu desejo!", tranquilizou-o o padre, "só que vou ter trabalho para a noite inteira e, veja, temos um hóspede com quem eu ainda teria prazer de bater um papo!"

"Sozinho ele não vai ficar, padre!", disse o pastor, num tom em que realmente não se podia adivinhar nenhuma malícia.

"Mas como sabe que sou padre?", perguntou-lhe Vasile, levantando-se. Conseguia, pois, ficar de pé.

"Os pastores, em suas andanças, acabam juntando tanta coisa que ninguém acredita", disse o pastor, com espontaneidade. A fosforescência dos seus olhos atraíam toda a minha atenção. Como é que a luz que incidia sobre eles os fazia luzir como o alcatrão úmido na escuridão?

O padre acendeu a lanterna. Ainda não cambaleava depois das taças de vinho. Mas e se o efeito do vinho começasse a aparecer enquanto estivesse na balsa? Vasile e o pastor saíram na escuridão da noite. Da soleira da porta, o pastor ainda se virou para mim e Octavia com seus faróis, como se perguntasse: estão gostando? Depois que os dois saíram, Octavia sussurrou-me: "Viu como o pastor olhou para nós?"

Octavia levantou-se da mesa. Um leve tremor visivelmente atravessava todo o seu corpo. Remexeu a lenha na lareira. Depois voltou. Diminuiu bastante, quase apagando-o, o pavio da lanterna de querosene dependurada acima da mesa. Ficamos à meia-luz. Assim que adentrou na escuridão do lado de fora, o pastor pôs-se

Capítulo XI

a incitar o rebanho com silvos e assobios penetrantes. Nenhum balido de ovelha se ouvia. Nem sininhos. Não se ouvia mais nada além daqueles silvos e assobios que jamais ouvira.

"Você acha que tem um rebanho aí?", perguntei a Octavia. "Duas mil ovelhas e tanto silêncio? Não sabem mais balir? Ou seriam apenas sombras conduzidas por Caronte?"

Octavia veio na minha direção. Deteve-se em pé à minha direita. Abracei-lhe o quadril. Ela enfiou a mão no meu cabelo e me fitou. Seria Octavia uma realidade, ou apenas uma sombra?

"Comporte-se", disse a ela, "Vasile pode voltar inesperadamente, sob um pretexto qualquer. Que você achou dos saltos de fauno ao seu redor?"

"Tenho mais interesse em saber o que você achou de todo esse recente espetáculo." Octavia persistia com a mão no meu cabelo: "Estou pensando em... algo!" A mulher amarga pôs os lábios sobre os meus. Para provar-me algo. Não era uma sombra, era realidade.

"Contenha-se", disse-lhe, "não é o momento."

"Sei muito bem que não é", disse Octavia, em devaneio.

"Embora o pastor pareça ter surgido de propósito... que estranha aparição! Fez o que pôde para nos deixar aqui a sós nesta semiobscuridade. Por que você diminuiu tanto o pavio da lâmpada? Vasile ferve de desconfiança." Defendi-me vagamente com o braço do assédio de Octavia.

"Estava pensando em... algo. Mas..." Com essas palavras, ela pareceu querer se afastar; no mesmo instante, porém, sentou-se nos meus joelhos, grudando em mim com toda a força.

Lá fora, ainda ouviam-se os silvos do pegureiro.

"O que o Vasile vai fazer com todo esse rebanho?", perguntei para mim mesmo. Ou teria perguntado... em voz alta? Pois Octavia respondeu: "Tem trabalho para a noite toda!" Ela estava inquieta nos meus braços. Em seguida, sussurrou-me ao ouvido como um vento quente: "É hora de ir para o seu quarto."

"Você também vai se deitar?", perguntei-lhe, "ou vai esperá-lo?"

"Esperá-lo? Eu? Que ideia é essa? Não, querido, vou tentar dormir. E vou dormir como uma pedra, por mim e por ele." Octavia se levantou dos meus joelhos. Foi para o sofá, abriu o biombo e começou a fazer a cama.

"A sua cama já está feita. Pode ir", disse ela, impregnando a voz de um tom provocador, quase imperceptível.

Desviei do meu caminho até o outro lado do biombo. Octavia pôs-se na minha frente, em pé, abraçando-me por detrás da cabeça. Abracei-a pela cintura. Abandonando seu peso nos meus braços, pendurou-se segurando-me pelo pescoço, puxando-me para baixo e sentando-se na beirada do sofá. Eu, porém, desprendi-me com força do seu aferro: "Hoje não! Boa noite!"

E fui para o quartinho preparado para mim. Nem me dei ao trabalho de procurar a vela em cima da mesa para acendê-la. A lareira ainda estava cheia de brasas. Despi-me e me enfiei na cama. Debaixo do cobertor de lã, no abafo do quarto, comecei a sentir calor, calor demais. Em seguida abateu-se um grande silêncio no grande cômodo ao lado, onde Octavia ficara sozinha. Teria assoprado a lâmpada? Percebia aquele profundo silêncio mesmo através da porta que eu fechara atrás de mim.

Mantive-me ainda acordado por algum tempo, numa tensão alerta. Estaria esperando, apesar da minha exortação à prudência, que ela viesse até meu leito? Eis que não vinha. Terá adormecido? Ou estaria também acordada? Estaria pensando no susto da chegada do pastor? No Canal Danúbio-Mar Negro? Estaria preocupada com o boato das novas prisões? Ou com o quê? Absolutamente nada se ouvia do outro lado. Sem dúvida, ela dormia. Talvez sonhasse que vinha até o meu quarto. Deveria deixá-la sonhando. As circunstâncias exaltaram minha imaginação. Em seu transe, Octavia talvez arriscasse uma aventura, movida justamente pela ideia do perigo. Mas ela não vinha. Passara meia hora. A brasa apagava lenta na lareira. Minha audição tornou-se mais afiada, pois continuava à espera. Nenhum som, porém, de passos no assoalho. A escuridão fez-me cerrar os olhos. Um torpor me invadiu com sensações de sono. Minha atenção acabou diminuindo. Em seguida adormeci... acho. Dormia ou não? Abri de novo os olhos, para verificar. Percebi, perfeitamente lúcido, que não dormia. Naquele meio tempo, porém, dormira com intermitência e com pensamentos recorrentes. Fui dominado por um sonho que não queria avançar e que sempre retornava ao início. Uma estase do sonho? Por que se prendia ao ponto de partida? Revirei-me naquele estado, que não passava do desejo de ouvi-la se aproximar. É claro que às vezes, a depender do tipo de sono, podemos avaliar, ao despertar, a

Capítulo XI

duração do sono em que mergulhamos. Recuperei-me de um estado que no final das contas era caótico, cuja duração calculei em cerca de duas horas. Em seguida adormeci, para que daquela vez o sonho realmente começasse a se desenvolver. Ouvi as dobradiças da porta do meu quarto rangerem de leve. Alguém entrou. Pôs-se ao lado da poltrona que sabia estar ao lado da mesa. Não se sentou. Tive a impressão de ouvir um farfalhar de roupa que se tira. Dormia. Tentei acordar, sem conseguir. Perguntei-me, em sonho, se era apenas sonho aquilo que ouvia. Meu estado era tão caótico, que não conseguia definir. Em seguida, um corpo nu se enfiou debaixo da minha coberta de lã. Era de verdade, assim como pude averiguar ao apalpar-lhe as formas e as linhas. O corpo ardia, embora estivesse mais frio que o meu, que se incandescera na espera. Uma mão quis despertar, procurou um seio, procurou febril as linhas da coxa. A mulher era realmente a mulher amarga, assim como se exibira na brincadeira daquele fim de tarde. O espetáculo de sete ou oito horas atrás ainda me abrasava. Ela não quis mais adiar. Arriscou tudo. Nenhum de nós soltou uma só palavra. Nossa respiração ardorosa substituiu um possível diálogo. Com um joelho, senti as rótulas dos joelhos dela que pareciam opor resistência.

Quanto tempo passou desde que Octavia havia sorrateiramente entrado debaixo do meu cobertor de lã? Não o bastante para pensarmos no retorno do padre Vasile.

"Duas mil ovelhas!", sussurrei no ouvido de Octavia.

"Devem ser umas duas da madrugada", respondeu ela.

Octavia não saía mais do meu lado. Desejava ser abraçada e tocada sem parar. Era sonho o que ocorria ou um estado de suprema vigília? Os minutos passavam. Num certo momento, ela me disse:

"Sabe... que você... nunca me disse que me... ama?"

A hesitação interrogativa de Octavia despertou-me da vigília corpórea que parecia um deleite de sono. Revirei entre minhas lembranças algo que pudesse desmentir o conteúdo daquela hesitação, introduzida furtivamente no meu ouvido como um último suspiro. E nada encontrei que se parecesse com um desmentido. Não respondi. Octavia, contudo, ficou à espera. O tempo passava, ela continuava à espera. Procurei por todas as lembranças até encontrar algo que até então não percebera: era isso mesmo, jamais lhe dissera que a amava. Desprendeu-se imperceptivelmente dos meus braços. Provocou-me de novo com uma pergunta totalmente inesperada, em que se misturavam uma indescritível tristeza e uma incurável desesperança, embora feita com certa indiferença:

"Como vai dona Ana?"

"Mas que ideia é essa de perguntar...? É a primeira vez que você me pergunta de dona Ana!"

"Pois é, faz tempo que eu queria saber uma coisa. Agora entendi."

Procurei dirigir seus pensamentos noutra direção. No mesmo instante, do lado de fora, na varanda, ouviu-se, muito próximo, estrondoso, um tiro de pistola. Momentos depois, a porta que ligava a varanda ao aposento grande ao lado escancarou-se como se impelida por uma tempestade. Reconheci a porta pelo rangido e as botas do padre pelo barulho. Padre Vasile tateava no escuro, tentando acender a lâmpada que Octavia decerto havia apagado ao entrar no meu quarto.

Ao som do tiro da pistola, Octavia pulou da minha cama. No quartinho, o breu era completo. As brasas na lareira há muito haviam se apagado. Pelo rumor que eu podia adivinhar, Octavia deteve-se ao lado da poltrona. Estava claro aos meus ouvidos que o padre havia entrado no grande cômodo, batendo a porta atrás de si. No escuro, ouvi como Octavia abriu a janela do quartinho em que estávamos. A janela dava para a varanda. Octavia saiu pela varanda. Ainda ouvi como, do lado de fora, ela encostou a janela de volta. Tudo aconteceu tão rápido que não tive tempo nem de me desentorpecer direito ou de pensar naquilo tudo que se precipitava ao meu redor. Esperei que o padre enfim acendesse a lâmpada, o que eu poderia ver pela fresta entre a porta e o batente. Mas o padre ainda tateava. Provavelmente não encontrava os fósforos.

Tentei reconstituir na imaginação o que acontecera e vinha acontecendo. Octavia com certeza levou consigo o roupão grosso, forrado de pele por dentro como um casaco, com o qual costumava sair no inverno. Ela com certeza também calçou os chinelos de feltro e, como pude ouvir, saiu pela janela. Ela com certeza deveria reaparecer, pressupus, pela porta principal por onde entrara o padre. Viria com o pretexto de ter estado um pouco do lado de fora por ter-se sentido mal com o calor de dentro da casa ou por causa de alguma preocupação que a obcecava. Era o que eu imaginava, pois Octavia era capaz de inventar desculpas e pretextos com uma espontaneidade inacreditável, isso quando já não os trazia prontos. Não

Capítulo XI

entendia direito o que acontecia, com todo aquele barulho que o padre produzia com seus passos rudes e pesados.

A porta do meu quarto estava fechada. Afiei os ouvidos. Tensionado, esperei ouvir Octavia entrando na casa pela porta principal. Não a ouvi. Padre Vasile, a julgar pela turbulência dos movimentos, estava no mínimo muito agitado. Curioso! Era a primeira vez que dava um tiro de pistola desde que eu frequentava a hospedaria. Ah, sim, claro! Ele talvez tenha dado o tiro achando que eu e Octavia encontrávamo-nos juntos na escuridão dos aposentos, expostos a todas as tentações da solidão a dois. Outras vezes, da varanda, tossia de propósito para anunciar sua chegada. Agora deu um tiro de pistola! Talvez tenha tido outros motivos para isso. Haveríamos de descobrir. Pelos passos, parecia agitadíssimo. Não acendeu mais a lâmpada. Provavelmente não encontrou os fósforos. Ouvi-o gritar: "Octavia!" Mas a mulher não estava na cama. "Octavia!" Os passos pesados do padre começaram a vir na direção do meu quarto. Imaginou ao certo que Octavia estaria comigo. O padre parou em frente à porta fechada do meu quarto. Pareceu ascultar. Não me mexi. O padre abriu a porta, mas ao mesmo tempo pareceu esquecer-se de Octavia. Pôs-se a berrar como num delírio: "Axente! Ouça, Axente! Aquele homem não era pastor! Era o Diabo! Quando saí com ele, vi lá fora um monte de lobos! Quatro mil olhos de fogo viraram-se para mim! Ah! Duas mil ovelhas, disse o pegureiro, mas eram dois mil lobos! Em torno da balsa e da casa reunira-se o rebanho do Diabo. E, com um sinal, o Diabo me mandou fazer silêncio. Tomado de arrepios na espinha, acompanhei o Diabo com a lanterna na mão, como se me assujeitasse. Axente! Ouça, Axente! O pastor foi o primeiro a entrar na balsa. Pendurei a lanterna no pilar da margem. Os lobos apressaram-se em ocupar a balsa, aos saltos, um depois do outro. O pastor-diabo estendeu a mão por cima do pulo deles e... o que você acha que aconteceu? Os lobos, ao encostarem na balsa, assumiram o tamanho de camundongos. Seus olhos pegavam fogo. A balsa ficou repleta de lobos, não cabiam mais. Então, pus um pé na balsa e pulei, para colocá-la em movimento com o remo. Foi difícil, pois a crosta de gelo no rio era espessa. E partimos! Axente! Ouça, Axente! Todas as minhas articulações estão tremendo! Quando chegamos do outro lado, em silêncio, os lobos, do tamanho de camundongos, começaram a pular por baixo do braço estendido do pegureiro! Mas não era pegureiro, Axente! Quando chegaram na margem, as criaturas cresceram de novo, fizeram-se grandes, lobos de verdade como todos os lobos! Acho que transportei algumas centenas na primeira viagem. Calculei que haveria de terminar com o rebanho em sete ou oito travessias. E assim foi! A cada vez, o diabo-pegureiro voltava comigo para me ajudar a encurtar o tempo, diminuindo o tamanho dos lobos. Que façanha! E que terror! Axente! Axente, está me ouvindo? Foi o Diabo! O Diabo! Está ouvindo?"

Fiquei imóvel na minha cama, na escuridão. A superexcitação do padre começou também a me invadir, eu que estava pensando mais em Octavia. Não era capaz de ver nem a silhueta do padre naquele breu:

"Estou ouvindo, padre, estou ouvindo. Mas, por favor, permita-me despertar! Está com febre, padre? Que história é essa? Parece sonho, pesadelo, delírio."

"Não foi imaginação minha, Axente! Pesadelo... você acha? Transportei o diabo e dois mil lobos na balsa! E isso seria... um delírio! Sonho, pesadelo, delírio!" O padre falava aos gritos, como se me contasse coisas à distância, da outra margem do Mureș, o que nada mais era que a expressão da superexcitação.

"Está ouvindo, Octavia? Ele, Axente o incrédulo, não acredita! Ele acha que é delírio e miragem." Com essas palavras, o padre precipitou-se no grande aposento. Remexeu uma gaveta. Encontrou os fósforos, acendeu a lâmpada: "Ouviu, Octavia?" Mas Octavia não respondeu. O padre foi para o outro lado do biombo. Ficou paralisado ao dar com a cama vazia: "Mas onde é que você está, Octavia?"

Levantei-me rápido da cama. Fechei por dentro, no escuro, a janela que Octavia deixara levemente entreaberta depois de sair. Acendi a vela de cima da mesa. O padre voltou e se pôs na soleira do quartinho: "Onde está Octavia?" Respirou aliviado ao ver que Octavia não estava no meu quarto.

"Sei lá!", respondi fingindo perplexidade, "quando você saiu para a balsa, fui me deitar. Acordei só agora, com o seu tiro de pistola. E que ideia é essa de atirar com a pistola da varanda? A Octavia não está aí do lado? Deve ter saído. Quem sabe passou mal com todo esse calor! Deixe-me vestir-me. Muito exuberante essa sua imaginação! Que lobos, Vasile? Que Diabo, Vasile? Acorde! Deixe de lado a infantilidade e a fantasia! Aliás, fique sabendo que eu também tive um pesadelo. Que diabos vocês tanto aquecem esta casa... vai acabar pegando fogo!"

Capítulo XI

Vesti-me um pouco embaraçado e sem conseguir dominar meu tremor. Esperava tenso pelo retorno de Octavia, entrando finalmente no aposento grande, vinda de fora. Mas ela não aparecia.

O padre pareceu mais convencido, pensando que Octavia deveria ter saído um pouco por causa do calor abafado dentro da casa.

"Não deve ter se sentido bem! Logo volta! Ei, mal vejo a hora que ela também fique sabendo o que costuma acontecer por aqui em noite de São Nicolau! Imaginação de mulher, você acha? Lobos e o Diabo!"

O padre morria de calor naquele ar sufocante dos aposentos. Sua testa estava banhada de suor. Mas não só por causa do calor que pairava na hospedaria.

"Os lobos ficaram do tamanho de camundongos, é? Ha, ha! O maior dos poetas é o delírio, padre! É tarde demais vir até mim com essas coisas, padre Vasile! A imaginação não me convence mais! Os lobos pulavam por baixo do braço do pastor? E diminuíam? Ha, ha! E pulavam de novo e aumentavam? Para quem você conta essas histórias da carochinha, padre? Justo para mim, eu que não tenho mais visões? Olhe, não me dou por vencido. Sou um homem lúcido, padre! Até mesmo lúcido demais de um tempo para cá! Despertei! Até minha poesia despertou. Infelizmente! Despertou assim como desperta o vinho de Şard no garrafão tampado com espiga de milho. Há anos que fui abandonado pelo sonho. E não acredito mais em fantasias."

Acabei de me vestir, como se não pensasse mais em voltar a deitar. O padre ainda tentou me convencer das visões que tivera. Mas como Octavia não vinha, eu lhe disse: "Não seria melhor vermos o que houve com Octavia?"

Fomos para o aposento grande. O padre procurou de novo atrás do biombo: "O que será que houve? Onde está Octavia? Venha ver! Toda a roupa dela está aqui, espalhada pelas cadeiras!"

Fui olhar também atrás do biombo. De fato, todas as suas peças de roupa, da saia aos chinelos de feltro, da blusa ao roupão-casaco, tudo estava jogado ao acaso numa cadeira e num banquinho.

"Como terá saído? Ou será que se escondeu em algum lugar?!" E o padre, agitado, começou a procurá-la pelo armário, pelos cantos, atrás dos sacos do corredor-beco. Perplexo, pus-me a tirar minhas próprias conclusões. Quer dizer que Octavia, ao entrar no meu quarto, não deixara nenhum roupão-casaco na poltrona, assim como imaginara. Ela viera nua. Depois do tiro de pistola, foi nua que ela saiu pela janela.

O padre agora entrava no quartinho iluminado por um toco de vela. No quartinho onde dormíramos. Na agitação que o dominava, olhou embaixo da cama: "Aqui também não está!"

"Padre Vasile, não acha que deveríamos procurá-la lá fora?"

"Mas como terá saído? Sem roupa?"

Dei de ombros. O padre pegou a lanterna, que ainda fumegava ao lado da porta, na varanda. Saímos. Meu coração palpitava tanto que era capaz de ouvir o seu tropel. No quintal – neve, como em toda a parte. Vimos pegadas alinhadas na neve fofa, que iam na direção do jardim, por trás do barracão. O padre baixou a lanterna para verificar com atenção: "Marcas de pés descalços!"

Como um galgo farejador, o padre seguiu enlouquecido as pegadas. Fui atrás dele como um autômato. Comecei a imaginar todo o horror. Chegamos ao jardim. As marcas nos levaram até a cerca dos fundos. Pulamos a cerquinha de vime e penetramos por entre os tufos do arvoredo que se estendia até o Rio Mureș. As marcas continuaram até a água. A última pegada estava bem na margem, como um carimbo feito na terra. Dali, ela pôde ter se atirado na água e se perdido debaixo do gelo. Naquele ponto, o gelo se alastrava por toda a largura do rio, interrompido apenas por correntes delgadas que escavaram leitos estreitos pela neve depositada sobre a carapaça fresca do rio.

XII

    Pouco antes do amanhecer, ainda na escuridão que começava a se tornar transparente, parti sozinho para Alba. Caminhei com dificuldade pela neve por onde não havia passado nenhuma pessoa e nenhuma carroça. Quase cambaleava, de modo que alguém que me avistasse de longe poderia acreditar que voltava de uma festa de São Nicolau. Cambaleava porém por causa da dificuldade em avançar pelos montes de neve e por causa do caos daquela noite que pairara no mundo. Era como se caminhasse num cascalho de caos fervente, no fundo de precipícios congelados. Levava comigo toda a exaustão e a agitação da madrugada. Ao me lembrar hoje, passado já algum tempo, daquela caminhada, dou-me conta que dormi enquanto andava. Dormi ao menos por alguns instantes, enquanto os meus passos, desprendidos do meu ser, avançavam pela neve. O sonho tão confuso da noite provavelmente exigiu ser sonhado até o fim. Mas nem naquele sono em pé, que pesava em mim como uma enfermidade, consegui reconstituir o fio dos acontecimentos, embora seja sabido que, em poucos instantes, possamos sonhar vidas inteiras com sobreposições gigantescas de tempo. Avancei como um autômato pelo caminho isolado, despertando daquele sonambulismo com uma pontada dilacerante no coração. A pontada, como a de uma faca, não me matou. Apenas transbordou-me para o núcleo da realidade. Os acontecimentos foram acontecimentos verdadeiros, com marcas que acentuavam sua veracidade – não foram um sonho. Os fatos, que mais pareciam pertencer a um sonho, ocorreram de verdade; restava apenas esclarecer a sua faceta ainda enigmática. Mas por onde começar?

    Voltamos então das águas do Rio Mureş. As pegadas na neve realmente terminavam com uma queda, por ninguém testemunhada, nas ondas de gelo. Ainda fiquei algumas horas conversando com o padre Vasile. Octavia não se encontrava mais entre nós. Essa era a única certeza em que contudo não nos permitíamos acreditar. O que a teria impulsionado a desaparecer daquela maneira? Essa pergunta nos torturava a fogo.

Fragmentos da longa conversa com o padre Vasile rodopiavam na minha mente, passando e retornando...

"Pare com isso, padre. Não sabe o que está falando."

"O Diabo ficou rondando a noite toda, deve tê-la visto enquanto se despia e a chamou até ele! Ela deve ter atendido o seu chamado como uma sonâmbula e foi parar nas águas do Mureș!"

"Ouça, padre, nós não verificamos se não havia pegadas viradas no sentido inverso."

"Havia pegadas, mas só na direção do rio."

"Ouça, padre, nós não olhamos no estábulo. Talvez tenha ido se deitar na manjedoura, entre as vacas, na cama onde dormiam os forasteiros que costumavam pernoitar por aqui. Octavia quer nos pregar uma peça, quer nos assustar, assim como você nos assustou ao apertar o gatilho da pistola."

E quanto esperamos – e como esperamos!

O padre sempre evocava o Diabo no contexto, como se delirasse. Eu partia da seguinte premissa: suponhamos, no pior dos casos... que o Diabo... Mas isso não interessa. O que interessa é o salto derradeiro. Conhecendo alguns fatos que precederam a decisão de Octavia de se atirar no rio, fatos que eu não lhe confiara, estava convicto de que o que acontecera – acontecera. Abria-se porém um vácuo diante de mim: por quê?

Tudo isso rodopiava na minha cabeça e no meu sangue enquanto avançava por entre os montes de neve rumo a Alba. Desfiz o nó do meu cachecol, desabotoei meu casaco. Tinha calor e transpirava. O suor escorria pela minha testa, encontrando leitos nas riscas ao redor da minha boca. Em uma única noite, aqueles riscos se aprofundaram como se houvessem sido escavados na pedra.

Por vezes tive a impressão de andar sem sair do lugar, tão difícil era o avanço. Entretanto, a dificuldade deveria estar mais dentro de mim, pois mais rápido do que pude perceber, cheguei a Alba. Ao entrar no quintal de casa, minha filha, Ioana, estava justamente saindo para a escola: "Onde você passou a noite toda?"

Capítulo XII

"Veja que nos seguraram numa reunião até o raiar do dia!", respondi com uma calma aparente. "As reuniões se arrastam por ocasião das eleições sindicais." Não dissera uma inverdade completa, pois, naquela noite, eu de fato deveria ter participado de umas eleições sindicais que, por sua importância na nova ordem social, se desenrolavam como um ritual sob o signo da aurora boreal. Não obstante recebesse com desconfiança a explicação do meu atraso, havia compreensão no rosto de Ioana. Para sua idade, foi a primeira vez que me pareceu compreensiva.

Haveria de entrar em casa. Como me conter? Dentro de alguns instantes haveria de começar a contar à minha esposa, Dora (no mesmo momento passou-me pela cabeça que Leonte a chama de Flavia), o ocorrido, na medida em que se podiam contar tais acontecimentos. "Ontem à tarde – meu Deus, quanto tempo passou desde então! – perdemos a hora na hospedaria jogando conversa fora. De maneira que se fez tarde e, com a escuridão que se abateu, seria arriscado voltar sozinho para casa. Parece que os lobos rondavam a região. Tomamos juntos uma, duas taças de vinho. Antes da meia-noite, quando estava me preparando para me retirar e dormir no quartinho da filha deles, apareceu um pastor de estranha aparência, quase sobrenatural, que pediu ao padre transportar pelo rio um rebanho de duas mil ovelhas. Cansado, retirei-me para o meu quarto. Cerca de duas horas depois, o padre voltou. Octavia não estava mais no quarto maior... E, agora, espere pelo inesperado, pois, pelo que tudo indica, Octavia, não se sabe a razão, parece ter-se matado atirando-se ao Mureş." Minha esposa empalideceu. Suas pernas enfraqueceram de repente, sentou-se numa poltrona. Continuei: "Durante toda a noite, durante o jantar, falamos um pouco sobre tudo, sobre exílio e catacumba, falamos sobre tempestade e horror, sobre o Canal Danúbio-Mar Negro, sobre os novos lotes de 'voluntários' prestes a serem levados em camburões... Toda a noite Octavia pareceu preocupada com o terror dos boatos, não de maneira excessiva, mas preocupada, para que, logo depois de eu adormecer no meu quarto, se fizesse o seu destino! Não sei precisamente o que e como aconteceu, nem por quê... De qualquer modo, Octavia desapareceu. Seguimos de lanterna as suas pegadas na neve, até o rio... Pegadas... como uma série de pontos depois da última palavra..."

"Pare, pare, pare, não é possível!", reagiu minha esposa, agarrando seu rosto com as mãos. "Quem sabe onde terá se escondido! Talvez ela queira brincar com vocês, com tanta imaginação que ela tem, talvez queira provocá-los! Ela adora se exibir e se transformar no centro das atenções! Não acredito em nada disso!"

Dora saiu e me deixou sozinho. Tinha coisas a resolver na cidade. Foi o que disse. Mas eu a conhecia: ficara apavorada.

Espichei-me num sofá para descansar. Mas de onde haveria de aliciar sono? Prestes a adormecer, estremeci com uma pontada no coração. Na dor debaixo das costelas pareciam acumular-se todas as lembranças e agitações da madrugada. E eu parecia de novo escorregar fisicamente na direção do sono. A pontada me recolocou no centro da minha lucidez. Levantei-me. Dei alguns passos pelo quarto. Dora voltou. Teria esquecido o que havia por fazer na cidade? Foi para a cozinha, crente que eu repousava.

Cerca de uma hora mais tarde chegou Lelia, a filha dos balseadores, aos prantos, de olhos arregalados. Como se trouxesse uma notícia de terror daquilo que ocorrera na hospedaria, uma versão exagerada pelos boatos linguarudos da escola. Lelia procurava refúgio em sua desgraça. Não tive como ajudá-la. Minha esposa tentou, na medida do possível, tranquilizá-la, dizendo-lhe que tudo haveria de se revelar, dentro de uma ou duas horas, um estúpido boato... "Você vai ver, Lelia, você vai ver! Venha almoçar conosco depois que terminar a escola. Até lá tudo vai-se esclarecer..." A menina foi embora. Se não consolada, pelo menos não chorava mais.

Em poucas horas, todas as ruelas e casas de Alba impregnaram-se do boato, que pairou como uma fumaça espessa, conforme o qual dona Octavia Olteanu da balsa teria se matado. Surgiu espontaneamente também um segundo boato, uma "explicação" improvisada do ocorrido, uma explicação à altura da imaginação popular, uma explicação concreta, material, fora do raio de ação de um elemento imponderável. A mulher, diziam, teria descoberto junto aos informantes da *Securitate* que estava prestes a ser mandada ao Canal Danúbio-Mar Negro para trabalho "voluntário". Assim era denominado de modo oficial o regime de extermínio no Canal. Dona Octavia Olteanu teria preferido as águas do Mureş ao destino de passar por baixo do triunfante portão em que estava inscrito: "Benvindos, camaradas voluntários!"

À tarde vieram a nossa casa padre Vasile e Lelia. O padre estava morto de cansaço. Tinha corrido por toda a parte, passando por conhecidos e diver-

Capítulo XII

sas autoridades. Dora recebeu Lelia, oferecendo-lhe um consolo conforme com as circunstâncias, no qual nem ela mais acreditava. Lelia soluçava em silêncio. O consolo não tinha efeito algum sobre a menina, que naquele meio tempo recebera do pai a confirmação do boato. Minha esposa insistia, ao menos aparentemente, na suspeita de que tudo não passasse de um mero espetáculo que haveria de se revelar em breve, para a alegria de todos, por meio do próprio retorno de Octavia. A solução imaginada por minha esposa, defendida em voz alta mas sem argumentos, não convencia ninguém – pelo contrário, incomodava um pouco por apresentar Octavia de maneira leviana.

Retirei-me em outro aposento com o padre Vasile. Ele me contou, esfregando a testa, ter ido à polícia, onde anunciou o desaparecimento de Octavia. Na polícia o padre exprimiu, conforme o que me contou, sua opinião de que Octavia foi de encontro à morte nas águas do Mureş num momento de ausência, provavelmente movida por certos temores. Interrogado quanto às condições em que os fatos se desenrolaram, o padre lhes deu uma série de detalhes, mas absteve-se de expressar suspeitas ou hipóteses. Contou também o caso da aparição do pastor, desprovendo-o porém daquela sua interpretação delirante. O padre, contudo, insinuou na polícia que o desaparecimento de sua esposa poderia ter ligação com o boato que circulou pela hospedaria, e também pela cidade e nos vilarejos vizinhos, da iminência de um novo aprisionamento maciço de voluntários para o Canal Danúbio-Mar Negro.

Assim que Ioana voltou da escola, sentamo-nos todos à mesa. Não se falava quase mais nada. Só Lelia ainda dava soluços de choro e esboçava um meio sorriso quando minha esposa ainda tentava consolá-la, iludindo-a com a ideia de que Octavia reapareceria, censurando-nos todos por termos podido acreditar numa proeza tão inumana como aquela que corria à boca miúda. O padre e Lelia em seguida se levantaram e partiram calados rumo à hospedaria.

Na tarde daquele dia, a polícia de Alba mandou para o local uma equipe com quebra-gelo e com arpéus para vasculhar as águas do Mureş. De lugar em lugar, dezenas de homens quebraram o gelo, mas em nenhum lugar surgiu nenhuma evidência no tocante à vítima afogada. Como o tempo estava sereno e o frio baixava, os buracos feitos logo se fecharam com uma crosta congelada. No final das contas, desistiram da busca, dizendo que só na primavera a vítima afogada viria à tona, se viesse. Descobri também, naquela mesma tarde, que de maneira alguma a ponte de Partoş havia sido levada pelas águas, assim como nos contara à meia-noite o misterioso pastor. Aquela enxurrada de notícias, ao anoitecer, me atirou a um estado de profundo cansaço. Minha vigília estava alterada pelo sono não dormido. Sonhava acordado. Expliquei-me da seguinte maneira a mentira do pegureiro: como poderia ele atravessar a cidade com duas mil ovelhas? É claro que não tinha como atravessar Alba com um rebanho daqueles. O pastor não teve outra alternativa a não ser inventar que a ponte de Partoş havia sido levada pelas águas. Apoiando-me nessa explicação que eu dava a mim mesmo, deslizei vagarosamente, meio desperto, no sonho ou no delírio do padre Vasile: o pastor não era pastor, mas o Diabo em carne e osso. Com um estremecimento, despertei do sonho que me engolia como um vai e vém de visões estúpidas. Estremeci com uma pontada no coração. Ao despertar por um instante, procurei fixar na mente, a todo custo, o seguinte pensamento: o pastor era um pastor como todos os outros pastores, e suas ovelhas eram ovelhas, não lobos! E, mesmo que hajam sido necessárias várias travessias de balsa, o número de ovelhas não pode ter sido superior a uma centena. Esse cálculo eu fazia, sem dúvida, desperto. Mas o que é que o padre viu? Lobos que pulavam por debaixo do braço estendido do pastor sobrenatural! E por que não aceitaria para mim mesmo, sem medo ou vergonha, o que nós mesmos vimos? Jamais negarei ter visto os olhos de fósforo do pegureiro! Mas e os lobos? Talvez os visse caso houvesse espiado pela janela. Como é que não verifiquei as pegadas do rebanho, ali, diante da hospedaria? Se me recordo bem, ao sair da hospedaria olhei por ali, mas a neve que havia caído de manhãzinha cobrira os vestígios. Uma prova, porém, existe com relação à realidade daquela criatura. Os ducados que voaram até o meio da mesa, arranjando-se sozinhos, perfeitamente um em cima do outro.

ཀྵ

Primeira noite depois do terrível acontecimento. Onde encontrar sono? Pouco antes de me despir para me deitar na minha cama, em casa, entre as quatro paredes do meu dormitório, caí morto num sofá. Mas o sono foi breve. Não mais que alguns minutos. Dormi, porém, como uma pedra. Acordado pelas batidas do

Capítulo XII

coração, comecei a me despir e me deitei na minha cama. Mas agora, querendo dormir, o sono me evitava. Um cansaço indescritível me tomou, mas, prestes a adormecer, o sangue pôs-se a palpitar como batidas de martelo em todas as margens do corpo. Minha fisiologia recusava o sono. Contudo, sentia uma espécie de sono em todos ao meu redor. Só em mim não. Quer dizer que a ponte de Partoş não havia sido levada pelas águas! Por que o pastor mentiu? Se as suas ovelhas fossem ovelhas, teria sido fácil atravessar a ponte de Partoş! A passagem pela cidade de Alba não teria durado mais que uma hora. Ele preferiu atravessar de balsa – o que roubava quatro horas do seu tempo. Por que preferiu a balsa? Ah, por quê! Não é claro como a luz do dia? Você ainda quer explicações? Como é que o pastor poderia atravessar a cidade, à meia-noite, com dois mil lobos? E, assim, cheguei de novo aos lobos. E, dos lobos, ao Diabo. Eu também parecia seguir os rastros deixados no ar pelo delírio do padre.

Mas não só a história dos lobos me agitava. Atravessou-me e tornou-se recorrente sobretudo outra coisa. O espetáculo ao qual não assisti, mas que, derretido por um sono insone, imaginava. Dezenas de homens reunidos para quebrar o gelo que cobria todo o leito do Mureş, ou que por vezes cobria apenas as margens dos redemoinhos. A imagem era de uma clareza insuportavelmente vívida. Escutava os golpes de picareta! Ao longe, avistei os torrões de gelo cedendo. Vi a água tornando-se turva e em seguida límpida. Nada apareceu. Na primavera, disse para mim mesmo. Na primavera talvez surgisse a vítima afogada, com o rosto devorado por sanguessugas, com as coxas roídas por siluros. E mais uma vez tentei compreender o gesto de Octavia. Um estado de pânico irrefletido deve ter-se produzido nela ao ouvir o boato do iminente aprisionamento de novos voluntários para o Canal. Quem não morreria de medo com a notícia de constar na lista do próximo lote a ser preso? Mas essa explicação, que tinha o seu peso, era capaz de me convencer, eu que sabia que Octavia estava do meu lado antes de tomar o caminho do leito do Mureş? Tinha que me debruçar mais sobre seu caminho! Ou teria Octavia perdido o juízo ao ouvir o tresloucado tiro de pistola na varanda? Como não perderia o juízo ao estrondo da pistola? Ainda mais na situação em que se encontrava naquele momento! Ou será que o pegureiro a teria chamado? Se o pegureiro não era pegureiro, e sim outra coisa, então ele sabia exatamente como chamá-la! Mas talvez Octavia tenha rumado ao rio como uma lunática, movida por uma incitação mais complexa que a de um acesso de sonambulismo! Não, não, não, dizia para mim mesmo, a razão deve ter sido o pânico. O fato de o padre ter atirado com a pistola a teria apavorado? Não, não, não, dizia para mim mesmo, deve ter sido outra coisa. A desilusão por eu não ter respondido de imediato e resoluto ao seu desejo de enfim, enfim lhe dizer que a amava? Terá sido o mudo desespero de que, naquele instante, o meu pensamento fosse cativo de dona Ana? Terá sido a suspeita de que, apesar do amor e da paixão que por mim nutria, ela permanecia do lado de fora do meu coração? Minha imaginação e minha mente vasculhavam todos os motivos, quaisquer que pudessem ser invocados para uma explicação inútil. No fundo, seu gesto permanecia inacessível à compreensão, caroço sombrio no núcleo de um enigma. Estou hoje convencido de que só a imagem de seu último caminho até o rio corresponde exatamente à realidade. Só tenho uma certeza: no instante supremo, ela caminhou nua pela neve, na direção da água, numa espécie de transe, como uma lunática.

ல

Durante alguns dias de alma agitada e mente remoída, fui vítima de insônias apenas comparáveis àquelas pelas quais passara anos antes, por motivos completamente diferentes. Obrigado pelo meu dever de subalterno, cumpria meu horário no escritório do *Batyaneum*. Mal podia porém me concentrar em qualquer coisa de útil. Poesia, nem pensar. O exercício poético já estava abandonado fazia anos. Quase esqueci ter escrito versos alguma vez na vida.

Na hora exata em que, sem qualquer acordo prévio, podia me encontrar com Ana num certo cruzamento de ruelas, lá em cima, na fortaleza, não ocorria mais nenhum encontro casual. Eufrásia não aparecia mais. Rescindiram minha carícia. Transformei, assim, o nome de uma planta medicinal numa expressão que reproduzia plasticamente uma situação implacável.[1]

Ana sem dúvida ficara sabendo do ocorrido. E teria sido difícil para ela, por mil e uma razões, reencontrar-me.

---

[1] Em romeno, a denominação popular da planta eufrásia – *mângâierea-apelor* – traduz-se literalmente por "carícia das águas". (N. T.)

Capítulo XII

Com medo, tensão e impaciência eu esperava ser chamado a qualquer momento pela polícia para ser interrogado no misterioso caso da hospedaria dos balseadores. Estava decidido a declarar tudo. Sem reticências. Mas sem a pretensão de desvelar o enigma. O convite não vinha. Uma investigação sumária, para efeito de aparência, foi feita no local no dia seguinte ao ocorrido. Na devida ata, registraram em primeiro lugar as declarações do padre Vasile. E os dias passavam sem que uma nova investigação ao menos se esboçasse. Meu interrogatório? Era adiado de um dia para outro. Durante minhas insônias noturnas, porém, eu me interrogava sozinho. Minhas conclusões? Plúmbeas, disformes, caóticas.

Todos os cidadãos de Alba continuaram discorrendo sobre o caso. A população da cidade, assim como a dos subúrbios, chegou à conclusão de que Octavia Olteanu havia se dirigido às águas do rio em condições de pânico ao descobrir que viria a ser levada, no novo lote de "voluntários", para trabalhar no Canal Danúbio-Mar Negro.

Os dias e as semanas passaram... A tragédia da hospedaria dos balseadores foi encoberta pelo rumor e pelo horror da madrugada em que um grande lote de "voluntários" da morte foi realmente levado para o Canal dentro de camburões que circularam a altas horas pela escuridão da cidade, aterrorizando, com seu lúgubre rangido, toda a população. A investigação sobre o confuso caso do vau do Mureş não prosseguiu. Por isso deduzi que Octavia Olteanu realmente se encontrava na lista do lote de "voluntários", e que por isso nem a polícia, nem a *Securitate* continuou as investigações. O caso foi arquivado, para que a imaginação popular da cidade e dos habitantes da área não tivesse mais motivo para amplificá-lo, o que poderia inquietar inutilmente as pessoas.

Naquelas semanas de irremediável decomposição, padre Vasile devotou-se a excessos de embriaguez que sua biografia jamais conheceu. Frequentava os bares da periferia da cidade. Passava horas em completa inconsciência em valas onde os limites da cidade se misturavam ao campo, para se desentorpecer antes de entrar no próximo bar. O serviço da balsa não conseguia mais segurá-lo. Ficou sozinho na hospedaria, que se arruinava. Os aposentos deixaram-se ocupar pelo sopro da desolação. Quando não tinha passageiros para a balsa, o padre costumava ir até a margem do rio, onde olhava perdido para o redemoinho em que Octavia desaparecera. Depois ia para a cidade, para os bares. Pensava em liquidar a empresa. Queria pedir para ser mandado como "voluntário" para o Canal Danúbio-Mar Negro. O padre vendeu as vacas, para que não sobrasse mais nada vivo na hospedaria.

Certo dia, Vasile veio me visitar para pagar o resto da dívida. No dia seguinte, haveria de partir para o Canal. Recusei o dinheiro com um sorriso, dizendo-lhe que deveriam ser usados para a educação de Lelia. Padre Vasile sorriu, parecendo grato pela atenção manifestada à criaturinha de olhos azuis da hospedaria. Uma tia da menina, em Cluj, chegara alguns dias antes a Alba para assumir a responsabilidade da criação da menina. Disse ao padre Vasile que entregasse o devido dinheiro à tia da menina.

"Estou indo por vontade própria para o Canal. Preciso expiar muitas coisas", disse-me ele.

Ao despedirmo-nos, padre Vasile lacrimejou e me estendeu a mão. Deveria aconselhá-lo a não partir para o Canal? Não! Não haveria de aconselhá-lo! Quis deixar sua consciência livre de qualquer dúvida de que seria capaz de expiar. Tinha ele apenas duas alternativas pela frente: santidade ou *delirium tremens*.

XIII

    Minha agitação ainda durou algumas semanas. O incêndio interior e o susto foram aos poucos diminuindo, transformando-se numa espécie de incandescência cinzenta. No início do novo ano, a neve começou a derreter por toda a região. Uma onda de frio incessante emprestou ao barro debaixo de nossos pés uma consistência óssea. Só ao meio-dia podiam-se avistar ao longe, nas marcas das trilhas e nos sulcos dos campos, faixas de lama ou de húmus descongelado sob os raios do sol. Todas as marcas e sulcos pareciam apontar para a hospedaria dos balseadores.

    O mesmo número de semanas durou a "ausência", em vias de se tornar permanente, de dona Ana Rareş. Esquecera-se da hora em que um hábito caloroso me fazia interpelá-la na rua? Teriam mudado seu horário de trabalho? Ou será que fecharam o laboratório? Ou mudaram o laboratório do antigo prédio principesco-metropolitano para outro lugar? Sabia muito bem que todos esses meus temores não tinham qualquer fundamento. Havia, entretanto, uma resistência no coração de Ana! Queria ela de algum modo me punir pelo fato de, depois que me mudei para Alba, ter me envolvido demasiado com a hospedaria dos balseadores? Tinha de me acostumar com esses desencontros – era o que eu dizia com os meus botões sempre que, a cada manhã, na mesma hora, uma profunda angústia se instalava dentro de mim. Comecei de fato a me acostumar com os desencontros no sentido de que, depois de uma onda de aguda amargura de uma ou duas horas, oferecia-me a mim mesmo, num exercício diário, as mais doidas esperanças: amanhã Ana haveria de se encontrar comigo com um sorriso, como se nada desagradável ou angustiante houvesse acontecido naquelas semanas. E, depois de esperar vê-la em vão, no caminho em serpentina que conduzia à cidadela, ou ao lado da velha catedral, voltava todo dia, na mesma hora, à estagnação do meu escritório no *Batyaneum*.

Fim de janeiro. Dia de frio intenso, sem neve. Depois de aguardar debalde no Portão de Horea, retornei ao *Batyaneum*. Isolei-me na sala dos manuscritos, na biblioteca. Procurei lutar contra o desespero folheando um manuscrito medieval, um evangeliário maravilhosamente ilustrado. As cores das ilustrações, produzidas por um artista do século XIII, pareciam ter sido aplicadas no dia anterior. Era dessa maneira que eu vinha ultimamente perdendo muito do meu tempo.

Em torno do meio-dia, ouvi batidas na porta. Não respondi. Deveria ser algum funcionário da biblioteca. Decerto queria entrar para procurar algum título pelas estantes de livros que forravam uma das paredes. A porta se abriu sem que eu dissesse "entre"! Mas entrou – quem? Dona Ana.

Seu rosto estava crispado. Todo o seu ser estava angustiado por uma mágoa que mal podia dominar. Levantei-me da mesa de trabalho, dei um passo na sua direção. Ana se sentou como se caísse de exaustão, sem mais esperar ser convidada, numa poltrona próxima. Sentei-me de novo à minha escrivaninha: "O que foi?", perguntei. Ela hesitou. Fitei-a longamente, meu olhar aos poucos transformando-se em consternação: "O que aconteceu com você?!"

"Ainda não soube?", disse ela, como se evitasse o que realmente deveria me contar.

"Não sei do que está falando!", procurei obrigá-la a falar.

"Leonte se foi!"

"O quê? Como?" Levantei-me. Ana foi acometida por uma tal crise de choro, que não soube o que fazer para acalmá-la, pelo menos para que ela conseguisse me contar o que acontecera.

O choro tanto a abalou, que ela precisou de alguns minutos para se refazer. Com um suspiro profundo, ela enfim logrou dominar a agitação. Falou devagar, com a voz embargada pela emoção que a rondava, algumas palavras inesperadamente calmas depois daquela perturbação:

"Atirou-se... na Ravina Vermelha, no precipício mais profundo... O drama terminou... Ontem, provavelmente de manhã. Foi encontrado algumas horas depois, ao anoitecer. Jazia completamente despedaçado, com o rosto para cima, intocado, com os braços amplamente abertos, no fundo do precipício. Hoje de manhã, os parentes mandaram Ileana, com o primeiro ônibus, vir me avisar. A menina foi me procurar em casa, mas só me encontrou faz

Capítulo XIII

pouco tempo, no laboratório. Vim direto até aqui. O que devemos fazer? Não consigo pensar noutra coisa."

Senti um tremor em todas as articulações. A notícia enrijeceu meus movimentos, caminhava como se tivesse próteses. Procurei me controlar. No meu rosto surgiu uma crispação de dor e, esboçado na minha mímica, sem se expressar, uma espécie de riso completamente inadequado que me esforcei em sufocar com uma máscara de sofrimento. Já me vi ao longo da vida em condições semelhantes, tendo de controlar choques ou sofrimentos inesperados, demasiado violentos. O afeto represado transborda, escapando por um momento, paradoxalmente, sob a forma estúpida da fisiologia do riso. Como uma salvação para mim, o riso se esboça apenas no rosto, e não também na voz.

"O enterro vai ser depois de amanhã", acrescentou Ana.

"Depois de amanhã? Então há tempo de vir gente de Bucareste." E verbalizei uma opinião: "Muitos amigos ficarão desolados caso não participem do enterro. Vou telefonar agora mesmo para Bucareste."

Parti do *Batyaneum* com Ana, descendo com dificuldade a escada em caracol. A emoção se instalou nos meus joelhos sob a forma de uma insegurança rígida. Fomos à central telefônica, onde bastante rápido me fizeram ligação com a família Stănculescu. Depois falei também com Marius Borza. Os dois amigos, calados de consternação, anunciaram sua vinda ao enterro. Ficaram responsáveis também de avisar em Bucareste uma série de outros intelectuais que gostariam de estar presentes à descida de Leonte ao túmulo de Câmpul Frumoasei.

Acompanhei Ana até sua casa, no bairro de casas no sopé da fortaleza, numa rua que agora leva o nome do primeiro marxista. Meu Deus, como esses nomes se adéquam à cidadela do Príncipe Mihai, o Valente, e de Simion Ștefan! Provavelmente, também em Câmpul Frumoasei a viela que leva ao cemitério deve se chamar Engels! Por toda a parte, todas as ruas que conduzem ao cemitério deveriam ter nome de marxistas. Diante de sua casa, Ana me convidou para entrar. Era a primeira vez que entrei na casa habitada pelo casal Rareș. O aposento em que entrei, meio acanhado, era mobiliado com poucos objetos, porém de bom gosto. Olhei ao redor de mim com atenção. Ana, assumindo um tom "direto", disse-me, como um parêntese aberto na torrente de pensamentos que fugiam noutra direção, que o que eu via era praticamente tudo o que fora possível salvar de Iași em meio às peripécias da guerra. Pela primeira vez surpreendi seu sotaque moldavo. Sentei-me numa poltrona. Dona Ana procurou onde se sentar, um pouco embaraçada com as circunstâncias que finalmente me levavam à sua casa. Estava aparentemente preocupadíssima com a minha presença ali e naquele momento. Como se o aposento me fosse de algum modo proibido.

"Vou ajudá-la a sair dessa perplexidade", disse comigo mesmo: "Você visitou Leonte quase toda semana. Como evoluiu nos últimos tempos?"

"Saíra totalmente da grave depressão do verão passado e ultrapassara seu nadir, assim como me disse no momento em que, no vinhedo, dei-lhe o damasco, a maçã de ouro da vida – lembra-se?! Isso não significa que tivesse passado a ver as coisas de outra maneira. Pelo contrário, ele passou a vê-las em cores ainda mais sombrias. Uma lucidez exacerbada fazia-o falar de modo sinistro tanto sobre as condições em geral, válidas para todos nós, como também sobre aquelas que só a ele concerniam. Leonte se considerava, como você bem sabe, uma criatura 'que perdeu seu próprio destino!' Era essa a obsessão que arrastava consigo pelas cinzas dos últimos anos. Da minha parte, tentei, o quanto pude, resgatá-lo para o caminho de seu próprio reencontro. Certa vez, como se censurasse os meus esforços, ele me respondeu sorridente: 'Meu destino? Jamais vou recuperá-lo!' Ademais, numa determinada ocasião, ao falar da nossa história, ele me disse: 'faz séculos que nós, romenos, perdemos o nosso destino de uma maneira ou de outra'. O que é que Leonte poderia dizer das atuais condições subumanas de existência, dessa escravidão terrestre sem precedentes? Ele sempre quis concluir sua visão de mundo, em cuja concepção passou vinte anos trabalhando. 'O que você quer?', dizia-me ele de vez em quando, 'olhe para esses livros! Preciso lê-los, inclusive as fontes, para poder escrever uma história do pensamento romeno. Sinto-me mortalmente humilhado! Um trabalho encomendado! Por decreto moscovita! Como é que as coisas se desordenaram a ponto de eu chegar a executar uma encomenda?! Encontro nessas fontes pouquíssimos pensamentos e fatos com base nos quais eu possa reconstruir as épocas. A obra, porém, talvez venha a apresentar algum interesse. Estou lendo e reunindo material; e você não faz ideia como passo desatento por cima de todas as dificuldades rumo à idolatrada liberdade! Procuro preencher os vazios. Até há pouco tempo, durante séculos, nosso pensamento não teve condições propícias para florescer nos padrões normais. Até há pouco tempo, quer

Capítulo XIII

dizer, entre as duas guerras mundiais. Nossa história foi uma história orgânica só até Ştefan, o Grande.[1] Desde então, nossa história foi retirada do destino. Tenho mergulhado', confiava-me Leonte com uma dolorosa volúpia, 'em diversas eras. Quero adivinhar-lhes as possibilidades irrealizadas. Essa é quase a única alegria que me restou. Minha imaginação especulativa quase sempre inventa todo tipo de visões filosóficas, uma série de metafísicas; ou seja, aquelas que deveriam ter surgido ao longo do tempo, se nossas forças não houvessem sido sempre inibidas por monstruosas intromissões externas!' Assim costumava falar Leonte. Perguntei-lhe: 'Mas o que você faz com essas visões?' 'Nada', respondia, 'deixo-as se perderem, da mesma maneira como surgiram na minha mente.' Repetia-me Leonte com frequência que a metafísica sempre fora para ele como uma paixão e uma embriaguez. E era da opinião de que a metafísica, em seu desenvolvimento histórico, integra os supremos contos de fadas modelados pelo espírito humano, bem como as maravilhosas e sagradas mentiras de Deus. Uma vez perguntei a Leonte porque deixava esses sonhos se perderem. Disse-lhe que deveria registrá-los no papel. Assim, ele poderia escrever a verdadeira história do pensamento romeno, das mentiras divinas. Pedi-lhe uma vez que me contasse, ao menos para mim, algumas delas. Leonte não respondeu. O que não significava que recusasse de todo o meu pedido. Mas adiava. Decidi, então, apelar para a pressão moral. Ameacei não visitá-lo mais em Câmpul Frumoasei, a não ser que me apresentasse, a cada domingo, um daqueles contos de fadas. Assim, logrei arrancar dele, e colher pouco a pouco, a 'verdadeira' história do pensamento romeno, com todas aquelas visões que o nosso povo deveria ter criado se as circunstâncias não o houvessem sempre crucificado. Leonte então me esperava, a cada sete dias, com uma grande alegria.

---

[1] Estêvão, o Grande (1433-1504), também conhecido como Estêvão III, foi o príncipe da Moldávia entre 1457 e 1504, sendo uma das maiores figuras históricas do povo romeno. Durante os quase cinquenta anos de seu governo, conduziu inúmeras lutas contra seus vizinhos turcos, poloneses e húngaros, com vistas a manter a integridade do principado. Muitas das igrejas e mosteiros construídos em sua época figuram hoje da lista da Unesco de monumentos pertencentes ao patrimônio mundial. Apelidado pelo papa Sexto IV como *o atleta de Cristo* por suas memoráveis batalhas contra os turcos otomanos, Estêvão, o Grande, foi um inigualável político, estrategista e diplomata, tendo sido transformado pelo povo em herói legendário. Em 1992, foi canonizado pela Igreja Ortodoxa Romena, passando a ser conhecido como Estêvão, o Grande e Santo. (N. T.)

No seu quarto, ali, entre os livros, ele me revelava, a cada santo domingo, uma maravilhosa e sagrada mentira. Em seguida percebi como sua depressão desaparecia à medida em que avançávamos no outono e, mais tarde, no inverno. Seu vigor espiritual crescia. Semana passada, Leonte me contou mais uma das mentiras de Deus. Era como se fosse uma conclusão, pois era recente a época sobre a qual ele projetou aquela criação mental. Assim que terminou, eu lhe disse: 'Leonte, depois desse conto de fadas, o próximo só poderá ser a sua própria visão. Semana que vem você vai desenvolvê-la na minha frente! Agora é a sua hora! Agora é o momento, Leonte Pătrașcu!' Leonte me beijou nas duas faces, agradeceu-me pelos momentos de reencontro e me prometeu, decidido, fazer-me testemunha do seu sonho. O que aconteceu em seguida, já sabemos."

Procurei o que dizer a Ana. Mas acabei falando também de Leonte: "Ele recuperou seu destino no gesto heroico do suicídio. Com isso, Leonte concluiu sua obra, realizando o que faltava. No lugar de uma filosofia da ação, ele nos deu a própria ação. Assim, ele se vestiu de luz depois de você tê-lo ajudado a resgatar seu destino. Vocês, mulheres, não sabem do que são capazes!"

"Com base nas notícias que lhe trouxe, você chegou a uma conclusão que eu jamais poderia imaginar", espantou-se Ana, balbuciando de certo modo as palavras.

"O epílogo é dilacerante para os que ficam, mas a coroação é magnífica. Numa manhã gelada, ele se vestiu de sol e se arremessou na ferida da terra. Se bem me recordo, parece que foi assim, no verão passado, que você chamou a Ravina Vermelha de Câmpul Frumoasei! Seja forte, Ana, e orgulhe-se! Em homenagem a Leonte, devemos manter cem anos de silêncio!"

Com essas palavras, ergui-me, inclinei levemente a cabeça diante dela e saí.

☙❧

Dois dias depois, antes de o dia clarear, tomamos o ônibus rumo a Câmpul Frumoasei. Acompanhavam-me minha esposa e filha. Dona Ana Rareș partiu um dia antes, para a minha surpresa e de certo modo malgrado o que havíamos combinado antes. Não tinha me dado a entender que seria o suficiente partirmos no dia do enterro? No ônibus repleto de passageiros tentei distinguir, sob a luz fraca

Capítulo XIII

das lâmpadas, outras pessoas desejosas por participar da cerimônia de enterro. Estava ali, vinda de Cluj, dona Marga Mureşanu, prima de Leonte, agora de cabelos brancos, mais baixa, uma mulher que, pelo seu temperamento e pela vivacidade de seu espírito, camuflava com perfeição os seus setenta anos, se levarmos em consideração sua verdadeira biografia e não aquela, falsa, que toda mulher ostenta. Em Alba, na parada onde minha família e eu esperávamos fazia meia hora num nevoeiro denso como lã cardada, embarcou também, no último instante, o marido de Ana, professor Rareş, que com dificuldade encontrou lugar naquela meia-luz. Cumprimentamo-nos por cima dos bancos.

Minha família e eu encontramos lugar perto de dona Marga. Há quantos anos que não nos víamos? Sim, a última vez foi naquela memorável viagem do outono de 1944. Passaram-me pela mente os extraordinários detalhes daquela manhã em que, em pleno avanço das tropas russas pela Transilvânia, viajei de Sebeş para Sibiu. Como ficou vividamente registrada na minha mente uma cena daquele momento: dona Marga segurando na mão uma forquilha e "fiando" no momento em que o trem, parado no campo, parecia prestes a ser tomado de assalto pelos soldados russos! Dona Marga se disfarçara numa "filha de boiardo" de aspecto quase monacal. Nem agora estava vestida muito diferente. Estava toda coberta por um xale preto de lã. O rosto se revelava surpreendentemente jovem para sua idade. O que teria feito dona Marga durante aqueles longos anos de terrível desgraça? Ela conseguiu atravessar a catástrofe, retraindo-se como um caracol na concha. Na verdade, ela não se retraiu de todo. Suas "propriedades", perto de Cluj, ela pôde manter. Para a surpresa de todos os romenos, dona Marga conseguiu, com sua habilidade de sempre, "cair em pé de novo". Algumas dificuldades, algumas delas graves, ela teve de enfrentar no início, no outono que se seguiu ao 23 de agosto. Mas ela conseguiu "inocentar-se", apresentando toda a beneficência que disseminara ao seu redor ao longo de uma vida inteira. Assim, ela conseguiu ser poupada do destino reservado a tantos dentre os seus colaboradores e a todas as suas colaboradoras: não foi mandada para os campos de trabalho, nem para a prisão. É verdade que, enquanto conduzia o Patronato, antiga instituição estatal, dona Marga fez muita beneficência durante a guerra. Nos últimos seis anos ela passou a viver em completo isolamento, retirada no interior. Dona Marga agora só se devotava à construção de um mausoléu em estilo neobizantino para o seu marido, morto antes da guerra, célebre escritor, grande orador e político de orientação nacionalista. A viúva, dotada de excepcionais talentos de energia e inteligência, depunha na construção do mausoléu uma paixão verdadeiramente "faraônica". Seu horizonte, em todos aqueles anos, foi por completo ocupado pelo seu "morto", cuja lembrança e glória ela queria eternizar. Sublinhava ainda mais a sua insistência depois que o louvor ao defunto entrou em eclipse total a partir da catástrofe do 23 de agosto. Não nos entretivemos com a desgraça de Câmpul Frumoasei, pois sobre tais coisas não se podia falar nem mesmo aos sussurros dentro de um ônibus. Perguntei-lhe como avançavam as obras do mausoléu. Respondeu-me precisar ainda de pedra de mosaico, que só podia ser trazida da Itália. As obras estavam suspensas por enquanto. Nas longas pausas de silêncio, lembrei-me da demoníaca fama daquela mulher! Na época do Império Bizantino, uma semelhante mulher, partindo da camada inferior da sociedade, seria capaz de se alçar até o trono imperial. Que para isso tivesse de passar também pela arena dos espetáculos, admirados por todas as classes sociais da baixa Antiguidade, seria normal! Na minha opinião, no passado de dona Marga têm prioridade as boas ações e, dentre as boas ações com as quais ela fez questão de embelezar sua vida, considero aquelas que brotaram do grande interesse e da grande preocupação que ela nutriu pelo seu primo Leonte. Diversas vezes, em momentos decisivos, Marga interveio para ajudar seu primo muito mais jovem que ela. Na época em que estava em contínua ascensão o prestígio de Leonte, que ela apreciava e de quem ela sempre se gabava de ser "prima", ela sempre o procurou apoiar. Dona Marga, ei-la na minha frente! Soube no dia anterior, pelo rádio, a notícia da morte de Leonte. Não hesitou em partir de imediato, apesar das dificuldades do inverno, em condições de viagem inumanas, rumo a Câmpul Frumoasei. Marga era uma fiel de tipo bizantino: queria participar do enterro como se participasse de um ritual que garantisse a salvação humana. Não tinha como saber, nem desconfiar, que Leonte apagara sozinho a luz da vida. Dei-lhe a notícia aos sussurros e aos poucos, para que não sofresse um choque. Talvez tenha sido demasiado cuidadoso. Ela com certeza era uma fiel cristã, mas fiel de um Cristo vencedor que se parecia com seu grande marido falecido doze anos antes. Os "mortos" dos outros não a impressionavam a não ser em função do seu próprio "morto". Suas lágrimas correram pelos velhos sulcos cavados no rosto logo depois da morte fulminante de seu parceiro.

Capítulo XIII

Os mortos dos outros eram para ela ocasião de novas lágrimas, uma fonte de luto aberta em homenagem ao seu único "morto".

    Diante de mim, mais para o fundo do ônibus, sentou-se o professor Rareş. Pude vê-lo muito bem, um homem de rosto fino, quase uma criança, que refletia uma bondade especial. Podia-se dizer que Rareş estava enraizado na bondade. Poucas vezes tivemos a oportunidade de conversar. Tinha olhos azuis absolutamente claros. Durante os bombardeios, conheci-o de maneira passageira em Căpâlna. Sua especialidade, a botânica, o tornou célebre. Pelos seus colegas de escola fiquei há pouco tempo sabendo que, estruturalmente, sua vocação seria a matemática. Sobre seu "gênio" matemático falou-me com admiração e lástima sobretudo o engenheiro Aron Stănculescu, o "especialista em raios" que foi seu colega de classe num liceu bucarestino. O adolescente impressionava os professores com sua vocação. Rareş parecia ter nascido para o mundo das cifras, das formas abstratas e tudo o que envolvesse uma lógica singular, para o que ele tinha talentos específicos inatos. O adolescente, porém, se submeteu aos seus pais, que o dominavam como uma criatura que tardava em amadurecer. A uma exortação dos pais à qual ele se sujeitou de maneira lamentável e sem protesto, o jovem Rareş não deu seguimento à sua vocação natural. Na universidade, ao invés de fazer matemática, ele se decidiu, incrível e desgraçadamente, pela botânica. Assimilou a especialidade sem esforço, mas também sem entusiasmo. Na área da matemática, ele com certeza poderia ter-se realizado de maneira excepcional. Lembro-me de uma história que certa vez contou-me o engenheiro Stănculescu, e que caracteriza perfeitamente uma vocação. Não a de Stănculescu, mas a de Rareş, pois é a ele que me refiro. Durante os estudos universitários, o jovem Rareş costumava debater com Stănculescu sobre questões da filosofia matemática. O estudante Rareş insistia em se "realizar" naquela área como autodidata, pois estava sendo torturado pelas penas da vocação. Certa vez, Rareş foi a um restaurante com Stănculescu. Os dois se sentaram no canto de uma mesa grande. Cada um deles pediu uma caneca de cerveja e um bife à milanesa. A conversa dos dois girou em torno de um problema de filosofia matemática. "Diga-me", insistiu o estudante Rareş, "diga-me, por favor, o que é o número? Faz algum tempo que tem me interessado a filosofia do número." Rareş na verdade estava intrigado com os conhecimentos filosóficos adquiridos pelo futuro engenheiro Stănculescu, que justo naquela época estava lendo alguns estudos de filosofia matemática. Rareș, espírito bem dotado mas meio acomodado, quis aproveitar de uma oportunidade benvinda para saber do outro alguns elementos importantes sem ter ele mesmo de realizar o esforço um tanto desagradável de ter que estudar a *Crítica da Razão Pura*.[2] Ele assimilava, com um dom quase adivinhatório, tudo o que se relacionava ao mundo da matemática – único mundo que lhe interessava, aliás. Stănculescu começou a explicar a Rareș, diante das canecas de cerveja, a teoria kantiana dos juízos matemáticos. Quem surpreendesse a cena teria observado que Rareș acompanhava Stănculescu com grande exaltação. O garçom, após servir-lhes a cerveja, trouxe também os bifes à milanesa. E os dois ficaram diante dos pratos, ocupando uma lateral do canto da mesa, um ao lado do outro. Stănculescu explicava. Rareș acompanhava. Mas Rareș, enquanto escutava com interesse cada vez maior, aproximou-se pouco a pouco de Stănculescu, até que, num determinado momento, começou a comer, sem se dar conta, do prato do outro. Os garçons do restaurante, uns três ou quatro, postaram-se junto à extremidade oposta da mesa para observar, estupefatos, a cena que se desenrolava. Teriam aqueles jovens escapado de um hospício? Rareș escutava de olhos esbugalhados, desprendido do mundo em derredor, acompanhando as abstrações que lhe eram servidas de bandeja enquanto, utilizando os talheres, comia devagar do prato de seu amigo. Eis até que ponto pode chegar a perda de si mesmo! Tal comportamento em público representa, sem dúvida, um superlativo da divagação. Esse acontecimento, que o engenheiro Stănculescu me contou muitos anos antes, veio-me à mente ao ver, no fundo do ônibus, o célebre botanista que, abúlico, abandonara já desde a adolescência o seu gênio matemático. A celebridade sentada na minha frente, com uma expressão inocente de criança indefesa, de uma bondade evidente, podia ilustrar o fracasso provocado por um pai tirânico e inconsciente.

O ônibus chegou à ponte de Partoș. Atravessamos o Rio Mureș. A ponte estava intacta. A ponte que o pastor que não era pastor, da terrível madrugada na hospedaria dos balseadores, tinha dito que fora levada pelas águas do Mureș, estava ali, incólume. O rio estava completamente congelado. Podia-se circular

---

[2] *Kritik der reinen Vernunft* em seu título original é a obra mais influente do filósofo alemão Immanuel Kant (1724-1804), publicada inicialmente em 1781. (N. T.)

Capítulo XIII

também por cima do gelo. A imagem de uma criatura deslizando pela água debaixo da crosta de gelo passou pela minha noite interior. Fui tomado por remorsos! Ah, nossas amarguras! Como perecem rápido nas profundezas do subconsciente! Haviam-se passado poucas semanas desde aquele acontecimento plúmbeo e saturnino. O novo amargor produzido dentro de mim pelo meu "gêmeo" que se arremessara na "ferida da terra" de certo modo engoliu o anterior. Como é relativa nossa capacidade de aflição! Como chegamos rápido a um limite intransponível. E, uma vez no limite, nem a fisiologia da face, ai de mim, se submete mais à necessidade de nos expressarmos. Começamos a rir ao invés de chorar.

୭ଧ

Em Câmpul Frumoasei, fomos direto para a antiga casa da família de Leonte. No aposento virado para a viela, o defunto foi estendido sobre um catafalco improvisado. No seu rosto severo, mas sereno, molde de cera do espírito, gravou-se uma vontade. A carne, com sua natural flexibilidade, petrificou-se. Todo o rosto parecia cinzelado no osso amarelado de um animal exótico, oriental. Nenhum sinal de colisão, nenhum arranhão. A terrível queda que lhe esmagara a cabeça não atingiu seu rosto. Pelo relato dos parentes que foram buscá-lo no precipício, seu corpo fora literalmente esfacelado. Parece que teria morrido no primeiro choque, durante a queda. No lugar onde caiu, não foi visto no barro vermelho em derredor nenhum vestígio de que haveria se debatido. Detive-me diante dos restos mortais. Meus movimentos eram os de um autômato de sílex. Meus maxilares bloquearam-se, de modo que mal pude articular alguma palavra. De onde Leonte tinha tirado a coragem de um gesto que me evocava fatos de antigas lendas? Extingui debaixo das pálpebras todas as lágrimas, mesmo antes que brotassem. Com toda a força, impus-me um autocontrole. Mas os músculos secretos do meu ser, da fala que cala, tentaram me sufocar.

Junto ao caixão velavam, com duas velas acesas, as duas meninas, Rodica e Ileana. Ao me verem, irromperam em gritos de choro incontrolável. Pareciam eternamente inconsoláveis. Depois de alguns instantes se calaram, preocupadas com o pranto das velas que pingavam no chão. Dona Marga pôs-se também a chorar, mas de outra maneira, como se fosse um velho hábito. As lágrimas costumavam escorrer dos seus olhos pelo mais insignificante motivo, como uma fonte que se autocomprazia. Por que não choraria agora? Fazia já tantos anos, uns doze, que a morte entrara em sua casa, que sua vida agora corria em função da morte. Uma dor de fim de mundo transformou-a numa espécie de carpideira ancestral. Em toda a assistência, tão diversa do ponto de vista espiritual, só o professor Rareş mantinha uma sóbria placidez.

Dona Ana, que esperei ver com impaciência desde o primeiro momento de nossa chegada a Câmpul Frumoasei, não estava presente. Perguntei dela para Ileana. Disse-me que dona Ana deveria estar na cozinha de verão. Ficava no fundo do quintal, entre a casa e o barracão, essa cozinha, uma dependência da qual saíam todas as provisões domésticas, não só no verão, como também no inverno. Os parentes de Leonte agora ali preparavam tudo o que era necessário para a refeição em memória ao defunto, a ser servida depois do enterro. A grande afeição, a sublime amizade que se criou ao longo dos anos entre Ana e Leonte exigia agora exprimir-se daquela maneira calada e simples. Sua devoção fraternal era patente em gestos miúdos, na organização das tarefas domésticas impostas pelo momento e pelos costumes rituais populares e ancestrais. Não quis atrapalhá-la nas atividades a que começara a se dedicar desde o dia anterior. Por outro lado, nem queria ver estampado no seu rosto o cansaço impresso pela vigília noturna. No seu rosto talvez tenha caído, aqui e ali, durante o velório, um fiozinho de fuligem das velas, o que seria capaz de me comunicar uma sensação demasiado aguda de esfacelamento do mundo. Para não cair vítima da tentação de atrapalhá-la, decidi sair no vilarejo.

Desci a rua até o moinho e de lá fui até minha casa natal, do outro lado da escola. Alguns habitantes me seguraram para conversar, a voz ainda trêmula por causa do acontecido. No vilarejo, acreditava-se que a morte de Leonte havia sido um acidente. "Deve ter acabado escorregando depois de tanto passear por lá", disse-me um vizinho de outrora. Por ele fiquei sabendo que, durante as semanas anteriores, malgrado a proibição do tempo de infância, Leonte costumava ir passear com frequência na Ravina.

Em seguida, passando ao lado da igreja, fui até o velho cemitério, em que não se enterrava mais ninguém há décadas. Fazendo uma exceção à regra local, o conselho do vilarejo e o padre permitiram que Leonte fosse sepultado junto aos pais e seus ascendentes, em frente à igreja, entre as antigas cruzes com inscrições em

Capítulo XIII

cirílico. Era assim que devia ser. O defunto era um grande filho do vilarejo. Mas eu também daria minha permissão por outro motivo: Leonte Pătrașcu, pensador de seus próprios pensamentos, não conformista, tinha mais do que ninguém um substrato anônimo e ancestral. Ele, que desceu até as "raízes", desceria de novo agora. Desça na terra secular, desça no barro dos pais eternos!

అ

À direita, em frente à igreja, cavava-se sua cova, assim como me indicara uma leve suspeita. Os coveiros, ao me reconhecerem, saltaram da cova, apoiando-se com uma mão na borda. Não tinham muito mais a cavar. Para encobrir minha emoção, perguntei-lhes com indiferença: "Quando chegará o ônibus vindo de Sebeș?" "Já deveria estar aqui!", respondeu um deles. Saí do cemitério e fui para a ruela nova, onde haveria de estacionar em breve o ônibus cujo motor já se ouvia. Depois de uma leve curva da estrada, ouviu-se ao longe sua buzina. E o ônibus apareceu. Aguardei-o junto à parada, na margem da ruela.

Os amigos de Bucareste deveriam estar chegando naquele ônibus. Não eram tão numerosos como os que vinham de Sebeș e das redondezas, dos vilarejos e das aldeias dos vales próximos dali. Em Sebeș, juntou-se ao ônibus um segundo ônibus. Do primeiro, desembarcaram alguns representantes oficiais mandados pelo Ministério da Educação, alguns professores de Filosofia da capital, uma série de jornalistas, outrora conhecidos como fervorosos admiradores do defunto. Desceram também alguns padres, meio embaraçados, enviados pela Metrópole de Sibiu e que não pareciam sentir-se à vontade. Do segundo ônibus desceram, enlutados, os amigos bucarestinos, o engenheiro Aron Stănculescu com Marioara, sua esposa, Marius Borza com seus filhos e, em seguida, um grande número de professores. Chegaram também alguns convidados paradoxais que, assim como eles mesmos fizeram questão de me dizer, vieram na esperança de me ver na mesma ocasião. A estreita conexão que sempre houvera entre mim e Leonte continuava. Aqueles convidados estavam convencidos de que eu não poderia faltar. Esses curiosos eram alguns dos meus antigos leitores, de tempos quase patriarcais e idílicos, quando, em nosso país, os livros dos "gêmeos" ainda não haviam sido proibidos. Os convidados, de todas as categorias, foram hospedados, por vezes misturados, nas casas dos camponeses.

Como o meio-dia se aproximava, levei meus amigos para comer nos parentes de Leonte. Outros foram convidados pelo advogado Gruia na casa dos pais dele. As pessoas que haviam chegado para o enterro não vinham atrás de um verdadeiro almoço. Aquelas circunstâncias de luto inibiam qualquer apetite do corpo. Depois, passei com o engenheiro Stănculescu e sua esposa pela casa onde jazia o defunto. Os amigos me pediram detalhes sobre a morte de Leonte, pois não queriam acreditar nos boatos. Do quintal se via a Ravina Vermelha. Apontei com a mão para lá: "Estão vendo? Foi lá que aconteceu!"

Grupos de visitantes chegavam todo o tempo, entravam na casa e saíam. Conduzi o casal Stănculescu pelos degraus de pedra até o aposento em que estava o catafalco. Relutei em comungar mais uma vez da emoção contagiosa que se produz diante dos caixões. Alegando um pretexto qualquer, desprendi-me do grupo e fui para a cozinha. Uma saudade plena de sofrimento, em uníssono com o luto unânime, incitou-me a procurar enfim dona Ana. E de fato a encontrei, ocupada na cozinha. Delicada, como a lançadeira de um tear, fazia passar todos os fios invisíveis do dia. Seu rosto cobria-se de um véu de fadiga, mas tinha um ar tranquilo. Seu cansaço parecia ser mais da alma do que do corpo. Sorriu-me agradecida por ter vindo. O quê? Ela achava que eu poderia faltar? Isso seria organicamente impossível, pois eu era o "gêmeo" ainda vivo, ligado por uma parte do meu ser ao defunto, de quem, dentro de uma ou duas horas, haveria de ser "anatomicamente" separado. Haveria de nos separar como uma faca a tampa do caixão. Essa é a imagem material que ilustraria de modo bastante plástico minha ligação de uma vida inteira com Leonte. Aproximei-me de dona Ana. Pudemos conversar por um instante quase a sós, pois as mulheres que se agitavam pelos cômodos estavam preocupadas com a preparação dos pães trançados em forma de círculo que se oferecem em tais ocasiões. O forno grande do outro lado da cozinha, incandescente, estava escancarado. A massa entrelaçada como uma trança de noiva era colocada com agilidade numa pá de madeira. "Preparativos de casamento", disse eu, palavras que só dona Ana ouviu e compreendeu, "rarissimamente, talvez uma vez em centenas de anos, a morte pode ser chamada de 'noiva do mundo'.[3] Hoje podemos chamá-la assim!"

---

[3] Evocação da balada popular romena *Miorița*. (N. T.)

Capítulo XIII

Uma camponesa prestes a enfiar no forno uma pá cheia de pães trançados, sem entender do que se tratava, expressou sua insatisfação em relação à assadura dos pães: "Muito tempo atrás, quem cuidava disso eram as hostieiras. Agora não há mais nenhuma hostieira no vilarejo. Era a tia Safta que cuidava disso antes de se mudar para a cidade, ela agora está no campo de trabalho, empregada na cooperativa dos padeiros." Após alguns instantes de silêncio, a camponesa continuou sua linha de pensamento: "Estes pães não estão bem conformes com as normas, mas a igreja é indulgente em circunstâncias arbitrárias. Pois até o batismo de uma criança pode ser realizado, em caso de necessidade, por um fiel qualquer, usando areia no lugar de água." Interrompi-a com uma brincadeira: "É isso, titia, hoje em dia todos vão parar em cooperativas e coletivos. Acho até que os demônios foram coletivizados e inscritos todos na cooperativa dos limpa-chaminés, que aliás ficaram muito moles desde que entraram no campo do trabalho." "Mas eu acho que todos os demônios ocuparam os conselhos populares.[4] São extraordinariamente moles!", riu a titia.

Prolonguei minha estada na cozinha junto a Ana. Sussurrei-lhe: "Se não me falha a memória, antes de ontem combinamos em Alba que você viria só hoje para Câmpul Frumoasei. Mas você chegou ontem. Se eu soubesse, teria encontrado vários pretextos para vir também. Você me enganou. Vou puni-la revelando a todos, no discurso que vou proferir, como você seduziu Leonte até o precipício!" Meu sorriso de alguém perdido num caminho enfeitiçado devia ter sido suficiente para provar que eu queria apenas provocá-la. "Deus do céu!", exclamou Ana, "quanto dramatismo! Você só vê as coisas... como dizer?" "Assim como as via Leonte, pelo prisma das essências!", retruquei.

Permaneci mais algum tempo na companhia de dona Ana, acompanhando seus graciosos movimentos. Ela transformava aquela cozinha, com cheiro de farinha queimada e de massa assada, num cantinho encantado.

"Você realmente tenciona proferir um discurso?", indagou-me Ana, desconcertada.

"Talvez", respondi.

---

[4] Denominação de instituição que corresponderia às câmaras de vereadores durante o regime comunista. (N. T.)

Alguns instantes mais tarde, tanto amigos de Bucareste como também minha esposa e filha entraram na cozinha, descendo alguns degraus interiores, vindos de um aposento posterior da casa. Vieram buscar-me para almoçarmos na casa dos pais do advogado Gruia. Na verdade, mais feliz ficaria na cozinha onde estava. Mas não tive alternativa. Fui obrigado a aceitar o convite, embora adivinhasse nos olhos de dona Ana um desejo que se exprimia apenas em suas pupilas. Minha esposa estendeu-lhe a mão com evidente simpatia: "Não veio mais nos visitar, dona Rareș!" Havia na voz da minha esposa um reproche amistoso. "Sou meio bicho-do-mato, dona Creangă!", desculpou-se Ana com um sorriso, "só as ervas daninhas me suportam." Era uma alusão às plantas medicinais.

Ao sair da cozinha com o grupo de amigos para irmos almoçar, Marioara Stănculescu me perguntou: "Mas quem é a bonitinha?" "É a esposa do professor Rareș!", respondi com um tom puramente informativo. "Ah! O naturalista de Iași?" "Sim, ele mesmo. Ele também está por aqui, está passeando pela localidade à espera do enterro." "Seu colega de liceu?", perguntou Marioara, com um sorriso malicioso, dirigindo-se ao marido. Desconfiei, ou mesmo tive certeza, de que Marioara pensou naquele momento naquela cena, aparentemente anedótica, ocorrida no passado entre os dois estudantes Rareș e Stănculescu. Marioara soubera da cena pelo marido, que sabia contar com muita graça aquela história que caracterizava tão plasticamente o distanciamento das condições quotidianas de um intelectual interessado ao extremo no mundo das ficções matemáticas. "Mas você viu?", disse Marioara, dando uma cotovelada no marido, "você viu que esposa aquele maluco arranjou?"

೧೦

A cerimônia do enterro foi fixada para as duas da tarde. Aos pseudofunerais "nacionais" haveria de estar presente sobretudo a população local. Espalhados na multidão, por vezes em grupos compactos, encontramos amigos, convidados, uma série de conhecidos, mas também inúmeros desconhecidos que haviam chegado de várias partes do país em pleno inverno, depois de difíceis viagens.

Na casa onde o defunto, com seu rosto sereno e severo, de testa elevada, jazia em seu caixão, não havia mais lugar nem para se ajoelhar e rezar. O grande quintal

Capítulo XIII

e a ruela estavam apinhados de camponeses simples e conscienciosos. O padre local ordenou às pressas a cerimônia, trocando sumárias indicações rituais, inerentes à profissão, com autoridades teológicas enviadas da Metrópole. Eis que todos os padres vieram ostentando vestimentas cerimoniais.

A cerimônia começou. O coro do vilarejo, dirigido por um professor, dava as respostas, misturando em estilo campestre a ladainha com a doina.[5] Sem encontrar lugar na sala mortuária, fiquei num aposento ao lado, atrás de dona Ana. Ela estava usando um vestido sóbrio, de tonalidade cinza. Senti necessidade de estar perto dela. Numa atmosfera tão sombria, cheia da fumaça dos turíbulos, ela era a personificação da luz. Mal começou a cerimônia, quando percebi que quase todos os presentes naquela sala tinham o olhar dirigido para dona Ana.

As ladainhas permearam minha alma como um vento por cima de águas pesadas e paradas. Uma calma inesperada invadiu meu íntimo, entrelaçada a um sofrimento surdo. O sofrimento latente me defendia de dores maiores que batiam à porta da minha alma. Estava de certo modo protegido como a brasa de sua própria cinza. Daquele sofrimento latente criei um invólucro. Entrei coberto de cinzas na cerimônia do enterro. À diferença da maioria dos presentes, à diferença sobretudo das mulheres, não me deixei engolir pelas ondas de luto. Suportei a cerimônia, há séculos calculada de modo a extrair dos presentes todo o pranto, sem que uma só lágrima surgisse na ponta dos meus cílios. Percebi que Ana suportou da mesma maneira, sufocando o sofrimento. Não estava tão perturbado a ponto de minha mente não funcionar mais. Num certo momento, as ladainhas terminaram. Veio uma pausa. Começaram os discursos.

Um dos emissários da Metrópole tirou de baixo da vestimenta ritual, do bolso da roupa, umas folhas de papel. Ao que se via, em nome da Igreja falaria um professor de Teologia, o que, para quem conhecia certos antecedentes, como eu, prometia se tornar algo palpitante. Limpou a garganta do pigarro resistente dos resfriados sazonais. Quem se preparava para discursar era o professor que, sete anos antes, publicou, durante a guerra, um volume de considerações teológicas sobre a filosofia de Leonte Pătrașcu. Estava curioso por conhecer a evolução do

---

[5] A *doină* é uma criação lírica vocal ou instrumental, pertencente ao folclore popular romeno, por meio da qual o intérprete exprime seus sentimentos de saudade, aflição, luto ou tristeza profunda. (N. T.)

teólogo que, na época da Segunda Guerra Mundial, em tomos de dimensões escolásticas, opinou que a história da humanidade voltava, enfim, para a alegria dos povos, a formas de vida teocrática. Intrigou-me muito ver como o arrebatado teólogo agora defenderia suas ideias em pleno regime de ditadura comunista que se enraizava no nosso país, valendo-se de todos os meios imagináveis do terror. A ortodoxia, baseando-se no adágio apostólico de que o domínio é uma graça de Deus, foi obrigada a pactuar nos últimos tempos. O professor de Teologia haveria de falar, portanto, sobre Leonte Pătraşcu. Lembro que, muitos anos atrás, esse teólogo apresentou a filosofia de Leonte como um perigo nacional. Lembro que o teólogo tentou denunciar um livro de Leonte, etiquetando-o como "bolchevista". Em plena ditadura clerical, a filosofia de Leonte Pătraşcu era considerada expressão de uma lastimável decadência moral. E agora, o que estava ouvindo? Em seu discurso, o teólogo apresentou Leonte Pătraşcu como o mais importante pensador da nação e, curiosamente, como um pensador que, em essência, teria permanecido filho da ortodoxia. "Meu Deus! Como tudo está de ponta-cabeça!", sussurrei para mim mesmo, sussurrando quase com meus próprios lábios. No fundo, o que foi a "decadência moral" de Leonte sobre a qual outrora falou o teólogo, vangloriando-se como juiz das ações espirituais? A acusação de "decadência moral", feita no passado contra Leonte, referia-se, no fundo, ao não conformismo do seu pensamento filosófico. Leonte Pătraşcu aspirava a uma grande visão de mundo, a uma visão pessoal, livre, criativa. Tal liberdade criativa, compreendida por Leonte como premissa do espírito, não convinha à Igreja, que, numa fase de recrudescência efêmera e local do clericalismo, esperava que cada um de seus filhos seguisse à risca o mesmo pensamento que ela exaustivamente desenvolvera ao longo de um milênio. Mas, na opinião de Leonte, essa caminhada sem sair do lugar não podia ter nenhuma ligação com a missão da filosofia. Mantendo certa admiração, como também reservas, diante da visão cristã, Leonte emitiu um veredito do qual jamais voltou atrás: essa metafísica está ultrapassada! Por causa da admiração distante e da reserva carinhosa que o filósofo manifestou pela ortodoxia, o teólogo no passado concluiu, de cátedra, que Leonte Pătraşcu era um "bolchevique"; para agora dizer, em seu discurso, que Leonte Pătraşcu permanecera um filho fiel da ortodoxia. O teólogo pensa e analisa assim como só pode pensar e analisar um teólogo: de maneira intolerante e dogmática. Para o professor de Teologia, o pensador

Capítulo XIII

Leonte Pătrașcu, no passado, não podia ser mais que um "bolchevique", assim como, depois da morte e nas novas circunstâncias, o mesmo pensador não podia ser mais que um "fiel cristão". Depois daquelas palavras de conteúdo teológico, seguiram-se outros discursos, dentre os quais, digno de nota, pelo menos em algumas passagens, foi o do representante oficial do Ministério da Educação. Durante anos, desde que a doutrina marxisto-leninisto-stalinista dos invasores destruiu em nosso país, trazido pelo cabresto, toda liberdade de pensamento, a filosofia de Leonte Pătrașcu vinha sendo apresentada, em todas as publicações e estudos que abordavam a evolução do pensamento romeno, como filosofia "reacionária" e "clerical". Agora, no discurso do representante oficial, a filosofia de Leonte Pătrașcu era considerada, de modo absolutamente inesperado, "progressista" e "anticlerical". Como era possível que uma filosofia que afirma que a metafísica cristã está ultrapassada parecesse, até alguns anos antes, "clerical"? Apenas mentes obtusas poderiam pensar assim. Mas seria a filosofia de Leonte "progressista", no sentido que os oficiais do materialismo dão ao termo? Menos ainda! No fundo, a filosofia de Leonte se situa além de todas essas avaliações contraditórias. Os teólogos, bem como os marxistas, que são uma espécie de "antiteólogos", têm o péssimo hábito de pensar em alternativas categóricas e brutais. Comprovam ser também incapazes de apreender qualquer aspecto essencial ou qualquer nuance inefável do pensamento de Leonte Pătrașcu. Os rótulos de "bolchevique" ou "filho fiel da ortodoxia", "clerical" ou "progressista" são frutos de uma apreciação deploravelmente simplista; nesses rótulos mistura-se sempre muita política, mas, infelizmente, nem um pouco de espírito filosófico genuíno. Naqueles discursos, cruzavam-se espadas enferrujadas por cima de um defunto que parecia ouvir tudo com um sorriso. Onde estava a consequência de atitude dos dois oradores? Congratulações à consciência e à honestidade profissionais! Depois de tanta versatilidade e tantas mudanças de opinião, só a filosofia de Leonte permaneceu a mesma!

Enquanto os oradores executavam tais malabarismos com apreciações, contraditórias mas sempre "absolutas", enquanto fanfarronavam naquela ciranda em torno do catafalco, falei com meus botões: Como podem essas pessoas entender as conclusões atingidas pelo último gesto daquele pensador?

O funeral pseudonacional foi ainda ocasião para outro amargor. Um jovem tomou a palavra em nome dos estudantes das três universidades do país. Pelas suas frases suaves, como avelãs manipuladas por um esquilo, podia-se adivinhar que aquela juventude jamais tivera contato com um livro de Leonte Pătrașcu. Emitiram-se palavras sem significado. Haviam sido suficientes, portanto, cerca de sete anos para que o espírito de Leonte Pătrașcu desaparecesse por completo da consciência juvenil. O resultado foi atingido do modo mais simples: pela remoção sistemática dos livros de Leonte de todas as bibliotecas, pela apresentação estropiada de sua filosofia, pela instauração, no ensino, de uma perspectiva em que todos os conceitos fundamentais da filosofia haveriam de ser criminosamente desfigurados. Para mim, essa foi a mais desgraçada constatação que tive a ocasião de fazer desde 23 de agosto de 1944.

De nenhum dos discursos depreendeu-se o significado do gesto derradeiro de Leonte. Pelo contrário. O sentido do seu gesto surgiu indignamente deformado. Como se seguissem uma ordem, as pessoas de todas as classes sociais e de todos os níveis intelectuais falaram de uma desgraça, de um "acidente". Pairava no ar um temor mágico de se pronunciar a palavra, proibida assim como seu próprio gesto. A ética vigente, tanto a de ontem quanto a de hoje, não tem como assimilar às suas normas convencionais gesto semelhante. Passarão ainda décadas ou séculos até que as pessoas atinjam um nível que enfim lhes permita dissociar com clareza o heroísmo espiritual de qualquer moral conformista.

Após o término da cerimônia, iniciou-se o cortejo rumo ao cemitério, numa atmosfera camponesa e ritual. Um bando de pardais, de uma nuance levemente esbranquiçada e não fuliginosa como os da cidade, nos esperava em cima do muro que encerra o cemitério e do portão de entrada. À proximidade do cortejo, os pássaros partiram em revoada num grande vozeio, sobrevoando a igreja e desaparecendo no horizonte. Era um voo de certo modo encorajador, como se ilustrasse o desprendimento das almas. Silêncio total se fez apenas no momento da descida do féretro no túmulo. A queda dos torrões de terra sobre o ataúde lá no fundo, no início estrondosa, depois cada vez mais surda e continuando até que a cova fosse preenchida e se formasse o costumeiro monte, foi o primeiro cântico realmente ritual daquele enterro. E esse cântico não fez senão repetir o cântico das pedras que, três dias antes, acompanharam a queda de Leonte na "ferida da terra". Ao lado do túmulo avistava-se no horizonte, por entre as árvores, a Ravina Vermelha.

Capítulo XIII

Imediatamente após o término da cerimônia do enterro, os convidados, devastados pelas ladainhas sobre as vaidades terrestres, foram embora assim como tinham vindo. Os ônibus esperavam em fila na estrada diante da igreja.

༄

Só alguns poucos amigos e estudantes locais, junto com os "intelectuais" do vilarejo, voltamos para a casa de onde saíra o caixão uma hora antes. Caminhamos devagar, com passos de chumbo. Haveríamos de participar do epílogo da cerimônia, da refeição generosamente oferecida pelos parentes herdeiros de Leonte. Enquanto o cortejo realizava suas três paradas rituais no caminho entre a casa e o cemitério, puseram-se nos aposentos da casa mesas de pinho cobertas com toalhas de cânhamo. Ao retornarmos do cemitério, trocamos poucas palavras. Parecíamos esperar que os ecos da cerimônia se esvaecessem por todos os cantos do nosso ser.

Entramos na casa. Tudo ressoava a vazio. Produziu-se uma descontração, como depois de uma tarefa cumprida. Habitantes locais, sobretudo camponeses, subiram os degraus, encheram o vazio com seu tropel, emprestando calor aos aposentos, esfregando as mãos geladas. Nas mesas, estava colocado em ordem tudo o que se costuma oferecer em tais ocasiões: pequeninos pães trançados e redondos, copinhos de cerâmica, pão e vinho, conforme a tradição de nossos ancestrais; e presentes para os padres: para cada um, uma toalha com bordados manuais e uma vela de cera de abelha. As mulheres das redondezas trouxeram pratos deliciosos. O advogado Gruia, junto com Rodica e Ileana, fez as vezes do anfitrião, convidando os hóspedes a se sentarem às mesas. O tom de descontração e de alegria foi infundido com mais naturalidade pelos camponeses, conforme quem o luto deve ser afugentado da casa para não criar raízes.

A uma mesa num canto do aposento principal, decidimos, desde o início, sentarmo-nos todos juntos: o casal Stănculescu, Aron e Marioara, dona Marga Mureşanu, o professor Rareş, Ana, Marius e sua esposa, Dora. Calhou, talvez demasiado ostensivamente, de eu me sentar à direita de dona Ana. Na minha frente – Marioara Stănculescu, ao lado do engenheiro, seu marido. Ninguém tocou no motivo que ora nos reunia. Cada um de nós cobriu com cinzas a brasa da tristeza que ardia profundamente.

Embora interviesse de vez em quando na conversa, fiquei muito taciturno. Acompanhei, porém, os movimentos e os rostos ao meu redor. Lembro-me sobretudo dos que estavam na minha frente: o casal Stănculescu. Não os vira mais desde a primavera de 1946, na fazenda do Marius. Sim! Observei. Aqueles quatro anos passaram devastadores pelos seus rostos. Como mudaram. Onde estava a vivacidade de Marioara? Onde estava aquela que tinha sido? Só quatro anos! No lugar do temperamento impetuoso de outrora, estava na minha frente uma alma arruinada. Marioara parecia outra criatura! Hoje, porém, nada mais me surpreende. Naquele meio tempo, ela não havia também, como tantos outros hoje em dia, passado pela prisão? Sim! Ausentou-se apenas um ano. Teve sorte, se levarmos em consideração o que sofreram outros, mantidos presos até hoje desde 1945! De modo que, no caso de Marioara, a modificação no seu "ser" não se devia à prisão em si, às privações e aos rigores sofridos. Marioara se transformou antes por uma espécie de reação a si mesma. A vivacidade de outrora a fez complicar-se num negócio em que jamais deveria ter se envolvido. Olhando para ela, contei para mim mesmo, em silêncio, a sua história. Um azar estúpido fez com que ela se tornasse vítima de um agente provocador. Em 1947. Foi convidada a um chá por uma matrona idosa (um "chá" que costumo chamar *five o'clock* de Santa Sexta-feira[6]). Ali, Marioara puxou conversa com um engenheiro que via pela primeira vez na vida. O engenheiro conquistou a confiança de Marioara com um punhado de elogios. Confiou-lhe ele a intenção de fugir dali em poucos dias para o exterior, num avião que estava à sua disposição. Perguntou-lhe se ela por acaso não tinha conhecidos que desejassem também fugir, pois no avião ainda havia lugar para umas dez pessoas! Marioara caiu como uma truta na isca dourada do anzol. Deixando de lado as medidas de prudência e vigilância que a qualidade superior de sua inteligência poderiam ter-lhe ditado, Marioara caiu na armadilha. No dia seguinte, Marioara difundiu a entusiasmante e salvadora notícia justamente entre alguns ex-políticos de primeira grandeza que a *Securitate* começara a espionar. Aqueles poucos políticos, que consideravam Marioara pessoa muito inteligente e "reacionária" arrebatada, caíram também, por sua vez, na armadilha. Decidiram

---

[6] Adaptação local da deusa Vênus, Santa Sexta-feira é uma personagem da mitologia romena, relacionada inicialmente ao sexto dia da semana. Tradição mais recente a associou ao nome de Santa Parasqueva, padroeira da Moldávia. (N. T.)

Capítulo XIII

fugir. Marioara desempenhou, naquela operação, o papel de intermediária, não tendo ela a mínima intenção de ir embora. No dia estabelecido para o voo internacional, aqueles cerca de dez homens políticos foram capturados por agentes da *Securitate* bem no momento em que chegaram para embarcar. Seguiu-se um processo gigantesco, que causou muita sensação. A vanguarda da vida política da época foi condenada à prisão por vários anos, por décadas, para a vida inteira. O casal Stănculescu recebeu também sua pena – um ano de prisão – por ter "intermediado" a tentativa de fuga. Não foi porém essa pena que modificou Marioara radicalmente naquele meio tempo, mas o sofrimento moral. Personalidades de primeira grandeza atiraram-se na armadilha e na desgraça devido à sua imprudência e ingenuidade entusiastas. O sofrimento moral fez Marioara envelhecer em pouco tempo, destroçando profundamente seu maravilhoso temperamento de outrora. Do mesmo modo envelheceu o marido que, embora houvesse sido capaz de calcular toda espécie de raios ao longo da vida, não conseguiu prever aquele.

Também na minha frente, mais para a cabeceira da mesa, estava o professor Rareş. Ele também lançava um convite para um exame fisionômico. Não cansava de me surpreender com sua aparência: tinha o rosto de um adolescente, embora tivesse mais de quarenta anos. O casal Stănculescu tinha envelhecido uns vinte anos a mais que sua idade real. O senhor Rareş manteve, ao longo das décadas, um rosto de homem ainda por amadurecer. Sei que seus colegas de escola o consideravam, na adolescência, um gênio matemático. Mas Rareş não desenvolveu suas excepcionais aptidões. Por um desejo completamente contrário dos pais, ele simplesmente suspendeu sua vocação: sem protestar, por uma espécie de complexo filial que o fazia aceitar automaticamente toda decisão paterna. Ao suspender a vocação matemática aos dezoito anos, Rareş "fracassou". Pois seus sucessos no setor naturalista, embora houvessem de lhe granjear uma merecida celebridade, jamais puderam compensar suas possibilidades geniais na área da matemática. Sem se desenvolver na linha da vocação intelectual baseada em sua estrutura íntima, Rareş nem do ponto de vista físico se desenvolveu. Sua aparência adolescente não passava de um sinal exterior de que Rareş interrompeu sozinho seu amadurecimento na linha que lhe era destinada de nascença. Senti algo estranho ao comparar aquelas pessoas ao meu redor: o casal Stănculescu, envelhecido por acontecimentos em que se viram envolvidos cedo demais, e o professor Rareș, da mesma idade que eles, mas que permaneceu adolescente por causa de uma vocação suspensa.

Nas mesas, intensificou-se a alegria. Era assim que reagimos todos contra a tensão depressiva que o rito havia acentuado ao ponto de estilhaçar as cordas da alma. As ladainhas de luto em que se exprime a efemeridade do mundo ainda ressoavam nos ouvidos, mas se deixavam agora encobrir pela alegria desencadeada não só por uma lei da natureza, como também de acordo com uma lei local e da população autóctone. Para se integrar em tanta alegria, o engenheiro Stănculescu nos contou passagens engraçadas da antiga vida de liceu. O encontro inesperado com o professor Rareș, o eterno adolescente que ouvia com placidez as piadas com aroma de escola, havia também despertado as suas lembranças.

Examinando fisionomias e analisando destinos, acompanhando recordações condimentadas com piadas, deixei-me levar por uma sensação de surpresa. Olhei para o perfil de dona Ana, suave e afilado. Adivinhei na criatura do meu lado dons maravilhosos, forças encantadas capazes de realizar outrem. Como é possível que Ana houvesse fracassado justo no caso de seu marido? Dona Ana sentiu que a fitava de lado. Virou-se para mim e sussurrou: "Foi um alívio você não ter proferido discurso nenhum no cemitério." Respondi, também aos sussurros, aproximando-me um pouco dela, para não ser ouvido pelos comensais: "Mantenho porém a acusação. Foi você que seduziu Leonte até o precipício! Você não quer também devolver para outras pessoas o destino perdido?" Uma onda rubra de beleza invadiu as faces de dona Ana.

# XIV

Janeiro, cheio de montes de neve e ventos gelados, e março, que não viu nenhuma anêmona florescer, ou seja, os últimos meses do inverno, passaram indizivelmente lentos. O tempo era plúmbeo e monótono, como se não tivesse mais nenhuma cadência interior. Minha torrente anímica tornou-se cada vez mais difícil de suportar, embora, ao longo das semanas, parecesse extinguir-se pouco a pouco. A torrente anímica, porém, desceu até o subconsciente, de modo que sua própria extinção se tornava continuamente aflitiva. Se a natureza protetora não houvesse tido o cuidado de me defender dos ataques daquela torrente, infligindo-me uma espécie de sonolência, eu não teria sido capaz de sair daquele estado em que atolara. Os acontecimentos da hospedaria dos balseadores e de Câmpul Frumoasei, sempre presentes no quintal do meu coração, acompanhavam-me, não sob forma de imagens ou alegorias, mas como um estado de confusão do ser. Meu sono noturno entrelaçava-se a uma vigília nervosa, e a vigília diurna era antes uma languidez sonolenta, em que raras vezes conseguia refletir. Com sua névoa plúmbea, uma monotonia crônica dominou todo o meu ser. Parecia um feitiço: nenhum inverno da minha vida foi habitado por tantos corvos como aquele. As neves que cobriam o planalto que se estendia das montanhas, visível às vezes do terraço elevado do *Batyaneum*, estavam cobertas por bandos de corvos, cujo fatídico crocito não sabia interpretar: seria um eco do passado ou uma negra profecia do dia de amanhã? A visão que se podia ter do terraço, o vale do Rio Mureş com a hospedaria abandonada ao longe no horizonte e com a ferrovia por onde circulavam trens miseráveis, puxados por locomotivas primitivas que assobiavam num dialeto provinciano de outrora a desolação daquela paisagem, era propícia apenas para destramar a alma. E eu teria decerto sido vítima desse desmembramento caso um horário de trabalho militar, que obrigava os cidadãos a assinar uma lista de presença, não me houvesse mantido mecanicamente acima de todos os fatos e turbilhões em que corria o risco de me afogar.

E fiquei de novo "sozinho". Sozinho, carregando comigo um isótopo mais pesado do meu sangue. Hábitos quotidianos, o som da colherzinha na xícara com o sucedâneo do café, passos numerados na calçada desde o quintal até a biblioteca da cidadela e de volta para casa, acontecimentos sem brilho dos dias, troca de opiniões no contexto familiar, nada lograva arrancar-me da teia de aranha, repleta de mosquitos secos e chupados, do destino. Entrei num "tempo" difícil, que não parecia ter mais fim. Nem Ana Rareş, a Eufrásia, não aparecia mais como antes, na hora estabelecida, criatura luminosa no cruzamento das ruelas. Ademais, as ruelas não conduziam mais para o sonho, elas todas levavam apenas para o "campo de trabalho". A noção de campo, envolvendo vegetação, alegria e liberdade de movimento, degradou-se como nunca antes, transformando-se em "campo de trabalho", sinônimo do aprisionamento e da robotização. Ironizando o materialismo histórico, parte integrante da doutrina que recrutava adeptos entre os assalariados do Estado ameaçados de ficarem desempregados caso não manifestassem espontaneamente o entusiasmo de suas convicções com que eram empanturrados em cursos noturnos, e passando em revista na minha mente a teoria oficial das fases históricas, denominadas comuna primitiva, escravagismo, feudalismo, capitalismo e socialismo, mostrei um dia ao advogado Gruia, numa esquina que fedia a latrina, qual era nossa situação concreta: "Parece que sairemos em breve da comuna primitiva. Entraremos, se é para levar em consideração todos os indícios, na fase escravagista do socialismo. Essa fase escravagista deverá durar alguns milhares de anos, conforme as durações naturais das fases históricas." O tempo sombrio, que nos permeava por todos os poros, invadindo-nos e sufocando qualquer bruxuleio livre do espírito, permitia-nos apenas uma vingança que desabrochava em sinistras ironias.

Ao longo dos dias com tempestades hibernais de neve ou com uma cerração cremosamente produzida pelo Rio Mureş, ao longo das tardes de chuva misturada a neve e de uma lama em que a cidade e a fortaleza de Alba corriam o risco de se afogar, perguntava-me sempre, ora franco, ora com tímidos rodeios, qual é que poderia ser o motivo pelo qual Ana evitava de novo, com tanto zelo, qualquer encontro "casual" comigo. Até conhecer melhor o senhor Rareş, suspeitei que seu ciúme marital pudesse estimular a atitude "distante" dela. Pensei comigo mesmo que Ana estaria talvez sendo mantida sob o constrangimento da desconfiança, que estaria sendo seguida a cada passo por um olhar suspeitoso, que estaria tendo suas saídas controladas no relógio, que estaria sendo sempre interrogada com relação às pessoas com quem se encontrava. Mas agora, após começar a decifrar com maior justeza a fisionomia e o comportamento de Rareş e a adivinhar algumas linhas de seu caráter, deixei definitivamente de lado tal hipótese. No enterro de Leonte, ao observar à mesa o sangue manso e a placidez do naturalista, tive a certeza de que não impunha a sua esposa nenhum estilo determinado de vida. Desde então me convenci de que ele, ao longo da vida, fora apenas tentado por paixões científicas. Rareş, concluí, era um homem torturado por uma única nostalgia: a do universo matemático que, dotado como era com dons divinatórios, abriria para ele todas as portas – por ele recusadas por carecer de uma força verdadeiramente masculina de decisão. Rareş não soube impor sua vontade nem mesmo diante do papai que o comandava. As palavras de seu pai constituíam um decreto para ele; ao passo que em Ana ele confiava organicamente, com um sentimento que afogava qualquer impulso que pudesse gerar uma dúvida. Rareş satisfazia há vinte anos suas aspirações científicas com o sucedâneo "naturalista". Estruturalmente, ele permanecia porém fiel à paixão das formas matemáticas e da linguagem abstrata para além de qualquer língua. Várias vezes tentei, em minha imaginação sorridente mas repleta de feridas, reconstruir alguns traços do seu ser. Tinha certeza de que, nas formas das coxas de sua esposa, Rareş via apenas o sinal particular do cálculo integral e, nos braços dela, que com certeza às vezes o abraçavam, meros parênteses que encerram uma grandeza complexa. A perda de si no abraço conjugal era para ele uma espécie de descontração depois de uma concentração abstrata, e só! O verdadeiro eros, acreditava eu, estava por completo ausente de sua vida. O ciúme, careta da afeição erótica, não tinha portanto como existir na alma de Rareş. Era a minha opinião. Por conseguinte, o motivo, que eu tanto buscava identificar, pelo qual Ana com tanta obstinação evitava encontrar-se comigo, devia ser completamente outro. Era a minha opinião. Assim, eliminando, uma após outra, todas as hipóteses que temporariamente explicariam sua atitude distante que se transformara numa obsessão minha, cheguei a acreditar que Ana me deixara "sozinho" de propósito, a fim de que eu pudesse resolver minhas dificuldades íntimas de maneira orgânica. Ela não queria, portanto, despertar-me daquela sonolência, que julgava ser indubitavelmente útil. Ana ponderava e talvez dissesse: vou deixar que ele caia num sono profundo e benfazejo por alguns meses. Graças a sua convivência com as plantas, ela conhecia os benefícios do sono vegetal.

Assim, os dias, as semanas e os meses passaram.

Naquele torpor que se autocomprazia e que tanto durava, um turbilhão haveria de me perturbar de modo passageiro em meados de março.

※

O pêndulo do relógio de parede batia indeciso entre 9 e 10 de março, quando um vento forte pôs-se a derreter a neve e o gelo acumulados no início do mês. O vento, soprado com arroubos de abismo nas grades da janela, acordou-me de um breve sono. Eram diversos tipos de uivo. Parecia querer levar as telhas das casas. A julgar pela água que escorria dos telhados, o vento devia ser bem quente. Um daqueles ventos que, nos vilarejos, obrigam os rapazes a arrancar dos ombros os casacos de lã e fazem as moças sentirem o corpo nu debaixo das roupas. Esse vento, extraviando-se precipitado por vezes também pelas chaminés, bate com força implacável até o alvorecer e depois durante toda a manhã. A neve perecia debaixo de um sopro de febre. Em poucas horas, o próprio Mureş começou a degelar, borbulhando nos turbilhões. As águas cresceram, inundando a carapaça de gelo para que, em seguida, com ecos de fim de glaciação, os blocos de gelo se deslocassem à pressão da água sob eles, primeiro sobrepondo-se, e depois soltando-se. Por causa da quente turbulência no céu, não consegui mais dormir. Manteve-me desperto uma imagem que, até aquele momento, eu havia aprisionado na masmorra do subconsciente. Talvez houvesse chegado o momento em que o corpo de Octavia, cheio de sanguessugas e devorado por peixes, viria à tona do fundo dos turbilhões, girando como uma hélice. Vi seu cabelo espalhando-se na transparência da água, o que não podia ser uma visão realista, pois as águas do Mureş haveriam de ser, naqueles dias de degelo, opacas como a lama.

Às oito da manhã, cheguei com a testa transpirada ao meu escritório no *Batyaneum*. Meu caminho era medido a cada segundo, pois assim exigia a lista de presença. As calhas da cidade jorravam com abundância. Pelas ruas, viam-se por

Capítulo XIV

toda a parte cacos de telhas arrancadas de cima das casas pelo vento. A temperatura exterior cresceu, da noite para o dia, de cinco graus negativos para oito positivos.

Alguns antigos manuscritos medievais, contendo ilustrações realizadas com minúcia monacal, ameaçados de destruição pelo mofo, me esperavam na pilha da minha escrivaninha. Tinha de relatar urgentemente ao Ministério da Cultura a situação deplorável em que se encontravam as raridades da biblioteca. Produtos para a desinfecção dos manuscritos tinham de ser solicitados por meio de frases rebuscadas, no padrão da retórica helênica. Tomado por essa preocupação, pus-me a redigir um relatório em que desde o início tencionei injetar mais patetismo do que permitiria o costumeiro estilo de tais escritos.

Em torno das dez horas, apareceu no meu escritório o doutor Lae Niculae. Percebi que ele me evitou nos últimos tempos com certa obstinação, de modo sistemático, quase com adversidade. Evitava até mesmo encontros casuais, na rua. Queria agora o que de mim? Confiar-me novos dilemas e novas obstruções do seu espírito que vagava por caminhos tão meândricos? O que ele tinha? Construíra novos complexos de obsessões que precisava confessar para escapar deles? Recebi-o amistosamente. Lae Niculae pareceu muito embaraçado. Não gosto de ouvir gente que transforma suas dificuldades íntimas, puramente pessoais, em problemas que precisam interessar a todos. Para essa gente inoportuna que tenta me tornar testemunha gratuita de segredos particulares, eu costumo dizer: "Não é bom remexer nos seus segredos. Os intestinos foram feitos para serem escondidos. Ninguém anda na rua com as vísceras de fora, como uma guirlanda na mão!" Lae Niculae ostentava uma lividez com manchas amareladas. Muito mais magro do que de costume. É provável que agora se parecesse de novo com o negociante de cera de abelha descrito uma vez por Octavia. Sem dúvida, era essa a aparência de Lae Niculae quando saiu da prisão, quando passou pela primeira vez pela hospedaria dos balseadores, à procura de favos vazios para um mosteiro na Moldávia.

"Que ventos o trazem, doutor?", perguntei-lhe num tom destinado a facilitar o diálogo.

"Realmente foi um vento que me trouxe, senhor professor, o vento que começou a soprar essa madrugada! O Mureș está degelando. Os blocos de gelo vão se desprender e os mortos do fundo das águas virão à tona! Permite-me confiar-lhe uma parte das agitações da minha alma?"

"O senhor andou me evitando nos últimos tempos, doutor!", disse-lhe, enquanto pensei comigo mesmo: "Ah, sim, as vísceras – guirlanda pendurada na mão!"

"Confesso que é verdade, evitei-o. O senhor entenderá a razão assim que me escutar. Estou carregando um fardo enorme nos ombros, nos ombros do lado de dentro. Entre as mulheres, só a Nossa Senhora é misericordiosa. Ela vai me ajudar!" De frase em frase, Lae Niculae chegou até os acontecimentos da hospedaria dos balseadores no início do inverno. "Sabe, senhor professor, acho que sou culpado pelo ocorrido!"

"Como assim?", intervim com um sorriso naquilo que Lae Niculae estava prestes a me "revelar". "Eu, que tão bem conheço o que aconteceu na hospedaria, jamais relacionei o senhor com o ocorrido!"

"Nada obstante, senhor professor!"

Lae Niculae deu um suspiro profundo. Eu sabia que era um "caso". Um homem das obsessões terrenas e da casuística celestial. Esperei, portanto, ser introduzido não tanto no universo das verdades, mas num mundo imaginário que parecia prendê-lo e subjugá-lo por completo. Senti que ele estava no ponto de contar, com abundância de detalhes, da sua relação com Octavia, justo para mim, eu que tive também com ela a minha relação. Estava pronto para interromper os detalhes. Senti que ele tentaria falar-me um pouco das inquietações pelas quais tinha passado ou ainda passava. Estava pronto para conduzi-lo na direção de problemas de interesse geral. Pois, antes de mais nada, eu estava convicto de que aquela criatura se encontrava interiormente aniquilada por miragens e dilemas gerados por sua própria imaginação e por sua própria estrutura anímica. Lae Niculae aspirava à piedade, mas exaltava a si mesmo como um orgulhoso sem igual. Segredou-me, com seriedade e aos sussurros, ter tomado importantes decisões: "Só esperei o vento dessa madrugada soprar para poder agir conforme minhas decisões."

E Lae Niculae me revelou, em frases patéticas, o quanto ele e Octavia se amaram: "Mas Nossa Senhora me escolheu e me retirou desse vale de vaidades. Venci todas as tentações. E nos separamos – eu de Octavia, e Octavia de mim. Mas não foi só culpa dela. Não deveria ter envolvido Octavia nas minhas paixões. Não deveria ter procurado cera de abelha na hospedaria. Tenho certeza de que Octavia procurou seu fim nas águas do Mureş porque, no final das contas, ela não foi mais capaz de suportar a separação."

Capítulo XIV

E eu, ao ouvir Lae Niculae em silêncio, tinha certeza de que era delirante o sentido que ele emprestava ao ocorrido na hospedaria na noite de São Nicolau. Era evidente; *esse* sentido era produto de um delírio a frio.

"Esperei o vento dessa madrugada", continuou Lae Niculae. "Talvez, das águas túrbidas do Mureş, saia o corpo de Octavia. Quero vê-la repousando em terra firme."

"Embora sua nostalgia oceânica repouse melhor no fundo da água. Creio que soube também de suas origens!" Lae Niculae não pareceu registrar o que eu disse. E continuou falando:

"Depois, irei embora. A decisão está tomada. Vou fugir por cima das águas do Danúbio, que decerto também começaram a degelar. Não vou tentar fugir para o Ocidente. Não. Não sinto nenhum chamado vindo daquela parte. Enfrentarei o Danúbio numa canoa. Na margem do outro lado, vou-me sacudir de mim mesmo assim como se sacode um cachorro quando sai da água. Tentarei chegar ao Monte Atos. Nunca estive naquela região, mas conheço bem o Monte. Lá encontrarei o meu sossego. Lá vou matar o meu orgulho. Lá terminarão os dilemas!"

"Você conhece a Montanha Santa pelos livros?", perguntei-lhe. "Está levando consigo uma recomendação?"

"Conheço em detalhe a Montanha Santa. Pelos textos. Sua paisagem está sempre na minha frente: vejo os loendros, as oliveiras, flores vermelhas de papoula, ciprestes, trilhas transitadas por mulas, cemitérios com criptas em que jazem milhares de esqueletos. Tenho notícia dos mosteiros, sobre Iviron[1] e a Grande Laura,[2] sobre Santana,[3] sobre Simonos Petra[4] com seus edifícios altos e luminosos de pedra alva, como os do Tibete. Esse último é o que mais me atrai, mas talvez eu seja recebido no Vatopedi[5] ou no Kiliandari,[6] ou no Stavronikita,[7] que foi reformado pelo Príncipe

---

[1] Iviron é um dos mais importantes, terceiro na hierarquia, dentre os vinte mosteiros do Monte Atos. (N. T.)

[2] O mosteiro da Grande Laura é o mais importante na hierarquia da comunidade monástica do Monte Atos. (N. T.)

[3] Principal laura grega do Monte Atos, subordinada à Grande Laura. (N. T.)

[4] Décimo terceiro na hierarquia dos mosteiros do Monte Atos. (N. T.)

[5] O Santo e Grande Mosteiro de Vatopedi, no Monte Atos, foi construído na segunda metade do século X. (N. T.)

[6] Hilandar é um mosteiro ortodoxo sérvio no Monte Atos, fundado em 1198 por São Sava, primeiro arcebispo sérvio. (N. T.)

[7] Mosteiro no Monte Atos consagrado a São Nicolau. (N. T.)

Șerban Cantacuzino.[8] E, se nenhum templo me receber para o anacoretismo, serei abraçado pelo fundo de um precipício ou alçado por uma rocha por cima do mar – de onde poderei enxergar até Samotrácia! Trago comigo uma carta da velha mãe de Octavia, endereçada ao abade do Zograf.[9] Disse a sua mãe que vou rezar pelo repouso da alma da defunta das águas do Mureș pelo resto da minha vida!"

"Ah, sim, muito bonito tudo isso, mas como é que você vai atravessar o Danúbio?", perguntei a Lae Niculae, meio atordoado com a geografia que me apresentou e em que eu me senti um pouco analfabeto.

"Conheço uma pessoa que quer me ajudar. É professor aqui em Alba, originário do Banat, das margens do Danúbio. Vou tentar chegar ao vilarejo do professor e depois, dali, atravessar o Danúbio de madrugada! Vim vê-lo, senhor professor, antes de partir nessa jornada. Primavera passada o senhor já tinha me dito que o meu lugar é no Monte Atos. Veja, estou pronto para partir!" E Lae Niculae fitou-me longamente, perscrutando meus pensamentos.

Reagi apenas franzindo as sobrancelhas diante do que ele acabara de me dizer sobre Octavia – não realizei nenhum gesto nem expressei nenhuma palavra que pudesse abalar sua certeza onírica relacionada ao significado da morte dela. E uma coisa tornou-se-me clara: Lae Niculae achava que minha ligação com Octavia foi de natureza exclusivamente intelectual. Não tinha motivo algum para extinguir o seu delírio, frio como um relâmpago. Lae Niculae tomou uma grande decisão. Não encontrei uma só palavra para tentar detê-lo. Aquela criatura não podia encontrar sossego noutro lugar senão na morte ou numa laura do Monte.

Ao partir, Lae Niculae me disse ainda que, assim que chegasse ao Monte Atos, me mandaria um sinal.

"Sabe, fui informado de que na biblioteca da Grande Laura encontra-se o único exemplar existente da botânica de Dioscórides,[10] o médico da Antiguidade. Vou tentar fazer uma cópia: gostaria de mandar-lhe para que entregasse à dona Ana Rareș."

---

[8] Șerban Cantacuzino (1640-1688), membro de ilustre família de origem bizantina, governou o principado da Valáquia entre 1678 e 1688. (N. T.)

[9] São Jorge Zograf é um mosteiro ortodoxo búlgaro no Monte Atos, fundado entre o fim do século IX e início do século X. (N. T.)

[10] Pedâneo Dioscórides (Πεδάνιος Διοσκουρίδης), médico grego, farmacologista e botanista, viveu aproximadamente entre 40 e 90 d.C. e foi o autor de uma vasta enciclopédia

Capítulo XIV

"Você é muito gentil e realmente atencioso!", respondi-lhe, enquanto uma onda de rubor invadiu-me a face. Lae Niculae estendeu-me a mão. Desejei-lhe boa viagem. Muito estranha sua promessa, justo agora, descendo os degraus em caracol do *Batyaneum*. Lae Niculae dispôs-se a enviar do Monte Atos um presente para Ana. Teria alguém lhe dado uma sugestão naquele sentido? Não acho. A oferta, espontânea, era absolutamente esquisita. Era como se, de modo misterioso, Lae Niculae houvesse adivinhado algo das sutilezas existentes por trás dos acontecimentos da hospedaria dos balseadores na madrugada de São Nicolau.

O vento da noite de 9 para 10 de março ainda persistiu alguns dias. As águas do Mureș levaram todo o gelo. Lá por 17 de março, alguém me contou que Lae Niculae foi visto dia e noite passeando às margens do rio com uma lanterna e um arpão, mas ninguém me trouxe a notícia de que o corpo de Octavia teria ao menos por um instante vindo à tona dos turbilhões. Os siluros haveriam de manter sua vítima junto às raízes vermelhas dos amieiros ou debaixo das pedras de um dique de proteção da lavoura. Tais diques se estendiam em vários pontos do rio, mantendo as águas no leito.

Lae Niculae, que prometeu para si mesmo dar a Octavia uma sepultura, desapareceu de Alba. Num momento da madrugada em que não pôde ser visto por mais ninguém.

Em fins de março, num dia de degelo, o indivíduo do Banat com domicílio em Alba apresentou-se no *Batyaneum*, entrou cabisbaixo no meu escritório e veio até mim, como se quisesse dizer: cabeça baixa espada não corta;[11] ao invés disso, ouvi-o tartamudeando: "Recebi breve notícia do meu vilarejo às margens do Danúbio sobre o seu amigo. Ao tentar atravessar o Danúbio numa canoa, na madrugada de 25 de março, ele foi alvejado por uma sentinela romena antes de chegar ao meio do rio."

---

sobre drogas medicinais, conhecida pelo seu título em latim *De Materia Medica*, precursora de todas as farmacopeias modernas. (N. T.)

[11] Um dos mais famosos provérbios romenos, sobretudo por alegadamente explicar e caracterizar o comportamento histórico e a personalidade do povo romeno. (N. T.)

A vida e a história nos ensinam a cultivar o esquecimento como medida de conservação do ser. O esquecimento é indubitavelmente uma dádiva com que a natureza dotou, do modo mais diverso, todas as criaturas. Nas circunstâncias daquele inverno, o esquecimento talvez fosse a mais maravilhosa das dádivas – e quase a única redentora.

O inverno que terminava foi populado por acontecimentos que astrólogos especialistas decerto imputariam a influências do planeta inelar de chumbo. Aqueles acontecimentos se entrelaçaram na talagarça dos meus dias, aderindo com força aos nós rijos dos fios de seda que arriscavam romper-se. Os acontecimentos deviam ser queimados pelo esquecimento caso eu desejasse continuar vivendo. A languidez que se instalou em mim, como o calor da hibernação numa caverna, era talvez a condição propícia ao esquecimento. Antes de serem esquecidas de maneira salvadora, as lembranças costumam agitar-se numa ruminação interna, trituradas repetitiva e obsessivamente pela razão. Assim, os acontecimentos que eu deveria esquecer invertiam-se por enquanto dentro de mim como grãos na moenda. Eles perdiam pouco a pouco seu relevo e sua acuidade. As lembranças tendiam a se neutralizar sob o aspecto afetivo. Para a minha consciência, elas se esfumavam de tal modo que eu quase não parecia mais comprometido com elas. Gastas, esmigalhadas e depois pulverizadas, elas poderiam ser engolidas pelo esquecimento. É claro que não se tratava de um esquecimento completo. Chegara por enquanto a um estado de desprendimento interior em que as lembranças não aderiam mais ao coração. Quando o impetuoso início da primavera intumesceu os primeiros brotos, comecei a pressentir também uma outra descontração. Pude entrever, num futuro qualquer, o dia em que todos os acontecimentos deixados para trás naquele inverno haveriam de desfilar de novo pela minha mente, acompanhados não por amargor nem por uma sensação de pesadelo, mas por ternura. Mas até lá, teria de passar muito tempo.

A luz do dia, mais duradoura e mais intensa, podia agora despertar-me daquela letargia, caso eu também tivesse as grandes e secretas virtudes de uma árvore. De alguns segredos da fisiologia vegetal eu certamente comungava. Pelo menos virtualmente. Senão, eu não teria esperado, com a mesma impaciência dos homens das cavernas da era glaciária, o momento de sair e cumprimentar o equinócio de primavera.

Como eu desejava que aquela primavera, que se anunciava no tatear dos insetos pelos ramos secos, me removesse da prostração com frêmitos latentes

Capítulo XIV

do unânime turbilhão vegetal. Mas quando estava prestes a ser alçado pelas axilas de dentro da minha noite, quando mal surgiam os rebentos, quando mal brotavam os fios de grama, a folha do dente-de-leão e a borragem, quando mal saíram os arados com suas lâminas prateadas para rasgar a terra e revolver as lavouras, a "história", que inibia todos os nossos mais naturais impulsos, começou de novo a se fazer presente por meio de decretos, intransigência e crime. Já pertenciam ao passado os tempos em que, no equinócio de primavera, éramos realmente uma árvore, entregando-nos aos cuidados do destino com a certeza de que, em poucas semanas, esqueceríamos todos os males e maldições, coroando-nos com vegetação.

Um novo perigo surgia; os golpes do martelo maciço do novo brasão nacional haveriam de nos atingir um após outro, rápidos como o granizo. Numa noite que permanecerá na memória dos nossos futuros bisnetos, numa noite dilacerada pelos raios das lâmpadas elétricas de bolso, numa noite com todas as lanternas da rua apagadas, fervilharam por todo o país, por todos os cantos e esconderijos, os camburões rangentes do regime. Não conseguiram ocultar-se em suas próprias casas nem ex-fazendeiros, nem camponeses mais abastados. Todos esses inimigos da classe trabalhadora, declarados *ex officio*, foram aprisionados e transportados não se sabia para onde. Dificilmente chegava, aos que permaneceram vivos, alguma notícia sobre o destino dos desaparecidos. O pavor geral foi fortalecido pelo boato, absolutamente inverificável, de que os presos teriam sido mandados para certas regiões da Sibéria, deportados para trabalho forçado. É claro que a história cessara de trabalhar com ideias, passando então a trabalhar somente com camburões. Eu não era fazendeiro, nem camponês abastado. Mas para além dos boiardos ainda havia muitas categorias de cidadãos, virtualmente destituídos da dignidade humana, que ainda poderiam ser alvo do olho inclemente da história.

Na manhã de 5 de maio, manhã de certo modo outonal e de uma serenidade profunda, encontrei-me por acaso, numa ruazinha que dava na feira de legumes, com dona Gruia. Ela me disse, com a voz trêmula de emoção:

"Sabe que nessa madrugada foram aprisionados no país todos os ex-dignitários e altos funcionários do antigo regime?"

Minha face empalideceu por completo, porém tentei recuperar a calma que estava prestes a me abandonar.

"Dona Gruia, está vendo, isso não tem como ser verdade, pois, veja bem, diante da senhora está falando um ex-dignitário!" Minhas palavras saíram acompanhadas pelo tremor de um músculo minúsculo do lado direito do rosto. A emoção do choque, controlada, transformou-se naquele tremor.

"Sim", respondeu-me dona Gruia, acalmando-se, "é verdade! É claro que não passa de um boato!" A conclusão de dona Gruia, contudo, me pareceu precipitada. Isso ela também percebeu, pois apressou-se em me acalmar: "Está vendo, esses aí, quando não têm do que se gabar, colocam boatos em circulação."

Alguns dias depois, soube que a notícia da prisão e deportação dos ex-dignitários e outros altos funcionários do passado não foi mero boato, mas uma cruel realidade. Os detalhes da notícia tornaram-se cada vez mais claros e confirmaram-se por toda a parte – na capital e nas cidades do interior. Entrou em vigor, portanto, a ação de eliminação em massa de todos os políticos de todos os antigos partidos. A categoria de "políticos", porém, parecia mais larga e abrangente do que se podia imaginar. Conforme as definições confeccionadas pelos doutrinários do partido único com vistas à intensificação da luta de classe, podia ser englobada na categoria de políticos burgueses qualquer pessoa, mesmo um pobre mortal que tivesse um simples título de eleitor, indiferente de alguma vez tê-lo ou não usado. Com base nos sofismas dialéticos, era capaz de entrar na mesma categoria qualquer intelectual que houvesse sempre manifestado aversão a qualquer preocupação política – como era o meu caso.

A notícia das deportações teve o dom de me despertar da sonolência que até então me mantivera organicamente preso como uma mônada mas que, sem dúvida, propiciara minha recuperação anímica. O choque deve ter-me sacudido com força demasiada, pois acabei caindo num estado de natureza oposta, caracterizado por insônias de uma lucidez alucinante. As insônias apareciam sempre depois de um cochilo de uma ou duas horas, a cada noite. O despertar, num primeiro momento desorientado, causava-me palpitações cardíacas, em cuja secreta causalidade não quis penetrar. Será que as batidas do coração me acordavam, provocando estados de pavor? Ou acordava com um pavor produzido durante o sono, que causava as palpitações do coração? Era capaz de ouvir meu coração, célere como o tropel dos cascos de um unicórnio, mas, pouco antes do despertar, geralmente ouvia, ao mesmo tempo, batidas na porta como se alguém quisesse entrar. Batidas de dedos que soavam a osso na madeira da porta, lá pelas três horas da madrugada! As ba-

Capítulo XIV

tidas na porta, de uma clareza alucinante, faziam-me pensar a cada noite: não me enganei. Eu as ouvi! Aguardava tenso. Não me levantava para abrir. Tinha certeza de que a criatura que tinha batido entraria, destrancando a porta sozinha. Mas a criatura não entrava. Minha percepção auditiva era uma ilusão provocada pelos meus sentidos atordoados por obsessões. Uma vez desperto, não adormecia mais. Revirava-me na cama até o sol raiar pois, àquela hora, a visita noturna ainda era possível a qualquer momento. Via-me sempre debaixo de um cone de luz de uma lâmpada elétrica, ouvindo uma voz com entonação moscovita: o senhor está preso!

Do destino dos ex-dignitários e altos funcionários de outrora, aprisionados naquela noite, nada se soube. Os mais inauditos boatos corriam com fantásticas pernas de pau por todas as regiões do país. Teriam sido deportados para outro país num grau de latitude de um polo magnético enfeitado com belas auroras boreais; ou estariam em algum lugar nessa ou naquela prisão, nos arrozais danubianos, nos cárceres do Maramureș[12] ou nas salinas moldavas. Teria eu a consciência pesada por causa de algum daqueles "pecados" que a nova teologia da matéria que se desenvolvia diante dos olhos consternados de toda a população imputava, sempre que necessário, a cada cidadão? Corpo de delito ou testemunho contra alguém podia constituir qualquer objeto que ficou em casa antes de 23 de agosto. Até mesmo um móvel antigo, pois, conforme a opinião dos esbirros que ocupavam, sob o título de conselheiros soviéticos, todos os postos-chave do aparelho de Estado, ele não podia ter outra origem senão "russa". Qualquer móvel de estilo antigo, qualquer ícone ou tapete era considerado "roubado" da Rússia durante a guerra. Um grave corpo de delito podia ser qualquer livro ou revista da época entre as duas guerras mundiais. Tais publicações, aliás, foram eliminadas anos antes, quase sem exceção, de todas as bibliotecas públicas, para que as novas gerações de intelectuais que haveriam de se formar conforme os padrões soviéticos não pudessem encontrar mais nada sobre a maior época de florescimento espiritual do povo romeno. Para escapar desses corpos de delito que poderiam ser identificados

---

[12] Região setentrional da Romênia, na fronteira com a Ucrânia. Ali se localizava a famigerada penitenciária de Sighetu Marmației, onde, na noite de 5 para 6 de maio de 1950, foram encarcerados membros das elites intelectual, política e religiosa romenas que apresentavam perigo às autoridades comunistas. O prédio abriga, atualmente, o Memorial das Vítimas do Comunismo e da Resistência. (N. T.)

durante as buscas, em que todas as tábuas do assoalho dos cômodos eram levantadas e a argamassa das paredes arrancada, eu deveria simplesmente incinerar toda a minha biblioteca e, sobretudo, minhas próprias obras literárias. Tendo em vista, porém, que, segundo os critérios da gente da *Securitate*, todos os objetos, sem distinção, poderiam constituir corpo de delito, considerei inútil qualquer tentativa de ocultá-los do olhar daqueles que viriam examiná-los; por conseguinte, concluí que deveria desistir da ideia de "depurar" minha biblioteca. A situação era ainda mais grave pelo fato de comporem minha biblioteca apenas livros bons e quintessenciais; nenhum livro, portanto, que pudesse me oferecer um "álibi", ou seja, nenhuma das obras dos "clássicos marxistas", nem mesmo nenhuma das vergonhosas brochuras de culturalização de analfabetos, nenhuma das publicações estúpidas que vinham inundando o mercado e as vitrines das livrarias desde 1945. Na luta de classe desencadeada com um zelo excessivamente bestial e provinciano, fez-se uso de uma má-fé sem precedentes. A reinterpretação assumia por vezes formas de uma demência delirante. Em tais condições, por exemplo, podíamos ser acusados de filogermanismo ou de nazismo ao descobrirem, por entre as fissuras do assoalho, alguns nojentos insetos loiros, que se exterminam com tanta dificuldade, chamados "baratas-alemãs".

 Meu sono se modelava conforme as circunstâncias; era denso em substância, mas repentinamente interrompido. Minhas noites dividiam-se entre uma agitação que me consumia organicamente, e uma calma que eu mesmo impunha, com esforços de vontade. Tinha nos olhos o cristalino das insônias, à espera do homem da carrocinha, de boné, que imaginava ainda operar de vez em quando na categoria de ex-dignitários. Faltavam-me, porém, indícios precisos de tais operações. As insônias se instalaram perfeitamente no meu ser, fazendo com que a pele assumisse a forma dos meus ossos. Em duas ou três semanas, emagreci para além de qualquer norma física. Sem a necessidade de um espelho, sentia sozinho meu rosto envelhecido pelas preocupações. A sensação do terror noturno estampou-se nos meus gestos e no meu andar. Até mesmo transeuntes desconhecidos por vezes me olhavam como se eu fosse um doente.

 Para a minha surpresa, certo dia soube de uma notícia que devia abrandar minhas preocupações. Alguns ex-dignitários não haviam sido levados de seus lares naquela noite memorável! Quando não se tratava de patifes, que haviam aceitado

Capítulo XIV

lançar-se na direção da estrela vermelha atirada como uma cruz no Rio Dâmbovița[13] da nova epifania,[14] a clemência abraçou apenas conhecidos cientistas ou personalidades culturais que haviam feito respeitar seu nome dentro e fora do país. Para seu extermínio, podia-se recorrer aos métodos "sem derramamento de sangue". Não convinha ao regime transformar em mártires um punhado de espíritos inofensivos.

❧

Certo dia, entrou sorridente no meu escritório do *Batyaneum* o advogado Gruia. Parecia vir depois de muito calcular e planejar. Conversamos sem olhar para o relógio. Gruia me contou ter estudado nos últimos anos tudo o que lhe caía na mão concernente a métodos de trabalho da União Soviética. Disse-me ainda que, pelas informações obtidas junto a círculos autorizados, conhecia um pouco também dos métodos de trabalho da *Securitate*. Mas o que é que Gruia queria me comunicar com aquele sorriso que persistia mesmo depois da longa introdução? No fim, Gruia afirmou estar convicto de que... eu não haveria mais de ser preso. Trazia algum argumento? Sim! Os aprisionamentos eram feitos de repente, numa só leva por categoria. Se fui poupado na noite do dia 5, isso significava que, naquela categoria, eu tinha escapado. Gruia tentou me convencer de qualquer modo que refletira muito sobre o meu caso, de todos os pontos de vista, considerando minha situação, ainda por cima, rósea se comparada à atmosfera sombria de até então. Gruia esforçou-se em sugerir-me uma atitude mais sossegada com relação ao dia de amanhã. E se eu não estivesse tão "pessoalmente" envolvido na questão, eu quase teria acreditado nele quando me confiou não ver mais nenhuma categoria em que eu pudesse constar numa nova captura de ilustres culpados. E meu jovem amigo afirmou ainda mais uma coisa, aos sussurros. Alegou saber, de fonte digna de crédito, que meu nome figurava na lista dos "ex-dignitários" até a véspera

---

[13] Rio que atravessa Bucareste. (N. T.)
[14] Festa cristã-ortodoxa que comemora o batismo de Cristo no dia 6 de janeiro. Na Romênia, em localidades às margens do mar, de um rio ou de um lago, como parte do ritual religioso, o padre costuma atirar uma cruz de madeira na água que, nessa época do ano, costuma ser gelada ou mesmo congelada. Nessa água mergulham, para trazer a cruz de volta, os rapazes mais corajosos do lugar. (N. T.)

da noite em que foram apanhados. Alguém, detentor dessa informação, lhe havia revelado. A lista teria sido enviada no último momento para o "centro", onde o meu nome e o de outras "personalidades" teria sido apagado com substâncias químicas que dissolvem tinta. No dia seguinte, a captura, da qual ninguém antes desconfiara, efetuou-se com prontidão e sem desconsiderar a lista corrigida.

"A pergunta é", sublinhou Gruia, "quem e por que o retirou dentre os proscritos?!" E meu amigo de Câmpul Frumoasei me perguntou, num tom cuidadosamente escolhido para não me ofender, se eu por acaso não teria algum protetor no "Comitê Central". Respondi-lhe: "Não sei. Talvez tenha aparecido por lá algum admirador da minha poesia! Esse suposto admirador, porém, deve ser muito, muito, muito secreto", precisei, "pois, como se sabe, já faz cinco anos que foram tomadas medidas, junto a todas as instituições de cultura, junto a revistas e jornais, junto a editoras e escolas de todos os graus, no sentido de que todos os meus 'admiradores' se transformassem em detratores – e isso o mais rápido possível, dentro de vinte e quatro horas. Desde então, meu nome não foi mais mencionado na imprensa de vários idiomas do nosso país sem ser acompanhado por epítetos difamadores ou mesmo injuriosos. A situação é essa, caro Gruia. Mas você talvez tenha razão. Alguém deve ter me ajudado lá onde você falou... Talvez Constant Mironescu, embora eu tenha sido tão rude na conversa que tivemos no outono passado!" Gruia projetou sobre aquelas circunstâncias seu desejo ardente de me ver a salvo. Seus argumentos, porém, não me pareciam carentes de fundamento. Segundo ele, eu por enquanto poderia extinguir meus temores. Incentivou-me ele a abandonar uma existência brutalmente esmagada pelo terror e tomar o caminho da luz do dia.

Encontrava-me demasiado invadido por dúvidas e suspeitas para conseguir me alegrar com a avaliação convincente de Gruia com relação à minha situação na nova ordem.

Deixei o *Batyaneum* menos oprimido, como se um planeta tolerante flutuasse ao meu redor. Caminhei erguendo o pé mais alto, como se subisse degraus. De certo modo, uma vaga serenidade me invadiu, em harmonia com o céu de maio. E ainda mais. Na tarde daquele dia, adormeci envolvido por inteiro por um sono salutar. E não acordei estremecido por batidas imaginárias na porta. Dormi algumas horas. Fui acordado por minha filha, que me sacudiu levemente, muito admirada ao me ver dormindo enquanto fazia um dia tão agradável lá fora.

XV

O advogado Gruia, desde então, passou a me visitar com mais frequência. Descobri, contente e surpreso, que ele era um grande amador de poesia, de uma poesia mais seleta do que poderia imaginar, levando em conta suas preocupações jurídicas. Era uma criatura repleta de surpresas. No fundo, Gruia era um amador de muitas coisas, que infundia paixão em tudo o que achava que devia empreender. De todo modo, ele me manteve a par da situação cuja evolução acompanhava pelos comentários das estações de rádio estrangeiras e cuja estagnação me cansava. O advogado Gruia, porém, conservava em seu coração um otimismo indestrutível. Apesar de todos os desmentidos e decepções que o século nos preparava a cada passo, procurei não pôr grandes obstáculos ao otimismo do amigo. As grandes potências que nos venderam (esse era o termo adequado para as manobras escandalosas que vitimaram tantos povos no fim da guerra) assumiam, através de seus representantes autorizados, comportamentos de valor retórico, e não histórico. A expansão do comunismo, realizada de modo impetuoso e brutal, haveria de despertar as potências ocidentais da cômoda expectativa em que pareciam comprazer-se? Até agora, os ocidentais dormiram em cima dos louros deploráveis de cláusulas secretas que selaram, na Europa, o destino de cem milhões de pessoas. Jamais foi cometido na história um crime maior do que esse, decorrente das sinistras estipulações do Acordo de Ialta. Diante de tantas proezas inescrupulosas graças às quais o comunismo avança, instalando a servidão sobre um terço do globo, haverá o Ocidente, conduzido por espíritos utópicos ou por estadistas que só veem interesses momentâneos de seus países, de permanecer para sempre de braços cruzados? O Ocidente, de uma ingenuidade épica em que se mistura muito comodismo a uma certa patifaria, acabou se transformando em instrumento da expansão comunista. Chegará o dia em que ele decidirá, enfim, não corrigir o terrível estrago, mas ao menos impor-se para que o eczema do mundo não se espalhe ainda mais?

Contendo um sorriso, o advogado Gruia trouxe-me numa manhã de junho, imediatamente após o solstício, uma notícia solar: eclodiu a Guerra da Coreia. Gruia não percebia todas as forças ocultas que agiam na história desde que o espírito "moderno" passou a afligi-la. Ele ouvia com desconfiança o que se dizia sobre o espírito mercantil dos ocidentais, acreditando ilimitadamente em seus bordões patéticos de ano-novo. Gruia estava convencido de que a Guerra da Coreia marcava o início da solução de todos os grandes problemas internacionais. Achava que, finalmente, produzira-se a reviravolta decisiva.

"Sem dúvida é uma boa notícia!", respondi, "mas não vejo por que lançarmos rojões de esperança."

Ao dizer isso, na mesma hora arrependi-me. O advogado Gruia ficava em geral indizivelmente aborrecido com minhas reservas diante da situação. Dessa vez, ele ficou tão decepcionado, que emudeceu por alguns instantes. Tentou falar sobre outra coisa. Disse-me que no dia seguinte haveria de partir numa semana de viagem pela densa floresta das colinas à esquerda do Rio Mureş, ou seja, pela floresta que se estende de Uioara até Aiud. "A distância de Uioara até Aiud não é muito grande, mas vamos explorar a floresta minuciosamente. O professor Rareş me pediu para fazermos juntos esse passeio, pois pretende pesquisar algumas plantas *in loco*. Pediu-me para acompanhá-lo pois ouviu dizer, não sei de quem, que aquela floresta teria sido no passado meu terreno de caça. Aceitei juntar-me a ele na viagem, embora não cace mais há anos. O regime estragou muito das nossas belas paixões humanas. Nada mais é digno do nosso amor: nem o vinho, nem as mulheres, nem as caçadas... só o partido! É claro que ninguém me impediria de continuar me devotando às paixões de outrora, mas as autoridades injetaram no prazer das caçadas uma fonte de asco. A nova lei obriga o caçador a executar certos serviços de homem da carrocinha, serviços para os quais de qualquer forma eu não seria adequado. Imagine só! Os dispositivos recentemente em vigor obrigam todo caçador a matar mensalmente não sei quantos cachorros vira-latas que rondam a cidade. O regime faz questão até mesmo de destruir a volúpia do farejo das nossas narinas, como se isso fosse uma reminiscência da época dos fazendeiros e burgueses, e não da comuna primitiva! Abandonei as caçadas. Entretanto, vamos visitar nessa viagem o meu antigo terreno de caça, repleto de vegetação e de encantadoras raposas fedorentas. Não quer vir também?"

"Eu? Hmm!", fingi procurar uma resposta, mas uma hesitação me invadiu com uma calorosa esperança no coração, "vão só vocês dois?"

"Só nós dois!"

O convite de Gruia, em que nunca pensara antes, com certeza me tentava; ao saber, porém, que só os dois, Gruia e Rareş, partiriam, aleguei algumas dificuldades para poder me esquivar, pois um outro pensamento brotou dentro de mim, turbilhonando minha consciência como um vento que ergue em espirais a poeira de uma estrada de terra.

☙

Verdade é que as inúmeras e sérias dificuldades dos anos passados não lograram secar totalmente o fundo do meu poço. A primavera impetuosa desencadeou minhas latências orgânicas. Novos acontecimentos e novas circunstâncias tentavam pesar de maneira propícia na balança. Recursos anímicos quase insuspeitos exigiam calhas mais largas. E muita quantidade deles poderia ser captada de maneira útil diante da perspectiva aberta pela partida do professor Rareş naquele passeio.

O dia seguinte foi um domingo. Dia de uma serenidade superlativa. A clorofila da primavera revelava-se fresca e diáfana. Dentro de uma ou duas semanas, surgiriam matizes mais profundas. Em torno das onze horas, quando tantos cidadãos que ultrapassaram a meia-idade, sobretudo octogenários que aprendem a morrer, ainda se encontravam na missa religiosa pelas catedrais e igrejas, pus-me a passear pela cidade e, em seguida, para cima, na direção da fortaleza. Sabia mais ou menos que, aos domingos, Ana não haveria de estar no laboratório de plantas medicinais da antiga casa principesca. Moveu-me, porém, a esperança de que ela pudesse estar àquela hora, para matar o tempo, na catedral da coroação.[1] Depois de atravessar o Portão de Horea, dirigi-me a um ponto em que se entrecruzavam algumas ruelas por onde eu gostava de passear, e onde já há tantos meses Ana insistia em não apa-

---

[1] Vide minha nota 3 do capítulo IX e nota 3 do capítulo X. (N. T.)

recer mais. Desviei por um momento para entrar na catedral, entrei no vestíbulo do templo e olhei para a penumbra interior. A missa religiosa estava por terminar. Mas Ana não estava ali. Saí depressa. Ao chegar no cruzamento das ruazinhas em que tantas vezes tive a surpresa de um encontro "casual", descobri apenas um sorriso cósmico no céu, mas não o sorriso de mulher. Mantive a calma. Não era caso de me desfazer por causa de uma decepção. Tinha caminhado até a cidadela mais para passar o tempo e para me certificar de algum modo de que Ana não estaria por ali àquela hora, embora isso fosse possível. Concluí que Ana devia estar sozinha em casa. Desci pela estrada larga em serpentina até o sopé da cidadela. Uma única premissa ecoava em minha mente: o professor Rareș estava longe, em algum lugar, nos montes verdejantes dentre Uioara e Aiud, pelas infindáveis e luxuriantes matas de carvalho e de faia, sob cuja sombra crescem tantas plantas curativas e onde paira o cheiro forte das raposas. E essa premissa que envolvia minha razão dirigiu os meus passos até a casa que era a casa das minhas obsessões. Nela havia entrado uma só vez, na manhã do dia em que Ana me trouxe a notícia de que Leonte havia se atirado na "ferida da terra". Abrira-se então, também no meu ser, uma ferida da terra.

Depois de quase meio ano, a ferida parecia cicatrizada. O símbolo surgia cada vez mais puro em meio aos detritos do efêmero. E, cada vez mais, o gesto de Leonte se perfilava no meu horizonte como uma realização única. A visão metafísica de Leonte permaneceu como um *torso* gigantesco. Agora, ela tinha de ser completada por uma parte "ética". Leonte arredondou sua obra com um gesto além e fora de qualquer ética. Seu gesto fala mais que a palavra, de modo que a visão de Leonte não é mais um *torso*. Essa admiração extrema com que a ideia daquele gesto sublime me preenchia, essa ternura, reunindo em sua vibração a doçura e o amargor de uma amizade, guiavam meus passos calmos na direção de dona Ana.

Pressupus que estivesse em casa. Não poderia estar noutro lugar num dia de domingo. Há algum tempo atrás eu não teria nenhuma chance de encontrá-la em casa, pois aos domingos ela costumava ir a Câmpul Frumoasei, visitar Leonte. Mas agora, num dia de domingo, ela *devia* estar em casa. Pois, naquele meio tempo, o domingo havia se tornado para ela um dia de recolhimento em memória ao grande amigo. Essa era a minha suposição, que o instante seguinte haveria de reforçar.

Toquei a campainha. Em seguida, uma espera, durante a qual espiei por cima da cerca, pelo quintal, pelas janelas, onde não se adivinhava o mínimo movimento

Capítulo XV

por trás das cortinas. Meu coração batia forte. Ana apareceu no jardim, com a mão endireitando suavemente uma imaginária perturbação do penteado. Exprimiu sua surpresa com uma exclamação de alegria, aproximando-se com aquele sorriso encantador que revestia todo o seu ser. Percebi, porém, que no caminho da casa até o portão Ana empalideceu. A palidez não extinguiu seu sorriso.

"Ah, não é possível! Da próxima vez não faça mais assim, sem avisar. Você não sabe que pode matar alguém do coração com tais surpresas?"

"Pode me receber?", perguntei.

"Sim, claro, apesar de eu estar sozinha. Meu marido saiu ontem à noite. Foi fazer um passeio de alguns dias pelo carvalhal de Uioara com o advogado Gruia. Mas que ventos o trazem, Axente?" Essa familiaridade muito me agradou. Depois de tanto tempo, ela ainda me chamava de modo informal, pelo prenome.

"Um vento me traz, Ana, um vento saudável de primavera. Decidi acabar com um afastamento que, pelo que me parece, em nada corresponde a verdadeiros estados anímicos. Do outro lado da cerca vejo um sorriso, deste lado da cerca você vê uma pessoa assustada. Ou, em outras palavras, qual a relação entre o seu sorriso de agora e a tensão com que ainda anteontem você me evitava na rua?"

"Durou demais o afastamento, não é?", respondeu-me ela, "apesar de não se tratar de um afastamento real, mas de outra coisa completamente diferente. Depois dos acontecimentos do inverno, achei que a solidão lhe faria bem." Ana girou a chave da fechadura do portão.

"Já me castigou o bastante!", disse-lhe eu, entrando no quintal.

Na saleta convidativa onde me recebeu, havia em cima da mesa uma vela acesa com chama comprida e fumegante; um aroma, de certo modo agradável, de cera vermelha pairava na atmosfera.

"Em que tipo de ritual a surpreendi, neste esconderijo da sua casa?", perguntei vacilante, para ter o que dizer, pois ambos havíamos emudecido desde o vestíbulo. Por causa da emoção que pareceu ter nos assaltado, não sabíamos mais como conduzir nossas almas. Equilibrei minha pergunta, contudo, com uma sensação real de surpresa. O espetáculo da vela acesa em plena luz do dia sugeriu-me de fato a ideia de estar sendo inoportuno, inesperado, diante de um ritual cujo significado me escapava.

"Ah, não! O que está vendo parece, mas não é um ritual", pôs-se Ana a esclarecer, alegre por eu ter quebrado o gelo, "estava querendo lacrar com cera um pacote de cartas e uns papéis com anotações minhas. Quero guardar tudo isso sob chave, para que não caia em mãos curiosas. São cartas do Leonte. Aqui tenho ainda algumas anotações que eu costumava fazer depois das minhas visitas a Câmpul Frumoasei. Desajeitadas, sem dúvida, mas à altura da minha compreensão. Tentava anotar tudo o que Leonte dizia, sobretudo com relação às *Mentiras de Deus*."

"E agora você queria arquivar tudo isso? Não encontrou nada melhor para fazer?"

"Podemos realizar a operação do lacre juntos! Se quiser!"

"Acho que gostaria mais é de saber um pouco dos pensamentos que Leonte transmitiu para sua amiguinha. Não lacre os sonhos! Gostaria de decifrar junto com você as grandes e sacras runas. Você anotou, mas no receptáculo dos vocábulos deve-se despejar um significado. Seria possível escrever um livro intitulado *As Mentiras de Deus ou Revelações Filosóficas*."

"Sabe que seria mesmo interessante?", apressou-se Ana em aceitar aquele esboço de projeto. "Com a ajuda de um poeta, seria possível escrever algo sobre estas runas amargas."

"Então eu cheguei na hora certa!"

"Quer dizer que você não acha que eu devo lacrar o pacote?!"

"Isso não é material de arquivo!"

"Mas não passam de cartas!"

"Talvez, mas não as runas. Por favor permita que essas palavras respirem!"

Ana parecia muito contente ao ver seus próprios pensamentos incentivados, os quais só por modéstia não desenvolvia. Separou as cartas das anotações. Não eram muitas, nem umas nem outras. Ana reuniu as cartas dentro de um pacotinho a ser lacrado com cera vermelha. Da pequena barra luminosa mantida por cima da chama caíram pingos sobre um nó de barbante. Junto com um pingo de cera maior caiu também uma pequena chama, que queimou o nó. A operação teria de ser repetida.

"Isso significa que nem esse pacotinho deve ser fechado! De modo que as cartas também me interessam!", disse-lhe eu só para provocá-la.

"Isso não!", retrucou ela brincalhona, "elas não precisam de nenhuma adição de significado além daquele que já contêm." Com isso, Ana apagou a vela com um sopro. Uma fita de fumaça se esticou na minha direção, como se Ana me dissesse: "Pode esperar sentado e bastante até que eu decida mostrá-las a você, seu indecente!"

"Eu esperava que, agora que você apagou a vela, a sala ficasse escura. Mas veja que continuamos à luz do dia!", observei.

"Ha, ha, sua habitual imaginação! Por onde andam os pensamentos do poeta?"

"No paraíso das plantas curativas!"

"Será que não estão nas madrugadas do vau do Rio Mureş?"

"Não seja maldosa, Ana. Permita-me não responder, tendo em vista que, mesmo quando eu frequentava a hospedaria dos balseadores, meus pensamentos sempre batiam noutra porta. Mas deixemos isso de lado. Sabe por que eu vim?"

"Imagino o motivo, mas não o pretexto."

"Então posso falar abertamente. Estava com saudades de lhe dizer: Eufrásia!"[2]

"Devo cruzar de novo o seu caminho para receber seus apelidos? Olhe, não sou maldosa! Se você me pedir, vou tentar encontrá-lo na rua!"

"De todos os nomes que lhe dei, esse prevalece: Eufrásia. Desde o outono até agora, as águas cresceram, formaram ondas e terríveis turbilhões. As águas sentiram inúmeras vezes a necessidade de uma carícia. Você realmente esperava que eu viesse lhe pedir que se encontrasse de novo comigo na rua? Meu Deus! Mas todo o tempo eu pedi isso! Não ouviu o meu chamado? Faz seis anos desde que você fugiu pela primeira vez de mim. Ainda se lembra? Em Căpâlna!"

"Que eu fugi de você pela primeira vez *então* é verdade. O que teria sido de uma pobre mulher diante de um homem que tanto teme a luz do dia?"

"Isso está virando um monólogo, Ana. Talvez convenha termos uma conversa. Veja bem, todos esses anos, por inúmeros motivos, foram tão vazios como favos estéreis, enquanto poderiam ter sido os mais plenos, apesar de todas as calamidades que nos engoliram. Em Căpâlna, quando estávamos prestes a iniciar uma relação, você fugiu. Aqui, em Alba, depois que vivemos por um instante um conto de fadas na sala do *Batyaneum*, você fugiu. Fugiu de novo e continuou fugindo sempre, fugiu do vinhedo do Gruia e fugiu do túmulo de Leonte. Todas as coisas da vida e da morte são para você uma ocasião para vir e outra para fugir! Você não quer acabar de uma vez com esses desvios?"

---

[2] Vide minha nota 1 do capítulo XII. (N. T.)

"Axente, eu alguma vez o impedi de vir até aqui com mais frequência?"

"É? Você realmente permite que eu venha? Posso passar de novo por aqui como hoje?"

"Mas Axente, isso é coisa que se pergunte? Venha quantas vezes desejar!"

Diante de tão doce solicitude feminina, meu coração foi envolvido por uma onda de melancolia que começou a falar de dentro de mim, sem o controle da razão:

"Olhe, Ana, as coisas vêm como vêm, e os gestos caem dos galhos como frutos maduros."

E Ana me disse:

"Que bom que você veio. Pois amanhã eu parto."

"O quê? Vai fugir de novo? Justo agora?"

"Não fique aborrecido, Axente! Não vou fugir. Vou sair de férias, depois de um ano de trabalho."

"Aonde você vai? Longe daqui?"

"Para cima do Rio Morilor. Em Căpâlna."

"É? Em Căpâlna? Em Căpâlna mesmo? E vai ficar muito tempo por lá?"

"Não estou entendendo que sentido você dá a todas essas palavras. Longe! Muito! Sim, vou ficar bastante tempo! Algumas semanas. Quanto dura o repouso de verão."

Perdi-me pelas torrentes do pensamento. Passou-me pela cabeça toda espécie de planos:

"Onde vai ficar?"

"Na casa da família Loga, ou melhor, no jardim dentre os muros, exatamente onde fiquei quando nos conhecemos."

"Que tal retomarmos o fio da meada, como se você não houvesse fugido então?"

Ana fitou-me intrigada, sem responder. Planos criados na hora esvaneceram da minha cabeça. Tudo dependia de um único detalhe.

"Você vai sozinha?"

"Mas com quem?"

"Com quem? Ora, essa é boa! Com quem!"

"Ah, sim", disse Ana, como se despertasse, "não, ele não vem. Tem trabalho no terreno o tempo todo. Por todos os bosques, no paraíso das plantas, em ambas as margens do Mureş. Mas por que a pergunta? Não é que você esteja pensando em…"

Capítulo XV

"Claro que sim. Justamente. Não estava dizendo?"

O rosto de Ana se transfigurou. Sua calma sorridente se tornou luminosa.

"Eu também vou", disse-lhe, "não de imediato, mas dentro de uma ou duas semanas, mas com uma condição..."

"Que engraçado você é. Nem espera que eu o convide como se deve... e já impõe condições! Mas não vou mais criar um monólogo, assim como já me censurou há pouco, pois estamos, ao que parece, em pleno diálogo. Estou pronta para lançar o convite. Mas deve aceitá-lo incondicionalmente."

"A condição que eu queria exigir é uma ninharia."

"Vamos ver."

"Leve consigo aquelas anotações das 'mentiras de Deus'. Talvez façamos algo com elas. Unindo nossas forças."

Ergui-me rápido, descontrolado, quase pulando da poltrona em que estava. Sem dizer mais nada, levemente trêmulo, beijei a mão de Ana, que estava diante de mim, com todo o seu ser. E saí da casa quase correndo. Aquele foi o primeiro domingo da minha vida.

XVI

Em meados de julho, desembarquei de um ônibus local na aldeia de Căpâlna. Uma semana e alguns dias mais tarde do que planejara. Atrasei por causa das tantas formalidades necessárias à obtenção de férias, mesmo que breves. As condições pareciam calculadas de propósito para desencorajar, por meio de fadigas inúteis, todos os cidadãos desejosos por interromper a labuta. Devido às dificuldades burocráticas, o direito às férias tornou-se de fato um desiderato impraticável. Os mais miúdos trâmites moviam-se na matéria pegajosa do burocratismo lento como a vespa no mel. A elefantíase desse estorvo, combatido por todos os cantos em reuniões sindicais, assumia pela sua própria natureza formas cada vez mais monstruosas.

Pisei na pedra calcária da aldeia montanhesa imediatamente após o pôr do sol. As casas de pedra ou de madeira, cobertas com ripas, ou outras, de tijolo cru, cobertas com palha enegrecida pelas chuvas e pela fumaça, boiavam na luz avermelhada do crepúsculo. O musgo crescia por toda a parte, como formigueiros verdes. Minhas narinas se deliciaram com a fumaça de pinho queimado que, desviando das chaminés, saía pelos telhados de palha e caía, espalhando-se entre as casas. Haviam se passado seis anos desde quando, no final da guerra, havíamos nos refugiado ali aos primeiros sinais da intempérie que haveria de nos assolar. Nenhuma mudança visível ocorrera ao longo do tempo no vilarejo que mais uma vez me acolhia.

Avisei com antecedência a família do padre Bunea pedindo que me hospedassem, dessa vez não na casa do vilarejo, mas em sua velha casinha de troncos de madeira, perto do jardim da encosta, acima do riacho. Avisei ao padre Bunea que eu queria me isolar, retornar às minhas lides há muito abandonadas. Na carta, falei-lhe de projetos literários, um pretexto de isolamento em que eu mesmo não acreditava, mas perfeitamente plausível e digno de lembrança mesmo numa confissão. Para almoçar e jantar, pretendia descer até a casa do padre. Do casebre de madeira, escondido numa depressão sob a borda do bosque, teria naturalmente também acesso ao jardim do padre. Debaixo da pereira silvestre, com sua extensa copa, esperava reencontrar aquele esquilo que, no verão de 1944, pusera suas patinhas anteriores sobre a minha bota enquanto eu estava de pernas cruzadas à mesa de pinho. Naquela altura, eu escrevia *A Arca de Noé*, devagar como se entalhasse o texto na casca das árvores, e por vezes tão devagar que uma lesma que passasse por cima do papel teria tempo de atravessar a página de lado a lado, deixando para trás uma faixa prateada que secaria mais rápido do que se concatenavam minhas palavras. Embora não houvesse me informado junto a nenhum zoólogo quanto à duração da vida de um esquilo, eu esperava revê-lo.

Na casa do padre Bunea fui recebido sem exuberância, com uma alegria sossegada, marcada por expressões e gestos do padrão patriarcal. Ele e sua esposa envelheceram, ambos, em seis anos como se fossem quinze. A agilidade de outrora do padre de baixa conformação revelava-se por alguns segundos em seus movimentos, para depois sumir e dar lugar ao ritmo lento da idade. Sentamo-nos à mesa do quintal, rodeada por todas as partes por paredes impenetráveis e um portão alto coberto por um arco de alvenaria.

"Algo nos oprime, padre, sobre os ombros e todo o nosso ser. Cada centímetro quadrado de nosso ser é oprimido pelo peso de um continente. Às vezes, porém, parecemos não sentir o fardo, acostumando-nos a ele como ao peso do céu."

"É mesmo", respondeu o padre, balançando a cabeça meditabundo, enquanto seus ombros pareciam realmente despencados.

Perguntei se havia mais alguém no vilarejo. Se ainda vinham visitantes de veraneio, como no passado. A esposa do padre apressou-se em me dizer que dona Rareş também estava no vilarejo já há algumas semanas, hospedada na casa da família Loga.

Fingi admiração:

"É? Que surpresa e alegria para alguém da minha idade! Disseram-me que ela estava fora de Alba, mas não imaginei que houvesse vindo para cá." Após um instante, disse como se nada planejasse: "Será que eu poderia passar rapidamente por lá e cumprimentá-la antes de nos sentarmos para o jantar?"

Capítulo XVI

"Claro, por favor, senhor professor", encorajou-me a mulher do padre.

"Mas a senhora preparou a casinha junto ao bosque?"

"Está tudo pronto, senhor professor! Já a partir desta noite o senhor pode se retirar nela se desejar, e se os rouxinóis com lágrimas na garganta permitirem que repouse."

"Não quero deixar nenhum instante escapar pelo redil do calendário", respondi à mulher do padre, "hoje em dia são poucas minhas alegrias... e dentre elas a mais rara é a tranquilidade."

Sacudi a roupa da poeira da estrada. Na falta de uma escova em casa, o padre Bunea bateu nos meus ombros com as mãos abertas. (A escova de roupa, bem como o guarda-chuva, tornaram-se artigos de luxo na nova sociedade em formação, que só podem ser obtidos a preços especulativos no mercado de pulgas.) Lavei o rosto e as mãos para me livrar da poeira que me cobrira como montes de neve. O ônibus com que viajei era tão gasto e cheio de orifícios em sua carapaça de lata, que funcionava mais como aspirador do que como veículo. Trouxera-me, contudo, à meta dos desejos supremos, e isso me satisfazia.

Em seguida, saí desacompanhado para visitar dona Ana Rareş. Tomei um atalho pelo antigo cemitério, em que pude rever aqueles estranhos e arcaicos monumentos funerários, cada vez mais raros agora, mesmo ali na região de sua origem: na cabeceira de cada túmulo, podia-se ver implantado um poste estreito, cortado em arestas com entalhes coloridos nos quatro lados e ostentando na ponta, sobre uma tabuinha, como se fosse um pequeno púlpito, um pássaro talhado em madeira. Poderia ser uma rola, símbolo da alma.

Junto ao portão da casa da família Loga, único mais imponente de todo o vilarejo, construído com generosidade em tempos de vacas gordas, recebeu-me dona Ana. Acabava de retornar do campo, onde passara o dia todo colhendo plantas para estudo. Ana trazia sua colheita numa caixa metálica redonda, pendendo amarrada no pescoço, balançando de lado sobre o gracioso quadril, como uma aljava medieval carecendo de setas.

"Não tenho setas na aljava, mas um pouco de veneno", disse-me ela, aproximando-se. Não escondeu sua alegria.

"Grande e grata surpresa!", gritei na sua direção, de propósito, bem alto, suspeitando ser ouvido até pela família Loga. As janelas que davam para a rua estavam de fato abertas, revelando por trás das cortinas movimento humano, não de vento. Fiz questão de afastar, desde o início, qualquer suspeita de que minha visita a Căpâlna pudesse ter alguma ligação com a presença de dona Ana Rareș na mesma aldeia.

"Mas veja só", respondeu Ana, "que ideia foi essa de aparecer por aqui, senhor professor, justo hoje, quando não precisamos mais nos refugiar dos bombardeamentos?"

Acompanhei Ana ruela abaixo, até deixarmos as casas para trás. Passamos lentamente por entre quintas esparsas. Assim eu podia, sem temer testemunhas indiscretas, confiar-lhe alguns detalhes relativos ao meu aquartelamento. Mostrei-lhe em que lugar retirado, a salvo da curiosidade alheia, eu haveria de morar durante uma semana. Ana estivera diversas vezes nessa aldeia ao longo dos anos, de modo que conhecia a conformação dos vales, o perfil das elevações, inclusive o barranco com o casebre de troncos de madeira e o jardim da encosta.

"Amanhã, antes do meio-dia, lá pelas dez, ou melhor, não, mais cedo, mais cedo! Vamos, digamos lá pelas nove, ou se não tiver nada contra, numa hora em que o orvalho ainda cobrir os fios de grama, você pode vir. E colher plantas entre os zangões da encosta. Virei encontrá-la. Em seguida vou acompanhá-la pelo bosque, para passearmos alguns instantes juntos pela eternidade verde."

Ao rumor das águas espumosas do vale, que chegava até nós pela descida em serpentina, nossas palavras não podiam ser ouvidas por ninguém que porventura estivesse nos arbustos espessos ou nos quintais. Só o deus com chifres de bode poderia ter por ali uma toca invisível.

"Muito bem", exclamou Ana em alto e bom tom, concordando na hora, "podemos subir até o planalto, onde o sol bate forte e suave, e onde a liberdade do vento ainda não foi cerceada." Como Ana falava alto demais, senti-me obrigado a olhar para trás. Não teria alguém testemunhado aquela sugestão, que eu apoiava com ardor, mas quase aos sussurros? Virei-me quase instintivamente, tomado pela preocupação de não haver aparecido, silencioso, algum transeunte descalço. Mas não havia ninguém por perto.

Pusemo-nos a subir a ladeira em serpentina no caminho de volta, mantendo uma conversa neutra, levando-se em consideração as circunstâncias, em meio ao uivo da água que fluía em redemoinhos por entre as rochas. Entrando em

Capítulo XVI

detalhes que só um especialista poderia abordar, Ana me explicou as variações de certas plantas medicinais encontradas em barrancos e em buracos de ravinas. Seu interesse científico digno de filha de Paracelso, em que a opinião popular da localidade via uma inclinação para feitiços, era extremamente apreciado no vilarejo e em todas as aldeias daquele vale cortado pelo Rio Morilor que vinha de longe, como se simbolizasse a tradição transmitida pelos ancestrais. Do outro lado da extremidade de cima do vilarejo, em meio à vegetação exuberante das margens do rio, de certo modo parecida com cipós exóticos mas formada apenas por urtigas e armolas, por folhas de bardana e miosótis, por arbustos de sabugueiro e árvores sufocadas por hera, numa casinha azulada com telhado de palha preta, morava uma velhinha de cem anos. A velhinha reuniu, em sua mente de feiticeira, todos os conhecimentos seculares relativos às plantas curativas. Sabia-se que a velha criava também cobras-d'água embaixo dos degraus da sua casa. Répteis esverdeados eram aprisionados àquele lugar por meio de magia e leite. Acho que até Sofrósina deveria estar por perto, e que a velha fosse sua criada. Ana ia até lá com frequência, para espionar e arrancar mais algum segredo da bruxa. Ana remexia com interesse pela empiria milenária dos homens primitivos, em todos os lugares por onde passava. A ligação com a velha fazia com que um reflexo de magia ancestral a atingisse também. De qualquer forma, dona Ana Rareș criou certa fama naquele vale e era querida pelas aldeias. Não lhe tinham dado afinal um nome de fada?

Fitei-a longamente com um olhar perdido.

"Eufrásia!", murmurei, enquanto o feitiço me penetrava celularmente. A canícula do dia passara quase despercebida pelos meus sentidos. Agora, já anoitecendo, deleitava-me com o frescor que vinha de baixo, das águas do rio.

"Agora vou para o fundo do quintal tomar um banho no rio!", disse-me Ana.

"Lamento não ter como vê-la entrar na água!" Ana, sem perceber, provocou minha imaginação. Quando minha réplica a advertiu de que eu não deveria ser submetido a tais tentações, já era tarde demais. Ana me arremessou uma imagem, e eu a apanhei como uma bola de seda. Ana franziu um pouco o cenho, porém a parte de baixo de seu rosto falava noutra língua. Um sorriso descobriu parte de seus dentes brancos e saudáveis, o que me deu uma pontada no coração; esse era o sofrimento da beleza, sofrimento que tantas vezes senti diante daquela criatura que sempre me dera a sensação de representar o inacessível na minha vida. Ana continuou-me inacessível, como aliás a beleza permanece eterna e metafisicamente inacessível.

Despedimo-nos com fórmulas convencionais diante do portão da casa da família Loga. Portando o sofrimento da beleza comigo, voltei, pelo cemitério, para a casa do padre Bunea.

༄

Era aguardado com a mesa posta. Durante o jantar, refresquei a memória com o padre e sua mulher. Recordações de anos passados, desde a grande mudança.

Procurei saber de fulano e cicrano da aldeia. Muitos haviam morrido naqueles seis anos em que não mais estivera ali. Muitos deles haviam deixado suas ossadas em prisões. Uma grande quantidade dentre os mais abastados da aldeia ainda eram "voluntários da morte" no Canal Danúbio-Mar Negro.

"Como vai Simion?", perguntei. "Simion? Oh, pobre Simion! Voltou, mas não é mais moleiro", explicou-me a esposa do padre. Fazia tempo que havia conhecido Simion: camponês honesto, inteligente, valente e de bom coração. Eu o havia escolhido como modelo para o Noé da minha peça. O acaso fizera com que Simion caísse nas minhas mãos diabólicas de escritor.

"O Simion também ficou uns cinco anos preso!", sussurrou-me o padre, "absolutamente inocente e sem ter sido julgado. Depois de cinco anos de cárcere, foi levado ao tribunal. E Simion se fez de louco. Confessou na corte façanhas extraordinárias que ninguém jamais poderia ter realizado. Simion disse que, à entrada das tropas soviéticas, ele teria organizado um bando de guerrilheiros com a intenção de assediar os libertadores, e que ele, junto com mais uns dez rapazes armados de bastões, teriam dispersado e dizimado um regimento russo, e que ele sozinho teria capturado um tanque. No processo, ao lhe perguntarem o que fez com o tanque, Simion respondeu: 'Levei para casa, em Căpâlna, está lá no meu quintal, durante a noite as galinhas fazem cocô em cima dele!' Simion foi absolvido como um maluco inocente, depois de um grupo de especialistas do tribunal constatar a doidice dele *in loco*, pois no quintal do Simion nunca ninguém viu tanque algum!"

"Mas e os incontáveis camundongos dos bosques e das despensas?", perguntei, escravizado pela curiosidade desperta pelas recordações.

Capítulo XVI

"Não há mais, senhor professor", respondeu o padre, "foram embora aos bandos. Reduzidos ao que nos coube depois de entregar as cotas de trigo e de milho para o Estado, eles decidiram ir embora. Acho que foram para o Ocidente. Fugiram para o outro lado da Cortina!"

Levantamo-nos da mesa. As recordações estavam ali conosco, diante dos pratos. Misturaram sua graça ao mesmo amargor que se reproduzia, idêntico ou com pequenas variações, por toda a parte, por todo o território do país.

Depois do jantar, fui conduzido pelo padre Bunea e sua mulher até a casinha ao lado do barranco, da encosta debaixo da margem do bosque. O padre caminhava na frente por uma trilha meândrica que subia até acima do rio.

Chegamos ao casebre. Entramos no aposento maior passando por uma varanda baixa. Fui advertido para sempre me abaixar para não bater com a cabeça nas vigas, embora não fosse necessário. Tudo era de minúsculas proporções. O aposento grande incluía só a cama e uma mesinha. Ícones sob vidro muito antigos, com inscrições em cirílico, estavam pendurados nas paredes. Um espelho, quebrado num canto e todo manchado. Ao lado havia um segundo aposento, com uma lareira que tomava metade do espaço, para provar não sei a quem que uma casa romena tem infalivelmente de sofrer de uma hipertrofia da lareira. A lareira fora caiada alguns dias antes, de modo que o aposento ainda cheirava a cal. Debaixo da grande abertura da chaminé, arrumados em forma de pirâmide, ramos secos de pinheiro esperavam uma faísca. Baldes de água fresca refletiam a luz da lâmpada com que o padre e sua mulher me guiaram até ali pela escuridão. Uma bacia enorme para me lavar, do tamanho de uma mó, estava num canto, encostada na parede. O lugar tinha um aspecto que eu não podia conceber mais simples nem mais agradável. Naqueles dois aposentos pairava um odor cuja sensação em mim se associava à ideia camponesa do sagrado. Maços de manjericão revelavam suas flores secas por entre as rachaduras abertas entre as vigas. Do lado de fora, na noite, nenhum som perturbava o rumor espumoso e agitado do rio; não, não era assim na verdade, pois pela porta aberta que dava para a varanda ouvia-se o chiado da escuridão, o voo crepitante dos insetos, o movimento dos grilos, um oceano em que o ouvido não percebia sons isolados a não ser se tentasse fazê-lo de propósito. Era um oceano de sons constituídos nas condições necessárias a uma concepção unânime. Mariposas assaltavam a porta, atraídas pelas velas acesas na mesinha e pela borda da lareira.

A mulher do padre perturbou aquele universo orgânico dos insetos com uma frase doméstica: "Para amanhã de manhã eis aqui um jarro de leite recém-ordenhado. Não vai precisar se dar ao trabalho de ir até o vilarejo para o desjejum. Aqui também tem pão feito hoje, e manteiga. Sei que gosta de pão preto como joio!"

Impressionadíssimo com tanta atenção e com a rústica atenção com que o padre e sua esposa arrumaram a casinha, não encontrei palavras de agradecimento: "Não sei se alguma vez na vida me prepararam algo mais belo!", disse-lhes, exatamente como sentia.

Depois de o padre Bunea e sua mulher terem saído, abri a mala e tirei o necessário para me deitar. Assoprei as velas acesas. Com insistência, pois elas resistiram ao sopro com que quis apagá-las: "Essa chama deve ser viva, pois agarra-se demasiado à vida!" No esteio desse pensamento, evoquei na imaginação a graciosa criatura que não estava longe dali. Estava lá embaixo no vale, envolvida pelo mesmo canto das águas como eu. E, por intermédio do pensamento, trouxe-a ao pé de mim. Afoguei-a em mim, com uma espécie de crueldade, para só existir dentro de mim e através de mim; assim, talvez, eu escapasse do sofrimento da beleza. Ou talvez o sono seja isso: afogamento, fundição, dissipação do ser amado dentro de nós.

༄

Terei acordado em algum momento aquela noite? Não sei dizer. Dormi num colchão de palha cheio de folhas moles de espigas de milho e com um travesseiro repleto de folhas de fento. Ao despertar, senti em mim os ecos do sono vegetal como uma leve embriaguez de fento. Era ainda cedo pela manhã. Na pequenina varanda do casebre iniciou-se, junto com a alvorada, um piado de breves sílabas. Depois debateram-se, acima de mim, do outro lado das vigas, um grupo de pardais. Permaneci ainda na cama. Acompanhava insaciável a brincadeira e o alvoroço dos pardais que não pareciam se importar com a presença humana debaixo de sua morada. Meu primeiro pensamento foi o de uma espera. Debaixo das camadas do meu sono vegetal, essa espera provavelmente permaneceu em vigília a noite toda. Movi os lábios, falando algo para mim mesmo: dentro de alguns momentos ela vai passar por aqui! Espero que o tempo não mude! A preocupação que me deu

Capítulo XVI

a situação do tempo meteorológico me fez saltar da cama até a varanda para olhar para fora, onde entrevi todo o firmamento, embora eu já tivesse certeza desde o momento que despertara. Lá fora, enquanto ainda se via a lua, revelou-se um azul sereno e claro. O sol, que tinha acabado de sair de trás das montanhas, começou a subir pela sua trilha celestial; brilhava com força, mas sem ainda desmanchar o orvalho que faiscava em reflexos coloridos pela grama. Diante do casebre, erguia-se uma moreia de feno que, a julgar pela sua cor, ainda não havia sido molhada pela chuva. Caminhei na direção da moreia, meti a mão nela, como se quisesse retirar dentre o feno que tão bem cheirava um melão que alguém houvesse deixado ali para amadurecer. Perto dali, numa colina isolada, corria a água de uma bica. Fui descalço pela trilha que conduzia até lá. Há muito, muito tempo atrás que eu não sentira sob os meus pés o langor do barro úmido. Entre a lembrança de tal sensação e a sensação cuja volúpia me penetrava pelos pés se estendeu o arco de duração da minha infância, da minha adolescência, da minha primeira juventude e de todas as idades que ficaram para trás. Na doce confluência entre lembrança e sensação, senti, estremecido, como não estava mais em pleno verão da vida, mas em algum ponto no final de agosto. Ah, se eu pudesse mais uma vez estar, na vida, na mesma estação do ano em que ora me encontrava: em pleno mês de julho!

A grama miúda em derredor, que teve tempo de crescer depois da primeira ceifa, era mole também, como o barro úmido. Sedosa, convidou-me para me deitar. Tirei a parte de cima do pijama e me estendi com o rosto de lado, sob o ardor do sol da manhã. Agora via a paisagem, completamente renovada, pois a flagrava de baixo para cima. Estava realmente numa margem de bosque. Atrás da casinha – carvalhos esplêndidos. Os pardais saltitavam e se debatiam por entre as calhas de lata do casebre. Um som, como se de um objeto que houvesse caído, ouviu-se em cima do telhado. Virei-me e vislumbrei um esquilo que, de cima do telhado, saltou num tufo de melissa e de lá, pôs-se a dar saltos inverossímeis na direção da varanda. O esquilo se dirigiu à casa, vindo de um carvalho. Sentia-me deitado mais debaixo da abóbada celeste do que sobre a terra, com o rosto para cima. O ardor do sol delimitava minha epiderme, queimando camadas celulares.

Perto das nove horas, encontrei-me de novo na varanda, já vestido; tinha bebido meu leite e experimentara também o pão do padre, que em si reunia todos os aromas da planície transilvana. Sentei-me num banco junto à parede, diante da mesa. O sol atravessava a parreira de ramificações abundantes, cujas gavinhas a prendiam aos pilares da varanda. Os rebentos haviam crescido sem controle, alguns chegando com as pontas até em cima da mesa. Sobre a mesa se projetavam, através da folhagem espessa, inúmeros sóis miúdos. As uvas inchavam-se de seiva, mas os bagos ainda estavam verdes, tendendo ao roxo do próximo outono, ainda latente. À espera, ouvi num canto da varanda, à minha esquerda, o piado de uma andorinha. Ergui a cabeça. Entre a tábua de madeira do sótão e a viga havia um ninho enorme, construído por uma andorinha com a argila carregada no bico. O esforço do bico ficou estampado na forma, de pequenos bulbos, do ninho do qual dependuravam-se fios de palha com que a ave reforçara sua obra. Cinco cabeças de filhotes, com papos avermelhados e uma baba amarelada em torno do bico, estavam na margem do ninho. As cabecinhas, uma do lado da outra, pareciam estar à espreita. Após alguns instantes, uma andorinha entrou esvoaçando na varanda, rente às vigas, meio agitada com minha presença. A andorinha pousou, apoiando-se na parte exterior do ninho; no mesmo momento, as cinco bocas se abriram de imediato, como se fossem controladas automaticamente e quisessem engolir o mundo inteiro. A andorinha enfiou a mosca que trazia no bico dentro de um dos filhotes. Depois, saiu voando de novo. As cinco bocas se fecharam de uma vez, e os filhotes puseram-se a aguardar, com as cabeças uma do lado da outra, em silêncio, o retorno da andorinha. A imagem do ninho, em cuja margem os filhotes arranjaram pequeninas concavidades para apoiarem seus pescoços, integrava-se perfeitamente à paisagem. Com tais goelas famintas começa um novo ciclo da vida.

Em seguida, ouvi passos que se aproximavam da casinha. A varanda, fechada com tábuas até a altura da cintura, era uma porta aberta para o mundo verde. Ana apareceu, vestida como na noite anterior, com a aljava de plantas curativas pendurada sobre o gracioso quadril. Deteve-se à porta:

"Ah, como é esplêndido aqui!"

"Acho impossível que seja mais bonito noutro lugar", disse-lhe eu, "por favor, entre! Sente-se aqui no banco, do meu lado."

Ana entrou sem a mínima hesitação. Entrou muito naturalmente, como se assim tivesse de ser, e não de outro modo. E, para não ser incomodada, tirou a aljava metálica e a colocou em cima da mesa. Com o movimento dos braços e

Capítulo XVI

com a sombra dos seios que se sobressaíam virginais pela blusa, ela apagou os sóis miúdos da mesa.

"Repouse um pouco, a subida a cansou. Depois podemos ir passear e nos divertir pelas colinas!"

"Hoje também será um dia muito quente. Que agradável e fresco é aqui na varanda", disse Ana, girando a cabeça para examinar com atenção o lugar, sobretudo a margem do bosque, de onde qualquer curioso poderia espiar o que acontecia na varanda. Seu olhar acabou pousando nas paredes da varanda, na parreira: "Esta é uma casinha de conto de fadas!"

"Não é? Aqui só se ouvem insetos voando e pardais que se debatem no sótão, pelas calhas!"

Escutamos em silêncio, por algum tempo, a brincadeira dos pássaros por cima de nós. E todos os sons que chegavam do bosque ao lado.

"Ontem à noite, quando cheguei no escuro, a irrupção sonora era a mesma, mas outros os insetos!", observei, "agora os senhores da paisagem são os gafanhotos, ontem à noite eram as mariposas!" Verdes ou castanhos, de todas as dimensões, os gafanhotos recheavam a atmosfera com seu sussurro caótico e penetrante. Não chamei a atenção de Ana para o ninho de andorinha. Quis que o descobrisse sozinha, para se maravilhar sobretudo com o retorno da andorinha e os cinco bicos escancarados. A andorinha chegou. Ana observou a cena espetacular e ficou encantada, batendo palmas com exclamações de alegria. Aquilo a transpôs também no seio da vida orgânica. Haveríamos de olhar para o ninho sempre que víssemos a andorinha voltando.

Ficamos também em silêncio por um longo tempo. Mais do que pareceria conveniente. Nosso silêncio era quase palpável, não era um vazio entre palavras, mas o recheio entre elas.

"Seria capaz de escutar infinitamente essa linguagem da natureza e calar-me indefinidamente. Hoje de manhãzinha saí descalço até a bica. No meio da paisagem, senti algo como uma pontada no coração. Lembrei-me de que terei de me despedir de tudo isso dentro de alguns dias. E senti que não poderia me desgarrar da paisagem sem dilacerar o meu ser."

"Sim, é difícil se desprender desse murmúrio e desse zumbido, depois de se deixar atrair e cair nesse laço de prata e seda", respondeu Ana. "Fiquemos mais um pouco." Alguns instantes depois, ela exprimiu um desejo: "Você não preferiria recitar-me algo? Dentre os seus poemas. Meio que os conheço de cor, mas gostaria de ouvi-los uma vez lidos por você."

"Também pensei nisso. Ainda mais por que eu, que nunca os soube de cor, já quase os esqueci. Não os recitei mais, nem sozinho, nem em boa companhia, faz anos. E como eu mesmo pensei em pôr à prova seus dentes e quilates, trouxe o livro comigo. Não me alegra ler para os outros, mas para você, agora, aqui, é outra coisa. Meus versos se esmigalham numa voz demasiado forte. Minha poesia não se presta em absoluto a uma dicção por assim dizer 'artística'. E sim para uma leitura monótona, interrompida por bastante silêncio, a dois... numa varanda que dialoga com o universo verde... acho possível..."

"Era assim que eu imaginava que devessem ser comunicados. Com modulações simples. Para sublinhar o texto. E para que sua substância não seja esmagada e deformada por arabescos sonoros."

Entrei no casebre para pegar o livro da minha mala. Retomei o meu lugar ao lado de Ana e pus-me a ler. Um certo dilema assombrou a escolha dos textos. Ela queria ouvir também apanhados das primeiras coletâneas, mas hesitei em atender o seu desejo, confessando-lhe que eu considerava ultrapassadas aquelas coletâneas, que eu não podia mais me transportar para a atmosfera delas: "Retornar é quase proibido. Ademais, o meu lirismo desenvolveu-se nas minhas últimas coletâneas com outra profundidade e outros meios. Essa farinha eu vou peneirar, ao meu bel-prazer, usando de qualquer forma uma peneira de seda, e não uma de pelo de cavalo." Ana não insistiu em ouvir sem falta aquilo que ela sabia de cor. Conduzi-a para uma poesia que ainda lhe era de certa maneira desconhecida. Ela acompanhava com uma atenção crescente. Senti que, por meio de uma dicção simples, que nem poderia ser chamada de dicção, meus últimos poemas, que ganharam fama de serem difíceis, tornaram-se-lhe de repente acessíveis. Não através de explicações, mas apenas por meio de uma maneira de ler que sublinhava sentidos e acentos. Desde o início a avisei de que deveria acompanhar cada palavra com a imaginação e o coração aberto. Sem cair no erro de uma racionalização à qual a poesia em geral não aspira. Sentidos ocultos, que podem ser formulados de maneira abstrata, não existem na minha poesia a não ser como escorregões que eu mesmo condeno. Todos os sentidos pertencem ao terreno de uma sensibilidade

Capítulo XVI

metafísica que desce nas profundezas e que vem das profundezas, sem fazer divisa com a compreensão filosófica discursiva. Essas minhas explicações, que apenas tentavam alertar qualquer ouvinte diante da tentação atual de transpor meus versos em interpretações escolares, didáticas, tocaram numa terra propícia do ponto de vista espiritual, pois Ana sempre soube se aproximar da minha poesia daquela maneira. E o que lhe transmiti naquele momento reforçou um comportamento receptivo que ela instintivamente adotara bem antes. É verdade que também Ana, como tantos outros nos anos de liceu, fora desnorteada pelo modo didático com que alguns professores tentavam abrir para os adolescentes o portão da minha poesia. Meus esclarecimentos, de caráter mais negativo, no sentido de afastar posições que frustram a justa compreensão intuitiva e emotiva, foram bem recebidos por Ana, para que não se deixasse mais abater pela tendência, própria dos professores, de conferir significados alegóricos aos meus poemas.

Ana, com a cabeça encostada no espaldar comprido do banco, escutava sorrindo. Deixou-se impregnar em plena luz do dia por uma poeira astral; o cântico se reconstruía no seu coração. Intercalei na minha leitura alguns poemas de amor. Ana ensimesmou-se um pouco depois da abertura de pouco antes. Procurou esconder a emoção, mas sua atenção aumentou. Suas pálpebras se abriram mais num determinado momento e em seguida puseram-se a piscar como borboletas chocando-se numa parede. A verdade é que, ao ler como um cântico aqueles poemas que um amor que bruscamente abandonei no passado me inspirara, um movimento íntimo imprevisível me levou consigo em seu turbilhão. O ícone da criatura que dez anos antes me alimentara um enaltecimento ardente parecia não querer mais reproduzir-se dentro de mim. E a emoção, materializada nos versos de outrora, extravasou naturalmente e sem obstáculos para cima da criatura ao meu lado. Só assim os versos podem recuperar sua vida. Palpitava do meu lado uma outra criatura. Sem aquela suave proximidade, meus versos pareceriam cadáveres de emoções fortes mas ultrapassadas. A vibração que nos envolveu a ambos comunicava-se com o ambiente. Através de uma brecha na vegetação, o sol penetrou na varanda.

Enquanto folheava o livro em busca de poemas nostálgicos que eu queria reler, ergui por um instante o olhar na direção de Ana. Seu lábio descobrira levemente o brilho de um dente. Era sinal de que Ana experimentava uma doce perda de si mesma. Ela não esperava o que haveria de se seguir, o que para mim veio natural e espontâneo. Inclinei-me sobre o seu sorriso enfeitiçado e o abarquei com um beijo. Foi apenas o toque de um instante. De certo modo desnorteada com meu gesto inesperado, Ana se ergueu, quase pulando, até a porta da varanda, enfiou as faces entre as folhas da parreira, como se quisesse se esconder, e depois, com um leve tremor de emoção nos dedos, segurou um cacho de uvas, acariciando-o. Foi de se admirar que as uvas não tivessem amadurecido instantaneamente em sua mão.

"Foi sem querer. Veio... assim... para cima de mim. Perdão!", disse-lhe, enquanto todo o meu ser tornou-se vítima de gestos incontrolados que desfiguravam a beleza do momento. Ana não respondeu com palavra alguma. Retomou, porém, seu lugar ao meu lado, com um atrevimento natural e um ar sério, como se recuperasse certos direitos que eu pouco antes, com minha insolência, houvesse rechaçado. Com aquele acesso de seriedade, Ana parecia impor entre nós uma distância tal que nem o mundo físico seria capaz de abranger.

Fechei o livro e o pus casualmente em cima da mesa.

"Você está olhando demais para mim, censurando-me com seu silêncio!", disse-lhe e, como não podia mais suportar aquele olhar embebido de uma severidade intrigada e perplexa, afundei minhas faces no seu colo. Pelas pregas da saia senti com as faces o calor do seu corpo. Absorvi em mim um cheiro puro de tecido sedoso, levemente temperado pelo perfume de lavanda e por um aroma feminino que fez meu coração palpitar. Ela não removeu minha cabeça, nem se defendeu. Pelo contrário, senti sua mão acariciando meu cabelo.

Ergui bruscamente a cabeça e me sentei com decência, as costas no espaldar do banco, ao seu lado: "Faz tantos anos que trago comigo essa melancolia."

"Chega de leitura", disse ela, "é pena, pois foi tão bonito!"

"Aspiramos sempre mais. Da poesia do livro para a poesia em carne e osso."

"E de lá para a poesia que ainda não nasceu", completou Ana, permanecendo com a boca entreaberta.

Falávamos provavelmente aos sussurros, e nossas palavras eram ao que parece encobertas pela balbúrdia dos pardais em cima do casebre e pelas calhas, pois – num certo instante – o esquilo surgiu na soleira da varanda e se ergueu em duas patas para desaparecer da nossa vista depois de nos observar com suas contas negras na base do focinho.

Capítulo XVI

"Fez-nos uma demonstração de graça. Era de se esperar num dia como este!", concluí.

"Vamos ao bosque?", perguntou Ana.

"Se quiser!"

Ela se levantou. Levantei-me também eu. Estávamos levemente tontos como se depois de uma breve vertigem. Os gafanhotos verdes trabalhavam à toda, como se fossem remunerados para ceifar a grama. Como, ao me erguer, vi-me diante de Ana, muito perto dela, peguei-a pelas axilas e a puxei na minha direção. Nossas bocas se encontraram. Ela tremia nos meus braços. Não manifestou resistência. O aroma estivo de sua boca reteve minha alma – dessa vez mais do que por um simples instante. Tive a sensação de uma grande e misteriosa revelação: descobrira a fonte da vida.

Na soleira de pedra, ao descer da varanda, Ana tirou os sapatos (estava sem meias) e pôs-se a correr descalça pelo barro mole, levemente úmido, imprimindo suas solas na trilha que levava à bica próxima dali. Decerto rendera-se à tentação de experimentar com os pés a sensação refrescante do barro que se modelava à pressão das solas e dos dedos. O relevo da sola também se imprimia naquele molde. Mas, sem perceber muito bem, Ana sem dúvida rendeu-se também à tentação de misturar as pegadas de seus pés com as pegadas dos meus, que se viam, claras e mais profundas, no barro. Na bica, Ana esticou as pernas, esforçando-se por virar os pés de modo que a água da pequena calha os lavasse, em sua queda arqueada, do barro vermelho amarelado que coloria sua pele. Durante a operação, que era quase a representação de um rito inventado para que seu ser se deleitasse em meio àquele mundo luminoso, apreendi com meu olhar a parte de trás de seu joelho branco, visão que produzia um arrepio de sensualidade delicada e calorosa. Com os pés lavados graças à misericórdia da bica, Ana voltou pisando na grama miúda e sedosa e se calçou sem se abaixar. Com que agilidade as mulheres se calçam! Mas esse gesto, diferente do mesmo gesto de outras mulheres, foi dessa vez gracioso e natural, desprovido de qualquer frivolidade. Partimos. Tudo levava a crer que subiríamos a colina e que deveríamos encher nossos pulmões com o frescor verdejante das faias mas, na hora de nos pôr em movimento, Ana interveio: "Vamos noutra direção. Temo arruinar, através do esforço esportivo da subida, a emoção que restou dentro de mim e que desejo preservar. Vamos caminhar com mais conforto... Por ali!"

"Por ali" foram duas palavras acompanhadas por um gesto que indicava uma direção solar, justamente para o jardim da encosta. O jardim ficava perto, do outro lado de uma pequena colina, à distância de um arremesso ou dois de seta. Eis que logo chegamos. Abaixamo-nos com cuidado, para não nos arranharmos, sob um arame da cerca que delimitava o jardim. Não haviam ocorrido grandes mudanças naqueles seis anos desde que aquele jardim me serviu, durante uma temporada, como refúgio e local de trabalho poético.

"Venha ver uma coisa, um pedacinho de jardim de um período que nos parecia apocalíptico até começar outro ainda mais apocalíptico. Estou ligado a esse lugar por recordações muito queridas." Dirigimo-nos à sombra da pereira silvestre com sua copa podada em forma circular como um guarda-chuva: "Aqui havia uma mesinha e um banco. Agora não tem mais nada. Mas foi aqui que escrevi a peça *A Arca de Noé*, em momentos graves quando, durante a guerra, sentia com os pés os estrondos surdos dos bombardeamentos no Vale do Prahova. Aqui senti as vibrações que vinham por baixo das montanhas, pelas rochas de basalto e calcário a uma distância de cento e cinquenta quilômetros. Aqui visitou-me um dia o esquilo que você viu há pouco. Aqui o esquilo ergueu suas patinhas sobre a ponta da minha bota, enquanto eu trabalhava sossegado à mesa, de pernas cruzadas. Foi como se houvesse me visitado uma chama que salta livremente por entre os pinheiros e as árvores: único sinal de bom agouro entre tantos outros que pressagiavam o fim de um mundo. Desde então, chegou de verdade a época do Dilúvio que eu imaginei aproximando-se em minha peça. Mas o abismo persiste nestas paragens e não temos como prever quando vai-se retirar."

"Não sabia que você justamente aqui havia concretizado a lenda de Noé. Certo dia, passando por ali, por aquele caminho que se vê" – Ana apontou para o alto com um gesto da mão – "por debaixo da colina Fruntea Rea, lembrei-me de que você havia utilizado em sua peça o nome desse outeiro rochoso."

"Mas a peça toda, seus fatos e acontecimentos, estão localizados aqui... As personagens... O moinho de madeira de Noé... O rio... O vale... Não os reconheceu? No vilarejo vou-lhe mostrar até o camponês em quem me inspirei para modelar Noé... Conhece o Simion? O pobre homem acabou sendo preso por causa disso. Serviu, sem querer, como modelo para uma personagem da peça de um poeta reacionário! Simion sofreu cinco anos no cárcere! E durante muito tempo o

Capítulo XVI

pobre diabo nem soube por quê! No tribunal, ele inventou motivos imaginários e ridículos, confessando culpas como por exemplo a de ter dizimado um regimento de 'libertadores', ele junto com outros dez rapazes, armados de bastões, alegando também ter capturado um tanque aos russos. Sua verdadeira culpa, porém, foi essa, Ana, e não dê risada: serviu como modelo a um poeta reacionário para uma personagem da peça *A Arca de Noé* – ela também bastante retrógrada! Descobri esse segredo ontem à noite, contou-me o padre Bunea, num momento em que sua esposa se ausentou. Que tal descermos até o vilarejo, identificarmos alguns lugares, casas e pessoas? Vou-lhe mostrar, mais adiante, a elevação onde imaginei Noé construindo a arca!"

Pusemo-nos rumo ao vilarejo, descendo a trilha em serpentina. Ana na frente, eu atrás. Aos passos de Ana pulavam todo o tempo, ágeis, para frente, para a esquerda e para a direita, todos os tipos de gafanhotos. Uns mais castanhos, que só podiam voar distâncias menores e de certo modo desamparados, revelavam o suntuoso forro de um vermelho vívido de suas asas, que nos maravilhava sem cessar. Descemos por entre grandes tufos de roseira-brava. Alguns ceifadores segavam a aveia madura que se curvava, sem resistência, ao chão. Um verso popular passou pela minha cabeça. Recitei-o em silêncio primeiro para mim mesmo, e depois em voz alta para Ana: "A namorada espera ser beijada assim como a espiga ser ceifada." E, de novo para mim mesmo, perguntei: teria alguém alguma vez colocado lado a lado, sob o signo da fatalidade, com tanta delicadeza e profunda sensibilidade, o amor e a morte como naquele verso? Paramos um pouco e travamos conversa com os ceifadores. As pessoas ainda me reconheciam depois de tantos anos, como se eu tivesse passado um dia antes por ali. Uma delas reconheci de imediato, um senhor mais de idade, grisalho nas têmporas, com o rosto bem sulcado pela perturbação dos tempos.

"Ei, seu Zaharie – bom trabalho!"

Ele olhou para mim, meio desorientado:

"Benvindo entre nós, senhor professor!"

"O que tem feito no vilarejo, seu Zaharie?"

"Que fazer, senhor professor, trabalhamos e *esperamos*..."

Esse "esperamos" foi pronunciado com um acento alusivo, evidente para qualquer ouvido. Mantive a calma, sem querer desenvolver o significado que seu Zaharie emprestou àquela palavra. Debaixo daquele céu sereno fui tomado por não sei que apetite de piada, de modo que pensei em provocar o seu Zaharie, que podia esperar qualquer coisa, mas não aquilo. Sem responder ao estímulo, fitei-o longamente.

"Esperamos, senhor professor", repetiu o camponês, dessa vez escandindo a tal palavra, menos alusivo, menos ostensivo, como se tentasse restituir à palavra dita seu sentido neutro e inofensivo. É claro que o velho Zaharie não quis mais parecer subversivo, uma vez que eu me calei e pus-me a fitá-lo. É como se agora ele pensasse com seus botões: "Pois é, nunca se sabe que tipo de gente é esse pessoal da cidade, ainda mais que nos últimos tempos os patrões meio que se aliaram ao Anticristo." Eu mesmo, porém, comecei a me intrigar com a brincadeira que estava prestes a fazer. Fitei o velho Zaharie com certa severidade, direto nos olhos. Como se lhe dissesse: "Atenção, tio, que você não sabe com quem está falando!" O camponês perdeu a firmeza e pouco a pouco pareceu desconfiar que eu, de qualquer modo, não fosse um deles, embora eu realmente seja um deles graças aos meus pais e à minha maneira de sentir.

"Esperamos, senhor professor", repetiu o velho Zaharie, evitando um pouco meu olhar, como se buscasse imprimir um significado absolutamente inocente às suas palavras. Mas eu, quando começo a brincar, não paro mais e vou até o fim. Cravei o olhar em cima do seu Zaharie, um olhar quase áspero e franzido. Nesse momento, ele perdeu por completo a firmeza e, evitando meus olhos, olhou para a foice que segurava no chão com a lâmina para cima, e repetiu suas palavras, completando-as, dessa vez, como numa fábula secular, com uma frase circunstancial de reconciliação com o destino: "Esperamos, senhor professor, assim como o coelho espera que a cauda cresça!"

Pus-me a rir para lhe devolver o sossego: "Acertou em cheio, seu Zaharie! Você se saiu melhor do que nós, escritores! Desejo-lhes um bom trabalho! Que seu esforço dê frutos e que tenham um dia ensolarado como a aveia dourada! Com relação à situação mundial, melhor de como você apresentou, ninguém pode. A diferença é que nós explicamos com demasiadas palavras, ao passo que você acertou na mosca numa só frase."

Dona Ana, contente com aquele encontro casual, fez questão de acrescentar algumas palavras tranquilizadoras para o ceifador: "Seu Zaharie, tenhamos esperança, talvez a cauda do coelho ainda cresça!"

Capítulo XVI

Despedimo-nos dos camponeses vestidos em cânhamo branco, que retomaram a ceifa da aveia. O barulho vigoroso nos acompanhou até desaparecermos atrás de uma colina, de onde a trilha descia rumo à ponte do rio. Uma vez fora do alcance da visão dos ceifadores, eu e Ana comentamos nosso contentamento pela maneira como o seu Zaharie havia se saído. O momento teve a sua graça, pois a primeira frase do seu Zaharie refletia a onda de grandes expectativas que novamente crescia nos corações de todos junto com a eclosão da Guerra da Coreia. Nessa guerra no Extremo Oriente o povo queria ver o início do fim. As últimas palavras do seu Zaharie refletiram a esperteza do camponês, sua maleabilidade formal no ambiente de insegurança generalizada de um Estado policialesco. Eis como o camponês reage diante de uma situação limite, quando, embora se diga que a exploração do homem pelo homem já tenha terminado, a desconfiança do homem no próprio homem assume formas delirantes. Não era de se admirar que os camponeses se comportassem da mesma maneira diante de uma poça estagnada ou diante de expectativas continuamente equivocadas. A grande mudança, anunciada no estrangeiro com fogos de artifício, fora adiada e vinha se adiando, primeiro há meses, depois há anos e, agora, por prazo indeterminado. Seu Zaharie se saiu bem com a imagem de um aparente desertor. Mas a deserção não era dele. Seu Zaharie falou assim porque sabia que nós, os "patrões", quando não somos infames agentes da *Securitate*, somos, no melhor dos casos, desertores.

☙

Atravessamos a ponte sobre o rio e da sua extremidade descemos até o salgueiral dentre os dois braços d'água. Um deles ia até o moinho de madeira. A sombra dos amieiros e dos salgueiros nos protegia das flechas solares do meio-dia. Uma brisa fresca vinda do rio era um convite para nos desvestir e descer até a margem ondulosa da água. O frescor de sob os amieiros era propícia ao sangue quente que sentíamos pulsar nas têmporas. Não tivéramos, contudo, o cuidado de trazer conosco maiôs de banho. Assim, continuamos caminhando lentamente ao longo do rio, com o desejo irrealizado de nele nos refrescarmos. O desejo, porém, procurou de alguma maneira satisfazer-se, pois Ana se inclinava a cada passo, invocando sempre um pretexto, dos mais fictícios, para molhar as mãos na água. "Como se chama a flor das suas mãos?", perguntei-lhe. "Eufrásia", respondeu Ana, afogada em seu próprio encanto.

Chegamos ao moinho. Uma das duas mós moía em plena atividade. Entramos. Inclinei-me para não bater com a cabeça no batente da porta. O moleiro, com o espírito ausente, estava entre as duas caixas em que, na altura de um catafalco, se recolhia a farinha. Desejamos, em voz bem alta, um bom dia ao moleiro. Ele adivinhou nosso cumprimento pelo movimento dos lábios, pois naquele estrépito das rodas rangendo e das mós mal se podia ouvir a voz humana. O moleiro que ali encontramos não era o Simion, mas outro habitante do vilarejo. Inclinei-me até o ouvido do moleiro: "Onde está Simion?" "Não está mais aqui desde 1945!" "Mas onde está?" "Corta lenha no bosque!" "Aha!", disse para mim mesmo, "corta lenha, mas não para a arca, como na minha peça! Corta lenha para o império moscovita, e não sob as ordens do Velho branco e sem nome." Sem dar seguimento, porém, aos meus pensamentos, aproximamo-nos, Ana e eu, da minúscula calha por onde escorria a moedura. Nossas narinas dilataram-se prazerosamente, excitadas pelo aroma da farinha fresca. Era farinha de milho com um quê quase imperceptível de pedra, que se sente logo na boca. Estendi a mão para tocar na farinha que escorria pela calha. Era quente, quase fervendo. Ana foi para o outro lado da moenda para alcançar também aquela bica de moedura dourada. O moleiro saiu, sem se incomodar conosco, para pôr em funcionamento a segunda roda, após ter despejado no gigantesco funil, acima da moenda, uma saca de centeio. Por alguns instantes, permanecemos só eu e Ana dentro do moinho, entre os objetos e ferramentas cobertos por uma camada, da grossura de um dedo, de poeira fina de farinha. Nossas mãos se tocaram ao experimentar a farinha, de um langor ardente como o da nossa alma. Apertei o pequeno pulso de Ana na minha mão. Ela consentiu com o aperto, sorrindo. O amor gosta de retornar ao seu caráter arcaico. E nós também retornamos. Retornamos a um passado distante, sentindo com força que, para o florescimento da paixão desencadeada dentro de nós, suportaríamos com alegria até mesmo as condições de uma liberdade decepada pela raiz. "Que levem tudo de mim, exceto a Ana!", disse para mim mesmo. Talvez, no mesmo instante, Ana pensava consigo mesma: "Que o seu caminho não desvie mais de mim!"

Ao retornar, o moleiro nos encontrou ainda em devaneio, experimentando a farinha em que nosso ser enterrara o ardor. As duas rodas, que se podiam entrever

Capítulo XVI

pelas rachaduras das vigas, giravam nas grandes calhas do lado de fora, batendo na água com as pás. Os eixos, cobertos de musgo verde do qual pingava água, prolongavam-se até debaixo das mós. A poeira da farinha brincava pelos raios de sol que penetravam aqui e ali, pelo telhado do moinho, chegando tão palpáveis até nós que podíamos cortá-los com a mão.

Saímos. Ana me disse:

"Acabamos de interpretar a primeira cena de *A Arca de Noé*. Talvez entremos em seguida no drama da salvação."

"Minha humilde opinião é a de que estamos bem no meio dele", respondi-lhe.

Acompanhei Ana até a extremidade inferior do vilarejo, até a casa da família Loga, onde estava hospedada. E perguntei-lhe se poderia vir vê-la no fim da tarde, no jardim dentre os muros. Ana me respondeu com alegria: "Estarei no seu aguardo."

☙

No primeiro dia da minha estada no vale de Căpâlna, almocei com o padre Bunea. Foi assim, aliás, que havíamos combinado. Os donos da casa me esperavam.

Ainda na soleira da porta, disse-lhes que jamais havia tido na minha vida uma manhã mais bonita. Mostrei-lhes por meio de palavras simples, mas acentuadas por uma ou outra palavra calorosa, minha gratidão pela maneira como estava sendo hospedado na casinha junto à encosta. Durante a refeição, perguntei de novo mais algumas coisas sobre a vida na aldeia. Para a minha surpresa, soube que a velha Mogoș ainda estava viva. "Vai completar em breve noventa anos!" No passado, essa mulher que agora alcançava uma idade bíblica, fora a estalajadeira do vilarejo. Em sua juventude, dona Mogoș tinha sido uma mulher bonita e irascível. Sua fama de estalajadeira chegara longe, digamos, até Abrud, Aiud ou Orăștie. Mas ficara também conhecida em Cluj. Por volta de 1900, ano em que vi pela primeira vez a luz em Câmpul Frumoasei, falava-se que ela era um antigo caso de amor do conde Teleki de Cluj. O conde pernoitava na casa dela em Căpâlna sempre que se dirigia para Valea Frumoasei, na primavera ou no outono, onde ele tinha terras habitadas por ursos e galos-da-floresta. O conde era um atirador sem igual. No inverno, às vezes ia caçar leões e antílopes na África central. E, como todas as pessoas do seu naipe, o conde fazia sucesso com mulheres de qualquer origem social e étnica. As mulheres se derretiam pela beleza daquele homem tão divertido e generoso. Contava-se que, nos idos de 1880, o conde Teleki teria tido um caso de amor com a própria imperatriz Elisabeth da Áustria.[1] Naquela época, porém, parece que o conde não desprezava nem o leito da estalajadeira de Căpâlna, que naquela altura tinha mais ou menos a metade da idade da imperatriz. A estalajadeira, que em sua juventude se devotou a um amor feudal em circunstâncias de uma concorrência existente só em fábulas, tornou-se mais tarde uma mulher absolutamente exaltada. Ao longo das décadas, ela soube se administrar até atingir um nível de grande abundância. Ela ainda estava viva e, conforme o relato do padre, ainda senhora de suas faculdades mentais. Ela, que se apresentava diante dos olhares indagadores como um resumo histórico do feudalismo e da democracia liberal, ela, que tinha orgulho de seu passado, agora era, sob o regime da democracia popular de elã socialista, a única pessoa do vilarejo que ainda se atrevia a "protestar" contra as cotas de carne e de leite que tinham de ser entregues ao Estado. Ela era a única criatura no vilarejo que levantava a voz contra os proletários que invadiam sua terra para roubá-la. Ouvi com interesse o que me contaram sobre a antiga estalajadeira, com quem o conde traiu a mais bela imperatriz do mundo. "Pois é assim que devemos interpretar o passado da tia Mogoş. Nesses casos, a mulher mais velha é sempre a enganada", disse em voz alta, surpreendendo-me com o que eu mesmo dizia. E concluí: "Quantas coisas acontecem numa só vida!"

Perguntei também sobre o jovem camponês ruivo que me inspirou a figura de Nefârtate. O padre respondeu: "Ah! Aquele? Foi levado para o Canal Danúbio-Mar Negro." "Nefârtate no Canal!", exclamei, perplexo, "até o diabo é por demais reacionário para eles. Essa é boa. Vou anotar. Para que fique na lembrança das pessoas."

Após a refeição, retirei-me para o jardim da colina atrás das casas. Quis repousar deitado numa manta, à sombra das ameixeiras estivas com frutos quase maduros. O sol, acumulado dentro de mim durante as horas matutinas, transformou-se em brasa ajuntada sob a epiderme. Debaixo das ameixeiras, fui fulminado por um

---

[1] Elisabeth da Áustria (1837-1898), também conhecida como Sissi, foi esposa do imperador austríaco Francisco José I. (N. T.)

Capítulo XVI

sono ozonizado pela brisa suave do firmamento, que corria o vale todo, vinda de longe, dos montes cobertos por pinheirais. O sono durou o suficiente para afastar de mim uma doce fadiga cujo desaparecimento, ao despertar, lamentei de certo modo. O cântico quente do dia tomou de novo forma na minha alma. Recompus-me pouco a pouco da perdição em que o sono me dissolvera. Pela posição do sol, pelo comprimento das sombras, pelo zumbido dos insetos, eu ainda tinha umas duas ou três horas até me encontrar com Ana. Os acontecimentos da manhã ainda se mantinham dentro de mim claros como sensações, embora já pertencessem à categoria das lembranças. Onde ficava a fronteira entre sensação e lembrança? Ao invés de responder, o coração desembestou sob o açoite multicolorido da emoção. A mão alva que brincava com os cachos de uva da parreira despertou-me para um nível mais alto. Minha alma se desfez em imagens. A aljava das plantas. A graça do quadril. O relevo dos ombros. A sombra na mesa. Os sóis miúdos. A boca. O aroma estivo da boca. O tremor da criatura presa pelas axilas. A boca. O aroma. E tudo isso encharcado num feitiço que podia substituir todo o universo. Perdendo-me nesses pensamentos e recuperando-me enquanto me deleitava em perder-me e recuperar-me, ouvi, pelo ar, uma espécie de canção sem palavras, metálica, quase imperceptível, uma música que não se parecia com nada que eu tivesse conhecido ao longo da vida, com nada que eu tivesse mantido entre os segredos da memória. A canção realmente atravessava o céu; como uma esfera de cristal movendo-se no espaço, soando. Não podia localizar de maneira nenhuma a origem daquela música que, no final das contas, poderia emanar de pequeninas criaturas diáfanas em pleno voo. Se eu ainda acreditasse em fadas, diria que aquela talvez fosse a sua canção. Só a minha alma, voando pelo céu, poderia soar da mesma maneira naquele momento, depois daquela manhã. Mal podia escutar a canção, que parecia soltar-se de cordas douradas. Seria apenas uma lembrança? Não era ilusão, nem sonho. Onde ficava a fronteira entre sensação e lembrança? Não, o ouvido não me enganava. A canção era uma harmonia de sons monótonos, prolongados por fios que ligavam as árvores de baixo com as de cima, da direita para a esquerda. Ademais, se fosse apenas uma ilusão provocada pelo pulsar do sangue no tímpano, por que cessara como o término de um voo? Procurei esclarecer o enigma, olhando sorrateiro em derredor, sem lograr descobrir nada. Continuei deitado sob as ameixeiras, depois apanhei a manta e desci os degraus de pedra, do jardim para o terreno estreito entre as casas. Ao ouvir meus passos sobre os degraus de pedra e o portão do jardim que bateu à minha passagem, o padre surgiu no umbral da casa e saiu do aposento onde ele também repousara.

"Padre, não sei o que ouvi, mas foi como uma música atravessando o céu. Vinha de cima, de algum lugar, não muito longe, da direita para a esquerda, oblíqua. Não fui capaz de ver nada. Jamais ouvi uma canção assim... e olhe que sou viajado!"

"Ah, acho que já sei o que foi!", respondeu o padre.

"Não me diga que eram fadas voando?", perguntei-lhe.

"Fadas não, mas abelhas! Debaixo do sol de verão, alguma colmeia próxima daqui enxameou, e o enxame deve ter pousado em alguma árvore do jardim. Deve ter partido lá de perto dos mortos, do cemitério, do sacristão Zaharie. Ele possui trinta colmeias. Enquanto ceifa no campo, o enxame deve ter escapado."

"Ah, foi isso?", disse eu, absolutamente surpreso. "Jamais ouvi um enxame voando." Finalmente compreendi, mas fiquei um pouco pensativo, intrigado com os limites da minha imaginação. Quer dizer que um simples enxame de abelhas voando pelo céu, do cesto até uma árvore qualquer, era capaz de exprimir, por meio de sua música metálica, o espírito grandioso e diáfano de um dia de verão! Eis o que eu ignorava até então.

✍

Cerca de uma hora mais tarde, fui, conforme prometido, fazer a visita na casa da família Loga. Recebeu-me a velha viúva do camponês-empresário, presidente de um antigo banco, ditador econômico do vale que se estende de Câmpul Frumoasei até Şugag, que morrera dois anos antes. O antigo dono da região faleceu na penitenciária de Aiud, aleijado por surras, torturado e destruído por avitaminoses. Foi esse o epílogo desgraçado de uma vida próspera, do homem que, no fim de agosto de 1944, tanto havia se alegrado com o fato de, finalmente, "nossa gente" ter retomado as rédeas do país. Conversei um pouco com a velha, refrescando recordações empoeiradas. Lamentei sinceramente não poder mais encontrar vivo o "senhor" Loga, por cujo zelo sempre tivera uma estima especial. Depois perguntei por dona Ana Rareş. Fui conduzido até uma entrada separada, que dava para

Capítulo XVI

a rua. Ana me recebeu em seu quarto, não no jardim dentre os muros. Ela tentara repousar, sem conseguir. "A manhã de hoje me deixou meio agitada", disse-me ela, "perdi o sono, pois parece que não somos mais feitos para suportar desafios como se tivéssemos vinte anos!"

Sentei numa cadeira de espaldar elevado, revestida de couro. A família Loga mobiliara todos os aposentos no nível urbano de um professor ou advogado provinciano. Dentre os objetos domésticos, observei diversos bordados camponeses. À altura de um certo bom gosto não se encontravam também. O bom gosto é o primeiro traço que os camponeses perdem quando deixam para trás sua vida primitiva e começam a galgar os degraus do bem-estar urbano. Eles se contaminam, rápida e perniciosamente, com a própria falta de gosto da pequena ou mesmo da grande burguesia. Lembro, por exemplo, que o Loga, antigo presidente do conselho de um banco, apresentava-se em todas as ocasiões vestindo um traje nacional camponês – não o traje local, autêntico, mas um que parecia confeccionado para uma opereta. Em Căpâlna, trajes antigos, realmente bonitos, agora só se encontram nos baús dos mais velhos, que não se vestem mais com eles, mas que os guardam para serem enterrados com eles. As velhas costumam dizer: só com tais roupas pode-se participar do Juízo Final! Mal me acomodei no quarto de dona Ana, que uma empregada-camponesa surgiu da cozinha com geleias e doces. Ana me contou que titia Loga e tantos outros do vilarejo, do professor ao sacristão, sabiam que minha estada de sete meses em Căpâlna havia-se concluído em 1944 com um fruto: uma peça de teatro. Era sabido que certas pessoas da aldeia haviam servido de modelo para as personagens da peça. Dos sofrimentos infligidos àqueles que corporificaram Noé e Nefârtate eu já ficara sabendo pelo padre. Finalmente, eles já haviam escapado do suplício. Outro ainda suportava a pena até agora.

"Quem?", perguntei, pedindo um esclarecimento.

"O rapaz que na peça representa o irmão de Noé, o irmão mau. Ele foi mandado para trabalhos forçados por ter tido não sei que ligações com uma famosa personalidade reacionária!"

"Ei, não é possível! Está brincando?"

"Foi o que a titia Loga me contou."

"Perguntei ao padre sobre o Ionică, irmão do Simion, mas ele me disse que o rapaz está trabalhando numa fábrica em Sebeș."

"O padre decerto quis poupá-lo."

Calei-me por alguns instantes, perplexo.

"É possível uma coisa dessas?", retomei.

"Sim, sério. Ele foi levado dois anos atrás para um lugar entre Sebeş e Alba. Foi mantido sob a pressão dos interrogatórios concernentes às relações que teria tido com você e a seus 'pecados'. Como tantos outros, o Ionică também inventou todo tipo de proeza para escapar do ferro incandescente, 'reconhecendo' culpas que não tinha. Para evidenciar sua própria 'patifaria', acabou até mesmo confessando que, certa vez, bêbado, chicoteou o túmulo da mãe, blasfêmia que você mesmo lhe atribuiu na peça de teatro."

Enquanto ouvia, tudo me pareceu indescritivelmente absurdo.

"Mas é revoltante! O quê? O pobre rapaz, depois de eu ter feito a injustiça de lhe atribuir na peça uma personalidade que não era dele, transformando-o de rapaz decente em irmão amaldiçoado, ainda tem de suportar agora os trabalhos forçados na hidrelétrica de Bicaz?![2] E tudo isso por carregar a culpa, a única verdadeira, de às vezes ter conversado comigo!"

"Se não encontraram outra! Ele é vigoroso e o regime precisa de mão de obra." Ana assim tentou me explicar o drama do irmão de Simion.

"É absurdo, mas perfeitamente verossímil, pois soube de outra pessoa que sofreu algo parecido. Há tempos, quando fui para a Lusitânia como ministro plenipotenciário, fomos obrigados a levar conosco uma jovem professora que haveria de dar aulas de reforço para a minha filha, aluna do ensino primário. A professora morou conosco um ano inteiro. Quando voltou ao país, tornou-se professora

---

[2] A hidrelétrica de Stejaru, próxima à localidade moldava de Bicaz, foi instalada junto com a construção de uma represa no Rio Bistriţa. A obra, de 127 m de altura e 435 m de comprimento, que deslocou mais de 18 mil pessoas e formou um lago de 40 km com uma superfície de 33 km quadrados, foi realizada entre 1950 e 1960 e batizada com o nome de *Vladimir Ilitch Lênin*. Para garantir a mão de obra necessária, emitiu-se o Decreto n. 6 de 1950, criando as Unidades de Trabalho Forçado, e o Decreto n. 1554 de 1952, por meio do qual as unidades de trabalho forçado foram transformadas em Colônias de Trabalho. Essas colônias eram formadas, entre outros, por camponeses abastados, pessoas condenadas por especulação, parentes dos "traidores da pátria" (como eram conhecidos os que haviam conseguido fugir do país), antigos legionários, membros importantes dos partidos históricos e camponeses que se opunham ao processo de coletivização. (N. T.)

Capítulo XVI

numa cidadezinha na Moldávia. Recentemente, fiquei sabendo que ela foi colocada para fora da escola por ter sido educadora na casa de uma famosa personalidade 'reacionária'. Uma tal culpa pode portanto ser também considerada como uma das metamorfoses do pecado original, do qual o homem novo não tem como se livrar a não ser por meio de um batismo novo."

Se eu vivesse num plano moral *à outrance*, com certeza a notícia do destino daquelas pessoas, cuja aparência física inspirou-me no passado criar personagens de uma peça de teatro, deveria me amargurar e destruir um momento feliz da minha vida. Não tive e não tenho, porém, culpa alguma por um destino tão injusto. A injustiça que eu cometi no caso do Ionică, atribuindo-lhe em minha peça uma personalidade amaldiçoada, pertenceu exclusivamente ao terreno da criação poética. Isso eu ainda disse, há muito tempo, ao próprio Ionică, pedindo-lhe que me perdoasse e que não desse àquilo mais importância do que ao fato de que eu queria que interpretasse, como ator, um papel amaldiçoado. Qual foi a verdadeira culpa do Ionică? Ter-me conhecido? Ter conversado comigo? No final das contas, só no mais absurdo dos mundos possíveis, como é este em que estamos ora vivendo, poderiam responsabilizar o rapaz por fatos tão terríveis. Integro o destino do Ionică ao conjunto repleto de injustiças da nova situação. Moral da história? Toda alma que tenha preservado e ainda preserve um pouco de humanidade dentro de si foi e é obrigada a sofrer de uma maneira ou de outra. É assim que sufoco o amargor que me invadiu. Devo reconhecer que, depois de tudo o que sofri nos últimos anos, tornei-me naturalmente muito mais insensível ao sofrimento alheio do que antes. Tive de chegar até esse ponto para sair vencedor da luta que travei com meus próprios sofrimentos.

"Está vendo como este mundo está virado no avesso?", disse para Ana, "as pessoas com quem simplesmente conversei foram levadas para cumprir trabalhos forçados, ao passo que a mim me deixaram andar livre por aí! Que paradoxos apresenta a história de hoje em dia!"

"Não é melhor esquecermos tudo isso?", perguntou-me Ana.

Ao girar cuidadosamente meu olhar pelo quarto, observei que estava repleto de plantas prensadas. Ademais, no ar pairava um aroma de plantas secas. Em cima de uma mesa, com duas asas generosamente abertas, que parecia colocada sem propósito num canto onde não ficava muito bem, erguiam-se pilhas de cartões e folhas, da grossura de um mata-borrão, em que certamente se encontravam fixadas as flores crucificadas pelas mãos alvas de Ana.

"Estes são os cartões do herbário que não para de crescer. Deve ser uma grande satisfação adentrar nos mistérios dessas criaturas silentes", disse para Ana, enquanto olhava um pouco pelos cartões. Detive-me numa folha sobre a qual uma flor estava fixada. Suas pétalas pareciam asas de borboleta.

"Olhe, olhe! No caso das flores, é necessário dessecar a seiva e ter o cuidado de manter a sua cor. Que técnica delicada exige o ofício da herborização!"

"Em alguns casos", respondeu Ana. "Certa experiência claro que é necessária. A flor não deve ser esmagada debaixo de um peso. Ela tem que fenecer devagarzinho. Senão, perde a memória e muda de cor!"

"Bela profissão! Olho para estas flores e olho para você, Ana. Pouco a pouco, toda pessoa começa a se assemelhar às coisas com que se ocupa."

"Quer dizer que eu, mexendo com flores e plantas, comecei a me parecer com uma planta!"

"Ao menos sob alguns aspectos!"

Ana se aproximou bastante de mim. Pareceu querer recostar sua cabeça no meu ombro.

"Não sei o que fazer para esquecer o amargor que me dilacerou no passado!", disse para Ana, "pergunto-me se um dia serei de novo tão feliz como hoje de manhã!"

"Como não! Amanhã de manhã, de novo!", respondeu-me Ana, num tom simples e natural.

Virei-me para ela e a abracei de novo com as mãos por baixo das axilas, puxando-a devagar na minha direção. E mais uma vez senti aquele tremor em todo o seu corpo. Que tempestade eclodia naquela terra diáfana que eu segurava nos braços! Minha boca ficou bastante tempo colada à sua. E não conseguíamos mais separar nossas almas que, abandonando todos os cantos do ser, reuniam-se na boca. De cordas esticadas no firmamento, eu ouvia a música dourada de um enxame de abelhas em pleno voo.

Capítulo XVI

A correria dos pardais pelas calhas do casebre de madeira acordou-me em todas as manhãs que estive em Căpâlna. Que manhã era aquela? Apenas a segunda. Acordei junto com a alvorada que abria demasiado cedo as pálpebras dos pássaros. Do modo como a luz caía, o sol devia estar agora atrás das árvores da encosta. Levantei-me da cama por um instante. Abri a porta que dava para a varanda. No início, eu mesmo não sabia por que havia aberto a porta. Poucos instantes depois, após estender-me de novo na cama, expliquei sozinho o gesto: abri a porta movido pelo desejo vago e secreto de atrair o esquilo para dentro do meu quarto. Sim, o esquilo! Qual esquilo? Minha imaginação se deixou dominar por metamorfoses do ser amado. Ana se transformara em planta curativa, Eufrásia. Agora, em Esquilo.[3] Ela provavelmente haveria de se transformar em todas as maravilhas vivas que minha vida viria a me apresentar.

Durante aquela noite, acordei diversas vezes. Acho que entre duas e três da madrugada, momento variável e equívoco, não dormi. Acordaram-me uns versos que queriam se materializar dentro de mim. O primeiro poema começou a se formar já na noite anterior, debaixo das estrelas fulgurantes, ao ritmo dos meus passos que subiram, desde a aldeia, o caminho sinuoso rumo ao meu alojamento junto ao bosque. O primeiro poema deteve-se diante do meu pensamento. Disse comigo mesmo: não se surpreenda, que deita mau-olhado! Então eu me dessurpreendi para não afastá-lo. Agora, ao despertar, senti que o poema havia crescido sozinho durante o sono. Senti-me desconcertado pelo fato de o poema existir dentro de mim e não me restar senão arrancá-lo da latência. Teria apenas de relembrar os versos formados na noite anterior para que a poesia se elaborasse por si só. Cabia-me apenas descer o balde dourado até o fundo do poço, pois a poesia de certo modo já estava pronta e esperava apenas ser içada. Com certo temor de não despedaçar uma criatura tão frágil, tentei me lembrar do verso incipiente. Sem saber como, acabei chegando à linha lírica mais profunda do poema. E então o poema cresceu sem esforço; arredondou-se, permanecendo ao mesmo tempo aberto. E de novo me surpreendi como ele caiu na minha mão feito um fruto maduro, justamente quando eu não esperava colher mais nada. Repeti os versos para mim mesmo, para os fixar. Durante dez anos, durante o tormento,

---

[3] O substantivo que designa "esquilo", em romeno, é feminino. (N. T.)

a agitação e o fogo da guerra e, depois, durante o tumulto das transformações, a poesia cessou de existir dentro de mim. E agora, inesperada, ela batia na minha porta. Parecia-me de bom agouro. Comoveu-me o fato de, junto com a fonte da vida, haver reencontrado também a fonte da poesia. Tê-las-ia reencontrado? Não. Encontrei-as apenas. Pois não eram as mesmas que me haviam obrigado o ser a cantar no passado.

Esperei o tempo passar. Mas fiquei impaciente. Saí rumo à bica, lavei-me com água fria sob a luz oblíqua do sol da manhã, vesti-me, bebi o leite com gosto de elixir. Sentei-me no banco da varanda, onde a ausência de Ana era uma presença.

Haveriam de passar ainda algumas horas até Ana aparecer. O que poderia fazer naquele meio tempo? Ler algo? Trouxera comigo alguns livros, mas agora não tinha condições de abandonar-me como um receptáculo de leitura. Era melhor nem tentar. Naquela varanda em que a luz roubava o verde da parreira para espalhá-lo pelas paredes, pelo chão e pelas vigas, não havia lugar para outra alma senão a minha e a de Ana. Qualquer outra alma se eliminaria sozinha. O esquilo não veio procurar avelãs pelos cantos, assim como esperei ao abrir-lhe a porta. Mas Ana haveria de vir.

O dia se exibia como um resumo de todas as belezas do verão. Na noite anterior, Ana me disse que, antes de chegar, ela teria de passar pela velha feiticeira, a da soleira cheia de cobras. Ana me explicou que, depois de visitar a velha, ela atravessaria o rio pelas toras de madeira do dique, de onde subiria até Fruntea Rea. Só depois dessa volta é que ela desceria até o meu casebre, por trilhas mais discretas. Ana me pediu para não antecipar sua vinda e não esperá-la em nenhum ponto de seu trajeto; que a esperasse na varanda. Assim, o tempo passou arrastado, com os minutos numerados. Minha euforia, porém, era invencível. Num certo momento, olhei para o relógio: nove horas. Esperava já um bocado. Esperava bastante. Mas Ana me disse que não chegaria antes das nove.

A tensão da espera foi interrompida pelo esquilo, que apareceu na soleira da varanda. Imobilizei-me para que ele, erguendo as patinhas anteriores sobre o pilar, não detectasse minha presença. E nem teve tempo de detectar coisa alguma pois, próximo dali, um atrito de passos no cascalho o afugentou. O outro esquilo chegou.

"Hoje vamos ter de fazer um passeio no bosque!", disse-me Ana, "é pena perdermos a ocasião. Dias como este são raros."

Capítulo XVI

"Por favor, por favor, repouse antes um pouco aqui no banco", respondi-lhe, enquanto ela se dirigia para a porta que dava para dentro do casebre: "Estou curiosa em ver onde e como você vive."

Levantei-me, aproximei-me dela e a convidei a entrar no aposento, mas ela enrijeceu no umbral da porta:

"Não vou entrar, posso ver daqui! Sim, é um aposento muito simpático. E esses móveis antigos, esculpidos com machadinha. Olhe os ícones sob vidro. O guarda-louça. Os jarros!"

"O jarro vivo está olhando para os jarros da parede, eles também vivos a seu modo. Todos são de argila. Mas por favor, entre!", instei, empurrando-a levemente para frente. Ana resistiu discreta e se colocou ao meu lado na varanda. Virei-me. Sentei-me no banco. Ana pareceu um pouco desconcertada. Não sabia como reagir em circunstâncias tão perigosas. Após certa hesitação, sentou-se ao meu lado, com um suspiro quase imperceptível: "Está quente, muito quente. Imagine como deve estar na planície!"

"Passou pela velha?", perguntei.

"Sim, é de lá que estou vindo. Se você visse que criação de cobras ela tem debaixo da soleira! Ah, meu Deus, nenhum lugar é mais bonito do que este!"

"Se é assim, por que faz questão de irmos ao bosque?"

"Ah, por várias razões", respondeu Ana, defendendo-se com um sorriso.

"Sim, entendo. Os pardais com sua correria, as uvas, o dia de ontem..." Levantei-me, entrei no aposento, peguei uma manta e saí de novo:

"Vamos nos sentar um pouquinho à sombra dos carvalhos detrás do casebre e conversar."

Ana colocou a aljava de metal em cima da mesinha da varanda.

Saímos ao ar livre, debaixo do céu sereno. Estendi a manta larga debaixo dos carvalhos. A sombra era densa. O sol penetrava apenas aqui e ali, por entre as folhas, borrifando com manchas de luz uma quina da manta. Deitamo-nos não bem um ao lado do outro, mas mantendo uma distância pela qual podia passar a carroça com rodas de fogo do profeta Elias. Bolotas ainda verdes, mas completamente formadas, espalhavam-se pela grama. Estavam presas em seu cálice pelo pedúnculo. Escolhi uma por entre o musgo e retirei a bolota do cálice: "Deste pequeno cálice podemos beber a poção da imortalidade", disse eu, atirando-lhe a semente de carvalho.

"Que formas perfeitas a natureza cria", disse Ana, apanhando o cálice e a bolota com as mãos.

"E que harmonias!" Como a distância entre mim e Ana era incompatível com essas últimas palavras, procurei me aproximar um pouco. O espaço dentre nós estava repleto de vibrações. Sentia-as, mas fingi acompanhar o jogo de luzes. Do lado de baixo dos fios da grama ainda brilhavam gotículas do cristal da manhã. Um minúsculo arco-íris eclodia de vez em quando daqueles pingos de orvalho.

Com o passar dos minutos, sentíamos nossas almas cada vez mais próximas uma da outra. Os corações batiam mais forte do que exigia a tranquilidade em derredor. Depois de um silêncio desconcertante, durante o qual produziu-se não sei que espécie de hesitação entre nós, como se temêssemos que o mínimo movimento pudesse desencadear uma tempestade em nosso campo magnético, disse-lhe que gostaria de recitar alguns versos.

E comecei, devagar:

> Com bordados dourados
> o tempo escorre pelo azul
> nascido como uma tentação
> no meu crepúsculo momentâneo,
> na minha fábula excessiva.
>
> Corre o tempo pelos cumes,
> astro junto a astro,
> vingando-me no azul.
> O sonho, ouro preso na mão
> como areia n'água,
> como areia n'água
> tenho que deixá-lo escapar.[4]

"Quando o concebeu?", indagou Ana.
"Ontem à noite, quando voltei sozinho sob as estrelas."
"Recite-o de novo!"

---

[4] O poema *Cântico sob as Estrelas* foi escrito entre 1946 e 1951; é parte integrante de "O Cântico do Fogo". (N. E. Romeno)

Capítulo XVI

Repeti o poema; dessa vez mais sossegado, mais concentrado na substância e na melodia. Acredito ter conseguido vencer qualquer vibração parasitária da voz. Na primeira leitura, um tremor das cordas vocais provavelmente desviou sua atenção do poema para a minha emoção. Mas agora, na segunda leitura, minha voz dominou por completo o campo enfeitiçado das fronteiras em que dois corações batiam...

"Sinto que preciso inclinar a cabeça para segurar minha face com as mãos", disse Ana. Seu lábio superior descobriu pela metade o brilho perolado de um dente. Murmurou algo que não compreendi. Talvez um dos versos. Depois de uma pausa silenciosa, Ana me disse, numa voz baixa, devagar e séria:

"Pegue o ouro, aperte-o bem na mão e não o deixe escapar. É isso que eu quero. Que nunca mais nada escape de você!"

Aproximei-me dela e abracei-a para junto de mim, para que não escapasse mais por entre os dedos a areia dourada que havia colhido das águas do tempo e segurado na mão. E nossas bocas se encontraram. Era o doce selo que reforçava um pacto. Mas, como nossos corações batiam como cascos ressoando sob a abóbada do mundo, vimo-nos obrigados a nos afastar, para retomar a respiração. Ana, onde você está? Axente, onde você está? Numa vertigem da largura do horizonte.

Eis que, finalmente, deitamo-nos os dois de lado, cada um com a cabeça apoiada num cotovelo. E, de novo, fitamo-nos longamente em silêncio. Quando os corações acalmados pela paisagem verde voltaram ao seu ritmo, as palavras recomeçaram a surgir. Imagens e pensamentos reuniram-se na minha mente. Verbalizei-os ao acaso, sob o movimento do sol desafogado numa beatitude esverdeada:

"Fui ao bosque e encontrei a chama. A chama era um esquilo. Roubei-lhe o nome e o dei a você. Andei pelo campo por entre as plantações e encontrei o cântico. O cântico era uma cigarra. Roubei-lhe o nome e o dei a você. Fui até o riacho dos moinhos e encontrei a flor da luz. A flor era a eufrásia. Roubei-lhe o nome e o dei a você. Fui até a margem das ravinas e encontrei a flor da vaidade. A flor era o fumo-da-terra. Roubei-lhe o nome e o dei a você. Todas as criaturas devem se calar diante de você. Ficou decidido desde o início que elas todas permaneceriam sem nome, pois só você é digna de todos os nomes, em riqueza eterna."

"Seu olhar não me vê como sou. Não, não sou digna de tantas dádivas", respondeu-me Ana.

Alguns instantes depois, eu lhe disse:

"Só o amor enxerga bem e corretamente."

Os sons da grama pareceram se intensificar de propósito para nos deleitar e alimentar o encanto em que flutuávamos, mantendo imóveis nossos corpos.

Por entre as brechas da sinfonia herbácea, Ana identificou um som perfeitamente distinto, chamando-me a atenção para ele; no início, foi-me quase impossível discerni-lo. Depois, consegui aos poucos diferenciá-lo dos outros ruídos, chiados, murmúrios, trinados, sussurros, assobios. Ana me anunciou:

"Hoje vai cair uma tempestade. Vai-se erguer inesperada. Conheço bem os sinais do universo da clorofila e do horizonte dos insetos."

Ela se movia como os ponteiros de um relógio debaixo da sombra, ora de lado, ora com os braços cruzados sob a cabeça, fitando as folhas de bordas sinuosas, em meandros, dos carvalhos.

Pelo meio-dia decidimos descer juntos até a aldeia. Ana quis passar por cima, por uma colina, para depois descer os degraus de pedra próximos à casa da família Loga, perto do rio, e atravessar o riacho do moinho novo. Aqueles caminhos inusitados eram-lhe conhecidos devido aos seus passeios de herborista. Decidimos, igualmente, que depois do almoço cada um retornaria pelas trilhas mais retiradas de volta àquele "nosso" lugar.

☙

Às duas horas da tarde, reencontramo-nos na nossa varanda. Uma nuvem plúmbea carregada despontou no horizonte, formando montanhas com margens prateadas por sobre Fruntea Rea. Mais ou menos daquela direção costumavam invadir o vale fortíssimas tempestades de verão que o calendário programa em torno do dia do profeta Elias.[5] Os pardais, irrequietos, retiraram-se no silêncio que antecede a tempestade. O calor aumentava. Os grãos amadureciam, quase saltando das espigas. As calhas se esvaziaram. Os pássaros não suportavam mais o calor metálico. Os insetos puseram surdina em todos os instrumentos sonoros. Ficamos na varanda. Trovões que não se distinguiam mas que se relacionavam

---

[5] 20 de julho. (N. T.)

Capítulo XVI

uns aos outros podiam-se ouvir como uma ebulição incessante, surda, vinda do horizonte na direção de Fruntea Rea. Ana ergueu-se por um instante do banco e enfiou a cabeça nas folhas da parreira:

"Acho que assistiremos a um espetáculo nada comum."

"Aquelas nuvens parecem ser feitas de uma água que ferve no céu."

"No fundo plúmbeo desvelam-se formações onduladas como uns rolos, o que é sinal de granizo."

Ainda por algum tempo, as nuvens pareceram erguer-se vagarosas. Mas em seguida elas começaram a se alçar com a rapidez de uma catástrofe. Na verdade, para o nosso olhar mais acostumado com tempestades de planície aberta, a visão era surpreendente. Quando chegamos à varanda, não nos havíamos dado conta da iminência do desencadeamento. Eis que em menos de meia hora a tempestade já caía sobre nós. Antes das primeiras gotas enormes de chuva, produziu-se um silêncio incomum tanto entre os pássaros, como entre os insetos. O abafo estendeu suas asas e recobriu a tromba das borboletas como arcos. Todas as criaturas procuraram refúgio. Raios e relâmpagos próximos caíram repetidamente para que, depois da dissipação dos ecos, o silêncio ressurgisse amplo e admirável. Pingos do tamanho de ovos de perdiz caíam esparsos, rompendo-se na grama e nas ripas do casebre. Em seguida, as nuvens estremeceram à fúria de um relâmpago em zigue-zague que atingiu um carvalho predileto nos cumes lá de cima. Em nosso casebre sentimo-nos a salvo do beijo da eletricidade; esperávamos tensos na varanda o desfecho daquela fábula dos quatro elementos. Como uma parede impenetrável ou como uma cortina de água ela se aproximou, avançando pelo bosque à nossa esquerda. A própria nuvem parecia descer, pesada, para nos engolir. Vimo-nos obrigados a deixar a varanda e a entrar no mesmo aposento em que Ana pela manhã não quisera entrar. Agora, não havia alternativa. Entrou impulsionada pelo vento. Eu – atrás dela. Mas Ana continuou, sem deter-se no primeiro cômodo, direto para o segundo, com a grande lareira branca. Ana sentou-se, à moda camponesa, sobre a barra feita de tijolos que circundava a lareira com alguns côvados de comprimento. Sentou-se justamente ali, pressentindo não sei que tipo de refúgio que a lareira podia inspirar. A tempestade estava no auge. Pelas janelinhas não se podia distinguir mais nada, pois a água escorria como uma cortina fluida pelos vidros. Fechei a porta que dava para a varanda, isolando-nos, assim, da tempestade prestes a nos arremessar, com casebre e tudo, no rio lá embaixo. Pelos golpes e estrondos que se ouviam das vigas e do telhado de ripa, pelo barulho forte e uniforme, violento e penetrante, que encobria até mesmo os trovões, pudemos adivinhar o granizo denso e pesado. Sentei-me no chão de tijolos do lado de Ana e a apertei junto de mim para protegê-la da tempestade que fervia no nosso vale. Meu gesto parecia tranquilo, embora não fosse. A aparência comunicava a Ana um estado de espírito semelhante. Ela também parecia tranquila, embora não estivesse. Uma hora depois, a tempestade com seus turbilhões já havia passado. O sol brilhava de novo lá em cima, num céu de um azul límpido.

Apressamo-nos em sair, como se reagíssemos a um sinal. Que estragos a tempestade teria deixado atrás de si? Todos os ninhos de pardal que entupiam as calhas do casebre estavam esparramados pelo chão, debaixo das árvores e na areia. Filhotes pelados, recém-saídos dos ovos, jaziam mortos em torno do casebre e sobretudo no sulco que se escavara na areia, formado pela enxurrada das calhas na direção de um riacho improvisado que ainda borbulhava. Recolhi os ovinhos pintados, espalhados por toda a parte na vegetação devastada. Estendi-os a Ana, como testemunho do desastre que atravessara o vale. Uma camada grossa de granizo derretia-se apressada nas concavidades. A tempestade deixou um ar frio como gelo. O frescor áspero chegava do bosque próximo como uma brisa. O sol brilhava, mas o ar era de inverno. Um inverno de fornalha, a julgar pelo abafo infernal no decorrer daquele dia. O silêncio das criaturas, porém, persistia. Aqui e ali, em alguns pontos do carvalhal, podia-se ouvir, como um som de fagote, só um assobio profundo de melro. Era o momento dos melros. Voavam de galho em galho e depois até o chão, negros, com bicos e pés de cera e um fagote dentro deles, para apanhar as minhocas que a chuva arrancara de dentro da terra.

"Mas que frio!", disse eu e me virei para Ana, que estava vestida com uma blusa ligeira.

"Precisamos entrar de novo. Está frio demais!", respondeu Ana, tremendo levemente.

Naquele meio tempo, os dois aposentos foram invadidos pelo frescor, diminuindo o abafo que se acumulara ali durante o dia, antes da tempestade. Voltamos ao cômodo da lareira, após eu fechar a porta que dava para a varanda. Ana sentou-se no chão de tijolo. Peguei uma cadeirinha e, a uma certa distância dela,

Capítulo XVI

me sentei ao contrário, apoiando meus cotovelos no espaldar. O espaldar era de um único pedaço de madeira, e tinha a forma de um escudo.

"Olhe", disse para Ana, "pus entre nós um escudo." Ana não respondeu. A tempestade íntima se acalmava. De minha parte, abrandei-a por meio de um estrangulamento da vontade. Quis provar para Ana que a minha paixão, a minha febre, não pertencia só à terra, mas também ao espírito. Quis fazê-la testemunha de uma verdade de um dia de verão e das nossas idades. Quis lhe demonstrar que sabia me defender das tentações, para que pelo vale profundo de uma paixão eu pudesse sair das condições de um mundo para as condições de outro.

Deixara provavelmente a porta dentre os quartos aberta demais, pois o ar frio penetrava em cheio até ali. Ana parecia sentir frio dentro daquela blusa. O frio sublinhava suas linhas frágeis. Sua sensação de frio, porém, ao meu ver, advinha do fato de se encontrar sozinha comigo num casebre de montanha. Aquela solidão a dois sob a margem do bosque com certeza podia produzir numa mulher como Ana uma sensação incomum. Mas tanto eu quanto ela sentimos de maneira imperiosa que devíamos resistir a nós mesmos e controlar as incitações que tentavam sorrateiras nos dominar. Isso para que viessem a ser glorificadas mais tarde, assim como entrevíamos que aconteceria.

Ana se levantou, com uma voz que vibrava como a flor do capim-treme-treme: "Axente, o que acha de acendermos os gravetos e a lenha da lareira?"

"É uma ideia", reforcei hesitante, "pelo menos, assim, poderemos conversar sobre o fogo – que permanece a maior invenção humana. O contrário também é válido: o homem é um produto supremo do fogo. Junto a esta lareira retornamos de certo modo ao universo arcaico, ao mesmo tempo que podemos também verificar a força das nossas mentes. Posso ler nos seus olhos o seu desejo de adiar. Compartilho, minha querida, da mesma opinião, pois, se se trata de morrermos, que então morramos do grande fogo que, segundo os mitos, tem o dom de resgatar e rejuvenescer."

Ana acendeu um fósforo e ateou fogo aos gravetos secos. Uma leve fumaça de pinho se propagou no aposento, dilatando-nos as narinas. O fogo pegou num piscar de olhos. Um calor lânguido e agradável preencheu os dois cômodos, desintegrando o inverno de fornalha do profeta Elias. Levantei-me da cadeirinha e me pus ao lado de Ana, que voltara a se sentar na margem de tijolos, e pus meu braço atrás de sua cabeça, tocando-a com a mão no ombro do outro lado.

Um grilo começou a se mexer embaixo da lareira, tentando pôr, com interrupções, sua voz para funcionar. Em seguida, o grilo não parou mais de emitir um som puro, como se desde a primavera ele só tivesse ingerido prata. Sua vivacidade era incessante.

Ao entardecer, saímos e descemos até o vilarejo. Era quase impossível encontrarmos a trilha. Não porque houvesse sido coberta pela tempestade ou pela enxurrada de galhos e cascalho, mas porque algo obstinadamente nos impelia de volta à lareira onde havíamos deixado nosso fogo. Ali, junto à lareira, por alguns momentos foi-nos dado não saber mais nada daquilo que não nos interessava mais: o mundo exterior.

෴

Tarde da noite, retornei sozinho ao casebre ao lado da encosta. Revirei-me na cama, agitado pela ideia terrificante do mundo ao qual haveria de retornar dentro de alguns dias. A visão de um ambiente degradado a um nível subumano ao qual teria de me reintegrar, conservando bem ou mal minha dignidade humana, manteve-me acordado com seu cortejo sinistro. Lutava contra o peso daquela vida desamparada, tentando vencê-lo. O cântico do grilo sob a lareira, aquele nada prateado, podia ser um alívio para a alma? Talvez! Pois agora uma nova arma estava à minha disposição nessa luta e, por um instante, consegui me vingar do grilo. E qual era a arma? O cântico.

A cigarra da casa da família Loga, não pairava sombra de dúvida, estava também acordada naquela hora da noite. Esse pensamento fez com que eu não me sentisse sozinho. E, como eu não podia adormecer, passei em revista todos os poemas da minha vida. Bem como todos aqueles dias e todos aqueles anos. As mudanças, os estorvos, os acontecimentos. Haveria de enfrentar tudo, pois mananciais anônimos tinham conseguido subterraneamente se reunir até o meu poço. Invoquei também a morte, como um adolescente cuja demasia de vida exige um contraponto.

A manhã finalmente batia à janela? Levantei-me da cama. Olhei para fora. O céu era de um azul profundo, quase outonal, embora estivéssemos em pleno mês de julho. Passei a noite toda revirando-me de um lado para outro, como se me

Capítulo XVI

oprimisse a angústia da terra. Derrotei, porém, o peso. Coloquei-o nos ombros da vida. Onde? Em verso.

Na nossa hora, chegou Ana. Encontrava-me na varanda. Os pardais estavam ocupados pelas calhas, reconstruindo os ninhos. Os pássaros reuniam fios de palha e de estopa espalhados ao redor do casebre. A cada instante via-se um voando, carregando consigo pelo céu um fio comprido de cânhamo ou um chumaço de pelo a ser entrelaçado com fios de erva-canuda. Os pardais retomavam do zero a estação da procriação. Diante de mim, em cima da mesinha – ei-los: os ovinhos pintados que, depois da tempestade, recolhi da grama e do cascalho e dei para Ana. Ela os abandonara. Não tinha o que fazer com eles. Mostrei-os de novo a ela.

"Você dormiu?", perguntei.

"Nem um instante sequer!"

"Nem eu. O que você fez?"

"Fiquei ouvindo as batidas do meu coração."

Ao sentar-me no banco, obriguei que Ana viesse na minha direção, puxando-a com a mão, até poder grudar meu ouvido ao seu peito. Quis escutar seu coração.

"Por quem ele bate?", perguntei.

"Até ontem ele funcionava como um relógio do sangue, batendo meio sem razão, só para ordenar o tempo. Hoje ele bate por alguém. Se esse alguém deixar de existir, ele vai parar de bater." Em seguida, após um instante de silêncio, Ana me perguntou:

"Mas você o que fez?"

"Lutei contra o peso do mundo e, de certo modo, tive sucesso. Com a sua ajuda. Quer ouvir?"

"Quero."

"Então sente-se aqui e escute!"

O lugar onde a convidei para se sentar era o meu joelho. Ana se sentou, sem hesitar, apoiando o braço, com um gesto natural, por trás da minha cabeça.

Recitei-lhe o poema intitulado *A Cigarra*.[6] Pediu-me que o relesse. Executei então uma leitura cadenciada, mais lenta:

---

[6] O poema foi escrito em 1951; é parte integrante do ciclo "O Cântico do Fogo". (N. E. Romeno)

> Pesado é tudo, o tempo, o passo.
> Pesado é partir e pousar.
> Pesados são o pó e o espírito,
> pesa nos ombros até o firmamento.
> O peso mais pesado, o peso maior,
> será o fim do caminho.
> Para o meu consolo
> canta na lareira a cigarra:
> Mais leves que a vida
> são as cinzas, as cinzas.

"Com este cântico cheio de sofrimento consegui derrotar o sofrimento."

"A cigarra... sou eu?"

"Já não lhe disse ontem? Encontrei a cigarra entre as plantações. Não contei que lhe roubei o nome, dando-o a você? A cigarra está agora carrancuda debaixo da lareira, aqui do lado. Hoje de manhãzinha ela se calou, desde que eu terminei os versos pelos quais subtraí-lhe o nome. Por meio do silêncio, ela exige de volta o nome do qual a despojei. O que acha? Devemos restituí-lo a ela ou não?"

No lugar de uma resposta, Ana apertou com força minha cabeça, para em seguida me beijar na boca e nas faces:

"Vamos restituir-lhe o nome. É a única palavra na língua dela. E todas as línguas têm direito à vida."

☙

Esqueci de registrar que, não longe da bica que nos abastecia de água, alçavam-se, no meio de outras árvores, uma nogueira e, ao lado, uma macieira do tipo batullen.[7] Numa daquelas poucas manhãs passadas no meu alojamento de madeira, aguardei Ana debaixo da nogueira repleta de folhas e de frutos verdes. Ao chegar, Ana foi direto para a varanda e se desconcertou um pouco não me encontrando lá como de costume. Deixei que me procurasse com aquele seu olhar sob sobrancelhas levemente oblíquas, como o das mulheres da terra do sol nascente.

---

[7] Vide minha nota 3 do capítulo VIII. (N. T.)

Capítulo XVI

Gostava de vê-la se movendo sem se saber observada. Sua graça não se modificava, assim como exigiriam olhares alheios, o que significa que sua graça era inerente ao seu ser. Enquanto Ana examinava a varanda, calculei para mim mesmo os dias que ainda haveria de passar ali. Um, dois, três.

O dia prometia ser bonito, ardente, mas não de canícula. Do bosque soprava uma brisa vivificante. Nem ao meio-dia não haveria de ser abafado. Gritei por Ana ali do meu esconderijo debaixo da nogueira, esconderijo apenas para olhos que não olhavam em derredor. Ao me fitar, Ana sorriu. Aproximou-se como se houvesse feito uma feliz descoberta. Veio até mim e se deitou na manta ao lado.

O peso de certas sombras persistia em sua alma. Um ou dois dias antes, Ana quis saber de mim, com aquela curiosidade feminina, como é que, onze anos atrás, eu retornara do estrangeiro justamente às vésperas da guerra! A pergunta não era inesperada. Expliquei para Ana que eu voltara de propósito e voluntariamente do exterior, embora pudesse ter-me exilado por definitivo e ao meu bel-prazer. Não era compreensível que, depois de estar cerca de quinze anos fora, a saudade de casa reivindicasse seus direitos na minha biografia? A nostalgia era tão intensa que era capaz de me adoentar. Tornara-me também vítima da esterilidade, minha imaginação começara a fenecer, não pulavam mais faíscas. E a alma buscava compensações. A saudade de casa crescia assim como cresce o coração num organismo cuja circulação sanguínea está comprometida. Então voltei. Tentei integrar à ordem local o elã do qual ainda era capaz. Mas, no dia seguinte ao meu retorno, tiveram início os tumultos da guerra. Depois das conhecidas peripécias e peregrinações, lançou-se sobre nós toda essa reviravolta trágica. Pela paisagem da minha saudade desfilaram todas as misérias da condição humana. As circunstâncias foram tais que não me estimularam na direção de uma nova criação. Pelo contrário, conseguiram tolher o que ainda restava do meu elã. E isso sobretudo desde o fim da guerra até agora, período de desmoronamento em todos os níveis. No meu poço seco não havia mais o mínimo vestígio de esperança. Agora retomava, debaixo da nogueira, ao lado de Ana, todas essas explicações, para concluir:

"Minha querida, hoje eu sei o que foi aquela saudade de casa, que no passado me dominou. Era saudade de você, que ainda nem conhecia. Minha querida, abençoo hoje minha decisão de retornar. Agora sei muito bem por que voltei. Agora acho que suportarei sorrindo as transformações, as calamidades, as tragédias e o desastre, pois as suporto por alguém, por você, minha suprema recompensa. Olhe, Ana, para essa luz e para essa vida verdejante. Eis-me, Ana, com entusiasmo renovado e trabalhando de novo. Eis-me no caminho das realizações há tanto esperadas, em cujo início tantas vezes morri. Olhe em derredor, Ana! Não tem a impressão de que todos os caminhos foram feitos para chegarem aonde chegaram?"

> Dia verde. Sopro de nogueira.
> Todos os caminhos levam
> ao paraíso do vento,
> do amor, do verbo.
> Todos os caminhos levam
> para a quinta-feira do fogo,
> para o meio-dia do lugar,
> onde arde a paixão,
> onde canta a lágrima.[8]

"Está vendo como a saudade de casa podia ser saudade de você?", sufoquei dentro de mim aquelas palavras que vieram-me como um grito pagão.

"Vamos", disse-lhe, "vamos correr sem parar pelo planalto, pelas encostas, pelos bosques!"

Levantei-a com força e pusemo-nos na direção das sombras refrescantes do bosque. E subimos, de mãos dadas, subimos, subimos. E nenhum cansaço se insinuou em nós. Só aquele grito. Horas a fio repeti dentro de mim aquelas palavras mágicas, para que permanecessem como um feitiço para sempre no meu sangue.

---

[8] O poema *Todos os Caminhos Levam* foi escrito entre 1946 e 1951; é parte integrante do ciclo "O Cântico do Fogo". (N. E. Romeno)

XVII

Depois daqueles poucos dias numerados com avareza pelas circunstâncias e pelo destino, voltei para Alba... sozinho. Ana ficou ainda um mês inteiro em Căpâlna, até o fim de agosto.

Saindo de Alba pela estrada nacional até a ramificação que vai para Câmpul Frumoasei, é possível vislumbrar no horizonte, ao sul, o perfil das montanhas, em cuja encosta esconde-se, como uma caldeira, o vale de Căpâlna. Seguindo pelas curvas da estrada, a distância até a aldeia onde estava Ana não deveria ser levada em consideração como uma verdadeira distância? Mas o que são trinta quilômetros para o coração?

Já na primeira tarde fui a pé até Oarda. Quis consolar minha alma com a paisagem em que me acostumei a ver Ana. Imaginei, com uma volúpia dolorosa, que naquela mesma hora ela devia estar indo até ao "nosso" casebre, ali, a montante do riacho dos moinhos. O casebre continuaria sendo "nosso" até os cupins o transformarem em pó ou um raio o reduzir a cinzas. "Nosso" era uma palavra de fábula. Quem poderia desprover dessa qualidade o casebre junto à encosta?

Depois da despedida do dia anterior, eu ainda me sentia dilacerar, mas pelo menos de Oarda eu podia me consolar com a paisagem. A vida eclodia dentro de mim como um murmúrio violento de água, como se o verão encerrasse a intensidade de quatro estações. Tais impulsos têm o dom de me aproximar, por contraste, do pensamento da morte. Em estado de exuberância e tormento, pensar no não ser é suportável. Assim ele só me atinge com melancolias de natureza lírica, quase imperceptíveis sob surdina. Tais melancolias, por sua vez, sublinham meu estado de beatitude. Olhando para o sul, imaginei-me no casebre de Căpâlna, perguntando-me qual seria a distância até Oarda. Imaginei a porta aberta para a varanda. E comecei a brincar com o pensamento da morte. Algumas estrofes logo se formaram na minha mente e no meu coração. As palavras surgiam ao ritmo dos passos que ressoavam na estrada de terra, como se feita de osso:

> Da soleira um pensamento me fita.
> Devo deixar que entre? Ou melhor expulsar?
> A palavra tenta se expressar:
> Chegará o dia! Chegará o dia!
>
> Há séculos que os vermes operam.
> Vejo-os sob o solo trabalhando, trabalhando.
> Voltarei aos seus cuidados,
> No ciclo dos elementos.
>
> Da soleira um pensamento me fita.
> Devo deixar que entre? Ou melhor expulsar?
> Meu rosto será o de ninguém
> semelhante ao da terra.
>
> A palavra tenta se expressar:
> Chegará o dia! Chegará o dia!
> Sepultado nessa estrela,
> Com ela iluminarei as noites.[1]

Ao voltar para casa, registrei os versos numa folha de papel a fim de não perder a melodia que, numa segunda vez, decerto não haveria de me seduzir da mesma maneira.

✧

Prometi a Ana escrever-lhe todo dia. Pelo menos as minhas palavras constituiriam, assim, uma ponte aérea entre mim e ela. E prometi também não esperar resposta a nenhuma de minhas missivas. Ela me garantiu que estaria sempre ao meu

---

[1] O poema *Voz do Anoitecer* foi escrito entre 1948 e 1949; é parte integrante do ciclo "Caravelas com Cinzas". (N. E. Romeno)

Capítulo XVII

lado em pensamento. Ademais, no que tocava a uma eventual correspondência, nem havíamos encontrado uma solução para o delicado problema circunstancial: onde ela poderia me responder? E sobretudo como? E por que meio? Recorrer aos serviços de algum habitante que pendulasse entre Căpâlna e Alba? Nenhum deles respeitaria as regras da discrição.

Segurava na mão uma folha com versos escritos no dia anterior, a caminho de Oarda. Não, esses eu não enviaria a Ana. Misturavam-se a eles uma nota trágica demasiado acentuada, que nem mesmo a "luz" do final não atenuava o bastante. Esses versos ultrapassavam, com sua emoção, a situação daquele momento. Enviei a Ana outros versos, poemas destinados a lhe transmitir alegria ou um fragmento de breu cinzelado com arestas luminosas. A poesia brotava em mim com a abundância de uma torrente.

Minhas dilacerações íntimas depois da nossa separação terminaram logo. Ocasionadas por uma condição efêmera, não tinham como resistir ao espírito de plenitude que me desprovia de materialidade e que buscava uma razão além das circunstâncias passageiras. Em casa, no quintal, no escritório, à escrivaninha, na rua, apesar dos transeuntes, passeando pelos caminhos em serpentina da cidadela, no sono sem testemunhas, no meu melodioso estado de vigília, pensava permanentemente na criatura que tinha o nome da luz: Ana. Seu aroma acompanhava minha existência.

Não haveria de lhe escrever todo dia. Só de vez em quando. A primeira carta lhe enviei no fim de julho.

Alba, 30 de julho de 1950

Căpâlna é o nome de uma aldeia montês. Durante os dias de verão, nuvens brancas sobrevoam pelo azul a localidade como barcos viajantes. Embaixo, tudo é silencioso. Nada se move. Nenhuma crista de olmo, nenhum fio de sempre-viva. Durante o dia, é grande o silêncio em Căpâlna, pois onde não há vento, nenhuma folha canta. Num canto de jardim, o manjericão se afoga em seu próprio odor, que nenhuma brisa dissipa. Durante o dia, a aranha dentre os pilares da varanda dorme no centro de sua teia, sem ser incomodada por aragem alguma.

Só à noite um sopro forte se forma nas alturas, trazendo frescor para os vales. Quando o sol se põe, ouve-se na aldeia, de uma extremidade à outra, o rangido das bimbarras dos poços. Veem-se mulheres carregando baldes de água. No crepúsculo, as pessoas lembram-se aflitas que devem apagar as lareiras, para que o vilarejo não pegue fogo por causa do forte sopro do vento noturno. Ainda hoje há tantas casas com telhado de palha. No passado, todas elas tinham esse tipo de telhado. O medo do fogo aninhou-se há muito tempo nos seus corações, e a aflição permanece incessante. No vale de Căpâlna, todas as pessoas preocupam-se com todos. À noite, quando dois homens se encontram nalguma esquina, ouve-se a frase bem acentuada: "Apague o cigarro!"

O vento que vem uivando das alturas pelos vales dura a madrugada toda, até o raiar do dia seguinte. Uma trompa pastoril feita de chifre, com um som uniforme e monossilábico, abre então os portões para a invasão das bestas que partem dos quintais, juntando-se aos rebanhos e manadas. Em seguida, o silêncio e a imobilidade recaem sobre as coisas, persistindo no assentamento humano até o anoitecer. Aos primeiros sinais da noite, o vento, uivando dos cumes, relembra o perigo.

Apesar disso, produziu-se uma vez um incêndio em Căpâlna, um incêndio que ninguém mais seria capaz de apagar. Isso aconteceu numa noite de verão, quando dois viajantes, ele e ela, vindos de algum lugar, do tempo e do rumor das cidades, do terror do século, encontraram-se ali, trazendo consigo não se sabe que sofrimentos e não se sabe que saudade de oblívio. Ele e ela procuravam o momento que lhes havia sido sibilinamente prometido no passado.

Ao longo dos anos, ambos aprenderam muitos dos segredos do Fogo, mas agora eles buscavam o maior deles. Durante o seu trajeto e durante a vigília de todos, a aldeia se incendiou. Por um motivo banal. De um raio de luar.

01 de agosto de 1950

A morte embeleza uns, o amor, outros. Pois tanto a morte quanto o amor é uma sensação de transfiguração. Não poderia dizer não ter experimentado essas sensações ao longo da vida. Mas hoje de manhã, ao fitar-me no espelho, vi o ir-

Capítulo XVII

remediável. Uma única coisa talvez possa me dar a beleza que não mais tenho: a proximidade da criatura na direção da qual os caminhos da minha vida avançaram através de desvios tão estranhos.

Gostaria de saber o que está acontecendo agora no paraíso do vento que se isolou de mim com uma cortina de vegetação. Os pardais refizeram seus ninhos nas calhas do casebre? As maçãs ainda caem na grama, rolando atrás dos seus calcanhares?

07 de agosto de 1950

O amor nos põe em contato com os versos, e não há dúvida de que, além dos quatro elementos – ar, água, fogo e terra – ele é o quinto. Senão, nossos antepassados da Antiguidade não o teriam materializado em mármore róseo assim como o fizeram. Só vivo através da força dele. É em nome dele que permaneço desperto. Durmo em nome dele.

Sonhei de novo com você. Desde que você maravilhosamente me revelou que durante o sono a sua temperatura aumenta, tenho sonhado com você com mais frequência e com mais insistência do que antes. E depois o dia todo a beleza do sonho se mistura aos sofrimentos com que teço minha existência. O dia do seu retorno ainda está tão longe, que não me atrevo a incluir a Saudade em meio às minhas sensações. Se eu já o fizesse a partir de agora, o que seria de mim entre a lua nova e a lua cheia?

10 de agosto de 1950

Só as palavras por você pronunciadas dão-me consciência de mim mesmo. Por isso, tenho sempre de imaginar que você as pronuncia. Ontem eu parecia um doente: agora eis-me de novo com meu ar intempestivo, de adolescente tardio e perdido no tempo.

A paixão é com certeza elemento essencial da vida, mas, para construir o que o destino permite construir, é necessária uma certeza que você me dá por meio de palavras muito simples.

Muitas vezes achei que não tinha mais nada a esperar, para que no instante seguinte eu fosse subjugado por desejos. Por mais variados que sejam esses desejos, eles de fato se reduzem a um só: o de ouvir uma palavra que me comunique a certeza. Não gosto de utilizar meios retóricos, mas aqui eu colocaria um ponto de exclamação da altura de um álamo.

15 de agosto de 1950

Se você fosse só uma citadina que dissemina ao seu redor o doce veneno do mais seleto requinte – eu não a amaria. Se você fosse só a moça selvagem do vilarejo montês em que nasceu – com certeza também eu não a amaria. Você porém soube unir, num equilíbrio inesperado e num registro infinito de nuances, os dois estados da matéria da mulher, criando perfeitamente a imagem a que sempre aspirei. Hoje você é uma mulher madura, embora tenha conservado milagrosamente todos os traços do frescor de uma mocinha. Sua sensibilidade brota dos pinheirais e dos campos com moreias de feno, mas encontrou sua essência na poesia do mistério. Você possui virtudes e fraquezas que fazem de você uma autóctone autêntica. Não sei, porém, por que sinto um gosto de exotismo sempre que admiro sua beleza.

Sua beleza não vive da frieza do padrão, não é um corpo cristalizado; sua beleza é uma beleza brincalhona, condicionada pelo coração, uma beleza que surge como uma surpresa de feitiço, ora com um aspecto, ora com outro. O olhar que tem o privilégio de acompanhá-la passa da embriaguez à beatitude. Na sua frente, você me enfeitiça e desenfeitiça. Você me enfeitiça e desenfeitiça quando passa na minha frente. Gosto de você com a força de um decreto quando dá risada, você que é a graça além de qualquer decreto. Quando você exprime alegria com uma voz mais profunda que a brincadeira, não entrevejo mais nenhuma escapatória.

Eu poderia continuar sem parar com estas palavras mas, tateando junto ao seu ser, finalmente descubro que me movo num meio repleto de fatores imponderáveis. A física moderna diz, porém, que a luz também tem peso. No que precede, só tentei avaliar o peso da luz.

Capítulo XVII

20 de agosto de 1950

O nosso trato foi o de que você não me responderia, entretanto, depois de uma série de cartas com as quais procurei chegar sob o seu olhar, eu por vezes pareço esperar ao menos uma linha vinda de você, uma palavra, um hieróglifo.

Dentre os seus inúmeros dons, você tem o dom de me manter numa tensão ininterrupta. Claro que esse estado, visto *sub specie aeternitatis*, é benfazejo. Nem sempre é prazeroso do ponto de vista do coração, mas em algum lugar, num planalto do espírito, ele pode ser fértil.

Mas, como espero de vez em quando que você me envie algumas palavras, e como elas não vêm, acontece por vezes aquilo que é natural acontecer. Vingo-me.

Crio então de você a imagem de um castelo que desce e levanta a ponte levadiça por cima do fosso que o circunda. Será de fato o seu ser uma alternância de entrega e reserva?

Eu poderia apresentar acusações ainda mais graves. Veja, confesso que às vezes a situo entre alucinação e ilusão. Não seria você um ser que se "faz" e "desfaz", uma composição meio que fora da lei do universo? Às vezes tenho a impressão de que você se formou, para que no dia seguinte eu me encontrasse de novo na estaca zero, de onde sou obrigado a partir rumo à conquista do mundo. Para um coração humano, semelhante situação não é boa nem má, mas além do bem e do mal. Tais impressões fizeram o velho Heráclito acreditar que o sol não fosse um corpo duradouro, mas uma formação que nasce diariamente a partir do vapor e da fosforescência do mar.

Consegui me vingar?

25 de agosto de 1950

Li um dia desses, numa antologia de poesia inglesa, *A Romança do Ninho do Cisne*, escrita há mais de cem anos pela grande poetisa Elisabeth Barrett Browning. As romanças podem ser transpostas até certo ponto em prosa de conto. Vou tentar.

"A pequena Ana mora sozinha junto a um arvoredo, num pomar de um terreno às margens arenosas de um riacho. Arremessou seu boné e pôs os seus pezinhos nas ondas borbulhantes. Seu sorriso recheou o silêncio, como se falasse. Pensando no que mais haveria de fazer, ela escolhe, para seu futuro próximo, o mais doce dos prazeres. A pequena Ana decide: meu amado montará o alazão dos alazões. Ele me amará sem ilusões, e eu vou-lhe mostrar o ninho do cisne entre os juncais. Meu amado será nobre e terá olhos de tirar a respiração. Tocará alaúde e com seu som produzirá furor entre todas as mulheres. Com sua espada ele matará os malfeitores. Seu cavalo terá ferraduras de prata e uma cobertura azul. Os pastores virarão a cabeça para ver o brilhante cavaleiro. Mas o meu amado não se gabará de sua glória. Ao olhar para mim, ele dirá: 'Oh, amor, teus olhos são a morada da minha alma, ajoelho-me para ser digno de tua graça.' E ele se curvará numa mesura, com o cavalo ruivo ao seu lado; ele se inclinará até eu responder: 'Ergue-te e vai-te, pois o mundo tem de temer aquele a quem ofereço minha mão e meu coração.'

Ele então se erguerá, pálido, e eu sentirei meus lábios trêmulos de um 'sim' que não devo pronunciar. Entretanto, por ser uma moça decente, direi: 'Adeus! Que o dia de amanhã me ilumine com o dia de hoje!'

Em seguida ele partirá, passando por entre colinas até ganhar o vasto mundo, do outro lado do rio, a fim de afastar todo mal, endireitar os tortuosos desejos dos mortais e esvaziar de setas a aljava dos patifes.

Três vezes um jovem pajem nadará no rio e, ao subir, vai-se ajoelhar aos meus pés: 'Atenção, dirá ele, meu senhor te manda este presente. Donzela, o que queres que eu lhe mande em troca?'.

Da primeira vez, vou-lhe enviar como recompensa um botão de rosa branca; da segunda vez, vou-lhe enviar uma luva; e da terceira vez, eu talvez passe por cima do meu orgulho, respondendo: 'Presenteio-o com perdão caso venha receber o meu amor.'

Então o jovem pajem sairá correndo com a mensagem. Meu amado cavalgará impetuoso e, de volta, vai-se ajoelhar aos meus joelhos: 'Sou o filho maior de um príncipe, mil servos chamam-me de senhor, mas eu amo só a ti.'

Ele vai-me beijar na boca. E me acompanhará como um amante em meio à multidão que louva suas façanhas. Em seguida, unidos por uma única fé, vou-lhe mostrar o ninho do cisne que só eu conheço, ali, entre os juncais."

Aqui eu interromperia a leitura, terminaria a "romança". Colocaria aqui um ponto final no enredo do poema, onde uma doce ingenuidade parece ainda alheia

Capítulo XVII

ao seu significado. Pois, infelizmente, a romança da poetisa inglesa, como toda romança, continua com inoportunas excrescências épicas. As peripécias fabulosas que se seguem a esse sonho levam a imaginação do leitor por fatos inesperados, peripécias porém de certo modo previsíveis. A parte épica da romança leva-nos, no final das contas, a uma filosofia rala da transitoriedade e da vanidade das coisas. A romança da poetisa termina numa desolação romântica, depois de fazer todo o possível para sufocar o significado de uma imagem em que identifico a quintessência da poesia.

Se eu escrevesse um poema sobre o mesmo assunto, eu o concentraria e o desenvolveria mais simples, mais compacto, mais sóbrio. E sobretudo o cortaria, limitando-me ao sonho da pequena Ana. Assim, o símbolo do ninho do cisne se revelaria alvo, quente e puro. Desse modo, qualquer poeta pode sublinhar, sem medo, a imagem do ninho do cisne de cujo significado a pequena Ana nem desconfia. A inocência de uma menina de nove anos (idade que atribuo eu à pequena Ana) pode gerar semelhantes símbolos inconscientes, pois a alma, por mais casta que seja, abrange também os seus próprios precipícios. É claro que o poema deveria simplesmente se intitular: *O Sonho da Pequena Ana*.

☙

Minha ligação com Ana, por intermédio das minhas cartas para ela, mas não ao contrário, ao longo daquelas semanas, parecia-se com os frutos de uma macieira que, parcialmente coberta de folhas, estavam maduros só de um lado. Uma tal situação não era a melhor possível, mas aceitei-a com a esperança de que fosse passageira. No final das contas, minha vida afetiva, passional, já passara da fase de depender das circunstâncias. Ela evoluía por si só em meio a um mundo imaginário que eu adaptava de todos os modos para que respondesse às exigências. Pareceu-me estranho, enquanto minha paixão crescia, cessar de sentir as condições exteriores da nova ordem como uma opressão "insuportável". Tornei-me opaco frente às misérias quotidianas e não me importava mais com as dificuldades miúdas que começavam segunda-feira de manhã e terminavam domingo à noite. Tornei-me mais tolerante com a casca de melão jogada na calçada. Tornei-me mais generoso com os montes de lixo que se acumulavam nas esquinas como na época em que Buda[2] era paxalato turco. Nem mesmo a regularidade do trabalho de escritório não me aborrecia mais, com seus rigores inventados com perversidade, como se fôssemos alunos do primeiro grau. O amor que batia a grandes ondas no leito do meu ser, o amor que, não tinha dúvida, era correspondido com uma capacidade passional explícita e implícita, fazia-me pisar com leveza por cima de todas as sombras do dia. Apesar da degradação que a vida sofrera nos últimos anos, senti, com indizível satisfação, que minha existência afetiva se alçava triunfante. Pergunto-me até mesmo se não teria sido necessária uma tal degradação para que, reagindo, minha alma pudesse se vingar tão vitoriosa da matéria.

    Naquelas poucas semanas em que aguardei o retorno de Ana, passeava inquieto pelas ruas e pelas redondezas. Examinava os lugares mais retirados ao redor da cidadela: o campo, a vegetação, as colinas, os vinhedos, os arvoredos, as águas. Às vezes ia para o norte, aos vilarejos que produziam o vinho que poderia falar de igual para igual com minha íntima embriaguez. Não havia caminho ensolarado ou trilha debaixo de sombra da qual eu não voltasse para casa com a existência acrescida de um novo verso. Percebi, nessa minha edificação, que, em comparação com meus versos de outrora, que não circulavam mais a não ser clandestinamente, sobre os quais meus leitores se debruçavam em segredo como se consultassem oráculos, minha nova poesia, realmente gerada em ambiente de catacumba, aprofundava-se num nível mais orgânico e humano. Da forma do verso livre, em ritmos abruptos, eu passava cada vez mais para a forma clássica, buscando porém manter e ampliar a modernidade da expressão. Em caminhos ensolarados ou trilhas debaixo de sombra, senti recuperar meu sentido edificador.

    Nem as lembranças que permaneceram dentro de mim como feridas abertas não aderiam mais ao coração. Eram recusadas pela força da razão. Os graves acontecimentos que, do ponto de vista do calendário, poderiam ser considerados "recentes", perdiam o brilho como se tivessem ocorrido há décadas. Um passado próximo, o passado do último inverno, alinhava-se a um passado remoto ao qual não tinha mais adjacência. Tudo começava a me envolver numa espécie de ternura, como se fosse muito antigo e sem ligação com a atualidade. Contudo, em meus

---

[2] Antes de se unir a Peste, do outro lado do Danúbio, para formar em 1873 a cidade de Budapeste, Buda foi capital do Reino da Hungria desde 1361. (N. T.)

Capítulo XVII

passeios no intuito de descobrir melhor a região, evitei com um temor instintivo o leito de águas turvas do Rio Mureș. Geralmente caminhava na direção oposta a uma brisa que batia numa hospedaria de janelas quebradas, em meio a um arvoredo de salgueiros e amieiros. Toda a região me se revelava nova, como uma palma de mão que me desafiava a nela adivinhar o futuro. Quantos anos haviam se passado, como a cera derretida de um pavio no castiçal, desde as minhas visitas à hospedaria? Dez anos? Minha impressão era essa. Pois agora eu olhava para o futuro, e não para o passado. Mas a distância era de apenas nove meses!

Devotei algumas horas por dia àqueles longos passeios. Caminhar com um horizonte largo na minha frente me mantém num estado propício à criação poética. Produzo preferivelmente no ritmo do meu andar. Com frequência tropeço num verso que resiste ao cinzel, como o nó de onde sai o galho da árvore. Quando o poema apresenta dificuldades que me parecem insolúveis, abandono-o para retomá-lo só no dia seguinte. Depois de um profundo sono noturno, por vezes é-me suficiente recordar o verso na substância bruta em que tropeçara no dia anterior, para que, na cadência do meu andar, as palavras se concatenem como as pedrinhas coloridas de um caleidoscópio. Não posso dizer que o meu pensamento se dedicava exclusivamente aos versos. No centro da minha mente e dos meus horizontes estava Ana. Dela vinha-me toda essa boa disposição anímica. Ana era poesia. A poesia era Ana. Ana era sujeito e predicado, explícito e implícito em qualquer proposição que eu exprimisse.

Todos os passeios eu realizava com a paixão de um geógrafo pesquisador, pois buscava caminhos e trilhas em meio aos arvoredos, vinhedos, clareiras, por onde em breve haveríamos de degustar a solidão a dois.

Senhor Rareș ainda estava em sua atividade de terreno, em meio a suas plantas mágicas. Dessa vez, ele se encontrava nas paragens de sua Moldávia natal. Eu me perguntava toda hora, com uma leve sombra de preocupação, como haveria de se comportar, ao seu retorno, o ilustre botanista diante da nova constelação das paixões da cidadela de Alba. Sabia, por seus amigos de escola, que ele tinha uma única obsessão: a matemática. Sabia de Ana que ele também se debruçava, com bastante paixão, sobre as plantas. Em todos os seus interesses de pesquisador, ele depunha a ingenuidade de um adolescente que com obstinação se recusava a amadurecer. Casou-se por uma espécie de sentido de dever diante do plasma hereditário, por um sentido de dever próprio do cidadão exemplar. Mas, numa questão de fisiologia e de alma, o sentido do dever não costuma funcionar muito bem. A filosofia do número e certos problemas de formas abstratas continuavam atraindo o professor Rareș incomparavelmente muito mais do que a mulher. Na matemática, para a qual teria tido uma grande vocação, ele permaneceu um diletante, pois tinha a incompreensível pretensão de descobrir de novo o que já havia sido há muito descoberto, ao invés de partir de uma posição avançada e buscar algo novo. De qualquer forma, ele se tornou inegavelmente digno de mérito numa especialidade para a qual não tivera grande vocação. O matrimônio de Ana com o botanista era morno, fundamentado no respeito recíproco, numa estima especial recíproca. Ana, filha de Paracelso, íntima da magia, das plantas e das cobras, até então não conseguira, nem mesmo com o incomparável feitiço de seu ser, arrancar o Rareș de sua adolescência anormalmente prolongada. Rareș estava com uns quarenta e cinco anos. Provavelmente, dentro de quinze anos haveria de adentrar numa velhice paradoxal, que viria a se revelar repentina diante de si. Pelo que sabia até aquele momento, o marido, ao seu retorno, não haveria de se agitar demais por causa da nova constelação passional, mesmo que viesse a percebê-la.

Ademais, Rareș parecia ter adiado de propósito sua volta para o fim do outono. Minhas especulações de outrora, cuidadosas e sombrias, com relação aos motivos que poderiam determinar Ana evitar encontrar-se comigo, moveram-se numa zona de imaginação sem fundamento. Todas as minhas suposições revelaram-se caducas, reduzindo-se a suspeitas sem objeto. De qualquer modo, não fora por ele inspirado o comportamento de Ana. A filha de Paracelso, por sua própria iniciativa e coagida por ninguém, tomara decisões no sentido de impor entre nós uma distância astronômica. Ela provavelmente sentia, com o instinto e com o poder de adivinhação femininos, que assim deveria proceder caso nossas paixões se encontrassem com a força do destino.

༄

Num dos primeiros dias de setembro, rumei na costumeira hora da manhã para o meu escritório no *Batyaneum*. Diante das folhas do calendário sobre a

Capítulo XVII

escrivaninha, constatara, no dia anterior, que Ana prorrogara suas férias mais do que havíamos combinado em Căpâlna. A impaciência, a nostalgia, a saudade de revê-la cresciam, como se transbordassem do leito do tempo. Triturava os dias na moenda da espera. E a criatura nem pensava em aparecer pelas ruas da cidade. Pus-me de novo a repetir os desvios que eu costumava fazer para encontrar Ana com todos os seus nomes – com nomes raros que eu, como um ladrão de floresta, roubava às plantas medicinais para nela colocar como uma guirlanda fabulosa nos ombros e nos braços.

Fui naquele dia até o Portão de Horea, onde a brisa que geralmente soprava, vinda do planalto do outro lado da cidadela, tantas vezes se misturava ao perfume de flores de feno de Ana. Nem daquela vez a encontrei. Fiquei intrigado com o seu atraso. Mais do que isso. Na verdade, senti-me abatido. Para conter minha aflição, procurei explicar o atraso com toda espécie de justificações imaginárias que poderiam ser enumeradas, sem distinção, entre os caprichos femininos. Nenhum dos motivos que eu inventava, porém, me convencia. Consolou-me apenas a consciência de não estar mais na idade de me permitir tais aborrecimentos de adolescente.

Entrei no edifício do *Batyaneum*. Pelos degraus de pedra, bastante gastos por gerações inteiras de passos humanos, virados na espiral fechada, como a de uma verruma, cheguei ao meu escritório. A janela ogival estava aberta. Em algum lugar no telhado do prédio, ou no terraço, ouvia-se o barulho de uma multidão inteira de pardais. Aqueles piados tagarelas pareciam-se demais com os dos pardais das calhas do "nosso" casebre de Căpâlna para não me darem pontadas no coração.

Com muita dificuldade comecei a me concentrar nas tarefas da biblioteca que deviam ser concluídas. O espírito burocrático e bibliológico me seduziu por um momento mas logo em seguida me abandonou. No meio da papelada se perderam, um ou dois dias antes, uns versos e fragmentos que precisavam ser burilados. Escolhi, entre as propostas que o acaso fazia, as melhores soluções. Mas uma colina próxima dali, em cuja nesga eu vislumbrava, em meio à névoa transparente acumulada do Rio Mureș, vinhedos pontilhados de azul, insistia em me convidar a pensar em passeios até lá com Ana, nos dias serenos de outono. Outra colina, desprovida de vegetação mas com o sopé cheio de carvalhos, inspirava-me sonhos de caçador. As tentações provocadas por aquelas paisagens, sobre as quais podia-se estender a mão pela janela ogival, decantaram-se dentro de mim em estrofes que ainda esperavam só uma introdução e uma conclusão. Debrucei-me sobre os versos e os li:

> Fujamos da decência e das regras –
> Incita às vezes uma voz do coração,
> e de sua gruta, com voz de prata, um grilo
> Incita todo dia e toda hora.
>
> Para a colina, num vinhedo pontilhado de roxo,
> eu te levaria às vezes para debaixo do sol.
> Que um pêssego no pé nos receba
> como um pecado de ouro, no calor do outono.
>
> Acontece, para os teus olhos (olhos silvestres),
> de imaginares às vezes um sonho de caça,
> Numa imensidão de folhas vermelhas, de repouso,
> penso em colocar sob a tua cabeça uma lebre morta.
>
> Chamados de corno e corridas pelos vaus,
> Do raiar do sol até o nascer da lua,
> nos atraem sempre para os vales, para os cumes, onde
> nos tornaremos como os animais selvagens.[3]

Considerei que os versos realmente continham algo do calor equívoco dos dias serenos de setembro. Senti-me aparentado ao sol quente de outono que adoçava as uvas, amargando-lhe as sementes. A ideia de uma conclusão me incitava, mas fui chamado ao telefone na sala ao lado. Era um telefonema da cidade. Era Ana. Comunicou-me, pelo fio e pela membrana metálica, com um tremor quase imperceptível na voz, que acabara de chegar e que desejava que eu passasse o mais rápido possível pela sua casa.

"O mais rápido possível?", perguntei, "ainda antes do meio-dia?"

"Agora mesmo, se possível."

---

[3] Fragmento do poema *Andante*, escrito em 1951; é parte integrante do ciclo "O Cântico do Fogo". (N. E. Romeno)

Capítulo XVII

"Certo", respondi, "vou descer imediatamente da cidadela! Como uma chama voadora!"

Uma espécie de tremor tomou meus braços. Mas meus joelhos também amoleceram com aquela breve conversa telefônica. "Não é nada que possa me preocupar", disse para mim mesmo, "Ana quer que nos vejamos o mais breve possível, pronto, e da sua casa o telefone é a única possibilidade de comunicação. Por que deveria me preocupar?" Era a primeira vez que ouvia sua voz ao telefone, e constatei que o metal e a eletricidade não a alteravam. Se naquilo eu encontrava um motivo de alegria, então eu deveria estar começando a ser dominado pelo irracional. Teria se desencadeado dentro de mim uma alegria superlativa, uma loucura latente até então? No fundo, alegrou-me a notícia da sua chegada. Corri sozinho pelo escritório, rodeando diversas vezes a escrivaninha. Arranquei o chapéu do cabide e deixei o trabalho para dirigir-me até a casa de Ana quase em ritmo de trote. Ao chegar em frente à casa, verifiquei se o portão estava aberto, sem tocar a campainha. O portão estava fechado, mas não trancado. Alegrei-me em poder entrar sem ter de esperar. Passei ao longo da casa até a parte de trás. Ali, porém, vi-me obrigado a tocar a campainha, pois a porta estava fechada à chave por dentro. Ouvi os passos de Ana no vestíbulo. Meu coração batia, ainda no mesmo ritmo do trote. Ana abriu:

"Que rápido você veio!", disse-me ela, contente.

Abraçamo-nos com força, longamente. Nossas bocas se encontraram mesmo antes de encontrarem palavras. Mas a razão da boca parecia não ser mais o verbo. A razão da sua boca era o aroma que me conquistava. Sua boca se entregava como uma felicidade langorosa. Nosso abraço durou uma breve eternidade.

"Chega! Chega!", disse Ana, desprendendo-se do aferro dos meus braços. Olhei para ela num júbilo mudo, segurando-a ainda pelos cotovelos. Seus lábios tinham um palor de folha de bétula outonal. Ana não passara batom. Essa observação eu fiz para mim mesmo. Não passara batom de propósito, não porque não teria tido tempo. Desejava ser beijada desde o primeiro instante, assim como ditavam também a minha vontade e saudade. Por isso não passara batom. Para que não lesse o meu pensamento, perguntei-lhe:

"Não deixou manchas vermelhas na minha face?"

"Claro que sim, deixei a marca invisível do meu coração!"

Entramos na saleta. Pude vê-la de novo à luz do aposento: tinha um excelente aspecto. E tinha em torno de si um ar de montanha, uma juventude indestrutível, de pinheiro.

"Você rejuvenesceu", disse-me ela, "rejuvenesceu dez anos!"

Ana se sentou numa poltrona. Peguei uma cadeira e me sentei diante dela, perto o suficiente para segurar as rótulas de seus joelhos.

"Seus joelhos doces e pequenos!"

Ana revelava-se bastante emocionada e alegre com tais manifestações intempestivas de ternura. Após um instante de embriaguez, ela afastou minhas mãos com suas mãozinhas de donzela, enquanto empurrava para trás sua poltrona, distanciando-se de mim com um sorriso brincalhão, como se dissesse: "Não tão rápido! Temos tempo, temos tempo, jovem impetuoso!" Em seguida, de repente, Ana perguntou-me com um ar surpreendentemente calmo:

"Trouxe algum poema novo? Nas últimas cartas você não me mandou mais nenhum."

"Tenho versos novos aos montes, pode encontrar dezenas deles nos meus bolsos! Nunca escrevi com tanto ímpeto na minha vida!" Fui pegando, uma atrás da outra, as folhas do meu bolso. Li os poemas, ora com cuidado, ora negligente, dependendo do nível caligráfico dos esboços. Uma vez lidas, punha as folhas no outro bolso do paletó.

Ana exprimia, ora com exclamações, ora com silêncio, a sua satisfação. Ela se sentia, e com toda a razão, o centro daquele mundo poético que se construíra em sua ausência na cidadela do Novo Testamento. Ana ponderava em sua mente os quilates daquelas criações. Parecia espantada com o registro vasto dos temas e com a variedade das formas. Será que acreditava que tudo aquilo era fruto de apenas algumas semanas? Terá imaginado que eu quisesse iludi-la?!

Continuei lendo sem parar. E, depois de cada poema, ela tecia sua opinião. A sensibilidade de Ana alçava-se na minha frente como a escada de Jacó pela qual os anjos subiam e desciam. Senti-me levemente intimidado diante do rigor e do calor daquele gosto inato. Com uma certeza inequívoca, Ana identificava os pontos fracos.

"É ótimo que chame a minha atenção", disse-lhe, "na maior parte das vezes, eu mesmo adivinho os vazios, mas a paternidade me mantém na dúvida e me faz

Capítulo XVII

ver lua cheia onde não há senão lua nova. Como é possível que você observe com tanta justeza os vazios?"

Ana deu de ombros, desconcertada: "Sabe, sinto todos os poemas como um voo. Seria impossível eu não perceber os 'vazios' em que eu às vezes inesperadamente caio. Em tais momentos, sinto no peito aquela sensação por completo diferente, da 'queda'."

Esvaziei os bolsos. Não tinha mais nada para ler. E agora, como se houvesse cumprido não sei que proeza, senti-me no direito de me aproximar de novo de Ana com a cadeira. Ela parecia fundida à poltrona. Só o seu espírito estava numa tensão viva. Seu corpo, delgado, parecia realizar-se em volúpia. O espaço entre nós se preencheu por uma vibração quente, que com certeza poderia ser registrada fisicamente. Mas no momento em que cheguei com a cadeira bem em frente a ela, Ana empurrou a poltrona mais para trás, na direção da parede, com um movimento das solas e dos calcanhares: "Por favor, fique onde está", disse-me ela, "considerando a distância entre nós com base nas únicas medidas adequadas, devemos reconhecer que não estamos mais longe um do outro do que a alma do corpo. Se nos aproximarmos ainda mais, não poderei mais julgar suas poesias 'a frio', assim como se deve. Não quero que me corrompa com sua proximidade, não quero contaminar com nenhum critério circunstancial a análise dos poemas. Por favor leia-me mais uma vez alguns deles."

Ana indicou suas preferências. Li mais uma vez os poemas, assim como sua voz pedia, por meio de um ou outro detalhe memorizado.

"Leia-me aquele em que debaixo dos meus passos a terra ficou transparente como a água da montanha."

Recitei-lhe o poema.

"Leia-me aquele em que desconfia que me afastei de mim mesma enquanto você virou uma borboleta cujo voo foi capturado num cristal de âmbar."

Recitei-lhe o poema.

"Leia-me aquele em que minha ausência da paisagem é percebida como uma ferida no espaço."

Recitei-lhe o poema.

"Leia-me aquele em que o pólen dos álamos brancos cai nas nossas bocas enquanto falamos."

Recitei-lhe o poema.

"Leia-me o *Cântico do Fogo*."[4]

Recitei-lhe o *Cântico*...

Percebi que Ana, revelando certas preferências, começara com os poemas mais "sublimados" antes de chegar ao *Cântico do Fogo*, onde a comprometi no grande jogo da perda de si mesma. Ana não sabia quão doce e tortuosamente traía o movimento anímico que a dominava.

Levantei-me e me dirigi até ela. Sentei-me no chão e apoiei a cabeça em seu joelho. Alisou-me um cacho de cabelo que me cobrira a testa. Acariciou-me a cabeça. Com a têmpora, senti seu corpo palpitar por debaixo da seda. Ana não me rechaçou. Calamo-nos ambos. Virei um pouco a cabeça para inspirar profunda e longamente o aroma que atravessava a seda. Levantei-me de supetão. Ana sorria, com o lábio superior erguido, perdida no encantamento de sua própria aura invisível.

Fez-se tarde. Era quase meio-dia. Combinamos de eu passar mais uma vez por ali no mesmo dia à tarde. Acompanhou-me até o vestíbulo. Abraçamo-nos demoradamente, revestidos de sol e embriaguez.

❦

Pelas quatro da tarde, encontrei-me de novo na casa no sopé da cidadela. Decidimos sair num passeio campestre de algumas horas. Passamos pela cidadela até chegarmos à elevação que conservava tantas recordações históricas. Deixamos para trás o caminho por onde Mihai, o Valente, entrou na cidadela de Bălgrad. Chegamos restolhal. O caminho atravessava os milharais, na direção da colina com os vinhedos. Naquele ano o milho crescera bastante, dando uma impressão de conjunto como se fosse uma selva. O vento farfalhava entre as folhas compridas e as cristas dos pés de milho, criando a ilusão de presenças humanas. Deleitamos nosso olhar contemplando os Montes Apuseni. Conhecia bem o perfil das montanhas e os dois picos que dominam a paisagem: o pico Galbei e o Craivei, um formando um arco, o outro, afilado. Conhecia-os desde a infância, quando os via

---

[4] Poema escrito entre 1951 e 1954, parte integrante do ciclo homônimo. (N. E. Romeno)

Capítulo XVII

azulados no horizonte, desde Câmpul Frumoasei. Era em torno daqueles picos que eu localizava, quando criança, as fábulas sobre o país das fadas.

Sob os raios oblíquos do sol que se inclinava, a fábula agora se misturava aos nossos passos vagarosos. Poderia eu, na minha infância, ter previsto que numa tarde de início de outono, no início do outono da minha vida, aproximando-me dos picos das fadas, eu haveria de me deliciar com a voz de uma criatura que daria tanta altitude e tanta profundidade aos meus dias? Não poderia.

Mas eis que a infância veio correndo atrás de mim. E chegou bem na hora para impregnar o momento de não sei que nuance de severidade e vivacidade.

"Boa tarde, infância! Você chegou?", disse eu, como se me dirigisse a alguém que estivesse chegando atrás de nós. Com uma reverência, levantei o chapéu da cabeça: "Quer caminhar conosco? Por favor, criatura que andou escondida! Por onde esteve? Venha, tem lugar. Vá na nossa frente e dê saltos! Continue em frente, sempre em frente seguindo o barbante de grama que separa o caminho no meio. Fale conosco! Diga-nos algo sobre esse caminho dividido ao meio – e que contudo é um único caminho! No nosso sonho, só pedimos uma coisa a esse caminho: que não termine! Ei, você, infância, acompanhe-nos até onde seus pés aguentarem!"

O sol batia nas nossas nucas. Mas o ardor era agradável. Brisas ocasionais que saíam do milharal nos encontravam e atiravam às nossas testas um balde de frescor. Caminhamos uma hora até a meta que se via do outro lado das cristas daquela selva transilvana. Chegamos ao sopé dos vinhedos. A pedra-lipes borrifada abundantemente sobre as folhas de parreira conectava de certa maneira o vinhedo ao território celestial. Nossa andança sempre buscava pretextos de prorrogação. Passamos por debaixo da base do vinhedo, ao longo dos tufos densos de jacintos azulados. Logo depois, a trilha comunal se infiltrava no coração do vinhedo. Os cachos de uva da cor do rubi amadureciam sob o sol, revelando pedras preciosas que pareciam gotas de sangue. Sem pedir permissão a ninguém, experimentamos um cacho sedutor. O sangue das uvas passou direto para o nosso sangue. Sentamo-nos à sombra de um corniso.

"Aqui, no vinhedo, eu seria capaz até de comer terra; tamanha é minha necessidade de me comunicar com a paisagem e com o momento. Aqui, entre as uvas e os frutos miúdos do corniso, eu seria capaz de devorar você também." Assim, a infância que nos alcançou estava prestes a se transformar em eros canibal.

Ana estendeu-me a mão e me disse:
"Devore!"

Pus os seus dedos na minha boca e os apertei entre meus dentes. Invadiu-me a vontade de mimá-la. De assustá-la por ter enfiado os dedos na boca de um dragão. Ao atingir seu anel com o dente canino, minha boca encheu-se de ternura.

☙

Nos dias seguintes, não era o caso, por enquanto, de sairmos, nem eu do escritório, nem Ana do laboratório. Não queríamos chamar a atenção ou despertar a vigilância dos fiscais do trabalho. Nem era oportuno sublinharmos com ostentação nosso desejo de liberdade. Ademais, os sentimentos que extravasavam de dentro de nós formavam uma espécie de carapaça em torno do nosso ser. Não percebíamos mais quase nenhum tipo de coerção, embora a opressão se adensasse. Em nossa liberdade íntima não se podia penetrar com os meios brutais aos quais recorria o regime social, econômico e político que nos fora imposto à força, em consonância com os acordos secretos continentais e mundiais. Antes do meio-dia éramos escravos do trabalho. Nada e ninguém, porém, nos impedia de devotar a nós mesmos os fins de tarde cujos donos ainda éramos.

A cada dia descobríamos novas trilhas campestres que conduziam a uma meta de felicidade que, encontrando-se dentro de nós, se localizava em toda parte. E, a cada retorno à cidadela de Alba vindos de tal vilarejo, de tal arvoredo, de tal bosque, onde as nascentes só cantavam a luz do dia, assimilávamos os caminhos. Tornávamo-nos proprietários das trilhas conforme o antigo direito dos primeiros ocupantes. Embora os caminhos e veredas tivessem vestígios de pés descalços, nós nos considerávamos os primeiros a descobri-los e a tomar posse deles de acordo com a nossa própria lei. De tal modo os assimilávamos, que pareciam fazer parte de nós ao passarmos de novo por eles.

Ana costumava abordar o passado remoto. Era sua maneira de fugir. Gostava sobretudo de que eu lhe contasse casos da minha vida diplomática, daqueles longos anos anteriores à Segunda Guerra Mundial. Daquela época eu geralmente falava com tranquilidade e certa ternura. Ana não entendia muito bem uma coisa: a ausência de arrependimento nas minhas palavras que evocavam o estrangeiro e

Capítulo XVII

a época anterior à catástrofe iniciada em setembro de 1939, cujas consequências duravam até hoje, agravando-se a cada ano sob muitos aspectos.

"Sim, é isso: a ausência de arrependimento me surpreende nas suas histórias", interveio Ana. Ela se virou para mim e me fitou nos olhos: "Diga-me, mas seja sincero", insistiu, "nem mesmo hoje, depois de tantos anos de guerra e de servidão, você não se arrepende de ter voltado do estrangeiro?"

"Não, Ana! Em primeiro lugar, deixe-me dizer, eu jamais me arrependo de nada!" Detive-me um pouco para ponderar o que desejava exprimir: "O destino encarregou-se de me conduzir por diversos caminhos, obrigando-me a enfrentar dificuldades e adversidades, isso desde a adolescência e, depois, sempre, sempre. Mas a variação produzida pelas estrelas tristes e pelas calamidades me estimulou de modo indescritível. Tendo a apreciar as situações na perspectiva de sua função criadora. Deparei-me com dificuldades, obstáculos, mas, mesmo nas mais humilhantes e terríveis condições, os suplícios foram-me úteis. Ensinaram-me a saltar e voar. Creia-me, Ana, até a vida diplomática posterior, por mais vantagens que oferecesse, fez-me perder muito tempo em inutilidades. Se soubesse quão vazia, insípida e estúpida é por vezes essa vida diplomática, na qual tantos pensam com avidez, você compreenderia mais fácil a ausência do arrependimento. A única vantagem, realmente excepcional, daquela vida foi a de me oferecer ocasiões. Ocasiões de conhecer países, pessoas, hábitos, leis e, a partir das ruínas, a história antiga dos povos. Tudo isso foi muito benéfico, sem dúvida, pois ajudou a constituir minha consciência."

Ana dirigiu para cima de mim um olhar interrogativo em que se exprimia uma dúvida: "Mas você não sente que o apogeu da sua vida ficou em algum lugar do passado?"

Após uma breve hesitação, respondi:

"Um olhar que observa as coisas de fora poderia identificar no meu passado momentos bastante extraordinários. Quer que eu a faça sorrir com um desses espetáculos? Pois veja... na primavera de 1938, desembarquei em Bonalisa, na Lusitânia. Poucos dias depois apresentei, conforme a praxe, de maneira solene, as cartas credenciais ao presidente da república. A entrega das cartas oferece aos curiosos, lá na Lusitânia, um espetáculo que une aspectos da vida moderna a aspectos medievais muito antigos e fora de moda. Imagine tudo, Ana, esforce um pouco a imaginação... O espetáculo se desenrola num país distante, bastante exótico em geral, em meio a palmeiras e amendoeiros, figueiras e eucaliptos. Imagine a sucessão de imagens... Parti de casa com alguns automóveis flanqueados e seguidos por um esquadrão de cavaleiros em uniformes de um século das luzes que ficou para trás em algum lugar da história. Percorríamos as avenidas à vista de toda uma multidão curiosa pelas esquinas. O cortejo ladeou o golfo sereno do Tejo, que se alargava até uma fortaleza do tempo de Vasco da Gama, onde a solenidade do credenciamento deveria ocorrer. Para quem observasse esses acontecimentos de fora, todo o evento, os automóveis que avançavam alinhados, o trote da cavalaria, os cumprimentos convencionais da multidão reunida nas avenidas, poderia significar o apogeu de uma existência! Mas o que estava acontecendo? Eu ia me casar com o oceano? Para mim, as pessoas pareciam personagens de cera. Pareciam também impregnados por não sei que espécie de melancolia insular! Até eu me sentia alheio a mim mesmo... O que aquele caminho tinha a ver com os meus caminhos? Arrepender-me de ter abandonado tais momentos, quando sinto que o apogeu da minha vida está noutro lugar?"

֍

Doze de setembro. Ana e eu decidimos ir a Câmpul Frumoasei no costumeiro veículo. O ônibus. Expressamos o mesmo desejo, por acaso, ao mesmo tempo, o que significava que começávamos a ter uma vida paralela, com pensamentos idênticos em algum lugar do subconsciente. Sentíamos ambos o chamado do túmulo de Leonte. Partimos de manhãzinha para retornarmos ao anoitecer. Ana levou flores do canteiro da casa em que morava. Havia vários tipos de flores em seu jardim. Prevalecia uma espécie das mais insignificantes, mas que enchia a rua de um forte aroma: a rainha-da-noite. Para o túmulo de Leonte, Ana levou um grande maço de rosas.

Em Câmpul Frumoasei, desembarcamos do ônibus em frente à igreja. Entramos no cemitério. Detivemo-nos junto ao túmulo de Leonte. Era como devia ser: desoladoramente descurado. Invadido por ervas daninhas. A cruz de madeira estava prestes a tombar; algum boi extraviado tinha esfregado a cabeça nela, empurrando-a com os chifres.

"Não se aborreça", disse para Ana, "a cruz vai-se erguer sozinha. Algum dia! Talvez em dez anos, talvez cem: quando os filhos de Câmpul Frumoasei

Capítulo XVII

recordarem que aqui jazem os restos de um homem de verdade. Olhe, o túmulo foi aqui parcialmente desfeito. Uma galinha terrestre revirou-se por aqui, mas Ana, imaginemos que tenha sido a galinha dos ovos de ouro, lá de cima!"

Na trilha que conduzia até a igreja da parte inferior do vilarejo, núcleo original daquele assentamento humano chamado Câmpul Frumoasei, surgiu, vindo na nossa direção, uma velhinha com aparência de moça ágil. Reconheci-a à distância. Era Măriuța, irmã de Alexe Păcurariu, o "moscovita" que, depois da "grande revolução de outubro", liderou um distrito da capital soviética e reunia-se com frequência com Lênin. Paramos para conversar. Măriuța lacrimejava sem chorar. E desde o início pôs-se a lamentar: "Estou indo ao cemitério da igreja. Ficaram sabendo que semana passada enterramos o Alexe?" A notícia atingiu-me em cheio no coração: "O quê? Não soube de nada ainda!" "Sim", continuou Măriuța, "arrastaram-no por todas as prisões e campos de trabalhos forçados desde 1947. Faz umas duas semanas ele foi solto para poder morrer em casa. Era só pele e osso, com marcas de tortura por todo o corpo. Foi surrado e pisado com bota ferrada no peito e no rosto. E esmagaram suas tíbias." De outras palavras meio sem nexo ditas por Măriuța fiquei também sabendo que Alexe suportou suplícios inumanos nos cárceres de Ghencea, Aiud, Caransebeș e Pitești. Os verdugos quiseram arrancar dele, daquela maneira, tudo o que ainda restara por confessar em seus relatórios entregues à antiga *Siguranța* romena. Isso para demonstrar o que acontece com um romeno que fez questão de ser romeno em primeiro lugar e, só em segundo – socialista. Antes de dar o último suspiro, Alexe segredou a Măriuța que ele, na prisão, foi constantemente investigado com relação às ligações mantidas no passado comigo e com Leonte Pătrașcu. Procurei consolar Măriuța com palavras que diziam pouco demais em tais circunstâncias. E nos despedimos.

Meus pensamentos adejavam ainda, elevados, em torno da lembrança de Alexe como os gaviões ao redor da torre da igreja. Disse para Ana: "Quer dizer que o Alexe se foi! Aquele que saiu em 1925 pelo portão da prisão soviética na qualidade de 'morto', reconhecido como tal na certidão de óbito, foi finalmente enterrado no cemitério da igreja de seu vilarejo natal. *Anno domini*: 1950."

Saímos do antigo cemitério. Passamos ao longo da escola local. Não desviamos pela casa da minha família, nem pela casa da família de Leonte. As pessoas que moravam nelas eram-me desconhecidas. Chegamos ao moinho do vilarejo.

Atravessamos a ponte sobre o rio e fomos lentamente até os amieiros da minha infância. Alguns haviam crescido tanto que se tornaram irreconhecíveis; outros tantos haviam morrido. Mas uma sombra, sob a qual pudessem repousar por um instante dois viajantes, qualquer um daqueles amieiros era capaz de oferecer. A sombra de uma árvore é sempre convidativa. O que nos impediria de nos sentar? A grama? A sempre-viva? O dente-de-leão?

"Sabe quem primeiro me chamou a atenção para você?", perguntei a Ana.

"Como eu poderia saber?"

"Leonte!"

"Leonte?"

"Foi na primavera de 1944. O perigo dos bombardeamentos nos afugentara da cidadela às margens do Cibin.[5] Partimos como emigrantes. Rumo a Căpâlna, fiz um pequeno desvio para rever Leonte, que se refugiara aqui, em Câmpul Frumoasei. Conversei com Leonte sobre muitas coisas, sobre tudo. No momento da despedida, ele me disse: 'Axente, em Căpâlna você vai conhecer a senhora Ana Rareş.' Pronunciou seu nome como se pressentisse, nas vogais e nas consoantes, o que o futuro haveria de trazer. E ainda fez uma piada com relação às musas! Era impossível que ele não previsse isso também! E quando me lembro, Ana, de todos esses anos em que você me evitou com tanta obstinação!"

"A razão, ou a culpa, se preferir, não é minha!", respondeu-me Ana com um sorriso que parecia querer me provocar.

"Tratando-se de uma culpa e não de um simples motivo, você com certeza está pronta, como toda mulher, a transferi-la para os ombros de um homem. Veja, estou pronto a aceitá-la mesmo antes de saber a que você alude."

"Axente, nos seis anos a contar dos bombardeamentos até faz pouco tempo, você frustrou todas as minhas esperanças!"

"Eu? Como assim?"

"Você não vai me negar que estava enfeitiçado por outra!", desvelou Ana. "Eu sempre acabava ouvindo alguma coisa, mesmo sem ir atrás das sujeiras que se espalhavam ao vento. Notícias e boatos começaram a tomar forma já nos idos de Căpâlna. Você nem imagina quanto se falava de você, das suas viagens, das suas

---

[5] O autor refere-se à cidade de Sibiu, cortada pelo Rio Cibin. (N. T.)

Capítulo XVII

conexões! As mulheres, sobretudo, falavam cobras e lagartos por todos os cantos. No início sussurrava-se sobre uma senhorita de Țara Bârsei, e, depois, sobre um certo fenômeno lírico mais próximo."

Ana pusera o dedo na ferida. Teríamos chegado, assim, a um ponto morto? Não. Pois Ana evocou o nome de Octavia Olteanu e, em seguida, falou de todas as coisas e acontecimentos mais recentes e de tudo o que a imaginação de uma cidade inteira achava que se desenrolava na hospedaria dos balseadores que, mais tarde, após um misterioso desaparecimento, ficou deserta.

"Você não me poupou, Ana. Fez muito bem. Ignorou as feridas e passou em revista tudo o que houve e o que não houve. Quero que fique sabendo também de alguns detalhes que com certeza desconhece. O que diria, Ana, caso descobrisse, inesperadamente, que no desaparecimento de Octavia você também está, de certo modo, envolvida? Esse detalhe só eu conheço. Mas você está isenta de qualquer culpa, absolutamente qualquer culpa, Ana. As coisas às vezes acontecem assim. Para vermos que, no mundo, existem também culpados inocentes!"

Contei para Ana os acontecimentos da noite de São Nicolau, da última noite que passei na hospedaria dos balseadores. Estendi a imaginação e o verbo por todos os detalhes que ainda podia recordar. E mostrei a Ana que, aquela noite, digna de um pesadelo, despencou na hospedaria como um imprevisto. Tudo parecia resultar de um destino demoníaco. O pastor com o rebanho de lobos. O padre com os lobos na balsa. Os aposentos abafados da hospedaria. Octavia que, depois da meia-noite, embrenhou-se no meu pesadelo. Não escondi nada de Ana – absolutamente nada. Com certa crueldade revelei-lhe inclusive o que sentia por Octavia, descrevendo-lhe a situação com clareza, as circunstâncias sufocantes, de perturbação dos sentidos. Como Octavia me disse, em transe: "Sabe que você nunca me disse que me ama!" Contei a Ana como, naquele instante de suprema exigência da sinceridade, não pude exprimir palavra alguma. E como Octavia me perguntou de repente, à queima-roupa: "Como vai a senhora Ana Rareș?" Antes que eu pudesse responder, ouviu-se o estampido da pistola que o padre descarregara na varanda. Octavia desapareceu pela janela no breu da madrugada e nas águas do Mureș. Motivos que poderiam determinar esse gesto tinha Octavia de sobejo: a perseguição generalizada, as ameaças da *Securitate*, o esfacelamento da vida comunitária, as surras conjugais, a pistola do padre, além da suspeita de que, enquanto ela de noite se entregava sorrateira aos meus braços, meu pensamento estaria noutra parte! A última esperança frustrada e o pavor do delírio do padre fizeram com que ela pulasse da janela. Foi assim que se desfez o nó demoníaco da hospedaria dos balseadores na noite de São Nicolau.

Ana ouviu assustada. Continuei:

"Eu não frustrei seus anos de esperanças, minha querida. Meu pensamento a rodeou todo tempo. Mas agora acalme-se! Você não tem a mínima culpa desses acontecimentos de um passado já distante!"

"Distante? Como assim? Se não me engano, em três meses vai fazer um ano desde que..."

"É mesmo? Que estranho! Eu lhe contei tudo isso com a sensação de uma outra distância. Você, Ana, ajudou a colocar essas distâncias temporais entre mim e o que aconteceu no passado. Vamos fechar os olhos. Vamos nos calar por uma ou duas horas. Continuemos mais tarde."

E assim foi como eu disse. Como se vitimados pelo poder de um sugestionamento, adormecemos um ao lado do outro.

Despertamos cerca de duas horas depois, debaixo do sol que naquele meio tempo deslocara a sombra que nos protegia. Fui o primeiro a despertar. Ana ainda dormia. Tive a feliz ocasião de acompanhar seu sono, que parecia repercutir com a minha vigília. A mão de Ana estava estendida para mim como uma flor aberta. Pude adivinhar-lhe as linhas da palma. O sangue pulsava nas articulações dos dedos. Uma doçura inefável bateu no meu coração. Depus um beijo na palma de Ana, sobre a linha da vida que despontava. Dominei o máximo possível a turbulência. Mas Ana despertou. Corada pelo repouso oxigenado. Como naquela hora o calor era insuportável, emigramos do sol para a sombra que se deslocara. Emigramos de verdade, pois a sombra tinha os contornos de um país. Mudamo-nos para outro país com o simples esforço de alguns passos.

À sombra de um frescor paradisíaco, sopravam aromas ligeiramente amargos das folhas de amieiro. Ambos calados. Ana e eu éramos especialistas nesses silêncios substanciais. Eles se intercalavam entre as palavras. Quando o silêncio se enraizava, era como se falássemos numa língua inumana sobre tudo, sobre a água e o vento, sobre o mundo, sobre nós. As palavras que encontrávamos depois de tais eclipses da fala eram mais pesadas que as normais. Mas aprendíamos cada vez

Capítulo XVII

mais a apreciar o pensamento desprovido de som. No início, foi o silêncio. Desde quando estávamos calados? Ainda se podia medir o tempo? Para isso, não havia outro método a não ser talvez utilizar a areia que escorre pela boca de Leonte no velho cemitério como clepsidra imaginária. Ouvia como escorria.

E de repente nasceu de novo o verbo.

"Você é beleza, encruzilhada de caminhos, libertação e redenção. Tudo isso você seria também no melhor dos mundos, como você é de fato no pior deles, neste mundo que vemos com os próprios olhos, com nossas feridas e amarguras. Você ajudou Leonte a recuperar seu destino. Como? Por meio da morte decidida por ele mesmo. Agora a mim você ajuda a reencontrar minha razão edificadora, cujos limites não entrevejo mais. Como? Por meio do amor. E absolutamente maravilhoso é o fato de você fazer tudo isso sem saber e sem querer. Você floresce, de maneira simples e sem esforço, como uma planta, e isso é suficiente para recolocar os destinos nos próprios trilhos."

Atingiam minhas palavras o coração de Ana? Não sei. Eram como um feitiço. Ana adormeceu de novo embaixo do sol que penetrava pouco a pouco na nossa penumbra. E permanecemos lado a lado por mais algumas horas.

Ao anoitecer, retornamos de ônibus à cidade.

XVIII

De vez em quando, passava com Ana os fins de tarde no espaço sedoso e aveludado de sua saleta. Naquelas horas calmas eu tentava, com tímidas alusões, convencê-la a tirar do armário de seus pequenos pecados e segredos um pacote lacrado com cera. O pacote continha, anotadas em folhas de diversos formatos, as *Mentiras de Deus*. Lembro-me de uma cena que foi um dos melhores momentos daquela estação do ano. Quando expressei pela primeira vez o desejo de dar uma olhada nas anotações, Ana se esquivou. Manifestou-se com um gesto enérgico, que parecia dizer que sobre isso não se podia discutir, uma resistência decidida, como se eu estivesse tentando violar não sei que íntimos segredos. Ademais, Ana nem levara consigo para Căpâlna as anotações, na véspera de sua partida para Valea Frumoasei, assim como eu pedira. Era como se o pacote com as "mentiras de Deus" ostentasse, estampado em letras grandes, o lema invisível *noli me tangere*. Porém, não desisti e insistia sempre que tinha a ocasião. Ana sempre encontrava diferentes pretextos para adiar, de um dia para outro, a quebra do lacre.

Numa tarde de início de setembro, Ana me pareceu, se não estava enganado, menos teimosa quando abordei de novo a questão das anotações trancadas no armário. Do lado de fora, uma chuva outonal começou a cair por uma peneira densa de seda. Ana levantou as persianas e abriu uma parte da janela para que a luz suave de fora entrasse na saleta. A penumbra que ali reinava a qualquer hora do dia durante o verão se dispersou no ato. Depois do ar abafado do fim de verão, um agradável frescor penetrou no aposento, dissipando-se ao ser absorvido pelo calor acumulado durante meses nas paredes da casa. O verão que se concluía entrava, assim, num calmo acordo com o início de outono. Entre mim, sentado numa poltrona, e Ana, mergulhada numa outra poltrona, criou-se um espaço de vibrações anímicas em perfeita harmonia com a atmosfera finalmente respirável. Um cheiro de poeira de estrada, borrifada pela chuva vagarosa, entrava na saleta, vindo da rua diante da casa. Brisas desse discreto aroma chegavam até nós, movendo imperceptivelmente os pompons da toalha de mesa. Ana respondia com um reflexo físico: suas narinas se dilatavam. Ela, que poderia representar o sorriso do mundo, inspirava a plenos pulmões a lufada com uma profunda volúpia, cujo ritmo fez-me adivinhar melhor as linhas em geral discretas do peito.

"É raro um perfume mais agradável do que o da poeira da rua às primeiras gotas de chuva", disse para Ana, que reforçou minhas palavras com um balançar da cabeça. Ela sublinhava, daquela maneira, sem palavras, as sílabas do silêncio que se estabeleceu entre nós. Alguns instantes depois, dirigindo o olhar para o armário do canto, disse-lhe: "Você não gostaria de quebrar os lacres hoje?"

A atmosfera do momento criara decerto condições mais propícias a uma concessão do que até então haviam conseguido todos os meus desejos e exortações repetidos com tanta insistência. Ana, com sua graça elegante e natural, levantou-se como quem não quer nada – e eis que se dirigiu até o intangível cofre, uma minúscula cômoda biedermeyer de nogueira polida, cheia de nós em que, com certa imaginação de quiromante ou adivinho de borra de café, seria possível ler o passado e o futuro da casa. O que Ana estava fazendo? Hesitava? Não. Apalpava a madeira, levando as mãos para a traseira da cômoda. Procurava alguma chave ou dispositivo secreto a ser acionado para que a gaveta se abrisse? Como Ana cobria, com todo o seu corpo, o móvel de nogueira, não pude observar o modo de abertura da cômoda. Passado um instante, Ana voltou com o pacote lacrado na direção da mesa à minha frente. Sem a mínima hesitação. Ela apenas apertou levemente os lábios, como se marcasse uma decisão, quebrou os lacres e desfez o pacote. As anotações, como uma pilha de cartas conservadas com devoção, espalharam-se entre os dedos de Ana diante de mim.

"Eis as *Mentiras de Deus*!", anunciou Ana, satisfeita, como se houvesse desfeito as folhas desencadernadas de um evangelho perdido e desconhecido, ou de um evangelho apócrifa, que nem deveria ser conhecido. "Mas não sei como poderemos decifrar essas anotações. Foram escritas às pressas, como se fossem estenogramas. Por vezes anotei apenas frases truncadas, que nem eu poderia mais reconstituir, acho. Eu anotava ora na presença de Leonte, enquanto ele expunha

Capítulo XVIII

seus pensamentos, ora de memória, tão logo chegava em casa. Tarde da noite, depois do jantar, eu me isolava aqui na saleta e, alegando responder cartas recebidas ao longo da semana, registrava no papel, bem ou mal, essas fábulas metafísicas."

O fruto dos domingos dedicados por Leonte à metafísica, para atrair continuamente a amiga em sua viagem semanal para o campo, encontrava-se todo na minha frente. Pela grossura do maço de folhas que continham as anotações de Ana, a colheita dos domingos do outono do ano passado deve ter sido tão abundante quanto a colheita dos vinhedos de Coastă. O sol condensado nos bagos de uva haveria de ser espremido com atraso no lagar. Eu já suspeitava de que as anotações de Ana só poderiam ser truncadas e algumas vezes incompreensíveis, como runas ou hieróglifos. Uma pergunta me oprimia: o que fazer? Encontrava-me num imbróglio evidente. Deveríamos tentar unir forças para decifrar as notas? A inquietação gerada no sangue pela aproximação das nossas forças nos inibiria. Fiquei pensativo, sem me atrever a tocar nas páginas. Ana também parecia transtornada.

"Vou fazer uma sugestão, Ana. Acho que teremos de começar uma verdadeira operação de desbravamento desses terrenos de papel branco. Uma tal exploração exige imaginação, e imaginação só consigo ter na sua ausência. A sua presença me anula a espontaneidade e o espírito empreendedor. Você estaria disposta a me entregar essas anotações, para que eu as leve à biblioteca? Quero tentar decifrá-las sozinho. Vou procurar 'redigi-las', utilizando para isso toda a minha lucidez. Quero preencher os vazios. Conheço como nenhuma outra pessoa o pensamento e as obras de Leonte. Ouso acreditar que posso transcrever e completar suas anotações exatamente no espírito daquilo que Leonte pensou."

Ana ouviu, ponderou e em seguida concordou com a proposta, com uma expressão de encanto nos olhos. Uma brisa de aroma da poeira da rua recém-atingida pela chuva, uma brisa que também continha o perfume dos cabelos de Ana, atingiu as margens do meu ser. Ana prendeu o pacote com um barbante e o colocou nos meus braços: "Aqui está!"

No dia seguinte, pela manhã, encontrando-me bem cedo no escritório da biblioteca, pus-me a decifrar as anotações de Ana. A chuva do dia anterior continuava comprazendo-se em si mesma, propícia para a concentração intelectual. Minha curiosidade crescia a cada página. A voz de Leonte murmurava entre elas. Suas ideias se insinuavam na grafia de Ana. As notas, porém, distinguiam-se por uma clareza inesperada. Por vezes, tinha a sensação de que haviam sido estenografadas. É claro, porém, que eu não estava às voltas com estenogramas. (Sei que Ana estenografou, quando estudante na Alemanha, assim como todas as suas colegas, os cursos preferidos na universidade. Mas essas notas não eram estenografadas.) Os textos, contudo, eram frequentemente interrompidos por pontinhos paralelos; ficavam muitas vezes suspensos no vazio. Era ali que eu deveria intervir e completar. O que representavam aqueles pontinhos? Passos com os quais Leonte se aproximava do seu destino perdido. Numa estranha associação de ideias, vieram-me à mente pegadas na neve junto às águas do Rio Mureș. Comecei a transcrever ao acaso, a fim de escapar à associação de ideias que poderia se transformar em obsessão. Completava o texto geralmente com frases amplas sobre os espaços pontilhados. Por alguns momentos, deixava de transcrever para apenas ler. Compreendi, após decifrar algumas dezenas de páginas, que Leonte inventara uma série de metafísicas menos abstratas do que aquela contida em seu sistema filosófico. Leonte pareceu escolher, dentre as metafísicas que o povo romeno poderia ter concebido, só aquelas que lhe pareciam acessíveis a uma imaginação viva. Todas as metafísicas desenvolvidas tinham, de fato, um pronunciado aspecto mítico. Isso nada me surpreendeu. Leonte se nutria de uma mulher em que palpitava uma vida quente e altaneira. A criação daquelas metafísicas com certeza correspondia também a uma maneira de amar. Os domingos dedicados por Leonte à concepção de suas metafísicas estavam sob o signo de uma sublime amizade. Ao longo daqueles domingos, Leonte recuperava pouco a pouco seu destino e seu caminho para a morte. Folheando as páginas com as anotações de Ana, eu teria a ocasião de reconstituir o ambiente de um intelecto que reencontrou, com natural simplicidade, o caminho para o mito de amplidão cósmica. O pensamento fixado naquelas notas apresentava uma vigorosa plasticidade primitiva e uma profundidade que engajavam todas as forças de interpretação do ouvinte. Ouvinte foi, ao longo daqueles domingos, em primeiro lugar Ana, que, desde a infância, gostava de "contos e doinas, adivinhas, superstições". Detectei também um indescritível espírito de aventura nas concepções metafísicas de Leonte. Tudo foi criado baseando-se em pautas de uma história que não existiu, mas que poderia ter existido. Leonte desenrolava suas mentiras com um único objetivo consciente: queria atrair Ana para o seu lado. As visões de Leonte, porém, vinham de profundezas outras que

Capítulo XVIII

não as da consciência. Eram sonhos e brincadeiras de um homem rumo à morte. Seus sonhos se desenvolviam um após outro como os contos de *As Mil e Uma Noites*. O último deles não haveria mais de ser narrado, mas realizado. Por meio do conto derradeiro, ele quis exprimir uma verdade suprema. Por meio dele, uma atitude de vida, há muito buscada e enfim recuperada, encontrou sua coroação.

Naqueles poucos dias chuvosos de início de setembro, folheei e li com atenção todas as anotações de Ana. Às vezes relia e me detinha com tenacidade. Naquele processo de exploração, eu me detive sobretudo nas heresias que fascinavam minha imaginação de poeta. E transcrevi intervindo no texto de maneira sumária, com cortes e acréscimos, com palavras incandescentes que pudessem transformar em cinzas o resto da frase. Alegrava-me profundamente transcrever, sentia-me transposto à época do discipulado. A meta dessa operação haveria de ser um volume inteiro de esboços metafísicos. Para o desenvolvimento de cada um deles, seriam necessários uma vida toda e um esforço de décadas de uma mente brilhante, pois cada um daqueles esboços era uma semente a partir da qual poderia crescer um carvalho.

Não poderia recusar a alegria de comunicar também àqueles que leem este livro sobre a minha vida alguns dos esboços que transcrevi. Escolhi-os ao acaso, pois nem seria possível de outro modo. Escolhi-os ao acaso, mas os transcrevi mantendo as folhas nos meus joelhos, com o cuidado e a consciensiosidade de um escriba egípcio que acredita na missão divina da escrita. Qualquer leitor logo perceberá que os textos não se conectam entre si. Esses mitos foram sonhados um após outro, ao longo de dias e semanas. Entre eles não há ligação mais estreita do que aquela entre os poemas de um mesmo poeta. Cada mito pretende representar o mundo e seu mistério. E cada um responde, a seu modo, à saudade humana de se ancorar no absoluto.

O ESTRATO DAS MÃES

Na Muntênia originou-se a pátria. Que efervescência celular de vigor embriológico, geratriz de Estado e de história entre os Cárpatos e o Danúbio, na segunda metade do século XIII! Que aparição, comparável a uma aurora, que aumento de sensação de espaço de Seneslau até Tihomir, deste até Basarab e, depois, de Basarab até Mircea o Velho!¹ Poucas décadas mais tarde, deu-se o mesmo processo na parte setentrional da romenidade: em Maramureş e na Moldávia. De Dragoş até Bogdan, em seguida sob o governo da casa Muşat até Ştefan, o Grande,² a sensação de espaço continuou em crescimento exuberante. O "Estado" não era mais uma formação desconhecida, sem nervuras na substância da população, mas uma cobertura propícia à substância preservada, cujas latências eclodiam com raro vigor, florescendo numa terra de notável continuidade ascendente e formando-se na mais autêntica "história" que se podia imaginar. A vida agitada por águas de um destino claro-escuro, as proezas realizadas com derramamento de sangue, as igrejas feitas de luz e toda a obra de monstro e de arcanjo de Ştefan, o Grande, constituem, juntas, nossa pequena eternidade revelada no tempo. Pisamos em terra sagrada: eis a verdadeira substância e as verdadeiras formas "históricas". A dinâmica, o gênio, a energia, a dignidade principesca, o espírito de iniciativa e a vitalidade excepcional, empenhadas por Ştefan, o Grande, em seu destino histórico, teriam sido suficientes, por suas próprias virtudes, para criar um espaço moldavo de extensões e proporções imperiais. Ştefan foi sobejamente dotado com todas as qualidades para conceber semelhantes horizontes imperiais de amplo respiro histórico. A circunstância excepcionalmente grave da irresistível expansão otomana obrigou-o, contudo, quase sempre com intermitências, a adotar a defensiva, a reação e a consolidação do que já havia sido conquistado. Nenhuma outra época ou momento do nosso passado nos oferece ocasião tão intensa de sentir o aroma da grandeza que a história romena poderia ter atingido. Mas, em sua fase mais decisiva, nossa história não teve a sorte – não da paz, pois história não se faz em paz – de ser poupada de acontecimentos desbordantes e de ter suas possibilidades físicas de certo modo inutilizadas graças à intervenção de fatores absolutamente irretorquíveis. Ştefan, o Grande, respondeu a um chamado para trilhar o caminho de um cosmos romeno. Sua energia e intuição criadora, misturadas a tudo o que fez por sua terra no breve período permitido por sua permanente proteção coroada por tantos triunfos, mereceriam não ter sido amputadas com tanta brutalidade em seu desenvolvimento natural. Sob o governo de Ştefan, os estilos arquitetônicos, bizantino e gótico, adaptaram-se surpreendente-

---

¹ Nomes dos principais príncipes da Valáquia, do século XIII até o XV. (N. T.)
² Nomes de alguns dos principais príncipes da Moldávia medieval. (N. T.)

Capítulo XVIII

mente às necessidades orgânicas e à matriz local: sua síntese nova, por meio da simplicidade das soluções, é capaz de comunicar a qualquer um a lástima de terem sido prematuramente interrompidos. Quantas possibilidades não desapareceram junto com a liderança de Ștefan, sob a qual o Oriente e o Ocidente se encontraram num leito tão propício a novas visões arquitetônicas e metafísicas! A própria natureza romena estava prestes a se transformar, graças às igrejas e mosteiros que com tanta graça e coragem nela se integram, numa "natureza-igreja" solar, santificada pelas alturas devido à existência de tantos altares e iconóstases em seu interior. Mas tanto a construção do espaço imperial, como as possibilidades esboçadas por uma cultura monumental (as bases de tal cultura foram lançadas junto com a cristianização dos romenos) foram frustradas por um daqueles relâmpagos repentinamente absurdos que assombram a história da humanidade. Dessa vez, a falta de sentido da história é chamada nos manuais de *Expansão do Império Otomano*. Uma segunda ocasião tão propícia ao desenvolvimento, num plano elevado, da matriz estilística romena nunca mais seria oferecida à romenidade. Um momento único pulsava em favor dessa matriz, um momento que nunca mais voltaria a se repetir. Esse "nunca" é de fato o significado único daquele drama! Não era trágico o fato em si de que o país teve de ser subjugado de uma maneira ou de outra a uma outra potência, mas o fato de que, através daquele jugo, perdia-se, no momento mais decisivo, de uma vez por todas, a possibilidade de uma evolução orgânica e natural da romenidade. Ali começou de fato a "crise" do povo romeno, que há quatrocentos e cinquenta anos mantém-se sob diversas formas, de geração em geração. A origem dessa crise foi a interrupção da evolução natural tão promissoramente desenvolvida, com tantas conquistas em diversos níveis importantes, desde a época dos voivodas até o século XVI.

    O destino orgânico do nosso povo foi então amputado. Desde então, esse destino só pôde se beneficiar de "intervalos" em que se realizou ou se criou algo até um determinado nível, mais ou menos deficiente, mas nunca fases de verdadeiro e supremo florescimento. Desde então, em períodos de respiro, surgem de vez em quando criações de características impressionantes, embora sejam antes alusões ao que poderiam ser. Os romenos, porém, devido a tantas circunstâncias adversas, foram quase sempre arrancados de sua rota e retirados do destino. Nossa história, de Ștefan, o Grande, até os dias de hoje, é a história ininterrupta de momentos predestinados que não se cumpriram. Várias vezes fomos dominados pela tentação de reintegrar o nosso povo a suas próprias possibilidades e de permitir ao nosso espírito e às suas virtualidades que se desenvolvessem como um sonho. Nossa imaginação tem sido sempre atiçada pelas latências pulsantes das épocas.

Evocamos as igrejas e mosteiros da época dos voivodas, de Ștefan, o Grande, construções em que os estilos gótico e bizantino se mesclam numa unidade tão orgânica e ao mesmo tempo tão sublime. Evocamos também as igrejas de madeira do norte da Transilvânia, em que, com uma outra distribuição de acentos, os estilos gótico e bizantino geram uma outra florescência. Como teria sido se os horizontes romenos transformados por Mihai, o Valente, houvessem se fixado ao longo dos séculos?[3] E as metafísicas possíveis ao longo desses séculos – o que teria acontecido e como teria sido se elas pudessem ter existido? As metafísicas que os romenos poderiam ter concebido teriam provavelmente constituído sínteses completamente novas entre o Oriente e o Ocidente, teriam representado formações vivas ou abstratas, ao mesmo tempo exigidas pelos meridianos de nossas vidas quotidianas, bem como pela própria matriz, fecunda como o estrato das mães, do nosso espírito. Grandes trevas, polidas como diamantes, são as metafísicas. Mas por que não se formaram as nossas grandes trevas à semelhança das igrejas de Ștefan, o Grande, ou à semelhança das igrejas de madeira dos vilarejos setentrionais?

FÂRTATE E NEFÂRTATE[4]

As heresias bogomilas, férteis a seu modo, caíram meio casualmente na área habitada pelos romenos, caíram como sementes de dente-de-leão cujo destino foi controlado pelo vento. Temas desse tipo foram trazidos de regiões ao sul do Danúbio para zonas setentrionais muitos séculos atrás, por sectários em busca de refúgio. A infiltração pôde se iniciar e ocorrer sobretudo no século XIII, quando Bizâncio combateu decididamente os sectários subversivos que há centenas de anos corroíam o imutável monolito da ortodoxia.

---

[3] Referência à temporária união das três grandes províncias históricas romenas no ano de 1600. Vide minha nota 1 do capítulo X. (N. T.)

[4] Regionalismo romeno para "irmão de sangue" e "inimigo", "não irmão", "diabo". (N. T.)

Capítulo XVIII

O bogomilismo, fé resolutamente dualista, afirmava que dois princípios se digladiam no mundo, o Bem e o Mal, a vitória final de um ou de outro dependendo em boa parte da decisão dos homens em apoiar a luz ou as trevas. Em sua origem, essa fé tem decerto ligações com o antiquíssimo dualismo persa. Ao surgir no contexto cristão, o movimento herdou muitas ideias do marcionismo, ligando-se sem dúvida ao movimento pauliciano, que vinha se espalhando pelo Império Bizantino já desde o século VII. Os bogomilos, submetidos a terríveis perseguições no Império, dispersaram-se no norte e no ocidente, onde sua fé continuou sob diversas denominações. Os sectários, com seu racionalismo, inquietaram a autoridade papal. Na Bulgária, os bogomilos conseguiram se enraizar. Conforme o relato das crônicas, ali realizaram incursões, com vistas a sufocar o movimento, até mesmo os reis católicos da Hungria. Isso ocorreu numa época em que, ao norte do Danúbio, as formações estatais romenas mal despontavam. Depois que o poder otomano pôs os pés na Península Balcânica, o bogomilismo, que ali ainda florescia em algumas regiões, parece ter sido poupado dos problemas criados por Bizâncio. Na Bósnia Herzegóvina, a seita se tornou, ao longo de décadas, uma espécie de religião estatal, igreja organizada que legou interessantes monumentos à posteridade. Em tais circunstâncias, as ideias bogomilas se propagaram também entre os romenos. Cabe notar, porém, que os bogomilos não se enraizaram ao norte do Danúbio como igreja sectária com sérias ramificações. O bogomilismo entre nós é uma heresia sonhada, e não uma heresia organizada. As ideias bogomilas penetraram no nosso folclore. Uma série de temas bogomilos repercutiram com nossas lendas cosmogônicas que circulam até hoje. É claro que um sonho-heresia poderia ter servido como ponto de partida para um pensamento filosófico, caso nas formações estatais romenas as condições de vida houvessem permitido um pensamento mais individual, mais não conformista.

Não há dúvida de que, em condições que favorecessem o pensamento individual, os sonhos cosmogônicos de origem bogomila, transformados em lendas, poderiam florescer sob uma forma próxima à filosofia. Eles não poderiam florescer, entretanto, como filosofia dualista. Uma semelhante transformação não seria possível no pensamento do nosso povo, pois o dogma eclesiástico ortodoxo, bizantino, frustraria tal evolução. Podemos, contudo, imaginar um pensamento metafísico fecundado pelo bogomilismo. Não esqueçamos que os genuínos temas radicalmente dualistas do bogomilismo assumem, inclusive nas já mencionadas lendas de circulação multissecular, uma forma mais suave. Na maioria das nossas lendas, diz-se que, "no início", ou seja, antes de o mundo existir, havia dois irmãos: Deus e o Diabo, "Fârtate" e "Nefârtate". Além deles, não havia nada – ou, no máximo, o bíblico infinito de água (o oceano cósmico das visões sumério-babilônicas). Em nossas lendas que correspondem, no padrão dualista, ao conteúdo do Gênese, Fârtate e Nefârtate representam princípios diametralmente opostos: Bem e Mal; mas Fârtate e Nefârtate são considerados "irmãos", criaturas de uma mesma origem. O dualismo bogomilo marcou esses princípios, pois os nomes de Fârtate e Nefârtate abrangem a afirmação e a negação alçadas a nível de forças cósmicas. Entretanto, nas nossas lendas, Fârtate e Nefârtate não lutam entre si de modo categórico, dramático e sem concessões. As possibilidades do drama cósmico surgem junto com esses dois nomes que envolvem tendências, significados e caracteres. O mito assume, na maior parte das vezes, a forma de uma historieta. Fârtate e Nefârtate chegam à situação de "colaborarem", levantando questões e concebendo projetos conjuntos; graças à sua natureza, eles acabam sempre por "aperfeiçoar" um ao outro. Os dois princípios personificados por Fârtate e Nefârtate abordam juntos as mesmas coisas, mas um se esforça continuamente a retirar o outro do jogo. Nefârtate tenta enganar Fârtate a todo instante, mas suas artimanhas, pouco perspicazes, são quase sempre viradas no avesso por Fârtate. As coisas e as situações das origens são vistas pela óptica de um camponês brincalhão. O dualismo de concepção existente no interior das peripécias narradas em nossas lendas, por assim dizer bogomilas, não é nem um pouco marcante se comparado ao dualismo das concepções religiosas e filosóficas persa ou marcionita. O dualismo de concepção das nossas lendas é atenuado também pelo fato de que os dois adversários primordiais permanecem "irmãos". Essa concepção quase trocista que nossas historietas cosmogônicas desenvolvem assumiu a forma de heresias toleradas como sonhos de um acentuado humor camponês. Um pensador, porém, que parta dessas premissas poderá encontrar em tais heresias substrato suficiente para compor uma metafísica completamente distinta na paisagem espiritual do sudeste europeu. Pois o fato de os dois princípios personificados por Fârtate e Nefârtate, apesar de toda a adversidade dentre eles, serem existências "fraternas" no final das contas, oferece sugestões especialmente férteis à imaginação que procure inter-

Capítulo XVIII

pretar "as origens". Qualquer pensador de certa iniciativa ideativa é capaz de se perguntar se os dois "irmãos" não tiveram ou não têm também um "pai". Tal Pai, do qual nasceria o bom Fârtate, bem como o mau Nefârtate, deveria naturalmente conter em sua própria substância uma mistura de bem e mal. A frase com que em geral começam nossas lendas ou historietas cosmogônicas – "No início havia dois irmãos, Deus e o Diabo" – revela à primeira vista a contradição interna. Pois, se os "dois" eram "irmãos", isso significa que, antes de existirem, houve um Pai. A situação comporta também, evidentemente, questões que uma historieta não é obrigada a esclarecer, mas que suscitam o interesse de qualquer pensador. O Pai, dando origem ao Bem (personificado por Fârtate) e ao Mal (personificado por Nefârtate), só poderia ser uma substância com dois atributos diametralmente opostos. O Pai deveria ser, por sua própria natureza, tão divino quanto demoníaco. Que abismo o nosso pensador abriria diante do olhar admirado do povo com uma tal concepção sobre Aquele que existiu antes do início! Em nosso folclore, porém, esboça-se uma tal concepção. O povo imaginava heresias que significavam um desvio da doutrina eclesiástica. O espírito de pensamento livre que irrompia desse desvio era expresso não como "ensinamento", mas como imaginação, um jogo exegético no espírito da lenda. Apenas um pingo de razão audaciosa e livre, porém, faltou para que surgisse, a partir desses temas comunicados em estilo camponês, um "ensinamento" sobre o Ser de natureza tão divina quanto demoníaca, sobre o Barro do qual cresceram os dois irmãos, Fârtate e Nefârtate. Pouco faltou também para que surgisse uma doutrina sobre Fârtate e Nefârtate que, juntos, criaram o mundo e tudo que o habita. O mundo e todos os seres vivos são um produto – parte da colaboração, parte da concorrência entre os dois. A "colaboração" certamente se apresenta viciada e corroída pelas intenções de Nefârtate. Entretanto, graças aos poderes mágicos de Fârtate, as intenções e as ações de Nefârtate perdem efeito, tornando-se boas. A colaboração se mantém e é frutífera de todos os pontos de vista. Fârtate quer sempre fazer o bem. Nefârtate aspira, ambicioso e invejoso, a fazer também alguma coisa, mas não logra senão espelhar no mal as boas ações de Fârtate. Assim como diz a lenda: quando Fârtate se faz de abelha, Nefârtate se faz de mosca; quando Fârtate se faz de cão, Nefârtate se faz de lobo.

Nalgum momento do passado, nosso pensamento poderia ter concebido uma metafísica original, com nítidas nuances bogomilas. Nalgum momento do passado, num século distante, quando na Itália lançavam-se as bases do Renascimento, ou quando, no Sacro Império Romano-Germânico, um Nicolau de Cusa[5] afirmava, pela primeira vez na Europa, que o mundo é infinito como Deus. Para nós, porém, por inúmeras razões, naquele século distante, ainda não chegara a hora de o pensamento desconsiderar o pensamento conformista imposto pela Igreja. Por inúmeras razões, aquela hora nem mais tarde haveria de chegar.

O JESUS-TERRA

No século XVI, mais ou menos entre 1540 e 1570, a vida espiritual da Transilvânia, terra que se tornou grão-principado independente sob protetorado turco, passou por grandes transformações. Os romenos dali, povo submetido à corveia, respirava com certa liberdade apenas no espaço materno das montanhas. Embora constituíssem a maior parte da população, não participavam da política do país. Eles não eram "filhos da pátria", mas tão somente "tolerados", objetos de discussão, de monitoramento. Servos em sua grande maioria, reduzidos a esse estado ao longo do tempo, os romenos não representavam uma "nação política". Nações políticas dotadas com todas as liberdades e com todos os privilégios da época medieval eram apenas os magiares, saxões[6] e szeklers,[7] que ao que parece aliaram-se de propósito para criar e manter a servidão dos romenos. Todas as "nações políticas" da Transilvânia absorveram, pouco a pouco, depois da queda da Hungria,[8] as transformações espirituais que inundavam o país sob as diversas facetas da Reforma. O luteranismo, o calvinismo e o unitarismo agitavam, com suas ideias e reformas, todos os espíritos. Só os romenos, com sua ortodoxia reduzida à prática

---

[5] Nicolau de Cusa (1401-1464), também conhecido como Nikolaus von Kues ou Nicolaus Cusanus, foi cardeal católico e um famoso filósofo, teólogo e matemático. (N. T.)

[6] Vide minha nota 8 do capítulo I. (N. T.)

[7] Em alemão *szekler*, em húngaro *székely*, em romeno *secui*, trata-se de um povo de provável origem turcomana, ulteriormente magiarizado. Os szeklers juntaram-se aos húngaros em suas campanhas de conquista da Panônia no século IX e, mais tarde, no início do século XIII, assentaram-se, em meio à população romena, nos confins orientais da Transilvânia. (N. T.)

[8] Frente aos turcos otomanos, no século XVI. (N. T.)

dos rituais, desprovida de preocupações teológicas elevadas (é natural que os dias de corveia devidos aos seus senhores os preocupassem muito mais do que a teologia), mantiveram-se na mesma posição. Tentaram de todas as maneiras atrair os romenos no tumulto espiritual da época, com vistas a suprimi-los. O proselitismo dos luteranos e sobretudo o dos calvinistas desconheciam limites, mas os romenos resistiram, pressentindo que sua existência nacional estava em perigo. Há séculos que eles se protegiam sob o escudo do dogma e do rito oriental; refugiaram-se numa religiosidade orgânica, mágica, levando uma vida miserável conforme as leis que o destino lhes havia projetado. Em torno do dogma, reduzido a "credo", as heresias grassavam. Os superintendentes da Reforma tentaram dizimar as crenças ocas do povo romeno utilizando meios brutais – e nos casos em que a coerção moral não bastava, eram úteis o terror e o cárcere. Então levantou-se uma questão, não tanto dirigida à razão quanto ao instinto romeno. Haveriam os romenos de aceitar ao menos algumas daquelas várias reformas introduzidas no país através do luteranismo, calvinismo e unitarismo? Os romenos parecem ter sido orientados por um determinado critério. É claro que seria possível escolher dentre as reformas que atraíam naquela época a consciência europeia. Os romenos, porém, nada absorveram daquelas reformas que pareciam alternar dogma e rito. Por outro lado, eles estavam ávidos por obedecer aos livros sagrados em sua própria língua. Os evangelhos foram traduzidos e interpretados em língua romena, pois a língua falada por um povo de servos ilumina-se mesmo diante daqueles que a falam. As igrejas reformadas obtiveram também alguns sucessos no combate às heresias que o povo romeno cultivava – a maior parte delas de origem pagã.

Os romenos, desprovidos de direitos políticos e de uma classe que pudesse se beneficiar de privilégios sociais, não puderam se alçar a um nível intelectual mais elevado. Eles se encontravam em estado de servidão em relação às outras nações desde a época da realeza húngara. Direitos, liberdades e privilégios que lhes abririam acesso ao ensino os romenos poderiam obter apenas abdicando à sua língua e à sua consciência nacional. Em sua maioria, os romenos preferiram à essa supressão garantida uma vida menor, uma existência étnica sob as formas espirituais de uma ortodoxia que se reduzia à imitação do "credo" e ao cumprimento calendárico dos ritos. Seu horizonte cósmico não era mais amplo do que a paisagem em que prestavam a corveia duzentos e setenta dias por ano. Os romenos estavam muito longe do destino que os poderia alçar às condições propícias reservadas aos magiares e saxões.

É estranho o fato de que a luta mais árdua que os reformados travaram com os romenos tenha sido contra suas inúmeras heresias. Os ataques dos reformados partiram de um certo racionalismo – ou pelo menos de certos argumentos racionalistas. Várias heresias populares romenas tinham realmente implicações de pensamento mágico, abrangendo porém algo mais: muita imaginação, uma determinada experiência de vida e um sentimento, tão profundo quanto simples, da existência. Os reformados avançaram a passos decididos na direção de um racionalismo esterilizante, acreditando que esse seria o único caminho possível do espírito. Na luta que os reformados travaram contra as heresias romenas, eles se revelaram limitados ou, pelo menos, arrogantes e interesseiros. Eles decerto viam as coisas com certo desprezo, a partir dos cumes da "razão". Mas a luta que travaram comportava também nuances pouco honrosas. Eles foram movidos por uma tendência permanente de assimilar os romenos, cujas massas eles temiam profundamente. O futuro deveria pertencer, mais cedo ou mais tarde, àquelas massas valáquias. Os reformados tinham todo o direito de temer. Eles abordavam as coisas, porém, a partir dos cumes da razão e não a partir dos cumes do espírito, que é bem diferente da razão. Os reformados combateram as heresias romenas ignorando por completo os valores virtuais que nelas se ocultavam. Os reformados não compreenderam o potencial de ingenuidade criadora que os romenos demonstravam justamente através da riqueza e da forma de suas heresias.

O que teria alcançado o espírito romeno se pudesse ter-se formado nas condições minimamente normais, se não extremamente propícias, reservadas às "nações políticas"? Temos a convicção de que várias dentre as heresias romenas poderiam ter constituído sementes de inúmeras concepções metafísicas! As sementes brotariam. A vegetação cresceria e, para o seu florescimento, não seriam necessárias circunstâncias mais vantajosas do que as de que gozavam as "nações políticas" da Transilvânia na época em que o país foi grão-principado sob protetorado turco. As "nações políticas" daquele tempo não frutificaram, tendo elas adotado um racionalismo precoce que lhes esterilizou a imaginação. Os romenos poderiam ter frutificado, mas a servidão era tal que permitia apenas um sono geral, e não a germinação de sonhos sublimes.

Capítulo XVIII

Nossa atenção se debruça sobre algumas das heresias dos nossos camponeses. Desde quando palpitam na mente do povo essas heresias? Como elas passam até hoje de boca em boca, é muito provável que já fossem ouvidas nestas paragens trezentos anos atrás. A maioria das heresias são muito antigas. Por vezes sua origem é distante e remonta à pré-história. A idade depende de sua natureza. Mas detenhamo-nos um pouco sobre algumas dessas heresias.

Há regiões e vales no interior onde nossos lavradores dizem que no grão de trigo encontra-se estampado o rosto de Cristo. Em determinadas zonas do país, quando chega a hora da ceifa, os camponeses deixam em cada lavoura um maço de espigas sem ceifar ou segar; mantêm-se por meio de tais crenças hábitos que são resquícios de primitivos ritos pagãos da fertilidade. Os camponeses de hoje chamam esse maço de espigas de barba de Cristo. Circulam pelo país janeiras e crenças em que o trigo é chamado de corpo de Cristo. Do mesmo modo, o vinho é considerado sangue de Jesus. O trigo e o vinho são honrados como elementos sacros; são vistos não como partes da natureza, mas como partes originárias do corpo de Cristo. Perguntamo-nos que pretextos tais heresias poderiam oferecer a uma imaginação metafísica livre? O que faria delas um pensador que se levantasse da massa anônima do povo em circunstâncias mais favoráveis?

Podemos facilmente imaginar um pensador criado, por um lado, na ortodoxia comunitária, mas alimentado também pelas heresias populares, um pensador em cuja consciência se desencadeasse o ato criador de metafísica. Numa época em que, na Europa Ocidental, Giordano Bruno[9] morria na fogueira por causa da metafísica com que enfrentava o catolicismo, numa época em que Spinoza[10] era excomungado pela sinagoga e condenado como um cachorro pelas comunidades cristãs por causa de sua filosofia que identificava Deus com a Natureza, numa época em que, em outras palavras, havia chegado o grande

---

[9] Giordano Bruno (1548-1600), teólogo e filósofo humanista italiano do Renascimento, foi queimado em Roma num auto de fé da Inquisição por causa de suas concepções consideradas heréticas. (N. T.)

[10] Baruch de Spinoza (1632-1677) foi um renomado filósofo judeu holandês de origem sefardita. Ao levantar ideias altamente controversas quanto à autenticidade da *Bíblia* hebraica e da natureza do Divino, Spinoza foi expulso da sociedade judaica aos 23 anos. Mais tarde, seus livros foram também incluídos no *Index Librorum Prohibitorum* da Igreja Católica. (N. T.)

momento do panteísmo, não poderia ter surgido aqui, na Transilvânia, um panteísmo de teor cristão perfeitamente singular? A mentalidade popular esboçava semelhante panteísmo através de heresias poéticas e ingênuas como aquelas supramencionadas. Um monge atrevido, fugido de um mosteiro, seria capaz de criar uma tal metafísica. Não teria sido possível conceber uma metafísica panteísta à margem do mito evangélico? Isso seria inútil. Numa época em que, por toda a Transilvânia, o mito cristão começava a ser, de uma maneira ou de outra, problematizado, o nosso monge, dotado com uma imaginação mais vívida do que a dos reformados de Braşov ou de Cluj, talvez se detivesse diante do mito da ressurreição de Jesus. Contaminado até certo ponto pela lucidez daqueles tempos, o monge talvez duvidasse de tal "ressurreição" e começasse a "interpretar", ou talvez a escrever, um evangelho interpretado. E sua interpretação poderia ser, por exemplo, a seguinte: Jesus foi crucificado e morreu; Jesus como encarnação humana morria, mas, no instante da morte, sua alma encarnou de novo; a terra, o firmamento, o céu, o mundo todo se transformavam no corpo de Jesus. No momento em que Jesus morria, o mundo de argila, com todos os seus elementos, ganhava uma alma, uma alma divina. Por meio dessa reencarnação cósmica da alma de Jesus, a terra se transformava em Jesus-Terra, o firmamento se transformava em Jesus-Firmamento, o mundo se transformava em Jesus-Mundo. Com tal visão, o nosso monge imaginário só teria alargado e espiritualizado a perspectiva do camponês que vê o rosto de Cristo no grão de trigo. A ressurreição e a ascensão de Jesus, narradas nos quatro evangelhos, para o nosso monge não passariam de uma alegoria da reencarnação de Jesus no corpo cósmico. Desde que Jesus morreu, nós, homens, nós todos, estaríamos vivendo, não simbólica, mas efetivamente através de sua alma que anima o grão de areia e a estrela, a gota de orvalho e o homem. Quando caminhamos na terra ou atravessamos o vau, caminhamos e passamos pela eucaristia. Corpo e sangue constituiriam, cristologicamente, todos os elementos da natureza.

 O surgimento desse panteísmo cristão teria sido indescritivelmente natural nas circunstâncias da nossa história em torno de 1650. Se e somente se um monge, tomado por um elã metafísico, houvesse disposto de suficiente liberdade interior para articular um sistema de pensamento, uma visão de mundo no espírito da heresia popular!

Capítulo XVIII

O UNICÓRNIO

Se me pedissem para caracterizar de maneira fabulosa a figura de Dimitrie Cantemir,[11] não escolheria como símbolo o anjo de outras terras, nem o leão, nem a águia do nosso próprio universo,[12] mas uma criatura meio real, meio lendária: o unicórnio. Ademais, o próprio Dimitrie Cantemir, em sua *História Hieroglífica*,[13] se esconde atrás da figura do *inorogu*, nome eslavo do unicórnio, adotado pelos nossos cronistas. O unicórnio, animal de indomável selvageria, mas ao mesmo tempo superlativamente sublimado, frequente instrumento de milagre, constituiu, na literatura medieval, um símbolo da castidade e, mais tarde, por derivação, um símbolo da força espiritual.

Quarenta e nove anos durou a vida de Cantemir sobre a terra. E a maior parte dela se passou do outro lado das fronteiras.[14] O cálculo é simples e a força dos números nos poderia fazer acreditar que a existência de Cantemir foi marcada pelo alheamento. É surpreendente como Dimitrie ainda foi capaz de preservar, no final das contas, a alma de moldavo. Malgrado a cultura cosmopolita adquirida por Cantemir, essa alma jamais o abandonou. Levando-se em conta sua vida indescritivelmente agitada, interrompida por tantas transformações fundamentais, é surpreendente como Dimitrie Cantemir pôde legar uma obra literária, filosófica e científica tão rica, uma obra que exigiu uma continuidade tenaz de interesses e, naturalmente, de fôlego, sossego, contemplação e pesquisa. Nas condições daquele tempo e daquela geografia, essa aparição espiritual era quase improvável.

---

[11] O príncipe moldavo Dimitrie Cantemir (1673-1723), uma das figuras mais ilustres da história romena, foi escritor, enciclopedista, etnógrafo, geógrafo, filósofo, historiador, linguista, musicólogo, compositor e estadista. (N. T.)

[12] A águia está heraldicamente presente nos brasões de Bizâncio (bicéfala), Transilvânia e Valáquia. (N. T.)

[13] Obra escrita em Constantinopla em romeno (1703-1705), é considerada a primeira tentativa de um romance sociopolítico na literatura romena. Cantemir satiriza a luta pelo poder entre os partidos das nobrezas da Valáquia e da Moldávia. Essa luta alegórica se reflete numa disputa filosófica entre dois princípios, simbolizados pelo Unicórnio e pelo Corvo. (N. T.)

[14] Cantemir viveu vinte e dois anos em Constantinopla e, após perder o trono moldavo, passou seus últimos doze anos de vida na Rússia. (N. T.)

A vida de Cantemir (1673-1723) situa-se na era dos absolutismos, em que a desenfreada vontade de dominar tirava do lugar as fronteiras de todos os Estados europeus. Certamente são raros os tempos que se destacam por tantas personalidades criadoras de história, num espírito quase que de aventura, como justamente foram os tempos de Dimitrie Cantemir. Sua época, porém, não foi movimentada só do ponto de vista político. Sob o ângulo espiritual, o Ocidente, bem como a Europa Central, se encontravam no zênite do barroco. O barroco é o período da visão dinâmica sobre o bem e a vida. O barroco é a época das formas desbordantes, das paixões amplamente desencadeadas, das vastas perspectivas. A arte e o pensamento daquele tempo alimentavam-se também dessas tendências, assim como a vida concreta no contexto estatal deixava-se influenciar, por toda parte na Europa, pelas mesmas tendências. Com elas contaminou-se até o bizantinismo, até certo ponto, embora ele fosse, por definição, estático e hieraticamente imutável. Na época de Cantemir, entretanto, o próprio bizantinismo foi tomado por uma efervescência inesperada, contaminando-se com a dinâmica e com as perspectivas mais amplas do barroco ocidental. Cantemir se integrou a esse bizantinismo irrequieto, tornando-se um de seus principais expoentes espirituais.

No desejo de encontrar elementos que analisem a situação geral em que viveu e trabalhou Dimitrie Cantemir, cabe perguntarmo-nos qual era a situação, naquela época, dos principados romenos. A irresistível expansão do Império Otomano reduzira a Moldávia e a Muntênia à sufocante condição da dependência – da dependência da Sublime Porta. Nos principados romenos, só era possível uma vida quase-histórica, uma vida de elãs amputados e de uma ebulição abafada. Aos governantes romenos, ainda eleitos, bem ou mal, entre as famílias locais, permitiam-se apenas gestos de equilibrismo político, acordos mesquinhos, cálculos miúdos do quotidiano, intrigas, aventuras, de vez em quando uma boa ação, mas nunca "história" de alto nível, nem iniciativas destinadas a emprestar uma rica expressão ao teor de espontaneidade incorrupta que efervescia na alma do povo. Quão lastimável foi essa água parada, propícia apenas aos miasmas, relatam-nos os próprios eventos da época de Cantemir. Naquela altura, calhou de respirarem e palpitarem debaixo do teto da mesma época duas existências dentre as mais altaneiras do nosso passado: a do genial Dimitrie Cantemir na Moldávia e, na Muntênia, a de Constantin

Capítulo XVIII

Brâncoveanu,[15] singular a seu modo, "príncipe de ouro", magnânimo defensor dos ideais cristãos, embora tão inclinado a tenebrosas manobras de bastidores, mestre insuperável da diplomacia, mas que não hesitou em perpetrar crueldades ao longo da vida, santo pelo modo como morreu e promotor de uma cultura em que o Renascimento e o bizantinismo, o barroco e o orientalismo constituíram juntos um esplêndido e refinado amálgama. Os dois contemporâneos, que hoje nossos corações veem tão irmanados pelo legado de cada um, não encontraram nada melhor que fazer na vida a não ser solapar um ao outro junto à Sublime Porta com as armas mais abomináveis, cada um sonhando apenas com a eliminação do outro! Ao invés de conjugarem numa mesma aspiração a força excepcional de que dispunham com vistas a preparar o caminho da emancipação histórica do povo romeno, eles, movidos por ambições de dimensões anormais, despenderam sua mais valiosa energia pensando em como melhor agradar a Porta, às custas da cabeça do seu rival.

Em sua adolescência e juventude, Cantemir dedicou-se a diversas coisas. Sobretudo aos estudos. Na idade em que os estudantes de hoje defendem suas teses de doutorado, ele escreveu uma obra volumosa, intitulada *A Ciência Sacrossanta*,[16] primeira tentativa real de uma metafísica romena. A obra foi preservada em sua forma manuscrita e descoberta pouco depois da Primeira Guerra Mundial. Li o estudo metafísico de Dimitrie Cantemir com vivo interesse, da primeira à última página. E, claro, minha mais lúcida preocupação foi a de situar da maneira mais precisa o pensamento do príncipe moldavo na evolução do pensamento universal. Costurei os resultados dessa investigação. Em essência, e por suas teses fundamentais, o pensamento metafísico de Dimitrie Cantemir não é "teosófico", assim como nossos historiógrafos literários andam dizendo, mas ele simplesmente representa o ensinamento cristão-ortodoxo, com certas concessões de *ambiente* e de *método* feitas à teosofia e dela assimilando algumas ideias, mas somente ideias que

---

[15] Constantin Brâncoveanu (1654-1714), membro de uma antiga família da nobreza romena, foi príncipe da Valáquia entre 1688 e 1714. No período de seu governo, o país conheceu um período de raro florescimento cultural e desenvolvimento da vida espiritual. Ele e seus quatro filhos foram decapitados em Constantinopla por ordem do sultão e, em 2008, canonizados pela Igreja Ortodoxa Romena como santos mártires. (N. T.)

[16] *Sacrosanctae Scientiae Indepingibilis Imago*, escrita em 1700, é uma obra filosófica que tenta integrar a física a um sistema teísta, na linha de Bacon, numa espécie de consenso entre a ciência e a religião, entre o determinismo científico e a metafísica medieval. (N. T.)

não contradizem as teses dogmáticas da doutrina cristã-ortodoxa. Inicialmente, Cantemir se mostra tomado por suplícios e pela inquietação da dúvida no que toca à validade dos conhecimentos dos quais a filosofia em geral seria capaz. Ele de certo modo retoma a liberdade adâmica de repensar tudo, sem premissas prévias e aspirando a chegar sozinho à descoberta da verdade. Uma vez nesse caminho, Cantemir logo cai no desespero ao perceber a carência das forças cognitivas reservadas ao homem. Cantemir, contudo, desde o início tem certeza da existência de uma "ciência sacra", e que essa ciência não poderia ser outra senão aquela que o Criador tem de si mesmo e de suas criaturas. A ciência da verdade absoluta, porém, de acordo com a convicção expressa por Cantemir, é inacessível ao homem. Ademais, até mesmo quando Deus acude o homem, comunicando-lhe um pouco de sua ciência, o homem não é capaz de apreender tais comunicações a não ser "pelo espelho", ou seja, através de deformações inerentes a qualquer reflexo. Desesperado por não encontrar possibilidades naturais de descobrir a Verdade, Cantemir vê-se de repente auxiliado em seus intentos por um Mago. Esse Mago vai "iniciá-lo" nas verdades da ciência sacra. Devemos considerar esse Mago uma encarnação alegórica da ciência sacra. Cantemir se empenha em ouvir e anotar as "verdades" que lhe se comunicam por graça divina, na medida em que ele, como homem, é capaz de as ver "pelo espelho". O fato de ter sido trazido ao estado "visionário" de ver a verdade "pelo espelho" é, para Cantemir, uma circunstância que envolve condescendência divina. Deus quer retirá-lo da dúvida e do desespero. Cantemir, portanto, não tinha a intenção de expor os resultados aos quais chegaria por intermédio de seu próprio pensamento; ele apenas humildemente anota o que se lhe revela. Cantemir se apresenta todo tempo consciente da insuficiência dos meios disponíveis para reproduzir a imagem, absolutamente indescritível, da ciência sacra. No início, Cantemir se apresenta conscientemente atormentado, atormentado pelo problema da "verdade". Cantemir é portanto um espírito que, pelo menos do seu ponto de partida, se apresenta em questões de conhecimento emancipado de qualquer tutela autoritária. Sob esse prisma, ele se distingue do fiel cristão da Igreja, que aceita por sua "fé" o corpo doutrinário da Igreja. Um cristão atinge a "verdade" por intermédio da Igreja. Essa situação não contenta Cantemir. Ele parece satisfazer-se apenas no momento em que ele próprio é iniciado na ciência sacra, vivenciando *pessoalmente* a graça divina. É só nesse momento que o

Capítulo XVIII

atormentado se resigna. Cantemir parte dos suplícios e das dúvidas, a Igreja não lhe parecendo um "intermediário" suficiente entre o homem e a verdade. Essa atitude constitui uma licença máxima que se permitia um pensador que, apesar de tudo, tentava se manter no contexto essencial da ortodoxia. Cantemir rejeita os dogmas não por eles serem dogmas da Igreja de que faz parte, mas porque ele *pessoalmente* vivencia a experiência visionária da verdade neles contida. Essa maneira de assimilar por experiência visionária própria uma pretensa verdade, que por sua natureza ultrapassa as possibilidades normais de conhecimento, é "teosófica". Não devemos contudo esquecer que Dimitrie Cantemir parece de propósito evitar descobrir "verdades" que possam contradizer o próprio ensinamento ortodoxo. Ele parece guiado, nessa questão, por um princípio que ele mesmo oculta; isso quer dizer que ele permanece "ortodoxo" em essência e "teosófico" apenas na forma.

Como teórico do conhecimento, Cantemir declara-se contra a ciência construída com base exclusiva nos sentidos e na lógica, ciência que no Ocidente era promovida por rigorosos pensadores e pesquisadores, e que ora acompanhava, ora ia de encontro ao matematismo que começara a ser aplicado na época de Cantemir com sucessos cada vez maiores na física moderna. Toda "ciência" fundada em sentidos e em métodos que derivam da natureza de nossa inteligência como tal foi criticada por Cantemir à luz da ciência sacra, por ele considerada de origem divina e que, conforme sua convicção, poderia ser atingida por meio de iniciação superior, ou seja, participando, de uma maneira ou de outra, da graça divina. Eis o lugar de Cantemir, jamais antes indicado com tanta precisão, no panorama do espírito humano, desenrolado ao longo dos séculos.

A metafísica de Cantemir é uma obra de juventude. Sua leitura nos faz lamentar que o autor não tenha podido dedicar toda a sua vida à filosofia. Em outras condições, com que não nos teria presenteado esse homem de pensamento universal? De qualquer modo, ele descobrira a condição essencial do pensamento filosófico já desde a adolescência. Se mais tarde ele houvesse "teorizado" sobre essa condição assim como deveria, só essa proeza seria o bastante para a fama de um pensador. Cantemir sabia que o pensamento filosófico deve brotar da consciência da liberdade. Ele sabia, ou chegaria a saber, que um filósofo repensa sempre o mundo desde o início. Ao escrever a *Ciência Sacrossanta*, Cantemir conquistou para si a liberdade adâmica e a falta de premissas – condição de todo filósofo que se respeita e que conhece sua missão. Ele realizou esse primeiro grande passo; seu segundo passo foi, infelizmente, uma queda maciça e conformista numa determinada doutrina que ele completou apenas com ideias sobre a Natureza emprestadas de famosos naturalistas místicos contemporâneos ou anteriores. Após aceitar às pressas uma metafísica *determinada*, ele, que poderia ter se tornado um Leibniz[17] do Oriente, foi obrigado a tratar de outras ciências e outros problemas. Inúmeros interesses pessoais e familiares fizeram-no correr atrás da boa vontade turca, tocando tambor nos banquetes dos serralhos do Bósforo ou, mais tarde, após a perda do trono, suportar a tristeza do exílio na Rússia e escrever um guia espiritual sobre a religião maometana para as expedições de Pedro o Grande.

ILUMINISMO MORAL

Um povo com heresias tão estranhas e pouco conformes com o ensinamento oficial eclesiástico, assim como o povo romeno, poderia ter gerado ao longo do tempo uma série de concepções absolutamente não conformistas sobre a divindade e o mundo. Num de seus poemas, o povo diz: "Senhor, Senhor, várias vezes repito Senhor! / Deus parece dormir / Com a cabeça num mosteiro / E não sabe de ninguém." Nesse poema, em citação integral, atribui-se à divindade um estado de sono e de desinteresse pelo mundo. Que estranhas implicações pode ter um poemeto popular de quatro versos! Como esse cântico de lamentação critica toda a doutrina pretensamente revelada da Igreja!

Verdade é que a nossa literatura popular critica a teologia oficial de várias maneiras a todo momento. Em algumas lendas cosmogônicas que circulam em diversas variações populares, diz-se por exemplo que o céu teria estado "no início" muito perto da terra, tão perto, que era possível tocá-lo com a mão se subíssemos numa cerca. Deu-se porém que o homem, em sua maldade e pecaminosidade, teria ferido o céu com pedras, manchando-o com sujeiras indescritíveis. Então Deus teria levantado o céu, afastando-o junto com si mesmo do mundo terrestre. Deus,

---

[17] Gottfried Wilhelm Leibniz (1646-1716), filósofo e matemático alemão, foi um dos fundadores do Iluminismo alemão. (N. T.)

concebido teologicamente como onipresente, sobretudo com sua graça infinita, é imaginado mais humano pelo povo. Deus teria estado um dia muito próximo do nosso mundo, mas depois ele se distanciou, punindo com seu desinteresse a criatura que não soube respeitar o céu assim como deveria.

Só uma experiência de vida repleta de desilusões, só graves amargores de natureza moral podem levar à convicção de que o homem tenha sido "abandonado" por Deus ou "caído vítima" das vicissitudes do destino. Só desilusões seculares podem criar imagens tão não conformistas sobre a divindade.

Um tal ambiente de pensamento – a nível folclórico – poderia ter ocasionado, num dado momento da nossa história, o surgimento de uma concepção ou mesmo de uma escola filosófica de orientação igualmente não conformista no que toca às ideias sobre a divindade. Isso poderia ter acontecido, por exemplo, no século XVIII, o Século das Luzes, caracterizado em grande parte pelo combate à crença numa presumida "revelação divina". A filosofia daquele século baseou-se em primeiro lugar na luz natural da mente humana, manifestando uma fobia em especial diante do sobrenatural e do suprarracional. A razão filosófica tentava credenciar sobretudo algumas ideias: Deus fez o mundo a partir da matéria, como um arquiteto. Impondo ao mundo "leis", Deus se retira do cosmos, manifestando por ele um desinteresse total. O mundo é deixado aos cuidados de si mesmo. No folclore romeno encontram-se ideias semelhantes, expressas de modo mais ingênuo, mas por vezes mais atrevido. A imagem do Deus que levanta o céu para se distanciar da terra, ou a imagem do Deus que dorme, não querendo mais saber de nada ou de ninguém, são imagens mais espantosas, pelo seu não conformismo em relação à pretensa "revelação", do que os ensinamentos deístas do Ocidente. Ao deísmo racionalista do Ocidente chegou-se com base na ciência experimental da natureza. O pensamento iluminista é uma elaboração teórica. Ele envolve as ciências exatas. Ele é um produto do conhecimento. Às imagens teológicas não conformistas próprias do folclore romeno chegou-se por um caminho completamente diferente, pela experiência de vida quotidiana do homem sujeito a terríveis desilusões e a tantos golpes do destino. As imagens teológicas não conformistas do nosso povo derivam em primeiro lugar de uma experiência de natureza moral. A "escola filosófica romena", que com certeza poderia ter sido uma realidade no século XVIII, não precisaria fazer outra coisa senão transpor em conceitos abstratos, numa teoria filosoficamente articulada, imagens como aquela sobre um Deus que dorme ou sobre um Deus que levanta o céu. Entretanto, não tivemos uma escola filosófica como aquela que imaginamos. Poderíamos ter tido, mas não a tivemos, pois as energias espirituais dos nossos poucos intelectuais do século XVIII estavam colocadas a serviço do "político". Os romenos da Transilvânia, onde o Iluminismo ocidental penetrou apenas sob a forma de relâmpagos silentes e distantes, depuseram esforços no sentido de uma luta reivindicatória. Exigia-se a realização de premissas sociopolíticas antes que o pensamento pudesse se concentrar na metafísica. O povo romeno tinha primeiro de sair de sua posição de povo "tolerado", tinha de conquistar suas liberdades, tornar-se nação política. E todas as energias espirituais foram canalizadas nessa única direção. O povo romeno tinha de criar seu lugar sob o sol antes de poder florescer e frutificar no espírito puro. A história então nos obrigou, uma vez mais, a perder uma ocasião de afirmação espiritual. As circunstâncias amputavam mais uma vez o nosso destino. Pois, antes de pensar na existência criadora, nosso povo foi obrigado a pensar em outra coisa: transformar-se de povo de servos numa nação de homens.

PÁTRIA E RESSURREIÇÃO

Na primeira metade do século XVIII, teve início na Transilvânia a luta dos romenos pela obtenção da igualdade de direitos, pelo seu reconhecimento como "nação política". Quem criou o programa e as armas ideológicas dessa luta foi o bispo de Blaj[18] – Inochentie Micu Klein,[19] talvez o mais importante político provindo da nação romena em terras transilvanas. Quando Inochentie assumiu a cadeira de bispo, os romenos da Transilvânia ainda eram, do ponto de vista jurídico e sociopolítico, uma massa amorfa que nada valia. Quinze anos mais tarde, quando Inochentie foi obrigado a se exilar em Roma, os romenos da Transilvânia ficaram com um programa de ação que desenhava sua linha de ação pelos próximos cento e cinquenta anos. Uma energia e uma lucidez absolutamente admiráveis depusera

---

[18] Cidade que constituiu, nos séculos XVIII e XIX, centro cultural dos romenos da Transilvânia. (N. T.)

[19] Inocențiu Micu Klein (1692-1768), bispo greco-católico romeno, é considerado o fundador do pensamento político romeno moderno. (N. T.)

Capítulo XVIII

Inochentie em sua ação e em seu programa. Ele ousou, pondo em jogo sua própria posição e assumindo todos os riscos, enfrentar a ordem e todas as interdições com uma determinação que haveria de levá-lo ao martírio. Um grande amor pela nação, um amor sem igual o inflamou. Acenaram-lhe todas as tentações da autoridade feudal, mas nenhuma foi capaz de ofuscá-lo. Inochentie foi torturado por uma única obsessão: ele desejava obter o reconhecimento de sua nação em nível de igualdade com as nações políticas. Ele desejava ver seu povo reinserido no destino que por séculos foi-lhe vetado. O bispo temerário estava quase sozinho; incentivado por uma massa ainda virgem de consciência, ele teve de lutar sozinho. Contra quem? Contra as outras nações. Contra as nações privilegiadas da Transilvânia, contra toda uma dieta formada por nobres magiares desmesuradamente arrogantes e por cidadãos saxões zelosos por manter suas liberdades só para si. Perseguido pelo ódio dos poderosos, Inochentie foi obrigado a fugir do Império. Refugiou-se em Roma, onde viveu dentro de um mosteiro como prisioneiro do papa por mais vinte e quatro anos, abatido de preocupação por seu povo e morrendo de saudades da "pátria". Os sofrimentos morais, espirituais e físicos do bispo encarcerado no templo de Roma foram ilustrados em suas missivas. Sobre a saudade de casa, sobre a intensidade dessa conhecida doença romena, podemos ter uma ideia ao ler essas cartas.

Numa dessas cartas expedidas do seu exílio monástico em Roma, Inochentie tanto exaltou a saudade de casa que a integrou à visão que nutria concernente ao fim do mundo. Como bom cristão que era, ele mantinha a esperança de um dia retornar para descansar na terra natal. O exilado deixou-se inquietar pateticamente pelo pensamento de que, no Juízo Final, não se pode "ressuscitar" a não ser na terra de sua própria "pátria". Inochentie levou uma vida inteiramente devotada aos interesses e aspirações de emancipação da nação. O sentimento que nutriu sua chama acabou assumindo a forma desse patriotismo escatológico. Um patriotismo tão profundo, que exige perspectivas escatológicas para conseguir ser expresso, constituindo exemplo de sentimento e pensamento. Vemos o monge torturado, atormentado em sua pequena cela em Roma, pelos sofrimentos do exílio. Ouvimos como suspira: "Não se pode ressuscitar dos mortos a não ser na terra da sua pátria!" Que desespero do espírito deve ter invadido Inochentie para que chegasse a exprimir dessa maneira o amor pelo seu povo! Que energia de sentimento, que força de visão!

Surgiu diante de nós a carta de Inochentie em que a esperança da ressurreição dos mortos é intimamente ligada à terra da pátria. Não podemos mais esquecê-la em sua trágica e sublime beleza e dilaceração. Com que teria nos presenteado semelhante espírito, em outras circunstâncias e num nível histórico mais elevado! Mas só isso já basta para fazermos frente a qualquer comparação. Pois a carta de Inochentie a que nos referimos pesa bastante. Pesa mais do que o famoso volume de extraordinários "discursos à nação" conhecido pela literatura universal.

INÍCIO E FUNDAMENTO

Na segunda metade do século XVIII, a tendência na direção do pensamento iluminado promoveu por toda a Europa textos de iluminação dos povos. Esse ambiente iluminista estendeu-se também sobre a Transilvânia. Os sábios da Escola Transilvana,[20] especialmente seus três corifeus: Samuil Micu Clain,[21] Gheorghe Şincai e Petru Maior, torturavam-se com a lúcida constatação de que deveriam, na curta duração de uma vida, alçar à altura de um século iluminadíssimo um povo que sofria de séculos de atraso. Eles sentiam-se instados a cumprir impetuosamente o que a história por tanto tempo negligenciara. Estavam conscientes de que depunham energia no sentido de erguer, ao nível da luz daquele século, uma cadeia de montanhas afogadas nas trevas. Todo um mundo

---

[20] A Escola Transilvana foi um importante movimento cultural gerado pela união da metrópole dos romenos transilvanos com a Igreja Romano-Católica, o que deu origem à Igreja Romena Unida a Roma, ou Igreja Greco-Católica. Além de defender a tese, conhecida como "latinismo", segundo a qual os romenos transilvanos eram descendentes diretos dos colonos romanos da Dácia, a Escola inscreveu-se no contexto do Iluminismo alemão, ou *Aufklärung*, distinguindo-se do Iluminismo francês por não ter constituído uma corrente anticlerical. Além de ter contribuído para a emancipação espiritual e política dos romenos transilvanos, a Escola introduziu o alfabeto latino, substituindo a escrita cirílica na língua romena.

[21] Samuil Micu Clain (1745-1806), sobrinho de Inochentie Micu Klein (1692-1768), escreveu seu nome utilizando uma ortografia que respeitava os princípios da Escola Transilvana. Blaga analisou em detalhe a contribuição dos corifeus iluministas em seu estudo *O Pensamento Romeno na Transilvânia do Século XVIII*, publicação póstuma de 1966. (N. E. Romeno)

Capítulo XVIII

do espírito tinha de ser construído às pressas a fim de compensar a história perdida. O "livro" e o "ensinamento" eram para eles os meios de um salto histórico que tinha de ser apressado e estimulado de todas as maneiras. Tratava-se de um verdadeiro messianismo do livro. Só Samuil Clain escreveu cerca de sessenta livros nas mais diversas áreas: livros de teologia, eclesiásticos, livros de história e filosofia. Interessavam-lhe também as questões de uma ortografia etimológica e de uma gramática. Traduziu a Bíblia. Claro, a maior parte de seus livros são traduções, mas naquela época as traduções equivaliam quase a uma nova criação, pois temos de levar em consideração a luta que o escritor travou com a palavra – e sobretudo com a palavra ausente.

Samuil Clain foi um espírito genuinamente universal. O simples passar em revista de suas obras seria uma prova suficiente. Em todo caso, ele é o primeiro grande escritor romeno da Transilvânia. Nas condições em que começou a trabalhar, era natural que a questão da fundação de uma língua literária nacional lhe fosse colocada num nível de preocupação mais amplo e diferente do que fora anteriormente colocada a diversos tradutores de livros eclesiásticos ou mesmo cronistas.

As obras filosóficas de Clain, tanto as publicadas como as que ainda se mantêm manuscritas, suas obras especificamente filosóficas, também foram "traduções", uma espécie de tradução que permitia, aqui e ali, alguns desvios do texto original, algumas adaptações sobretudo no que concerne aos exemplos com que se ilustram os ensinamentos expostos. O original traduzido por Samuil Clain foi o tratado de filosofia de Friedrich Christian Baumeister,[22] publicado em 1747. Os manuais de filosofia de Baumeister estavam completamente embebidos pelo espírito do pensamento e do método do filósofo Christian Wolff[23] que, com suas obras e atividades, logrou se tornar o filósofo oficial do Iluminismo alemão, situando seu prestigioso nome ao lado do de Leibniz.

Clain traduziu *A Lógica* de Baumeister em 1781, a obra tendo sido publicada porém apenas em 1799 em Buda. Outra obra do mesmo autor traduzida por

---

[22] Friedrich Christian Baumeister (1709-1785), filósofo alemão, ficou conhecido sobretudo por propagar, por meio de manuais, a filosofia de Christian Wolff. (N. T.)
[23] Christian Wolff (1679-1754), célebre polímata, jurista e matemático alemão, foi um dos mais importantes filósofos do *Aufklärung*. (N. T.)

Clain intitulava-se *As Leis da Natureza, Ithika e Política ou A Filosofia Ativa*. Ao ler essas obras de filosofia, é inevitável assemelhar a figura de Samuil Clain à de Fausto na cena em que o mago medieval tenta traduzir o início do Evangelho de São João: "No início foi o verbo." Com todos os livros de filosofia que fez questão de transpor na língua romena, Samuil Clain acabou antes percebendo a imensa importância do verbo. As dúvidas, as sondagens, os equívocos, a aflição e os dilemas em que o tradutor mergulhava a todo momento mal podemos mais imaginar, nós que hoje temos à disposição uma língua que está muito longe de ser a língua despojada da época de Clain.

Numa passagem de sua *Lógica*, Samuil, ao falar de "julgamentos" – em especial os singulares – dá como exemplo a seguinte frase: "Samuil Clain muito se esforçou em escrever a *Lógica* em língua romena." Tal intervenção pessoal numa fria exposição de problemas de lógica, bastante inesperada para o leitor, que sabe, através dos historiadores literários, que essa *Lógica* é uma tradução, constitui um elemento surpresa, um elemento certamente emocionante a seu modo, e que nos incita a buscar o significado que o esforço de Samuil Clain encerra no desenvolvimento do pensamento romeno. Recusamos a análise cômoda, segundo a qual a *Lógica* de Samuil Clain seria uma tradução no sentido comum da palavra. Há transposições e transposições. Cabe lembrar que nem as primeiras traduções da Bíblia nas línguas nacionais modernas foram meras traduções, mas representam verdadeiros atos fundadores de algumas línguas literárias. A tentativa de Clain ainda era singular a seu modo; sua importância reside na proposta de uma *terminologia* filosófica romena. Trata-se aqui da criação de um verdadeiro universo linguístico – ou pelo menos da criação de uma linguagem destinada a revestir um olimpo de "essências". Clain deixou-se certamente orientar pelo desejo de gerar uma terminologia que fosse o mais próxima possível da compreensão popular. A tentativa de Clain ainda abrange porém outros aspectos. Ela sem dúvida foi presidida pelo exemplo oferecido por outros povos, por aqueles povos que haviam procurado ou ainda procuravam pensar o mundo filosoficamente em sua própria língua. Os gregos antigos forneceram tal exemplo, enquanto os alemães da época de Samuil Clain repetiam o exemplo. Os esforços de Samuil Clain confluíam para a fundação de uma linguagem filosófica romena, uma linguagem que não se contentava em assimilar neologismos, mas

Capítulo XVIII

que tentava *repensar* as coisas de maneira filosófica, penetrando até as "raízes" da nossa própria língua. A tendência pela qual Clain é levado não é em absoluto a de enriquecer a língua romena, introduzindo sem opção termos oferecidos pelo latim. Seu pensamento foi sobretudo o de "romenizar", de fato ou por delimitação, a terminologia filosófica vigente, de origem grega ou latina. Cabe sublinhar a prudência e o cuidado que Samuil Clain dedicou a essa sua tarefa, destinada ao fracasso por inúmeros motivos. Os livros filosóficos que traduziu eram, sob o prisma terminológico, o produto de um processo duplamente milenar. Clain teria facilitado imensamente seu trabalho de tradutor caso houvesse aceitado como tais os termos latinos. Mas o desejo de falar o mais perto possível da compreensão popular, a consciência que tinha das possibilidades intrínsecas da língua romena, além da concepção que formara sobre o manto com que haveria de revestir o pensamento filosófico romeno, impuseram-lhe uma outra atitude. Ele só aceita o neologismo quando não encontra na língua romena popular nenhum equivalente ao termo a ser expresso, nenhum elemento utilizado ao menos na delimitação do termo em questão. Nesse sentido, os esforços de Clain para transpor em língua romena as disciplinas filosóficas foram realmente extraordinários. Na introdução de qualquer manual de lógica encontraremos termos específicos da área, tais como "axioma" ou "definição". O que decide fazer Clain? Para cada um desses termos, ele primeiro procura *raízes romenas*, e só quando não as encontra é que adota, acanhado, o termo estrangeiro. Eis por exemplo o termo *definitio*: orientado pelo critério já mencionado, Clain procura um equivalente romeno. Não nos sobrou nenhum vestígio relativo ao processo de farejar a mais adequada e autêntica palavra romena, processo necessário às transposições, mas imaginamos que a operação não era nada fácil. *Definitio*? "Decisão", diz Clain, considerando que "definir" significa "limitar" algo, estabelecer-lhe uma fronteira para distingui-lo de outra coisa.[24] Para o termo "axioma", porém, Clain não consegue encontrar nenhum equivalente romeno. Assim, ele o aceita como tal: "axiomă". Alguns neologismos são aceitos por Clain, como por exemplo "ideia". Mas, ao invés de "cauză", ele prefere "pricină"; ao invés de

---

[24] Para compreender a explicação do autor, cabe esclarecer que, em romeno, as palavras "decisão" (hotărâre) e "fronteira" (hotar) têm a mesma raiz. (N. T.)

"corpuri" (na física), ele diz "trupuri". Ao invés de "gen" – "neam".[25] Ao invés de "silogismos que pecam por *quaternio terminorum*", Clain diz "silogismos pérfidos e maléficos que têm quatro línguas". E assim por diante. Ao pesquisar os seus manuscritos, realizei uma descoberta impressionante, na parte interna de uma capa, com relação à labuta de Clain. Ele por vezes deixava-se atormentar durante décadas para "romenizar" um único termo. Assim, o termo "princípio", tão frequente na lógica ou na metafísica, Clain traduz primeiro como "início"; trinta anos depois, ele traduz o mesmo termo como "fundamento". Não se trata aqui de uma mera façanha linguística, mas do testemunho mais contundente de como o pensamento filosófico de Clain se aprofundou. Na juventude, Clain ainda pensava muito teologicamente; por isso, *principium* era para ele "início"; mais tarde, dispondo de um pensamento mais filosófico e mais metafísico, ele escreveu "fundamento".

A tentativa de "romenização" de Clain não teve sucesso, pois o neologismo saiu vitorioso. Em prol da precisão da terminologia filosófica romena, foi certamente bom que o neologismo tenha vencido. Mas quanta plasticidade, quanto vigor, quantas nuances e que sabores, que profundezas e que perspectivas poderiam introduzir-se na linguagem filosófica romena se às vezes, no lugar adequado, fosse de novo empregado o vocábulo genuinamente romeno assim como foi "radicalmente" revelado e conscientemente louvado por Samuil Micu Clain!

AS PALAVRAS ORIGINÁRIAS

Numa época de efervescência linguística e historiográfica, assim como foi a da Escola Transilvana, cujos representantes tinham ainda por cima inclinações filosóficas tão pronunciadas, poderíamos projetar a figura de um pensador a seu modo mais especulativo do que todos aqueles cuja existência conhecemos. Podemos imaginá-lo concentrado sozinho em outros enigmas da língua em geral. Teria sido possível haver então um pensador excepcional, capaz de conceber um

---

[25] O autor demonstra como Samuil Clain, pelo menos nos exemplos propostos ("causa", "corpos" e "gênero" ou "raça"), preferiu, em detrimento do léxico romeno de origem latina, vocábulos romenos em sua maior parte de origem eslava. (N. T.)

mito mais amplo, repleto de significados inarticulados, mais profundos, e temperado com uma filosofia ou mesmo com uma teologia da língua.

Esse pensador poderia ter dito o seguinte:

Todas as coisas foram primeiro "nomeadas" por Deus, pois elas só se fizeram com a "nomeação". Mais tarde, Adão também deu de novo mais um nome às coisas.

Os nomes ou as palavras com que Deus nomeou as coisas não nos são conhecidos. Com palavras divinas o homem poderia, apenas pronunciando-as, criar todas as coisas a seu bel-prazer.

As línguas humanas, quantas sejam, são o resultado de um processo de degradação e desfiguração. Elas provêm da segunda nomeação inicial de todas as coisas, da língua de Adão. Dessa língua de Adão conserva-se um pouco em todas as línguas. A língua vigorosa e inicial de Adão se perdeu, como se sabe, no turbilhão dos acontecimentos da torre de Babel. Caindo vítimas da soberba e do pecado, os homens quiseram enfrentar qualquer decisão futura de Deus, inclusive o castigo, que viria sob forma de dilúvio. Então eles tentaram construir a torre. Deus porém desbaratou sua capacidade de se entenderem uns com os outros. As línguas, tantas quantas surgiram depois da dispersão dos homens por toda a terra, originam-se portanto do castigo pela soberba e pelos pecados dos mortais. Essa maldição oprimiu as línguas até o momento em que o Espírito Santo, ao descer sob a forma de línguas de fogo, mandou todos os apóstolos falar às massas. Assim, as línguas, com a suspensão da maldição, voltaram a se santificar. Tornaram-se um manto realmente digno para revestir a boa-nova da encarnação de Deus na terra. Desde a santificação das línguas realizada pelo Espírito Santo, cada povo adquiriu o direito de amar sua língua mais do que qualquer outra coisa.

Eis um mito que legitima o grande número das línguas humanas. Nosso pensador infundiu nesse mito um pouco de teologia. Além disso, porém, ele ainda insuflou muita filosofia luciferiana e pensamentos usurpadores.

Sua ideia inicial foi a de reconstituir, a partir das línguas humanas, a própria língua divina, as palavras com que Deus criou, nos primórdios, todas as coisas. Foi essa a intenção luciferiana do nosso pensador, vindo justamente das trevas da Idade Média. Ele quis de alguma forma descobrir as palavras com que Deus fez o mundo. Ele nutria uma esperança diabólica por apanhar as Palavras originárias e, assim, adquirir poderes criadores sobrenaturais. Todas as suas tentativas foram decerto frustradas. Nosso pensador estava convencido de que, na língua inicial, a de Adão, assim como em todas as línguas humanas produzidas pela confusão babilônica, seria possível encontrar faíscas e reflexos da força que tiveram as palavras de Deus. Haveria, portanto, em cada uma das línguas faladas pelo homem, Palavras de feitiço, palavras que teriam o dom de se materializar de certo modo sozinhas, ou ao menos palavras que dariam a ilusão de uma suprema materialização. Cada povo dá à luz poetas, santos e pensadores que sabem escolher, de sua própria língua, as Palavras de feitiço e de poder que ainda refletem ou ainda imitam a língua de Deus. Agita-se, em sua profundeza demoníaca, na alma desses poetas, santos e pensadores, a aspiração secreta e usurpadora de flagrar as palavras com que Deus fez tudo o que existe. Eles criam e realizam através das Palavras de feitiço. Seu cântico é a ação. Sua ação são os cânticos.

Não há dúvida de que a tentação dos poetas, santos e pensadores em revelar e até mesmo descobrir as palavras divinas seja "diabólica". Mas, ao que parece, sem uma certa "diabrura", as mais belas e maravilhosas obras humanas não poderiam se realizar.

A METAMORFOSE

O período entre os anos 1800 e 1825 produziu em nosso continente um elã de criação metafísica que o espírito europeu só conhecera duas vezes: na Antiguidade e no século XVII. Perguntamo-nos se, na época em que uma famosa plêiade de pensadores idealistas erguia na Alemanha uma nova metafísica (com tantas variações), não teria sido possível surgir também entre nós, de uma maneira ou de outra, o homem metafísico. Aquele foi um momento único do espírito. Teria sido realmente impossível surgir, por exemplo, perto da igreja de São Nicolau do bairro Şchei de Braşov, um pensamento laico especulativo assim como a época exigia? A cidadela de Braşov, onde prevaleciam os saxões, descendentes do reformador Honterus,[26] não incitou nenhum romeno à criação? É quase impossível

---

[26] Johannes Honterus (1498-1549) foi um sábio humanista saxão, reformador religioso dos saxões da Transilvânia. (N. T.)

imaginarmos Brașov ou Sibiu desprovidas de tais presenças espirituais. Eis como poderia ter pensado, em condições normais, naquela época e naquele cruzamento de meridianos, uma mente ocupada também por outras questões além das linguísticas e historiográficas. Eis um dos esboços metafísicos aos quais o céu poderia ter convidado uma mente transilvana.

Deus foi, o mundo é. Quando o mundo não for mais, Deus será de novo.

Deus e o mundo representam duas fases alternantes no desdobramento de uma única substância. Quando o mundo é, Deus não pode ser, pois o mundo é Deus sob outra forma.

A existência em sua totalidade é um processo infindo da transformação de Deus em mundo e do mundo em Deus. A existência, em sua totalidade desdobrada no tempo, representa uma metamorfose teocósmica incessante. Ao longo dos éons, quando Deus é, o mundo ainda não é, embora seja elaborado no pensamento dele. Ao longo dos éons, quando o mundo é, Deus cessa de ser; mas ele é elaborado de novo no mundo, através de uma interiorização e desmaterialização graduais. O homem é parte essencial do mundo: um "transformador" do mundo em Deus. Este é o significado supremo da sua existência.

Em sua fase teomorfa, a Substância absoluta da existência é energia espiritual, interiorizada e concentrada em si mesma, não espaço. Essa substância se transforma totalmente em "mundo", materializando-se. O espaço nasce junto com o mundo e desaparece junto com ele.

O tempo, porém, foi, é e será. O tempo é ritmo, cadência, palpitação da substância. O tempo é, em seus grandiosos momentos, encruzilhada entre Deus e mundo, entre mundo e Deus. O tempo é a alternância sem começo e sem fim da Substância única, do registro teomorfo para o registro cósmico e vice-versa.

A religião do homem? A religião mais elevada consiste na fé em um Deus que não é, mas que foi e será. Se Deus fosse, o mundo não poderia ser e, por conseguinte, nem o homem; Deus e o mundo se excluem reciprocamente. Na fase em que Deus não é, o homem não poderia ter nenhum sentido. Através do "homem", muito mais do que através de qualquer mundo, elabora-se a fase divina da existência. Essa é a grande metamorfose durante a qual a lagarta do mundo se transforma na borboleta divina. Com que outra coisa mais bela e grandiosa poderia se saturar o tempo infindo?

O GRANDE CEGO

Talvez houvesse sido o caso de surgir um outro sistema de pensamento metafísico em Sibiu, a partir da mente de um dos discípulos de Gheorghe Lazăr,[27] grande professor que trouxe de Viena muitos ensinamentos filosóficos. Podemos imaginar tal sistema, partindo tanto do pensamento camponês, como também de inspirações ocidentais.

Uma lenda que circula em diversas versões em várias regiões do país diz o seguinte: "Dizem que no início, quando Deus fez o céu e a terra, calhou de a terra ser maior que o céu, de modo que ela não coube debaixo da tenda do céu; não se podia mais ver o sol, nem as gotas de chuva, nem os flocos de neve. O que Deus fez para consertar as coisas? Foi-se aconselhar com o ouriço. Chamou a abelha e a enviou como emissária até o ouriço. A abelha foi e disse: 'Olha, titio ouriço – ou sabe-se lá como ela disse – Deus me mandou até aqui para lhe perguntar como pode enfiar toda a terra debaixo do céu.' 'E ele mandou você perguntar justo para mim, um retraído como eu? Mas o que é que eu posso saber?', respondeu o ouriço, aborrecido. 'Vai e diga que eu não entendo dessas coisas!' A abelha foi embora, mas, ao invés de sair, pousou na maçaneta da porta; o ouriço, achando que ficou sozinho, pôs-se a resmungar: 'Hum, ele, Deus, depois de ter brincado comigo, fazendo-me tão feio e retraído, agora quer que eu ensine a diminuir a terra. Antes me desse ele força suficiente para comprimir a terra com minhas patinhas até enrugá-la, formando montanhas e vales – aí sim caberia!' Então a abelha espertalhona saiu voando da maçaneta da porta e levou às pressas a notícia para Deus. Assim, Deus criou as montanhas e os vales."

A lenda do ouriço como animal inteligente circula em muitas versões, na Bucovina, na Transilvânia, até a Muntênia. Podemos depreender algum significado mais profundo e oculto sob o ingênuo invólucro da lenda? Nada mais simples. Entremeiam-se na lenda uma série de significados. Primeiro, ficamos sabendo que as coisas do mundo não foram feitas por meio de um ato criador inicial. Suspeita-se que o primeiro resultado da Gênese tenha sido uma grande desarmonia, uma

---

[27] Gheorghe Lazăr (1779-1823), pedagogo, teólogo e engenheiro romeno, é considerado o fundador do ensino em língua nacional da Valáquia. (N. T.)

assimetria entre o céu e a terra que teve de ser removida através de uma ação epigenética. Alguns feitos (montanhas, vales) são criações circunstanciais, frutos de um impasse, meras medidas para remover uma falha primária observada demasiado tarde na construção do mundo. É evidente que a cosmogonia bíblica, só em razão desses detalhes, foi decididamente ultrapassada e modificada. Dessa lenda ainda se depreende a ideia, bastante reconfortante para a fraqueza humana, de que nem Deus lograra desde o início, com um só gesto, realizar uma obra de perfeita harmonia. Pelo contrário, a criação sofria de uma lamentável falha. Mas a lenda ainda contém um outro sentido latente, muito mais grave, e que contradiz fundamentalmente o dogma sobre a onipotência e a onisciência de Deus. Deus não foi capaz de consertar sozinho o erro que cometeu. Ele precisou de um conselheiro cosmogônico. Que esse conselheiro calhou de ter uma aparência tão insignificante – isso não deve nos preocupar. O próprio Espírito Santo encarnou também em outras criaturas insignificantes. A lenda, portanto, aprofunda inesperadamente a perspectiva da Gênese bíblica, imaginando como primeiro resultado da Gênese uma imensa discrepância cósmica que exigia urgentemente e sem falta um segundo ato, de correção, de perfeição. Em paralelo com o aprofundamento da perspectiva, constatamos também nos termos da lenda uma surpreendente humanização do Criador, que não é visto como onisciente.

 A originalidade de um povo não se manifesta só nas criações que lhe pertencem exclusivamente, mas também no modo como assimila os temas de larga circulação. O fenômeno da assimilação se torna extraordinariamente interessante e concludente, sobretudo quando os temas se apresentam ao espírito de um povo com o prestígio da intangibilidade, com a aura daquilo que é submetido a um regime especial de proteção. No caso das lendas, como a supracitada, os temas são sacros, canônicos. Mas quão não conformista é capaz de ser o espírito de um povo para tratar e modificar tais temas!

 Retornemos, porém, ao discípulo imaginário de Gheorghe Lazăr. Intrigado pela ingênua espontaneidade das lendas, ele não poderia pensar adiante? A experiência de vida, a observação quotidiana, os resultados do pensamento filosófico e científico poderiam orientá-lo na direção de uma metafísica mais ampla, menos ingênua, mais racionalista, mas tão não conformista em relação aos dogmas da ortodoxia quanto a concepção que ele poderia depreender de sob o invólucro das lendas.

Admitamos – ele poderia dizer – que no mundo age um espírito divino, como a alma dentro de um corpo. Reconheçamos que tal espírito seja absolutamente poderoso e ciente de diversas coisas. A experiência quotidiana e o pensamento filosófico e científico frequentemente nos fazem ver, na estrutura do mundo e nas finalidades da própria vida na terra, muita razão e muito sentido. Mas a mesma experiência e o mesmo pensamento levam-nos à situação de por vezes descobrir tantos defeitos e graves erros de estrutura, como também tantas absurdas elaborações e tantos disparates, que mal podemos atribuir a "onipotência" e a "onisciência" a um Espírito do Mundo.

O discípulo imaginário de Gheorghe Lazăr poderia ter feito descobertas sobre a vida fóssil de outras eras geológicas. Em torno dessas descobertas, ele poderia ter especulado de maneira livre e singular. Se tivesse observado a evolução biológica do nosso planeta, não poderiam passar-lhe despercebidas as formas de vida que de vez em quando parecem fracassar. Se um princípio divino age na produção dessas formas, parece que, com frequência, o próprio princípio "tateia" em busca de soluções que não encontra. Poder-se-ia dizer que o Espírito do Mundo se tortura, se agita, tenta, abandona seus projetos, avança gradualmente, adivinhando muitas vezes como um cego que dispõe de alguns poucos elementos de orientação, mas que carece de uma visão clara, solar. Em comparação com o Espírito divino que anima e organiza o mundo por dentro, nós, homens, somos com certeza bastante impotentes. Devemos porém desconfiar do fato de que em nós tenha se acendido uma certa "inteligência" de largos horizontes, que sonda os enigmas da existência de uma maneira diferente do que a do Grande Espírito, e de um modo que poderia fazer com que nós, homens, pudéssemos às vezes ver o absurdo e o disparate que se insinuam em tantas formações do mundo. Isso não significaria que nós, pobres criaturas, poderíamos por vezes ser úteis ao Espírito cósmico? Talvez Deus seja o Grande Cego à espera de que nós, seus filhos, o guiemos pela mão, pois nós temos a visão solar que ele não tem. O Grande Cego possui decerto uma força e uma ciência que nos ultrapassa desmesuradamente. Isso não impediria o homem de se dotar com o sentido da visão solar que falta ao Grande Cego. Será que, em certas circunstâncias, o Espírito do Mundo não poderia ter necessidade de nós, homens, na qualidade de conselheiros cosmogônicos, assim como o Deus da lenda precisou do conselho do ouriço para criar as montanhas e os vales?

Capítulo XVIII

Num dos domingos dedicados à metafísica, Leonte afirmou com um sorriso, conforme o relato de Ana, que ele teria encontrado nalgum lugar os manuscritos de um pensador romeno, mais velho que ele, que teria legado um amplo sistema filosófico, bem costurado, mas completamente desconhecido. O tal pensador teria evitado revelar as obras, pois suas ideias criticavam o espírito positivista da época. Sua concepção se baseava na ideia de "matéria mágica".

A MATÉRIA MÁGICA

O pensador, cujos manuscritos não foram impressos, contribui para a filosofia do tempo com um novo conceito, o de "matéria mágica". A "matéria mágica" é compreendida como fator essencial da relação entre matéria e espírito. Pois esses são os elementos básicos que o nosso pensador admite na construção do mundo: a matéria e o espírito. Mas para explicar as relações e a colaboração entre essas substâncias metafísicas, o pensador romeno ainda admite um terceiro elemento: a "matéria mágica". A matéria mágica! Eis as ideias concebidas pelo nosso pensador a esse respeito. Suas preocupações em torno do assunto começaram já na época de seus estudos universitários, concluídos no estrangeiro durante a Primeira Guerra Mundial. Na capital de um império prestes a se esfacelar, o estudante casualmente travou contato com círculos espíritas. Apesar da aversão nutrida pelo "espiritismo", deu-se que o estudante assistiu a algumas reuniões com um personagem mediúnico austríaco em torno de quem, para o estupor do nosso jovem, produzia-se, em condições rigorosamente controladas, uma série de fenômenos ocultos. As reuniões chamadas "espíritas" ocorriam na casa de um professor universitário, num aposento que ficava à disposição para ser esquadrinhado, examinado e rebuscado por todos os cantos, com qualquer meio de investigação, a fim de garantir à assistência que não haveria fraude, casual ou não, na produção dos "fenômenos". O pensamento do jovem romeno passara por todos os rigores do criticismo. Ele declarava abertamente aderir apenas a filósofos que levam em consideração os resultados das ciências exatas, baseados nos paradigmas galileu-newtonianos. No contexto das reuniões "espíritas", o jovem convenceu-se, nas condições experimentais severissimamente controladas, que, em torno do personagem mediúnico que caía em transe, se produziam, entre outros, certos fenômenos de levitação que dificilmente poderiam se harmonizar racionalmente às leis galileu-newtonianas da matéria. O jovem romeno viu uma mesinha deslocando-se com um estampido cerca de trinta centímetros sem ser tocada por nenhum dos presentes. Alguns deles opinaram que a mesinha havia sido deslocada por um "espírito" manifestado pelo personagem mediúnico (o próprio "médium" alegava, em estado de transe, poder "agir" com a ajuda de um espírito). Outros dentre os presentes alegaram que a mesinha teria sido colocada em movimento por um meio substancial anormal, emanado do próprio personagem mediúnico. O fenômeno, que consistia no deslocamento da mesinha sem qualquer toque acessível à observação comum, bem como outros tantos fenômenos, certamente ainda mais misteriosos, teriam sido produzidos em estado de transe por parte do próprio médium, e não por parte de um pretenso "espírito" que se manifestaria por seu intermédio.

A teoria e as considerações do filósofo romeno com relação à "matéria mágica" partem de tais observações e opiniões. Os objetos materiais em derredor do personagem mediúnico teriam sido colocados em movimento por parte do próprio médium, não por seus órgãos anatômicos, mas por órgãos formados *ad hoc* por "matéria mágica", ou seja, uma matéria que assume a forma do pensamento. Em certas condições, mãos, braços, pernas, bastões, cordas e outras coisas poderiam se formar, invisíveis ou mesmo visíveis, a partir da "matéria mágica" que o personagem ou sujeito mediúnico teria à disposição em seu próprio corpo. Essa matéria mágica hipotética, à disposição do sujeito mediúnico, com certeza permanece, ainda por muito tempo, uma realidade misteriosa, porém menos misteriosa e mais compatível com as leis galileu-newtonianas do que a intervenção de "espíritos" vindos do império dos mortos. Certas inclinações cientificistas orientaram o nosso pensador na criação de uma ampla teoria dedicada à "matéria mágica", pois simples opiniões sobre a existência de uma substância ideoplástica à disposição de sujeitos mediúnicos haviam circulado antes que o filósofo romeno desenvolvesse, numa ampla concepção metafísica, semelhante suposição.

Desde o início, nosso pensador afirmou que essa "matéria mágica", caso exista, não poderia ser uma realidade excepcional apenas em função de tal ou tal personagem mediúnico. A matéria mágica deve ser uma realidade geral, constituinte da vida comum. A hipótese de uma "matéria mágica" não pode permanecer uma hipótese para explicar fenômenos "anormais" como por exemplo levantar à distância objetos materiais. A hipótese de uma "matéria mágica" tem que se transformar numa teoria de grande envergadura, destinada a explicar inclusive fenômenos "normais", em especial inúmeros fenômenos que infelizmente não constituem mais "problemas" para nós. Esses fenômenos normais cessaram de ser "problemas" não porque podemos explicá-los, mas porque nos acostumamos a eles. Décadas a fio o pensador romeno estudou as possibilidades de desenvolvimento e de ampliação de sua teoria dedicada à "matéria mágica" – até mesmo em áreas que consideramos "normais", e não "ocultas". Assim, uma simples hipótese ocasionada pela observação de certos fenômenos ocultos começa a se ampliar, a se aprofundar e a se articular para se tornar uma teoria *metafísica* relacionada a inúmeros fenômenos que consideramos "normais" e que, como tais, cessaram de chamar nossa atenção.

O eterno problema, sempre retomado, das relações entre "espírito" e "matéria" abre-se de novo diante de nós. O pensador romeno debruçou-se sobre ele ao longo de milhares de páginas, tanto ligadas a fenômenos "normais", como também relacionadas a fenômenos "anormais". Que ligação existe e pode existir entre consciência e corpo, entre alma e fisiologia, entre espírito e matéria? O aspecto consciente e o aspecto coporal da nossa unidade orgânica vital seriam apenas duas facetas diferentes de uma mesma realidade? Spinoza apresentou em sua *Ética* o "pensamento" e a "matéria" como dois atributos permanentes de uma única substância. A substância vista de dentro seria pensamento (consciência); a mesma substância, vista de fora, seria matéria. As dificuldades dessa metafísica já começam no vocábulo "ver". Pois quem "vê" a substância, ora de dentro, ora de fora? Conforme as próprias premissas spinozianas, além da substância seria impossível existir outro sujeito que "veja". Mas contra a metafísica de Spinoza podem-se levantar também outras objeções. Bastam os indícios objetivos de que, no universo, a consciência não tem a mesma extensão nem a mesma frequência da matéria. Podem-se citar ademais argumentos que advogam categoricamente contra uma identidade de substância da matéria e do espírito. Nosso pensador assumiu a tarefa de reunir, a partir de livros de outros pensadores, todos esses argumentos, aumentando sua quantidade com outros argumentos bastante pessoais.

Resta portanto em pé a opinião de que o espírito e a matéria coexistem como duas realidades separadas, mas que se relacionam entre si, assim como nos prova a vida pessoal capaz de atos corpóreos sob as ordens da consciência. Mas como essa relação é possível?

Alguém decide registrar um pensamento no papel. E eis que sua mão começa a escrever. Como é possível essa relação entre o fenômeno psíquico e o fenômeno corporal? Ao examinarmos mais de perto os fenômenos psíquicos, por meio da introspecção e outros meios, descobrimos que eles são totalmente *diferentes* dos corporais. Os fenômenos psíquicos, como por exemplo os das associações de ideias (conforme as conhecidas leis psicológicas da analogia, da contiguidade e do contraste), não podem ser de modo algum coordenados por fenômenos material-corporais que têm suas próprias leis, de uma causalidade que nem um pouco se parece com a causalidade psíquica. O psíquico e o físico são incomensuráveis. São realidades que podem coexistir. Mas a influência, porém, de um sobre outro, gera um grande ponto de interrogação. A relação pode ser constatada, claro, na ponta do lápis. Mas o problema continua em pé: como se realiza tal relação?

O problema é certamente de natureza metafísica e, como tal, ele será sempre retomado pelos pensadores. Houve no passado alguns metafísicos que, ao tentarem penetrar na natureza da relação entre espírito e matéria, viram-se obrigados a capitular, afirmando que uma relação entre fatores tão incomensuráveis seria possível apenas como milagre divino.

Nosso pensador desenvolve uma nova teoria sobre a situação. Intercala entre consciência e corpo um terceiro termo. Ao considerar o psíquico como substância ou manifestação de uma substância *sui generis*, ao considerar igualmente o físico como uma substância que não guardaria nenhuma semelhança com a primeira, como seria possível imaginar que se produzam relações evidentemente constatadas entre eles? Essas relações talvez se esclareceriam com mais facilidade ao se admitir a existência de uma terceira substância que, por sua natureza, participaria tanto das características psíquicas, como também de algumas características físicas. Como tal substância mista poderíamos imaginar a matéria mágica. A matéria mágica se comportaria, sob alguns de seus aspectos, de certo modo psiquicamente, traindo uma certa intencionalidade; mas, sob outros aspectos, ela se comportaria como a matéria com a qual teria em comum, em primeiro lugar, a extensão e a possibilidade de assumir formas espaciais.

Capítulo XVIII

Desenvolvamos a teoria, aplicando-a no contexto dos problemas que nos atraem. Emitiu-se a hipótese de que o sujeito mediúnico precisaria de uma "matéria" da qual se valeria para produzir simulacros de órgãos necessários para movimentar uma mesa à distância. Nosso pensador considera que tal "matéria mágica" precisaria não só de um sujeito mediúnico "anormal" para produzir os fenômenos, como também de um sujeito "normal" para todas as suas ações em que o psíquico e o físico juntos constituem fatores envolvidos de uma forma ou de outra. Se o sujeito mediúnico precisar de matéria mágica para movimentar uma mesinha à distância, é muito provável que qualquer sujeito normal também precise de matéria mágica para movimentar seu próprio braço. Na minha consciência brota a intenção de mover minha mão. Como se realizará *fisicamente* esse gesto *pensado* que, em si e por si, não se sabe que efeito pode ter sobre o meu corpo (inexistindo qualquer semelhança entre o psíquico e o físico)? Eu provavelmente mexo minha própria mão exatamente como o sujeito mediúnico move a mesa à distância: valendo-se da "matéria mágica", fator intermediário entre o psíquico e o físico em todos os fenômenos que se produzem nos dois planos. A diferença entre mim, sujeito normal, e o sujeito mediúnico anormal é apenas a de que o sujeito anormal dispõe da "matéria mágica" de si mesmo e dalém dos limites em que eu disponho da matéria mágica de mim mesmo. A explicação de um dos fenômenos "ocultos" anormais que se produzem com tanta frequência nas sessões "espíritas" torna-se na teoria do nosso filósofo um modo de explicar todos os fenômenos normais que envolvem uma relação psíquico-física. Conforme essa teoria, nenhum fenômeno normal em que estejam presentes o psíquico e o físico ocorre sem o intermédio de uma terceira substância, que é a "matéria mágica". A matéria mágica interviria, em outras palavras, nos mais normais fenômenos psíquicos, em qualquer fenômeno psíquico que pressupostamente tenha também um condicionamento físico: nos fenômenos de percepção, de memória, de associação de ideias e assim por diante, ou seja, em todos os fenômenos abordados por qualquer manual de psicologia. Valendo-se de qual fator a imagem física de um objeto que se produz no órgão de recepção sensitiva se transforma em imagem psíquica? Valendo-se da matéria mágica, que faz a conexão entre o físico e o psíquico graças a sua natureza mista. Que fator intervém no processo que transforma em "lembranças" os sinais fisicamente registrados nas células cerebrais? Esse fator pode ser a matéria mágica. Graças a qual fator nossas ideias se associam segundo a analogia, a contiguidade e o contraste dentre elas, quando seus "sinais" registrados no cérebro não podem, entre si, estar numa relação de analogia, de contiguidade e de contraste? Que fator excita à atualização psíquica os "sinais" *físicos* registrados no cérebro? Só a matéria mágica pode ocasionar no mundo físico uma ordem de natureza analógica ou de contraste. Valendo-se da matéria mágica, o espírito desperta e associa as ideias numa ordem completamente *outra* que não aquela que podemos antecipar ao levar em consideração a natureza física do substrato cerebral das ideias.

A teoria concernente à matéria mágica é suscetível de ampliações. Todos os fenômenos psíquicos em que se atesta uma coordenação de fenômenos físicos têm como cúmplice a "matéria mágica". Evoquemos por exemplo um fenômeno como o do "esquecimento finalístico". Acredita-se que todo sujeito humano seja portador de uma memória de certo modo "absoluta", em que se registram todas as suas experiências e vivências. Mas tal memória seria, para qualquer sujeito humano, um fardo insuportável. Ela frustraria a vida "do momento"; o passado memorial continuamente esmagaria o "presente". Para corrigir tal situação, entra permanentemente em jogo um "esquecimento" cheio de sentidos secretos, graças ao qual a memória manifesta certas reduções. A memória se reduz sempre àquilo que deve ser para não se tornar esmagadora. Entretanto, esse esquecimento "finalístico" parece não ser um "esquecimento" autêntico. É um esquecimento circunstancial. Nossa memória absoluta persiste, assim como facilmente se pode comprovar por meio de fenômenos de aspecto oculto. Se a memória em si não se extingue, como é que "esquecemos" tudo aquilo que acontece de "esquecermos"? Isso tudo não ocorreria assim como por cima do registro cerebral da memória absoluta passaria a matéria mágica com cujo apoio o nosso espírito desperta só aqueles resíduos da memória dos quais o nosso presente precisa?

Essa teoria do papel intermediário da matéria mágica nas relações entre espírito e matéria propõe no fundo uma explicação metafísica para uns dos mais difíceis problemas que o pensamento humano levantou nos últimos séculos. Nosso pensador percebeu que, para estabelecer o substrato e as condições de fenômenos normais, é quase sempre indicado partir dos fenômenos anormais. A perspectiva aberta pelo pensador romeno sobre esses problemas metafísicos não é monista como no caso de Spinoza, nem dualista como no caso de Descartes,[28] mas trialista. A teoria do nosso pensador também parte dos fenômenos anormais (ocultos), para se tornar, mais tarde, uma teoria geral com relação a todos os fenômenos normais em que pode se tratar de uma relação entre espírito e matéria.

A teoria, uma vez concluída e articulada, resta ser aplicada e estendida sobre fenômenos de outra natureza, como por exemplo os fenômenos fundamentais da biologia. A biologia, com os meios que a experiência põe à sua disposição, não pôde até hoje oferecer uma resposta satisfatória a uma pergunta palpitante como essa: como surgem as espécies? Nem o lamarckismo, nem o darwinismo não oferecem soluções cabais. A grande ideia da evolução oferece uma perspectiva, mas não uma explicação. Então, o problema parece nos levar a uma resolução no plano metafísico. Será que na geração de novas espécies, processo que ocorre no desenvolvimento da vida na terra, não agiria também, decididamente, uma espécie de "razão" da vida? Se assim for, poderíamos desconfiar que tal "razão" possa se valer da "matéria mágica" para remodelar, reestruturar e reformar o plasma germinativo de uma espécie biológica a fim de gerar uma nova espécie.

Não passamos em revista senão algumas aplicações possíveis da teoria relacionada à matéria mágica. Nessa lista interessam-nos em primeiro lugar as aplicações sobre os fenômenos "normais". A teoria, porém, uma vez formulada, pode se aplicar também às áreas "anormais".

Na área do "oculto" abre-se um vasto campo de aplicações dessa teoria: no atípico, no excepcional. Pois, se a matéria mágica é ideoplástica, se ela pode assumir a forma do pensamento, se por seu intermédio a "ideia" pode de certa forma "encarnar-se", então pode-se pressupor que a matéria mágica seja capaz de se investir das mais diversas formas. Um bom sujeito mediúnico poderia criar, com sua ajuda, não só simulacros de mãos e pés, não só simulacros de "criaturas" (fenômeno de materialização de fantasmas), como também instrumentos como ferramentas e aparelhos, à semelhança dos instrumentos técnicos. Por exemplo: antenas ocultas de recepção de grande alcance de "ondas" que emanam do cérebro humano. Um bom sujeito mediúnico seria capaz de criar "órgãos" *anormais* de

---

[28] René Descartes (1596-1650), ou Cartesius, renomado filósofo e matemático francês. (N. T.)

interceptação, em condições totalmente fora do "normal", de coisas escondidas, como uma espécie de visão para adivinhar ou decifrar a presença de objetos trancados em lugares com paredes impenetráveis.

De qualquer modo, a perspectiva aberta pela teoria da "matéria mágica" permitiria que inúmeros acontecimentos e fatos ocultos, atestados pelos incontestáveis testemunhos da vida de feiticeiras ou santos, se aproximassem da nossa capacidade de compreensão. Nessa perspectiva, São Serafim de Sarov,[29] que foi tantas vezes visto caminhando acima do nível da terra, ilustra um fato pertencente à área das realidades possíveis. Não caminharia o santo com pernas de pau feitas de "matéria mágica"?

Não há dúvida de que, admitindo-se hipoteticamente a "matéria mágica", invadiria a realidade cósmica uma espécie de elemento de fábula. Nas fábulas, o "mágico" é onipotente e ilimitado. Caberia agora à ciência do futuro a tarefa de pesquisar quais são os limites e qual é o potencial formador da "matéria mágica".

Num período de positivismo intolerante, o pensador romeno abraçou problemas indescritivelmente difíceis e delicados. Ele trabalhou inspirado por um espírito imaginativo, mas ao mesmo tempo crítico também. Diante de certos fenômenos "ocultos" de sessões espíritas, cuja produção é tão fácil atribuir a uma escroqueria, nosso pensador manteve seu positivismo criticista: recusou, desde o início, qualquer crédito à hipótese espírita. O pensador romeno transpôs com bastante ousadia o problema do empírico ao metafísico, buscando dar-lhe uma amplitude que jamais antes tivera. O problema foi deslocado da área de certo modo mesquinha do oculto para um planalto metafísico elevado. Assim a teoria cresceu e aumentou de proporções, visando sobretudo ao grande e permanente problema das relações entre espírito e matéria.

Se ficar comprovado que a "matéria mágica" é uma realidade, novas e duras tarefas deverão ser entregues à ciência. A ciência de amanhã deverá pesquisar, em condições de lucidez suprema, em que medida a realidade cósmica participa da estruturas da fábula.

---

[29] São Serafim Sarovski (1759-1833), em russo Серафим Саровский, é um dos mais conhecidos monges e místicos da Igreja Ortodoxa Russa, que o canonizou em 1903. (N. T.)

XIX

O sol estava em equilíbrio com a noite. A luz estava numa mensurável igualdade com a escuridão. Ana e eu escolhemos um dia para fazermos um passeio pelos vales mais distantes da terra dourada dos Montes Apuseni. Partimos bem cedo, num trenzinho formado por vagonetes e uma locomotiva igualmente liliputiana. A linha ligava Bălgrad a Zlatna. O trenzinho tinha um apelido conhecido por todos: a pequena montanhesa.[1] De fato ele era utilizado pela população montanhesa da região, sobretudo nos dias de feira em Alba. O dia prometia ser excepcionalmente bonito, estivo, embora estivéssemos no início de outono. Subimos num vagonete com a sensação de que devíamos deixar de lado certas exigências e nos transformarmos, para o bem das proporções, em anões. Não pretendíamos viajar demasiado longe. Haveríamos de desembarcar numa das paradas da zona de bosque com vales mais amplos. Ainda não sabia onde.

Não havia muitos passageiros. Deixamos as janelinhas abertas, pois não temíamos a fumaça daquela miniatura de locomotiva. Ana levava na mochila tudo o necessário para um piquenique em plena natureza. Na pequena estação ferroviária de Alba tirei-lhe o peso das mãos. A mochila agora dependurava-se de um prego do compartimento, onde Ana e eu nos sentamos lado a lado. Ainda não era o caso de olharmos pela janela, pois as paisagens cativantes começariam só depois de atravessarmos Mircești e Șard. O trenzinho arfava ao entrar no vale Ampoiului. Começando com vinhedos fabulosos, a paisagem, ora ampla, ora estreita, desvendava surpresas geológicas. As rochas de Ampoița, cones de pontas cortadas que

---

[1] Apelido que corresponderia ao que chamamos de "maria-fumaça". Mantive aqui o sentido literal do apelido romeno para fins de contextualização. (N. T.)

surgem como enormes talos por entre as montanhas verdejantes, ilustram a erosão à qual esses montes foram submetidos ao longo das eras terrestres. Transfigurações a cada curva de colina e, depois, de montanha. Setembro ainda não tem manchas outonais, encarnadas nem douradas, aqui e ali apenas uma folha tímida, como se fosse de cera, em meio à vegetação abundante.

Ana e eu olhávamos, ora para a esquerda, ora para a direita, sem admiração. Estávamos contaminados pelo sossego da manhã. Trocávamos uma ou outra palavra. Sentíamo-nos, um diante do outro, de almas abertas ao frescor do momento. Pelo vidro aberto, o sereno nos atingia trazendo cheiro de água da montanha. Os sobretudos, nos nossos ombros, protegiam-nos da brisa. Pelos poros das nossas faces penetrava a pureza cristalina daquela estação do ano. A cada parada nos perguntávamos, só com o olhar, se seria o caso de descermos. Mas não nos decidíamos, pois esperávamos panoramas cada vez mais altaneiros. Da minha parte, eu tinha também um motivo secreto para prolongar nossa estada no vagonete da maria-fumaça: começara a brotar dentro de mim um poema relacionado ao signo da constelação zodiacal da balança.

A constelação estava escondida atrás da luz. Sua recordação era evocada apenas pelo calendário e pela mente. O sol batia sobre nós de lado, mas mudando sempre, de acordo com as curvas da paisagem. Por vezes entrevíamos o sol através da cauda densa de fumaça da locomotiva, como um globo vermelho. Os montanheses, ao nosso lado, acostumados à maria-fumaça, mantinham invariavelmente uma expressão séria, enquanto um sorriso persistia em nós, como se fosse um único sorriso estampado em dois rostos, de duas crianças brincando juntas no vagonete. O trem liliputiano às vezes se esforçava, puxando com dificuldade sua carga, o que aumentava em nós a sensação de retorno à infância, quando toda brincadeira assumia um ar sério.

Passamos por Tăuți, Meteș, Poiana. Já viajávamos há duas horas. Chegamos a Prisaca, aldeia de onde tantos montanheses se mudaram para Câmpul Frumoasei, para preencher os vazios da despopulação. Os habitantes de Câmpul Frumoasei não paravam de ir embora, absorvidos por fábricas, por minas e pelo estudo. Os de Prisaca, mais primitivos, logo preenchiam o vazio deixado. Eles se contentavam, na corrida rumo às cidades, com a etapa de um vilarejo mais evoluído.

Ana me fez sinal para descermos, mas eu fiz um sinal negativo com a cabeça. Queria ganhar um pouco mais de tempo, uns quinze minutos, pois meu poema iniciado em Alba já se formara e só precisava de uma estrofe para ficar redondo. Inclinei-me levemente para Ana e sussurrei-lhe: "Dê-me por favor um tempinho!" Ana entendeu do que se tratava, deu um sorriso e olhou para o outro lado. Saí, assim, do seu ângulo de visão. Ela não queria inibir com um gesto de impaciência o fruto que amadurecia.

Ecos de cemitério, a lembrança de uma roseira que cresceu ao lado de uma cruz de pedra com inscrições em cirílico, imagens de Câmpul Frumoasei misturavam-se a uma certa tranquilidade da minha alma que se sentia sob o signo da balança. Só do ponto de vista calendárico, claro, pois estávamos em plena luz do dia, de modo que as estrelas só poderiam ser vistas no fundo de poços profundos, bem profundos.

Chegamos a Feneş. Assinalei para Ana que podíamos descer.

"Como quiser", respondeu Ana, "por aqui qualquer lugar é bonito."

Desembarcamos, sem deliberações, como se desde a nossa partida houvéssemos decidido que essa parada seria a nossa meta. A maria-fumaça foi embora, arremessando convulsiva uma fumaça grossa pela chaminé, perdendo-se em seguida, visível ainda sob os salgueiros e ameiros do rio, para depois desaparecer numa curva detrás da colina. Sabíamos que, ao anoitecer, o trenzinho, em seu caminho de volta, nos pegaria de novo naquele mesmo lugar. Tentei adivinhar os prazeres que haveriam de preencher o nosso dia, as alegrias permeadas de clorofila, os êxtases clarividentes da criação, o amor que intensifica a vida até o sabor do esfacelamento e o sobressalto. Nada mais estava previsto. Em mim havia uma espera que vibrava contida, forte e natural. E essa sensação era também comunicada ao ser amado.

Dessa vez carreguei eu a mochila, mas na mão. Caminhamos na direção do vilarejo espalhado na boca de um vale lateral atravessado por um riacho. As trutas daquele vale com certeza atraíam todos os pescadores da cidade. Sorte que era dia útil, e não de domingo. Senão, haveríamos de encontrar o advogado fulano em botas de borracha, enfiado na água até os joelhos, ou o médico cicrano de vara no ombro, ou o procurador beltrano catando gafanhotos para isca. Aquele dia era um dia de trabalho, não havendo, portanto, nenhum risco de encontros inoportunos.

Chegamos ao vilarejo. As casas se espalhavam esparsas nas encostas do vale, evidenciando que elas estavam lá antes das trilhas. De vez em quando, chamava-nos a atenção uma ou outra casinha azul com um telhado enorme de palha enegrecida pela fumaça e corroída pelo musgo secular.

Procuramos uma saída lateral do vilarejo por uma ruela que, subindo, perdia-se no bosque. Por ali talvez atingíssemos o cume da colina. Os assentamentos humanos ficavam para trás. A trilha em serpentina nos levava longe, para cima. O bosque de faias tornava-se cada vez mais espesso. E cada um de nós preenchia o momento com seus próprios pensamentos.

"Terminou?", perguntou-me Ana.

"Terminei", respondi, adivinhando pelo seu sorriso o assunto a que se referiu.

"Então recite!"

"Tenha um pouco de paciência, minha querida. Vamos nos sentar em algum lugar. A poesia, pelo menos essa, é incompatível com o movimento. Temos que parar em algum lugar, repousarmos um pouco para não sermos mais incomodados pelas batidas do coração."

"Olhe, ali, entre aqueles arbustos, se entrevê uma clareira. Não acha que por ali, na grama, haveria um lugar para nós?" Sem esperar uma resposta, Ana pulou por sobre o riacho murmurante que acompanhava a trilha. E dirigiu-se veloz, quase correndo, para a clareira que se avistava entre as folhas da aveleira.

Fui atrás dela. Chegamos à clareira. Estendemos os sobretudos, fazendo de conta que fossem mantas grosseiras de lã, como as dos montanheses. Achamos um lugar debaixo do sol. O azul do céu era profundo e límpido. Nas faces, sentíamos como o sol nos queimava suavemente. Mas eu gostava de negá-lo de certa forma:

"Não é o sol que queima assim. É esse azul, a abóbada inteira!", disse a Ana. "Foi agradável a caminhada até aqui, mas ainda mais agradável é ficar parado e permitir que todo o seu ser seja penetrado pelo azul."

Ana se deitou de costas, com os braços descontraídos para os lados, como se quisesse abarcar toda a luz. Fiquei sentado, abraçado aos joelhos. Olhei para ela. Estava de olhos fechados. Seu lábio superior estava curvado. Alguns minutos depois, Ana insistiu de novo, sem abrir os olhos:

"Vamos, recite-me o poema!"

"Se é isso que você deseja, recito. Ele se chama *O Signo da Balança*.[2] Já deixo avisado que o concebi num metro antigo, que até hoje nunca me atraiu. Estamos

---

[2] O poema foi escrito em 1954; é parte integrante do ciclo "O Cântico do Fogo". (N. E. Romeno)

no equinócio de outono, tomados ambos talvez por uma melancolia, digamos, profundamente serena... ou pelo menos tranquila, antiga a seu modo. Uma melancolia de pedra funerária da Antiguidade. Mas essa melancolia é também um contraponto que faz parte da felicidade."

> Reto, o dia da Balança nos surpreende
> entre roseiras: no cemitério em que
> por vezes o amor ensolara
> > alvas pedras.
>
> Calmo, tudo se submete à balança.
> Dia e noite se arrastam sujeitos ao tempo,
> ambos sábios avançando juntos
> > passo a passo.
>
> Medem-se e pesam-se o fruto
> de argila, o sonho e a sombra do verão,
> e o fardo das lembranças de
> > toda criatura.
>
> Se das fábulas fica a verdade
> que vivemos no imponderável
> ainda se pode dizer que o corpo
> > é um fardo?
>
> Pesada é só a alma, não a terra.
> Pois nossas cinzas, amor, podem
> ser pesadas no prato da balança com
> > algumas rosas.

Perdemo-nos por algum tempo naquela Antiguidade que parecia estender-se do Mar Egeu até as nossas terras, para dali atingir nossos corações. Em seguida, por reação, uma verdadeira vertigem nos invadiu. Continuei sentado não muito longe de Ana, ainda abraçando meus joelhos. Vi, pelas pálpebras entreabertas, como debaixo da blusa seus seios de donzela palpitavam às batidas fortes do coração. Ousei estender-me ao seu lado, aproximando meu rosto do rosto dela. Ana me fitou com um clamor, mas também com uma leve expressão de medo. Encostei minha boca sobre sua boca, que cedeu molemente, deixando-me descobrir-lhe os dentes. Aquele aroma enlouquecia docemente as células do céu da boca.

"Como é doce essa alternância entre extinção e vida!", disse-me Ana, virando sua respiração para outro lado para que eu não a sufocasse. "Mas agora chega! Chega!!! Chega!!! Pois coisas muito sérias estão à nossa espera!" E em seguida continuou, num tom que me pareceu zangado: "Você não está vendo que o sol está lá em cima? Já é quase meio-dia e ainda não preparamos nada!"

"Que meio-dia?", perguntei. "Não passa das nove!" Ana me apressava. Tínhamos que acender o fogo. E, para isso, eram necessários gravetos e ramos secos!

"Em pé!"

Ana, levíssima, pôs-se em pé num salto.

Saltei eu também. E nos dispersamos pelo bosque, sem nos perdermos de vista. Recolhemos lascas, gravetos, ramos, folhas secas. Amontoamos tudo. Depois, transportamos os montes nos braços até a clareira. A sombra das faias estendera-se, naquele meio tempo, inclusive sobre o lugar onde a grama se dobrara ao meu peso e ao corpo de Ana.

Escolhemos um lugar para fazer a fogueira. Arranjamos a madeira de modo favorável ao fogo que queríamos acender. Aproximava-se o momento que consumiria o que havia por consumir. Lamentei não poder acender o fogo com uma faísca de pederneira. Utilizei um fósforo. A chama engoliu as folhas, os ramos, os galhos, o cepo. Enquanto a brasa se formava, Ana tirou da mochila tudo o que trouxera e eu preparei os espetos.

O sol alcançara o zênite. Um calor estivo ergueu-se do vale até as faias que nos encobriam. Em menos de meia hora, propagou-se pela clareira o cheiro de fumaça, de labaredas e o aroma de gordura da carne. Os espetos colocados acima da brasa às vezes pegavam fogo. O cheiro de queimado embriagava nossos sentidos.

☙

O quente e desvairado mês de setembro amadurecia seus últimos dias. Ao retornar para casa num daqueles dias, à tarde, vindo do *Batyaneum*, encontrei em cima da minha escrivaninha uma carta expedida de Cluj. Minha

Capítulo XIX

correspondência tornara-se cada vez mais rara nos últimos anos. Interrompera-a quase por completo, pois queria evitar qualquer suspeita com relação às minhas ligações, não só com o estrangeiro, mas também com cidadãos do meu próprio país. Peguei a carta quase com um aperto no coração. Olhei de soslaio para a caligrafia do endereço: Axente Creangă. De certo modo perplexo com aquele envelope que surgira dentro de casa, tentei adivinhar pela caligrafia quem poderia ser o remetente. Virei o envelope e li: Constantin Daicu, professor universitário. Já haviam se passado quase dois anos desde meu último encontro com o conhecido arqueólogo, que eu tanto apreciava pela inteligência e pelo zelo com que conduzia as escavações em Grădiştea. Segundo as últimas notícias que eu recebia de vez em quando dos funcionários do museu local de antiguidades, as escavações de Grădiştea estavam prestes a revelar os mais importantes monumentos da Antiguidade dácia.

Abri e li a carta. Daicu dava-me notícias muito entusiasmantes relacionadas justamente àquelas escavações. O professor me escrevia, brincalhão como sempre, num tom não desprovido de ironia e de autoironia, sobre alguns resultados sensacionais dos esforços arqueológicos empreendidos durante o verão. Em Grădiştea, na parte de trás da cidadela, num patamar da montanha, a uma distância de poucos metros do muro do lado de fora da fortaleza, no Terraço dos Magos, os enxadões trouxeram à tona fundações de vários templos dácios. "Até os javalis poderiam tê-las desenterrado com suas presas, em busca de raízes", escreveu-me o arqueólogo folgazão que, por outro lado, compreendia perfeitamente a importância epocal de suas descobertas. Daicu pôs em evidência os frutos daquele verão. Pelo que tudo indicava, Grădiştea não era apenas a última cidadela de resistência dos nossos antepassados nas montanhas, mas também era, claramente, a cidadela de defesa do centro religioso do povo dácio. Recebi a notícia com uma contida exclamação de alegria. Minha alegria eclodia, não só pelo conjunto de toda a notícia, mas também pela comunicação, de meu interesse de certo modo pessoal, que transmitia o professor de Cluj.

Sete anos antes, durante a guerra, certas circunstâncias e preocupações envolveram-me numa polêmica com alguns sábios romenos; isso em relação à mitologia dos dácios – ou getas, se é para mencionar o segundo nome desse povo. A questão interessava-me muito pois desde os anos da juventude eu tencionava escrever um grande poema dramático em torno da figura de Zamolxe.[3] Para a reconstituição da mitologia gética, se não sob os seus aspectos concretos, mas ao menos sob o seu aspecto de estilo e de feitio abstrato, realizei ao longo dos anos diversas pesquisas. Jamais pude me conformar com a tese do historiador e arqueólogo Vasile Pârvan, por quem aliás eu tinha muito apreço, sobre um pretenso monoteísmo dos dácios. É verdade que Pârvan apoiava suas interpretações na prestigiosa informação legada por Heródoto.[4] Eu, na oposição que fiz aos discípulos de Pârvan, baseei-me no estudo comparado das mitologias indo-europeias. Num pequeno ensaio publicado numa revista de filosofia, demonstrei que, numa questão tão importante, não podemos nos fundamentar nas informações de Heródoto, cuja historiografia é repleta de fantasias indefensáveis e abundantemente temperada com fábulas. Meu silogismo era muito simples: todas as mitologias indo-europeias são politeístas. Os dácios ou getas foram uma tribo indo-europeia, portanto eles também devem ter sido politeístas. Ademais, como poeta, jamais pude concordar de maneira alguma com a ideia de que o monoteísmo fosse "superior" ao politeísmo. Minha imaginação ávida por símbolos e minha sensibilidade poética faziam-me desprezar os critérios vigentes segundo os quais o monoteísmo representaria uma fase espiritual mais elevada que o politeísmo. Para mim, a questão essencial com relação à religião dos getas não se misturava de modo algum aos pontos de vista teologais próprios do orgulho étnico de alguns sábios cristãos que insistiam em apresentar os getas como detentores excepcionais de uma pretensa revelação divina originária.

Daicu anunciou ter encontrado, no terraço de Grădiștea, visitada por nós dois anos antes, vários templos de formas diversas, um ao lado do outro. Algo que, em suas palavras, dificilmente ainda poderia constituir um argumento em favor da tese de Pârvan e seus discípulos. "A arqueologia dá razão a você! A arqueologia revelou argumentos concretos de que, na última fase da polêmica, você não dispunha." Assim me escreveu Daicu, preto no branco. Mas era outro o detalhe arqueológico mais sensacional da carta do sábio de Cluj. Foram encontrados, escreveu-me ele, do outro lado da cidadela, num cômodo secreto, cacos de um grande jarro de barro queimado, cuja forma sugere uma utilização

---

[3] O drama *Zamolxe*, mistério pagão, foi escrito em 1921. (N. E. Romeno)
[4] Vide minhas notas 16 e 17 do capítulo V. (N. T.)

Capítulo XIX

ritual. Em alguns desses cacos é possível ler uma inscrição, com letras impressas ao contrário, na língua dos dácios. A inscrição é bastante clara, em letras latinas: *Decebalus per Scorilo*! "Infelizmente, como vê, essa primeira descoberta de uma inscrição na língua dos dácios é formada apenas por três palavras, dentre as quais, infelizmente de novo, duas são nomes próprios. Ao que tudo indica, a inscrição traduzida para nossa língua significa: 'Decebal filho de Scorilo'."[5]

Sempre achei que, entre tantas ciências áridas, duas são poéticas: a arqueologia e a astronomia. Por meio da carta de Daicu, uma onda de poesia eclodia de baixo da terra do nosso país.

Mas eis o que ainda escrevia em sua missiva meu incrédulo amigo dos templos pagãos. Dentro de alguns dias, ou seja, em 2 de outubro, ele iria de novo até Grădiștea com um cortejo de alpinistas amadores. O passeio seria organizado como em 1948, com um ônibus que partiria de Cluj até Orăștie e, de lá, com o trenzinho até o sopé de Grădiștea. Quem participaria do passeio? Uma série de conhecidos nossos, claro, cujos nomes não eram mencionados na carta; vários professores e assistentes universitários, certamente. Daicu me perguntava se eu não desejava que ele me apanhasse em Alba Iulia, pois haveria de passar por aquela cidade.

Aceitei com todo o entusiasmo o plano, dourado como os bosques e vermelho como as chamas do outono, sugerido pelo sortudo arqueólogo. O projeto caía no humo azul de uma felicidade à qual se misturava a melancólica luz dilacerante do dia. E o primeiro pensamento que brotou dentro de mim foi convencer Ana a participar do passeio. O quê? Participar? Mas o que é isso! Não era ela o coração de todos os meus horizontes? O quê? Ainda era necessário deslocar Ana de um lugar para outro? Ela não estava em toda a parte? Sua onipresença, porém, não passava de um modo de dizer da minha alma. De maneira que seria necessário falar com ela e atraí-la para o passeio. Naquele dia, porém, eu não haveria mais de vê-la. Mas no dia seguinte, antes do meio-dia, eu planejava passar pela sua casa a caminho do *Batyaneum*. Haveria ela de concordar? Não duvidava disso. Mesmo se naquele dia houvesse de voltar das pesquisas de terreno, depois de tantos meses de ausência, o professor Rareș! Apesar de tudo, por alguns instantes, uma dúvida me remoeu. Concordaria Ana em participar daquela ascensão celestial? Tendo em vista as condições do passeio, empreendido por

---

[5] Vide minha nota 20 do capítulo V. (N. T.)

um grupo de tantas pessoas que ela nem conhecia, poderiam intervir tantas questões de conveniência! Haveria hesitação, sem dúvida. Eu teria de preparar Ana espiritualmente antes de lhe revelar o plano daquela subida ao cume das montanhas.

Na manhã do dia seguinte, caminhando vagaroso ao *Batyaneum*, desviei do caminho para ir até a casa de Ana, numa hora completamente incomum para as minhas visitas. Eram umas sete e meia da manhã. Achava que talvez nem houvesse se levantado ainda da cama, mas a encontrei no quintal, atrás da casa, sacudindo a poeira de um tapetinho oriental muito antigo, composto por inúmeros pedacinhos de outros tapetes. Ana estava num roupão branco, com uma touca na cabeça. O branco simples ficava muito bem nela, evidenciando por contraste o carvão vívido dos olhos refugiados debaixo de sobrancelhas levemente oblíquas como o contorno distante, visto de frente, de um pássaro em pleno voo. O que exprimiam aquelas sobrancelhas inclinadas de cima para baixo, na direção da base do nariz? Elas estavam sempre prestes a se franzir, mas jamais se franziam. Assim desenharia uma criança, esquematizando tudo com duas linhas, um pássaro voando, de asas compridas, abertas, vindo do fundo do céu. Ao ver-me tão inesperadamente, Ana expressou sua surpresa com um leve grito de alegre espanto: "A esta hora?" Ana tinha uma voz de tonalidade um pouco mais baixa do que se esperaria de uma criaturinha de aparência tão frágil. O contraste quase imperceptível entre sua voz e o seu ser aumentava em insondáveis quilates o feitiço feminino em seu conjunto. "Bateu saudade de vir vê-la!", disse-lhe eu, um pouco acanhado. "Tão cedo pela manhã?", redarguiu em tom de brincadeira. "Se tenho saudades dia e noite! E se essa saudade não passa nem quando estou ao seu lado! Mas entremos, Ana, quero conversar com você. Recebi umas notícias que preciso lhe comunicar." Ao terminar de lhe dizer essas palavras, abracei-a pela cintura, obrigando-a suavemente a subir os poucos degraus da entrada. Pude sentir sua coxa encostando na minha através do linho e da seda.

Uma vez na saleta, Ana me envolveu passando seus braços por trás da minha cabeça: "Vá, conte, que notícias você recebeu? Quero ver se elas realmente justificam sua visita!" Ana aboliu minha resposta aderindo à minha boca a sua boca mole e quente. O encontro dos lábios provocou-me uma leve vertigem. Recompus-me em seguida com esforço para retomar o que eu queria dizer.

"Preencheu-se um vazio histórico!", disse-lhe eu, num tom de notícia realmente entusiasmante.

Capítulo XIX

"Onde? O quê? Aqui?"

"Em Grădiștea, minha querida!", respondi-lhe em tom de piada. Não quis desiludi-la demais, localizando o "vazio histórico" na geografia da Dácia. Ela devia estar pensando no vazio das nossas almas naqueles longos e soturnos meses que precederam o incêndio.

"Ah, em Grădiștea!", reagiu Ana, um pouco embaraçada e perplexa.

Sentei-me numa poltrona; Ana, diante de mim, numa outra poltrona.

"Olhe, deixe-me explicar...", procurei retirá-la da vertigem da perplexidade. "Recebi uma carta de Cluj, do arqueólogo Daicu. Notificou-me, em estilo telegráfico, que eu tinha razão no que concerne à questão da religião dos dácios..."

Detive-me por um instante, pois Ana parecia jamais ter-se interessado, nem mesmo tangencialmente, por aquele problema. De modo que tive de explicar do começo, desde Adão e Eva.

"Sabe, Ana, faz muito tempo, na época da guerra, tive uma polêmica desagradável com alguns historiadores e arqueólogos. As escavações realizadas nesse verão em Grădiștea confirmam plenamente o meu ponto de vista. Não é uma notícia entusiasmante? Eis a carta de Daicu!"

E mais uma vez me detive, pois percebi que Ana não fazia a mínima ideia do que tratava aquela minha apaixonada verborragia.

"Deixe-me contar desde o início! Sabe, Ana, há muitos anos dediquei-me a um grande projeto literário. Sonhava escrever um poema dramático sobre Zamolxe. As condições, de lugar ou de tempo, pouco me favoreceram. Ainda não desisti, contudo, desse meu velho projeto... Agora, com esse nosso elã, eu talvez o retome. A mitologia perdida dos dácios muito me interessou ao longo dos anos, tentei até reconstituir a vida religiosa deles, as imagens de sua mitologia, sobre o que até hoje não temos nada além de um único grande e seriíssimo estudo: *Getica* de Pârvan. Devotei-me às divindades dos dácios com a mesma paixão com que você se devota às plantas medicinais. Ademais, creio que essa sua paixão é, no final das contas, de origem gética. Os getas e os trácios conheciam as plantas curativas muito melhor do que todos os antigos povos do nosso continente. Autores gregos e romanos conservaram uma série de nomes de plantas curativas dos getas e dos trácios."

"Isso eu sei", respondeu Ana, "mas não sabia que nossas paixões géticas se prolongavam até a mitologia."

"As ideias que desenvolvi no passado tanto no meu estudo, *Nova Gética*, como também na polêmica da qual participei, foram um pouco – na falta de material histórico documental – de natureza especulativa. Colocado diante de um vazio histórico, orientei-me pelo único manual disponível. Quero dizer que, desprovido de informações quanto ao conteúdo da mitologia dácia, eu tive de me orientar pelas mitologias das outras tribos ou outros povos indo-europeus. Isso tudo no espírito de analogias supostas, pois os dácios ou getas eram também uma tribo indo-europeia. Os ramos indo-europeus se estendiam do Oceano Atlântico ao Oceano Índico. A posição mais central dos getas nessa vasta área espiritual não me parecia irrelevante para as conclusões às quais podia chegar. De fato, se os geto-trácios ocupassem um lugar mais excêntrico do que os indo-arianos, por um lado, ou do que os celtas, por outro, teríamos talvez o direito de achar que sua vida espiritual devesse manifestar particularidades de diferenciação excessiva se comparada à dos outros indo-europeus. Durante dois mil anos, porém, a presença dos dácios foi atestada nos territórios do sudeste europeu, ou seja, entre meridianos mais interiores do que exteriores da área de presença indo-europeia. Daí minha conclusão de que os dácios ou getas só podiam apresentar, diante dos outros indo-europeus, e sobretudo diante de seus vizinhos, particularidades limitadas a diferenciações normais, moderadas, naturais. Você talvez saiba que Pârvan atribuiu aos getas, sem muitos rodeios, uma fé espiritualizada de maneira superlativa e racionalista, a fé numa única divindade de natureza celestial: Zamolxe. No espírito das analogias que fundamentaram minhas especulações, considerei que Zamolxe não podia ser a única divindade dos dácios, pois entre os indo-europeus jamais encontramos semelhante mitologia. Os dácios também foram politeístas, assim como todas aquelas tribos. É claro que posso muito bem imaginar um Zamolxe deus celestial, mas esse Zamolxe, provavelmente, não foi exclusivamente unânime assim como acredita Pârvan. Zamolxe poderia ter sido um deus da vegetação ou, para ser mais exato, um deus da abundância terrestre. Zeus, entre os gregos, foi no início um deus das nuvens de chuva e de abundância vegetal, para só mais tarde se tornar uraniano, senhor do panteão e soberano da ordem cósmica. E eis que as escavações arqueológicas de Grădiştea revelaram esse verão os argumentos de pedra que confirmam minhas especulações relativas ao politeísmo dos dácios!"

Capítulo XIX

Os olhos de Ana cintilavam enquanto ela acompanhava minha exposição: "Alegre-se!"

Invadido por tanto brilho sorridente, senti-me quase tentado a lhe falar imediatamente do convite que Daicu me fizera para me associar ao passeio que haveria de acontecer dentro de alguns dias. A pergunta estava na ponta da minha língua: "Você não quer vir também?" Mas a frase não quis se formar, uma sensação de incerteza me inibiu, bem como um vago temor de que Ana, por quaisquer motivos de timidez, não aceitasse. Apesar da reviravolta de todos os valores sociais e de conveniência, essa timidez ainda persistia na mente das pessoas de "outrora". Eu corria o risco de receber uma resposta como essa: "O quê? Associar-me apenas com você a um grupo de desconhecidos? Com que olhos vão me olhar?"

Deixei a casa de Ana sem lhe fazer a pergunta. Preferi continuar me torturando por mais alguns dias com uma vaga esperança a receber uma recusa. Ademais, eu ainda dispunha de três dias para prepará-la e enfeitiçá-la de acordo com os meus desejos.

Cheguei ao *Batyaneum* com a nuca quente das flechas do sol. Fechei-me no agradável frescor que se acumulara durante a madrugada no meu escritório forrado de manuscritos antiquíssimos. Pela minha janela aberta eu via, como se através de uma abertura nos muros da cidadela, os Montes Apuseni à luz de fim de setembro. Essa luz era bastante luminosa, mas também de certo modo dilacerante e carregada da melancolia da grande passagem do tempo.

Desde que todo o meu ser se embebeu do cântico do fogo, tão docemente envenenado pelo símbolo da cobra, no cume do Feneș, murmurava dentro de mim uma efervescência lírica quase celular. Gostaria de oferecer ao meu elã celular uma orientação sublime que me arrancasse o ser dos vales e me alçasse aos cumes supremos. Esperava tornar-me vítima de um rapto divino? Grădiștea, com a miragem dos seus templos, me chamava.

Não costumo ter o hábito, quando estou sozinho, de imitar com movimentos dos lábios as palavras que digo para mim mesmo. Mas naquele momento surpreendi-me sozinho com aquele mimetismo. As palavras têm sobre mim uma força maior do que nas épocas de lucidez.

Disse comigo mesmo, na cadência dos meus passos pelo aposento e em torno da mesa de trabalho: "Os dácios, como homens silvestres que eram, também deviam ter divindades das florestas. A floresta era para eles uma divindade palpável, mágico-protetora. Quando entravam na floresta, os dácios sentiam entrar, de fato, numa divindade com cujo sangue verde cheirando a feno eles deleitavam as narinas. Sei que os celtas, nação de parentesco próximo com os dácios, tinham em sua mitologia mães, seres protetores da casa e do ambiente doméstico. Nós, romenos, até hoje conhecemos a mãe-floresta, pelo menos nos contos de fadas. Não raro, a memória histórica se refugia nas fábulas. Mesmo se essa mãe-floresta não seja um vestígio arcaico – e não vejo por que não seria – adivinho, palpitando atrás de tais figuras, um teor mitológico e mágico da floresta, um teor geto-trácio. Já se disse, mais de uma vez, que 'folha verde', palavras rúnicas no início dos cânticos, seria o símbolo da estreita conexão existente entre o romeno e a floresta, protetora em períodos de fuga ou lembrança dos tempos dos heiduques.[6] Vejo ainda nessa 'folha verde' algo mais: o eco da pré-história. Entrevejo por trás das palavras um verde arcaico de mitologia, de magia da floresta e de divindades vegetais e maternas. 'Folha verde' tem algo de invocação ritual dos elementos vegetais que protegem a vida e que são sobretudo geradores de vida." Grădiștea me chamava!

Mas como levar Ana, como seduzi-la a dizer, no momento em que eu lhe contasse o plano do passeio: "Posso ir também!?" O consentimento que tanto esperava tinha de vir sozinho e espontâneo. Senão, significaria que ainda não estávamos integrados no mesmo grande e único espírito e sentido da floresta que tínhamos de atravessar. Grădiștea, na visão que tinha dela, me parecia a última etapa na direção da servidão celestial a que aspirava!

Em cada um daqueles três dias que faltavam até que os viajantes outonais de Daicu passassem pela nossa cidade, passei pela casa de Ana, cada vez num horário incomum, uma vez às sete da manhã, outra às onze, e outra vez às três da tarde. Ana, com suas antenas anímicas, pressentia que alguma coisa acontecia comigo, que eu queria saltar até um nível intrínseco dos meus elãs, até alturas onde meu potencial espiritual pudesse se manifestar numa perfeita liberdade criadora. Em nossas conversas, eu falava sempre dos meridianos geográficos, da exaustão histórica, da situação nacional, da servidão terrestre em que nos debatíamos por todo o país e além de suas fronteiras. Não haveria nenhuma saída possível, Ana?

---

[6] Vide minha nota 1 do capítulo XI. (N. T.)

CAPÍTULO XIX

Um êxodo não seria possível a não ser na dimensão do enaltecimento. Eu tentava de todas as maneiras deslocar o ser de Ana para outro mundo. Numa tarde lembrei-lhe, com relação à sua profissão farmacológica, um texto de Platão: "O filósofo fala, numa passagem de *Cármides*, das curas e feitiços dos médicos trácios, famosos pelo dom de tornar imortais os homens! Você, Ana, conhecedora de plantas, você por acaso não conheceria também alguma planta... e onde está o seu feitiço? Ou você mesma é planta e feitiço?"

Numa daquelas manhãs, contei a Ana sobre a morte de Decebal. Girava sempre em torno do mesmo tema: "Os geto-trácios foram um povo de tendências sobretudo mágicas. O racionalismo atual é muito alheio ao sentimento e ao pensamento mágicos, mas justamente por isso estamos tão expostos a interpretações equivocadas. O suicídio de Decebal e das principais autoridades dácias após perderem a batalha foi sempre visto sob um ângulo vulgar-racionalista, como um gesto 'heroico' após a derrota, como um gesto de abdicação a uma vida que dali em diante não poderia mais ser considerada vida. Mas temos também outras informações da Antiguidade. Em outras tantas tribos, gestos semelhantes ao suicídio de Decebal eram vistos de outra maneira. Os chefes de tribo se suicidavam depois da derrota. Por meio de seu próprio sacrifício, eles tentavam amainar a fúria dos deuses, para que, assim, os deuses se compadecessem ao menos daqueles que sobreviveram, da multidão portadora do sacro plasma gerador. Por que não enxergarmos também no suicídio de Decebal um sacrifício? Para a salvação do povo dácio, foi também necessário abrandar a raiva dos deuses!"

"A raiva dos deuses", repeti. E concluí. E me calei. Pela minha alma passou o rosto de Leonte. Mas não pronunciei seu nome. No mesmo instante, Ana, ouvindo-me, evocou o nome dele: "Leonte!" E nada mais disse. Mas compreendemos o significado daquilo.

E mais uma vez parti da casa de Ana sem lhe ter falado do passeio planejado. Assim, passaram-se os três dias. Ainda tinha uma tarde disponível, quando deveria lhe dizer tudo sobre a viagem de Daicu. Meu desejo de partir na manhã seguinte a Grădiştea junto com Ana assumia a dimensão torturante de uma obsessão. O desejo começou a se exprimir, naquelas poucas horas de trabalho no *Batyaneum*, pela manhã, na véspera da partida, em versos que registrei devagar numa folha de papel. À tarde, apareci de novo na saleta de Ana. Mencionei de novo a carta de Daicu e lhe revelei diretamente o convite que mantive escondido, o convite que me fora feito para participar da excursão arqueológica:

"Amanhã de manhã, às nove, o ônibus vai passar pela nossa cidade. Vou-me reunir ao grupo. À espera desse passeio pelo sítio arqueológico, escrevi alguns versos. Quer que eu recite?"

"Sim, recite-os para mim!", respondeu Ana, com ardor.

Recompus-me um pouco. E em seguida li *Grădiștea*...[7]

> Estou exausto como a estrada e seco como a poeira.
> Ainda há fontes na nossa terra?
> Pergunto e procuro. Removo as folhas com os pés.
> Folhas enferrujadas caem, o estrato se adensa.
>
> Hoje a lua fica triste na Dácia
> passando por sobre os montes e o redil.
> Sob cada pedra de altar, sob o templo pagão,
> dizem que algures borbulha água,
> murmura também nas nascentes entre os montes,
> mas não no vale, nas fontes.
>
> Tenho sede de uma água,
> de água provinda de prata, de monte,
> do velho berço da nossa tribo.
> No horizonte, o perfil de picos grisalhos.
>
> A subida até a soleira de um deus
> no cume do monte é difícil.
> Mas no mesmo ritmo e de mãos dadas contigo –
> eu jamais perderia a trilha
> por entre o avelanal e tufos de murta.
> De vez em quando tropeçaríamos, mas não nos perderíamos.
> Nos cimos sacros, no azul do céu, nos orientariam

---

[7] O poema foi escrito entre 1951 e 1954; é parte integrante do ciclo "O Cântico do Fogo". (N. E. Romeno)

Capítulo XIX

uma nuvem em cima, o musgo verde embaixo
e faias esbeltas e altas, que ainda mantêm
Em seu rosto uma lembrança viva
de grandes colunas da antiguidade.

Sob os passos, por ali, ainda ressoam,
debaixo das pedras e das flores,
abóbadas cobertas. São esconderijos milenares
que abrigam ânforas redondas,
Em que tu inteira caberias
ou até as axilas.
(Invade-me um sorriso sem motivo
É necessário dizer?
Nas ânforas de argila mantinham-se
no passado não mulheres,
mas outros bens da manhã,
como as mulheres: o trigo da cidadela, o pão da vida.)

Pisando no orvalho e na grama talvez quebremos
nós mesmos, sob os nossos pés, a taça de barro avermelhado,
da qual o rei impetuoso e calado sorveu
a dor da derrota nas armas.
(Os dácios buscavam pelo silvo dos pinheiros
transformar por magia uma vida em lenda,
Dançando em pernas de pau ao redor do rei,
frenéticos e extáticos.)

Chegaremos também nós um dia aos cumes?
Num degrau lá de cima veremos
o que um dia foi e não é mais:
o templo de ouro da encosta da fábula.
(Apoiavam-no quarenta e nove colunas,
Com aparência de víboras que plenas de ardor
Erguem-se na ponta das caudas ao sol.)

Sentado numa lápide lá do teu lado,
recuperarei a voz: eis as supremas fontes!
Reverei a sombra do meu coração
Caindo na palma da tua mão.
O vento soprará favorável nas nossas testas.

E à noite, no mesmo lugar, seremos iluminados,
luzindo do cascalho e de toda a parte,
pelos tesouros enterrados no leito do rio celeste.
Nosso murmúrio, o sonho, será partilhado
da imortalidade entre os grilos que cantam
e entre os deuses que, sem templos, ainda vivem.

Meu olhar se dirigiu a Ana, interrogativo. Ela parecia profundamente emocionada. Ficou um pouco a sós com seus pensamentos. Em seguida me disse: "Vou também, claro!" E depois de um certo silêncio: "Lá em cima, numa lápide, quero lhe dizer também: eis as supremas fontes!"

ANEXO

1. O doutor Ribeira realmente existiu, com esse nome. Parece ter conhecido o rei Carol II antes de 1930, quando abdicou do trono e vivia no exílio, no Ocidente.

2. A sociedade petroleira *Redevența* foi realmente criada em 1938, quando Blaga era ministro plenipotenciário em Lisboa. O diretor era um engenheiro petrolista vindo da Romênia, um judeu chamado Schein. Era uma pessoa extremamente amistosa, que costumava pôr à nossa disposição seu automóvel para que passeássemos por Portugal. Naquela época, as missões diplomáticas não possuíam automóveis do Estado. Os diplomatas tinham seus próprios automóveis em função de sua situação material. Lucian Blaga jamais teve automóvel. No romance, Nălucă é o sr. Schein.

3. Simion Bardă é Zevedei Barbu, assistente de Lucian Blaga na cátedra de Filosofia da Cultura. Lucian Blaga o considerava extremamente dotado para a filosofia. Era de orientação marxista e membro do partido comunista romeno na ilegalidade. Durante a guerra, em Sibiu, foi secretário de redação da revista *Saeculum*, revista independente, criada e liderada por Lucian Blaga, subsidiada, entre outros, pelo engenheiro Marin Ciortea, seu amigo. Barbu foi preso como membro do partido comunista romeno na ilegalidade. Blaga foi testemunha de defesa, tendo conseguido salvá-lo de uma condenação áspera. Ele, contudo, foi condenado a oito anos de prisão no campo de Târgu Jiu. Depois de 23 de agosto de 1944, ele retornou à política, mas permaneceu exilado na Inglaterra em 1947. Não concordava com o terror stalinista. Passou seus últimos anos de vida no Brasil.

4. Octavia Olteanu é Eugenia Mureșanu, esposa do padre Mureșanu de Cluj. Lucian Blaga frequentou o casal entre 1946 e 1950. A casa do padre era frequentada por várias pessoas, entre as quais alguns simpatizantes do movimento legionário (de extrema direita). Em 1950, Eugenia foi presa e mandada para o Canal. Depois de retornar a Cluj, ela se casou em segundas núpcias com o professor universitário D. D. Roșca, mas poucos anos mais tarde divorciou-se e mudou-se para os EUA, onde seus irmãos já moravam. Seu ex-marido, o padre Mureșanu, tornou-se monge e morreu numa prisão comunista.

5. Lae Nicolae na realidade é, ao que tudo indica, um médico de Cluj, descendente de um padre de Huedin, amigo de Octavian Goga,[1] que teria sido assassinado pelos húngaros em 1940 em seguida à ocupação magiar da Transilvânia setentrional.

6. Daicu é Constantin Daicoviciu, um dos mais importantes arqueólogos da Romênia. Dedicou-se especialmente às cidadelas, fortificações e templos dácios.

7. A família Loga de Căpâlna é a família Moga, provavelmente de origem macedônia, assim como a família da mãe de Lucian Blaga. Moga foi realmente o mais rico proprietário de bosques e terrenos no vale do Rio Sebeș.

8. O padre Bunea é o padre Dobre de Căpâlna, em cuja casa moramos no verão de 1944. Tinha três filhos. O filho mais velho do padre foi mantido preso por certo tempo. Talvez tenha servido de modelo para um personagem da peça *A Arca de Noé*.

9. A sra. Marga Mureșan é Veturia Goga, esposa de Octavian Goga, poeta e político. Goga morreu em 1938. Sua viúva Veturia, prima de segundo grau com Lucian Blaga, dirigiu durante a ditadura de Ion Antonescu uma grande organização chamada "Patronato", cujo objetivo era conceder auxílio na frente de guerra, para hospitais, viúvas, órfãos, prisioneiros de guerra russos, etc. A mesma organização também apoiou os judeus, internando-os ou empregando-os em hospitais.

10. Alexe Păcurariu foi um personagem real de Lancrăm. Seu pai tinha uma mercearia no vilarejo. Em 1945/46, sua filha publicou um volume contendo suas memórias.

11. Alexe Pătrașcu é Isidor Blaga, pai de Lucian Blaga. Morreu em 1908. Sua viúva mudou-se com os filhos para Sebeș.

12. A "amiga da poesia" é Domnița Gherghinescu, esposa do jurista e escritor Vania Gherghinescu. Esse casal de intelectuais morava em Brașov. Domnița, muito cultivada – embora autodidata –, espiritual, estava sempre rodeada por vários admiradores. Foi amiga também de Tudor Arghezi. Doente de tuberculose, passou grande parte da vida em hospitais e sanatórios. Lucian Blaga lhe dedicou o volume de poesia *Degraus Insuspeitos*.

13. Petre Grosu é Petru Groza. Político ativo, de esquerda, além de ser talentoso empresário. Foi primeiro-ministro logo depois da Segunda Guerra Mundial. Originário do Banat.

---

[1] Octavian Goga (1881-1938), poeta, acadêmico e político romeno, foi primeiro-ministro da Romênia entre 28 de dezembro de 1937 e 11 de fevereiro de 1938. (N. T.)

14. Marius Borza é o engenheiro Marin Ciortea (1899-1961), o melhor amigo de Lucian Blaga. A família Ciortea era de Braşov. O pai de Marin Ciortea, Aurel Ciortea, foi professor de Física no liceu "Andrei Şaguna". Junto com Tit Liviu Blaga, irmão mais velho de Lucian Blaga, ele redigiu um excelente manual de Física.

15. Vlahu é o pintor e escultor Ion Vlasiu.

16. Marioara e Aron Stănculescu são o acadêmico e professor universitário Aurel Avramescu e sua esposa Maria, que tinha um consultório médico. A família possuía uma impressionante coleção de quadros.

17. Alina Stere é a pintora Magdalena Rădulescu, que emigrou para a França. Nunca esteve em Copşa Mică. Em Bucareste, realizou dois retratos de Lucian Blaga.

18. O "Dalai-lama" é o professor de Psicologia Alexandru Roşca, eminência parda da Universidade de Cluj. Desempenhou um papel negativo durante a depuração do ensino superior a partir de 1948. Foi membro titular da Academia Romena, inclusive depois de 1989.

19. O nome do "bezerro diplomata" de Portugal preferimos não dar, em respeito aos duros anos de prisão que teve de enfrentar durante o regime comunista. O dossiê secreto de Blaga demonstra que havia tantos "dedos-duros" em torno dele, que é pouco provável que esse diplomata, medíocre, possa tê-lo denunciado. Se o fez, foi, decerto, sob pressão.

20. O nome do advogado Bazil Gruia é real.

21. Constant Mironescu é o político Miron Constantinescu. Como personagem, ele aparece no meio do romance. Foi membro do partido comunista romeno na ilegalidade. Concluiu seus estudos superiores antes da guerra. O encontro com Lucian Blaga ocorreu em Cluj, onde Blaga foi convidado à sede local do partido. Miron Constantinescu apreciava a poesia de Blaga, mas era extremamente crítico de sua filosofia, pois defendia posições marxistas. Ajudou Blaga a se aposentar pela União dos Escritores. Em 1970, criou-se junto ao Comitê Central do Partido Comunista Romeno uma instituição acadêmica, cuja primeira manifestação, por ele organizada, constou num simpósio de comemoração dos 75 anos do nascimento de Blaga. O objetivo do simpósio era o de destruir criticamente a filosofia de Blaga, o que não foi de todo logrado, pois alguns participantes defenderam o seu pensamento.

Dados Internacionais de Catalogação na Publicação (CIP)
(Câmara Brasileira do Livro, SP, Brasil)

Blaga, Lucian, 1895-1961.
  A barca de Caronte / Lucian Blaga; traduzido do romeno por Fernando Klabin. – São Paulo: É Realizações, 2012.

  Título original: Luntrea lui Caron
  ISBN 978-85-8033-119-6

  1. Ficção romena I. Título.

12-11652   CDD-859.3

Índices para catálogo sistemático:
1. Ficção : Literatura romena   859.3

Este livro foi impresso pela Gráfica Vida & Consciência para É Realizações, em setembro de 2012. Os tipos usados são da família Adobe Garamond Pro. O papel do miolo é off white norbrite 66g, e o da capa, cartão supremo 250g.